KNAUR
SCIENCE FICTION FANTASY

Herausgeber
Werner Fuchs

In den alten Legenden hieß es, daß der finstere Gott Torak das Auge Aldurs geraubt und dessen Kräfte gegen die Menschen eingesetzt hatte, bis er schließlich in einer entscheidenden Schlacht besiegt wurde. Aber in der Prophezeiung hieß es auch, er würde eines Tages wieder erwachen und die Erde erneut beherrschen wollen. Und nun war das Auge aus Riva verschwunden – gestohlen von einem Priester Toraks.
Der Zauberer Belgarath und seine Tochter Polgara sind dem Auge Aldurs auf der Spur, denn der magische Stein darf Torak nicht in die Hände fallen, sonst bricht das Verhängnis über die Menschen herein. Mit ihnen zieht Garion, der nur wenige Monate zuvor noch ein einfacher Bauernbursche war, und nun immer mehr in das Zentrum der Auseinandersetzung rückt. Er hatte nichts von Magie gehalten, aber mit jeder Meile, die er weiter durch die Alornischen Königreiche des Westens reist, wächst die Kraft in ihm, die er nicht begreifen kann und auch nicht anwenden will...

David Eddings wurde 1931 in Spokane, Washington, geboren. Sein erstes Buch, der Abenteuerroman »High Hunt«, wurde 1973 veröffentlicht. Mit dem fünfbändigen Fantasy-Zyklus »Das Auge Aldurs« schuf er ein Epos, das in den USA großes Aufsehen erregte und bei Kritik wie auch bei den Lesern auf begeisterte Zustimmung stieß. Dieser Zyklus katapultierte Eddings in die vorderen Reihen der großen Fantasy-Autoren. Die weiteren Titel der großen Saga von der Suche nach dem Auge Aldurs sind:

Band 1: »Die Prophezeiung des Bauern« (Band 5785)
Band 3: »Gambit der Magier« (Band 5817)
Band 4: »Turm der Hexerei« (Band 5818)
Band 5: »Verwunschenes Endspiel« (Band 5819)

Die Saga vom Auge Aldurs umfaßt:

Band 1: *»Die Prophezeiung des Bauern«* (Band 5785)
Band 2: *»Die Zaubermacht der Dame«* (Band 5792)
Band 3: *»Gambit der Magier«* (Band 5817)
Band 4: *»Turm der Hexerei«* (Band 5818)
Band 5: *»Verwunschenes Endspiel«* (Band 5819)

Deutsche Erstausgabe

Titel der Originalausgabe
»Book Two of the Belgariad – Queen of Sorcey«

Aus dem Amerikanischen von Irmhild Hübner
Die Karten zeichnete Karen Fuchs, Düsseldorf
Umschlaggestaltung Franz Wöllzenmüller
Umschlagillustration Michael Pfeiffer
Satz Compusatz, München
Druck und Bindung Clausen & Bosse, Leck
Printed in Germany 6 5 4 3 2
ISBN 3-426-05792-1

David Eddings

Die Zaubermacht der Dame

Fantasy-Roman

Deutsche Erstausgabe

Knaur

ISBN 3-426-05792-1 880

Für Helen, die mir das Wertvollste im Leben gab
und für Mike, der mich spielen lehrte

KÖNIGREICHE VON ALORN UND ANGARAK
INSEL DER WINDE
MEER DER WINDE
SCHLEIER-FLUSS
RIVA
ALORN-FLUSS
CHEREK
VAL ALORN
GOLF VON CHEREK
ENGE VON CHEREK
KOTU
ALDUR-MOOR
SELINE
DARINE
SENDARIEN
SENDAR
MEDALIA
SULTURN
CAMAAR
CAMAAR-FLUSS
MUROS
ARENDISCHE WÄLDER
VO WACUNE
ASTUR-FLUSS
VO ASTUR
ARENDIEN
GROSSE WEST-STRASSE
PROLGU
VO MIMBRE
AREND-FLUSS
VORDUE WALD
TOL VORDUE
TOLNEDRA
TOL HORB
TOL BORUNE
TOL RANE
WALD DER DRYADEN
WALD-FLUSS
STHISS TOR
SCHLANGEN-FLUSS
NYISSA

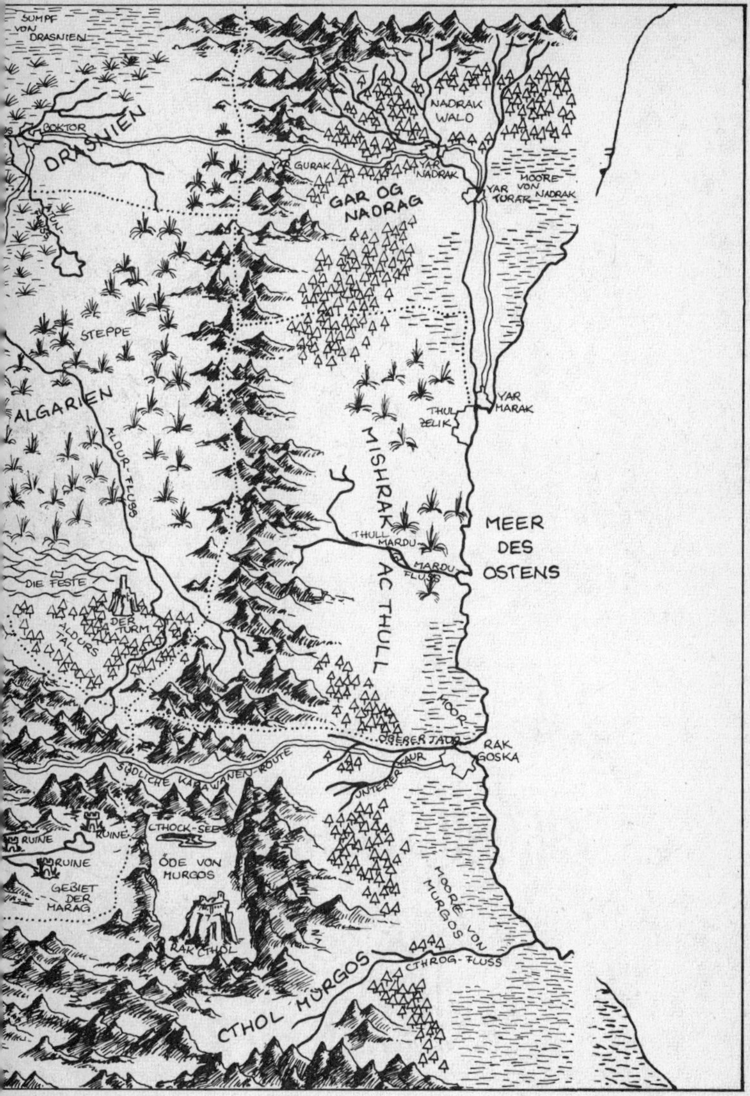

SUMPF VON DRASNIEN
BOKTOR
DRASNIEN
YAR GURAK
YAR NADRAK
NADRAK WALD
YAR TURAK
MOORE VON NADRAK
GAR OG NADRAG
STEPPE
ALGARIEN
ALDUR-FLUSS
MISHRAK AC THULL
YAR MARAK
THUL ZELIK
THULL MARDU
MARDU-FLUSS
MEER DES OSTENS
DIE FESTE
DER TURM
ALDURS TAL
MOOR
OBERER TAUR
UNTERER TAUR
RAK GOSKA
SÜDLICHE KARAWANEN-ROUTE
RUINE
RUINE
RUINE
CTHOCK-SEE
ÖDE VON MURGOS
GEBIET DER MARAG
RAK CTHOL
MOORE VON MURGOS
CTHROG-FLUSS
CTHOL MURGOS

Prolog

Ein Bericht über die Schlacht der Königreiche des Westens gegen das Böse und den entsetzlichen Überfall von Kal Torak – nach Die Schlacht von Vo Mimbre

Als die Welt noch jung war, raubte der böse Gott Torak das Auge Aldurs und floh damit, denn er trachtete nach Herrschaft. Das Auge widerstand ihm, und sein Feuer entstellte ihn mit schrecklichen Verbrennungen. Aber er mochte es nicht aufgeben, denn es war ihm teuer.

Unter Belgaraths Führung, einem Zauberer und Schüler des Gottes Aldur, gewannen der König der Alorner und seine drei Söhne das Auge aus dem eisernen Turm Toraks zurück. Torak wollte sie verfolgen, aber der Zorn des Auges wehrte ihn ab und trieb ihn zurück.

Belgarath machte Cherek und seine Söhne zu Königen über vier große Reiche, um ewige Wacht gegen Torak zu halten. Das Auge gab er Riva, damit er es bewahren sollte, und er sagte zu ihm, solange ein Nachkomme Rivas das Auge in Besitz hätte, sei der Westen sicher.

Jahrhundert auf Jahrhundert verging ohne Bedrohung von Torak, bis zum Frühjahr 4865, als Drasnien von einer riesigen Schar Nadraks, Thulls und Murgos überfallen wurde. Mitten in diesem Meer von Angaraks wurde das große eiserne Wappenzelt dessen getragen, den man Kal Torak nannte, das heißt König und Gott. Städte und Dörfer wurden in Brand gesteckt und dem Erdboden gleichgemacht, denn Kal Torak kam, um zu zerstören, nicht um zu erobern. Diejenigen, die überlebten, wurden den Grolimpriestern mit ihren stählernen Masken übergeben, um als Opfer für die unaussprechlichen Riten der Angarak zu enden. Nur diejenigen kamen mit dem Leben davon, die nach Algarien flohen oder an der Mündung des Aldur von cherekianischen Kriegsschiffen aufgenommen wurden.

Dann wandte sich das Heer nach Süden, um über Algarien herzufallen. Aber dort fanden sie keine Städte. Die nomadisierenden algarischen Reiter zogen sich vor ihnen zurück, um dann in machtvollen Vorstößen anzugreifen. Von alters her war der Sitz der algarischen Könige die Feste, ein von Menschen geschaffener Berg mit zehn Meter dicken Mauern. Vergebens rannten die Angaraks dagegen an, ehe sie sich niederließen, um die Feste zu belagern. Acht Jahre dauerte diese aussichtslose Belagerung.
Dies gab dem Westen Zeit, mobil zu machen und Vorbereitungen zu treffen. Die Generäle versammelten sich in der Kaiserlichen Militärakademie zu Tol Honeth und planten ihre Strategie. Nationale Meinungsverschiedenheiten wurden zurückgestellt, und Brand, der Wächter von Riva, wurde zum Oberbefehlshaber gewählt. Mit ihm kamen zwei fremdartige Ratgeber: ein alter, aber kräftiger Mann, der behauptete, sogar von den Reichen der Angaraks zu wissen, und eine auffallend schöne Frau mit einer silberweißen Locke an der Schläfe und königlichem Auftreten. Auf diese beiden hörte Brand, ihnen zollte er ehrerbietigen Respekt.
Im späten Frühjahr 4875 brach Kal Torak die Belagerung ab und wandte sich nach Westen, dem Meer zu, immer noch verfolgt von den algarischen Reiterscharen. In den Bergen kamen die Ulgos des Nachts aus ihren Höhlen und richteten ein schreckliches Gemetzel unter den schlafenden Angaraks an. Aber noch immer waren Kal Toraks Heerscharen ohne Zahl. Um sich neu zu formieren, stieg der Feind in das Tal des Aldurflusses hinab auf Vo Mimbre zu und zerstörte alles, was auf seinem Weg lag. Zu Beginn des Sommers formierten sich die Angaraks zum Überfall auf die Stadt.
Am dritten Tag der Schlacht erklang dreimal ein Horn. Dann öffneten sich die Tore von Vo Mimbre, und die mimbrischen Ritter stürmten hinaus, um die Front des Angarakheers anzugreifen, und die eisenbeschlagenen Hufe ihrer Pferde zertrampelten die Lebenden wie die Toten. Von links kam die algarische Reiterei, drasnische Pikenträger und verschleierte Frei-

schärler aus Ulgo, von rechts kamen die kriegerischen Chereks und die tolnedranischen Legionen.
Von drei Seiten angegriffen, setzte Kal Torak seine Reserven ein. Aber da griffen die graugekleideten Rivaner, die Sendarier und die asturischen Bogenschützen sein Heer im Rücken an. Die Angaraks wurden niedergemacht und von Verwirrung heimgesucht.
Dann eilte der Abtrünnige, Zedar der Zauberer, zu dem schwarzen eisernen Zelt, das Kal Torak bislang noch nicht verlassen hatte. Und zu dem Verfluchten sagte er: »Herr, Eure Feinde haben Euch in großer Zahl umringt. Ja, selbst die grauen Rivaner sind zahlreich erschienen, um Eurer Macht zu trotzen.«
Kal Torak erhob sich zornig und erklärte: »Ich werde kommen, auf daß die falschen Hüter von Cthrag Yaska, dem Edelstein, der mein war, mich sehen und fürchten. Schickt mir meine Könige.«
»Großer Herr«, sagte Zedar, »Eure Könige sind nicht mehr. Die Schlacht hat ihr Leben gefordert und auch das vieler Eurer Grolimpriester.«
Bei diesen Worten wuchs Kal Toraks Zorn, wütende Blitze schossen aus seinem rechten Auge und dem anderen, das nicht mehr war. Er befahl seinen Dienern, ihm den Schild an seinen handlosen Arm zu binden und nahm sein schreckliches schwarzes Schwert. Dann ging er, um zu kämpfen.
Darauf erklang eine Stimme aus den Reihen der Rivaner: »Im Namen Belars trete ich dir entgegen, Torak. Im Namen Aldurs schleudere ich dir meine Verachtung entgegen, Beende das Blutvergießen, und ich werde mit dir kämpfen, um die Schlacht zu entscheiden. Ich bin Brand, der Wächter von Riva. Kämpfe mit mir oder führe deine stinkende Horde fort und stelle dich nie wieder gegen die Königreiche des Westens.«
Da trat Kal Torak vor und rief: »Wo ist der, der es wagt, sein sterbliches Fleisch gegen den König der Welt zu stellen? Denn ich bin Torak, König der Könige und Herr der Herren. Ich werde diesen großsprecherischen Rivaner vernichten. Meine

Feinde werden untergehen, und Cthrag Yaska wird wieder mein sein.«

Brand trat vor. Er trug ein mächtiges Schwert und einen Schild, der mit einem Tuch verhüllt war. Ein grauer Wolf lief an seiner Seite, und eine schneeweiße Eule flog über ihm daher. Brand sagte: »Ich bin Brand, und ich werde mit dir kämpfen, elender, mißgestalteter Torak.«

Als Torak den Wolf erblickte, sagte er: »Fort mit dir, Belgarath. Fliehe, wenn dir dein Leben lieb ist.« Und zu der Eule sagte er: »Schwöre deinem Vater ab, Polgara, und verehre mich. Ich will dich zu meinem Weib machen und zur Königin der Welt.«

Aber der Wolf heulte verächtlich, und die Eule kreischte spöttisch.

Torak hob sein Schwert und hieb auf Brands Schild ein. Lange kämpften sie, und zahlreich und heftig waren die Schläge, die sie austeilten. Diejenigen, die nahe genug standen, um alles beobachten zu können, staunten. Der Zorn Toraks wuchs, und sein Schwert fuhr auf Brands Schild nieder, bis der rivanische Wächter vor dem wütenden Ansturm des Verfluchten zurückwich. Dann heulte der Wolf, und die Eule schrie zugleich, worauf Brands Kräfte sich erneuerten.

Mit einer einzigen Bewegung enthüllte der rivanische Wächter seinen Schild, in dessen Mitte sich ein runder Edelstein befand, der so groß war wie das Herz eines Kindes. Als Torak ihn erblickte, begann der Stein zu glühen und zu lodern. Der Verfluchte schrak zurück. Er ließ Schwert und Schild fallen und hob die Arme vors Gesicht, um dem schrecklichen Feuer des Steins zu entgehen.

Da schlug Brand zu, und sein Schwert durchbohrte Toraks Visier und drang in das Auge, das nicht mehr war, und in den Kopf des Verfluchten. Torak fuhr zurück und stieß einen lauten Schrei aus. Er zog das Schwert heraus und warf seinen Helm ab. Diejenigen, die zusahen, wichen entsetzt zurück, denn sein Gesicht war von einem Feuer verzehrt und grauenhaft anzusehen. Torak weinte Blut und schrie nochmals auf, als er des Edelsteins ansichtig wurde, den er Cthrag Yaska nannte, und um dessentwillen er Krieg über den Westen gebracht hatte. Dann brach er zusammen, und die Erde erbebte bei seinem Sturz.

Ein einziger großer Schrei entsprang dem Heer der Angaraks, als sie sahen, was Kal Torak widerfahren war, und voller Panik wollten sie fliehen. Aber die Armeen des Westens verfolgten sie und erschlugen sie, und im Morgengrauen des vierten Tages gab es kein feindliches Heer mehr.

Brand befahl, daß der Leichnam des Verfluchten zu ihm gebracht würde, damit er über den wachen konnte, der König der ganzen Welt hatte sein wollen. Aber der Leichnam wurde nicht gefunden. In der Nacht hatte Zedar der Zauberer einen Spruch gewirkt und war ungesehen durch die Reihen des Westens gelangt. Dann hatte er jenen fortgebracht, den er sich zum Herrn erwählt hatte.

Später beriet Brand sich mit seinen Ratgebern. Und Belgarath sagte: »Torak ist nicht tot. Er schläft nur. Denn er ist ein Gott und kann nicht von Menschenhand erschlagen werden.«

»Wann wird er wieder erwachen?« fragte Brand. »Ich muß den Westen auf seine Rückkehr vorbereiten.«

Polgara antwortete: »Wenn einst wieder ein König aus Rivas Geschlecht auf seinem Thron im Norden sitzt, dann wird der Dunkle Gott erwachen und gegen ihn in den Krieg ziehen.«

Brand runzelte die Stirn und sagte: »Aber das bedeutet niemals!« Denn jedermann wußte, daß der letzte rivanische König zusammen mit seiner Familie im Jahre 4002 von der Nyissern erschlagen worden war.

Wieder sprach die Frau. »Wenn die Zeit gekommen ist, wird der rivanische König aufstehen und sein Recht fordern, wie es die alte Prophezeiung voraussagt. Mehr kann jetzt nicht gesagt werden.«

Brand war zufrieden und befahl seinen Armeen, das Schlachtfeld von den Überresten der Angaraks zu säubern. Als dies geschehen war, sammelten sich die Könige des Westens vor der Stadt Vo Mimbre und hielten Rat. Viele Stimmen erhoben sich zum Lobe Brands.

Schon bald begannen einige zu fordern, daß Brand hinfort zum Herrscher des ganzen Westens ausgerufen werden sollte. Einzig Mergon, der Botschafter des Kaiserreiches Tolnedra, protestierte im Namen seines Kaisers, Ran Borunes IV. Brand schlug diese Ehre aus, und der Vorschlag wurde fallengelassen, so daß wieder Frieden herrschte unter denjenigen, die im Rat versammelt waren. Aber als Gegenleistung für den Frieden wurde eine Forderung an Tolnedra gestellt.

Zuerst sprach der Gorim der Ulgos mit lauter Stimme: »In Erfüllung der Prophezeiung muß eine tolnedranische Prinzessin dem rivanischen König, der kommen wird, um die Welt zu retten, als Gattin versprochen werden. Das fordern die Götter von uns.«

Wieder protestierte Mergon. »Die Halle des rivanischen Königs ist leer und verlassen. Kein König sitzt auf dem Thron von Riva. Wie kann eine Prinzessin des Kaiserreichs von Tolnedra ein Phantom heiraten?«

Dann erwiderte die Frau, die Polgara hieß: »Der rivanische König wird zurückkehren und seinen Thron besteigen und seine Braut fordern. Deshalb soll vom heutigen Tage an jede Prinzessin von Tolnedra an ihrem sechzehnten Geburtstag in der Halle des rivanischen Königs erscheinen. Sie soll ihr Hochzeitskleid tragen und dort drei Tage auf die Ankunft des Königs warten. Wenn er nicht kommt, sie zu fordern, ist sie frei, um zu ihrem Vater zurückzukehren, was er auch für sie entscheiden mag.«

Mergon rief aus: »Ganz Tolnedra wird sich gegen diese Demütigung erheben. Nein! Das darf nicht sein!«

Wieder sprach der weise Gorim der Ulgos. »Sage deinem Kaiser, daß es der Wille der Götter ist. Sage ihm auch, an dem Tag, an dem Tolnedra dies nicht erfüllt, wird sich der Westen gegen ihn erheben und die Söhne Nedras in alle Winde zerstreuen und die Macht des Reiches niederreißen, bis das Kaiserreich Tolnedra nicht mehr ist.«

Und daraufhin, als er die Macht der Armeen vor sich sah, gab der Botschafter nach. Dann stimmten alle zu und waren von nun an daran gebunden.

Als dies geschehen war, kamen die Edlen des kriegsgeschüttelten Arendien zu Brand und sagten: »Der König der Mimbrer ist tot und auch der Herzog der Asturier. Wer soll uns jetzt regieren? Seit zweitausend Jahren hat der Krieg zwischen Mimbre und Asturien Arendien gespalten. Wie können wir wieder ein Volk werden?«

Brand dachte nach. »Wer ist der Erbe des Mimbrer-Throns?«

»Korodullin ist Kronprinz von Mimbre«, antworteten die Edlen.

»Und wer ist Nachfolger in der asturischen Linie?«

»Mayaserana ist die Tochter des Herzogs von Asturien«, sagten sie ihm.

Brand sagte: »Führt sie zu mir.« Und als sie vor ihm standen, sagte Brand: »Das Blutvergießen zwischen Mimbre und Asturien muß ein Ende haben. Deshalb ist es mein Wille, daß ihr einander heiratet und die beiden Häuser, die so lange gegeneinander Krieg geführt haben, auf diese Weise miteinander verbindet.«

Die beiden wehrten sich gegen das Urteil, denn sie waren voll überlieferter Feindschaft und Stolz auf ihre eigene Abstammung. Aber Belgarath nahm Korodullin beiseite und sprach vertraulich mit ihm. Und Polgara ging mit Mayaserana außer Hörweite und unterhielt sich lange mit ihr. Niemand erfuhr damals oder später, was man den beiden jungen Leuten gesagt hatte. Aber als sie zu Brand, der auf sie wartete, zurückkehrten, waren Mayaserana und Korodullin einverstanden, einander zu heiraten. Das war das Ende der Ratsversammlung, die nach der Schlacht von Vo Mimbre abgehalten wurde.

Bevor Brand wieder nach Norden aufbrach, sprach er zum letztenmal zu allen Königen und Edlen.

»Vieles ist hier bewirkt worden, das gut ist und von Dauer. Seht, wir haben zusammen gegen die Angaraks gekämpft, und wir haben sie geschlagen. Torak der Böse ist überwunden. Und der Bund, den wir geschlossen haben, bereitet den Westen auf den Tag der Prophezeiung vor, wenn der rivanische König zurückkehrt und Torak aus seinem langen Schlaf erwacht und wieder nach Macht und Herrschaft strebt. Alles, was an diesem Tag getan werden konnte, um den großen und letzten Krieg vorzubereiten, ist getan worden. Mehr können wir nicht tun. Hier konnten außerdem noch die Wunden Arendiens geheilt werden, der Streit von mehr als zweitausend Jahren sieht seinem Ende entgegen. So weit es möglich ist, bin ich mit alldem zufrieden.«

»Heil denn und lebewohl!«

Er wandte sich ab und ritt mit dem grauhaarigen Mann, der Belgarath war, und der königlichen Frau, die Polgara war, an seiner Seite nach Norden. In Camaar in Sendarien bestiegen sie ein Schiff und segelten nach Riva. Und Brand kehrte nicht wieder in die Königreiche des Westens zurück.

Aber über seine Gefährten werden viele Sagen erzählt. Und was von diesen Sagen wahr ist und was erfunden, wissen nur Wenige.

Teil Eins

Arendien

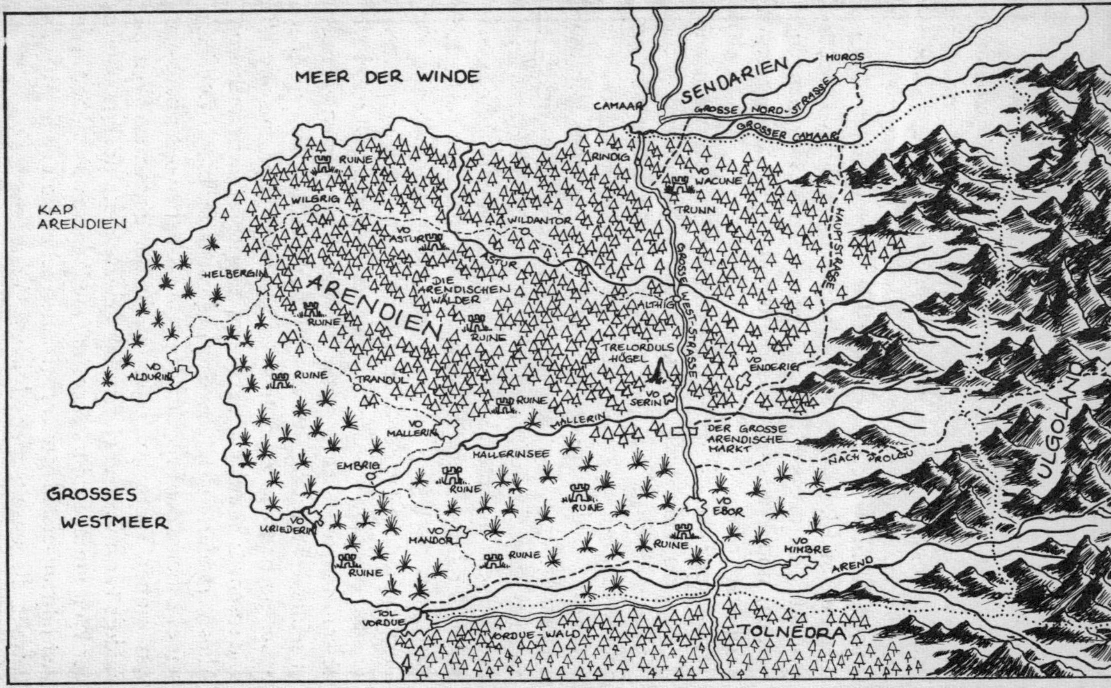
MEER DER WINDE
SENDARIEN
MUROS
CAMAAR
GROSSE NORD-STRASSE
GROSSER CAMAAR
KAP ARENDIEN
RUINE
RINDIG
VO WACUNE
WILGRIG
TRUNN
WILDANTOR
VO ASTUR
HAUPTSTRASSE
ASTUR
HELBERGIN
DIE ARENDISCHEN WÄLDER
ARENDIEN
GROSSE WEST-STRASSE
ALTHIG
RUINE
RUINE
TRELORDULS HÜGEL
VO ALDURIN
RUINE
VO ENDERIG
TRANDUL
VO SERIN
RUINE
MALLERIN
VO MALLERIN
DER GROSSE ARENDISCHE MARKT
HALLERINSEE
NACH PROLGU
EMBRIG
ULGOLAND
RUINE
GROSSES WESTMEER
RUINE
VO EBOR
VO URIEDERIN
VO MANDOR
RUINE
VO MIMBRE
RUINE
RUINE
AREND
TOL VORDUE
VORDUE-WALD
TOLNEDRA

1

Vo Wacune gab es nicht mehr. Zweitausendvierhundert Jahre waren vergangen, seit die Stadt der Wacite-Arendier verwüstet worden war und die dunklen, endlosen Wälder Nordarendiens sich der Ruinen bemächtigt hatten. Mauern waren eingestürzt und von Moos und dem feuchten, braunen Farn des Waldbodens überwuchert worden, und nur die Trümmer der einst stolzen Türme waren noch unter den Bäumen und dem Nebel zu sehen und kennzeichneten die Stelle, an der Vo Wacune gestanden hatte. Nasser Schnee lag auf den nebelverhangenen Ruinen, und Wassertropfen rannen an den uralten Steinen hinab wie Tränen.

Garion wanderte allein durch die von Bäumen überwachsenen Straßen der toten Stadt. Er hatte sich in den dicken, grauen Wollumhang eingehüllt, um sich gegen die Kälte zu schützen. Seine Gedanken waren so traurig wie die weinenden Steine um ihn herum. Faldors Farm mit ihren grünen, sonnendurchfluteten Feldern lag so weit hinter ihm, daß sie sich im zurückweichenden Dunst zu verlieren schien. Er hatte heftiges Heimweh. So sehr er sich auch bemühte, sie festzuhalten, die Einzelheiten entglitten ihm. Die reichen Düfte aus Tante Pols Küche waren nur noch eine schwache Erinnerung: der Klang von Durniks Hammer in der Schmiede verhallte wie das ersterbende Echo eines letzten Glockenschlages; und die klaren, scharfgeschnittenen Gesichter seiner Spielgefährten verschwammen in seiner Erinnerung, bis er nicht mehr sicher war, sie überhaupt noch wiederzuerkennen. Seine Kindheit entschwand, und sosehr er es auch versuchte, er konnte sie nicht aufhalten. Alles veränderte sich; das war das ganze Problem. Der Kern seines Lebens, der Fels, auf den seine Kindheit aufgebaut war, war immer Tante Pol gewesen. In der einfachen Welt auf Faldors Farm war sie Herrin Pol gewesen, die Köchin, aber in der Welt hinter Faldors Farm war sie Polgara die Zauberin, die vier Jahrtausende hatte vorbeiziehen sehen, mit einer Aufgabe betraut, die jenseits menschlichen Verstehens lag.

Und Meister Wolf, der alte, herumziehende Geschichtenerzähler, hatte sich gleichfalls verändert. Garion wußte jetzt, daß sein alter Freund in Wirklichkeit sein Ururgroßvater war – mit einer ungewissen Anzahl weiterer »Urs« –, aber sich hinter dem verschmitzten alten Gesicht stets der durchdringende Blick von Belgarath dem Zauberer befunden hatte, der wartete und die Torheiten von Menschen und Göttern seit siebentausend Jahren beobachtete. Garion seufzte und stapfte weiter durch den Schnee.

Selbst ihre Namen waren beunruhigend. Garion hatte nie an Zauberei, Magie oder Hexerei glauben wollen. Solche Dinge waren unnatürlich, und sie brachten seine Vorstellung von einer stabilen, vernünftigen Wirklichkeit ins Wanken. Aber zu viele Dinge waren geschehen, die ihm nicht länger gestatteten, seine tröstliche Skepsis beizubehalten. In einem einzigen, erschütternden Moment waren seine letzten Zweifel beiseitegefegt worden. In staunendem Unglauben hatte er beobachtet, wie Tante Pol den milchigen Schleier von den Augen Martjes der Hexe genommen hatte. Mit einer brutal gleichgültigen Geste und einem einzigen Wort hatte sie der Verrückten das Augenlicht wiedergeschenkt und ihr dafür die Macht genommen, in die Zukunft zu sehen. Garion schauderte bei dem Gedanken an Martjes verzweifeltes Wehgeschrei. Dieser Schrei hatte gewissermaßen den Punkt markiert, an dem die Welt weniger stabil, weniger vernünftig und schließlich weniger sicher geworden war.

Fern von dem einzigen Ort, den er je gekannt hatte, unsicher über die Identität der beiden Personen, die ihm am nächsten standen, und vor der Zerstörung einer Vorstellung von dem Unterschied zwischen dem Möglichen und dem Unmöglichen, fand Garion sich zu einer seltsamen Pilgerfahrt verpflichtet. Er hatte keine Ahnung, was sie in dieser zerstörten Stadt, die von den Bäumen verschlungen wurde, taten und er hatte nicht die leiseste Idee, wohin sie von hier aus gehen würden. Die einzige Gewißheit, die ihm blieb, war der grimmige Gedanke, an den er sich jetzt klammerte – irgendwo auf der Welt gab es einen

Mann, der einst durch die frühmorgendliche Dunkelheit zu einem kleinen Haus in einem verlassenen Dorf geschlichen war und Garions Eltern ermordet hatte. Selbst wenn es sein ganzes Leben dauern sollte, Garion würde diesen Mann finden, und wenn er ihn gefunden hatte, würde er ihn töten. In dieser einen Tatsache lag etwas seltsam Tröstliches.

Er kletterte vorsichtig über die Trümmer eines Hauses, das auf die Straße gestürzt war, und setzte seine schwermütige Erkundung der Ruinenstadt fort. Es gab eigentlich nichts zu sehen. Die geduldigen Jahrhunderte hatten nahezu alles ausgelöscht, was der Krieg hinterlassen hatte, und der feuchte Schnee und der dichte Nebel verbargen selbst jene letzten Überreste. Garion seufzte wieder und begann, seine Spur zurückzuverfolgen bis zu dem verfallenen Turmstumpf, wo sie die letzte Nacht verbracht hatten.

Als er näherkam, sah er, daß Meister Wolf und Tante Pol in einiger Entfernung von der Turmruine beisammenstanden und sich leise unterhielten. Der alte Mann hatte seine rostbraune Kapuze hochgezogen, Tante Pol hatte sich fest in ihren blauen Umhang gewickelt. Ein Ausdruck zeitlosen Bedauerns lag auf ihrem Gesicht, als sie auf die nebligen Ruinen blickte. Ihr langes dunkles Haar floß ihr über den Rücken, und die einzelne weiße Locke an ihrer Stirn schien heller zu sein als der Schnee zu ihren Füßen.

»Da ist er ja«, sagte Meister Wolf zu ihr, als Garion sich näherte.

Sie nickte und sah Garion ernst an. »Wo warst du?« fragte sie.

»Nirgends«, antwortete Garion. »Ich habe nur nachgedacht, das ist alles.«

»Du hast es jedenfalls fertiggebracht, dir nasse Füße zu holen, wie ich sehe.«

Garion hob einen seiner durchnäßten, braunen Stiefel und sah auf den schmutzigen Schneematsch, der daran klebte. »Der Schnee ist nasser, als ich dachte«, entschuldigte er sich.

»Fühlst du dich wirklich wohler, wenn du das Ding da trägst?« fragte Meister Wolf und deutete auf das Schwert, das Garion jetzt immer trug.

»Alle sagen, in Arendien sei es gefährlich«, erklärte Garion. »Außerdem muß ich mich daran gewöhnen.« Er schob den knirschenden neuen Ledergürtel herum, bis das drahtumwikkelte Heft nicht mehr so deutlich zu sehen war. Das Schwert war ein Erastidegeschenk von Barak, eins der Geschenke, die er bekommen hatte, als sie während des Feiertages auf See waren.

»Es paßt nicht recht zu dir, weißt du«, sagte der alte Mann mißbilligend.

»Laß ihn in Ruhe, Vater«, sagte Tante Pol fast geistesabwesend. »Es ist schließlich seins, und er kann es tragen, wenn er will.«

»Sollte Hettar nicht inzwischen hier sein?« fragte Garion, der das Thema wechseln wollte.

»Vielleicht ist er in den Bergen von Sendarien in tiefen Schnee geraten«, antwortete Wolf. »Er wird schon kommen. Hettar ist sehr verläßlich.«

»Ich verstehe nicht ganz, warum wir nicht einfach in Camaar Pferde gekauft haben.«

»Sie wären nicht so gut gewesen«, erwiderte Wolf und kratzte seinen kurzen, weißen Bart. »Wir haben einen langen Weg vor uns, und ich möchte mir keine Sorgen darüber machen müssen, daß ein Pferd unterwegs zu lahmen anfängt. Es ist wesentlich besser, sich jetzt etwas Zeit zu nehmen, als später noch mehr Zeit zu verlieren.«

Garion rieb sich den Nacken, wo die Kette des seltsam geprägten Silberamuletts, das Wolf und Tante Pol ihm an Erastide geschenkt hatten, seinen Hals wundscheuerte.

»Mach dir keine Gedanken deswegen, mein Lieber«, sagte Tante Pol.

»Ich wünschte, ich dürfte es auf der Kleidung tragen«, beschwerte er sich. »Niemand kann es unter meiner Tunika sehen.«

»Es muß direkt auf der Haut getragen werden.«

»Es ist nicht sehr bequem. Es ist schon hübsch, finde ich, aber manchmal scheint es kalt zu sein und manchmal warm, und ab und zu ist es schrecklich schwer. Die Kette scheuert immer an meinem Nacken. Ich glaube, ich bin an Schmuck nicht gewöhnt.«

»Es ist nicht einfach nur ein Schmuckstück, mein Junge«, sagte sie. »Mit der Zeit wirst du dich daran gewöhnen.«

Wolf lachte. »Vielleicht macht es dir die Sache leichter, wenn du weißt, daß deine Tante Pol zehn Jahre gebraucht hat, um sich an ihres zu gewöhnen. Ich mußte sie ständig daran erinnern, es wieder anzulegen.«

»Ich weiß nicht, warum wir ausgerechnet jetzt darüber sprechen müssen, Vater«, sagte Tante Pol kühl.

»Hast du auch eins?« fragte Garion den alten Mann, plötzlich neugierig geworden.

»Natürlich.«

»Heißt das, wir tragen alle eins?«

»Es ist ein Familienbrauch, Garion«, erklärte Tante Pol in einem Ton, der die Diskussion beendete. Der Nebel wogte um sie, und ein kalter, feuchter Wind heulte durch die Ruinen.

Garion seufzte. »Ich wünschte, Hettar käme. Ich möchte hier weg. Hier ist es wie auf einem Friedhof.«

»Es war nicht immer so«, sagte Tante Pol leise.

»Wie war es denn?«

»Ich war glücklich hier. Die Mauern waren hoch, und die Türme ragten in den Himmel. Wir dachten alle, es würde für immer so bleiben.« Sie deutete auf ein paar winterbraune Brombeerranken, die über die geborstenen Steine krochen. »Dort drüben war ein Blumengarten, in dem Frauen in hellen Kleidern saßen und den jungen Männern lauschten, die ihnen von außerhalb der Gartenmauern vorsangen. Die Stimmen der jungen Männer waren lieblich, und die Damen seufzten und warfen ihnen rote Rosen über die Mauern zu. Und diese Straße hinunter lag ein marmorgepflasterter Platz, wo die alten Männer sich trafen, um über vergessene Kriege und dahingegangene Gefährten zu reden. Dahinter lag ein Haus mit einer Terrasse, wo ich abends mit Freunden saß und die Sterne beobachtete, während ein Knabe uns gekühlte Früchte brachte und die Nachtigallen sangen, als wollte ihnen das Herz zerspringen.«

Ihre Stimme erstarb. »Aber dann kamen die Asturier«, fuhr sie mit veränderter Stimme fort. »Du wärst erstaunt, wie wenig Zeit man braucht, um etwas einzureißen, das in tausend Jahren erbaut worden ist.«

»Denk nicht daran, Pol«, sagte Wolf. »Diese Dinge geschehen von Zeit zu Zeit. Wir können nicht viel dagegen tun.«

»Ich *hätte* etwas tun können, Vater«, antwortete sie und blickte auf die Ruinen. »Aber du wolltest es nicht zulassen, erinnerst du dich?«

»Müssen wir das wieder durchgehen, Pol?« fragte Wolf gequält. »Du mußt lernen, deine Verluste zu akzeptieren. Die Wacite-Arendier waren ohnehin dem Untergang geweiht. Im günstigsten Fall hättest du nur das Unvermeidliche um ein paar Monate hinausgezögert. Wir sind nicht, wer wir sind und was wir sind, um uns in Sachen zu verstricken, die keinerlei Bedeutung haben.«

»Das hast du früher schon gesagt.« Sie blickte zu den Bäumen hinüber, die sich im Nebel verschwommen entlang der Straßen hinzogen. »Ich hatte nicht geglaubt, daß die Bäume so schnell zurückkommen«, sagte sie mit seltsam belegter Stimme. »Ich hatte gedacht, sie würden etwas länger warten.«

»Es ist fast zweitausendfünfhundert Jahre her, Pol.«

»Wirklich? Es kommt mir vor wie letztes Jahr.«

»Grüble nicht darüber. Dann wirst du nur melancholisch. Warum gehen wir nicht hinein? Der Nebel macht uns allmählich alle schwermütig.«

Unerwartet legte Tante Pol ihren Arm um Garions Schulter, als sie sich dem Turm zuwandten. Ihr Duft und das Gefühl ihrer Nähe schnürte ihm die Kehle zu. Die Distanz, die in den letzten paar Monaten zwischen ihnen entstanden war, schien sich bei ihrer Berührung aufzulösen.

Die Kammer im Untergeschoß des Turms war aus solch dicken Steinen erbaut worden, daß weder der Lauf der Jahrhunderte noch die schweigenden, tastenden Ranken der Baumwurzeln in der Lage gewesen waren, sie zu zerstören. Große, flache Bögen trugen die niedrige Steindecke und ließen den Raum fast wie

eine Höhle wirken. Am Ende des Raumes, gegenüber der schmalen Tür, bildete ein breiter Riß zwischen zwei der rohbehauenen Steinblöcke einen natürlichen Kamin. Am Abend ihrer Ankunft hatte Durnik finster den Riß betrachtet, denn ihnen war kalt und sie waren durchnäßt gewesen, dann hatte er rasch aus Trümmern einen rohen, aber funktionsfähigen Kamin gebaut. »Das wird es tun«, hatte der Schmied gesagt. »Vielleicht nicht sehr elegant, aber gut genug für ein paar Tage.«
Als Wolf, Garion und Tante Pol den niedrigen, höhlenartigen Raum betraten, knisterte ein schönes Feuer im Kamin, das undeutliche Schatten zwischen den Gewölben warf und eine willkommene Wärme ausstrahlte. Durnik, in seiner braunen Ledertunika, stapelte Feuerholz an einer Wand auf. Barak, riesig, rotbärtig, und mit Kettenhemd angetan, polierte sein Schwert. Silk, in ungebleichtem Leinenhemd und schwarzer Lederweste, saß müßig auf einem ihrer Gepäckballen und spielte mit ein paar Würfeln.
»Schon irgendein Zeichen von Hettar?« fragte Barak aufblikkend.
»Es ist noch einen Tag zu früh«, antwortete Meister Wolf und ging zum Kamin, um sich zu wärmen.
»Warum ziehst du nicht andere Stiefel an, Garion?« schlug Tante Pol vor und hängte ihren blauen Umhang an einen der Haken, die Durnik in die Wand geschlagen hatte.
Garion hob sein Bündel von einem der Haken und durchwühlte es.
»Auch andere Strümpfe«, setzte sie hinzu.
»Hebt sich der Nebel eigentlich etwas?« fragte Silk Meister Wolf.
»Kein bißchen.«
»Wenn ich euch überreden kann, vom Feuer wegzukommen, kümmere ich mich ums Abendessen«, sagte Tante Pol, plötzlich sehr geschäftig. Sie fing an, einen Schinken, einige Laibe eines dunklen Bauernbrotes, einen Sack getrockneter Erbsen und einige ledrige Karotten auszupacken und summte leise vor sich hin, wie sie es immer tat, wenn sie kochte.

Am nächsten Morgen nach dem Frühstück zog Garion eine wollgefütterte Überweste an, gürtete sein Schwert um und ging wieder hinaus in die nebelverhangenen Ruinen, um nach Hettar Ausschau zu halten. Es war eine Aufgabe, die er sich selbst auferlegt hatte, und er war dankbar, daß keiner seiner Freunde ihm sagte, dies sei eigentlich unnötig. Während er durch die mit Schneematsch bedeckten Straßen stapfte und auf das Westtor der Stadt zuhielt, bemühte er sich ganz bewußt darum, die melancholischen Grübeleien zu vermeiden, die den vergangenen Tag verdüstert hatten. Da er die Umstände absolut nicht ändern konnte, würde es ihm nur einen schalen Geschmack im Mund einbringen, wenn er weiter darauf herumkaute. Er war nicht gerade fröhlich, als er das niedrige Mauerstück am Westtor erreichte, aber auch nicht schwermütig.

Die Mauer bot etwas Schutz, aber die feuchte Kälte kroch immer noch durch die Straßen, und seine Füße waren bereits kalt. Er schauderte und setzte sich, um zu warten. Es hatte keinen Zweck, bei dem Nebel versuchen zu wollen, weit zu sehen, also konzentrierte er sich darauf zu lauschen. Seine Ohren begannen, die Geräusche im Wald jenseits der Mauer auseinanderzuhalten, das Tröpfeln des Wassers von den Bäumen und hin und wieder das feuchte Plumpsen, wenn Schnee von den Ästen glitt, das Picken eines Spechts an einem toten Baumstumpf in einigen hundert Metern Entfernung.

»Das ist meine Kuh«, sagte plötzlich eine Stimme aus dem Nebel.

Garion erstarrte und lauschte schweigend.

»Dann halte sie auch auf deiner eigenen Weide«, entgegnete eine andere Stimme.

»Bist du das, Lammer?« fragte die erste Stimme.

»Richtig. Du bist Detton, nicht wahr?«

»Ich habe dich nicht erkannt. Wie lang ist es her?«

»Vier oder fünf Jahre, glaube ich«, schätzte Lammer.

»Wie stehen die Dinge in deinem Dorf?« fragte Detton.

»Wir hungern. Die Steuern nehmen uns alles.«

»Uns auch. Wir haben schon gekochte Baumwurzeln gegessen.«
»Das haben wir noch nicht versucht. Wir essen unsere Schuhe.«
»Wie geht es deiner Frau?« fragte Detton höflich.
»Sie ist letztes Jahr gestorben«, antwortete Lammer mit flacher, unbeteiligter Stimme. »Unser Herr hat unseren Sohn als Soldat eingezogen, und er ist irgendwo in einer Schlacht umgekommen. Sie haben kochendes Pech auf ihn gegossen. Danach hat sie aufgehört zu essen. Sie hat nicht lange gebraucht, um zu sterben.«
»Das tut mir leid«, sagte Detton mitfühlend. »Sie war sehr schön.«
»Sie sind jetzt beide besser dran«, erklärte Lammer. »Sie frieren und hungern nicht mehr. Was für Baumwurzeln habt ihr gegessen?«
»Birke ist am besten«, sagte Detton. »Fichte ist zu harzig, und Eiche ist zu hart. Du mußt etwas Gras zusammen mit den Wurzeln kochen, damit sie etwas Geschmack bekommen.«
»Das muß ich mal versuchen.«
»Ich muß zurück«, sagte Detton. »Mein Herr hat mir befohlen, Bäume zu fällen, und er läßt mich auspeitschen, wenn ich zu lange fortbleibe.«
»Vielleicht sehen wir uns mal wieder.«
»Wenn wir beide dann noch leben.«
»Wiedersehen, Detton.«
»Wiedersehen, Lammer.«
Die zwei Stimmen entfernten sich. Garion stand noch lange, nachdem sie fort waren, unbeweglich, betäubt vor Entsetzen und mit Tränen des Mitgefühls in den Augen. Am schlimmsten fand er die sachliche Art, in der die beiden alles hinnahmen. Ein schrecklicher Zorn begann in ihm zu brennen. Plötzlich hatte er das Bedürfnis, jemanden zu schlagen.
Dann hörte er ein weiteres Geräusch im Nebel. Irgendwo in der Nähe sang jemand im Wald. Die Stimme war ein heller, klarer Tenor, und Garion konnte sie deutlich hören, als sie näherkam.

Das Lied handelte von uraltem Unrecht, und der Refrain war ein Kriegsruf. Unsinnigerweise konzentrierte sich Garions Zorn auf den unbekannten Sänger. Sein geistloses Geschrei über abstrakte Ungerechtigkeiten schien irgendwie obszön angesichts der stillen Verzweiflung von Detton und Lammer. Ohne zu überlegen, zog Garion sein Schwert und kauerte sich hinter die eingestürzte Mauer.

Das Lied erklang noch näher, und Garion konnte die Huftritte eines Pferdes in dem nassen Schnee hören. Vorsichtig streckte er den Kopf über die Mauer und sah, daß der Sänger sich bis auf etwa zwanzig Schritte genähert hatte. Es war ein junger Mann in gelber Hose und leuchtendroter Weste. Sein pelzgefütterter Umhang war zurückgeschlagen. Er trug einen langen, geschwungenen Bogen über der Schulter und ein Schwert in einer Scheide an der Hüfte. Sein rotgoldenes Haar floß ihm weich über den Rücken. Auf dem Kopf trug er eine spitze federgeschmückte Kappe. Obwohl sein Lied düster war und seine Stimme vor Leidenschaft vibrierte, lag in seinem jugendlichen Gesicht eine freundliche Offenheit, die kein noch so finsterer Blick trüben konnte. Garion starrte diesen hohlköpfigen jungen Edelmann an, sicher, daß der singende Narr noch nie eine Mahlzeit aus Baumwurzeln hatte bereiten oder eine Frau beklagen müssen, die sich aus Kummer zu Tode gehungert hatte. Der Fremde wendete sein Pferd und ritt, noch immer singend, direkt auf den zerfallenen Torbogen zu, neben dem Garion in seinem Versteck hockte.

Garion war eigentlich nicht streitlustig, und unter anderen Umständen wäre er die Situation vielleicht anders angegangen. Der herausgeputzte junge Fremde erschien jedoch genau zum falschen Zeitpunkt. Garions rasch entwickelter Plan besaß den Vorzug der Einfachheit. Da es nichts gab, um ihn zu verkomplizieren, wirkte er bewundernswert – bis zu einem gewissen Punkt. Kaum hatte der singende junge Mann das Tor passiert, als Garion aus seinem Versteck trat, den Umhang des Reiters ergriff und ihn kräftig aus dem Sattel zog. Mit einem verblüfften Aufschrei und einem nassen Platsch landete der Fremde unzeremoniell vor Garions Füßen. Der zweite Teil von Garions Plan ging jedoch völlig schief. Noch als er nähertrat, um den gestürzten Reiter mit vorgehaltenem Schwert gefangenzunehmen, rollte sich der junge Mann herum, kam auf die Füße und zog sein Schwert. Alles geschah in einer einzigen fließenden Bewegung. Seine Augen funkelten vor Wut, und er schwang drohend sein Schwert.

Garion war kein Fechter, aber seine Reflexe waren gut, und die Arbeiten, die er auf Faldors Farm erledigt hatte, hatten seine Muskeln gekräftigt. Trotz des Zorns, der ihn dazu getrieben hatte, zuerst anzugreifen, wollte er den jungen Mann nicht wirklich verletzen. Sein Gegner schien sein Schwert locker, geradezu nachlässig zu halten, und Garion glaubte, daß ein kräftiger Hieb auf die Klinge es ihm aus der Hand schlagen würde. Er holte aus, aber die Klinge des Fremden zuckte außer Reichweite seines schweren Schlages und sauste mit stählernem Klang auf sein eigenes Schwert nieder. Garion sprang zurück und holte nochmals ungelenk aus. Wieder trafen die Schwerter aufeinander. Dann war die Luft erfüllt von Krachen, Knirschen und dröhnendem Geklirr, als die beiden mit ihren Klingen aufeinander einschlugen, parierten und täuschten. Garion brauchte nur einen Moment, um zu erkennen, daß sein Gegner wesentlich besser war als er, und der junge Mann einige Gelegenheiten, ihn zu treffen, ignoriert hatte. Gegen seinen Willen begann er in der Aufregung ihres lärmenden Kampfes zu grinsen. Das antwortende Grinsen des Fremden war offen, sogar freundlich.

»Das reicht jetzt!« Das war Meister Wolf. Der alte Mann kam, von Barak und Silk gefolgt, auf sie zu.

Garions Gegner ließ nach einem überraschten Blick sein Schwert sinken. »Belgarath«, begann er.

»Lelldorin«, sagte Wolf schneidend, »hast du das bißchen Verstand, was du hattest, völlig verloren?«

Einige Dinge schoben sich gleichzeitig in Garions Gedanken zurecht, als Wolf sich ihm kühl zuwandte. »Nun, Garion, möchtest du mir das erklären?«

Garion entschied, es mit List zu versuchen. »Großvater«, sagte er und betonte das Wort, wobei er dem jungen Fremden einen warnenden Blick zuwarf, »du hast doch nicht geglaubt, wir würden *wirklich* kämpfen, oder? Lelldorin hat mir nur gezeigt, wie man das Schwert eines Gegners abwehrt, wenn man angegriffen wird, das ist alles.«

»Wirklich?« fragte Wolf skeptisch.

»Natürlich«, bekräftigte Garion in aller Unschuld. »Welchen Grund könnten wir schon haben, uns gegenseitig verletzen zu wollen?«

Lelldorin öffnete den Mund, um etwas zu sagen, aber Garion trat ihm auf den Fuß.

»Lelldorin ist wirklich sehr gut«, redete er hastig weiter und legte freundschaftlich seine Hand auf die Schulter des jungen Mannes. »Er hat mir in ein paar Minuten sehr viel beigebracht.«

– *Laß es gut sein* – zuckten Silks Finger ihm in den knappen Gesten der geheimen drasnischen Sprache zu. – *Eine Lüge muß immer einfach bleiben.* –

»Der Bursche ist ein gelehriger Schüler, Belgarath«, sagte Lelldorin lahm, der endlich begriff.

»Er ist sehr flink, wenn schon nichts anderes«, antwortete Meister Wolf trocken. »Was soll der ganze Plunder?« Er deutete auf Lelldorins bunte Kleider. »Du siehst aus wie ein Maibaum.«

»Die Mimbrer halten seit einiger Zeit ehrliche Asturier auf, um sie zu verhören«, erklärte der junge Arendier, »und ich mußte an einigen ihrer Befestigungen vorbei. Ich dachte, wenn ich so angezogen bin wie einer ihrer Gecken, würde man mich nicht belästigen.«

»Vielleicht hast du doch mehr Verstand, als ich dachte«, räumte Wolf widerwillig ein. Er wandte sich an Silk und Barak. »Das ist Lelldorin, Sohn des Barons von Wildantor. Er wird uns begleiten.«

»Darüber wollte ich mit dir sprechen, Belgarath«, warf Lelldorin rasch ein. »Mein Vater hat mir befohlen herzukommen, und ich muß ihm gehorchen, aber ich bin in einer Angelegenheit von äußerster Dringlichkeit schon verpflichtet.«

»Jeder junge Adelige in Asturien ist in mindestens zwei oder drei Angelegenheiten solcher Dringlichkeit verpflichtet«, erwiderte Wolf. »Es tut mir leid, Lelldorin, aber die Sache, in der *wir* stecken, ist viel zu wichtig. Sie darf nicht hinausgezögert werden, nur weil du ein paar mimbrischen Steuereintreibern auflauern möchtest.«

Tante Pol trat mit Durnik auf sie zu. »Was machen sie mit den Schwertern, Vater?« fragte sie mit blitzenden Augen.

»Spielen«, antwortete Meister Wolf kurz. »Sagen sie wenigstens. Das ist Lelldorin. Ich glaube, ich habe dir von ihm erzählt.«

Tante Pol musterte Lelldorin mit hochgezogenen Brauen von oben bis unten. »Ein sehr farbenfroher junger Mann.«

»Die Kleider sind Tarnung«, erklärte Wolf. »Er ist nicht so leichtfertig, wie er aussieht – jedenfalls nicht ganz so. Er ist der beste Bogenschütze Asturiens, und wir könnten seine Fähigkeiten brauchen, bevor das alles vorbei ist.«

»Ich verstehe«, sagte sie nicht recht überzeugt.

»Es gibt natürlich noch einen Grund«, fuhr Wolf fort, »aber ich glaube, wir sollten das nicht jetzt besprechen, oder?«

»Machst du dir immer noch Gedanken über diese Stelle, Vater?« fragte sie empört. »Der Mrin Codex ist sehr unklar, und keine der anderen Versionen sagt überhaupt etwas zu den Personen, die er erwähnt. Es könnte sich um reine Allegorien handeln, wie du weißt.«

»Ich habe einige Allegorien zuviel gesehen, die sich als Tatsachen herausstellten, um in diesem Punkt etwas zu riskieren. Warum gehen wir nicht zurück zum Turm?« schlug er vor. »Es ist zu naß und zu kalt hier draußen für längere Debatten über Textauslegungen.«

Verblüfft über diesen Wortwechsel sah Garion Silk an, aber der kleine Mann erwiderte den Blick genauso verständnislos.

»Hilfst du mir, mein Pferd einzufangen, Garion?« fragte Lelldorin höflich und steckte sein Schwert in die Scheide.

»Natürlich«, antwortete Garion und steckte ebenfalls seine Waffe ein. »Ich glaube, es ist in diese Richtung gelaufen.«
Lelldorin hob seinen Bogen auf, und die beiden folgten der Spur des Pferdes, die von den Ruinen wegführte.
»Es tut mir leid, daß ich dich vom Pferd gezogen habe«, entschuldigte sich Garion, als sie außer Sichtweite der anderen waren.
»Macht nichts.« Lelldorin lachte. »Ich hätte besser aufpassen müssen.« Er sah Garion fragend an. »Warum hast du Belgarath belogen?«
»Es war ja nicht *wirklich* gelogen«, antwortete Garion. »Wir wollten uns nicht wirklich verletzen, und manchmal dauert es Stunden, so etwas zu erklären.«
Lelldorin lachte wieder. Ein ansteckendes Lachen. Gegen seinen Willen mußte Garion mitlachen.
Lachend gingen sie beide eine überwucherte Straße zwischen niedrigen, schneebedeckten Trümmerhaufen entlang.

2

Lelldorin von Wildantor war achtzehn Jahre alt, obwohl seine offene Art ihn jünger wirken ließ. Jede Gefühlsregung malte sich sofort auf seinem Gesicht ab, und Aufrichtigkeit überstrahlte es. Er war impulsiv, ausgefallen in seinen Äußerungen, und vermutlich, wie Garion zögernd feststellte, nicht allzu klug. Trotzdem war es unmöglich, ihn nicht zu mögen.
Am nächsten Morgen, als Garion seinen Umhang holte, um weiter Ausschau nach Hettar zu halten, schloß Lelldorin sich ihm unverzüglich an. Der junge Arendier hatte seine geckenhafte Kleidung abgelegt und trug nun eine braune Hose, eine grüne Tunika und ein dunkelbraunes Wollcape. Er trug seinen Bogen über der Schulter und am Gürtel einen Köcher mit Pfeilen. Als sie durch den Schnee auf die zerfallene Westmauer zugingen, unterhielt er sich damit, auf Ziele zu schießen, die kaum sichtbar waren.

»Du schießt sehr gut«, sagte Garion nach einem besonders gelungenen Schuß bewundernd.
»Ich bin Asturier«, antwortete Lelldorin bescheiden. »Wir sind seit Jahrtausenden Bogenschützen. Mein Vater ließ diesen Bogen am Tag meiner Geburt schneiden. Ich konnte ihn spannen, als ich acht Jahre alt war.«
»Du jagst sicher viel«, meinte Garion, der an die dichten Wälder um sie herum dachte und an die Wildspuren, die er im Schnee entdeckt hatte.
»Es ist der am weitesten verbreitete Zeitvertreib bei uns.« Lelldorin blieb stehen, um den Pfeil, den er gerade abgeschossen hatte, aus einem Baumstumpf zu ziehen. »Mein Vater ist stolz darauf, daß bei uns nie Rind- oder Hammelfleisch auf den Tisch kommt.«
»Ich bin einmal auf der Jagd gewesen, in Cherek.«
»Rotwild?« fragte Lelldorin.
»Nein. Wildschweine. Wir haben auch nicht Pfeil und Bogen benutzt. Die Chereks jagen mit Speeren.«
»Mit Speeren? Wie kann man denn nahe genug herankommen, um etwas mit einem Speer zu erlegen?«
Garion lachte, als er an seine geschundenen Rippen und an den schmerzenden Kopf dachte. »Das Problem ist nicht, nahe genug heranzukommen. Hinterher aus dem Weg zu kommen, wenn man das Tier durchbohrt hat, ist der schwierige Teil.«
Lelldorin schien nicht zu verstehen.
»Die Jäger bilden eine Kette«, erklärte Garion, »und sie brechen durch den Wald und machen so viel Lärm, wie sie nur können. Man nimmt seinen Speer und wartet an einer Stelle, wo die Wildschweine vermutlich entlangkommen, wenn sie vor dem Lärm flüchten. Sie werden schlecht gelaunt, wenn man sie treibt, und wenn sie einen sehen, greifen sie an. Dann muß man mit dem Speer zustechen.«
»Ist das nicht gefährlich?« fragte Lelldorin mit großen Augen.
Garion nickte. »Mir wurden fast alle Rippen gebrochen.« Er prahlte nicht gerade, mußte sich aber eingestehen, daß Lelldorins Reaktion auf seine Geschichte ihn freute.

»In Asturien haben wir nicht viele wilde Tiere«, sagte Lelldorin fast bedauernd. »Ein paar Bären und ab und zu ein Rudel Wölfe.« Er schien einen Moment zu zögern und sah Garion scharf an. »Einige Männer finden allerdings interessantere Ziele als wilde Tiere.« Er sagte dies mit einem verschwörerischen Seitenblick.

»Ach?« Garion war nicht sicher, was er meinte.

»Es vergeht kaum ein Tag, an dem nicht ein Mimbrerpferd ohne Reiter nach Hause kommt.«

Garion war entsetzt.

»*Manche* glauben, daß es zu viele Mimbrer in Asturien gibt«, erklärte Lelldorin mit Nachdruck.

»Ich dachte, der arendische Bürgerkrieg wäre zu Ende.«

»Es gibt viele, die das nicht glauben. Die glauben, daß der Krieg andauern wird, bis Asturien frei von der mimbrischen Krone ist.« Lelldorins Tonfall ließ keinen Zweifel daran, auf welcher Seite er stand.

»Wurde das Land nach der Schlacht von Vo Mimbre nicht vereint?« wandte Garion ein.

»Vereint? Wer kann so etwas glauben? Asturien wird behandelt wie eine abhängige Provinz. Der Königshof ist in Vo Mimbre; jeder Gouverneur, jeder Steuereintreiber, jeder Landvogt, jeder Grafschaftsbeamte im Reich ist Mimbrer. Nirgendwo in Arendien gibt es einen einzigen Asturier in verantwortlicher Position. Die Mimbrer weigern sich sogar, unsere Titel anzuerkennen. Mein Vater, dessen Stammbaum tausend Jahre zurückreicht, wird einfach *Grundbesitzer* genannt. Ein Mimbrer würde sich eher die Zunge abbeißen, als ihn Baron zu nennen.« Lelldorins Gesicht war weiß vor Empörung.

»Das wußte ich nicht«, sagte Garion vorsichtig. Er konnte die Gefühle des jungen Mannes nicht einschätzen.

»Aber Asturiens Demütigung ist fast zu Ende«, erklärte Lelldorin feurig. »Es gibt noch Männer in Asturien, deren Patriotismus nicht abgestorben ist, und die Zeit ist nicht mehr fern, wenn diese Männer zu einer königlichen Jagd aufrufen.« Er unterstrich seine Bemerkung dadurch, daß er einen Pfeil auf einen weit entfernten Baum abschoß.

Das bestätigte Garions schlimmste Befürchtungen. Lelldorin war zu vertraut mit den Einzelheiten, um nicht in diese Sache verwickelt zu sein.

Als ob er gerade festgestellt hätte, daß er zu weit gegangen war, starrte Lelldorin Garion konsterniert an. »Ich bin ein Idiot«, platzte er heraus und sah sich schuldbewußt um. »Ich kann meine Zunge nicht im Zaum halten. Bitte vergiß, was ich gerade gesagt habe, Garion. Ich weiß, daß du mein Freund bist, und ich weiß, du würdest nicht verraten, was ich in einem Augenblick der Erregung gesagt habe.«

Das hatte Garion befürchtet. Mit dieser einen Bemerkung hatte Lelldorin seine Lippen versiegelt. Er wußte, daß er Meister Wolf vor dem Komplott warnen sollte, aber Lelldorins Erklärung über Freundschaft und Vertrauen hatte es ihm unmöglich gemacht zu sprechen. Er knirschte unbehaglich mit den Zähnen, als er sich dieses moralische Dilemma vor Augen führte.

Sie gingen beide schweigend und etwas aufgewühlt weiter, bis sie das Mauerstück erreichten, wo Garion am Vortag auf der Lauer gelegen hatte. Eine Zeitlang starrten sie hinaus in den Nebel, und das gespannte Schweigen zwischen ihnen wurde mit jedem Moment ungemütlicher.

»Wie ist es in Sendarien?« fragte Lelldorin plötzlich. »Ich bin noch nie dagewesen.«

»Es gibt nicht so viele Bäume«, antwortete Garion und sah über die Mauer auf die dunklen Stämme, die sich im Nebel abzeichneten. »Es ist ein ordentliches Land.«

»Wo hast du dort gelebt?«

»Auf Faldors Farm. In der Nähe des Erat-Sees.«

»Ist dieser Faldor ein Edelmann?«

»Faldor?« Garion lachte. »Nein, Faldor ist so gewöhnlich wie alte Schuhe. Er ist einfach nur ein Farmer – anständig, ehrlich und gutherzig. Ich vermisse ihn.«

»Ein Bürgerlicher also«, sagte Lelldorin, anscheinend bereit, Faldor als einen Mann abzutun, der nicht zählte.

»Stand bedeutet in Sendarien nicht sehr viel«, sagte Garion ziemlich scharf. »Was ein Mann tut, ist wichtiger als das, was er ist.« Er verzog das Gesicht. »Ich war Abwaschjunge. Nicht sehr spaßig, aber jemand muß es schließlich tun, finde ich.«
»Aber doch kein Leibeigener?« Lelldorin klang schockiert.
»In Sendarien gibt es keine Leibeigenen.«
»Keine Leibeigenen?« Der junge Arendier starrte ihn verständnislos an.
»Nein«, sagte Garion nachdrücklich. »Wir haben es nie für nötig erachtet, Leibeigene zu haben.«
Lelldorins Miene zeigte deutlich, daß er über diese Meinung erstaunt war. Garion erinnerte sich an die Stimmen, die er am Vortag aus dem Nebel gehört hatte, aber er widerstand dem Drang, etwas über Leibeigenschaft zu sagen. Lelldorin würde es nie verstehen, und sie waren gerade dabei, sich anzufreunden. Garion fühlte, daß er gerade jetzt einen Freund brauchte, und er wollte nichts dadurch verderben, daß er etwas sagte, was diesen liebenswerten jungen Mann beleidigen könnte.
»Was macht dein Vater?« fragte Lelldorin höflich.
»Er ist tot. Meine Mutter auch.« Wenn er es so schnell sagte, tat es weniger weh, fand Garion.
Lelldorin traten in plötzlichem, impulsivem Mitgefühl die Tränen in die Augen. Er legte tröstend seine Hand auf Garions Schulter. »Das tut mir leid«, sagte er mit erstickter Stimme. »Es muß ein schrecklicher Verlust gewesen sein.«
»Ich war noch ein Säugling.« Garion zuckte die Achseln und bemühte sich, gelassen zu klingen.
»Eine Seuche?« fragte Lelldorin leise.
»Nein«, antwortete Garion in demselben unbeteiligten Tonfall. »Ein Mann schlich des Nachts in ihr Dorf und steckte ihr Haus in Brand«, fuhr Garion teilnahmslos fort. »Mein Großvater hat ihn zu fangen versucht, aber er ist entkommen. Soweit ich weiß, ist dieser Mann ein sehr alter Feind meiner Familie.«
»Du läßt es aber doch sicher nicht auf sich beruhen?« fragte Lelldorin.

»Nein«, erwiderte Garion und starrte hinaus in den Nebel. »Wenn ich alt genug bin, werde ich ihn finden und töten.«

»Tapferer Kerl!« rief Lelldorin aus und umarmte Garion herzlich. »Wir werden ihn finden und in Stücke reißen.«

»Wir?«

»Ich gehe natürlich mit dir«, erklärte Lelldorin. »Kein wahrer Freund würde weniger tun.« Er sprach offensichtlich aus einem Impuls heraus, aber ebenso offensichtlich war es ihm völlig ernst. Er ergriff fest Garions Hand. »Ich schwöre dir, Garion, ich werde nicht eher ruhen, bis der Mörder deiner Eltern tot zu deinen Füßen liegt.«

Die plötzliche Erklärung war so vorhersehbar, daß sich Garion im stillen schalt, nicht den Mund gehalten zu haben. Seine Gefühle in dieser Angelegenheit waren sehr persönlich, und er war sich überhaupt nicht sicher, ob er bei der Suche nach dem gesichtslosen Feind Gesellschaft haben wollte. Ein anderer Teil seines Verstandes freute sich jedoch über Lelldorins bedingungslose Unterstützung. Er beschloß, das Thema fallenzulassen. Er kannte Lelldorin gut genug, um zu erkennen, daß der junge Mann zweifellos ein Dutzend solcher frommen Versprechungen machen würde, die in absoluter Aufrichtigkeit gegeben und ebenso rasch wieder vergessen waren.

Dann sprachen sie neben der zerfallenen Mauer dicht beieinanderstehend und fest in ihre dunklen Mäntel gehüllt von anderen Dingen.

Kurz vor Mittag hörte Garion das gedämpfte Geräusch von Huftritten draußen im Wald. Ein paar Minuten später erschien Hettar aus dem Nebel mit einem Dutzend kräftiger Pferde hinter sich. Der große Algarier trug ein kurzes, wollgefüttertes Ledercape. Seine Stiefel waren schlammverkrustet, und seine Kleider zeigten die Spuren von der Reise, aber ansonsten schienen ihm die zwei Wochen im Sattel nichts ausgemacht zu haben.

»Garion«, sagte er zur Begrüßung, und Garion und Lelldorin traten vor, um ihn ebenfalls zu begrüßen.

»Wir haben auf dich gewartet«, sagte Garion und stellte Lelldorin vor. »Wir zeigen dir, wo die anderen sind.«

Hettar nickte und folgte den beiden jungen Männern durch die Ruinen zu dem Turm, wo Meister Wolf und die anderen warteten. »Schnee in den Bergen«, sagte der Algarier lakonisch zur Erklärung, als er sich vom Pferd schwang. »Hat mich etwas aufgehalten.« Er zog die Kapuze von seinem rasierten Schädel und schüttelte die lange, schwarze Skalplocke hervor.

»Nicht weiter schlimm«, erwiderte Meister Wolf. »Komm hinein ans Feuer und iß etwas. Wir haben viel zu besprechen.«

Hettar sah zu den Pferden hinüber, und sein sonnengebräuntes, wettergegerbtes Gesicht wurde seltsam leer, als ob er sich konzentrierte. Die Pferde erwiderten seinen Blick mit wachsamen Augen und nach vorn gelegten Ohren. Dann suchten sie sich ihren Weg zwischen den Bäumen hindurch.

»Werden sie nicht davonlaufen?« erkundigte sich Durnik.

»Nein«, antwortete Hettar. »Ich habe sie gebeten, es nicht zu tun.«

Durnik sah ihn verblüfft an, sagte aber nichts.

Sie gingen in den Turm und setzten sich ums Feuer. Tante Pol schnitt dunkles Brot und hellen, gelben Käse für sie, während Durnik noch mehr Holz aufs Feuer legte.

»Cho-Hag hat die Sippenältesten benachrichtigt«, erzählte Hettar und zog sein Cape aus. Er trug ein schwarzes, langärmeliges Hemd aus Fohlenleder, auf das Stahlplättchen genietet waren, wodurch eine bewegliche Rüstung entstand. »Sie versammeln sich in der Feste, um Rat zu halten.« Er legte den gebogenen Säbel, den er am Gürtel trug, ab und setzte sich zu den anderen, um zu essen.

Wolf nickte. »Versucht jemand, nach Prolgu durchzukommen?«

»Ich habe einen Trupp meiner eigenen Leute zu dem Gorim geschickt, ehe ich aufbrach«, antwortete Hettar. »Wenn es überhaupt jemand schafft, dann sie.«

»Ich hoffe es«, meinte Wolf. »Der Gorim ist ein alter Freund von mir, und ich werde seine Hilfe brauchen.«

»Haben deine Leute keine Angst vor dem Land der Ulgos?« fragte Lelldorin höflich. »Ich habe gehört, daß es Ungeheuer sind, die sich von Menschenfleisch ernähren.«
Hettar zuckte die Achseln. »Sie bleiben im Winter in ihren Lagern. Außerdem sind sie nur selten so tapfer, einen ganzen Trupp Berittener anzugreifen.« Er sah zu Meister Wolf herüber. »Südsendarien wimmelt vor Murgos. Oder wußtest du das schon?«
»Ich habe es mir gedacht«, antwortete Wolf. »Sah es so aus, als ob sie nach etwas Bestimmtem suchten?«
»Ich rede nicht mit Murgos«, gab Hettar zurück. Seine Hakennase und die glühenden Augen ließen ihn wie einen Falken wirken, der jeden Moment auf seine Beute hinabstoßen will.
»Ich bin überrascht, daß du nicht länger gebraucht hast«, neckte ihn Silk. »Alle Welt weiß, was du von Murgos hältst.«
»Einmal habe ich es mir gegönnt«, gab Hettar zu. »Ich habe zwei von ihnen auf der Straße getroffen. Es hat nicht sehr lange gedauert.«
»Also zwei weniger, um die man sich Sorgen machen muß«, brummte Barak beifällig.
»Ich glaube, es ist an der Zeit, daß wir offen miteinander reden«, sagte Meister Wolf und klopfte sich die Brotkrumen von seiner Tunika. »Die meisten von euch wissen ja, was wir tun, aber ich möchte nicht, daß jemand durch Zufall in irgend etwas hineinstolpert. Wir suchen einen Mann namens Zedar. Er war einer der Schüler meines Meisters – dann lief er zu Torak über. Im letzten Frühherbst gelangte er irgendwie in den Thronsaal in Riva und stahl das Auge Aldurs. Wir werden ihn jagen und es ihm wieder abnehmen.«
»Ist er nicht auch ein Zauberer?« fragte Barak und zwirbelte geistesabwesend seinen dicken, roten Zopf.
»Das ist nicht die Bezeichnung, die wir benutzen«, sagte Wolf. »Aber ein gewisses Potential magischer Kraft besitzt er schon. Wie wir alle – ich, Beltira und Belkira, Belzedar – und alle anderen. Das ist eins der Dinge, vor denen ich euch warnen wollte.«

»Ihr scheint alle die gleiche Art von Namen zu haben«, bemerkte Silk.
»Unser Meister hat unsere Namen geändert, als er uns als Schüler annahm. Es war eine einfache Änderung, aber sie bedeutete uns viel.«
»Würde das nicht heißen, daß dein ursprünglicher Name Garath lautete?« fragte Silk. Seine schlauen Wieselaugen verengten sich zu schmalen Schlitzen.
Meister Wolf sah ihn überrascht an und lachte dann. »*Den* Namen habe ich schon seit Jahrtausenden nicht mehr gehört. Ich bin schon so lange Belgarath, daß ich Garath fast völlig vergessen habe. Garath war ein unangenehmer Bursche – ein Dieb und Lügner unter anderem.«
»Manche Dinge ändern sich eben nie«, stellte Tante Pol fest.
»Niemand ist vollkommen«, gab Wolf zu.
»Warum hat Zedar das Auge gestohlen?« fragte Hettar und stellte seinen Teller beiseite.
»Er wollte es schon immer für sich selbst haben«, antwortete der alte Mann. »Das könnte der Grund sein – aber wahrscheinlicher ist, daß er es Torak bringen will. Derjenige, der Einauge das Auge bringt, wird sicher sein Favorit.«
»Aber Torak ist tot«, wandte Lelldorin ein. »Der rivanische Wächter hat ihn bei Vo Mimbre getötet.«
»Nein«, widersprach Wolf. »Torak ist nicht tot, er schläft nur. Brands Schwert war nicht dazu bestimmt, ihn zu töten. Zedar hat ihn nach der Schlacht weggetragen und ihn irgendwo versteckt. Eines Tages wird er erwachen – wahrscheinlich schon sehr bald, wenn ich die Zeichen richtig deute. Wir müssen das Auge zurückgewinnen, ehe das geschieht.«
»Dieser Zedar hat schon einigen Ärger verursacht«, rumpelte Barak. »Du hättest schon vor langer Zeit mit ihm abrechnen sollen.«
»Vermutlich«, gab Wolf zu.
»Warum winkst du nicht einfach mit der Hand und läßt ihn verschwinden?« schlug Barak vor und machte mit seinen dicken Fingern eine entsprechende Geste.

Wolf schüttelte den Kopf. »Das kann ich nicht. Nicht einmal die Götter können das.«
»Dann haben wir ein größeres Problem«, sagte Silk stirnrunzelnd. »Jeder Murgo von hier bis Rak Goska wird versuchen, uns aufzuhalten, damit wir Zedar nicht erwischen.«
»Nicht unbedingt«, widersprach Wolf. »Zedar hat das Auge, aber Ctuchik befiehlt den Grolims.«
»Ctuchik?« fragte Lelldorin.
»Der Hohepriester der Grolims. Er und Zedar hassen sich. Ich glaube, wir können uns darauf verlassen, daß er Zedar daran hindern will, mit dem Auge zu Torak zu gelangen.«
Barak zuckte die Achseln. »Was macht das für einen Unterschied? Du und Polgara, ihr könnt doch Magie benutzen, wenn wir Schwierigkeiten haben, oder?«
»Auch dabei gibt es Grenzen«, sagte Wolf etwas ausweichend.
»Das verstehe ich nicht«, sagte Barak stirnrunzelnd.
Meister Wolf holte tief Luft. »Also gut. Da es zur Sprache gekommen ist, will ich es erklären. Zauberei – wenn ihr es so nennen wollt – ist die Zerschlagung der natürlichen Ordnung der Dinge. Manchmal hat sie unerwartete Nebeneffekte, deshalb muß man sehr vorsichtig mit dem sein, was man tut. Nicht nur, daß sie...« er überlegte »... eine Art Lärm verursacht. Das trifft die Sache nicht genau, aber es reicht als Erklärung. Andere mit den gleichen Fähigkeiten können diesen Lärm hören. Wenn Polgara und ich einmal anfangen, Dinge zu verändern, wird jeder Grolim im Westen genau wissen, wo wir sind und was wir tun. Sie werden uns dann Steine in den Weg legen, bis wir völlig erschöpft sind.«
»Man braucht fast so viel Energie, um etwas auf diese Art zu tun wie mit Muskelkraft«, erklärte Tante Pol. »Es ist sehr ermüdend.« Sie saß dicht beim Feuer und flickte sorgfältig einen kleinen Riß in Garions Tunika.
»Das wußte ich nicht«, gestand Barak.
»Das wissen auch nur wenige.«
»Wenn wir müssen, können Pol und ich gewisse Schritte unternehmen«, fuhr Wolf fort, »aber wir können das nicht ewig

machen, und wir können keine Dinge verschwinden lassen. Ihr versteht sicher warum.«

»Aber natürlich«, behauptete Silk, obwohl sein Ton deutlich zeigte, daß er keine Ahnung hatte.

»Alles, was existiert, hängt von allem anderen ab«, erklärte Tante Pol ruhig. »Wenn du etwas rückgängig machen willst, ist es gut möglich, daß alles verschwindet.«

Das Feuer knisterte, Garion zuckte leicht zusammen. Die gewölbte Kammer schien plötzlich dunkel zu sein, und in den Ecken lauerten Schatten.

»Das kann natürlich nicht geschehen«, sagte Wolf. »Wenn man etwas rückgängig zu machen versucht, fällt der Wille auf einen selbst zurück. Wenn man sagt ›Sei nicht‹, dann ist man es *selbst*, der verschwindet. Deswegen sind wir sehr vorsichtig mit dem, was wir sagen.«

»Das kann ich verstehen«, sagte Silk mit großen Augen.

»Den meisten Dingen, denen wir begegnen werden, kann man mit normalen Mitteln entgegentreten«, fuhr Wolf fort. »Deswegen haben wir euch zusammengebracht – zumindest ist das einer der Gründe. Ihr könnt als Gruppe mit den meisten Dingen fertig werden, die sich uns in den Weg stellen. Wichtig ist, daran zu denken, daß Polgara und ich Zedar finden müssen, bevor er Torak mit dem Auge erreicht. Zedar hat einen Weg gefunden, das Auge zu berühren – ich weiß nicht wie. Wenn er Torak zeigen kann, wie man das macht, wird keine Macht auf Erden Einauge davon abhalten, König und Gott über die ganze Welt zu werden.«

Dann saßen sie mit ernsten Gesichtern im rötlichen, flackernden Schein des Feuers und dachten über diese Möglichkeit nach.

»Ich glaube, das wäre so weit alles, nicht wahr, Pol?«

»Ich denke schon, Vater«, antwortete sie und glättete ihr graues, selbstgefertigtes Gewand.

Später, als außerhalb des Turms der graue Abend in die nebligen Ruinen von Vo Wacune kroch und der Duft des dicken Eintopfes, den Tante Pol zum Abendessen kochte, zu ihnen herüberwehte, wandte sich Garion an Silk. »Ist das wirklich alles wahr?« fragte er.

Der kleine Mann sah hinaus in den Nebel. »Wir wollen so tun, als ob wir daran glaubten«, schlug er vor. »Unter den gegebenen Umständen wäre es wohl keine gute Idee, einen Fehler zu machen.«

»Hast du auch Angst?« fragte Garion.

Silk seufzte. »Ja«, gab er zu, »aber wir können so tun, als ob wir glaubten, wir hätten keine, nicht wahr?«

»Wir können es ja versuchen«, sagte Garion, und die beiden gingen zurück zu der Kammer am Fuße des Turms, wo der Feuerschein auf den niedrigen Steingewölben tanzte und Nebel und Kälte abhielt.

3

Am nächsten Morgen, als Silk aus dem Turm kam, trug er eine reich verzierte braune Weste und eine beutelähnliche, schwarze Samtkappe, deren Zipfel keck über einem Ohr hing.

»Was soll das?« fragte Tante Pol.

»Ich habe in einem der Gepäckstücke zufällig einen alten Freund gefunden«, antwortete Silk munter, »und zwar Radek von Boktor.«

»Was ist mit Ambar von Kotu geschehen?«

»Ambar ist schon ein ganz brauchbarer Bursche, finde ich«, sagte Silk abweisend, »aber ein Murgo namens Asharak kennt ihn, und er hat vielleicht hier und dort seinen Namen erwähnt. Wir wollen uns nicht freiwillig Ärger aufhalsen, wenn wir nicht unbedingt müssen.«

»Keine schlechte Verkleidung«, sagte Meister Wolf anerkennend. »Ein drasnischer Kaufmann mehr wird keinerlei Aufmerksamkeit auf der Großen West-Straße auf sich lenken – wie immer er auch heißen mag.«

»Bitte«, widersprach Silk gekränkt. »Der Name ist sehr wichtig. Die ganze Verkleidung hängt an dem Namen.«

»Ich kann keinen Unterschied erkennen«, erklärte Barak offen. »Aber da ist ein himmelweiter Unterschied. Sicher kannst du sehen, daß Ambar ein Vagabund mit wenig Achtung für ethische Werte ist, während Radek ein grundsolider Mann ist, dessen Wort in allen Handelszentren des Westens geschätzt wird. Außerdem wird Radek immer von Dienern begleitet.«

»Diener?« Tante Pols Augenbrauen hoben sich.

»Nur um der Verkleidung willen«, versicherte ihr Silk rasch. »Du, edle Polgara, könntest natürlich nie eine Dienerin sein.«

»Danke.«

»Niemand würde das glauben. Du wirst statt dessen meine Schwester sein, die in meiner Begleitung reist, um die Sehenswürdigkeiten von Tol Honeth zu sehen.«

»*Deine* Schwester?«

»Du könntest auch meine Mutter sein, wenn dir das lieber ist«, schlug Silk schmeichelnd vor, »die sich auf einer Pilgerfahrt nach Mar Terrin befindet, um für eine schillernde Vergangenheit Buße zu tun.«

Tante Pol starrte den kleinen Mann regungslos an, während er sie unverschämt angrinste. »Eines Tages wird dich dein Sinn für Humor in eine sehr unangenehme Lage bringen, Prinz Kheldar.«

»Ich bin immer in unangenehmen Lagen, edle Polgara. Ich wüßte nicht, was ich machen sollte, wenn dem nicht so wäre.«

»Glaubt ihr zwei, daß wir endlich aufbrechen können?« fragte Meister Wolf.

»Nur noch einen Augenblick«, antwortete Silk. »Wenn wir jemandem begegnen und Erklärungen abgeben müssen, dann sind Lelldorin und Garion Lady Polgaras Diener. Hettar, Barak und Durnik sind meine.«

»Wie du willst«, stimmte Wolf müde zu.

»Ich habe meine Gründe.«

»Schon gut.«

»Möchtest du sie hören?«

»Nicht unbedingt.«

Silk war offensichtlich gekränkt.

»Sind wir dann soweit?« fragte Wolf.
»Im Turm ist nichts mehr«, sagte Durnik. »Oh, einen Moment noch. Ich habe vergessen, das Feuer zu löschen.« Er ging wieder hinein.
Wolf sah dem Schmied empört nach. »Was macht das schon?« murmelte er. »Der Ort ist sowieso eine Ruine.«
»Laß ihn in Ruhe, Vater«, sagte Tante Pol gelassen. »So ist er nun mal.«
Als sie aufsitzen wollten, wieherte Baraks Pferd, ein großer, kräftiger Grauer, und warf Hettar einen vorwurfsvollen Blick zu, worauf der Algarier kicherte.
»Was ist bitte so lustig?« fragte Barak argwöhnisch.
»Das Pferd hat etwas gesagt«, antwortete Hettar. »Mach dir nichts draus.«
Sie schwangen sich in den Sattel und folgten dem schmalen, schlammigen Pfad, der aus den nebligen Ruinen hinaus in den Wald führte. Feuchter Schnee lag unter den nassen Bäumen, und ständig tröpfelte es von den Ästen auf sie herab. Sie zogen ihre Umhänge fest um sich, um die Kälte und die Feuchtigkeit abzuhalten. Als sie im Wald waren, trieb Lelldorin sein Pferd neben Garion, und sie ritten zusammen weiter. »Ist Prinz Kheldar immer so... äh... so ausgesprochen kompliziert?« fragte er.
»Silk? O ja. Er ist sehr verschlagen. Weißt du, er ist ein Spion, und Verkleidungen und schlaue Lügen sind seine zweite Natur.«
»Ein Spion? Wirklich?« Lelldorins Augen leuchteten bei dieser Vorstellung.
»Er arbeitet für seinen Onkel, den König von Drasnien«, erklärte Garion. »Soviel ich verstanden habe, beschäftigen sich die Drasnier seit Jahrhunderten mit solchen Sachen.«
»Wir müssen noch haltmachen, um das restliche Gepäck aufzusammeln«, erinnerte Silk Meister Wolf.
»Ich habe das nicht vergessen«, antwortete der alte Mann.
»Gepäck?« fragte Lelldorin.
»Silk hat in Camaar Wolltuch eingekauft«, sagte Garion. »Er

meint, das gäbe uns einen plausiblen Grund, warum wir unterwegs sind. Wir haben es in einer Höhle versteckt, als wir von der Straße nach Vo Wacune abbogen.«

»Er denkt an alles, nicht wahr?«

»Er versucht es. Wir können froh sein, ihn dabeizuhaben.«

»Vielleicht könnten wir ihn bitten, uns einiges über Verkleidungen beizubringen«, schlug Lelldorin begeistert vor. »Das könnte sehr nützlich sein, wenn wir auf der Suche nach deinem Feind sind.«

Garion hatte geglaubt, Lelldorin hätte seinen impulsiven Schwur längst vergessen. Der Verstand des jungen Arendiers schien zu flüchtig zu sein, um eine Idee lange zu behalten, aber jetzt sah er, daß Lelldorin nur scheinbar Dinge vergaß. Die Vorstellung, den Mörder seiner Eltern mit diesem Enthusiasten zu suchen, der ständig neue Ausschmückungen und Improvisationen hinzufügte, wurde allmählich erschreckend.

Am hellen Vormittag, nachdem sie Silks Gepäck geholt und auf die Rücken ihrer Ersatzpferde geschnallt hatten, waren sie wieder auf der Großen West-Straße, der tolnedranischen Straße, die mitten durch den Wald verlief. Sie ritten in leichtem Galopp in Richtung Süden und kamen rasch vorwärts.

Sie kamen an einem schwer beladenen Leibeigenen vorbei, der in Fetzen von Sackleinen gekleidet war, die mit Kordel zusammengehalten wurden. Das Gesicht des Leibeigenen war eingefallen, und er war sehr dünn unter seinen schmutzigen Lumpen. Er trat von der Straße und starrte sie besorgt an, bis sie vorbei waren. Garion spürte plötzlich einen Stich des Mitleids. Er dachte kurz an Lammer und Detton und überlegte, was schließlich wohl mit ihnen geschehen würde. Aus irgendeinem Grund schien es wichtig zu sein. »Ist es wirklich nötig, sie in solcher Armut zu halten?« fragte er Lelldorin, unfähig, noch länger an sich zu halten.

»Wen?« fragte Lelldorin und sah sich um.

»Den Leibeigenen.«

Lelldorin warf einen Blick über die Schulter zurück auf den in Lumpen gehüllten Mann.

»Du hast ihn nicht einmal gesehen«, klagte Garion.
Lelldorin zuckte die Achseln. »Es sind so viele.«
»Und alle sind sie in Lumpen gekleidet und dem Verhungern nahe.«
»Mimbrische Steuern«, antwortete Lelldorin, als ob dies alles erklärte.
»Du hast wohl immer genug zu essen gehabt.«
»Ich bin kein Leibeigener, Garion«, erwiderte Lelldorin geduldig. »Die Ärmsten leiden immer am stärksten. So ist die Welt nun einmal.«
»Sie muß aber nicht so sein«, widersprach Garion.
»Du verstehst das einfach nicht.«
»Nein. Und das werde ich auch nie tun.«
»Natürlich nicht«, sagte Lelldorin mit aufreizender Selbstgefälligkeit. »Du bist kein Arendier.«
Garion biß die Zähne zusammen, um die naheliegende Antwort zurückzuhalten.
Am späten Nachmittag hatten sie etwa dreißig Meilen zurückgelegt, der Schnee war weitgehend verschwunden. »Sollten wir uns nicht allmählich darum kümmern, wo wir die Nacht verbringen, Vater?« meinte Tante Pol.
Meister Wolf kratzte nachdenklich seinen Bart, während er einen Blick auf die Schatten zwischen den Bäumen warf.
»Ich habe einen Onkel, der nicht weit von hier wohnt«, bot Lelldorin an. »Graf Reldegen. Ich bin sicher, er wird sich freuen, uns zu beherbergen.«
»Dünn?« fragte Meister Wolf. »Dunkles Haar?«
»Jetzt ist es grau«, antwortete Lelldorin. »Kennst du ihn?«
»Ich habe ihn seit zwanzig Jahren nicht gesehen«, sagte Wolf. »Wenn ich mich recht erinnere, war er ein ziemlicher Hitzkopf.«
»Onkel Reldegen? Du mußt ihn mit jemandem verwechseln, Belgarath.«
»Vielleicht«, sagte Wolf. »Wie weit ist es bis zu seinem Haus?«
»Nicht mehr als vier Meilen.«
»Dann wollen wir ihn aufsuchen«, entschied Wolf.

Lelldorin zog an seinen Zügeln und setzte sich an die Spitze des kleinen Zuges, um den Weg zu zeigen.
»Wie kommst du mit deinem Freund zurecht?« fragte Silk und gesellte sich zu Garion.
»Ganz gut«, antwortete Garion, der nicht genau wußte, wie der rattengesichtige kleine Mann die Frage meinte. »Es scheint allerdings etwas schwierig zu sein, ihm Dinge zu erklären.«
»Das ist nur natürlich«, meinte Silk. »Schließlich ist er Arendier.«
Rasch schwang Garion sich zu Lelldorins Verteidigung auf. »Er ist ehrlich und sehr tapfer.«
»Das sind sie alle. Das ist ein Teil des Problems.«
»Ich mag ihn«, verkündete Garion.
»Ich auch, Garion, aber deswegen erkenne ich trotzdem die Wahrheit über ihn.«
»Wenn du versuchst, mir etwas zu sagen, warum tust du das nicht einfach?«
»Also gut. Verliere nicht vor lauter Freundschaft den Verstand. Arendien ist ein sehr gefährliches Land, und Arendier neigen dazu, regelmäßig in Katastrophen hineinzustolpern. Laß nicht zu, daß dein überschwenglicher junger Gefährte dich in Dinge hineinzieht, die dich nichts angehen.« Silk sah ihm direkt in die Augen, und Garion stellte fest, wie ernst der kleine Mann das meinte.
»Ich werde vorsichtig sein«, versprach er.
»Ich wußte, daß ich auf dich zählen kann«, sagte Silk.
»Machst du dich über mich lustig?«
»Würde ich das je tun, Garion?« fragte Silk spöttisch, dann lachte er, und sie ritten zusammen weiter durch den düsteren Nachmittag.
Das graue Steinhaus, in dem Graf Reldegen lebte, lag etwa eine Meile abseits der Straße im Wald. Es stand inmitten einer Lichtung, die sich in alle Richtungen weiter als einen Bogenschuß erstreckte. Die nach außen blickenden Fenster waren schmal und mit Eisengittern versehen. Starke Türme mit Brustwehren standen an jeder Ecke, und das Tor, das den

Innenhof des Hauses abschloß, war aus ganzen Baumstämmen, die viereckig behauen und mit Eisenbändern zusammengehalten waren. Garion starrte das düstere Gebäude an, als sie sich ihm in dem rasch schwindenden Tageslicht näherten. Eine Art hochmütiger Häßlichkeit lag um das Haus, eine grimmige Festigkeit, die der Welt zu trotzen schien. »Es ist kein sehr gemütliches Fleckchen, nicht wahr?« sagte er zu Silk.

»Asturische Architektur ist ein Spiegelbild ihrer Gesellschaft«, antwortete Silk. »Ein solides Haus ist keine schlechte Idee in einem Land, in dem nachbarschaftliche Meinungsverschiedenheiten manchmal außer Kontrolle geraten.«

»Haben sie alle so viel Angst voreinander?«

»Sie sind nur vorsichtig, Garion. Nur vorsichtig.«

Lelldorin stieg vor dem schweren Tor ab und sprach durch ein kleines Gitter mit jemandem auf der anderen Seite. Schließlich rasselten Ketten, und mit einem Knirschen glitten die schweren, von Eisenbändern gehaltenen Flügel zurück.

»Ich würde keine hastigen Bewegungen machen, wenn wir drin sind«, riet Silk leise. »Wahrscheinlich werden wir von Bogenschützen beobachtet.«

Garion sah ihn scharf an.

»Ein altmodischer Brauch hier in der Gegend«, erklärte Silk.

Sie ritten in einen kopfsteingepflasterten Hof und stiegen ab. Graf Reldegen war ein großer dünner Mann mit eisengrauem Haar und Bart, der sich beim Gehen auf einen kräftigen Stock stützte. Er trug eine reichverzierte grüne Weste und eine schwarze Hose. Trotz der Tatsache, daß er sich in seinem eigenen Hause befand, trug er ein Schwert am Gürtel. Er hinkte mühsam eine breite Treppe herunter, um sie zu begrüßen.

»Onkel«, sagte Lelldorin und verbeugte sich respektvoll.

»Neffe«, antwortete der Graf höflich.

»Meine Freunde und ich waren in der Gegend«, sagte Lelldorin, »und wir dachten, wir könnten dich vielleicht um ein Nachtquartier bitten.«

»Du bist immer willkommen, Neffe«, erwiderte Reldegen mit ernster Förmlichkeit. »Habt ihr schon gegessen?«

»Nein, Onkel.«

»Dann müßt ihr alle mit mir zu Abend essen. Würdest du mir deine Freunde vorstellen?«

Meister Wolf zog seine Kapuze ab und trat vor. »Du und ich, wir kennen uns bereits, Reldegen«, sagte er.

Die Augen des Grafen wurden groß. »Belgarath? Bist du es wirklich?«

Wolf grinste. »O ja. Ich wandere immer noch durch die Welt und stöbere Unheil auf.«

Dann lachte Reldegen und nahm Wolf herzlich beim Arm. »Kommt alle hinein. Wir wollen nicht in der Kälte herumstehen.« Er drehte sich um und hinkte wieder die Stufen zum Haus hinauf.

»Was ist mit deinem Bein geschehen?« fragte Wolf.

»Man hat mir mal einen Pfeil ins Knie geschossen.« Der Graf zuckte die Achseln. »Das Ergebnis einer alten Mißstimmigkeit – schon längst vergessen.«

»Wenn ich mich recht erinnere, warst du immer in solche Angelegenheiten verwickelt. Eine Zeitlang habe ich geglaubt, daß du mit halbgezogenem Schwert durchs Leben gehen wolltest.«

»Ich war in meiner Jugend sehr reizbar«, gab der Graf zu und öffnete die breite Tür am oberen Ende der Treppe. Er führte sie durch einen langen Gang in einen Raum von eindrucksvoller Größe mit großen flackernden Kaminfeuern an zwei gegenüberliegenden Wänden. Mächtige steinerne Bögen trugen die Decke. Der Fußboden bestand aus poliertem schwarzem Stein, der mit Fellteppichen bedeckt war, und die Wände, Stützbögen sowie die Decke waren in schimmerndem Kontrast dazu weiß getüncht. Schwere geschnitzte Stühle aus dunklem Holz befanden sich hier und dort, und ein großer Tisch mit einem eisernen Kandelaber in der Mitte stand in der Nähe des Kamins. Etwa ein Dutzend ledergebundener Bücher lagen ebenfalls auf dem Tisch.

»Bücher, Reldegen?« fragte Wolf erstaunt, während er und die anderen ihre Umhänge ablegten und sie den Dienern übergaben, die sofort herbeigeeilt waren. »Du hast dich wirklich verändert, mein Freund.«
Der Graf lächelte über die Bemerkung des alten Mannes.
»Ich vergesse meine guten Manieren«, entschuldigte sich Wolf. »Meine Tochter, Polgara. Pol, dies ist Graf Reldegen, ein alter Freund.«
»Meine Dame«, grüßte der Graf mit einer vollendeten Verbeugung, »Ihr ehrt mein Haus durch Eure Anwesenheit.«
Tante Pol wollte gerade antworten, als zwei junge Männer, die sich heftig stritten, in den Raum stürmten. »Du bist ein Idiot, Berentain!« rief der erste, ein dunkelhaariger Bursche in roter Weste.
»Vielleicht gefällt es Euch, so zu denken, Torasin«, antwortete der zweite, ein kräftiger junger Mann mit hellem, lockigem Haar in grüngelb gestreifter Tunika, »aber ob es Euch gefällt oder nicht, Asturiens Zukunft liegt in mimbrischen Händen. Eure böswilligen Beschuldigungen und spöttischen Reden werden das auch nicht ändern.«
»Hör auf mit dem blöden ›Ihre‹ und ›Eure‹, Berentain«, spottete der Dunkelhaarige. »Deine Nachahmung mimbrischer Höflichkeit dreht mir den Magen um.«
»Meine Herren, das reicht!« sagte Graf Reldegen scharf und klopfte mit seinem Stock auf den Boden. »Wenn ihr zwei darauf besteht, weiter über Politik zu diskutieren, lasse ich euch trennen – gewaltsam, wenn nötig.«
Die beiden jungen Männer sahen sich zornfunkelnd an und stolzierten dann in entgegengesetzte Ecken des Raumes. »Mein Sohn, Torasin«, erklärte der Graf entschuldigend und deutete auf den dunkelhaarigen jungen Mann, »und sein Vetter Berentain, der Sohn des Bruders meiner verstorbenen Frau. Sie streiten sich schon seit zwei Wochen so. Ich mußte ihnen an dem Tag, als Berentain ankam, die Schwerter abnehmen.«
»Politische Diskussionen sind gut für den Kreislauf, Graf«,

stellte Silk fest, »vor allem im Winter. Wegen der Hitze können die Adern nicht verstopfen.«
Der Graf kicherte über diese Bemerkung des kleinen Mannes.
»Prinz Kheldar aus dem Königshaus von Drasnien«, stellte Meister Wolf Silk vor.
»Eure Hoheit«, antwortete der Graf mit einer Verbeugung.
Silk zuckte zusammen. »Bitte, Graf. Ich habe mein Leben damit verbracht, vor dieser Anrede zu fliehen, und ich bin sicher, meine Verbindung zum Königshaus ist meinem Onkel genauso peinlich wie mir.«
Der Graf lachte wiederum gutmütig. »Warum setzen wir uns nicht zu Tisch?« schlug er vor. »Seit dem Morgengrauen drehen sich zwei kapitale Hirsche auf den Bratspießen in der Küche, und neulich habe ich ein Faß Rotwein aus Südtolnedra bekommen. Wenn ich mich recht erinnere, hat Belgarath immer eine Vorliebe für gutes Essen und guten Wein gehabt.«
»Er hat sich darin nicht geändert, Graf«, sagte Tante Pol. »Mein Vater ist schrecklich berechenbar, wenn man ihn einmal kennt.«
Der Graf lächelte und bot ihr seinen Arm, während sie auf eine Tür am anderen Ende des Raumes zugingen.
»Sagt, Graf«, fragte Tante Pol, »ist zufällig eine Badewanne im Hause?«
»Es ist gefährlich, im Winter zu baden, edle Polgara«, warnte sie der Graf.
»Graf«, sagte sie ernst, »ich bade winters wie sommers seit mehr Jahren, als du dir vorstellen kannst.«
»Laß sie baden, Reldegen«, legte Wolf ihm nahe. »Ihre Laune sinkt spürbar, wenn sie glaubt, sie sei schmutzig.«
»Ein Bad würde dir auch nicht schaden, Alter Wolf«, erwiderte Tante Pol nachdrücklich. »Du riechst allmählich etwas streng, wenn der Wind aus deiner Richtung kommt.«
Meister Wolf war gekränkt.
Viel später, als sie ihren Teil an Wildbret, in Sauce getunktem Brot und Kirschtörtchen verspeist hatten, entschuldigte sich Tante Pol und folgte einer Zofe, um die Vorbereitung des Bades

zu überwachen. Die Männer blieben über ihren Weinkrügen am Tisch sitzen. Auf ihren Gesichtern lag der goldene Schein der vielen Kerzen, die in Reldegens Speisesaal standen.
»Ich werde euch eure Zimmer zeigen«, schlug Torasin Lelldorin und Garion vor, schob seinen Stuhl zurück und warf Berentain einen verächtlichen Blick zu.
Sie folgten ihm eine lange Treppe hinauf, die in die oberen Geschosse des Hauses führte. »Ich möchte dich nicht beleidigen, Tor«, sagte Lelldorin auf der Treppe, »aber dein Vetter hat merkwürdige Vorstellungen.«
Torasin schnaubte. »Berentain ist ein Schwachkopf. Er glaubt, er kann die Mimbrer beeindrucken, wenn er ihre Sprache nachahmt und ihnen um den Bart geht.«
»Warum will er sie denn beeindrucken?« fragte Lelldorin.
»Er will unbedingt irgendein Gut, das er sein eigen nennen kann«, antwortete Torasin. »Der Bruder meiner Mutter hat nur sehr wenig Land, das er ihm hinterlassen kann. Der dicke Idiot ist ganz verrückt nach der Tochter einer der Barone in seinem Distrikt, und da der Baron einen grundbesitzlosen Freier nicht einmal in Betracht ziehen würde, versucht Berentain, dem mimbrischen Statthalter ein Gut abzuschwatzen. Er würde sogar Torak selbst Treue schwören, wenn er glaubte, das würde ihm Land einbringen.«
»Begreift er nicht, daß er keine Chance hat?« fragte Lelldorin.
»Um den Statthalter scharen sich viel zu viele landhungrige mimbrische Ritter, als daß er auch nur im Traum daran denken würde, einem Asturier Land zu geben.«
»Das habe ich ihm auch schon gesagt«, erklärte Torasin mit beißender Verachtung, »aber mit ihm ist nicht zu reden. Sein Verhalten entehrt die ganze Familie.«
Lelldorin schüttelte mitfühlend den Kopf, als sie die obere Halle erreichten. Dann sah er sich rasch um. »Ich muß mit dir reden, Tor«, platzte er heraus, seine Stimme sank zu einem Flüstern herab.
Torasin sah ihn scharf an.
»Mein Vater hat mich in einer Angelegenheit von größter

Wichtigkeit in Belgaraths Dienst gegeben«, fuhr Lelldorin hastig und ebenso leise fort. »Ich weiß nicht, wie lange wir fort sein werden, deswegen müßt ihr Korodullin ohne mich töten.«

Torasins Augen weiteten sich vor Entsetzen. »Wir sind nicht allein, Lelldorin!« sagte er mit erstickter Stimme.

»Ich gehe ans andere Ende«, sagte Garion rasch.

»Nein«, antwortete Lelldorin entschieden und ergriff Garions Arm. »Garion ist mein Freund, Tor. Ich habe keine Geheimnisse vor ihm.«

»Lelldorin, bitte«, protestierte Garion. »Ich bin kein Asturier, nicht einmal Arendier. Ich will gar nicht wissen, was ihr vorhabt.«

»Aber du *wirst* es erfahren, Garion, als Beweis meines Vertrauens in dich«, erklärte Lelldorin. »Nächsten Sommer, wenn Korodullin in die Ruinenstadt Vo Astur reist, um dort die sechs Wochen lang Hof zu halten, die die Fiktion von der arendischen Einheit aufrechterhalten sollen, werden wir ihm auf der Straße auflauern.«

»Lelldorin!« japste Tor mit bleichem Gesicht.

Aber Lelldorin sprudelte schon weiter. »Es wird kein einfacher Hinterhalt sein, Garion. Es wird ein meisterlicher Streich gegen das Herz von Mimbre. Wir werden ihm in den Uniformen tolnedranischer Legionäre auflauern und ihn mit tolnedranischen Schwertern niederstrecken. Unser Angriff wird Mimbre zwingen, dem tolnedranischen Kaiserreich den Krieg zu erklären, und Tolnedra wird Mimbre zerbrechen wie eine Eierschale. Mimbre wird zerstört sein und Asturien frei!«

»Nachak wird dich dafür töten lassen, Lelldorin«, rief Torasin. »Wir haben alle bei einem Bluteid Geheimhaltung geschworen.«

»Sag dem Murgo, daß ich auf seinen Eid spucke«, sagte Lelldorin hitzig. »Was brauchen asturische Patrioten einen Parteigänger aus Murgos?«

»Er versorgt uns mit Gold, du Holzkopf!« schrie Torasin fast außer sich. »Wir brauchen sein gutes rotes Gold, um die Uniformen und die Schwerter zu kaufen, und um das Rückgrat einiger unserer schwächeren Freunde zu stärken.«

»Ich brauche keine Schwächlinge um mich«, sagte Lelldorin heftig. »Ein Patriot tut, was er tut, aus Liebe zu seinem Land – nicht für Angarakgold.«

Garions Gedanken überschlugen sich. Der Moment bestürzter Überraschung war vorbei. »In Cherek gab es einen Mann«, erinnerte er sich. »Den Grafen von Jarvik. Auch er hat Murgogold genommen und wollte einen König töten.«

Die beiden starrten ihn verblüfft an.

»Wenn man den König tötet, geschieht etwas mit dem Land«, erklärte Garion. »Egal, wie schlecht der König war oder wie gut die Leute sind, die ihn töten, das Reich fällt eine Zeitlang auseinander. Alle sind durcheinander, und niemand lenkt das Reich. Wenn man dann auch noch gleichzeitig einen Krieg zwischen diesem Land und einem anderen anfängt, vergrößert man die Verwirrung nur noch. Ich glaube, wenn ich ein Murgo wäre, würde ich genau dieses Durcheinander in allen Reichen des Westens gern sehen.«

Garion lauschte fast erstaunt seiner eigenen Stimme. Sie hatte einen sachlichen, leidenschaftslosen Ton, den er sofort erkannte. Seit er sich erinnern konnte, war diese Stimme irgendwo in seinem Hinterkopf gewesen. Sie sagte ihm, was falsch und was richtig war. Aber jetzt sprach sie direkt zu den beiden jungen Männern und erklärte ihnen geduldig etwas.

»Angarakgold ist nicht, was es zu sein scheint«, fuhr er fort. »Es liegt eine Macht darin, die dich verzehrt. Vielleicht hat es deshalb die Farbe von Blut. Ich würde darüber nachdenken, ehe ich noch mehr Gold von diesem Murgo Nachak annähme. Warum glaubt ihr, gibt er euch Gold und hilft euch bei eurem Plan? Er ist kein Asturier, also kann es nichts mit Patriotismus zu tun haben, oder? Ich würde auch darüber nachdenken.«

Lelldorin und sein Vetter sahen plötzlich bestürzt aus.

»Ich werde niemandem etwas davon sagen«, sagte Garion. »Du hast es mir im Vertrauen erzählt, und eigentlich war es überhaupt nicht für meine Ohren bestimmt. Aber denkt daran, daß in der Welt gerade jetzt sehr viel mehr vorgeht, als hier in Arendien. Ich glaube, ich gehe jetzt schlafen. Wenn ihr mir mein Bett zeigt, könnt ihr die ganze Nacht miteinander allein reden, wenn ihr wollt.«

Alles in allem, dachte Garion, hatte er die ganze Sache recht gut gehandhabt. Zumindest hatte er ihnen einige Zweifel eingepflanzt. Inzwischen kannte er Arendier gut genug, um zu wissen, daß es vermutlich nicht ganz ausreichte, diese beiden zur Umkehr zu bewegen, aber es war immerhin schon ein Anfang.

4

Früh am folgenden Morgen ritten sie los, während der Nebel noch immer zwischen den Bäumen hing. Graf Reldegen, in einen dunklen Umhang gehüllt, stand am Tor, um ihnen Lebewohl zu wünschen. Torasin, der neben seinem Vater stand, schien unfähig, seine Augen von Garions Gesicht zu wenden. Garion machte eine so ausdruckslose Miene, wie er nur konnte. Der hitzige junge Asturier schien voller Zweifel zu sein, und diese Zweifel bewahrten ihn vielleicht davor, Hals über Kopf in eine Katastrophe hineinzustolpern. Es war nicht viel, wie Garion wohl wußte, aber es war das beste, was er unter den Umständen hatte erreichen können.

»Komm bald wieder, Belgarath«, sagte Reldegen. »Wenn du einmal länger bleiben kannst. Wir leben hier sehr zurückgezogen, und ich würde gern erfahren, was in der übrigen Welt vor sich geht. Wir können am Feuer sitzen und uns ein oder zwei Monate lang unterhalten.«

Meister Wolf nickte ernst. »Vielleicht, wenn diese Angelegenheit vorbei ist, Reldegen.« Dann wendete er sein Pferd und ritt voran über die weite Lichtung, die Reldegens Haus umgab, wieder einmal in den düsteren Wald.

»Der Graf ist ein ungewöhnlicher Arendier«, sagte Silk während des Reitens leichthin. »Ich glaube, ich habe bei ihm tatsächlich ein oder zwei originelle Gedanken feststellen können.«

»Er hat sich sehr verändert«, stimmte Wolf zu.

»Er führt eine gute Küche«, meinte Barak. »Seit ich Val Alorn verlassen habe, war ich nicht mehr so satt.«

»Das glaube ich gern«, sagte Tante Pol. »Du hast schließlich einen Hirsch fast allein aufgegessen.«

»Du übertreibst, Polgara«, sagte Barak.

»Aber nicht sehr«, meinte Hettar mit seiner leisen Stimme.

Lelldorin hatte sein Pferd neben Garion geführt, aber bisher nichts gesagt. Er wirkte so bestürzt wie sein Vetter. Offensichtlich wollte er etwas sagen, und ebenso offensichtlich wußte er nicht, wie er anfangen sollte.

»Fang schon an«, sagte Garion ruhig. »Wir sind gut genug befreundet, daß ich mich nicht aufregen werde, wenn du es nicht ganz richtig herausbekommst.«

Lelldorin sah ihn an wie ein Schaf. »Bin ich wirklich so leicht zu durchschauen?«

»Aufrichtig ist ein besseres Wort dafür«, meinte Garion. »Du hast eben nie gelernt, deine Gefühle zu verbergen, das ist alles.«

»Stimmt das wirklich?« platzte Lelldorin heraus. »Nicht, daß ich deine Worte anzweifle, aber gab es wirklich einen Murgo in Cherek, der einen Anschlag auf König Anheg plante?«

»Frag Silk«, schlug Garion vor, »oder Barak, oder Hettar – irgendeinen. Wir waren alle dabei.«

»Aber Nachak ist nicht so«, sagte Lelldorin rasch zu seiner Verteidigung.

»Kannst du da sicher sein?« fragte Garion. »Der Plan war ursprünglich seiner, nicht wahr? Wie habt ihr ihn kennengelernt?«

»Wir waren alle zum Großen Markt gegangen, Torasin, ich und einige andere. Wir haben einige Sachen bei einem Murgohändler gekauft, und Tor hat ein paar Bemerkungen über Mimbrer gemacht – du weißt, wie Tor ist. Dieser Kaufmann sagte, daß er jemanden kenne, den wir vielleicht auch kennenlernen möchten, und stellte uns Nachak vor. Je länger wir mit ihm sprachen, desto verständnisvoller für unsere Gefühle schien er zu werden.«

»Natürlich.«

»Er hat uns erzählt, was der König vorhat. Du würdest es nicht glauben.«

»Wahrscheinlich nicht.«

Lelldorin warf ihm einen raschen, betrübten Blick zu. »Er wird uns unsere Güter wegnehmen und sie grundbesitzlosen mimbrischen Edelleuten geben«, sagte er vorwurfsvoll.

»Hast du das auch von jemand anderem als Nachak bestätigt bekommen?«

»Wie denn? Die Mimbrer würden es nicht zugeben, wenn wir es ihnen auf den Kopf zusagten, aber es ist die Art von Dingen, die Mimbrer tun würden.«

»So habt ihr also nur Nachaks Wort? Wie ist euer Plan entstanden?«

»Nachak sagte, wenn er Asturier wäre, würde er nicht zulassen, daß jemand *sein* Land wegnähme, aber er sagte, es wäre zu spät, sie aufzuhalten, wenn sie erst mit Rittern und Soldaten kämen. Wenn es nach ihm ginge, würde er zuschlagen, bevor sie bereit wären, und zwar so, daß die Mimbrer nicht wüßten, wer es war. Da hat er dann die tolnedranischen Uniformen vorgeschlagen.«

»Wann hat er angefangen, euch Geld zu geben?«

»Ich bin nicht sicher. Diesen Teil hat Tor geregelt.«

»Hat er je gesagt, warum er euch Geld gab?«

»Aus Freundschaft, hat er gesagt.«

»Kam euch das nicht merkwürdig vor?«

»Ich würde jemandem auch aus Freundschaft Geld geben«, protestierte Lelldorin.

»Du bist auch Asturier«, erwiderte Garion. »Du würdest dein Leben aus Freundschaft geben. Aber Nachak ist Murgo, und ich habe noch nie gehört, daß sie besonders großzügig seien. Alles läuft doch nur auf eines hinaus: Ein Fremder hat euch erzählt, daß der König euch euer Land wegnehmen will. Dann gibt er euch einen Plan, wie ihr den König töten und Krieg mit Tolnedra beginnen könnt; und um sicherzugehen, daß euch das gelingt, gibt er euch das nötige Geld. Ist es nicht so?«

Lelldorin nickte stumm, die Augen weit aufgerissen.

»Hat denn keiner von euch Verdacht geschöpft?«

Lelldorin schien den Tränen nahe. »Es war so ein *guter* Plan«, brachte er schließlich heraus. »Er hätte einfach gelingen müssen.«

»Deswegen ist er auch so gefährlich«, antwortete Garion.

»Garion, was soll ich nur tun?« Lelldorins Stimme klang gequält.

»Ich glaube nicht, daß du im Moment etwas tun kannst«, sagte Garion. »Vielleicht wird uns später, wenn wir Zeit hatten, darüber nachzudenken, etwas einfallen. Wenn nicht, können wir es immer noch meinem Großvater erzählen. Er wird sich etwas ausdenken, um die Sache zu verhindern.«

»Wir können es niemandem sagen«, erinnerte ihn Lelldorin. »Wir haben gelobt zu schweigen.«

»Vielleicht müssen wir diesen Schwur brechen«, sagte Garion zögernd. »Ich sehe nicht, daß einer von uns diesem Murgo irgend etwas schuldet, aber es liegt bei dir. Ich werde ohne deine Erlaubnis niemandem etwas sagen.«

»Du mußt entscheiden«, bat Lelldorin. »Ich kann es nicht, Garion.«

»Du wirst es müssen«, meinte Garion. »Wenn du darüber nachdenkst, siehst du sicher ein, warum.«

Kurz darauf erreichten sie die Große West-Straße, und Barak führte sie in scharfem Trab nach Süden und verhinderte so weitere Diskussionen.

Nach etwa drei Meilen auf der Straße kamen sie an einem schmutzigen Dorf vorbei, das aus etwa einem Dutzend torfgedeckter Hütten bestand, deren Wände aus mit Lehm verputztem Flechtwerk bestanden. Die Felder um das Dorf waren von Baumstümpfen übersät, und ein paar magere Kühe grasten am Waldrand. Garion konnte seine Empörung nicht verhehlen, als er das Elend betrachtete, das über dieser trüben An-

sammlung von Hütten lag. »Lelldorin«, sagte er scharf. »Sieh.«
»Was? Wo?« Lelldorin schrak aus seinen düsteren Gedanken hoch, als erwartete er eine Gefahr.
»Das Dorf«, sagte Garion. »Sieh es dir an.«
»Es ist nur ein Leibeigenendorf«, sagte Lelldorin gleichgültig. »Ich habe schon Hunderte davon gesehen.« Er wollte sich anscheinend wieder seinem inneren Aufruhr widmen.
»In Sendarien würden wir noch nicht einmal Schweine so halten.« Garions Stimme war rauh vor Erregung. Wenn er nur seinen Freund dazu bringen konnte, es zu *verstehen*!
Zwei in Lumpen gehüllte Leibeigene schlugen niedergedrückt Feuerholz aus einem der Stümpfe nahe der Straße. Als die Gruppe näherkam, ließen sie ihre Äxte fallen und flohen entsetzt in den Wald.
»Bist du darauf stolz, Lelldorin?« fragte Garion. »Gibt es dir ein gutes Gefühl zu wissen, daß deine eigenen Landsleute solche Angst vor dir haben, daß sie bei deinem bloßen Anblick davonlaufen?«
Lelldorin sah ihn erstaunt an. »Es sind *Leibeigene*, Garion«, sagte er wie zur Erklärung.
»Es sind Menschen. Keine Tiere. Menschen sollten besser behandelt werden.«
»Ich kann nichts dagegen tun. Es sind nicht *meine* Leibeigenen.« Und damit wandte Lelldorin seine Aufmerksamkeit wieder nach innen, wo er mit dem Dilemma kämpfte, in das Garion ihn gestürzt hatte.
Am späten Nachmittag hatten sie etwa dreißig Meilen zurückgelegt, und der bewölkte Himmel wurde allmählich dunkler, als der Abend kam. »Ich glaube, wir werden die Nacht im Wald verbringen müssen, Belgarath«, sagte Silk und sah sich um. »Wir haben keine Möglichkeit, noch die nächste tolnedranische Herberge zu erreichen.«
Meister Wolf hatte im Sattel etwas gedöst. Er sah blinzelnd hoch. »Also gut«, antwortete er, »aber wir wollen etwas abseits der Straße rasten. Unser Feuer könnte Aufmerksamkeit erre-

gen, und es wissen jetzt schon zu viele Leute, daß wir in Arendien sind.«

»Gleich da vorn ist eine Holzfällerschneise«, sagte Durnik und deutete auf einen Einschnitt zwischen den Bäumen knapp vor ihnen. »Sie führt bestimmt in den Wald hinein.«

»In Ordnung«, stimmte Wolf zu.

Die Huftritte wurden durch die nassen Blätter, die den Waldboden bedeckten, gedämpft. Sie ritten schweigend fast eine Meile weit, bis sich vor ihnen eine Lichtung öffnete.

»Wie wär's hier?« fragte Durnik. Er zeigte auf einen kleinen Bach, der leise über bemooste Steine an einer Seite der Lichtung plätscherte.

»Das wird gehen«, meinte Wolf.

»Wir werden ein Schutzdach brauchen«, sagte der Schmied.

»Ich habe in Camaar Zelte gekauft«, entgegnete Silk. »Sie sind im Gepäck.«

»Das war sehr vorausschauend von dir«, beglückwünschte ihn Tante Pol.

»Ich war früher schon in Arendien, meine Dame. Ich bin mit dem Wetter hier vertraut.«

»Garion und ich werden Feuerholz suchen«, sagte Durnik, stieg vom Pferd und nahm seine Axt.

»Ich helfe euch«, bot Lelldorin an, dessen Gesicht noch immer betrübt war.

Durnik nickte und ging voran in den Wald. Der Wald war feucht, aber der Schmied schien fast instinktiv zu wissen, wo er trockenes Brennholz finden konnte. Sie arbeiteten rasch in dem zunehmenden Zwielicht und hatten bald drei große Bündel Zweige und Reisig. Dann kehrten sie zu der Lichtung zurück, wo Silk und die anderen einige schwarzbraune Zelte aufstellten. Durnik legte sein Holz ab und scharrte mit den Füßen eine Stelle für ihr Feuer frei. Dann kniete er nieder und schlug mit seinem Messer Funken von einem Feuerstein auf ein Bündel trockenen Zunders, das er immer bei sich trug. In kurzer Zeit hatte er ein kleines Feuer entfacht, und Tante Pol stellte ihre Töpfe leise summend daneben.

Hettar kam zurück, nachdem er die Pferde versorgt hatte, und danach standen sie herum und sahen Tante Pol bei der Zubereitung des Abendessens zu. Sie stellte es aus den Vorräten zusammen, die Graf Reldegen ihnen aufgedrängt hatte, ehe sie heute morgen sein Haus verlassen hatten.

Nachdem sie gegessen hatten, saßen sie um das Feuer herum und unterhielten sich leise. »Wie weit sind wir heute gekommen?« fragte Durnik.

»Etwa fünfunddreißig Meilen«, schätzte Hettar.

»Wie lange dauert es noch, bis wir aus dem Wald heraus sind?«

»Er erstreckt sich über zweihundertfünfzig Meilen von Camaar bis zur Zentralebene«, antwortete Lelldorin.

Durnik seufzte. »Eine Woche oder länger. Ich hatte gehofft, daß es nur noch ein paar Tage wären.«

»Ich weiß, was du meinst, Durnik«, pflichtete ihm Barak bei. »Es ist so düster unter all diesen Bäumen.«

Die Pferde, die in der Nähe des Baches angepflockt waren, scharrten unruhig. Hettar erhob sich.

»Stimmt etwas nicht?« fragte Barak und stand ebenfalls auf.

»Sie sollten nicht...«, begann Hettar. Dann hielt er inne. »Zurück!« rief er. »Weg vom Feuer. Die Pferde sagen, daß Männer dort draußen sind. Viele – mit Waffen.« Er sprang vom Feuer weg und zog dabei seinen Säbel.

Lelldorin warf ihm einen überraschten Blick zu und schoß auf eines der Zelte zu. Garions plötzliche Enttäuschung über seinen Freund traf ihn fast wie ein Schlag in den Magen.

Ein Pfeil schwirrte ins Licht und prallte von Baraks Kettenhemd ab. »Zu den Waffen!« brüllte der große Mann und zog sein Schwert.

Garion griff nach dem Ärmel von Tante Pols Gewand und versuchte, sie aus dem Licht zu ziehen.

»Laß das!« fuhr sie ihn an und schüttelte seine Hand ab. Ein weiterer Pfeil kam aus dem nebligen Wald herangeschwirrt. Tante Pol bewegte ihre Hand, als ob sie eine Fliege verscheuchen wollte und murmelte ein einziges Wort. Der Pfeil prallte zurück, als ob er gegen ein Hindernis gestoßen wäre und fiel zu

Boden. Mit heiserem Geschrei stürzte eine Gruppe von verwegenen, kräftigen Männern vom Waldrand hervor und platschte durch den Bach, wobei sie ihre Schwerter schwangen. Als Barak und Hettar auf sie zustürmten, tauchte Lelldorin wieder mit Pfeil und Bogen aus seinem Zelt auf und begann in so rascher Folge Pfeile abzuschießen, daß die Bewegungen seiner Hände kaum zu erkennen waren. Garion war tief beschämt, daß er am Mut seines Freundes gezweifelt hatte.

Mit einem erstickten Schrei stolperte einer der Angreifer mit einem Pfeil in der Kehle zurück. Ein weiterer krümmte sich, hielt sich den Bauch und fiel stöhnend zu Boden. Ein dritter, noch recht jung, mit hellem Flaum auf den Wangen, stürzte schwer und zog an den Federn des Schaftes, der aus seiner Brust ragte. Sein jungenhaftes Gesicht nahm einen bestürzten Ausdruck an, dann seufzte er und fiel zur Seite, während ein Blutstrom aus seiner Nase quoll.

Die zerlumpten Männer wichen unter Lelldorins Pfeilregen zurück, und dann waren Barak und Hettar bei ihnen. Mit einem mächtigen Hieb wehrte Barak mit seinem schweren Schwert eine hochgehobene Klinge ab und durchbohrte den schnauzbärtigen Mann, der sie geführt hatte, zwischen Hals und Schulterblatt. Der Mann brach zusammen. Hettar täuschte mit seinem Säbel, um ihn dann geschmeidig in den Körper eines pockennarbigen Mannes zu stoßen. Der Mann versteifte sich, und ein Strahl hellen Blutes schoß aus seinem Mund, als Hettar seine Klinge herauszog. Durnik lief mit seiner Axt vorwärts, und Silk zog einen langen Dolch unter der Weste hervor und lief direkt auf einen Mann mit struppigem, braunem Bart zu. Im letzten Moment duckte er sich, rollte herum und traf den bärtigen Mann mit beiden Füßen an der Brust, dann stieß er seinem Gegner den Dolch in den Bauch. Der Dolch machte ein nasses, knirschendes Geräusch, als er aufwärts glitt, und der getroffene Mann hielt sich schreiend den Bauch, als er versuchte, die bläulichen Schlingen und Schleifen seiner Gedärme festzuhalten, die durch seine Finger quollen.

Garion stürzte auf das Gepäck zu, um sein Schwert zu holen,

wurde aber plötzlich rauh von hinten gepackt. Er kämpfte einen Moment und fühlte dann einen betäubenden Schlag auf den Hinterkopf. Dann tanzten Sterne vor seinen Augen.
»Das ist derjenige, den wir haben wollten«, sagte eine heisere Stimme, während Garion in Bewußtlosigkeit versank.
Er wurde getragen, so viel war sicher. Er konnte die starken Arme unter sich spüren. Er wußte nicht, wie lange es her war, seit man ihm auf den Kopf geschlagen hatte. Seine Ohren dröhnten noch immer, und ihm war mehr als nur ein wenig übel. Er bewegte sich nicht, öffnete aber vorsichtig ein Auge. Obwohl er nur verschwommen und undeutlich sehen konnte, erkannte er Baraks Gesicht in der Dunkelheit über sich. Dann verschmolz es wie schon einmal, mit dem zottigen Gesicht eines großen Bären. Er schloß die Augen, schauderte und versuchte sich zu befreien.
»Es ist schon gut, Garion«, sagte Barak in einem verzweifelten Tonfall. »Ich bin es.«
Garion öffnete die Augen wieder, und der Bär war verschwunden. Er war sich nicht einmal sicher, ob er ihn überhaupt wirklich gesehen hatte.
»Bist du in Ordnung?« fragte Barak und setzte ihn ab.
»Sie haben mich auf den Kopf geschlagen«, murmelte Garion, und seine Hand tastete nach der Schwellung hinter dem Ohr.
»Sie werden es nicht wieder tun«, brummte Barak, immer noch verzweifelt klingend. Dann sank der riesige Mann zu Boden und vergrub das Gesicht in den Händen. Es war dunkel und nur schwer zu erkennen, aber es sah aus, als ob Baraks Schultern in einem schrecklichen, unterdrückten Kummer zuckten – in einer lautlosen, schmerzlichen Reihe von krampfartigen Schluchzern.
»Wo sind wir?« fragte Garion und sah sich in der Dunkelheit um.
Barak räusperte sich und wischte sich das Gesicht ab. »Ein gutes Stück von den Zelten entfernt. Ich habe ein Weilchen gebraucht, um die beiden einzuholen, die dich wegschleppten.«

»Was ist denn geschehen?« Garion war immer noch ein wenig durcheinander.
»Sie sind tot. Kannst du aufstehen?«
»Ich weiß nicht.« Garion versuchte es, aber eine Welle von Übelkeit überfiel ihn. Sein Magen drehte sich um.
»Macht nichts. Ich trage dich«, sagte Barak jetzt in sachlich-grimmigem Ton. Eine Eule kreischte in der Nähe, ihr geisterhaft weißer Schatten schwebte vor ihnen durch die Bäume. Als Barak ihn hochhob, schloß Garion die Augen und konzentrierte sich darauf, seinen Magen unter Kontrolle zu halten.
Nach kurzer Zeit erreichten sie die Lichtung mit ihrem Feuerschein. »Geht es ihm gut?« fragte Tante Pol und sah von Durniks Arm hoch, an dem sie gerade eine Schnittwunde bandagierte.
»Nur eine Beule am Kopf«, antwortete Barak und setzte Garion ab. »Habt ihr ihnen Beine gemacht?« Seine Stimme war rauh, fast brutal.
»Denen, die noch laufen konnten«, erwiderte Silk, dessen Stimme erregt war und dessen Augen leuchteten. »Sie haben ein paar zurückgelassen.« Er deutete auf eine Anzahl regloser Gestalten, die am Rand des Lichtkreises lagen.
Lelldorin kam zurück auf die Lichtung und blickte mit halb angelegtem Bogen über die Schulter zurück. Er war außer Atem, sein Gesicht war blaß, seine Hände zitterten. »Bist du in Ordnung?« fragte er, als er Garion erblickte.
Garion nickte und betastete vorsichtig die Beule hinter dem Ohr.
»Ich wollte den beiden, die dich mitgenommen haben, den Weg abschneiden«, erklärte der junge Mann, »aber sie waren zu schnell für mich. Da draußen ist irgendein Tier. Ich habe es heulen gehört, als ich dich suchte – ein schreckliches Geheul.«
»Das Tier ist nicht mehr da«, sagte Barak fest.
»Was ist los mit dir?« fragte Silk den großen Mann.
»Nichts.«
»Wer waren die Männer?« fragte Garion.
»Höchstwahrscheinlich Räuber«, vermutete Silk und steckte

seinen Dolch ein. »Einer der Vorzüge einer Gesellschaft mit Leibeigenen. Es wird ihnen zu langweilig, Leibeigene zu sein, und so gehen sie hinaus in die Wälder, um nach Abenteuern und Beute zu suchen.«

»Du hörst dich an wie Garion«, warf Lelldorin ihm vor. »Könnt ihr denn nicht verstehen, daß Leibeigenschaft Teil der natürlichen Ordnung der Dinge hier ist? Unsere Leibeigenen könnten nicht für sich selbst sorgen, also übernehmen diejenigen von uns in höherer Stellung die Verantwortung und sorgen für sie.«

»Selbstverständlich tut ihr das«, stimmte ihm Silk sarkastisch zu. »Sie sind zwar nicht so gut genährt wie eure Schweine, noch haben sie so gute Hütten wie eure Hunde, aber ihr sorgt für sie, nicht wahr?«

»Das reicht, Silk«, sagte Tante Pol kühl. »Wir wollen nicht anfangen, uns untereinander zu streiten.« Sie knüpfte einen letzten Knoten an Durniks Verband und kam dann herüber, um Garions Kopf zu untersuchen. Mit dem Finger berührte sie sanft die Beule. Er wimmerte. »Es scheint nicht ernst zu sein«, stellte sie fest.

»Es tut trotzdem weh«, jammerte er.

»Natürlich, mein Lieber«, sagte sie ruhig. Sie tauchte einen Lappen in einen Eimer kaltes Wasser und hielt ihn an die Beule. »Du wirst lernen müssen, deinen Kopf zu schützen, Garion. Wenn du noch mehr solcher Schläge bekommst, weicht dein Gehirn auf.«

Garion wollte gerade antworten, als Hettar und Meister Wolf zurück in den Feuerschein traten. »Sie rennen immer noch«, verkündete Hettar. Die Stahlplättchen auf seiner Fohlenjacke schimmerten rot in dem flackernden Licht, sein Säbel war blutverschmiert.

»Das scheinen sie gut zu können«, sagte Meister Wolf. »Ist hier alles in Ordnung?«

»Bis auf ein paar blaue Flecken und Beulen, ja«, sagte Tante Pol. »Es hätte wesentlich schlimmer sein können.«

»Wir wollen uns lieber keine Gedanken darüber machen, was hätte passieren können.«

»Sollen wir die da entfernen?« brummte Barak und deutete auf die Leichen, die neben dem Bach lagen.
»Sollen wir sie nicht begraben?« fragte Durnik. Seine Stimme zitterte etwas, und sein Gesicht war sehr blaß.
»Zuviel Arbeit«, sagte Barak ohne Umschweife. »Ihre Freunde können später kommen und sich darum kümmern – wenn ihnen danach ist.«
»Ist das nicht etwas unzivilisiert?« wandte Durnik ein.
Barak zuckte die Achseln. »Es ist so üblich.«
Meister Wolf drehte eine der Leichen um und untersuchte sorgfältig das graue Gesicht des Toten. »Sieht aus wie ein gewöhnlicher arendischer Gesetzloser«, brummte er. »Trotzdem ist es schwer, das mit Sicherheit zu sagen.«
Lelldorin sammelte seine Pfeile wieder ein und zog sie vorsichtig aus den Toten.
»Wir wollen sie ein Stück dort hinüberziehen«, sagte Barak zu Hettar. »Ich mag sie nicht mehr sehen.«
Durnik wandte den Blick ab, und Garion sah, daß ihm Tränen in den Augen standen. »Tut es weh, Durnik?« fragte er mitfühlend und setzte sich auf den Baumstamm neben seinen Freund.
»Ich habe einen dieser Männer getötet, Garion«, antwortete der Schmied mit zitternder Stimme. »Ich habe ihm meine Axt über den Kopf geschlagen. Er schrie, und sein Blut strömte über mich. Dann fiel er zu Boden und schlug mit den Fersen auf die Erde, bis er starb.«
»Du hattest keine Wahl, Durnik«, sagte Garion. »Sie wollten uns töten.«
»Ich habe noch nie jemanden getötet«, sagte Durnik, und die Tränen liefen ihm übers Gesicht. »Er hat so lange mit den Füßen geschlagen, so schrecklich lange.«
»Warum gehst du nicht schlafen, Garion?« sagte Tante Pol entschieden. Ihre Augen ruhten auf Durniks tränenüberströmtem Gesicht.
Garion verstand. »Gute Nacht, Durnik«, sagte er. Er stand auf und ging auf eines der Zelte zu. Einmal warf er einen Blick zurück. Tante Pol hatte sich neben den Schmied auf den Baum-

stamm gesetzt und sprach leise auf ihn ein, während sie einen Arm tröstend um seine Schulter legte.

5

Das Feuer draußen vor dem Zelt war bis auf ein winziges rotes Flackern heruntergebrannt, und der Wald um die Lichtung herum war still. Garion lag mit dröhnendem Kopf da und versuchte zu schlafen. Schließlich, lange nach Mitternacht, gab er es auf. Er schlüpfte unter seiner Decke hervor und machte sich auf die Suche nach Tante Pol.

Über dem silbrigen Nebel war der Vollmond aufgegangen, sein Licht ließ den Nebel schimmern. Die Luft schien fast zu glühen, als er sich vorsichtig seinen Weg durch das schlafende Lager bahnte. Er kratzte an ihrer Zeltklappe und flüsterte: »Tante Pol?« Er erhielt keine Antwort. »Tante Pol«, wisperte er etwas lauter, »ich bin es, Garion. Kann ich hereinkommen?« Auch diesmal erhielt er keine Antwort, und nicht das leiseste Geräusch war zu hören. Vorsichtig zog er die Klappe zurück und spähte hinein. Das Zelt war leer.

Erstaunt und auch ein wenig erschreckt drehte er sich um und blickte über die Lichtung. Hettar stand nicht weit von den angepflockten Pferden Wache, das Habichtgesicht dem nebligen Wald zugewandt und den Umhang fest um sich gezogen. Garion zögerte einen Augenblick und ging dann leise um die Zelte herum. Er schlich zwischen den im schimmernden Nebel stehenden Bäumen hindurch auf den Bach zu, denn er glaubte, es könnte ihm helfen, seinen schmerzenden Kopf im kalten Wasser zu kühlen. Er war etwa fünfzig Meter hinter den Zelten, als er eine schwache Bewegung zwischen den Bäumen vor ihm wahrnahm. Er blieb stehen. Ein riesiger grauer Wolf trottete aus dem Nebel und blieb mitten auf einer kleinen Lichtung zwischen den Bäumen stehen. Garion sog scharf den Atem ein und blieb wie erstarrt neben einer großen, knorrigen Eiche stehen. Der Wolf ließ sich auf dem feuchten Laub nieder, als ob er auf etwas wartete. Der leuchtende Nebel offenbarte Einzelheiten, die Garion in einer gewöhnlichen Nacht nicht hätte wahrnehmen können. Mähne und Schultern des Tieres waren silberweiß, und seine Schnauze war grau. Er trug sein Alter mit großer Würde, seine gelben Augen wirkten ruhig und irgendwie sehr weise.

Garion stand vollkommen unbeweglich. Er wußte, daß das leiseste Geräusch sofort die scharfen Ohren des Wolfes erreichen würde, aber es war nicht nur das. Der Schlag hinter sein Ohr hatte seinen Kopf leicht gemacht, und der seltsame Glanz des mondlichtdurchfluteten Nebels ließ ihm diese Begegnung irgendwie unwirklich erscheinen. Er merkte, wie er den Atem anhielt.

Eine große, schneeweiße Eule schwebte auf geisterhaften Schwingen über die kleine Lichtung, ließ sich auf einem niedrigen Ast nieder und blickte ohne zu blinzeln auf den Wolf hinunter. Der graue Wolf erwiderte den Blick des Vogels gelassen. Dann, obwohl kein Windhauch ging, schien es, als ob ein plötzlicher Luftwirbel in dem schimmernden Nebel die Gestalten der Eule und des Wolfes verschwommen und undeutlich machte. Als es wieder klar wurde, stand Meister Wolf mitten auf der Lichtung, und Tante Pol in ihrem grauen Kleid saß gelassen auf dem Ast über ihm.

»Es ist lange her, seit wir zusammen gejagt haben, Polgara«, sagte der alte Mann.

»Ja, das ist wahr, Vater.« Sie hob die Arme und fuhr sich mit den Fingern durch die lange, dunkle Fülle ihres Haars. »Ich hatte schon fast vergessen, wie es ist.« Ein seltsamer Freudenschauer schien sie zu überlaufen. »Es ist eine herrliche Nacht dafür.«

»Etwas frisch, finde ich«, erwiderte er und schüttelte einen Fuß.

»Über den Baumwipfeln ist es sehr klar, und die Sterne leuchten besonders hell. Es ist eine großartige Nacht zum Fliegen.«

»Ich freue mich, daß es dir Spaß gemacht hat. Du hast dabei nicht zufällig vergessen, was du eigentlich tun solltest?«

»Sei nicht sarkastisch, Vater.«
»Also?«
»Außer Arendiern ist niemand in der Nähe, und die meisten von ihnen schlafen.«
»Bist du sicher?«
»Natürlich. Auf fünfzehn Meilen in jeder Richtung ist kein Grolim zu sehen. Hast du gefunden, was du suchtest?«
Er nickte. »In einem der Dörfer in der Nähe gibt es einen Mann, der die Straßen beobachtet und sie wissen läßt, wenn jemand vorbeikommt, den auszurauben sich lohnen könnte.«
»Dann sind es nur gewöhnliche Diebe?«
»Nicht ganz. Sie haben gerade auf uns gewartet. Wir waren ihnen genau beschrieben worden.«
»Ich glaube, ich werde ein Wörtchen mit diesem Dorfbewohner reden«, sagte sie grimmig. Sie machte eine unangenehm vielsagende Geste.
»Das ist die Zeit nicht wert, die es beanspruchen würde«, sagte Wolf und kratzte sich nachdenklich im Bart. »Er könnte dir nur erzählen, daß ein Murgo ihm Gold geboten hat. Grolims geben sich nicht damit ab, ihren gedungenen Leuten etwas zu erklären.«
»Wir sollten uns um ihn kümmern, Vater«, beharrte sie. »Wir wollen nicht, daß er hinter uns herschleicht und versucht, jeden Schurken in ganz Arendien zu bestechen und auf unsere Spur zu hetzen.«
»Bald wird er nicht mehr viel zu bestechen haben«, erwiderte Wolf mit einem kurzen Auflachen. »Seine Freunde planen, ihn morgen früh in den Wald zu locken und ihm die Kehle durchzuschneiden – unter anderem.«
»Gut. Ich möchte trotzdem gern wissen, wer der Grolim ist.«
Wolf zuckte die Achseln. »Was macht das für einen Unterschied? In Nordarendien gibt es Dutzende von ihnen, die alle soviel Unruhe stiften, wie sie nur können. Sie wissen genausogut wie wir, was kommt. Wir können nicht erwarten, daß sie ruhig dasitzen und uns vorbeiziehen lassen.«
»Sollten wir dem nicht ein Ende machen?«

»Wir haben keine Zeit dazu«, sagte er. »Es dauert ewig, Arendiern etwas zu erklären. Wenn wir schnell genug vorankommen, können wir vielleicht durchschlüpfen, ehe die Grolims so weit sind.«

»Und wenn nicht?«

»Dann müssen wir es anders versuchen. Ich muß an Zedar herankommen, bevor er nach Cthol Murgos gelangt. Wenn sich mir zuviel in den Weg stellt, muß ich eben direkter werden.«

»Das hättest du von Anfang an tun sollen, Vater. Manchmal bist du zu heikel.«

»Fängst du wieder damit an? Das ist deine Antwort auf alles, Polgara. Du erledigst immer Dinge, die sich von selbst erledigen würden, wenn du sie in Ruhe ließest, und veränderst Dinge, die nicht verändert zu werden brauchen.«

»Sei nicht so verdrießlich, Vater. Hilf mir hinunter.«

»Warum fliegst du nicht?« schlug er vor.

»Sei nicht albern.«

Heftig zitternd schlich sich Garion durch die bemoosten Bäume fort.

Als Tante Pol und Meister Wolf auf die Lichtung zurückkamen, weckten sie die anderen. »Wir sollten besser weiterreiten«, sagte Wolf. »Wir sind hier draußen zu ungeschützt. Auf der Straße ist es sicherer, und ich möchte gern dieses Stück Wald hinter mich bringen.«

Es dauerte kaum eine Stunde, ihr Nachtlager abzubauen, dann gingen sie wieder über die Holzfällerschneise auf die Große West-Straße zu. Obwohl es noch ein paar Stunden bis zum Morgengrauen waren, erfüllte der mondscheingebadete Nebel die Nacht mit einer diesigen Helligkeit, und es war fast, als ritten sie durch eine leuchtende Wolke, die sich zwischen den dunklen Bäumen niedergelassen hatte.

»Wenn die Sonne aufgeht, möchte ich ein gutes Stück von hier fort sein«, sagte Wolf leise, »aber wir wollen auch nicht blindlings in irgend etwas hineinstolpern, also haltet Augen und Ohren offen.«

Sie fielen in Trab und hatten gut zehn Meilen zurückgelegt, als der Nebel in der Morgendämmerung perlgrau zu werden begann. Als sie um eine weite Biegung kamen, hob Hettar plötzlich den Arm und signalisierte Halt.
»Was ist los?« fragte Barak ihn.
»Pferde voraus«, antwortete Hettar. »Sie kommen hier entlang.«
»Bist du sicher? Ich höre nichts.«
»Mindestens vierzig«, sagte Hettar entschieden.
»Da«, sagte Durnik, den Kopf zur Seite gelegt. »Hört ihr?«
Jetzt hörten alle in einiger Entfernung im Nebel ein Klappern.
»Wir können uns im Wald verstecken, bis sie vorbei sind«, schlug Lelldorin vor.
»Es ist besser, auf der Straße zu bleiben«, erwiderte Wolf.
»Laßt mich das machen«, meinte Silk selbstbewußt und setzte sich an die Spitze. »Ich habe so etwas schon öfter gemacht.« Sie ritten langsam weiter.
Die Reiter, die aus dem Nebel auftauchten, waren in Stahl gepanzert. Sie trugen volle, polierte Rüstung und runde Helme mit spitz zulaufenden Visieren, die sie wie riesige Insekten aussehen ließen. Sie trugen lange Lanzen mit bunten Wimpeln an der Spitze, und ihre Pferde waren schwere, ebenfalls gepanzerte Tiere.
»Mimbrische Ritter«, knirschte Lelldorin. Sein Blick verfinsterte sich.
»Halte deine Gefühle zurück«, sagte Wolf zu dem jungen Mann. »Wenn einer von ihnen etwas zu dir sagt, antworte so, daß sie glauben, du wärst ein Mimbrersympathisant, wie der junge Berentain bei deinem Onkel.«
Lelldorins Gesicht verhärtete sich.
»Tu, was er sagt, Lelldorin«, sagte Tante Pol. »Jetzt ist nicht die Zeit für Heldentaten.«
»Stehengeblieben!« befahl der Anführer der gepanzerten Kolonne und senkte seine Lanze, bis ihre Spitze auf sie gerichtet war. »Möge einer vortreten, auf daß ich mit ihm reden kann.« Der Ritter sprach mit herrischem Tonfall.

Silk ritt auf den stahlgepanzerten Mann zu. Er hatte ein gewinnendes Lächeln aufgesetzt. »Wir sind erfreut, Euch zu sehen, Herr Ritter«, log er gewandt. »Wir wurden letzte Nacht von Räubern überfallen und sind um unser Leben geritten.«
»Wie ist euer Name?« erkundigte sich der Ritter und klappte sein Visier hoch, »und wer sind die, die Euch begleiten?«
»Ich bin Radek von Boktor, mein Herr«, antwortete Silk mit einer Verbeugung und zog seine Samtkappe, »ein Kaufmann aus Drasnien auf dem Weg nach Tol Honeth mit sendarischer Wolle, in der Hoffnung, den Wintermarkt noch zu erreichen.«
Die Augen des Gepanzerten verengten sich mißtrauisch. »Eure Gesellschaft scheint zu zahlreich für ein solch simples Unterfangen, werter Kaufmann.«
»Diese drei hier sind meine Diener«, sagte Silk und deutete auf Barak, Hettar und Durnik. »Der alte Mann und der Knabe dienen meiner Schwester, einer vermögenden Witwe, die mich begleitet, um Tol Honeth zu besuchen.«
»Was ist mit den anderen?« drängte der Ritter. »Mit dem Asturier?«
»Ein junger Edelmann, der nach Vo Mimbre reist, um dort Freunde zu besuchen. Er hat sich freundschaftlicherweise bereit erklärt, uns durch den Wald zu führen.«
Das Mißtrauen des Ritters schien etwas nachzulassen. »Ihr habt Räuber erwähnt«, sagte er. »Wo fand dieser Überfall statt?«
»Etwa zehn oder zwölf Meilen zurück. Sie haben uns überfallen, nachdem wir unser Nachtlager aufgeschlagen hatten. Wir konnten sie in die Flucht schlagen, aber meine Schwester war sehr verängstigt.«
»Dieses Asturien brodelt vor Rebellion und Schurkenstreichen«, sagte der Ritter streng. »Meine Männer und ich wurden ausgesandt, solches zu unterbinden. Komm her, Asturier.«
Lelldorins Nasenflügel bebten, aber er trat gehorsam vor.
»Ich will Euren Namen wissen.«
»Mein Name ist Lelldorin, Herr Ritter. Wie kann ich Euch zu Diensten sein?«

»Diese Räuber, von denen Eure Freunde sprachen – waren sie Bürgerliche oder Edle?«
»Leibeigene, mein Herr«, antwortete Lelldorin, »zerlumpt und ungehobelt. Sie sind zweifellos aus der Obhut ihrer Herren geflohen, um im Wald als Gesetzlose zu leben.«
»Wie können wir Pflichterfüllung und Gehorsam von Leibeigenen erwarten, wenn selbst Edelleute verabscheuungswürdige Rebellion gegen die Krone anzetteln?« meinte der Ritter.
»Wohl wahr, mein Herr«, pflichtete ihm Lelldorin mit einer Betrübtheit bei, die nur eine Spur übertrieben war. »Viel habe ich mit denen, die endlos von mimbrischer Unterdrückung und hochfahrender Arroganz sprechen, über ebendiesen Punkt gestritten. Meine Appelle für Vernunft und pflichtgemäßen Respekt vor seiner Majestät, unserem Herrn König, wurden jedoch mit Hohn und kalter Verachtung aufgenommen.« Er seufzte.
»Eure Weisheit steht Euch gut an, junger Lelldorin«, sagte der Ritter anerkennend. »Bedauerlicherweise muß ich Euch und Eure Gesellschaft etwas aufhalten, damit wir gewisse Einzelheiten überprüfen können.«
»Herr Ritter!« protestierte Silk lebhaft. »Ein Wetterumschwung könnte den Wert meiner Waren in Tol Honeth schmälern. Ich bitte Euch, haltet uns nicht auf.«
»Ich bedaure die Notwendigkeit, guter Kaufmann«, antwortete der Ritter, »aber Asturien ist voll von Heuchlern und Verschwörern. Ich kann ohne genaueste Untersuchung die Durchreise niemandem gestatten.«
Hinter der mimbrischen Truppe gab es Unruhe. Im Gänsemarsch, prächtig anzusehen in polierten Brustharnischen, federgeschmückten Helmen und roten Umhängen, kam eine halbe Hundertschaft tolnedranischer Legionäre an den gepanzerten Rittern vorbei. »Wo liegt hier das Problem?« fragte ihr Hauptmann, ein hagerer, lederhäutiger Mann von etwa vierzig Jahren, höflich, während er sein Pferd kurz vor Silk zum Stehen brachte.
»Wir bedürfen der Hilfe der Legionen in dieser Angelegenheit

nicht«, sagte der Ritter kalt. »Unsere Befehle kommen von Vo Mimbre. Wir sind ausgesandt, um die Ordnung in Asturien wiederherstellen zu helfen, und wir befragen diese Reisenden zu eben diesem Zweck.«

»Ich habe großen Respekt vor Befehlen, Herr Ritter«, erwiderte der Tolnedraner, »aber die Sicherheit der Straße unterliegt *meiner* Verantwortung.« Er sah Silk fragend an.

»Ich bin Radek von Boktor, Hauptmann«, sagte Silk, »ein drasnischer Kaufmann auf dem Wege nach Tol Honeth. Ich habe Papiere, wenn ihr sie sehen wollt.«

»Papiere sind leicht zu fälschen«, erklärte der Ritter.

»Stimmt«, gab der Tolnedraner zu, »aber um Zeit zu sparen, akzeptiere ich alle Papiere nach Augenschein. Ein drasnischer Kaufmann mit Waren im Gepäck hat einen legitimen Grund, sich auf einer kaiserlichen Straße aufzuhalten, Herr Ritter. Es besteht kein Grund, ihn aufzuhalten, nicht wahr?«

»Wir wollen Räuberei und Rebellion ausrotten«, sagte der Ritter hitzig.

»Rottet ruhig aus«, sagte der Hauptmann, »aber *abseits* der Straße, wenn ihr nichts dagegen habt. Die kaiserliche Straße ist per Vertrag tolnedranisches Territorium. Was ihr macht, wenn ihr fünfzig Meter neben der Straße im Wald seid, ist eure Sache, was auf dieser Straße passiert, ist *meine*. Ich bin sicher, kein mimbrischer Ritter würde seinen König dadurch demütigen wollen, daß er eine feierliche Vereinbarung zwischen der arendischen Krone und dem Kaiser von Tolnedra verletzt, nicht wahr?«

Der Ritter sah ihn hilflos an.

»Ich finde, du solltest weiterreisen, guter Kaufmann«, sagte der Toledraner zu Silk. »Ich weiß, daß ganz Tol Honeth gespannt deine Ankunft erwartet.«

Silk grinste ihn an und verbeugte sich übertrieben im Sattel. Dann winkte er den anderen, und sie ritten langsam an dem wütenden mimbrischen Ritter vorbei. Nachdem sie vorüber waren, bildeten die Legionäre Straßensperren, um jede Verfolgung unmöglich zu machen.

»Ein guter Mann«, sagte Barak. »Ich halte im allgemeinen nicht viel von Tolnedranern, aber der hier war anders.«

»Wir wollen vorwärts kommen«, sagte Meister Wolf. »Ich möchte nicht, daß die Ritter sich hinter uns hermachen, wenn die Tolnedraner fort sind.«

Sie ließen ihre Pferde in Galopp fallen und ritten davon, die Ritter hinter sich lassend, die hitzig mit dem Legionärshauptmann mitten auf der Straße debattierten.

Die Nacht verbrachten sie in einer ummauerten tolnedranischen Herberge, und vielleicht zum erstenmal in seinem Leben badete Garion, ohne daß Tante Pol darauf bestehen oder es auch nur vorschlagen mußte. Obwohl er keine Gelegenheit gehabt hatte, sich direkt an dem Kampf auf der Lichtung in der vorigen Nacht zu beteiligen, hatte er das Gefühl, von Blut oder Schlimmerem besudelt zu sein.

Er hatte vorher nicht geahnt, wie grotesk Männer im Nahkampf verstümmelt werden konnten. Zu sehen, wie aus einem lebendigen Menschen Eingeweide oder Hirn quollen, hatte ihn mit tiefer Scham darüber erfüllt, daß selbst die innersten Geheimnisse eines menschlichen Körpers so entblößt werden konnten. Er fühlte sich unsauber. Er zog sich in dem kühlen Badehaus aus und legte das silberne Amulett, das Meister Wolf und Tante Pol ihm geschenkt hatten, ohne zu überlegen ab. Dann stieg er in die dampfende Wanne und schrubbte sich mit einer rauhen Bürste und starker Seife viel kräftiger, als selbst heftiger Waschzwang es erfordert hätte.

In den nächsten Tagen ritten sie mit gleichmäßiger Geschwindigkeit nach Süden und verbrachten die Nächte in den in regelmäßigen Abständen auftauchenden tolnedranischen Herbergen, in denen die Gegenwart der Legionäre mit den harten Gesichtern eine stete Erinnerung daran war, daß die ganze Macht des kaiserlichen Tolnedra die Sicherheit der Reisenden garantierte, die hier abstiegen.

Am sechsten Tag nach dem Kampf im Wald fing Lelldorins Pferd an zu lahmen. Durnik und Hettar verbrachten unter Tante Pols Aufsicht einige Stunden damit, Breiumschläge über einem kleinen Feuer am Straßenrand zu kochen und heiße Kompressen auf das Bein des Tieres zu legen, während Meister Wolf über die Verzögerung schimpfte. Als das Pferd wieder laufen konnte, mußten sie feststellen, daß sie keine Möglichkeit mehr hatten, vor Einbruch der Dunkelheit die nächste Herberge zu erreichen.

»Nun, Alter Wolf«, sagte Tante Pol, nachdem sie wieder aufgesessen waren, »was jetzt? Reiten wir die Nacht hindurch, oder versuchen wir noch einmal, im Wald zu übernachten?«

»Ich habe mich noch nicht entschieden«, antwortete Wolf kurz angebunden.

»Wenn ich mich recht erinnere, ist nicht weit vor uns ein Dorf«, sage Lelldorin, der jetzt auf einem algarischen Pferd saß. »Es ist ein sehr armseliger Ort, aber ich glaube, er hat ein Gasthaus oder etwas ähnliches.«

»Das klingt geheimnisvoll«, meinte Silk. »Was meinst du genau mit ›oder etwas ähnliches‹?«

»Der Herr dieser Domäne ist berüchtigt für seinen Geiz«, antwortete Lelldorin. »Seine Steuern sind erdrückend, und seinen Leuten bleibt kaum etwas für sich selbst übrig. Das Gasthaus ist nicht gut.«

»Wir müssen es versuchen«, entschied Wolf und ließ sein Pferd in raschen Trab fallen. Als sie sich dem Dorf näherten, begannen die schweren Wolken aufzureißen, und plötzlich brach die Sonne durch.

Das Dorf war noch schlimmer, als sie nach Lelldorins Beschreibung erwartet hatten. Ein halbes Dutzend zerlumpter Bettler stand am Dorfrand im Schlamm und bat mit schrillen Stimmen und ausgestreckten Händen. Die Häuser waren kaum mehr als Hütten, aus denen der Rauch der jämmerlichen Feuer im Inneren quoll. Magere Schweine suhlten sich in den schlammigen Straßen, und der Gestank, der über allem hing, war entsetzlich. Eine Beerdigungsprozession schlich durch den Schlamm auf den Friedhof am anderen Ende des Dorfes zu. Der Leichnam, der auf einem Brett getragen wurde, war in eine zerschlissene braune Decke gewickelt, und die reichgekleideten, in Kapuzen gehüllten Priester von Chaldan, dem Gott Arendiens, sangen eine uralte Hymne, die viel mit Krieg und Rache zu tun hatte, aber nur wenig mit Trost. Die Witwe, die einen wimmernden Säugling an der Brust trug, folgte der Leiche, das Gesicht leer und die Augen erloschen.

Das Gasthaus roch nach schalem Bier und verschimmelten Lebensmitteln. Ein Feuer hatte eine Seite der Gaststube zerstört und die niedrige Decke geschwärzt und angekohlt. Das gähnende Loch in der verbrannten Wand war mit einem Stück fadenscheiniger Baumwolle verhängt. Die Feuerstelle inmitten des Raumes qualmte. Der Wirt war mürrisch, sein Gesicht verkniffen. Zum Abendessen bot er ihnen lediglich Schüsseln voller Wassergrütze an – eine Mischung aus Gerste und Rüben.

»Entzückend«, sagte Silk sarkastisch und schob seine unberührte Schale von sich. »Ich staune über dich, Lelldorin. Deine Leidenschaft dafür, Unrecht wiedergutzumachen, scheint diesen Ort hier übersehen zu haben. Darf ich vorschlagen, daß dein nächster Kreuzzug einen Besuch bei dem Herrn dieser Gegend einschließt? Er hätte schon längst gehängt werden sollen.«

»Ich wußte nicht, daß es so schlimm ist«, antwortete Lelldorin mit gedämpfter Stimme. Er sah sich um, als ob er gewisse Dinge zum erstenmal sähe. Angeekeltes Entsetzen breitete sich auf seinem leicht zu durchschauenden Gesicht aus.

Garion, dem sich der Magen umdrehte, stand auf. »Ich glaube, ich gehe einen Moment hinaus«, erklärte er.

»Aber nicht zu weit«, warnte Tante Pol.

Draußen war die Luft wenigstens etwas frischer, und Garion suchte sich vorsichtig seinen Weg zum Rand des Dorfes und bemühte sich dabei, den dicksten Morast zu umgehen.

»Bitte, mein Herr«, bettelte ein kleines Mädchen mit großen Augen, »habt ihr einen Kanten Brot für mich?«

Garion betrachtete es hilflos. »Es tut mir leid.« Er durchsuchte seine Kleidung nach etwas, das er ihm geben konnte, aber das Kind fing an zu weinen und lief davon.

Auf der von Baumstümpfen übersäten Wiese hinter den faulig riechenden Straßen spielte ein zerlumpter Junge in Garions Alter eine hölzerne Flöte, während er ein paar magere Kühe hütete. Die Melodie, die er spielte, war herzzerreißend klar und stieg unbemerkt zwischen den Hütten empor, die sich in den schrägen Strahlen der blassen Abendsonne duckten. Der Junge sah ihn, aber er unterbrach sein Spiel nicht. Ihre Blicke trafen sich in einem feierlichen Erkennen, aber sie sprachen kein Wort.

Am Waldrand hinter dem Feld kam ein dunkel gekleideter Mann mit Kapuze auf einem schwarzen Pferd aus den Bäumen hervor und beobachtete das Dorf. Es war etwas Geheimnisvolles an dieser Gestalt und auch etwas leicht Vertrautes. Garion schien es, als sollte er wissen, wer der Reiter war, aber obwohl er seine Gedanken nach dem Namen durchforschte, entzog er sich ihm immer wieder. Er sah die Gestalt am Waldrand lange Zeit an und merkte dabei, ohne sich dessen bewußt zu sein, daß weder Pferd noch Reiter einen Schatten warfen, obwohl sie im vollen Sonnenlicht standen. Tief in seinem Innern versuchte eine Stimme ihm etwas zuzurufen, aber sie drang nicht durch. Er würde Tante Pol oder den anderen nichts von der Gestalt am Waldrand erzählen, weil es nichts zu erzählen gab. Sobald er ihr den Rücken zuwandte, würde er sie vergessen.

Das Licht begann nachzulassen, und weil ihn allmählich fröstelte, kehrte er zum Gasthaus zurück, während das schmerzliche Lied der Flöte sich zum Himmel emporschwang.

6

Trotz des verheißungsvollen kurzen Sonnenuntergangs dämmerte der nächste Tag kalt und trüb mit einem kalten Nieselregen, der von den Bäumen tropfte und alles naß und düster machte. Sie verließen das Gasthaus zeitig und kamen bald in einen Teil des Waldes, der noch düsterer zu dräuen schien als die unheilvollen Gegenden, durch die sie bislang gekommen waren. Hier waren die Bäume gigantisch, und etliche riesige, knorrige Eichen reckten ihr kahlen Äste zwischen dunklen Tannen und Fichten empor. Der Waldboden war mit einem grauen Moos bedeckt, das krank und ungesund wirkte.

Lelldorin hatte an jenem Morgen nur wenig gesprochen, und Garion vermutete, daß sein Freund sich noch immer mit dem Problem von Nachaks Plan herumschlug. Der junge Asturier ritt eingehüllt in seinen schweren Umhang daher, sein rotblondes Haar war von dem steten Regen naß und strähnig. Garion schloß zu Lelldorin auf, und eine Zeitlang ritten sie schweigend nebeneinander her. »Was macht dir Sorgen, Lelldorin?« fragte er schließlich.

»Ich glaube, daß ich mein Leben lang blind war, Garion«, antwortete Lelldorin.

»So? Inwiefern?« Garion sagte es behutsam, in der Hoffnung, daß sich sein Freund letztendlich doch durchgerungen hatte, Meister Wolf alles zu erzählen.

»Ich habe immer nur die mimbrische Unterdrückung Asturiens gesehen. Ich habe nie die eigene Unterdrückung unseres Volkes gesehen.«

»Ich habe versucht, dir das klarzumachen«, sagte Garion. »Was hat dir schließlich die Augen geöffnet?«

»Das Dorf, in dem wir die letzte Nacht verbracht haben«, erklärte Lelldorin. »Ich habe noch nie einen so armseligen und schäbigen Ort gesehen – oder Menschen, die in solch hoffnungslosem Elend leben. Wie können sie das nur ertragen?«

»Haben sie denn eine Wahl?«

»Zumindest mein Vater kümmert sich um die Menschen, die auf seinem Land leben«, verteidigte sich der junge Mann. »Niemand muß Hunger leiden oder ist ohne ein Dach über dem Kopf, aber jene Menschen werden schlechter behandelt als Tiere. Ich war immer stolz auf meinen Stand, aber jetzt schäme ich mich dafür.«

Tatsächlich standen Tränen in seinen Augen.

Garion wußte nicht recht, was er von dem plötzlichen Erwachen seines Freundes halten sollte. Einerseits war er froh, daß

Lelldorin endlich das Offensichtliche eingesehen hatte, aber andererseits hatte er nicht geringe Befürchtungen, wozu diese neugewonnene Einsicht seinen kriegerischen Gefährten treiben konnte.
»Ich werde meinem Stand entsagen«, erklärte Lelldorin plötzlich, als hätte er Garions Gedanken gelesen, »und wenn ich von diesem Abenteuer zurück bin, werde ich zu den Leibeigenen gehen und ihr Leben und ihre Sorgen teilen.«
»Was würde das nützen? Wie soll das ihre Leiden auch nur im geringsten lindern?«
Lelldorin sah rasch auf, ein halbes Dutzend Gefühle jagten über sein offenes Gesicht. Schließlich lächelte er, aber in seinen blauen Augen lag Entschlossenheit. »Du hast natürlich recht«, sagte er. »Wie immer. Es ist erstaunlich, wie du immer sofort den Kern eines Problems erkennst, Garion.«
»Was geht in dir vor?« fragte Garion leicht besorgt.
»Ich werde sie in eine Revolte führen. Ich werde Arendien überrennen mit einer Armee von Leibeigenen im Rücken.« Seine Stimme bebte, als sich seine Phantasie an dieser Idee entzündete.
Garion stöhnte. »Warum ist das immer deine Antwort auf alles, Lelldorin?« fragte er. »Erstens, haben die Leibeigenen keine Waffen und wissen nicht zu kämpfen. Wieviel du auch redest, du wirst sie nie dazu bringen, dir zu folgen. Zweitens, selbst wenn sie es täten, würde jeder Edelmann in Arendien dir ein Heer entgegenstellen. Sie würden deine Armee abschlachten und hinterher wäre alles zehnmal schlimmer. Drittens, würdest du damit einen neuen Bürgerkrieg anfangen, und das ist genau das, was die Murgos wollen.«
Lelldorin blinzelte ein paarmal, als Garions Worte ihm ins Bewußtsein drangen. Sein Gesichtsausdruck wurde allmählich wieder traurig. »Daran hatte ich nicht gedacht«, gestand er.
»Das hatte ich auch nicht angenommen. Du wirst diese Fehler immer wieder machen, solange du deinen Verstand am gleichen Ort aufbewahrst wie dein Schwert, Lelldorin.«

Lelldorin errötete und lachte dann reumütig. »Eine zutreffende Art, es auszudrücken, Garion«, sagte er betrübt.
»Es tut mir leid«, entschuldigte Garion sich rasch. »Vielleicht hätte ich es anders sagen sollen.«
»Nein«, widersprach Lelldorin. »Ich bin Arendier. Ich neige dazu, Dinge nicht zu begreifen, wenn sie mir nicht direkt gesagt werden.«
»Es ist doch nicht so, daß du dumm wärst, Lelldorin«, protestierte Garion. »Das ist ein Fehler, den alle machen. Arendier sind nicht dumm, nur impulsiv.«
»All *das* war mehr als nur Impulsivität«, beharrte Lelldorin traurig und deutete auf das feuchte Moos unter den Bäumen.
»Das was?« fragte Garion um sich blickend.
»Dies ist der letzte Waldstreifen, ehe wir auf die Ebenen von Zentralarendien kommen«, erklärte Lelldorin. »Es ist die natürliche Grenze zwischen Mimbre und Asturien.«
»Der Wald sieht genauso aus wie sonst«, meinte Garion.
»Nicht wirklich«, sagte Lelldorin schwermütig. »Hier war der bevorzugte Platz für Hinterhalte. Der Boden dieses Waldes ist übersät mit alten Knochen. Sieh hier.« Er streckte die Hand aus.
Zuerst schien es Garion, als wäre das, worauf der Freund zeigte, lediglich ein Paar gekrümmter Äste, die aus dem Moos ragten, und deren Zweige sich in einem kümmerlichen Busch verheddert hatten. Dann stellte er mit Ekel fest, daß es die grünlichen Knochen eines menschlichen Arms waren, dessen Finger sich in einem letzten Todeskrampf um den Busch gekrallt hatten. Empört fragte er: »Warum hat man ihn nicht begraben?«
»Tausend Männer würden tausend Jahre brauchen, um all die Knochen aufzusammeln, die hier herumliegen, und sie der Erde zu übergeben«, sagte Lelldorin düster. »Ganze arendische Generationen ruhen hier – Mimbrer, Waciter, Asturier. Alle liegen, wo sie hingefallen sind, und das Moos deckt ihren ewigen Schlummer zu.«
Garion schauderte und wandte den Blick von der stummen Anklage des einsamen Armes, der aus dem moosbedeckten

Waldboden ragte. Die seltsamen Erhebungen und Unebenheiten dieses Mooses ließen das Grauen erahnen, das unter ihm vermoderte. Als er die Augen hob, stellte er fest, daß der unebene Grund sich so weit hinzog, wie er sehen konnte. »Wie lange brauchen wir noch, bis wir die Ebenen erreichen?« fragte er mit gedämpfter Stimme.

»Zwei Tage wahrscheinlich.«

»*Zwei Tage*? Und es ist überall *so*?«

Lelldorin nickte.

»*Warum*?« Garions Ton war schärfer, anklagender, als er eigentlich beabsichtigt hatte.

»Zuerst aus Stolz – und Ehre«, erwiderte Lelldorin. »Später aus Kummer und Rache. Schließlich einfach deswegen, weil wir nicht wußten, wie wir aufhören sollten. Wie du schon gesagt hast, sind wir Arendier manchmal nicht sehr klug.«

»Aber immer tapfer«, sagte Garion rasch.

»O ja«, gab Lelldorin zu, »immer tapfer. Das ist unser nationaler Fluch.«

»Belgarath«, sagte Hettar leise hinter ihnen, »die Pferde riechen etwas.«

Meister Wolf schreckte aus seiner Döserei hoch, in die er gewöhnlich beim Reiten fiel. »Wie bitte?«

»Die Pferde«, wiederholte Hettar. »Irgend etwas da draußen macht ihnen Angst.«

Wolfs Augen verengten sich und wurden seltsam leer. Nach einem Augenblick sog er scharf die Luft ein. Dabei murmelte er einen Fluch. »Algroths«, schimpfte er.

»Was ist ein Algroth?« fragte Durnik.

»Ein nichtmenschliches Wesen – entfernt verwandt mit Trollen.«

»Ich habe einmal einen Troll gesehen«, sagte Barak. »Ein großes, häßliches Wesen mit Klauen und Fängen.«

»Werden sie uns angreifen?« fragte Durnik.

»Fast mit Sicherheit.« Wolfs Stimme klang gepreßt. »Hettar, du mußt die Pferde unter Kontrolle halten. Wir können nicht riskieren, getrennt zu werden.«

»Wo kommen sie her?« fragte Lelldorin. »In diesem Wald gibt es keine Ungeheuer.«
»Manchmal, wenn sie hungrig werden, kommen sie aus den Bergen von Ulgo herunter«, antwortete Wolf. »Sie lassen keine Überlebenden zurück, die von ihrer Anwesenheit berichten könnten.«
»Du solltest irgend etwas tun, Vater«, sagte Tante Pol. »Sie sind überall um uns herum.«
Lelldorin sah sich rasch um, als ob er sich orientieren wollte. »Wir sind nicht weit von Elgons Hügel«, meinte er. »Wenn wir dort hinkommen, können wir sie vielleicht abwehren.«
»Elgons Hügel?« fragte Barak. Er hatte bereits sein Schwert gezogen. »Ein Hügel, der mit Felsbrocken übersät ist«, erklärte Lelldorin. »Fast wie ein Fort. Elgon hielt ihn einen Monat lang gegen eine mimbrische Armee.«
»Klingt vielversprechend«, meinte Silk. »Dann wären wir aus den Bäumen heraus.« Er sah nervös auf den Wald, der sie in dem steten Regen finster umgab.
»Wir wollen es versuchen«, entschied Wolf. »Sie haben sich noch nicht dazu entschlossen, anzugreifen, und der Regen trübt ihren Geruchssinn.«
Ein seltsam bellendes Geräusch drang aus dem Wald. »Sind sie das?« fragte Garion. Seine Stimme klang ihm schrill in den Ohren.
»Sie rufen einander«, sagte Wolf. »Einige von ihnen haben uns gesehen. Wir wollen etwas schneller reiten, aber keine Hast, bis wir Elgons Hügel sehen können.«
Sie brachten ihre nervösen Pferde in Trab und ritten in gleichbleibendem Tempo über die verschmutzte Straße, die sich auf eine niedrige Hügelkette hochwand. »Anderthalb Meilen«, sagte Lelldorin gepreßt. »Anderthalb Meilen noch, und wir müßten den Hügel sehen können.«
Die Pferde waren kaum zu halten und sahen ängstlich, mit rollenden Augen auf den Wald. Garion fühlte sein Herz klopfen, und sein Mund war plötzlich ausgetrocknet. Es fing an, etwas stärker zu regnen. Aus dem Augenwinkel heraus er-

haschte er eine Bewegung und sah schnell hin. Eine menschenähnliche Gestalt lief parallel zur Straße etwa hundert Schritt entfernt durch den Wald. Sie lief halbgebückt, die Hände berührten den Boden. Sie schien von abscheulich grauer Farbe zu sein. »Dort drüben«, rief Garion.

»Ich habe ihn gesehen«, knurrte Barak. »Nicht ganz so groß wie ein Troll.«

Silk schnitt eine Grimasse. »Groß genug.«

»Wenn sie angreifen, nehmt euch vor ihren Klauen in acht«, warnte Wolf. »Sie sind giftig.«

»Wie aufregend«, meinte Silk.

»Dort ist der Hügel«, verkündete Tante Pol ruhig.

»Schnell!« brüllte Wolf.

Die verängstigten Pferde, endlich losgelassen, schossen vorwärts und flohen die Straße hinauf. Ihre Hufe dröhnten auf dem Boden. Ein wütendes Geheul kam aus dem Wald hinter ihnen, das Bellen um sie herum wurde lauter.

»Wir schaffen es!« rief Durnik aufmunternd. Aber plötzlich stand ein halbes Dutzend schnaubender Algroths vor ihnen auf der Straße, die Arme weit ausgebreitet und die Mäuler erschreckend weit aufgerissen. Sie waren riesig, hatten affenähnliche Arme und Klauen anstelle von Fingern. Ihre Gesichter erinnerten an Ziegen und wurden gekrönt von kurzen, spitzen Hörnern; und sie hatten lange, gelbe Fangzähne. Ihre graue Haut war schuppig wie die von Reptilien.

Die Pferde wieherten, wichen zurück und scheuten. Garion klammerte sich mit einer Hand an den Sattel und versuchte mit der anderen den Zügel zu halten.

Barak schlug sein Pferd mit der flachen Klinge seines Schwerts und trat ihm ein paarmal heftig in die Flanken, bis das Tier schließlich mehr Angst vor ihm hatte als vor den Algroths und nach vorn stürmte. Mit zwei mächtigen Streichen, einem zu jeder Seite, tötete Barak zwei der Bestien, während er durch sie hindurchpreschte. Ein dritter, der mit ausgebreiteten Klauen auf seinen Rücken springen wollte, brach zusammen und fiel mit dem Gesicht nach unten in den Schlamm, einen von Lelldo-

rins Pfeilen zwischen den Schultern. Barak riß sein Pferd herum und hieb auf die drei anderen ein. »Los jetzt!« brüllte er. Garion hörte Lelldorin keuchen und drehte sich rasch um. Mit Entsetzen sah er, daß ein einzelner Algroth aus dem Wald neben der Straße gekrochen war und mit seinen Klauen seinen Freund aus dem Sattel zu ziehen versuchte. Hilflos schlug Lelldorin mit seinem Bogen auf das Bocksgesicht ein. Garion zog verzweifelt sein Schwert, aber Hettar schoß bereits von hinten an ihm vorbei. Sein gekrümmter Säbel fuhr durch den Körper der Bestie. Der Algroth schrie auf und fiel zuckend zu Boden unter die zermalmenden Hufe der Packpferde.
Die Pferde, die jetzt in schierer Panik rannten, erklommen den Abhang des felsübersäten Hügels. Garion warf einen Blick über die Schulter zurück und sah, daß Lelldorin gefährlich im Sattel schwankte und die Hand auf seine blutende Seite preßte. Garion riß heftig an den Zügeln und wendete sein Pferd.
»Rette dich, Garion!« rief Lelldorin mit totenblassem Gesicht.
»Nein!« Garion steckte sein Schwert in die Scheide zurück, ritt neben seinen Freund und nahm seinen Arm, um ihm so festeren Halt im Sattel zu verschaffen. Zusammen galoppierten sie auf den Hügel zu, und Garion tat sein Äußerstes, um den verletzten jungen Mann zu halten.
Der Hügel war eine größere Erhebung aus Erde und Felsen, die die höchsten Bäume überragte. Die Pferde kletterten und stolperten zwischen den nassen Steinen den Abhang hinauf. Als sie das Plateau auf dem Hügel erreichten, wo die Packpferde sich zusammendrängten und im Regen zitterten, glitt Garion gerade noch rechtzeitig aus dem Sattel, um Lelldorin aufzufangen, der langsam zur Seite fiel.
»Hierher«, rief Tante Pol scharf. Sie zog ein kleines Bündel Kräuter und Verbandsmaterial aus einem der Gepäckstücke. »Durnik, ich brauche sofort ein Feuer.«
Durnik sah hilflos auf die wenigen Holzstücke, die im Regen auf der Hügelkuppe lagen. »Ich werde es versuchen«, sagte er zweifelnd.
Lelldorins Atem ging flach und sehr schnell. Sein Gesicht war

noch immer totenblaß, seine Beine wollten ihn nicht mehr tragen. Garion hielt ihn aufrecht und spürte Angst im Magen. Hettar nahm den anderen Arm des Verwundeten, und zusammen schleppten sie ihn dorthin, wo Tante Pol kniete und ihr Bündel öffnete. »Ich muß sofort das Gift herausbekommen«, sagte sie. »Garion, gib mir dein Messer.«

Garion zog seinen Dolch heraus und reichte ihn ihr. Geschickt schnitt sie Lelldorins braune Tunika an der Seite auf und legte die böse Wunde frei, die die Klauen des Algroths gerissen hatten. »Es wird wehtun«, sagte sie. »Haltet ihn fest.«

Garion und Hettar nahmen Lelldorins Arme und Beine und drückten ihn zu Boden.

Tante Pol holte tief Luft und schnitt dann gewandt jede der aufgedunsenen Wunden auf. Blut spritzte, Lelldorin schrie einmal auf, dann fiel er in Ohnmacht.

»Hettar!« schrie Barak von einem Felsblock unweit des Abhangs. »Wir brauchen dich.«

»Geh!« wies Tante Pol den habichtgesichtigen Algarier an. »Wir können jetzt allein weitermachen. Garion, du bleibst hier.« Sie zerrieb einige getrocknete Blätter und streute sie auf die blutenden Wunden. »Das Feuer, Durnik«, befahl sie.

»Es will nicht, Herrin Pol«, antwortete Durnik hilflos. »Es ist zu naß.«

Sie blickte schnell auf den feuchten Holzstapel, den der Schmied gesammelt hatte. Ihre Augen wurden schmal, und sie machte eine rasche Geste. In Garions Ohren dröhnte es eigenartig, dann hörte er ein plötzliches Zischen. Eine Rauchwolke stieg von dem Holz empor, dann züngelten Flammen an den Zweigen entlang. Durnik sprang verblüfft zurück.

»Den kleinen Topf, Garion«, befahl Tante Pol, »und Wasser. Rasch.« Sie zog ihren blauen Umhang aus und deckte Lelldorin damit zu.

Silk, Barak und Hettar standen am Rand des Abhangs und rollten schwere Felsbrocken über die Kante. Garion konnte das Gepolter und Krachen der Steine hören, die auf tieferliegende Brocken trafen, und das Gebell der Algroths, das hin

und wieder von einem Schmerzensgeheul unterbrochen wurde.
Voller Angst legte er den Kopf seines Freundes in seinen Schoß. »Wird er wieder ganz gesund?« fragte er Tante Pol.
»Es ist noch zu früh, um das sagen zu können«, erwiderte sie. »Störe mich jetzt nicht mit Fragen.«
»Sie laufen!« rief Barak.
»Sie sind noch immer hungrig«, antwortete Wolf grimmig. »Sie werden wiederkommen.«
Weit entfernt im Wald erklang ein Horn.
»Was ist das?« fragte Silk, der immer noch von der Anstrengung, die schweren Steine über den Rand zu rollen, keuchte.
»Jemand, auf den ich gewartet habe«, sagte Wolf mit einem seltsamen Lächeln. Er hob die Hand an die Lippen und stieß einen schrillen Pfiff aus.
»Ich kann es jetzt allein, Garion«, sagte Tante Pol und strich einen dicken Brei auf dampfendheiße, feuchte Leinenverbände. »Du und Durnik könnt den anderen helfen.«
Zögernd legte Garion Lelldorins Kopf auf den nassen Boden und lief zu Wolf hinüber. Der Abhang unter ihnen war von toten und sterbenden Algroths übersät, die von den Felsen, die Barak und die anderen auf sie geworfen hatten, zerschmettert worden waren.
»Sie werden es wieder versuchen«, meinte Barak und wog einen Stein in der Hand. »Können sie von hinten an uns herankommen?«
Silk schüttelte den Kopf. »Nein. Das habe ich überprüft. Die Rückseite des Hügels ist eine glatte Felswand.«
Die Algroths kamen bellend und schnaubend aus dem Wald und bewegten sich in ihrem halbgebückten Gang vorwärts. Der erste hatte schon die Straße überquert, als das Horn wieder ertönte, diesmal sehr nahe.
Und dann stürmte ein riesiges Pferd mit einem Ritter in voller Rüstung zwischen den Bäumen hervor und donnerte auf die angreifenden Kreaturen zu. Der Mann in Rüstung beugte sich über seine Lanze und preschte mitten unter die verblüfften

Algroths. Das große Pferd wieherte laut, als er angriff, und die eisenbeschlagenen Hufe wirbelten den Schlamm auf. Die Lanze drang in die Brust eines der größten Algroths und splitterte durch die Wucht des Aufpralls. Das gesplitterte Ende erwischte einen anderen im Gesicht. Der Ritter warf die zerbrochene Lanze fort und zog mit einer einzigen Bewegung sein Breitschwert. Mit ausholenden Hieben nach rechts und links bahnte er sich seinen Weg durch die Meute, und sein Schlachtroß stampfte die Lebenden wie die Toten in den Schlamm. Am Ende seines Angriffs wirbelte er herum und stürmte wieder voran, wobei er sich erneut mit seinem Schwert eine Bahn brach. Die Algroths wandten sich um und flohen heulend in den Wald.

»Mandorallen!« rief Wolf. »Hier oben!«

Der Ritter hob sein blutbespritztes Visier und sah zu dem Hügel hinauf. »Erlaube mir, erst diesen Pöbel zu vertreiben, alter Freund«, sagte er fröhlich, klappte das Visier wieder zu und galoppierte hinter den Algroths her in den regennassen Wald.

»Hettar!« rief Barak, schon in Bewegung.

Hettar nickte knapp, und die beiden liefen zu ihren Pferden. Sie schwangen sich in den Sattel und eilten den Hügel hinab, um dem Fremden Hilfe zu leisten.

»Dein Freund zeigt einen bemerkenswerten Mangel an gesundem Menschenverstand«, meinte Silk zu Meister Wolf und wischte sich den Regen aus dem Gesicht. »Diese Wesen werden jeden Moment über ihn herfallen.«

»Ihm ist vermutlich noch nicht aufgegangen, daß er sich in Gefahr befinden könnte«, antwortete Wolf. »Er ist Mimbrer, und sie neigen zu dem Glauben, sie seien unbesiegbar.«

Der Kampf im Wald schien lange zu dauern. Man hörte Rufe, klirrende Schläge und Angstschreie von den Algroths. Dann kamen Hettar, Barak und der fremde Ritter aus dem Wald und trabten den Hügel hinauf. Oben angekommen, stieg der Ritter klirrend vom Pferd. »Gut getroffen, mein alter Freund«, sagte er dröhnend zu Meister Wolf. »Eure Freunde dort unten waren

höchst ausgelassen.« Seine Rüstung schimmerte feucht im Regen.
»Ich bin froh, daß wir etwas zu Eurer Unterhaltung finden konnten«, sagte Wolf trocken.
»Ich kann sie noch hören«, berichtete Durnik. »Ich glaube, sie laufen immer noch.«
»Ihre Feigheit hat uns eines vergnüglichen Nachmittags beraubt«, stellte der Ritter fest. Bedauernd steckte er sein Schwert in die Scheide und nahm seinen Helm ab.
»Wir müssen alle Opfer bringen«, meinte Silk geziert.
Der Ritter seufzte. »Wohl wahr. Ihr seid ein Mann der Philosophie, wie ich sehe.« Er schüttelte das Wasser aus dem weißen Federbusch an seinem Helm.
»Entschuldigt«, sagte Meister Wolf. »Das ist Mandorallen, Baron von Vo Mandor. Er wird mit uns reiten. Mandorallen, dies sind Prinz Kheldar von Drasnien und Barak, Graf von Trellheim und Vetter König Anhegs von Cherek. Dort drüben ist Hettar, Sohn von Cho-Hag, dem Häuptling der Clan-Chefs von Algarien. Der praktisch veranlagte dort ist Durnik aus Sendarien und der Junge heißt Garion, mein Urenkel – mit diversen ›Urs‹.«
Mandorallen verbeugte sich vor jedem tief. »Ich grüße Euch, Kameraden«, erklärte er mit seiner tönenden Stimme. »Unser Abenteuer mag seinen Lauf nehmen. Aber ich bitte Euch, sagt, wer ist die Dame, deren Schönheit meine Augen blendet?«
»Eine wohlgesetzte Rede, Herr Ritter«, antwortete Tante Pol mit einem vollen Lachen, wobei ihre Hand ganz unbewußt über ihr feuchtes Haar strich. »Ich glaube, den werde ich mögen, Vater.«
»Die legendäre Polgara?« fragte Mandorallen. »Das ist die Krönung meines Lebens.« Seine höfische Verbeugung wurde etwas beeinträchtigt durch das Quietschen seiner Rüstung.
»Unser verletzter Freund ist Lelldorin, Sohn des Barons von Wildantor«, fuhr Wolf fort. »Vielleicht habt Ihr schon von ihm gehört.«
Mandorallens Gesicht verfinsterte sich leicht. »Tatsächlich.

Ein Gerücht, das uns manchmal voraneilt wie ein kläffender Hund, sagt, daß Lelldorin von Wildantor jede Gelegenheit ergreift, elende Rebellionen gegen die Krone anzuzetteln.«
»Das ist jetzt ohne Belang«, sagte Wolf mit Nachdruck. »Die Angelegenheit, die uns zusammengeführt hat, ist viel ernster, als all das. Ihr werdet Euren Groll begraben müssen.«
»Es soll geschehen, wie Ihr sagt, edler Belgarath«, erklärte Mandorallen unverzüglich, obwohl seine Augen noch immer auf dem bewußtlosen Lelldorin ruhten.
»Großvater!« rief Garion und deutete auf eine berittene Gestalt, die plötzlich am Rand der steinigen Hügelkuppe aufgetaucht war. Die Gestalt war in Schwarz gekleidet und saß auf einem schwarzen Pferd. Sie zog die Kapuze ab, so daß man eine polierte Stahlmaske sehen konnte, die ein Gesicht darstellte, das zur gleichen Zeit schön und seltsam abstoßend war. Eine Stimme tief in Garions Innerem sagte ihm, daß etwas Wichtiges um den merkwürdigen Reiter war – etwas, an das er sich erinnern müßte –, aber was immer es auch war, es fiel ihm nicht ein.
»Gib die Suche auf, Belgarath.« Die Stimme klang hohl hinter der Maske.
»Du solltest mich besser kennen, Chamdar«, sagte Meister Wolf, der den Reiter offensichtlich kannte. »War diese Kinderei mit den Algroths deine Idee?«
»Und du solltest *mich* besser kennen«, erwiderte die Gestalt verächtlich. »Wenn ich mich gegen dich wende, kannst du mit Ernsthafterem rechnen. Für den Moment habe ich genug Handlanger, die dich aufhalten können. Das ist alles, was wir brauchen. Wenn Zedar erst Cthrag Yaska zu meinem Herrn gebracht hat, kannst du deine Kraft gegen die Macht und den Willen Toraks erproben, wenn du willst.«
»Dann machst du also Botengänge für Zedar?« fragte Wolf.
»Ich mache für niemanden Botengänge«, antwortete die Gestalt voller Verachtung. Der Reiter schien Substanz zu haben, so wirklich zu sein wie alle anderen, die auf dem kleinen Plateau standen, aber Garion konnte sehen, wie der feine Re-

gen direkt auf die Felsen unterhalb von Pferd und Reiter traf. Was immer die Gestalt sein mochte, der Regen ging durch sie hindurch.

»Weshalb bist du dann hier, Chamdar?« fragte Wolf.

»Nennen wir es Neugier, Belgarath. Ich wollte selbst sehen, wie du es geschafft hast, die Prophezeiung in Alltagsbegriffe zu übersetzen.« Die Gestalt betrachtete die anderen. »Schlau«, sagte sie dann mit widerwilliger Bewunderung. »Wo hast du sie alle gefunden?«

»Ich mußte sie nicht finden, Chamdar«, antwortete Wolf. »Sie sind alle immer dagewesen. Wenn ein Teil der Prophezeiung gültig ist, dann muß sie auch als Ganzes gültig sein, nicht wahr? Es liegt keinerlei Plan zugrunde. Jeder einzelne ist zu mir durch mehr Generationen gekommen, als du dir vorstellen kannst.«

Die Gestalt ließ beim Einatmen ein scharfes Zischen hören. »Es ist noch nicht vollständig, alter Mann.«

»Es wird es noch sein, Chamdar«, antwortete Wolf zuversichtlich. »Dafür habe ich bereits gesorgt.«

»Wer ist der, der zweimal leben wird?« fragte die Gestalt plötzlich.

Wolf lächelte kalt, sagte jedoch nichts.

»Heil, meine Königin«, sagte die Gestalt dann spöttisch zu Tante Pol.

»Grolimhöflichkeiten lassen mich kalt«, erwiderte sie mit frostigem Blick. »Ich bin nicht deine Königin, Chamdar.«

»Du wirst es sein, Polgara. Mein Herr sagt, daß du seine Gattin werden wirst, wenn er sein Königreich übernimmt. Du wirst Königin der ganzen Welt sein.«

»Das setzt dich etwas in Nachteil, nicht wahr, Chamdar? Wenn ich deine Königin werden soll, kannst du dich mir nicht gut in den Weg stellen, oder?«

»Ich kann um dich herum arbeiten, Polgara, und wenn du erst Toraks Braut bist, wird sein Wille auch dein Wille sein. Ich bin sicher, daß du zu diesem Zeitpunkt keinen alten Groll mehr hegen wirst.«

»Ich finde, es reicht jetzt, Chamdar«, sagte Meister Wolf. »Deine Unterhaltung beginnt mich zu langweilen. Du kannst deinen Schatten jetzt zurückhaben.« Er wedelte nachlässig mit der Hand, als scheuchte er eine lästige Fliege fort. »Geh«, befahl er. Wieder einmal spürte Garion diese seltsame Woge und das Dröhnen in den Ohren. Der Reiter verschwand.
»Du hast ihn doch nicht zerstört?« keuchte Silk schockiert.
»Nein«, sagte Meister Wolf. »Es war nur eine Illusion. Ein kindischer Trick, den die Grolims eindrucksvoll finden. Ein Schatten kann über eine beträchtliche Entfernung projiziert werden, wenn man sich die Mühe machen will. Ich habe lediglich den Schatten zu ihm zurückgeschickt.« Er grinste plötzlich verschlagen. »Natürlich habe ich einen etwas indirekten Weg gewählt. Er wird ein paar Tage brauchen, um die Strecke zurückzulegen. Es wird ihm zwar nicht wehtun, aber er wird sich unbehaglich fühlen und ausgesprochen auffallend sein.«
»Eine höchst unziemliche Erscheinung«, stellte Mandorallen fest. »Wer war dieser unhöfliche Schatten?«
»Es war Chamdar«, sagte Tante Pol und widmete ihre Aufmerksamkeit wieder dem verletzten Lelldorin, »einer der Oberpriester der Grolims. Vater und ich kennen ihn schon von früher.«
»Ich glaube, wir sollten besser von hier oben verschwinden«, meinte Wolf. »Wann wird Lelldorin wieder reiten können?«
»Frühestens in einer Woche«, antwortete Tante Pol. »Eher später.«
»Das geht nicht. Wir können nicht hierbleiben.«
»Er kann aber nicht reiten«, sagte sie entschieden.
»Könnten wir nicht eine Bahre oder so etwas machen?« schlug Durnik vor. »Ich kann sicher irgend etwas basteln, das man zwischen zwei Pferde binden kann, so daß wir ihn mitnehmen können, ohne ihm wehzutun.«
»Nun, Pol?« fragte Wolf.
»Das müßte gehen«, sagte sie etwas zweifelnd.
»Dann sollten wir damit anfangen. Wir sind hier oben viel zu bloßgestellt, und wir müssen weiter.«

Durnik nickte und ging, um aus dem Gepäck Seile für die Bahre zu holen.

7

Sir Mandorallen, Baron von Vo Mandor, war ein mittelgroßer Mann. Sein Haar war schwarz und lockig, seine Augen tiefblau, und er hatte eine volltönende Stimme, mit der er festgeformte Meinungen äußerte. Garion mochte ihn nicht. Das unerschütterliche Selbstbewußtsein des Ritters, sein Egoismus, der in seiner Reinheit fast schon an Unschuld grenzte, schien die schlimmsten von Lelldorins finsteren Aussprüchen über Mimbrer zu bestätigen. Und Mandorallens ausgesuchte Höflichkeit gegenüber Tante Pol empfand Garion als zu weitgehend. Um es noch schlimmer zu machen, war Tante Pol anscheinend den Schmeicheleien des Ritters nicht abgeneigt.
Während sie weiter durch den anhaltenden Regen über die Große West-Straße ritten, bemerkte Garion mit einiger Genugtuung, daß seine Gefährten seine Ansicht wohl teilten. Baraks Miene sprach lauter als Worte, Silk zog bei jeder Bemerkung des Ritters die Augenbrauen hoch, und Durnik machte ein finsteres Gesicht.
Garion hatte jedoch wenig Zeit, seine Gefühle in bezug auf den Mimbrer zu überdenken. Er ritt dicht hinter der Bahre, auf der sich Lelldorin schmerzgeplagt hin und her warf, während das Algrothgift in seinen Wunden brannte. Er tröstete seinen Freund, so gut er konnte, und tauschte hin und wieder besorgte Blicke mit Tante Pol, die in seiner Nähe ritt. Bei Lelldorins schlimmsten Krämpfen hielt Garion hilflos die Hand des jungen Mannes und dachte immer nur daran, wie er wohl seine Schmerzen lindern könnte.
»Tragt Euer Leiden mit Stärke, junger Freund«, riet Mandorallen dem verletzten Asturier fröhlich nach einem besonders heftigen Anfall, als Lelldorin keuchend und stöhnend dalag. »Diese Beschwerden sind nichts als eine Illusion. Wenn Ihr es wollt, so wird Euer Verstand sie zum Verstummen bringen.«

»Das ist genau die Art von Aufmunterung, die man von einem Mimbrer erwarten kann«, erwiderte Lelldorin mit zusammengebissenen Zähnen. »Mir wäre es lieber, wenn du nicht so dicht bei mir reiten würdest. Deine Ansichten stinken genauso wie deine Rüstung.«

Mandorallen errötete leicht. »Das Gift, welches durch den Körper unseres verletzten Freundes rast, hat ihn offenbar der Höflichkeit wie auch der Klugheit beraubt«, bemerkte er kühl.

Lelldorin richtete sich auf der Bahre halb auf, als ob er etwas entgegnen wollte, aber die plötzliche Bewegung hatte anscheinend seine Schmerzen wieder vergrößert, und er fiel in Ohnmacht.

»Seine Wunden sind ernst«, meinte Mandorallen. »Eure Kräuter, edle Polgara, vermögen sein Leben vielleicht nicht zu retten.«

»Er braucht Ruhe«, sagte sie zu ihm. »Versuche, ihn nicht so zu reizen.«

»Ich werde mich aus seiner Sichtweite begeben«, antwortete Mandorallen. »Wenn auch nicht durch einen Fehler meiner selbst, so ist mein Angesicht ihm doch verhaßt und versetzt ihn in ungesunden Zorn.« Er brachte sein Schlachtroß in Trab und ritt voran, bis er sich ein gutes Stück vor der Gruppe befand.

»Reden sie alle so?« fragte Garion grollend. »Mit diesen *Ihrs* und *Euchs* und so?«

»Mimbrer neigen zu großer Förmlichkeit«, erklärte Tante Pol. »Du wirst dich daran gewöhnen.«

»Ich finde es albern«, brummte Garion düster und starrte hinter dem Ritter her.

»Ein wenig gutes Benehmen könnte dir auch nicht schaden, Garion.«

Sie ritten weiter durch den regennassen Wald, während der Abend heraufdämmerte. »Tante Pol?« fragte Garion schließlich.

»Ja, mein Lieber?«

»Wovon hat der Grolim gesprochen, als er das von dir und Torak sagte?«

»Das hat Torak einmal gesagt, als er phantasierte. Die Grolims haben es ernst genommen. Das ist alles.« Sie wickelte sich fester in ihren blauen Umhang.
»Beunruhigt dich das nicht?«
»Nicht besonders.«
»Was war das für eine Prophezeiung, von der der Grolim gesprochen hat? Ich habe das überhaupt nicht verstanden.« Das Wort »Prophezeiung« wühlte aus irgendeinem Grund etwas in ihm auf.
»Vom Mrin-Kodex«, antwortete sie. »Das ist eine sehr alte Version, und die Schrift ist fast unleserlich. Sie erwähnt Gefährten – den Bär, die Ratte und den Mann, der zweimal leben wird. Es ist die einzige Version, die etwas über sie sagt. Niemand weiß genau, ob es irgend etwas bedeutet.«
»Großvater glaubt es, nicht wahr?«
»Dein Großvater hat einige sehr seltsame Ideen. Alte Dinge beeindrucken ihn – vielleicht, weil er selbst so alt ist.«
Garion wollte sie gerade weiter über die Prophezeiung ausfragen, die in mehr als einer Version zu existieren schien, aber in diesem Moment stöhnte Lelldorin, und beide wandten ihre Aufmerksamkeit sofort ihm zu.
Kurz darauf erreichten sie eine tolnedranische Herberge mit weißgekälkten Mauern und rotem Ziegeldach. Tante Pol sorgte dafür, daß Lelldorin in einem warmen Zimmer untergebracht wurde, und sie verbrachte den Großteil der Nacht bei ihm und pflegte ihn. Ein halbes dutzendmal tappte Garion bis zum Morgen auf Strümpfen durch den dunklen Gang, um nach seinem Freund zu sehen, aber an seinem Zustand schien sich nichts zu ändern.
Bei Tagesanbruch hatte der Regen aufgehört. Sie ritten in die graue Morgendämmerung, Mandorallen immer noch ein Stück voraus, bis sie schließlich den Rand des dunklen Waldes erreichten und vor sich das weite, offene Land der arendischen Zentralebene sahen. In den letzten Wochen des Winters war es braun und welk. Hier blieb der Ritter stehen und wartete mit finsterer Miene auf sie.

»Was ist los?« fragte Silk.
Mandorallen deutete ernst auf eine schwarze Rauchsäule, die ein paar Meilen vor ihnen aus der Ebene aufstieg.
»Was bedeutet das?« fragte Silk, das Rattengesicht, verblüfft.
»Rauch in Arendien kann nur eines bedeuten«, antwortete der Ritter und setzte seinen federgeschmückten Helm auf. »Wartet hier, liebe Freunde. Ich werde nachsehen, aber ich befürchte das Schlimmste.« Er gab seinem Pferd die Sporen und schoß in donnerndem Galopp vorwärts.
»Warte!« brüllte Barak ihm nach, aber Mandorallen ritt weiter, ohne ihn zu hören. »Dieser Idiot«, schäumte der große Cherek. »Ich reite ihm besser nach, falls es Ärger gibt.«
»Das ist nicht nötig«, sagte Lelldorin schwach von seiner Bahre her. »Nicht einmal eine Armee würde es wagen, sich mit ihm anzulegen.«
»Ich dachte, du könntest ihn nicht leiden«, sagte Barak leicht verwundert.
»Kann ich auch nicht«, gab Lelldorin zu, »aber er ist der gefürchtetste Mann in ganz Arendien. Selbst in Asturien haben wir von Mandorallen gehört. Kein Mann, der seine Sinne beisammen hat, würde sich ihm in den Weg stellen.«
Sie zogen sich in den Schutz des Waldes zurück und warteten auf die Rückkehr des Ritters. Als er zurückkam, war er zornig.
»Es ist, wie ich befürchtete«, verkündete er. »Ein Krieg auf unserem Weg – ein sinnloser Krieg, denn die beiden beteiligten Barone sind Verwandte und die besten Freunde.«
»Können wir ihn nicht umgehen?« fragte Silk.
»Nein, Prinz Kheldar«, erwiderte Mandorallen. »Ihr Konflikt ist so weitgestreut, daß wir in einen Hinterhalt geraten würden, ehe wir noch zehn Meilen weit gekommen wären. Ich muß, so dünkt mich, unseren Durchzug erkaufen.«
»Glaubst du, sie nehmen Geld, um uns durchzulassen?« fragte Durnik zweifelnd.
»In Arendien gibt es noch einen anderen Weg, solchen Handel zu tätigen, guter Mann«, antwortete Mandorallen. »Darf ich Euch bitten, etwa sechs bis acht stabile Stangen zu besorgen,

ungefähr sechs Meter lang und so dick wie mein Handgelenk?«

»Natürlich.« Durnik nahm seine Axt.

»Was hast du vor?« brummte Barak.

»Ich werde sie herausfordern«, verkündete Mandorallen gelassen, »einen oder alle. Kein wahrer Ritter kann es mir verwehren, ohne Feigling genannt zu werden. Wollt Ihr mein Sekundant sein und meine Herausforderung überbringen, Graf?«

»Was passiert, wenn du verlierst?« erkundigte sich Silk.

»Verlieren?« Mandorallen klang schockiert. *»Ich? Verlieren?«*

»Vergiß es«, meinte Silk.

Als Durnik mit den Pfählen wiederkam, war Mandorallen damit fertig, verschiedene Bänder unter seiner Rüstung festzuzurren. Er nahm einen der Pfähle, schwang sich in den Sattel und ritt mit Barak an seiner Seite langsam auf die Rauchsäule zu.

»Ist das wirklich nötig, Vater?« fragte Tante Pol.

»Wir müssen durch, Pol«, antwortete Meister Wolf. »Keine Sorge. Mandorallen weiß, was er tut.«

Nach einigen Meilen kamen sie auf eine Hügelkuppe und sahen unter sich die Schlacht toben. Zwei düstere, schwarze Burgen standen sich in einem weiten Tal gegenüber, und ein paar Dörfer lagen verstreut zu beiden Seiten der Straße in der Ebene. Das nächstliegende Dorf stand in Flammen. Eine große, fettige Rauchsäule stieg davon in den bleigrauen Himmel empor, während mit Sensen und Heugabeln bewaffnete Leibeigene einander mit stumpfsinniger Besessenheit auf der Straße angriffen. In einiger Entfernung sammelten sich Pikenträger zum Angriff, Pfeile schwirrten durch die Luft. Auf zwei einander gegenüberliegenden Hügeln standen Truppen gepanzerter Ritter mit fröhlich bunten Wimpeln an den Lanzen und beobachteten die Schlacht. Große Belagerungsmaschinen schossen Felsbrocken ab, die auf die kämpfenden Männer niederkrachten und, soweit Garion beurteilen konnte, Freund und Feind gleichermaßen töteten. Das Tal war von Toten und Sterbenden übersät.

»Dummheit«, brummte Wolf finster.

»Niemand hat den Arendiern je Klugheit vorgeworfen«, meinte Silk.
Mandorallen setzte sein Horn an die Lippen und blies markerschütternd. Die Schlacht wurde unterbrochen, denn alle Soldaten und Leibeigene starrten zu ihm hinauf. Wieder blies er sein Horn und dann noch einmal, und jeder metallische Ton war selbst eine Herausforderung. Als die beiden Gruppen von Rittern durch das kniehohe, wintergelbe Gras herangaloppierten, um der Sache auf den Grund zu gehen, wandte Mandorallen sich an Barak. »Wenn es Euch nichts ausmacht, mein Herr«, bat er höflich, »überbringt meine Botschaft, sobald sie sich uns nähern.«
Barak zuckte die Achseln. »Es ist deine Haut«, meinte er. Er beobachtete die nahenden Ritter und hob dann seine Stimme zu einem gewaltigen Dröhnen. »Sir Mandorallen, Baron von Vo Mandor, wünscht sich zu unterhalten«, rief er. »Er würde sich freuen, wenn jede eurer Parteien einen Streiter auswählen würde, der mit ihm die Waffen kreuzt. Wenn ihr allerdings alle feige Hunde seid, die vor einem solchen Wettstreit den Schwanz einziehen, laßt eure Keilerei sein, so daß wir als die euch Überlegenen durchziehen können.«
»Gut gesprochen, Graf Barak«, sagte Mandorallen bewundernd.
»Ich hatte schon immer Rednergabe«, antwortete Barak bescheiden.
Die beiden Parteien ritten vorsichtig näher. »Schämt Euch, meine Herren«, tadelte Mandorallen sie. »Ihr werdet in diesem traurigen Krieg keine Ehre erringen. Sir Derigen, was hat diesen Streit verursacht?«
»Eine Beleidigung, Sir Mandorallen«, antwortete der Edelmann. Er war groß, und ein goldener Reif war über dem Visier um seinen stählernen Helm genietet. »Eine solch niederträchtige Beleidigung, daß sie nicht ungestraft hingenommen werden kann.«
»*Ich* war es, der beleidigt wurde«, sagte ein Edelmann auf der anderen Seite trotzig.

»Welcher Natur war diese Beleidigung, Sir Oltorain?« fragte Mandorallen.
Beide Männer sahen unbehaglich zur Seite, und keiner von beiden sprach ein Wort.
»Ihr habt also einen Krieg wegen einer Beleidigung begonnen, deren sich keiner mehr entsinnen kann?« sagte Mandorallen ungläubig. »Meine Herren, ich hatte geglaubt, Ihr wärt ernsthafte Leute, aber jetzt erkenne ich, daß ich mich im Irrtum befand.«
»Haben die Edlen von Arendien nichts Besseres zu tun?« fragte Barak voller Verachtung.
»Von Sir Mandorallen, dem Bastard, haben wir alle gehört«, schnaubte ein dunkelhäutiger Ritter in schwarz lackierter Rüstung, »aber wer ist dieser rotbärtige Affe, der Edlere so beschimpft?«
»Läßt du das auf dir sitzen?« fragte Barak Mandorallen.
»Es ist mehr oder weniger wahr«, gab Mandorallen mit gequältem Blick zu, »denn es gab eine zeitliche Unstimmigkeit bei meiner Geburt, die noch immer Fragen nach meiner Ehelichkeit aufwirft. Dieser Ritter ist Sir Haldorin, mein dritter Vetter zweiten Grades. Da es in Arendien als unschicklich gilt, das Blut von Anverwandten zu vergießen, gewinnt er so billig den Ruf, kühn zu sein, wenn er mir dies ins Gesicht schleudert.«
»Blöder Brauch«, grunzte Barak. »In Cherek töten sich Verwandte mit größerer Begeisterung als Fremde.«
»Nun denn.« Mandorallen seufzte. »Wir sind nicht in Cherek.«
»Wärst du beleidigt, wenn ich das für dich regelte?« fragte Barak höflich.
»Ganz und gar nicht.«
Barak ging auf den dunklen Ritter zu. »Ich bin Barak, Graf von Trellheim«, verkündete er laut, »Vetter König Anhegs von Cherek, und ich muß feststellen, daß einige Edelleute in Arendien noch weniger Manieren als Verstand haben.«
»Die Grafen von Arendien sind mit den selbsternannten Ti-

teln aus den Schweinekoben der nördlichen Reiche nicht zu beeindrucken«, erwiderte Sir Haldorin kühl.
»Ich finde diese Worte beleidigend, Freund«, sagte Barak unheilvoll.
»Und ich finde Euer Affengesicht und Euren struppigen Bart spaßig«, antwortete Sir Haldorin.
Barak hielt sich nicht lange damit auf, sein Schwert zu ziehen. Er schwang seinen Riesenarm in weitem Bogen und ließ seine Faust mit betäubender Kraft seitlich gegen den Helm des dunklen Ritters sausen. Sir Haldorins Augen wurden glasig, als er aus dem Sattel gefegt wurde, und es gab ein lautes Geschepper, als er auf dem Boden aufschlug.
»Möchte noch jemand etwas über meinen Bart sagen?« fragte Barak.
»Langsam, Graf«, riet Mandorallen. Er blickte mit einer gewissen Genugtuung auf die bewußtlose Gestalt seines unvernünftigen Verwandten hinunter, der gekrümmt im hohen Gras lag.
»Wollen wir diesen Angriff auf unseren tapferen Gefährten ruhig hinnehmen?« rief einer der Ritter aus Sir Derigens Partei, der einen harten Akzent sprach. »Tötet sie alle!« Er griff nach seinem Schwert.
»In dem Moment, in dem Euer Schwert die Scheide verläßt, seid Ihr ein toter Mann, Herr Ritter«, warnte ihn Mandorallen kühl.
Die Hand des Ritters blieb über dem Schwertknauf in der Luft.
»Schämt Euch, meine Herren«, fuhr Mandorallen fort. »Sicherlich wißt Ihr, daß nach Höflichkeit und allgemeiner Sitte meine Herausforderung, solange sie nicht beantwortet ist, meine Sicherheit und die meiner Begleiter garantiert. Wählt Eure Streiter oder zieht Euch zurück. Ich werde allmählich gereizt.«
Die beiden Rittergruppen zogen sich ein Stück zurück, um sich zu beraten, und einige Bewaffnete kamen den Hügel herauf, um Sir Haldorin zu holen.
»Derjenige, der sein Schwert ziehen wollte, war ein Murgo«, sagte Garion leise.

»Habe ich bemerkt«, murmelte Hettar, und seine dunklen Augen glühten.
»Sie kommen zurück«, warnte Durnik.
»Ich werde mit Euch streiten, Sir Mandorallen«, verkündete Baron Derigen beim Näherkommen. »Ich bezweifle nicht, daß Euer Ruf wohlverdient ist, doch auch ich habe in so manchem Turnier den Preis errungen. Ich würde mich geehrt fühlen, mit Euch eine Lanze zu kreuzen.«
»Und auch ich werde meine Fähigkeiten gegen die Eure erproben, Herr Ritter«, erklärte Baron Oltorain. »Auch mein Arm wird in einigen Teilen Arendiens gefürchtet.«
»Sehr gut«, antwortete Mandorallen. »Wir wollen uns einen ebenen Platz suchen und beginnen. Der Tag schreitet voran, und meine Gefährten und ich haben Angelegenheiten zu erledigen, die uns nach Süden führen.«
Sie ritten den Hügel hinunter auf das Feld, wo die beiden Rittergruppen auf je einer Seite des Ovals Aufstellung genommen hatten, das rasch in dem hohen gelben Gras niedergetrampelt worden war. Derigen galoppierte ans andere Ende, wendete und wartete, die abgestumpfte Lanze ruhte in seinem Steigbügel.
»Euer Mut ehrt Euch, mein Herr«, rief Mandorallen und nahm eine der Stangen, die Durnik für ihn geschnitten hatte. »Ich werde versuchen, Euch nicht allzusehr zu verletzen. Seid Ihr bereit, meinem Angriff standzuhalten?«
»Jawohl«, antwortete der Baron und klappte sein Visier zu.
Mandorallen schloß ebenfalls sein Visier, legte die Lanze an und gab seinem Schlachtroß die Sporen.
»Unter den Umständen ist es wohl nicht ganz angemessen«, murmelte Silk, »aber ich kann nichts dafür. Ich wünschte, daß unser anmaßender Freund eine Niederlage einsteckte, die ihn Bescheidenheit lehrte.«
Meister Wolf warf ihm einen vernichtenden Blick zu. »Vergiß es!«
»Ist er denn *so* gut?« fragte Silk nachdenklich.
»Sieh hin«, meinte Wolf.

Die beiden Ritter trafen mit dröhnendem Krachen in der Mitte des Ovals aufeinander. Beide Lanzen splitterten bei dem betäubenden Aufprall, und Späne regneten auf das niedergetretene Gras. Sie donnerten aneinander vorbei, machten kehrt und ritten zurück, jeder zu seinem ursprünglichen Ausgangspunkt. Derigen schwankte allerdings etwas im Sattel, wie Garion bemerkte.
Wieder griffen die Ritter an, und auch die neuen Lanzen splitterten.
»Ich hätte mehr schneiden sollen«, meinte Durnik.
Aber Baron Derigen schwankte noch mehr, als er diesmal zurückritt, und seine wankende Lanze glitt beim dritten Angriff von Mandorallens Schild ab. Mandorallens Lanze fand jedoch ihr Ziel, und der Baron wurde von der Wucht des Zusammenpralls aus dem Sattel gehoben.
Mandorallen zügelte sein Pferd und sah auf ihn hinunter. »Seid Ihr noch in der Lage, weiterzumachen, mein Herr?« fragte er höflich.
Derigen rappelte sich hoch. »Ich gebe nicht auf«, keuchte er und zog sein Schwert.
»Großartig«, erwiderte Mandorallen. »Ich fürchtete schon, Euch etwas angetan zu haben.« Er glitt aus dem Sattel, zog sein Schwert und zielte direkt auf Derigens Kopf. Der Hieb glitt an Derigens hastig erhobenem Schild ab, aber Mandorallen holte sofort wieder aus. Derigen gelangen ein oder zwei kraftlose Streiche, ehe Mandorallens Breitschwert ihn seitlich am Helm traf. Er drehte sich einmal um sich selbst und ging dann, mit dem Gesicht nach unten, zu Boden.
»Mein Herr?« fragte Mandorallen besorgt. Er kniete nieder, rollte seinen gestürzten Gegner herum und öffnete das verbeulte Visier. »Fühlt Ihr Euch unwohl, mein Herr? Wollt Ihr fortfahren?«
Derigen antwortete nicht. Blut lief aus seiner Nase, und seine Augen waren verdreht. Sein Gesicht war blau, und seine rechte Körperhälfte zitterte stoßweise.
»Da dieser brave Ritter nicht für sich selbst sprechen kann«,

verkündete Mandorallen, »erkläre ich ihn für besiegt.« Er sah sich um, das Breitschwert noch in der Hand. »Will irgend jemand mir hier widersprechen?«
Schweigen.
»Würden ihn dann einige vom Feld entfernen?« schlug Mandorallen vor. »Seine Verletzungen scheinen nicht ernst zu sein. Ein paar Monate Bettruhe werden ihn wieder herstellen.« Er wandte sich an Baron Oltorain, der sichtlich blaß geworden war. »Nun, mein Herr«, sagte er fröhlich, »sollen wir fortfahren? Meine Gefährten und ich sind ungeduldig, unsere Reise fortsetzen zu können.«
Sir Oltorain wurde beim ersten Angriff zu Boden geworfen und brach sich beim Fallen ein Bein.
»Pech, mein Herr«, stellte Mandorallen fest, während er sich ihm mit gezogenem Schwert zu Fuß näherte. »Gebt Ihr auf?«
»Ich kann nicht stehen«, sagte Oltorain mit zusammengebissenen Zähnen. »Ich habe keine andere Wahl als aufzugeben.«
»Und meine Gefährten und ich können unsere Reise fortsetzen?«
»Ihr habt freies Geleit«, antwortete der Mann auf dem Boden mit schmerzverzerrtem Gesicht.
»Noch nicht«, unterbrach ihn eine rauhe Stimme. Der gepanzerte Murgo drängte sein Pferd durch die Menge der anderen Ritter, bis er unmittelbar vor Mandorallen stand.
»Ich dachte mir schon, daß er sich zum Eingreifen entschließen würde«, sagte Tante Pol leise. Sie stieg vom Pferd und trat in das niedergetretene Rund. »Aus dem Weg, Mandorallen«, sagte sie zu dem Ritter.
»Aber, meine Dame«, protestierte Mandorallen.
Wolf bellte: »Weg da, Mandorallen!«
Mandorallen sah ihn erstaunt an und trat beiseite.
»Nun, Grolim?« sagte Tante Pol herausfordernd und zog ihre Kapuze ab.
Die Augen des Berittenen wurden groß, als er die weiße Locke in ihrem Haar sah, dann hob er fast verzweifelt die Hand und murmelte rasch ein paar Worte.

Wieder einmal spürte Garion diese seltsame Woge, und wieder füllte das hohe Dröhnen seine Ohren.
Einen Moment lang schien Tante Pol von einem grünlichen Licht umgeben zu sein. Sie winkte nachlässig mit der Hand, das Licht verschwand. »Du mußt etwas aus der Übung sein«, sagte sie zu dem Grolim. »Willst du es noch einmal versuchen?«
Der Grolim hob diesmal beide Hände, aber weiter kam er nicht. Indem er sein Pferd vorsichtig hinter den Gepanzerten gelenkt hatte, war Durnik dicht an ihn herangekommen. Mit beiden Händen hob er seine Axt und ließ sie auf den Helm des Grolims niedersausen.
»Durnik!« rief Tante Pol. »Weg da!«
Aber der Schmied holte mit grimmigem Gesicht erneut aus, und der Grolim glitt mit einem Scheppern bewußtlos aus dem Sattel.
»Du Dummkopf!« tobte Tante Pol. »Was machst du denn da?«
»Er wollte dich angreifen, Herrin Pol«, erklärte Durnik mit glühenden Augen.
»Steig vom Pferd.«
Er glitt aus dem Sattel.
»Weißt du eigentlich, wie gefährlich das war?« fragte sie. »Er hätte dich töten können.«
»Ich werde dich beschützen, Herrin Pol«, antwortete Durnik stur. »Ich bin kein Krieger oder Magier, aber ich lasse nicht zu, daß dir jemand etwas zuleide tut.«
Einen Moment lang weiteten sich ihre Augen in Erstaunen, dann wurden sie schmal und nahmen anschließend einen weichen Ausdruck an. Garion, der sie seit seiner Kindheit kannte, bemerkte den raschen Wechsel ihrer Gefühle. Ohne Vorwarnung umarmte sie plötzlich den überraschten Durnik. »Du großer, plumper, lieber Idiot«, sagte sie. »Tu das *nie* wieder – nie. Mir ist fast das Herz stehengeblieben.«
Garion wandte sich mit einem Kloß in der Kehle ab und sah deshalb das kurze, listige Lächeln, das über Meister Wolfs Gesicht huschte.
Eine seltsame Veränderung war über die Ritter gekommen, die

entlang des Ovals standen. Einige sahen sich mit dem erstaunten Ausdruck von jemandem um, der gerade aus einem schrecklichen Traum erwacht war. Andere schienen plötzlich gedankenverloren. Sir Oltorain versuchte aufzustehen.

»Nein, mein Herr«, sagte Mandorallen und drückte ihn sanft wieder zu Boden. »Ihr werdet Euch nur wehtun.«

»Was haben wir getan?« stöhnte der Baron mit schmerzverzerrtem Gesicht.

Meister Wolf stieg vom Pferd und kniete neben dem Verwundeten nieder. »Es war nicht eure Schuld«, erklärte er dem Baron. »Euer Krieg ist von dem Murgo angezettelt worden. Er hat euch das Hirn umnebelt und gegeneinander aufgehetzt.«

»Zauberei?« keuchte Oltorain und wurde blaß.

Wolf nickte. »Er ist eigentlich kein Murgo, sondern ein Grolimpriester.«

»Und der Bann ist jetzt gebrochen?«

Wolf nickte wiederum und blickte auf den bewußtlosen Grolim.

»Legt den Murgo in Ketten«, befahl der Baron den versammelten Rittern. Er sah Wolf an. »Wir haben unsere Methoden, mit Zauberern fertig zu werden«, sagte er grimmig. »Wir werden die Gelegenheit nutzen, um das Ende unseres unnatürlichen Krieges zu feiern. Dieser Grolimpriester hat seinen letzten Zauber gewirkt.«

»Gut«, antwortete Wolf mit einem freudlosen Lächeln.

»Sir Mandorallen«, sagte Baron Oltorain und stöhnte, als er sein gebrochenes Bein bewegte. »Wie können wir an Euch und Euren Gefährten wiedergutmachen, daß Ihr uns unseren Verstand wiedergegeben habt?«

»Der Frieden, der zwischen Euch wiederhergestellt ist, ist mir Belohnung genug«, sagte Mandorallen etwas hochtrabend, »denn wie alle Welt weiß, bin ich der friedliebendste Mann im Reich.« Er warf einen Blick auf Lelldorin, der in der Nähe auf seiner Bahre lag. Ihm schien ein Gedanke zu kommen. »Ich möchte Euch jedoch um einen Gefallen bitten. In unserer Gesellschaft befindet sich ein tapferer junger Asturier aus vornehmer Familie, der eine schwere Verletzung davongetragen hat. Wenn wir dürfen, würden wir ihn gern in Eurer Obhut lassen.«

»Seine Anwesenheit wird mir zur Ehre gereichen, Sir Mandorallen«, stimmte Oltorain unverzüglich zu. »Die Frauen meines Hauses werden ihn mit äußerster Sorgfalt pflegen.« Er sprach kurz mit einem seiner Gefolgsmänner, und der Mann bestieg sein Pferd und ritt rasch zu einer der beiden nahegelegenen Burgen.

»Ihr werdet mich doch nicht zurücklassen«, protestierte Lelldorin schwach. »In einem Tag oder zweien werde ich wieder reiten können.« Er begann, rasselnd zu husten.

»Ich glaube nicht«, widersprach Mandorallen kühl. »Die Nachwirkungen Eurer Wunde haben noch nicht ihren natürlichen Verlauf genommen.«

»Ich bleibe nicht bei Mimbrern«, beharrte Lelldorin. »Lieber versuche ich mein Glück auf der Straße.«

»Jung-Lelldorin«, antwortete Mandorallen offen, fast barsch, »ich kenne Eure Abneigung gegen die Männer aus Mimbre. Eure Wunde wird jedoch bald zu schwären beginnen und eitern. Dann werden rasendes Fieber und Delirien Euch heimsuchen, und Eure Anwesenheit wird für uns zur Last werden. Wir haben keine Zeit, Euch zu pflegen, und die Versorgung Eurer Wunde würde uns in unserer Aufgabe nur hindern.«

Garion rang bei diesen brutal direkten Worten des Ritters nach Atem. Er starrte Mandorallen mit einem Gefühl, das Haß sehr nahekam, an.

Lelldorin war inzwischen weiß geworden. »Vielen Dank, daß Ihr mir das so deutlich klar gemacht habt, Sir Mandorallen«, sagte er steif. »Ich hätte selbst daran denken sollen. Wenn Ihr mir auf mein Pferd helft, werde ich Euch unverzüglich verlassen.«

»Du bleibst, wo du bist«, sagte Tante Pol entschieden.

Baron Oltorains Gefolgsmann kehrte mit einer Gruppe von Dienern und einem blonden Mädchen von etwa siebzehn Jahren, das ein rosa Gewand aus steifem Brokat und einen blauen Samtumhang trug, zurück.

»Meine jüngere Schwester, Lady Ariana«, stellte Oltorain vor. »Sie ist sehr gewandt, und obwohl sie noch so jung ist, bereits sehr geschickt in der Krankenpflege.«

»Ich werde ihr nicht lange zur Last fallen, mein Herr«, erklärte Lelldorin. »Ich werde innerhalb einer Woche nach Asturien zurückkehren.«

Lady Ariana legte professionell die Hand auf seine Stirn. »Nein, werter Herr«, widersprach sie. »Ich glaube, Euer Aufenthalt wird länger dauern.«

»Innerhalb einer Woche reise ich ab«, wiederholte Lelldorin hartnäckig.

Sie zuckte die Achseln. »Wie es Euch gefällt. Ich denke, mein Bruder kann einige Diener entbehren, die Euch folgen werden, um Euch ein angemessenes Begräbnis zukommen zu lassen, das Ihr, wenn ich mich nicht irre, nötig haben werdet, ehe Ihr noch dreißig Meilen weit gekommen seid.«

Lelldorin blinzelte.

Tante Pol nahm Lady Ariana beiseite und sprach einige Zeit mit ihr, wobei sie ihr ein kleines Päckchen mit Kräutern übergab und ihr Anweisungen erteilte. Lelldorin winkte Garion, und Garion ging sofort zu ihm und kniete neben ihm nieder.

»So endet es also«, murmelte der junge Mann. »Ich wünschte, ich könnte weiter mit euch ziehen.«

»Dir wird es bald wieder besser gehen«, versicherte ihm Garion, wohl wissend, daß es nicht der Wahrheit entsprach. »Vielleicht kannst du später wieder zu uns stoßen.«

Lelldorin schüttelte den Kopf. »Nein«, widersprach er, »ich fürchte, nicht.« Er begann wieder zu husten. Die Krämpfe schienen seine Lungen zu zerreißen. »Wir haben nicht viel Zeit, mein Freund«, keuchte er schwach, »also höre gut zu.«

Garion, den Tränen nahe, nahm die Hand des Freundes.

»Du erinnerst dich daran, worüber wir an dem Morgen, als wir das Haus meines Onkels verließen, gesprochen haben.«

Garion nickte.

»Du hast gesagt, *ich* müßte entscheiden, ob wir unseren Schwur gegenüber Torasin und den anderen brechen sollten.«

»Ich erinnere mich«, sagte Garion.

»Gut«, sagte Lelldorin. »Ich habe mich entschieden. Ich entbinde dich von dem Schwur. Tu, was du tun mußt.«

»Es wäre besser, wenn du es meinem Großvater selbst erzähltest«, protestierte Garion.

»Ich kann nicht, Garion«, stöhnte Lelldorin. »Die Worte würden mir im Hals steckenbleiben. Es tut mir leid, aber so bin ich nun einmal. Ich weiß, daß Nachak uns nur ausnutzt, aber ich habe den anderen mein Wort gegeben. Ich bin Arendier, Garion. Ich halte mein Wort, selbst wenn ich weiß, daß es falsch ist; also liegt es an dir. Du mußt Nachak davon abhalten, mein Land zu zerstören. Ich möchte, daß du direkt zum König gehst.«

»Zum König? Er würde mir nie glauben.«

»Dann bring ihn dazu, dir zu glauben. Erzähle ihm alles.«

Garion schüttelte entschieden den Kopf. »Ich werde ihm weder deinen Namen nennen«, erklärte er, »noch Torasins. Du weißt, was er mit dir machen würde, wenn ich es täte.«

»Wir zählen nicht«, beharrte Lelldorin und hustete wieder.

»Ich werde ihm von Nachak erzählen«, sagte Garion stur, »aber nicht von dir. Was soll ich ihm sagen, wo er den Murgo finden kann?«

»Er wird es wissen«, antwortete Lelldorin mit inzwischen sehr schwacher Stimme. »Nachak ist Botschafter am Hof von Vo Mimbre. Er ist der persönliche Stellvertreter von Taur Urgas, dem König der Murgos.«

Garion staunte über die Bedeutung, die hinter diesen Worten lag.

»Er hat alles Gold aus den unerschöpflichen Minen von Cthol Murgos zur Verfügung«, fuhr Lelldorin fort. »Der Plan, den er mir und meinen Freunden eingeredet hat, ist wahrscheinlich nur einer unter einem Dutzend oder mehr, die darauf abzielen, Arendien zu zerstören. Du mußt ihn aufhalten, Garion. Versprich es mir.« Die Augen des jungen Mannes glänzten fiebrig, sein Griff um Garions Hand wurde fester.

»Ich werde ihn aufhalten, Lelldorin«, schwor Garion. »Ich weiß noch nicht wie, aber ich werde ihn aufhalten.«

Lelldorin sank auf die Bahre zurück. Seine Kraft schien ihn zu verlassen, als ob die Notwendigkeit, Garion dieses Versprechen abzunehmen, das einzige war, das ihn aufrechterhalten hatte.
»Auf Wiedersehen, Lelldorin«, sagte Garion leise. Seine Augen füllten sich mit Tränen.
»Auf Wiedersehen, mein Freund«, flüsterte Lelldorin kaum hörbar, dann schlossen sich seine Lider, und die Hand, die Garions hielt, wurde schlaff. Garion starrte ihn von entsetzlicher Angst gepackt an, bis er das schwache Flattern des Pulses an seinem Hals sah. Lelldorin lebte noch. Garion legte sanft die Hand seines Freundes nieder und zog ihm die grobe, graue Decke bis zu den Schultern hoch. Dann stand er auf und lief rasch fort, während ihm die Tränen übers Gesicht liefen.
Der Abschied war kurz. Dann bestiegen sie wieder ihre Pferde und ritten im Trab zu der Großen West-Straße zurück. Einige Hochrufe erklangen von den Leibeigenen und Pikenträgern, als sie vorbeikamen, aber weiter entfernt ertönte ein anderes Geräusch. Die Frauen aus den Dörfern waren gekommen, um ihre Männer zwischen den Toten zu suchen, die auf dem Schlachtfeld lagen. Ihr Jammern und Wehklagen sprach der Hochrufe Hohn.
Mit Absicht trieb Garion sein Pferd an, bis er neben Mandorallen ritt. »Ich muß dir etwas sagen«, begann er hitzig. »Es wird dir nicht gefallen, aber es ist mir egal.«
»Ach?« fragte der Ritter sanft.
»Ich finde, wie du mit Lelldorin gesprochen hast, war grausam und abscheulich«, sagte Garion. »Du denkst vielleicht, du bist der größte Ritter der Welt, aber ich finde, du bist ein großmäuliger Angeber, mit nicht mehr Mitgefühl als ein Felsbrokken, und wenn dir das nicht paßt, was willst du dagegen unternehmen?«
»Ah«, sagte Mandorallen. »Ich glaube, du hast mich mißverstanden, junger Freund. Es war nötig, um sein Leben zu retten. Der junge Asturier ist sehr tapfer und denkt nicht an sich selbst. Wenn ich nicht so mit ihm gesprochen hätte, würde er

sicherlich darauf bestanden haben, weiter mit uns zu reiten, was seinen sicheren Tod bedeutet hätte.«

»Gestorben?« höhnte Garion. »Tante Pol hätte ihn heilen können.«

»Die edle Polgara selbst hat mir mitgeteilt, daß sein Leben in Gefahr sei«, erwiderte Mandorallen. »Seine Ehre hätte ihm nicht erlaubt, angemessene Pflege zu suchen, aber dieselbe Ehre hat ihn dazu bewogen, zurückzubleiben, um uns nicht aufzuhalten.« Der Ritter lächelte etwas gezwungen. »Er wird, fürchte ich, mich meiner Worte wegen nicht mehr mögen als du, aber er wird am Leben bleiben, und das ist es, was zählt, nicht wahr?«

Garion starrte den scheinbar arroganten Mimbrer an, sein Zorn war plötzlich seines Ziels beraubt. Mit schmerzlicher Klarheit erkannte er, daß er sich gerade zum Narren gemacht hatte. »Es tut mir leid«, entschuldigte er sich mit erstickter Stimme. »Ich habe nicht begriffen, was du getan hast.«

Mandorallen zuckte die Achseln. »Es ist nicht wichtig. Ich werde häufig mißverstanden. Solange *ich* weiß, daß meine Beweggründe gut sind, kümmern mich die Ansichten anderer nur selten. Trotzdem bin ich froh, daß ich Gelegenheit hatte, dir dies zu erklären. Du wirst mein Gefährte sein, und es geziemt Gefährten nicht, falsche Vorstellungen voneinander zu haben.«

Sie ritten schweigend weiter, während Garion sich bemühte, seine Gedanken neu zu ordnen. Wie es schien, steckte in Mandorallen mehr, als er geahnt hatte.

Dann erreichten sie wieder die Straße und wandten sich unter einem düsteren Himmel nach Süden.

Die arendische Ebene war ein ausgedehntes, hügeliges Grasland, das nur spärlich besiedelt war. Der Wind, der über das trockene Gras strich, war kalt und rauh, und graue Wolken zogen über den Himmel. Die Notwendigkeit, den verwundeten Lelldorin zurücklassen zu müssen, hatte sie alle in eine melancholische Stimmung versetzt. In den folgenden Tagen ritten sie meist schweigend dahin. Garion bildete mit Hettar und den Packpferden den Schluß und tat damit sein Bestes, sich von Mandorallen fernzuhalten.

Hettar war ein schweigsamer Mann, den es nicht zu stören schien, stundenlang zu reiten, ohne sich zu unterhalten, aber nach zwei Tagen machte Garion den Versuch, etwas aus dem habichtgesichtigen Algarier herauszubekommen. »Warum haßt du die Murgos eigentlich so sehr?« fragte er, da er nichts Besseres zu sagen wußte.

»Alle Alorner hassen die Murgos«, antwortete Hettar leise.

»Ja schon«, gab Garion zu, »aber bei dir scheint es etwas Persönliches zu sein. Warum also?«

Hettar setzte sich im Sattel zurecht, wobei seine Lederkleidung knirschte. »Sie haben meine Eltern getötet«, erwiderte er.

Garion war entsetzt, die Worte des Algariers machten ihn betroffen. »Wie ist es passiert?« fragte er, ehe ihm einfiel, daß Hettar vielleicht nicht darüber sprechen wollte.

»Ich war sieben«, erzählte Hettar mit ungerührter Stimme. »Wir waren auf dem Weg, um die Familie meiner Mutter zu besuchen – sie stammte aus einem anderen Clan. Wir mußten am Ostrand des Gebirges entlang, und eine Murgopatrouille erwischte uns. Das Pferd meiner Mutter stolperte, und sie wurde abgeworfen. Die Murgos waren bei uns, ehe mein Vater und ich sie wieder aufs Pferd heben konnten. Sie haben lange gebraucht, um meine Eltern zu töten. Ich erinnere mich daran, daß meine Mutter einmal geschrien hat, kurz vor dem Ende.« Das Gesicht des Algariers war so unbeweglich wie Stein, und seine ausdruckslose, leise Stimme ließ seine Geschichte nur um so schrecklicher klingen.

»Nachdem meine Eltern tot waren, banden mir die Murgos ein Seil um die Füße und zogen mich hinter einem ihrer Pferde her«, fuhr er fort. »Als das Seil schließlich riß, hielten sie mich für tot und ritten davon. Wenn ich mich recht entsinne, lachten sie noch darüber. Cho-Hag hat mich ein paar Tage später gefunden.«

So deutlich, als ob er dabeigewesen wäre, sah Garion das Bild eines Kindes vor sich, das – schwer verwundet und einsam – in der Weite Algariens herumirrte, und das nur Kummer und ein wütender Haß am Leben hielten.

»Ich habe meinen ersten Murgo getötet, als ich zehn war«, erzählte Hettar mit derselben ausdruckslosen Stimme weiter. »Er versuchte, vor uns zu fliehen, und ich ritt ihn nieder und stieß ihm einen Speer zwischen die Schultern. Er schrie, als der Speer ihn durchbohrte. Danach fühlte ich mich besser. Cho-Hag glaubte, wenn er mich zusehen ließe, wie der Murgo starb, würde ich von meinem Haß geheilt. Aber darin hat er sich geirrt.« Das Gesicht des großen Algariers zeigte keine Regung, und seine Skalplocke wehte im Wind hinter ihm her. Es war eine Leere um ihn, als ob er zu keinem anderen Gefühl mehr fähig war als zu diesem ihn vorantreibenden Haß.

Für einen Moment verstand Garion ungefähr, was Meister Wolf gemeint hatte, als er ihn davor warnte, von dem Wunsch nach Rache besessen zu werden, aber er schob diesen Gedanken beiseite. Wenn Hettar damit leben konnte, dann konnte er es auch. Er fühlte eine plötzliche, wilde Bewunderung für diesen einsamen Jäger in schwarzem Leder.

Meister Wolf war in ein Gespräch mit Mandorallen vertieft. Die beiden trödelten, bis Hettar und Garion sie eingeholt hatten. Lange Zeit ritten sie so zusammen.

»Es liegt in unserer Natur«, sagte der Ritter in der schimmernden Rüstung melancholisch. »Wir sind zu stolz, und unser Stolz ist es, der unser armes Arendien zum Vernichtungskrieg verdammt.«

»Dem kann abgeholfen werden«, sagte Meister Wolf.

»Wie?« fragte Mandorallen. »Es liegt in unserem Blut. Ich selbst bin der friedlichste Mensch, aber auch ich bin unserer Volkskrankheit unterworfen. Und darüber hinaus, die Spaltung ist zu tief, zu sehr eingegraben in unsere Geschichte und in unseren Seelen, als daß sie weggewischt werden könnte. Der Frieden wird nicht von Dauer sein, mein Freund. Selbst jetzt schwirren asturische Pfeile durch den Wald und suchen mim-

brische Ziele. Als Vergeltung dafür läßt Mimbre asturische Häuser in Flammen aufgehen und metzelt Menschen nieder. Ich fürchte, ein Krieg ist unausweichlich.«
»Nein«, widersprach Wolf, »das ist er nicht.«
»Wie kann er verhindert werden?« fragte Mandorallen. »Wer kann uns von unserem Wahn heilen?«
»Ich, wenn ich muß«, sagte Wolf gelassen und zog seine graue Kapuze ab.
Mandorallen lächelte gequält. »Ich schätze Eure guten Absichten, Belgarath, aber das ist unmöglich, selbst für Euch.«
»Nichts ist wirklich unmöglich, Mandorallen«, antwortete Wolf nüchtern. »Ich ziehe es meist vor, mich nicht in das Vergnügen anderer Leute einzumischen, aber ich kann es mir nicht leisten, daß Arendien gerade jetzt in Flammen aufgeht. Wenn es sein muß, werde ich dazwischentreten und weiteren Torheiten Einhalt gebieten.«
»Habt Ihr wirklich solche Macht?« fragte Mandorallen leicht zweifelnd, als könnte er das nicht recht glauben.
»Ja«, erwiderte Wolf prosaisch und kratzte seinen kurzen, weißen Bart, »tatsächlich, die habe ich.«
Mandorallens Gesicht umwölkte sich, er schien sogar etwas eingeschüchtert von der ruhigen Behauptung des alten Mannes. Garion fand die Erklärung seines Großvaters ausgesprochen beunruhigend. Wenn Wolf tatsächlich mit einer Hand einen Krieg beenden konnte, hätte er auch keinerlei Schwierigkeiten, Garions eigene Rachepläne zu durchkreuzen. Darüber mußte man sich auch noch Gedanken machen.
Dann kam Silk zu ihnen zurückgeritten. »Der Große Markt liegt direkt vor uns«, verkündete der rattengesichtige Mann. »Sollen wir anhalten oder lieber daran vorbeireiten?«
»Wir können genausogut haltmachen«, entschied Wolf. »Es ist fast Abend, und wir brauchen neue Vorräte.«
»Die Pferde könnten auch eine Rast gebrauchen«, sagte Hettar. »Sie fangen an, sich zu beklagen.«
»Das hättest du mir sagen sollen«, meinte Wolf und blickte auf die Packpferde zurück.

»Sie sind noch nicht in wirklich schlechter Verfassung«, erklärte Hettar, »aber sie bemitleiden sich allmählich. Sie übertreiben natürlich, aber eine kleine Rast kann ihnen nicht schaden.«

»Übertreiben?« Silk klang schockiert. »Du meinst doch nicht, daß Pferde tatsächlich lügen können, oder?«

Hettar zuckte die Achseln. »Doch natürlich. Sie lügen ständig. Sie sind sehr gut darin.«

Einen Augenblick lang rang Silk bei diesem Gedanken mit seiner Fassung, dann lachte er plötzlich. »Irgendwie stellt das meinen Glauben an die Ordnung des Universums wieder her«, sagte er.

Wolf sah ihn schmerzlich berührt an. »Silk«, sagte er mit Nachdruck, »du bist ein sehr böser Mann. Wußtest du das?«

»Man tut sein Bestes«, antwortete Silk spöttisch.

Der Arendische Markt lag am Schnittpunkt der Großen West-Straße und des Gebirgspfades, der aus Ulgo herunterführte. Er bestand aus einer ausgedehnten Ansammlung blauer, roter und gelber Zelte und breitgestreifter Pavillons, die sich etwa drei Meilen in jede Richtung erstreckte. Es wirkte wie eine leuchtend bunte Stadt mitten auf der graubraunen Ebene, und die bunten Wimpel knatterten fröhlich im ewigen Wind unter einem tiefhängenden Himmel.

»Ich hoffe, ich werde Gelegenheit haben, einige Geschäfte zu tätigen«, sagte Silk, während sie auf den Markt zuritten. Die spitze Nase des kleinen Mannes zuckte. »Ich komme allmählich aus der Übung.«

Ein halbes Dutzend schmutzverkrusteter Bettler hockte neben der Straße. Mandorallen hielt an und warf ihnen ein paar Münzen zu.

»Du solltest sie nicht noch ermutigen«, brummte Barak.

»Mildtätigkeit ist sowohl ein Privileg als auch eine Pflicht, Graf Barak«, erwiderte Mandorallen.

»Warum bauen sie hier keine Häuser?« fragte Garion Silk, als sie sich dem Zentrum des Marktes näherten.

»Niemand bleibt lange hier«, erklärte Silk. »Der Markt ist

zwar ganzjährig, aber die Bevölkerung wechselt ständig. Außerdem werden Gebäude besteuert, Zelte nicht.«

Viele der Kaufleute, die aus ihren Zelten kamen, um die Gruppe vorbeireiten zu sehen, schienen Silk zu kennen, und einige grüßten ihn mürrisch, und Argwohn war in ihren Gesichtern zu lesen.

»Ich sehe, daß dir dein Ruf vorausgeeilt ist, Silk«, stellte Barak trocken fest.

Silk zuckte die Achseln. »Der Preis des Ruhms.«

»Besteht denn keine Gefahr, daß jemand in dir diesen anderen Kaufmann wiedererkennt?« fragte Durnik. »Denjenigen, den die Murgos suchen?«

»Du meinst Ambar? Das ist nicht sehr wahrscheinlich. Ambar kommt nicht allzuoft nach Arendien, und er und Radek sehen sich überhaupt nicht ähnlich.«

»Aber sie sind doch derselbe Mann«, wandte Durnik ein. »Sie sind beide du.«

»Ah«, sagte Silk und hob einen Finger, »du und ich, wir wissen das, aber *sie* wissen das nicht. Für dich sehe ich immer aus wie ich, aber für andere sehe ich ganz unterschiedlich aus.«

Durnik wirkte sehr skeptisch.

»Radek, alter Freund«, rief ein kahlköpfiger drasnischer Kaufmann von einem Zelt in der Nähe.

»Delvor«, antwortete Silk erfreut. »Ich habe dich Jahre nicht gesehen.«

»Du siehst wohlhabend aus«, stellte der kahle Mann fest.

»Es geht so«, meinte Silk bescheiden. »Womit handelst du jetzt?«

»Ich habe einige malloreanische Teppiche«, erzählte Delvor. »Einige der hiesigen Edelleute sind daran interessiert, aber ihnen gefällt der Preis nicht.« Seine Hände sprachen jedoch bereits von anderen Dingen. – *Dein Onkel hat Nachricht geschickt, daß wir dir helfen sollen, wenn nötig. Brauchst du etwas?* – »Was hast du denn im Gepäck?« fragte er laut.

»Sendarische Wolle«, antwortete Silk, »und noch ein paar

andere Sachen.« – *Hast du irgendwelche Murgos hier auf dem Markt gesehen?* –
–*Einen, aber er ist vor einer Woche nach Vo Mimbre abgereist. Aber auf der anderen Seite des Marktes sind einige Nadraks.* –
–*Sie sind ziemlich weit weg von zu Hause*– gestikulierte Silk.
– *Sind sie wirklich geschäftlich hier?* –
– *Schwer zu sagen* – antwortete Delvor.
– *Kannst du uns für einen Tag unterbringen?* –
– *Wir werden uns bestimmt einig werden* – antwortete Delvor mit einem listigen Zwinkern in den Augen.
Silks Finger verrieten sein Erstaunen über diesen Vorschlag.
– *Geschäft ist schließlich Geschäft* – gestikulierte Delvor. »Ihr müßt hereinkommen«, sagte er laut. »Trinkt einen Becher Wein und eßt etwas mit mir. Wir haben Jahre aufzuholen.«
»Wir sind erfreut«, erwiderte Silk etwas säuerlich.
»Könnte es sein, daß du einen dir Ebenbürtigen gefunden hast, Prinz Kheldar?« fragte Tante Pol sanft mit einem leisen Lächeln, als der kleine Mann ihr vor Delvors farbenfroh gestreiftem Zelt aus dem Sattel half.
»In Delvor? Kaum. Er versucht schon seit Jahren, mit mir gleichzuziehen – seit ein Unternehmen von mir in Rak Goska ihn ein Vermögen gekostet hat. Soll er ruhig glauben, er wäre mir überlegen. Später wird es mir um so mehr Vergnügen bereiten, ihm den Teppich unter den Füßen wegzuziehen.«
Sie lachte. »Du bist unverbesserlich.«
Er zwinkerte ihr zu.
Das Innere von Delvors Hauptzelt schimmerte rötlich im Licht einiger glühender Kohlebecken, die eine willkommene Wärme verbreiteten. Der Boden war mit einem dunkelblauen Teppich bedeckt, und große rote Kissen, auf denen man sitzen konnte, lagen hier und dort. Sobald sie drinnen waren, stellte Silk sie rasch vor.
»Es ist mir eine Ehre, Uralter«, murmelte Delvor und verbeugte sich tief vor Meister Wolf und dann vor Tante Pol. »Was kann ich tun, um euch zu helfen?«
»Im Moment brauchen wir vor allem Informationen«, antwor-

tete Wolf, während er seinen schweren Umhang ablegte. »Wir sind ein paar Tagesritte nördlich von hier auf einen Grolim gestoßen, der Verwirrung stiftete. Kannst du dich umhören und herausfinden, was zwischen hier und Vo Mimbre vorgeht? Ich möchte weitere nachbarliche Streitigkeiten umgehen, wenn es sich machen läßt.«
»Ich werde Nachforschungen anstellen«, versprach Delvor.
»Ich werde mich ebenfalls umsehen«, sagte Silk. »Delvor und ich sollten in der Lage sein, das meiste, was an Informationen auf dem Markt kursiert, zu sammeln.«
Wolf sah ihn fragend an.
»Radek von Boktor läßt nie eine Gelegenheit aus, Geschäfte zu machen«, erklärte der kleine Mann etwas zu hastig. »Es würde sehr merkwürdig aussehen, wenn er in Delvors Zelt bliebe.«
»Ich verstehe«, sagte Wolf.
»Wir möchten doch nicht unsere Tarnung aufs Spiel setzen, oder?« fragte Silk unschuldig.
Wolf gab nach. »Also schön. Aber treibe es nicht zu bunt. Ich möchte auch nicht, daß eine Horde aufgebrachter Kunden morgen früh vor dem Zelt steht und nach deinem Kopf verlangt.«
Delvors Träger brachten das Gepäck von den Packpferden, und einer von ihnen zeigte Hettar den Weg zu den Pferdekoppeln am Rande des Marktes. Silk begann, in den Bündeln herumzusuchen. Eine Unzahl kleiner, kostspieliger Gegenstände türmte sich auf Delvors Teppich auf, als Silks flinke Finger in die Winkel und Falten des Wolltuchs glitten.
»Ich habe mich schon gewundert, weshalb du in Camaar so viel Geld brauchtest«, kommentierte Wolf trocken.
»Gehört zur Tarnung«, antwortete Silk. »Radek hat immer ein paar Raritäten bei sich, um unterwegs handeln zu können.«
»Eine sehr zweckdienliche Erklärung«, meinte Barak, »aber ich würde es nicht auf die Spitze treiben, wenn ich du wäre.«
»Wenn ich das Geld unseres alten Freundes nicht innerhalb der nächsten Stunde verdoppeln kann, ziehe ich mich aus dem Geschäftsleben zurück«, versprach Silk. »Oh, das hätte ich fast

vergessen. Ich brauche Garion. Er soll für mich den Träger spielen. Radek hat immer mindestens einen Träger.«
»Bemüh dich, ihn nicht allzusehr zu verderben«, meinte Tante Pol.
Silk verbeugte sich übertrieben und setzte sich seine schwarze Samtkappe keck auf. Mit Garion hinter sich, der einen Sack mit Schätzen trug, stolzierte er hinaus auf den großen Arendischen Markt, wie ein Mann, der in die Schlacht zieht.
Drei Zelte weiter erwies sich ein dicker Tolnedraner als hartnäckig und konnte Silk einen juwelenbesetzten Dolch nur für das Dreifache dessen, was er wert war, abringen. Aber zwei arendische Händler kauften nacheinander zwei identische Silberbecher zu Preisen, die zwar stark voneinander abwichen, aber diesen Rückschlag mehr als wettmachten. »Ich liebe es, mit Arendiern zu handeln«, meinte Silk schadenfroh, während sie weiter durch die schmutzigen Straßen zwischen den Zelten gingen.
Der listige kleine Drasnier zog über den Markt und hatte dabei verheerenden Erfolg. Wenn er nicht verkaufen konnte, kaufte er; wenn er nicht kaufen konnte, feilschte er; und wenn er nicht feilschen konnte, schnappte er Tratsch und Informationen auf. Einige der Kaufleute, die gewitzter waren als ihre Kollegen, sahen ihn kommen und versteckten sich prompt vor ihm. Garion wurde mitgerissen von der Faszination dieses Spiels, wo der Gewinn zweitrangig war gegenüber der Genugtuung, einen Gegner zu übervorteilen.
Dennoch waren Silks Raubzüge sehr ökonomisch. Er war bereit, mit jedem zu handeln. Er schlug alle mit ihren eigenen Waffen. Tolnedraner, Arendier, Chereks, andere Drasnier, Sendarier – alle mußten sich vor ihm geschlagen geben. Am Nachmittag waren sie alles, was er in Camaar gekauft hatte, losgeworden. Seine volle Börse klimperte, und der Sack auf Garions Schulter war noch genauso schwer wie zu Beginn, enthielt jetzt doch völlig andere Waren.
Silk runzelte trotzdem die Stirn. Er spielte mit einem kleinen, wunderbar geblasenen Glasfläschchen. Bei einem Rivaner hat-

te er zwei in Elfenbein gebundene Bücher mit wacitischer Lyrik gegen die kleine Flasche Parfüm eingetauscht. »Was hast du?« fragte ihn Garion, als sie zu Delvors Zelt zurückgingen.

»Ich bin mir nicht sicher, wer dabei gewonnen hat«, sagte Silk knapp.

»Wie bitte?«

»Ich habe nicht die geringste Ahnung, was das hier wert ist.«

»Warum hast du es dann genommen?«

»Ich wollte ihn nicht wissen lassen, daß ich den Wert nicht kenne.«

»Verkauf es doch jemand anders.«

»Wie kann ich es verkaufen, wenn ich nicht weiß, was ich dafür verlangen soll? Wenn ich zuviel verlange, wird niemand mit mir handeln wollen, verlange ich zuwenig, lacht man mich auf dem ganzen Markt aus.«

Garion kicherte.

»Ich finde das nicht besonders lustig, Garion«, sagte Silk empfindlich. Er blieb verstimmt und gereizt, auch als sie das Zelt wieder betraten. »Hier ist der Gewinn, den ich dir versprochen habe«, sagte er etwas ungnädig zu Meister Wolf, während er ihm die Münzen in die Hand zählte.

»Was bekümmert dich?« fragte Wolf und betrachtete die verdrießliche Miene des kleinen Mannes.

»Nichts«, antwortete Silk kurz angebunden. Dann sah er zu Tante Pol hinüber, und plötzlich huschte ein Lächeln über sein Gesicht. Er ging auf sie zu und verbeugte sich. »Meine liebe Polgara, bitte nimm diese Kleinigkeit als Zeichen meiner Wertschätzung für dich.« Strahlend überreichte er ihr das Parfümfläschchen.

Tante Pols Blick war eine Mischung aus Freude und Argwohn. Sie nahm die kleine Flasche und entfernte vorsichtig den dichtschließenden Stöpsel. Mit einer eleganten Bewegung strich sie dann mit dem Stöpsel über die Innenseite ihres Handgelenks und hob dann die Hand, um den Duft zu prüfen. »Oh, Kheldar«, rief sie dann erfreut, »das ist wahrhaft ein fürstliches Geschenk.«

Silks Lächeln wurde etwas gezwungen, und er beobachtete sie scharf, um herauszufinden, ob sie es ernst meinte oder nicht. Dann seufzte er und ging nach draußen, wobei er etwas über die Doppelzüngigkeit von Rivanern vor sich hinmurmelte.

Kurz darauf kehrte Delvor zurück, warf seinen gestreiften Umhang in eine Ecke und hielt die Hände über eins der Kohlebecken. »Soweit ich feststellen konnte, ist zwischen hier und Vo Mimbre alles ruhig«, berichtete er Meister Wolf, »aber gerade sind fünf Murgos auf den Markt geritten, mit zwei Dutzend Thulls dabei.«

Wolf runzelte die Stirn. »Kamen sie von Norden oder von Süden?«

»Sie behaupten, aus Vo Mimbre zu kommen, aber an den Stiefeln der Thulls klebt roter Lehm. Ich glaube nicht, daß es zwischen hier und Vo Mimbre Lehm gibt, oder?«

»Nein«, erklärte Mandorallen mit Bestimmtheit. »Den einzigen Lehm in der gesamten Gegend gibt es im Norden.«

Wolf nickte. »Hol Silk wieder herein«, bat er Barak.

Barak ging zu der Zeltklappe.

»Könnte es nicht nur ein Zufall sein?« fragte Durnik.

»Ich möchte mich nicht darauf verlassen«, antwortete Wolf. »Wir warten, bis der Markt für die Nacht schließt und schleichen uns dann fort.«

Silk kam wieder herein und sprach kurz mit Delvor.

»Die Murgos werden nicht lange brauchen, um herauszufinden, daß wir hier waren«, brummte Barak und zupfte nachdenklich an seinem roten Bart. »Dann haben wir sie auf Schritt und Tritt bis Vo Mimbre auf den Fersen. Würde es die Dinge nicht vereinfachen, wenn Hettar, Mandorallen und ich uns mit ihnen anlegten? Fünf tote Murgos folgen niemandem mehr.«

Hettar nickte mit erschreckendem Eifer.

»Ich weiß nicht, ob das bei den tolnedranischen Legionären, die auf dem Markt den Polizeidienst versehen, besonders gut ankommt«, gab Silk zu bedenken. »Polizisten scheinen sich um unerklärliche Leichen immer Gedanken zu machen. So etwas stört ihren Ordnungssinn.«

Barak zuckte die Achseln. »Es war nur ein Gedanke.«
»Ich glaube, ich habe eine Idee«, sagte Delvor und zog seinen Umhang wieder an. »Sie haben ihre Zelte in der Nähe der Nadraks aufgestellt. Ich werde mit ihnen einige Geschäfte machen.« Er ging auf die Zeltklappe zu und blieb dann stehen. »Ich weiß nicht, ob es irgend etwas zu bedeuten hat«, sagte er, »aber ich habe herausbekommen, daß ihr Anführer Asharak heißt.«
Garion verspürte eine plötzliche Kälte bei der Erwähnung dieses Namens.
Barak stieß einen Pfiff aus und blickte auf einmal sehr finster drein. »Früher oder später werden wir uns um ihn kümmern müssen, Belgarath«, sagte er.
»Ihr kennt ihn?« Delvor war anscheinend nicht sehr überrascht.
»Wir haben ihn ein-, zweimal getroffen«, antwortete Silk beiläufig.
»Er wird langsam lästig«, meinte Tante Pol.
»Ich gehe jetzt«, sagte Delvor.
Garion hob die Zeltklappe, um Delvor hinauszulassen; aber als er einen Blick nach draußen warf, stieß er einen unterdrückten Schrei aus und ließ die Klappe wieder fallen.
»Was ist los?« fragte Silk.
»Ich glaube, ich habe gerade Brill dort draußen auf der Straße gesehen.«
»Laß mich sehen«, sagte Durnik. Seine Finger teilten die Klappe behutsam, er und Garion spähten hinaus. Eine schlampige Gestalt lungerte auf der schmutzigen Straße herum. Seit Faldors Farm hatte sich Brill nicht sehr verändert. Tunika und Hose waren noch immer fleckig und voller Flicken, sein Gesicht war noch immer unrasiert, und sein schielendes Auge schimmerte immer noch in krankhaftem Weiß.
»Stimmt, es ist Brill«, bestätigte Durnik. »Er steht nahe genug, daß ich ihn riechen kann.«
Delvor sah den Schmied fragend an.
»Brill badet nur unregelmäßig«, erklärte Durnik. »Er ist ein sehr duftender Mitmensch.«

»Darf ich?« fragte Delvor höflich. Er sah über Durniks Schulter nach draußen. »Ach«, sagte er, »der da. Er arbeitet für die Nadraks. Ich fand ihn etwas seltsam, aber es schien nicht so wichtig zu sein, deswegen habe ich mich auch nicht nach ihm erkundigt.«
»Durnik«, sagte Wolf rasch, »geh für einen Moment hinaus. Achte darauf, daß er dich sieht, tu aber so, als ob du ihn nicht sähest. Komm wieder herein, wenn er dich erkannt hat. Beeil dich. Er darf nicht fortgehen.«
Durnik wirkte verblüfft, hob aber die Zeltklappe und ging hinaus.
»Was hast du vor, Vater?« fragte Tante Pol ziemlich scharf. »Steh nicht herum und grinse, alter Mann. Das ist sehr irritierend.«
»Es ist perfekt«, kicherte Wolf und rieb sich die Hände.
Durnik kam zurück, sein Gesicht war besorgt. »Er hat mich gesehen«, erzählte er. »Bist du sicher, daß es eine gute Idee war?«
»Natürlich«, antwortete Wolf. »Asharak ist offensichtlich unseretwegen hier, und er wird den ganzen Markt nach uns absuchen.«
»Warum sollen wir es ihm dann noch einfacher machen?« fragte Tante Pol.
»Tun wir nicht«, erwiderte Wolf. »Asharak hat Brill schon früher benutzt – in Muros, erinnerst du dich? Er hat Brill mit hierhergebracht, weil Brill dich, mich, Garion oder Durnik wiedererkennen würde – wahrscheinlich auch Barak, und vielleicht Silk. Ist er immer noch da draußen?«
Garion spähte durch den schmalen Spalt. Nach einem Augenblick entdeckte er den ungepflegten Brill halbversteckt zwischen zwei Zelten auf der anderen Straßenseite. »Er ist noch da«, antwortete er.
»Wir wollen dafür sorgen, daß er auch da bleibt«, sagte Wolf. »Wir müssen sichergehen, daß er sich nicht langweilt und zurückgeht, um Asharak zu berichten, daß er uns gefunden hat.«

Silk sah Delvor an, dann fingen beide an zu lachen.
»Was ist so lustig daran?« fragte Barak argwöhnisch.
»Man muß fast ein Drasnier sein, um es schätzen zu können«, sagte Silk. Er sah Wolf bewundernd an. »Manchmal erstaunst du mich, alter Freund.«
Meister Wolf zwinkerte ihm zu.
»Euer Plan ist mir noch nicht klar«, gestand Mandorallen.
»Darf ich?« fragte Silk Wolf. Er wandte sich an den Ritter. »Es geht so, Mandorallen. Asharak verläßt sich darauf, daß Brill uns für ihn findet, aber solange wir Brills Interesse fesseln können, wird er nicht zu Asharak gehen und ihm sagen, wo wir sind. Wir haben quasi Asharaks Augen gefangen, und das setzt ihn entschieden in Nachteil.«
»Aber wird dieser seltsame Sendarier uns nicht folgen, sobald wir das Zelt verlassen?« fragte Mandorallen. »Wenn wir den Markt verlassen, werden die Murgos sofort hinter uns her sein.«
»Die Rückwand des Zeltes besteht nur aus Baumwolle, Mandorallen«, sagte Silk mit Nachdruck. »Mit einem scharfen Messer kannst du so viele Türen hineinschneiden, wie du willst.«
Delvor stöhnte leise und seufzte dann. »Ich gehe mir die Murgos ansehen«, sagte er. »Ich glaube, ich kann sie noch länger aufhalten.«
»Durnik und ich gehen mit dir hinaus«, sagte Silk zu seinem kahlen Freund. »Du gehst in eine Richtung, und wir in eine andere. Brill wird uns folgen, und wir können ihn dann hierher zurückführen.«
Delvor nickte, und die drei gingen hinaus.
»Ist das nicht alles unnötig kompliziert?« fragte Barak mürrisch. »Brill kennt Hettar nicht. Warum kann Hettar nicht einfach hinten hinausschlüpfen, einen Bogen schlagen und ihm dann ein Messer zwischen die Rippen jagen? Dann könnten wir ihn in einen Sack stopfen und irgendwo in einen Graben werfen, wenn wir den Markt verlassen haben.«
Wolf schüttelte den Kopf. »Er soll den Murgos ruhig erzählen, daß wir in diesem Zelt sind. Mit etwas Glück sitzen sie vielleicht einen Tag da draußen, ehe sie merken, daß wir weg sind.«

In den nächsten paar Stunden gingen verschiedene Mitglieder ihrer Gruppe hinaus auf die Straße, um kurze und gänzlich überflüssige Besorgungen zu machen. Somit gelang es ihnen, die Aufmerksamkeit des lauernden Brill zu fesseln. Als Garion in die zunehmende Dunkelheit hinaustrat, gab er sich den Anschein, unbekümmert zu sein, obwohl seine Haut prickelte, als er Brills Blick auf sich ruhen fühlte. Er ging in Delvors Vorratszelt und wartete dort einige Minuten. Der Lärm aus einem Schankzelt ein paar Reihen weiter schien in der wachsenden Stille des Marktes sehr laut, während Garion nervös in dem Vorratszelt wartete. Schließlich holte er tief Luft und ging wieder hinaus. Dabei hatte er einen Arm angewinkelt, als ob er etwas tragen würde. »Ich habe es gefunden, Durnik«, verkündete er, als er das Hauptzelt wieder betrat.

»Du mußt nicht improvisieren, mein Lieber«, bemerkte Tante Pol.

»Ich wollte nur, daß es natürlich klingt«, antwortete er unschuldig.

Delvor kehrte kurz darauf zurück, und sie alle warteten in dem warmen Zelt, während es draußen dunkler wurde und die Straßen sich leerten. Sobald es völlig dunkel war, zogen Delvors Träger ihr Gepäck durch einen Schlitz in der Rückwand des Zeltes hinaus. Silk, Delvor und Hettar gingen mit ihnen zu den Pferdekoppeln am Rande des Marktes, während die anderen lange genug zurückblieben, um Brill nicht das Interesse verlieren zu lassen. In einem letzten Versuch der Irreführung gingen Meister Wolf und Barak hinaus und unterhielten sich über den möglichen Zustand der Straße nach Prolgu in Ulgoland.

»Vielleicht funktioniert es nicht«, gab Wolf zu, als er und der große, rotbärtige Mann wieder hereinkamen. »Asharak weiß sicherlich, daß wir Zedar nach Süden folgen, aber wenn Brill ihm erzählt, daß wir nach Prolgu gehen, teilt er seine Leute vielleicht auf, um beide Straßen zu bewachen.« Er sah sich im Zelt um. »Also schön«, sagte er. »Dann wollen wir gehen.«

Einer nach dem anderen schlüpfte durch den Schlitz in der

Zeltwand und schlich in die nächste Straße. Dann gingen sie, in normalem Tempo wie ernsthafte Geschäftsleute, auf die Pferdekoppeln zu. Sie kamen an dem Schankzelt vorbei, wo einige Männer sangen. Die Straßen waren inzwischen fast leer, und der Nachtwind strich über die Zeltstadt und ließ Wimpel und Banner flattern.

Dann erreichten sie den Rand des Marktes, wo Silk, Delvor und Hettar mit den Pferden warteten. »Viel Glück«, wünschte Delvor ihnen, als sie aufstiegen. »Ich werde die Murgos zurückhalten, solange ich kann.«

Silk schüttelte seinem Freund die Hand. »Ich würde trotzdem gern noch wissen, woher du diese Bleimünzen hast.«

Delvor zwinkerte ihm zu.

»Was heißt das?« fragte Wolf.

»Delvor hat einige tolnedranische Kronen, die aus Blei geprägt und dann vergoldet sind«, erklärte Silk ihm. »Er hat einige davon im Zelt des Murgos versteckt, und morgen früh wird er mit ein paar davon zu den Legionären gehen und den Murgo beschuldigen, sie in Umlauf zu bringen. Wenn die Legionäre das Zelt des Murgos durchsuchen, werden sie auf jeden Fall die anderen finden.«

»Geld ist für Tolnedraner ungeheuer wichtig«, meinte Barak. »Wenn die Legionäre sich über diese Münzen genug aufregen, kann es sogar sein, daß sie Leute hängen.«

Delvor grinste. »Wäre das nicht schrecklich?«

Sie stiegen auf und ritten von den Pferdekoppeln weg auf die Straße zu. Es war eine bewölkte Nacht. Kaum hatten sie offenes Gelände erreicht, wurde der Wind spürbar frisch. Hinter ihnen glitzerte und funkelte der Markt unter dem nächtlichen Himmel wie eine große Stadt. Garion zog seinen Umhang fester um sich. Es gab ihm ein Gefühl der Einsamkeit, in einer windigen Nacht auf einer dunklen Straße zu sein, wenn alle anderen auf der Welt ein Feuer, ein Bett und Wände um sich herum hatten. Dann erreichten sie die Große West-Straße, die sich hell und leer durch die dunkle, hügelige arendische Ebene zog, und wandten sich wieder nach Süden.

9

Kurz vor Morgengrauen frischte der Wind wieder auf, und als der Himmel über den niedrigen Hügeln im Osten heller wurde, stürmte es. Garion, mittlerweile starr vor Erschöpfung, war in eine fast traumgleiche Trance gefallen. Die Gesichter seiner Gefährten schienen ihm fremd, als das blasse Tageslicht stärker wurde. Zeitweise vergaß er sogar, warum sie unterwegs waren. Er schien von einer Gesellschaft grimmiger Fremder gefangen zu sein, die eine Straße nach nirgendwo entlangdonnerten, durch eine öde, gesichtslose Landschaft. Ihre Umhänge flatterten düster im Wind hinter ihnen her, wie die Wolken, die dunkel und tief am Himmel hingen. Eine seltsame Vorstellung nistete sich in ihm ein. Die Fremden hatten ihn irgendwie gefangengenommen, und sie brachten ihn von seinen Freunden fort. Die Vorstellung wurde stärker, je weiter sie ritten, und er begann sich zu fürchten.

Plötzlich, ohne zu wissen warum, riß er am Zaumzeug seines Pferdes, brach aus und galoppierte von der Straße in die offenen Felder.

»Garion!« rief eine Frauenstimme scharf hinter ihm her, aber er gab seinem Pferd die Sporen und ritt nur noch schneller über das unebene Gelände.

Einer von ihnen jagte hinter ihm her, ein furchteinflößender Mann in schwarzem Leder, mit kahlgeschorenem Kopf und einer dunklen Locke, die im Wind hinter ihm herflatterte. In panischer Angst trieb Garion sein Pferd an, aber der schreckliche Reiter hinter ihm holte ihn bald ein und nahm ihm die Zügel aus der Hand. »Was soll das?« fragte er barsch.

Garion starrte ihn an, unfähig zu antworten.

Dann war die Frau im blauen Gewand da, und die anderen dicht hinter ihr. Sie stieg rasch vom Pferd und musterte ihn mit strengem Gesicht. Ihr Haar war sehr dunkel, und an ihrer Schläfe war eine einzelne weiße Locke.

Garion zitterte. Die Frau flößte ihm schreckliche Angst ein.

»Steig vom Pferd«, befahl sie.

»Sanft, Pol«, sagte ein weißhaariger alter Mann mit einem bösen Gesicht.
Ein großer, rotbärtiger Riese ritt drohend näher heran, und Garion, der vor Angst fast schluchzte, glitt aus dem Sattel.
»Komm her«, befahl die Frau. Stolpernd ging Garion auf sie zu.
»Gib mir deine Hand«, sagte sie.
Zögernd hob er seine Hand, und sie umfaßte fest sein Handgelenk. Sie öffnete seine Finger, um das häßliche Mal zu enthüllen, das er immer schon gehaßt zu haben schien, dann legte sie seine Hand an die weiße Locke in ihrem Haar.
»Tante Pol«, keuchte er, als der Alptraum plötzlich von ihm wich. Sie legte die Arme um ihn und hielt ihn eine Weile fest. Seltsamerweise war er nicht verlegen über diese so offen vor anderen gezeigte Zuneigung.
»Es ist ernst, Vater«, sagte sie zu Meister Wolf.
»Was ist passiert, Garion?« fragte Wolf mit ruhiger Stimme.
»Ich weiß nicht«, antwortete Garion. »Es war, als ob ich keinen von euch kannte. Ihr wart meine Feinde, und ich wollte nur noch von euch weglaufen und versuchen, zu meinen wahren Freunden zurückzukehren.«
»Trägst du noch das Amulett, das ich dir gegeben habe?«
»Ja.«
»Hast du es irgendwann einmal abgelegt, seit du es hast?«
»Nur einmal«, gestand Garion. »Als ich in der tolnedranischen Herberge ein Bad genommen habe.«
Wolf seufzte. »Du darfst es nicht abnehmen«, sagte er, »niemals – aus keinem Grund. Hole es unter deiner Tunika hervor.«
Garion zog den silbernen Anhänger mit dem seltsamen Zeichen heraus.
Der alte Mann zog sein Medaillon unter seiner Tunika hervor. Es war sehr hell, und darauf war eine so lebensechte Figur eines stehenden Wolfes, daß es fast aussah, als ob er jeden Moment davonlaufen wollte.
Tante Pol, die den Arm immer noch um Garions Schulter hatte,

zog ein ähnliches Amulett aus ihrem Mieder. Auf ihrem war die Figur einer Eule. »Nimm es in deine rechte Hand, mein Lieber«, befahl sie ihm und schloß Garions Finger fest um den Anhänger. Dann, ihr eigenes Amulett in ihrer rechten Hand haltend, legte sie ihre linke Hand über seine geschlossene Faust. Wolf, der seinen Anhänger ebenfalls festhielt, legte seine Hand um ihre.

Garions Handfläche begann zu kribbeln, als ob der Anhänger plötzlich lebendig geworden sei. Meister Wolf und Tante Pol sahen sich einen langen Augenblick an, und das Kribbeln in Garions Hand wurde auf einmal sehr stark. Sein Geist schien sich zu öffnen, seltsame Dinge flimmerten vor seinen Augen. Er sah einen runden Raum, der irgendwo sehr hoch oben lag. Ein Feuer brannte, aber es lag kein Holz darin. An einem Tisch saß ein alter Mann, der ein bißchen aussah wie Meister Wolf, aber offenbar jemand anders war. Er schien Garion direkt anzusehen. Seine Augen waren freundlich, fast liebevoll. Garion wurde plötzlich von verzehrender Liebe zu dem alten Mann überwältigt.

»Das sollte genügen«, meinte Wolf und ließ Garions Hand los.

»Wer war der alte Mann?« fragte Garion.

»Mein Meister«, antwortete Wolf.

»Was ist geschehen?« fragte Durnik besorgt.

»Es ist wahrscheinlich besser, nicht darüber zu sprechen«, sagte Tante Pol. »Meinst du, daß du ein Feuer zustande bringst? Es ist Zeit fürs Frühstück.«

»Dort drüben stehen ein paar Bäume, wo wir vor dem Wind geschützt wären«, schlug Durnik vor.

Sie stiegen wieder auf die Pferde und ritten auf die Bäume zu. Nachdem sie gegessen hatten, saßen sie noch eine Weile am Feuer. Sie waren müde, keiner von ihnen hatte Lust, wieder in den stürmischen Morgen hineinzureiten. Garion fühlte sich besonders erschöpft, und er wünschte, er wäre noch jung genug, sich dicht neben Tante Pol zu setzen und vielleicht den Kopf in ihren Schoß zu legen und zu schlafen, wie er es getan hatte, als er noch sehr klein war. Das seltsame Ereignis ließ ihn sich sehr allein und mehr als nur ein wenig verängstigt fühlen. »Durnik«, fragte er, mehr um diese Stimmung zu vertreiben als aus echter Neugier. »Was für ein Vogel ist das?« Er zeigte darauf.

»Ein Rabe, glaube ich«, antwortete Durnik und betrachtete den Vogel, der über ihnen kreiste.

»Das habe ich auch gedacht«, sagte Garion, »aber normalerweise kreisen sie doch nicht, oder?«

Durnik runzelte die Stirn. »Vielleicht beobachtet er etwas am Boden.«

»Wie lange ist er schon dort oben?« fragte Wolf und spähte zu dem großen Vogel empor.

»Ich glaube, ich habe ihn zuerst gesehen, als wir das Feld überquerten«, sagte Garion.

Meister Wolf sah zu Tante Pol hinüber. »Was meinst du?«

Sie sah von Garions Strümpfen hoch, die sie gerade stopfte. »Ich werde mal sehen.« Ihr Gesicht nahm einen seltsamen, suchenden Ausdruck an.

Garion fühlte wieder dieses merkwürdige Kribbeln. Aus einem Impuls heraus versuchte er, seinen eigenen Geist nach dem Vogel auszustrecken.

»Garion«, sagte Tante Pol, ohne ihn anzusehen, »laß das.«

»Tut mir leid«, entschuldigte er sich rasch und zog seinen Geist wieder dahin zurück, wo er hingehörte.

Meister Wolf sah ihn mit einem eigenartigen Ausdruck an und zwinkerte ihm dann zu.

»Es ist Chamdar«, verkündete Tante Pol ruhig. Sie steckte ihre Nadel sorgsam in den Strumpf und legte ihn beiseite. Dann stand sie auf und schüttelte ihren blauen Umhang ab.

»Was hast du vor?« fragte Wolf.

»Ich werde ein kleines Schwätzchen mit ihm halten«, antwortete sie und bewegte ihre Finger wie Krallen.

»Du würdest ihn nie fangen«, meinte Wolf zu ihr. »Deine Federn sind zu weich für so einen Wind. Es gibt eine einfachere Möglichkeit.« Der alte Mann ließ seinen Blick suchend über den stürmischen Himmel schweifen. »Dort drüben.« Er deutete auf einen kaum sichtbaren Fleck über den Hügeln im Westen. »Am besten machst du es, Pol. Vögel sind nicht meine Stärke.«

»Natürlich, Vater«, stimmte sie zu. Angespannt beobachtete sie den Fleck, und Garion spürte das Kribbeln, als sie ihren Geist wieder aussandte. Der Fleck begann zu kreisen und schraubte sich höher und höher, bis er verschwand.

Der Rabe sah den herabstoßenden Adler erst im letzten Moment, unmittelbar bevor die Fänge des größeren Vogels zuschlugen. Schwarze Federn stoben plötzlich auseinander. Der Rabe kreischte vor Angst und schlug wild mit den Flügeln um sich, als der Adler ihn verfolgte.

»Nett gemacht, Pol«, sagte Wolf anerkennend.

»Jetzt hat er etwas, worüber er nachdenken kann.« Sie lächelte. »Sieh mich nicht so an, Durnik.«

Durnik starrte sie mit offenem Mund an. »Wie hast du das gemacht?«

»Willst du das wirklich wissen?« fragte sie zurück.

Durnik schauderte und wandte den Blick ab.

»Ich glaube, damit hat es sich«, sagte Wolf. »Verkleidungen sind jetzt wahrscheinlich sinnlos. Ich weiß nicht genau, worauf Chamdar hinauswill, aber er wird jeden unserer Schritte beobachten. Wir können genausogut direkt nach Vo Mimbre reiten.«

»Werden wir der Spur nicht weiter folgen?« fragte Barak.

»Die Spur führt nach Süden«, erwiderte Wolf. »Ich kann sie wieder aufnehmen, wenn wir über die Grenze nach Tolnedra gehen. Aber zuerst möchte ich haltmachen und ein Wort mit König Korodullin reden. Es gibt ein paar Dinge, die er wissen muß.«

»Korodullin?« Durnik wirkte verblüfft. »Hieß so nicht der erste arendische König? Ich meine, jemand hätte mir das einmal erzählt.«

»Alle arendischen Könige werden Korodullin genannt«, erklärte Silk. »Und die Königinnen heißen alle Mayaserana. Es ist Teil der Illusion, die die königliche Familie hier aufrechterhält, um das Reich vor dem Auseinanderfallen zu bewahren. Sie müssen so blutsverwandt heiraten wie nur möglich, um die Illusion der Vereinigung der Häuser von Mimbre und Asturien zu erhalten. Deswegen sind sie alle etwas kränklich, aber es geht nicht anders – wenn man die besondere Natur arendischer Politik in Betracht zieht.«

»Es reicht, Silk«, sagte Tante Pol tadelnd.

Mandorallen blickte nachdenklich drein. »Könnte es sein, daß dieser Chamdar, der unsere Schritte so bewacht, jemand von großer Wichtigkeit in der finsteren Gesellschaft der Grolims ist?« fragte er.

»Das wäre er gern«, antwortete Wolf. »Zedar und Ctuchik sind Toraks Schüler, und Chamdar wäre auch gern einer. Er war immer schon Ctuchiks Agent, aber er mag glauben, daß jetzt die Gelegenheit für ihn gekommen ist, in der Hierarchie der Grolims weiter aufzusteigen. Ctuchik ist sehr alt, und er verbringt seine ganze Zeit im Tempel Toraks in Rak Cthol. Vielleicht denkt Chamdar, es wäre Zeit, daß jemand anders Hoherpriester würde.«

»Ist Toraks Körper in Rak Cthol?« fragte Silk rasch.

Meister Wolf zuckte die Achseln. »Niemand weiß es genau, aber ich bezweifle es. Nachdem Zedar ihn vom Schlachtfeld bei Vo Mimbre weggebracht hatte, wird er ihn wohl kaum einfach Ctuchik ausgehändigt haben. Er kann in Mallorea sein oder irgendwo in den südlichen Gefilden von Cthol Murgos. Es ist schwer zu sagen.«

»Aber im Augenblick ist es Chamdar, der uns Sorgen macht«, schloß Silk.

»Nicht, wenn wir uns weiterbewegen«, sagte Wolf.

»Dann laßt uns aufbrechen«, meinte Barak und stand auf.

Im Laufe des Vormittags waren die schweren Wolken allmählich aufgerissen, und hier und dort wurde blauer Himmel sichtbar. Lange Sonnenstrahlen strichen über die Felder, die feucht und erwartungsvoll auf den ersten Hauch des Frühlings warteten. Mit Mandorallen an der Spitze waren sie scharf geritten und hatten gut fünfzehn Meilen zurückgelegt.

Schließlich fielen sie in langsamen Schritt, um den erhitzten Pferden Ruhe zu gönnen.
»Wie weit ist es noch bis Vo Mimbre, Großvater?« fragte Garion und gesellte sich neben Meister Wolf.
»Mindestens noch hundertachtzig Meilen«, antwortete Meister Wolf. »Wahrscheinlich eher über zweihundert.«
»Das ist aber ein langer Weg.« Garion stöhnte, als er sich im Sattel bewegte.
»Ja.«
»Es tut mir leid, daß ich vorhin so davongejagt bin«, entschuldigte sich Garion.
»Es war nicht deine Schuld. Chamdar hat ein Spielchen mit dir getrieben.«
»Warum hat er mich ausgesucht? Hätte er nicht mit Durnik – oder Barak – dasselbe machen können?«
Meister Wolf sah ihn an. »Du bist jünger, empfänglicher.«
»Aber das ist nicht der eigentliche Grund, nicht wahr?« warf Garion ihm vor.
»Nein«, gab Wolf zu, »eigentlich nicht, aber es ist immerhin eine Antwort.«
»Das gehört wohl auch zu den Dingen, von denen du mir nichts erzählen willst, oder?«
»So könnte man es ausdrücken«, sagte Wolf sanft.
Garion kaute eine Weile darauf herum, aber Meister Wolf ritt weiter, offensichtlich ungerührt von dem anklagenden Schweigen des Jungen.
Diese Nacht verbrachten sie in einer tolnedranischen Herberge, die – wie alle – einfach, angemessen und teuer war. Am nächsten Morgen klärte sich der Himmel bis auf ein paar Wolkenfetzen auf, die vor dem frischen Wind dahinjagten. Der Anblick der Sonne steigerte ihrer aller Wohlbefinden, und Silk und Barak neckten sich sogar wieder – etwas, das Garion in all den Wochen, in denen sie unter dem düsteren Himmel Nordarendiens geritten waren, nicht gehört hatte.
Mandorallen sprach jedoch an diesem Morgen kaum, und sein Gesicht wurde von Minute zu Minute schwermütiger. Er trug

nicht seine Rüstung, sondern ein Kettenhemd und einen tiefblauen Übermantel. Er war barhäuptig, und der Wind zerrte an seinen Locken.
Von einer hohen Hügelkuppe blickte eine öde wirkende Burg auf sie herab, als sie vorbeiritten. Ihre Mauern waren hoch und machten einen stolzen Eindruck. Mandorallen bemühte sich anscheinend, nicht dort hinzusehen, und er wurde noch melancholischer.
Garion fand es schwierig, sich über Mandorallen eine Meinung zu bilden. Er war ehrlich genug, sich einzugestehen, daß sein Denken noch immer von Lelldorins Vorurteilen beeinflußt wurde. Er wollte Mandorallen eigentlich keine Sympathie entgegenbringen, aber abgesehen von der üblichen Schwermut, die für Arendier charakteristisch zu sein schien, und von den gestelzten und komplizierten Archaismen seiner Sprache und seinem unerschütterlichen Selbstvertrauen, schien es nur wenig an ihm zu geben, das man ablehnen konnte.
Anderthalb Meilen von der Burg entfernt erhob sich auf einem langgestreckten Hügelrücken eine Ruine. Sie bestand aus kaum mehr als einer einzigen Wand mit einem hohen Bogendurchgang in der Mitte und zerfallenen Säulen an den Seiten. In der Nähe der Ruine saß eine Frau zu Pferde, ihr dunkelroter Umhang flatterte im Wind.
Ohne ein Wort, anscheinend ohne überhaupt zu überlegen, wendete Mandorallen sein Schlachtroß und trabte den Hügel hinauf zu der Frau, die sein Näherkommen ohne augenscheinliche Überraschung beobachtete, aber auch ohne besondere Freude.
»Wo will er hin?« fragte Barak.
»Sie ist eine Bekannte von ihm«, antwortete Meister Wolf nüchtern.
»Sollen wir nicht auf ihn warten?«
»Er wird uns schon wieder einholen«, erwiderte Wolf.
Mandorallen hatte sein Pferd neben der Frau zum Stehen gebracht und war abgestiegen. Er verbeugte sich vor ihr und streckte die Hände aus, um ihr vom Pferd zu helfen. Zusam-

men gingen sie auf die Ruine zu. Unter dem Bogengang blieben sie stehen und sprachen miteinander. Hinter der Ruine stoben Wolken über den stürmischen Himmel, und ihre riesigen Schatten zogen ungerührt über die düsteren Felder Arendiens.

»Wir hätten einen anderen Weg nehmen sollen«, sagte Wolf. »Ich habe wohl nicht richtig nachgedacht.«

»Gibt es ein Problem?« fragte Durnik.

»Nichts Ungewöhnliches – in Arendien«, antwortete Wolf. »Ich fürchte, es ist meine Schuld. Manchmal vergesse ich, was jungen Leuten zustoßen kann.«

»Sei nicht so geheimnisvoll, Vater«, sagte Tante Pol. »Das ist nur irritierend. Gibt es etwas, das wir wissen sollten?«

Wolf zuckte die Achseln. »Es ist kein Geheimnis«, sagte er. »Halb Arendien weiß davon. Eine ganze Generation arendischer Jungfrauen weint sich jede Nacht deswegen in den Schlaf.«

»Vater«, fuhr Tante Pol ihn aufgebracht an.

»Schon gut«, sagte Wolf. »Als Mandorallen ungefähr Garions Alter hatte, war er sehr vielversprechend – stark, mutig, nicht allzu klug –, er zeigte alle Qualitäten, die einen guten Ritter ausmachten. Sein Vater bat mich um Rat, und ich traf Arrangements, daß der junge Mann eine Zeitlang bei dem Baron von Vo Ebor leben sollte – das dort drüben ist seine Burg. Der Baron hatte einen guten Ruf, und er ließ Mandorallen die Erziehung angedeihen, die er brauchte. Mandorallen und der Baron waren fast wie Vater und Sohn, da der Baron ein gutes Stück älter war. Alles ging gut, bis der Baron heiratete. Seine Braut war wesentlich jünger als er – etwa in Mandorallens Alter.«

»Ich kann mir denken, worauf es hinausläuft«, bemerkte Durnik mißbilligend.

»Nicht ganz«, widersprach Wolf. »Nach der Hochzeitsreise kehrte der Baron zu seinen gewohnten ritterlichen Aufgaben zurück und ließ eine sehr gelangweilte junge Frau zu Hause, die durch die Burg wanderte. Eine Situation mit vielen interessanten Möglichkeiten. Jedenfalls, Mandorallen und die Dame tauschten Blicke aus, dann Worte – das übliche.«

»So etwas geschieht in Sendarien auch«, meinte Durnik, »aber ich bin sicher, wir nennen es ganz anders als die Leute hier.« Sein Ton war kritisch, fast beleidigt.
»Du ziehst voreilig Schlüsse, Durnik«, sagte Wolf. »Die Dinge gingen nie weiter. Vielleicht wäre es besser gewesen, sie wären. Ehebruch ist so ernst auch nicht, und mit der Zeit wäre es ihnen zu langweilig geworden. Aber da sie beide den Baron zu sehr liebten und respektierten, um ihn zu entehren, verließ Mandorallen die Burg, ehe ihm die Dinge entgleiten konnten. Jetzt leiden sie beide schweigend. Es ist alles sehr rührend, aber mir kommt es wie Zeitverschwendung vor. Aber natürlich bin ich auch älter.«
»Du bist älter als jeder andere, Vater«, sagte Tante Pol.
»Das mußt du mir nicht noch sagen, Pol.«
Silk lachte sardonisch. »Ich freue mich, daß unser erstaunlicher Freund wenigstens den schlechten Geschmack hatte, sich in die Frau eines anderen zu verlieben. Sein Edelmut ging mir allmählich auf die Nerven.« Das Gesicht des kleinen Mannes zeigte denselben bitteren, selbstironischen Ausdruck, den Garion zuerst in Val Alorn an ihm gesehen hatte, als sie sich mit Königin Porenn unterhielten.
»Weiß der Baron davon?« fragte Durnik.
»Natürlich«, antwortete Wolf. »Das ist es ja, was die Arendier daran so rührt. Es gab einmal einen Ritter, noch dümmer als die meisten Arendier, der einen schlechten Scherz darüber machte. Der Baron hat ihn unverzüglich herausgefordert und im Duell sein Leben gefordert. Seitdem haben nur sehr wenige Leute die Situation spaßig gefunden.«
»Trotzdem ist es schändlich«, meinte Durnik.
»Ihr Verhalten ist über jeden Tadel erhaben, Durnik«, sagte Tante Pol entschieden. »Es liegt kein Fehler darin, solange es nicht weitergeht.«
»Anständige Leute lassen gar nicht erst zu, daß so etwas geschieht«, sagte Durnik hartnäckig.
»Du wirst sie nicht überzeugen, Durnik«, sagte Meister Wolf zu dem Schmied. »Polgara hat zu viele Jahre bei den Wacite-

Arendiern verbracht. Sie waren genauso schlimm oder sogar noch schlimmer als die Mimbrer. Man kann nicht so lange in dieser Rührseligkeit baden, ohne daß davon etwas abfärbt. Glücklicherweise hat sie ihren Verstand dabei nicht *völlig* eingebüßt. Sie ist nur hin und wieder so mädchenhaft und sentimental. Wenn du sie während solcher Anfälle meidest, ist es fast, als wäre sie ganz normal.«

»Ich habe meine Zeit jedenfalls sinnvoller verbracht als du, Vater«, bemerkte Tante Pol spitz. »Wie ich mich erinnere, hast *du* diese Jahre damit verbracht, in den Hafenspelunken von Camaar zu zechen. Und dann war da noch die erbauliche Zeit, in der du für die Unterhaltung der lasterhaften Frauen von Maragor gesorgt hast. Diese Erfahrungen haben deine Ansichten über Moral sicherlich ungeheuer erweitert.«

Meister Wolf hüstelte unbehaglich und wandte den Blick von ihr.

Hinter ihnen hatte Mandorallen sein Pferd wieder bestiegen und galoppierte den Hügel herunter. Die Dame stand unter dem Bogengang, ihr roter Umhang flatterte im Wind. Sie sah ihm nach, wie er von dannen ritt.

Sie waren fünf Tage auf der Straße, bevor sie den Arend erreichten, die Grenze zwischen Arendien und Tolnedra. Das Wetter wurde besser, je weiter sie nach Süden kamen, und an dem Morgen, als sie den Hügel erreichten, der den Fluß überschaute, war es schon fast warm. Die Sonne schien hell, und ein paar zarte Wölkchen flogen in der frischen Brise über den Himmel.

»Die Hauptstraße nach Vo Mimbre zweigt dort links ab«, bemerkte Mandorallen.

»Ja«, sagte Wolf. »Wir wollen in dieses Wäldchen beim Fluß hinunterreiten und uns ein bißchen herrichten. Äußerlichkeiten sind in Vo Mimbre sehr wichtig, und wir sollten nicht dort ankommen und aussehen wie Vagabunden.«

Drei braungekleidete, mit Kapuzen angetane Gestalten standen bescheiden an der Wegkreuzung. Sie hatten die Köpfe gesenkt

und die Hände bittend ausgestreckt. Meister Wolf zügelte sein Pferd und ritt langsam auf sie zu. Er sprach kurz mit ihnen und gab dann jedem eine Münze.
»Wer sind sie?« fragte Garion.
»Mönche aus Mar Terrin«, antwortete Silk.
»Wo ist das?«
»Es ist ein Kloster in Südosttolnedra, wo einst Maragor war«, erklärte Silk. »Die Mönche versuchen, die Geister der Marag zu trösten.«
Meister Wolf machte eine Handbewegung, sie ritten an den drei demütigen Gestalten vorbei. »Sie sagen, daß in den letzten beiden Wochen kein Murgo hier vorbeigekommen ist.«
»Bist du sicher, daß man ihnen glauben kann?« fragte Hettar.
»Wahrscheinlich. Die Mönche würden niemanden belügen.«
»Dann würden sie auch jedem, der vorbeikommt, erzählen, daß wir vorbeigeritten sind?« fragte Barak.
Wolf nickte. »Sie beantworten alle Fragen, die man ihnen stellt.«
»Eine ungesunde Angewohnheit«, brummte Barak finster.
Meister Wolf zuckte die Achseln und führte sie unter die Bäume neben dem Fluß. »Hier ist es gut«, entschied er und stieg auf einer mit Gras bewachsenen Lichtung vom Pferd. Er wartete, während die anderen ebenfalls abstiegen. »Also gut«, sagte er dann, »wir werden nach Vo Mimbre gehen. Ich möchte, daß ihr alle darauf achtgebt, was ihr sagt. Mimbrer sind sehr empfindlich, das kleinste Wort kann als Beleidigung aufgefaßt werden.«
»Ich finde, du solltest das weiße Gewand anziehen, das Fulrach dir geschenkt hat, Vater«, unterbrach ihn Tante Pol und öffnete eines der Gepäckstücke.
»Bitte, Pol«, sagte Wolf, »ich versuche, etwas zu erklären.«
»Sie haben dich gehört, Vater. Du neigst dazu, die Dinge zu sehr in die Länge zu ziehen.« Sie hielt das weiße Gewand hoch und betrachtete es kritisch. »Du hättest es sorgfältiger falten sollen. Jetzt ist es zerknittert.«
»Ich werde das Ding nicht anziehen«, sagte er entschieden.

»Doch, du wirst, Vater«, sagte sie honigsüß. »Vielleicht müssen wir ein oder zwei Stunden darüber streiten, aber schließlich wirst du es doch tragen müssen. Warum also nicht gleich die Zeit und den Ärger sparen?«

»Es ist so albern«, beschwerte er sich.

»Viele Dinge sind albern, Vater. Ich kenne die Arendier besser als du. Dir wird mehr Respekt entgegengebracht, wenn du nach etwas aussiehst. Mandorallen, Hettar und Barak werden ihre Rüstung tragen; Durnik, Silk und Garion können die Westen anziehen, die Fulrach ihnen in Sendarien gegeben hat; ich werde mein blaues Gewand tragen und du deinen weißen Mantel. Ich bestehe darauf, Vater.«

»Du tust *was*? Jetzt hör mal zu, Polgara...«

»Sei still, Vater«, sagte sie geistesabwesend und musterte Garions blaue Weste.

Wolfs Gesicht verdunkelte sich, seine Augen traten gefährlich hervor.

»Ist noch was?« fragte sie mit einem gleichgültigen Blick.

Meister Wolf ließ das Thema fallen.

»Er ist wirklich so klug wie man sagt«, stellte Silk fest.

Eine Stunde später waren sie unter einem sonnigen Himmel wieder auf der Straße nach Vo Mimbre. Mandorallen, in voller Rüstung und mit einem blausilbernen Wimpel, der von seiner Lanzenspitze flatterte, ritt voran, und Barak, in seinem schimmernden Kettenhemd und dem Umhang aus schwarzen Bärenfellen, ritt unmittelbar hinter ihm. Auf Tante Pols Drängen hatte der große Cherek sich den verfilzten Bart gekämmt und sogar seine Zöpfe neu geflochten. Meister Wolf in seinem weißen Gewand war mürrisch und brummte vor sich hin, Tante Pol ritt gesetzt im Damensitz in einem kurzen, pelzgefütterten Umhang und einem blauen Satinkopfputz, der die schwere Fülle ihres dunklen Haars krönte. Garion und Durnik fühlten sich in ihrem Staat unwohl, aber Silk trug die Weste und seine schwarze Samtkappe voll natürlicher Anmut. Hettars einziges Zugeständnis an Förmlichkeiten bestand darin, daß er das Lederband, das normalerweise seine Skalplocke

zusammenhielt, durch einen Reif aus gehämmertem Silber ersetzt hatte.
Die Leibeigenen und selbst die vereinzelten Ritter, denen sie unterwegs begegneten, traten beiseite und grüßten respektvoll. Der Tag war warm, die Straße gut und ihre Pferde kräftig. Am frühen Nachmittag erreichten sie einen hohen Hügel, der die Ebene überblickte und sanft zu den Toren von Vo Mimbre abfiel.

10

Die Stadt der mimbrischen Arendier erhob sich fast wie ein Berg am Ufer des glitzernden Flusses. Ihre dicken, hohen Mauern wurden von starken Zinnen gekrönt, und große Türme und schlanke Säulen mit leuchtenden Bannern, die von den Spitzen flatterten, ragten innerhalb der Mauern empor und schimmerten in der Nachmittagssonne golden.
»Seht dort Vo Mimbre«, verkündete Mandorallen stolz, »die Königin unter den Städten. Gegen diesen Fels prallte die Flut der Angaraks, wurde zurückgeworfen und lief wiederum dagegen an. Auf diesem Feld erfuhren sie ihren Untergang. Seele und Stolz Arendiens lebt in dieser Festung, und die Macht des Dunklen vermag nicht dagegen anzukommen.«
»Wir sind nicht zum erstenmal hier, Mandorallen«, sagte Meister Wolf mürrisch.
»Sei nicht so unhöflich, Vater«, sagte Tante Pol zu dem alten Mann. Dann wandte sie sich an Mandorallen, und zu Garions Erstaunen sprach sie in einem völlig neuen Tonfall. »Wollt Ihr, Herr Ritter, uns baldigst zum Palaste Eures Königs geleiten? Wir müssen Rat halten mit ihm in Angelegenheiten von äußerster Dringlichkeit.« Sie sagte dies ohne jede Spur von Verlegenheit, als ob diese archaische Förmlichkeit für sie ganz natürlich wäre. »Denn da Ihr der mächtigste Ritter auf Erden seid, möchten wir uns unter Euren schützenden Arm stellen.«
Nach einem Moment der Verblüffung glitt Mandorallen schep-

pernd aus seinem Sattel und sank vor ihr auf die Knie. »Werte Dame Polgara«, antwortete er mit einer Stimme, die vor Respekt – ja geradezu Ehrfurcht – bebte, »ich akzeptiere Euren Auftrag und will Euch sicher zu König Korodullin geleiten. Sollte Euch irgend jemand Euer erhabenes Recht, des Königs Aufmerksamkeit zu beanspruchen, streitig machen, so werde ich dafür Sorge tragen, daß er seine Torheit mit dem Leben bezahlt.«
Tante Pol lächelte ihn aufmunternd an, worauf er sich wieder klirrend in den Sattel schwang und die Gruppe in einem gemächlichen Trab anführte. Sein ganzes Gebaren verriet die Bereitschaft zum Kampf.
»Was sollte das?« fragte Wolf.
»Mandorallen brauchte etwas, um sich von seinem Kummer abzulenken«, antwortete sie. »In den letzten Tagen war er ganz außer sich vor Kummer.«
Als sie sich der Stadt näherten, konnte Garion die Spuren an den starken Mauern erkennen, wo die schweren Steine aus den Katapulten der Angaraks den unnachgiebigen Fels getroffen hatten. Die Zinnen hoch oben waren angeschlagen und narbig vom Aufprall ganzer Pfeilhagel. Der steinerne Torbogen, der in die Stadt führte, ließ die unglaubliche Dicke der Mauern erkennen, und das mit Eisen verstärkte Tor war massiv. Sie klapperten durch den Torbogen in die schmalen, gewundenen Straßen. Die Menschen, an denen sie vorbeikamen, schienen größtenteils Bürgerliche zu sein, die ihnen rasch Platz machten. Die Gesichter der Männer in den braunen Tuniken und der Frauen in geflickten Kleidern waren stumpf und zeigten keine Neugier.
»Sie scheinen sich nicht besonders für uns zu interessieren«, meinte Garion leise zu Durnik.
»Ich glaube nicht, daß die einfachen Leute und der Adel sich hier gegenseitig sehr beachten«, antwortete Durnik. »Sie leben nebeneinander, aber sie wissen nichts voneinander. Vielleicht ist es das, was in Arendien falsch läuft.«
Garion nickte ernsthaft.

Obwohl die einfachen Leute gleichgültig waren, schienen die Edelleute am Palast vor Neugier fast zu platzen. Die Kunde von ihrem Eintreffen in der Stadt war ihnen anscheinend wie ein Lauffeuer durch die schmalen Straßen vorangeeilt, und Fenster und Brüstungen des Palastes waren belagert von Menschen in farbenfrohen Gewändern.
»Verhaltet Euren Schritt, Herr Ritter«, rief ein großer Mann mit dunklem Haar und Bart, der einen schwarzen Samtüberwurf über seinem polierten Kettenhemd trug, von einer Brüstung zu Mandorallen herab, als sie auf den weiten Platz vor dem Palast ritten. »Hebt Euer Visier, so daß ich Euch erkennen kann.«
Mandorallen hielt erstaunt vor dem verschlossenen Tor an und hob sein Visier. »Was ist dies für eine Unhöflichkeit?« fragte er. »Ich bin, wie alle Welt weiß, Mandorallen, Baron von Vo Mandor. Sicherlich könnt Ihr den Federbusch auf meinem Schild erkennen.«
»Jeder kann den Schild eines anderen Ritters tragen«, erklärte der Mann verächtlich von oben.
Mandorallens Gesicht umwölkte sich. »Seid Ihr nicht gewahr, daß kein Mann auf Erden es wagen würde, in meiner Gestalt aufzutreten?« fragte er drohend.
»Sir Andorig«, sagte ein weiterer Mann auf der Brüstung zu dem Dunkelhaarigen. »Dies ist in der Tat Sir Mandorallen. Ich habe ihn letztes Jahr bei dem großen Turnier getroffen, und unsere Begegnung hat mich eine gebrochene Schulter und ein Klingen in den Ohren gekostet, das bis heute noch nicht gänzlich nachgelassen hat.«
»Ah«, antwortete Sir Andorig, »wenn Ihr für ihn bürgen wollt, Sir Helbergin, so gebe ich zu, daß dies der Bastard von Vo Mandor ist.«
»Irgendwann wirst du dagegen mal etwas unternehmen müssen«, sagte Barak leise zu Mandorallen.
»Es scheint so«, erwiderte Mandorallen.
»Wer jedoch sind diese anderen, die mit Euch Einlaß begehren, Herr Ritter?« fragte Andorig. »Ich werde die Tore nicht für irgendwelche Fremden öffnen.«

Mandorallen reckte sich im Sattel. »Hört!« verkündete er mit einer Stimme, die man vermutlich in der ganzen Stadt hören konnte. »Ich bringe Euch Ehre ohne Maß. Öffnet weit die Palasttore und bereitet alles vor, so daß Ihr ihnen Eure Ehrerbietung erweisen könnt. Ihr schaut in das heilige Antlitz Belgaraths des Zauberers des Ewigen und in die göttlichen Züge seiner Tochter, der Dame Polgara, die nach Vo Mimbre gekommen sind, um den König von Arendien in verschiedenen Angelegenheiten zu sprechen.«

»Ist das nicht etwas übertrieben?« flüsterte Garion Tante Pol zu.

»Es ist so üblich hier, mein Lieber«, antwortete sie sanft. »Wenn du es mit Arendiern zu tun hast, mußt du schon ein bißchen ausgefallen sein, um ihre Aufmerksamkeit zu erregen.«

»Und wer hat Euch gesagt, daß dies der Herr Belgarath ist?« fragte Andorig leicht spöttisch. »Ich werde nicht das Knie beugen vor einem Vagabunden ungewisser Herkunft.«

»Stellt Ihr mein Wort in Frage, Herr Ritter?« gab Mandorallen gefährlich leise zurück. »Und würdet Ihr dann bitte herunterkommen und Euren Zweifel der Prüfung unterziehen? Oder würdet Ihr Euch vielleicht lieber wie ein Hund hinter Eurer Brüstung verkriechen und Höhergestellte ankläffen?«

»Oh, das war *sehr* gut«, sagte Barak bewundernd.

Mandorallen grinste den großen Mann an.

»Ich glaube nicht, daß wir so weiterkommen«, murmelte Meister Wolf. »Es sieht so aus, als müßte ich diesem Skeptiker einen Beweis liefern, wenn wir je zu Korodullin gelangen wollen.« Er glitt aus dem Sattel und zog nachdenklich ein Ästchen aus dem Schweif seines Pferdes, das sich unterwegs darin verirrt hatte. Dann ging er in die Mitte des großen Platzes und blieb dort in seinem strahlend weißen Gewand stehen. »Herr Ritter«, rief er freundlich zu Andorig hinauf, »Ihr seid ein vorsichtiger Mann, wie ich sehe. Das ist eine gute Eigenschaft, aber sie kann auch zu weit getrieben werden.«

»Ich bin kein Kind mehr, alter Mann«, antwortete der dunkelhaarige Ritter in einem Ton, der einer Beleidigung gleichkam, »und ich glaube nur, was ich mit eigenen Augen sehe.«
»Es muß traurig sein, nur so wenig zu glauben«, stellte Wolf fest. Dann bückte er sich und steckte den Zweig, den er noch in der Hand hielt, zwischen zwei der großen Granitplatten zu seinen Füßen. Er trat einen Schritt zurück und streckte seine Hand über den Zweig aus, sein Gesicht war seltsam sanft. »Ich werde Euch einen Gefallen tun, Sir Andorig«, verkündete er. »Ich werde Euch Euren Glauben wiedergeben. Seht genau hin.« Dann sprach er ein einziges, leises Wort, das Garion zwar nicht verstehen konnte, das aber die inzwischen vertraute Woge und ein schwaches Brausen auslöste.
Zuerst schien nichts zu geschehen. Dann begannen die beiden Steinplatten sich mit einem Knirschen nach oben zu wölben, als der Zweig zu einem Ast wurde und Meister Wolfs ausgestreckter Hand zustrebte. Von den Palastmauern her waren unterdrückte Aufschreie zu hören, als Zweige aus dem Ast sprossen, während er weiter wuchs. Wolf hob seine Hand höher, und gehorsam wuchs der Ast bei dieser Geste, und seine Zweige wurden größer. Jetzt war es schon ein junger Baum, und er wuchs immer noch. Eine der Granitplatten zersprang mit einem scharfen Ton.
Absolute Stille herrschte, während aller Augen in ehrfurchtsvoller Faszination auf dem Baum ruhten. Meister Wolf streckte beide Hände aus und drehte sie dann, bis die Handflächen nach oben zeigten. Wieder sprach er, und die Spitzen der Zweige schwollen an und begannen zu knospen. Dann erblühte der Baum, und seine Blüten waren zart rosa und weiß.
»Ein Apfelbaum, meinst du nicht auch, Pol?« fragte Wolf über die Schulter gewandt.
»Sieht so aus, Vater«, antwortete sie.
Er tätschelte den Baum liebevoll und wandte sich dann wieder an den dunkelhaarigen Ritter, der – blaß und zitternd – auf die Knie gesunken war. »Nun, Sir Andorig«, fragte er, »was glaubt Ihr jetzt?«

»Vergebt mir bitte, heiliger Belgarath«, flehte Andorig mit erstickter Stimme.
Meister Wolf richtete sich auf und sprach dann streng zu dem Ritter, wobei er mit ebensolcher Leichtigkeit in die gemessenen Kadenzen des mimbrischen Idioms verfiel wie vorher schon Tante Pol. »Ich beauftrage Euch, Herr Ritter, für diesen Baum Sorge zu tragen. Er ist hier gewachsen, um Euren Glauben und Euer Vertrauen wiederherzustellen. Ihr müßt Eure Schuld an ihn durch sorgfältige Pflege und liebevolle Aufmerksamkeit abtragen. Zur rechten Zeit wird er Früchte tragen, und Ihr sollt diese Früchte sammeln und sie freigebig an alle die verteilen, die Euch darum bitten. Um Eurer Seele willen werdet Ihr sie niemandem verweigern, wie bescheiden er auch sei. So wie der Baum freigebig ist, so sollt auch Ihr es sein.«
»Das ist nett«, sagte Tante Pol anerkennend.
Wolf zwinkerte ihr zu.
»Ich werde alles so machen, wie Ihr es mir befohlen habt, heiliger Belgarath«, keuchte Sir Andorig. »Ich verpflichte mich bei meinem Leben dazu.«
Meister Wolf kehrte zu seinem Pferd zurück. »Wenigstens wird er *einmal* in seinem Leben etwas Nützliches tun«, murmelte er.
Danach gab es keine weiteren Diskussionen. Die Palasttore öffneten sich quietschend, und sie ritten in den Innenhof, wo sie absaßen. Mandorallen führte sie durch kniende oder gar schluchzende Edelleute, die die Hände ausstreckten, um Meister Wolfs Gewand zu berühren. Sie folgten Mandorallen dicht auf den Fersen und gingen durch die breiten, mit Wandteppichen behangenen Gänge. Die Schar von Menschen hinter ihnen wuchs. Die Tür zum Thronsaal öffnete sich, und sie traten ein.
Der arendische Thronsaal war eine große, gewölbte Halle mit geschnitzten Strebepfeilern, die sich entlang der Wände nach oben schwangen. Hohe schmale Fenster befanden sich zwischen den Pfeilern, und das Licht, das durch die bleigefaßten Scheiben strömte, war vielfarbig. Der Boden bestand aus po-

liertem Marmor. Auf der mit Teppichen ausgelegten steinernen Empore am einen Ende des Saals stand der arendische Doppelthron. Zu beiden Seiten der dahinterliegenden, bespannten Wand hingen die schweren, antiken Waffen, die zwanzig Jahre arendischen Königtums dokumentierten. Lanzen, Streitkolben und riesige, übermannsgroße Schwerter hingen zwischen den zerschlissenen Kriegsbannern längst vergessener Könige.

Korodullin von Arendien war ein kränklich wirkender junger Mann in goldbestickter Purpurrobe. Er trug seine große, goldene Krone, als sei sie zu schwer für ihn. Neben ihm auf dem Doppelthron saß seine schöne, blasse Königin. Gemeinsam beobachteten sie leicht besorgt, wie die Menge, die Wolf umringte, sich den breiten Stufen näherte, die zu den Thronen hinaufführten.

»Mein König«, kündigte Mandorallen an und beugte ein Knie, »ich bringe Euch den heiligen Belgarath, den Schüler Aldurs und Stab, auf den sich die Königreiche des Westens seit dem Anfang der Zeit stützen.«

»Er weiß, wer ich bin, Mandorallen«, sagte Meister Wolf. Er trat vor und verbeugte sich knapp. »Heil Korodullin und Mayaserana«, grüßte er König und Königin. »Es tut mir leid, daß wir noch keine Gelegenheit hatten, uns kennenzulernen.«

»Die Ehre ist auf unserer Seite, edler Belgarath«, antwortete der junge König mit einer Stimme, deren reiches Timbre seine schwächliche Erscheinung Lügen strafte.

»Mein Vater hat oft von Euch gesprochen«, sagte die Königin.

»Wir waren gute Freunde«, antwortete Wolf. »Erlaubt, daß ich Euch meine Tochter Polgara vorstelle.«

»Edle Dame«, erwiderte der König mit einer respektvollen Neigung des Kopfes. »Alle Welt kennt Eure Macht, aber die Menschen haben es versäumt, von Eurer Schönheit zu sprechen.«

»Wir werden gut miteinander auskommen«, antwortete Tante Pol herzlich und lächelte ihn an.

»Mein Herz erzittert beim Anblick der Blüte aller Weiblichkeit«, erklärte die Königin.

Tante Pol betrachtete die Königin nachdenklich. »Wir müssen uns unterhalten, Mayaserana«, sagte sie ernst, »und zwar vertraulich und sehr bald.«

Die Königin sah sie erstaunt an.

Meister Wolf stellte die anderen vor, und alle verbeugten sich der Reihe nach vor dem jungen König.

»Willkommen, all Ihr Edlen«, sagte Korodullin. »Mein armseliger Hof ist überwältigt von solch edler Gesellschaft.«

»Wir haben nicht viel Zeit, Korodullin«, sagte Meister Wolf. »Die Höflichkeiten des arendischen Hofes sind die großartigsten der Welt. Ich möchte dich und deine liebreizende Königin nicht dadurch beleidigen, daß ich die würdevollen Bemerkungen abschneide, die euren Hof so zieren, aber ich habe gewisse Neuigkeiten, die ich euch vertraulich mitteilen muß. Die Angelegenheit ist von äußerster Dringlichkeit.«

»Dann stehe ich Euch sogleich zur Verfügung«, antwortete der König und erhob sich von seinem Thron. »Verzeiht uns, liebe Freunde«, sagte er zu den versammelten Edlen, »aber dieser alte Freund unserer königlichen Linie hat Informationen, die uns mit außerordentlicher Dringlichkeit allein zu Gehör gebracht werden müssen. Wir müssen uns eine Weile von Euch trennen, um diese Informationen zu hören. Wir werden bald zurückkehren.«

»Polgara«, sagte Meister Wolf.

»Geh schon vor, Vater«, antwortete sie. »Ich muß erst mit Mayaserana über etwas sehr Wichtiges sprechen.«

»Kann das nicht warten?«

»Nein, Vater.« Damit nahm sie den Arm der Königin und beide verließen den Saal. Meister Wolf starrte ihr einen Moment nach, dann zuckte er die Achseln und verließ mit Korodullin ebenfalls den Thronsaal. Ein fast schockiertes Schweigen folgte ihrem Abgang.

»Höchst unschicklich«, sagte ein alter Höfling mit buschigem weißem Haar mißbilligend.

»Eine notwendige Eile, mein Herr«, erklärte Mandorallen. »Wie der ehrenwerte Belgarath bereits andeutete, hängt das

Überleben der Königreiche des Westens vom Gelingen unserer Mission ab. Unser Alter Feind mag schon bald wieder im Lande sein. Ich fürchte, es wird nicht lange dauern, ehe mimbrische Ritter wieder gegen die Wut eines titanischen Krieges aufstehen müssen.«

»Gesegnet sei dann die Zunge, die uns die Nachricht bringt«, sagte der weißhaarige alte Mann. »Ich hatte schon befürchtet, daß ich meine letzte Schlacht gesehen hätte und in hohem Alter im Bett sterben müßte. Ich danke dem großen Chaldan, daß ich noch immer meine Tatkraft besitze und mein Mut auch durch meine achtzig Jahre ungebrochen ist.«

Garion zog sich auf eine Seite des Raumes zurück, da er mit einem Problem kämpfte. Die Ereignisse hatten ihn an König Korodullins Hof gespült, noch ehe er Zeit gefunden hatte, sich auf eine unangenehme Pflicht vorzubereiten. Er hatte Lelldorin sein Wort gegeben, dem König gewisse Dinge zu berichten, aber er hatte nicht die leiseste Ahnung, wie er es beginnen sollte. Die übertriebene Förmlichkeit am arendischen Hof schüchterte ihn ein. Das war etwas ganz anderes als der rauhe, gutmütige Ton am Hof König Anhegs in Val Alorn oder der fast gemütliche Hof von König Fulrach in Sendar. Das hier war Vo Mimbre, und die Vorstellung, mit den wilden Plänen einer Gruppe asturischer Hitzköpfe herauszuplatzen, wie er mit der Nachricht über den Grafen von Jarvik in Cherek herausgeplatzt war, schien völlig außer Frage zu stehen.

Plötzlich versetzte ihm der Gedanke an jenes frühere Ereignis einen heftigen Schlag. Die Situation damals war dieser hier so ähnlich, daß sie ihm auf einmal wie ein abgekartetes Spiel vorkam. Die Züge auf dem Spielbrett waren fast identisch, und in beiden Fällen war er in die unangenehme Lage gebracht worden, derjenige zu sein, der den letzten entscheidenden Zug, der einen König sterben und ein Reich zusammenbrechen ließ, zu verhindern hatte. Er fühlte sich gänzlich machtlos, als ob sein ganzes Leben in den Händen zweier gesichtsloser Spieler läge, die in einem Spiel, das – soweit er wußte – vor Ewigkeiten begonnen hatte, Steinchen auf einem riesigen Brett nach dem-

selben Muster hin und her schoben. Es gab keine Frage, was zu tun war. Die Spieler schien es jedoch zufriedenzustellen, ihm die Suche nach einer Lösung zu überlassen.
König Korodullin wirkte erschüttert, als er eine halbe Stunde später mit Meister Wolf in den Thronsaal zurückkehrte, und er beherrschte seine Züge nur mit offensichtlicher Mühe. »Verzeiht mir, Ihr Edlen«, entschuldigte er sich, »aber ich habe schlimme Nachrichten erfahren. Für den Augenblick jedoch wollen wir unsere Sorgen beiseite lassen und diesen historischen Besuch feiern. Ruft Musiker und gebt Befehl, daß ein Bankett bereitet wird.«
In der Nähe der Tür gab es Unruhe. Ein schwarzgekleideter Mann trat mit einem halben Dutzend mimbrischer Ritter ein, die ihm dicht folgten. Ihre Augen waren schmal vor Mißtrauen, die Hände hielten sie am Schwertgriff, als ob sie jeden davor warnen wollten, sich ihrem Anführer in den Weg zu stellen. Als der Mann näherkam, sah Garion seine schrägstehenden Augen und die vernarbten Wangen. Der Mann war ein Murgo.
Barak legte die Hand fest auf Hettars Arm. Der Murgo hatte sich offenbar in Eile angekleidet und schien etwas atemlos von seinem hastigen Marsch zum Thronsaal. »Euer Majestät«, schnarrte er und verbeugte sich tief vor Korodullin, »mir ist soeben berichtet worden, daß Besucher an Eurem Hof eingetroffen sind, und ich bin herbeigeeilt, um sie im Namen meines Königs, Taur Urgas, zu grüßen.«
Korodullins Miene wurde hart. »Ich kann mich nicht erinnern, Euch rufen gelassen zu haben, Nachak«, sagte er.
»Dann ist es so, wie ich befürchtete«, antwortete der Murgo. »Diese Leute haben schlecht von meinem Volk gesprochen, um die Freundschaft, die zwischen dem Thron von Arendien und dem von Cthol Murgos besteht, zu untergraben. Ich bin enttäuscht festzustellen, daß Ihr Euer Ohr solchen Verleumdern leiht, ohne mir Gelegenheit zu geben, darauf zu antworten. Ist das gerecht, Euer Majestät?«
»Wer ist das?« fragte Meister Wolf Korodullin.

»Nachak«, antwortete der König, »der Botschafter von Cthol Murgos. Soll ich Euch ihm vorstellen, Uralter?«
»Das wird nicht nötig sein«, erwiderte Meister Wolf kalt. »Jeder lebende Murgo weiß, wer ich bin. Die Mütter in Cthol Murgos ängstigen ihre Kinder mit meinem Namen, wenn sie nicht brav sind.«
»Aber ich bin kein Kind, alter Mann«, spottete Nachak. »Ich habe keine Angst vor dir.«
»Das könnte allerdings ein schwerer Fehler sein«, bemerkte Silk.
Der Name des Murgos hatte Garion fast wie ein Schlag getroffen. Als er in das vernarbte Gesicht des Mannes blickte, der Lelldorin und seine Freunde so irregeführt hatte, stellte er fest, daß die Spieler wieder einmal ihre Steinchen in diese letzte, entscheidende Position gerückt hatten und die Entscheidung darüber, wer gewinnen oder verlieren würde, wieder einmal völlig von ihm abhing.
»Welche Lügen hast du dem König erzählt?« fragte Nachak Meister Wolf.
»Keine Lügen, Nachak«, sagte Wolf. »Nur die Wahrheit. Das sollte genügen.«
»Ich protestiere, Euer Majestät«, wandte sich Nachak an den König. »Ich protestiere aufs schärfste. Alle Welt kennt seinen Haß auf mein Volk. Wie kannst du ihm nur erlauben, deine Meinung von uns zu vergiften?«
»Diesmal hat er die Ihrs und die Euchs vergessen«, kommentierte Silk beißend.
»Er ist aufgeregt«, antwortete Barak. »Murgos werden plump, wenn sie sich aufregen. Einer ihrer Fehler.«
»Alorner!« spie Nachak aus.
»Stimmt, Murgo«, sagte Barak kalt. Er hielt noch immer Hettars Arm.
Nachak sah sie an, dann wurden seine Augen groß, als sähe er Hettar zum erstenmal. Er wich vor dem haßerfüllten Blick des Algariers zurück, und sein halbes Dutzend Ritter scharte sich schützend um ihn. »Euer Majestät«, krächzte er, »ich weiß,

daß dieser Mann Hettar von Algarien ist, ein bekannter Mörder. Ich fordere, daß du ihn verhaftest.«
»*Forderst*, Nachak?« fragte der König mit einem gefährlichen Glitzern in den Augen. »Ihr wollt mir an meinem eigenen Hof Forderungen stellen?«
»Verzeiht mir, Majestät«, entschuldigte sich Nachak rasch. »Der Anblick dieser Bestie hat mich so erregt, daß ich mich vergessen habe.«
»Es wäre klug, wenn du jetzt gehen würdest, Nachak«, meinte Meister Wolf. »Es ist keine besonders gute Idee von einem Murgo, allein in Gegenwart so vieler Alorner zu sein. Unter solchen Umständen kommt es immer wieder zu Unfällen.«
»Großvater«, sagte Garion drängend. Ohne recht zu wissen warum, wußte er, daß die rechte Zeit gekommen war, um zu sprechen. Nachak durfte den Thronsaal nicht verlassen. Die gesichtslosen Spieler hatten ihren letzten Zug gemacht, und hier mußte das Spiel aufhören. »Großvater«, wiederholte er, »ich muß dir etwas sagen.«
»Jetzt nicht, Garion.« Wolf sah noch immer mit kalten Augen den Murgo an.
»Es ist wichtig, Großvater. *Sehr* wichtig.«
Meister Wolf drehte sich zu ihm um, als ob er eine scharfe Erwiderung geben wollte, aber dann schien er etwas zu sehen – etwas, das niemand anders im Thronsaal sehen konnte –, und seine Augen weiteten sich in einem kurzen Erstaunen. »Schon gut, Garion«, sagte er mit seltsam ruhiger Stimme. »Sprich.«
»Einige Leute planen, den König von Arendien zu töten. Nachak ist einer von ihnen.« Garion hatte das lauter gesagt, als er eigentlich beabsichtigt hatte, und ein plötzliches Schweigen legte sich bei seinen Worten über den Thronsaal.
Nachak wurde blaß, seine Hand glitt unwillkürlich zu seinem Schwert und verharrte dort. Garion war sich auf einmal angenehm bewußt, daß Barak wie ein Fels hinter ihm stand und Hettar, finster wie der Tod in schwarzem Leder, neben ihm aufragte. Nachak trat zurück und machte eine rasche Geste zu seinen Rittern. Flink formierten sie sich zu einem schützenden

Ring um ihn, die Hände an den Waffen. »Ich werde nicht bleiben und mir solche Verleumdungen anhören«, erklärte der Murgo.
»Ich habe Euch noch nicht die Erlaubnis erteilt, Euch zurückzuziehen, Nachak«, sagte Korodullin kalt. »Ich benötige Eure Anwesenheit noch ein Weilchen.« Das Gesicht des jungen Königs war hart, seine Augen bohrten sich in die des Murgos. Dann wandte er sich an Garion. »Ich würde gern mehr darüber hören. Sprich die Wahrheit, Bursche, und fürchte keine Strafe.«
Garion holte tief Luft und sprach dann vorsichtig. »Ich weiß nicht alle Einzelheiten, Euer Majestät«, erklärte er. »Ich fand es durch Zufall heraus.«
»Sag uns, was du weißt«, sagte der König.
»Soweit ich weiß, Euer Majestät, wird im nächsten Sommer, wenn Ihr nach Vo Astur reist, eine Gruppe von Männern versuchen, Euch irgendwo auf der Straße zu töten.«
»Asturische Verräter zweifellos«, murmelte der weißhaarige Höfling.
»Sie selbst nennen sich Patrioten«, antwortete Garion.
»Natürlich«, höhnte der Höfling.
»Solche Versuche sind nichts Ungewöhnliches«, stellte der König fest. »Wir werden Schritte unternehmen, uns dagegen zu wappnen. Sei bedankt für diese Information.«
»Das ist noch nicht alles, Euer Majestät«, fügte Garion rasch hinzu. »Wenn sie angreifen, werden sie die Uniformen tolnedranischer Legionäre tragen.«
Silk stieß einen scharfen Pfiff aus.
»Die Idee dahinter ist, daß die mimbrischen Edlen glauben sollen, ihr König sei von Tolnedranern getötet worden«, fuhr Garion fort. »Diese Männer sind davon überzeugt, Mimbre werde unverzüglich dem Kaiserreich den Krieg erklären. Sobald das geschieht, werden die Legionen einmarschieren. Dann, wenn jedermann hier mit dem Krieg beschäftigt ist, werden sie verkünden, daß Asturien nicht länger dem arendischen Thron untersteht. Sie sind überzeugt, daß das übrige Asturien ihnen an diesem Punkt folgen wird.«
»Ich verstehe«, sagte der König nachdenklich. »Ein gut durch-

dachter Plan, aber von einer Subtilität, die für unsere glutäugigen asturischen Brüder ganz uncharakteristisch ist. Aber ich habe noch nichts gehört, das den Gesandten von Taur Urgas mit diesem Plan in Verbindung bringt.«

»Der ganze Plan stammt von ihm, Euer Majestät. Er hat ihnen alle Einzelheiten erklärt und ihnen das Gold gegeben, um die tolnedranischen Uniformen zu kaufen und andere Leute dazu zu bringen, sich ihnen anzuschließen.«

»Er lügt!« rief Nachak.

»Ihr werdet Gelegenheit haben, darauf zu antworten, Nachak«, wies ihn der König zurecht. Er wandte sich wieder Garion zu. »Wir wollen dieser Sache noch weiter nachgehen. Wie kommst du zu dieser Information?«

»Das kann ich nicht sagen, Euer Majestät«, erwiderte Garion unbehaglich. »Ich habe mein Wort gegeben, es nicht zu tun. Einer der Männer hat mir davon erzählt, zum Beweis dafür, daß er mein Freund ist. Er hat sein Leben in meine Hand gegeben, um mir zu zeigen, wie sehr er mir vertraut. Ich kann ihn nicht verraten.«

„Deine Loyalität steht dir gut an, junger Garion", lobte der König, „aber deine Anschuldigung gegen den Botschafter der Murgos wiegt schwer. Ohne die Wahrheit deiner Worte anzweifeln zu wollen, kannst du deine Worte erhärten?"

Hilflos schüttelte Garion den Kopf.

»Das ist eine ernste Angelegenheit, Euer Majestät«, erklärte Nachak. »Ich bin der persönliche Stellvertreter von Taur Urgas. Dieser Lügenbold hier ist Belgaraths Kreatur, und seine wüste, unbewiesene Geschichte ist ein offensichtlicher Versuch, mich in Mißkredit zu bringen und einen Keil zwischen den Thron von Arendien und den von Cthol Murgos zu treiben. Diese Anschuldigung darf nicht unwidersprochen bleiben. Der Junge muß dazu gezwungen werden, diese angeblichen Attentäter preiszugeben oder einzugestehen, daß er lügt.«

»Er hat sein Wort gegeben, Nachak«, sagte der König mit Nachdruck.

»Das *behauptet* er, Euer Majestät«, erwiderte Nachak spöttisch. »Wir sollten ihn der Prüfung unterziehen. Eine Stunde auf der Streckbank wird ihn dazu bringen, alles zu erzählen.«

»Ich hatte noch nie viel Vertrauen in Geständnisse, die durch die Folter entlockt wurden«, meinte Korodullin.

»Wenn Euer Majestät erlauben«, warf Mandorallen ein, »kann ich vielleicht helfen, dieses Problem zu lösen.«

Garion warf dem Ritter einen entsetzten Blick zu. Mandorallen kannte Lelldorin, und es würde ihm nicht schwerfallen, die Wahrheit zu erraten. Außerdem war Mandorallen Mimbrer, und Korodullin war sein König. Er stand nicht nur unter keinem Zwang zu schweigen, es war fast seine Pflicht zu sprechen.

»Baron Mandorallen«, antwortete der König ernst, »Eure Liebe zu Wahrheit und Pflichterfüllung ist Legende. Könnt Ihr vielleicht diese Attentäter nennen?«

Die Frage hing in der Luft.

»Nein, Majestät«, erwiderte Mandorallen fest. »Aber ich kenne Garion als ehrlichen und aufrichtigen Knaben. Ich will für ihn bürgen.«

»Das ist wohl kaum ein Beweis«, sagte Nachak. »Ich erkläre, daß er lügt, wohin führt uns das also?«

»Der Knabe ist mein Gefährte«, sagte Mandorallen. »Ich werde seinen Schwur nicht brechen, denn seine Ehre ist mir so teuer wie meine eigene. Durch unser Gesetz jedoch kann ein Fall, für den Beweis vorliegt, durch einen Waffengang entschieden werden. Ich werde für diesen Jungen kämpfen. Ich erkläre vor der hier versammelten erlauchten Gesellschaft, daß dieser Nachak ein übler Schurke ist, der sich mit anderen zusammengetan hat, um meinen König zu meucheln.« Er zog seinen Handschuh ab und warf ihn zu Boden. Das Scheppern, mit dem er auf dem polierten Steinfußboden aufschlug, klang wie Donnergetöse. »Nehmt meinen Fehdehandschuh, Murgo«, sagte Mandorallen kalt, »oder laßt einen Eurer speichelleckerischen Ritter ihn für Euch aufheben. Ich werde Eure Schurkerei an Euch oder an demjenigen beweisen, der für Euch kämpft.«

Nachak starrte zuerst den stählernen Handschuh, dann den großen Ritter an, der anklagend vor ihm stand. Er fuhr sich mit der Zunge über die Lippen und blickte sich im Thronsaal um. Außer Mandorallen war keiner der anwesenden mimbrischen Edlen bewaffnet. Die Augen des Murgos verengten sich in momentaner Hoffnungslosigkeit. »Tötet ihn!« rief er den sechs bewaffneten Männern zu, die ihn umringten.

Die Ritter sahen schockiert, zweifelnd aus.

»Tötet ihn!« befahl Nachak ihnen. »Tausend Goldstücke demjenigen, der sein Leben auslöscht.«

Die Gesichter der Männer wurden bei diesen Worten hart. Wie ein Mann zogen sie ihre Schwerter und verteilten sich und bewegten sich mit erhobenen Schilden auf Mandorallen zu. Unterdrückte Aufschreie und Alarmrufe waren zu hören, als die Edlen und ihre Damen den Weg räumten.

»Was für ein Verrat ist das?« fragte Mandorallen. »Seid Ihr so verblendet von diesem Murgo und seinem Gold, daß Ihr vor dem König die Waffen ziehen wollt, in offener Mißachtung unseres Gesetzes? Steckt Eure Schwerter ein.«

Aber sie ignorierten seine Worte und kamen grimmig näher.

»Verteidigt Euch, Baron Mandorallen«, drängte Korodullin, der sich halb von seinem Thron erhoben hatte. »Ich entbinde Euch von diesem Gesetz.«

Barak hatte sich jedoch schon in Bewegung gesetzt. Da er bemerkt hatte, daß Mandorallen seinen Schild nicht mit in den Thronsaal gebracht hatte, riß der rotbärtige Mann ein enormes Zweihänderschwert aus der Reihe von Bannern und Waffen, die zu beiden Seiten der Empore hingen. »Mandorallen!« brüllte er, und mit einem mächtigen Stoß ließ er die riesige Klinge über den Boden schlittern, die klirrend und polternd auf Mandorallen zuschoß. Mandorallen stoppte die Waffe mit einem Fuß, bückte sich und hob sie auf.

Die näherkommenden Ritter sahen etwas weniger zuversichtlich aus, als Mandorallen die fast zwei Meter lange Klinge mit beiden Händen hob.

Barak grinste breit und nahm sein Schwert und die Streitaxt

vom Gürtel. Hettar hielt den gezogenen Säbel tief und umrundete die schwerfälligen Ritter auf katzengleichen Sohlen. Ohne zu überlegen, griff Garion nach seinem eigenen Schwert, aber Meister Wolfs Hand schloß sich fest um sein Gelenk. »Du hältst dich da raus«, sagte der alte Mann und zog ihn von dem bevorstehenden Kampf weg.

Mandorallens erster Hieb krachte gegen den rasch erhobenen Schild und zertrümmerte den Arm eines Ritters mit einem roten Überwurf über der Rüstung und schleuderte ihn drei Meter weit, wo er als scheppernder Haufen liegenblieb. Barak parierte mit seiner Axt einen Schwertstreich von einem untersetzten Ritter und zerschlug mit seinem eigenen schweren Schild den erhobenen Schild des Mannes. Hettar spielte gewandt mit einem Ritter in grünlackierter Rüstung, wich leichtfüßig den ungelenken Hieben seines Gegners aus und ließ die Spitze seines Säbels vor dem Visier des Mannes tanzen.

Der stählerne Klang von Schwert auf Schwert hallte durch Korodullins Thronsaal. Funkenregen stoben, wenn Schneide auf Schneide traf. Mit gewaltigen Hieben drosch Mandorallen auf einen zweiten Mann ein. Ein großer Schwung seines Zweihänders ging unter den Schild des Ritters, und der Mann schrie auf, als die große Klinge seine Rüstung durchbohrte und ihm in die Seite drang. Dann fiel er zu Boden, Blut schoß aus dem Schnitt, der über seinen halben Körper reichte.

Barak beulte mit einem geschickten Rückschwung seiner Axt den Helm des untersetzten Ritters ein, der sich daraufhin um sich selbst drehte und zu Boden ging. Hettar täuschte eine rasche Bewegung an und stieß seinen Säbel dann durch einen Schlitz im Visier des grüngepanzerten Ritters. Der getroffene Ritter wurde steif, als ihm der Säbel ins Gehirn drang.

Während das Kampfgetümmel über den polierten Fußboden wogte, stoben die Edelleute und ihre Damen hierhin und dorthin, um nicht von den kämpfenden Männern überrannt zu werden. Nachak beobachtete mit Entsetzen, wie seine Ritter vor seinen Augen systematisch vernichtet wurden. Dann drehte er sich plötzlich um und floh.

»Er läuft weg!« rief Garion, aber Hettar hatte schon die Verfolgung aufgenommen. Vor seinem wutverzerrten Gesicht und dem blutverschmierten Säbel stoben die Höflinge mit ihren Damen auseinander. Der Murgo hatte schon fast das andere Ende des Saales erreicht, ehe Hettar, der ihm den Weg abschneiden wollte, die Tür erreicht hatte, um sie zu blockieren. Mit einem Verzweiflungsschrei zog der Botschafter sein Schwert aus der Scheide, und Garion verspürte einen Moment lang ein eigenartiges Mitleid mit ihm.

Als der Murgo sein Schwert hob, ließ Hettar seinen Säbel fast wie eine Peitsche sausen und schlug ihn auf beide Schultern. Nachak versuchte verzweifelt, seine tauben Arme zu heben, um den Kopf zu schützen, aber Hettars Klinge fuhr statt dessen nach unten. Dann, mit einer seltsamen Anmut, stieß der finstere Algarier seinen Säbel ganz bewußt durch den Murgo. Garion sah, wie die Säbelklinge in einem scharfen Aufwärtswinkel zwischen Nachaks Schultern wieder austrat. Der Botschafter rang nach Luft, ließ sein Schwert fallen und ergriff mit beiden Händen Hettars Handgelenk; aber der habichtgesichtige Mann drehte seine Hand unerbittlich und bewegte die scharfe, gekrümmte Klinge in dem Körper des Murgo. Nachak stöhnte und schauderte entsetzlich. Dann glitten seine Hände von Hettars Gelenk, und seine Knie gaben unter ihm nach. Mit einem gurgelnden Seufzer stolperte er zurück und rutschte kraftlos von Hettars Klinge.

11

Ein Augenblick entsetzten Schweigens erfüllte den Thronsaal nach dem Tode Nachaks. Dann warfen die beiden Mitglieder seiner Leibwache, die noch auf den Beinen waren, ihre Waffen mit einem Poltern auf den blutbesudelten Fußboden. Mandorallen öffnete sein Visier und wandte sich dem Thron zu. »Majestät«, sagte er respektvoll, »Nachaks Verrat ist durch diesen Waffengang bewiesen.«

»Wahrlich«, stimmte der König zu. »Ich bedaure nur, daß mein Eifer, dieser Sache nachzugehen, uns der Gelegenheit beraubt hat, tiefer in Nachaks Doppelspiel einzudringen.«

»Ich glaube, daß die Verschwörungen, die er angezettelt hat, sofort aufhören, wenn sich herumspricht, was hier geschehen ist«, meinte Meister Wolf.

»Vielleicht«, räumte der König ein. »Trotzdem hätte ich die Sache gerne weiterverfolgt. Ich möchte gern wissen, ob diese Schurkerei Nachaks Idee war oder ob ich sie weiterverfolgen muß, vielleicht bis zu Taur Urgas selbst.« Er runzelte gedankenvoll die Stirn und schüttelte dann den Kopf, wie um dunkle Vermutungen beiseite zu schieben. »Arendien steht in Eurer Schuld, Belgarath. Dieser tapfere Gefährte von Euch hat das Wiederaufflackern eines Krieges verhindert, der am besten vergessen würde.« Er blickte traurig auf den blutverschmierten Fußboden und auf die Leichen, die ihn verunzierten. »Mein Thronsaal ist zu einem Schlachtfeld geworden. Der Fluch Arendiens reicht selbst bis hierher.« Er seufzte. »Laßt alles säubern«, befahl er kurz und wandte den Kopf ab, um nicht das finstere Geschäft des Aufräumens mitansehen zu müssen.

Die Edelleute und ihre Damen begannen aufgeregt zu murmeln, als man die Toten fortgebracht hatte und der polierte Fußboden aufgewischt worden war.

»Guter Kampf«, meinte Barak, während er sorgfältig seine Axtklinge abwischte.

»Ich stehe in Eurer Schuld, Graf Barak«, sagte Mandorallen feierlich. »Eure Hilfe war höchst angebracht.«

Barak zuckte die Achseln. »Es schien sinnvoll.«

Hettar schloß sich ihnen wieder an, seine Miene zeigte finstere Genugtuung.

»Du hast eine hübsche Arbeit mit Nachak geleistet«, beglückwünschte Barak ihn.

»Ich habe viel Übung darin«, antwortete Hettar. »Murgos machen anscheinend immer denselben Fehler, wenn es zu einem Kampf kommt. Ich glaube, in ihrer Ausbildung muß irgendwo eine Lücke sein.«

»Schlimm, nicht?« sagte Barak heuchlerisch.

Garion ging etwas beiseite. Obwohl er wußte, daß es unvernünftig war, fühlte er sich nichtsdestoweniger persönlich verantwortlich für das Blutbad, das er gerade mitangesehen hatte. Blut und gewaltsamer Tod waren praktisch das Resultat seiner Worte. Hätte er nicht gesprochen, wären die Männer, die jetzt tot waren, noch am Leben. Gleich wie gerechtfertigt, wie notwendig sein Sprechen gewesen war, litt er unter Schuldgefühlen. Im Augenblick konnte er sich seinen Freunden nicht anvertrauen. Mehr als alles andere wünschte er sich, mit Tante Pol zu reden, aber sie war noch nicht in den Thronsaal zurückgekehrt, und so mußte er allein mit seinem verwundeten Gewissen ringen.

Er kam in eine der Nischen, die von den Säulen längs der Südwand des Thronsaals gebildet wurden und blieb dort in düsterer Grübelei stehen, bis ein Mädchen, vielleicht zwei Jahre älter als er, zu ihm heranhuschte, wobei ihr steifes, dunkelrotes Brokatkleid raschelte. Das Haar des Mädchens war dunkel, fast schwarz, und ihre Haut war milchweiß. Ihr Kleid war sehr tief ausgeschnitten, und Garion hatte Mühe, ein sicheres Ziel für seine Augen zu finden, als sie auf ihn zusteuerte.

»Ich möchte meinen Dank dem Dank ganz Arendiens an Euch hinzufügen, Herr Garion«, hauchte sie. Ihre Stimme vibrierte vor Gefühlen, von denen Garion nichts verstand. »Eure rechtzeitige Enthüllung des schändlichen Plans hat wahrlich das Leben unseres Herrschers gerettet.«

Garion empfand eine gewisse Wärme bei diesen Worten. »Ich habe nicht allzuviel dazu beigetragen, meine Dame«, antwortete er mit einem nicht ganz aufrichtigen Bemühen um Bescheidenheit. »Meine Freunde haben das Kämpfen übernommen.«

»Aber *Eure* tapfere Anklage war es, die den bösen Plan aufdeckte«, beharrte sie, »und Jungfrauen werden von dem Edelmut singen, mit dem Ihr die Identität Eures namenlosen und irregeleiteten Freundes bewahrt habt.«

Jungfrau war kein Wort, auf das Garion vorbereitet war. Er wurde rot und schwieg hilflos.
»Seid Ihr tatsächlich der Enkelsohn des Ewigen Belgarath, edler Garion?«
»Die Verwandtschaft ist etwas weitläufiger. Wir vereinfachen es der Bequemlichkeit halber.«
»Aber Ihr seid sein direkter Nachkomme?« forschte sie nach, ihre violetten Augen glühten.
»Er sagt es jedenfalls.«
»Ist die Dame Polgara möglicherweise Eure Mutter?«
»Meine Tante.«
»Dennoch eine enge Verwandtschaft«, sagte sie mit warmer Anerkennung, während sich ihre Hand leicht auf seinen Arm legte. »Euer Blut, Herr Garion, ist das edelste der Welt. Sagt mir, seid Ihr zufällig noch unvermählt?«
Garion blinzelte, seine roten Ohren wurden noch dunkler.
»Ach, Garion«, tönte Mandorallen herzlich und trat in diesem heiklen Moment herzu, »ich habe Euch gesucht. Wollt Ihr uns entschuldigen, Gräfin?«
Die junge Dame funkelte Mandorallen mit einem Blick an, der reinstes Gift war, aber die starke Hand des Ritters zog Garion bereits mit sich.
»Wir werden uns ein andermal unterhalten, Herr Garion«, rief sie ihm nach.
»Hoffentlich, meine Dame«, antwortete Garion über die Schulter zurück. Dann mischten sich Mandorallen und er unter die Höflinge in der Mitte des Thronsaals.
»Ich wollte dir danken, Mandorallen«, sagte Garion schließlich unter einigen Mühen.
»Wofür, Junge?«
»Du wußtest, wen ich schützen wollte, als ich dem König von Nachak erzählte, nicht wahr?«
»Natürlich«, antwortete der Ritter leichthin.
»Du hättest es dem König sagen können – eigentlich wäre es sogar deine Pflicht gewesen, oder?«
»Aber Ihr hattet doch Euer Wort gegeben.«

»Aber du doch nicht.«
»Ihr seid mein Gefährte, Knabe. Euer Wort ist so bindend für mich wie mein eigenes. Wußtet Ihr das nicht?«
Garion staunte über Mandorallens Worte. Die verfeinerten Differenzierungen arendischer Ethik gingen über sein Begriffsvermögen. »Also hast du statt dessen für mich gekämpft.«
Mandorallen lachte leicht. »Selbstverständlich«, antwortete er, »obwohl ich in aller Offenheit gestehen muß, daß meine Bereitwilligkeit, für Euch zu kämpfen, nicht allein aus Freundschaft erwuchs. In Wahrheit fand ich den Murgo Nachak beleidigend, und mir mißfiel die kalte Arroganz seiner gedungenen Ritter. Ich war schon in Kampfstimmung, ehe der Bedarf an einem Ritter entstand. Vielleicht sollte eher ich Euch danken, mir eine Gelegenheit zu kämpfen verschafft zu haben.«
»Ich verstehe dich überhaupt nicht, Mandorallen«, gestand Garion. »Manchmal glaube ich, du bist der komplizierteste Mensch auf der Welt.«
»Ich?« Mandorallen schien erstaunt. »Ich bin der einfachste aller Menschen.« Er blickte sich um und beugte sich dann zu Garion herüber. »Ich möchte Euch raten, gebt acht darauf, was Ihr zu Gräfin Vasrana sagt«, warnte er ihn. »Das war es, was mich dazu veranlaßt hat, Euch mit mir fortzuziehen.«
»Wer?«
»Die hübsche junge Dame, mit der Ihr im Gespräch begriffen wart. Sie hält sich für die Schönste im ganzen Reich und ist auf der Suche nach einem Gemahl, der ihrer würdig ist.«
»Gemahl?« fragte Garion mit versagender Stimme.
»Ihr seid eine gute Partie, mein Junge. Euer Blut ist durch Eure Verwandtschaft mit Belgarath über die Maßen edel. Ihr würdet einen Haupttreffer für die Gräfin abgeben.«
»Gemahl?« stotterte Garion wieder, und seine Knie begannen zu zittern. »Ich?«
»Ich weiß nicht, wie die Dinge im nebligen Sendarien stehen«, erklärte Mandorallen, »aber in Arendien seid Ihr im heiratsfähigen Alter. Achtet gut auf das, was Ihr sagt, Knabe. Selbst die

unschuldigste Bemerkung kann als Versprechen angesehen werden, wenn ein Edelmann es so will.«

Garion schluckte mühsam und sah sich ängstlich um. Anschließend tat er sein Bestes, um sich zu verbergen. Seine Nerven, fühlte er, würden weitere Schocks nicht mehr aushalten.

Die Gräfin Vasrana erwies sich jedoch als geübte Jägerin. Mit grimmiger Entschlossenheit spürte sie ihn auf und nagelte ihn mit glühenden Augen und wogendem Busen in einer der Nischen fest. »Vielleicht können wir jetzt unsere interessante Unterhaltung fortsetzen, Herr Garion«, schnurrte sie.

Garion dachte schon an Flucht, als Tante Pol, begleitet von der jetzt strahlenden Königin Mayaserana, den Thronsaal wieder betrat. Mandorallen sprach kurz mit ihr, und sie kam unverzüglich zu der Nische herüber, wo die blauäugige Gräfin Garion gefangenhielt. »Garion, mein Lieber«, sagte sie beim Näherkommen. »Es ist Zeit für deine Medizin.«

»Medizin?« fragte er verwirrt.

»Ein so vergeßlicher Junge«, sagte sie zu der Gräfin. »Wahrscheinlich liegt es an all der Aufregung, aber er weiß, wenn er nicht alle drei Stunden seinen Trank zu sich nimmt, wird der Irrsinn wiederkommen.«

»Irrsinn?« wiederholte die Gräfin Vasrana scharf.

»Der Fluch seiner Familie«, seufzte Tante Pol. »Sie haben ihn alle – alle männlichen Kinder. Der Trank wirkt eine Weile, aber natürlich nur zeitlich begrenzt. Wir müssen bald eine geduldige und aufopfernde Dame finden, so daß er heiraten und Kinder zeugen kann, ehe sein Gehirn ganz aufweicht. Danach wird seine arme Frau dazu verurteilt sein, für den Rest ihrer Tage ihn zu umsorgen.« Sie betrachtete die Gräfin kritisch. »Ich frage mich«, begann sie, »könnte es möglich sein, daß *du* noch unvermählt bist? Du scheinst im passenden Alter zu sein.« Sie streckte die Hand aus und umfaßte kurz Vasranas rundlichen Arm. »Hübsch und kräftig«, sagte sie anerkennend. »Ich werde sofort mit meinem Vater, Herrn Belgarath, darüber sprechen.«

Die Gräfin begann sich mit weit aufgerissenen Augen zurückzuziehen.
»Komm zurück«, sagte Tante Pol. »Seine Anfälle werden erst in ein paar Minuten wieder beginnen.«
Das Mädchen floh.
»Kannst du dich denn nie aus Schwierigkeiten heraushalten?« fragte Tante Pol Garion und zog ihn energisch mit sich fort.
»Aber ich habe doch gar nichts gesagt«, wandte er ein.
Mandorallen schloß sich ihnen breit grinsend an. »Ich denke, daß Ihr unsere räuberische Gräfin in die Flucht geschlagen habt, meine Dame. Ich hätte allerdings angenommen, sie würde sich als hartnäckiger erweisen.«
»Ich habe ihr etwas zum Nachdenken gegeben. Das hat ihre Begeisterung für die Ehe gedämpft.«
»Welche Angelegenheit habt Ihr mit unserer Königin besprochen?« fragte er. »Ich habe sie schon seit Jahren nicht mehr so lächeln gesehen.«
»Mayaserana hatte ein Problem weiblicher Natur. Ich glaube nicht, daß du es verstehen würdest.«
»Ihre Unfähigkeit, ein Kind auszutragen?«
»Haben Arendier eigentlich nichts Besseres zu tun, als über Dinge zu klatschen, die sie nichts angehen? Warum gehst du nicht und suchst einen Kampf, statt intime Fragen zu stellen?«
»Die Angelegenheit geht uns alle sehr viel an, meine Dame«, entschuldigte sich Mandorallen. »Wenn unsere Königin dem Thron keinen Erben schenkt, besteht für uns die Gefahr eines Erbfolgekrieges. Ganz Arendien könnte in Flammen aufgehen.«
»Es wird keine Flammen geben, Mandorallen. Glücklicherweise bin ich rechtzeitig gekommen, wenn auch sehr spät. Noch vor dem Winter werdet ihr einen Kronprinzen haben.«
»Ist es möglich?«
»Möchtest du gern alle Einzelheiten wissen?« fragte sie anzüglich. »Ich habe festgestellt, daß die Männer es im allgemeinen vorziehen, nichts über die genauen Methoden des Gebärens zu erfahren.«

Mandorallen errötete langsam. »Ich werde Eure Versicherungen akzeptieren, edle Polgara«, antwortete er rasch.
»Da bin ich aber froh.«
»Ich muß es dem König mitteilen«, erklärte er.
»Du mußt dich um deine eigenen Angelegenheiten kümmern, Baron. Die Königin wird Korodullin sagen, was er wissen muß. Warum gehst du nicht und säuberst deine Rüstung? Du siehst aus, als kämst du von einem Schlachthof.«
Er verbeugte sich, noch immer rot, und entfernte sich dann.
»*Männer!*« murmelte sie hinter ihm her. Dann wandte sie sich wieder Garion zu. »Ich habe gehört, daß du sehr beschäftigt warst.«
»Ich mußte den König warnen«, antwortete er.
»Du scheinst ein absolutes Talent dafür zu haben, in solche Sachen verwickelt zu werden. Warum hast du es mir nicht gesagt – oder deinem Großvater?«
»Ich hatte versprochen, nichst zu sagen.«
»Garion«, sagte sie bestimmt, »unter den gegenwärtigen Umständen sind Geheimnisse sehr gefährlich. Du wußtest doch, daß Lelldorin dir etwas sehr Wichtiges erzählt hat, oder nicht?«
»Ich habe nicht gesagt, daß es Lelldorin war.«
Sie warf ihm einen vernichtenden Blick zu. »Mein lieber Garion«, sagte sie barsch, »begehe nie den Fehler, mich für dumm zu halten.«
»Das habe ich nicht«, stammelte er. »Wirklich nicht. Ich... Tante Pol, ich habe ihnen mein Wort gegeben, es niemandem zu sagen.«
Sie seufzte. »Wir müssen aus Arendien hinaus«, erklärte sie. »Das Land scheint deinen Verstand zu beeinträchtigen. Das nächste Mal, wenn du das dringende Bedürfnis verspürst, eine von diesen überraschenden öffentlichen Ankündigungen zu machen, besprich es zuerst mit mir, ja?«
»Ja, Herrin«, murmelte er verwirrt.
»O Garion, was soll ich denn bloß mit dir machen?« Dann lachte sie liebevoll und legte einen Arm um seine Schulter, und alles war wieder gut.

Der anschließende Abend verlief ereignislos. Das Bankett war ermüdend, die Trinksprüche endlos, da alle arendischen Edlen sich der Reihe nach erhoben, um Meister Wolf und Tante Pol mit blumigen und förmlichen Ansprachen zu grüßen. Sie gingen spät zu Bett, und Garion schlief unruhig. In seinen Alpträumen plagte ihn die glutäugige Gräfin, die ihn durch endlose, blumenbestreute Gänge verfolgte.

Am nächsten Morgen standen sie früh auf, und nach dem Frühstück besprachen sich Meister Wolf und Tante Pol wieder vertraulich mit dem König und der Königin. Garion, immer noch nervös wegen seiner Begegnung mit der Gräfin Vasrana, hielt sich dicht bei Mandorallen. Der mimbrische Ritter schien am besten geeignet, ihm zu helfen, weitere Abenteuer dieser Art zu vermeiden. Sie warteten im Vorzimmer des Thronsaals, und Mandorallen, in seinem blauen Umhang, erklärte lang und breit einen kompliziert gewebten Wandbehang, der eine ganze Wand bedeckte.

Am späten Vormittag kam Andorig, der dunkelhaarige Ritter, dem Meister Wolf befohlen hatte, seine Tage dem Baum auf dem Vorplatz zu widmen, und suchte Mandorallen. »Herr Ritter«, sagte er respektvoll, »der Baron von Vo Ebor ist in Begleitung seiner Dame aus dem Norden gekommen. Sie haben nach Euch gefragt und mich gebeten, Euch für sie zu suchen.«

»Ihr seid äußerst liebenswürdig, Sir Andorig«, antwortete Mandorallen und erhob sich rasch von der Bank, auf der er gesessen hatte. »Eure Höflichkeit ehrt Euch sehr.«

Andorig seufzte. »Leider war das nicht immer so. Ich habe letzte Nacht vor dem wunderbaren Baum, den der heilige Belgarath meiner Pflege anvertraut hat, Wache gehalten. So hatte ich Muße, mein Leben an mir vorüberziehen zu lassen. Ich bin kein bewundernswerter Mann gewesen. Bitterlich bereue ich meine Fehler und werde ernsthaft nach Besserung streben.«

Wortlos drückte Mandorallen die Hand des Ritters und folgte ihm dann einen langen Gang entlang zu dem Raum, wo die Besucher warteten.

Erst als sie den sonnendurchfluteten Raum betraten, fiel Garion wieder ein, daß die Gattin des Barons von Vo Ebor die Dame war, mit der Mandorallen vor wenigen Tagen auf dem stürmischen Hügel neben der Großen West-Straße gesprochen hatte. Der Baron war ein kräftiger Mann in grünem Mantel, dessen Haar und Bart schon weiß wurden. Er hatte tiefliegende Augen, in denen eine große Traurigkeit zu liegen schien. »Mandorallen«, sagte er und umarmte den jüngeren Ritter herzlich. »Es ist nicht nett von Euch, uns Eure Anwesenheit so lange vorzuenthalten.«

»Die Pflicht, mein Herr«, antwortete Mandorallen gedämpft.

»Komm, Nerina«, sagte der Baron zu seiner Frau, »begrüße unseren Freund.«

Die Baronin Nerina war wesentlich jünger als ihr Gatte. Ihr Haar war dunkel und sehr lang. Sie trug ein rosafarbenes Gewand, und sie war schön – obschon nicht schöner, als einige andere Frauen, die Garion am arendischen Hof gesehen hatte.

»Lieber Mandorallen«, sagte sie und küßte den Ritter in einer kurzen, züchtigen Umarmung, »wir haben Euch in Vo Ebor vermißt.«

»Und für mich ist die Welt trostlos, wenn ich fern von seinen geliebten Mauern bin.«

Sir Andorig hatte sich mit einer Verbeugung diskret zurückgezogen und hatte Garion unbehaglich neben der Tür stehen lassen.

»Wer ist dieser vielversprechend aussehende Bursche, der Euch begleitet, mein Sohn?« fragte der Baron.

»Ein sendarischer Knabe«, antwortete Mandorallen. »Er heißt Garion. Er und noch einige andere haben sich mit mir zur Bewältigung einer gefährlichen Aufgabe zusammengeschlossen.«

»Freudig begrüße ich dann den Gefährten meines Sohnes«, erklärte der Baron.

Garion machte eine Verbeugung, aber seine Gedanken überschlugen sich in dem Bemühen, eine legitime Entschuldigung zu finden, um sich zurückziehen zu können. Die Situation war ihm schrecklich peinlich. Er wollte nicht bleiben.

»Ich muß dem König meine Aufwartung machen«, verkündete der Baron. »Sitte und Höflichkeit verlangen, daß ich so bald wie möglich nach meiner Ankunft bei Hofe vor ihm erscheine. Wollt Ihr, Mandorallen, mit meiner Baronin hierbleiben, bis ich zurückkehre?«

»Das will ich, mein Herr.«

»Ich führe Euch dorthin, wo der König sich mit meiner Tante und meinem Großvater aufhält«, bot Garion rasch an.

»Nein, mein Junge«, lehnte der Baron ab. »Auch Ihr müßt bleiben. Obwohl ich keinen Anlaß zur Sorge habe, da ich die Treue meiner Gemahlin und meines liebsten Freundes wohl kenne, würden müßige Zungen einen Skandal daraus machen, blieben sie unbeaufsichtigt allein beisammen. Kluge Leute geben keinerlei mögliche Grundlage für falsche Gerüchte und niederträchtige Anspielungen.«

»Dann bleibe ich hier, mein Herr«, antwortete Garion.

»Braver Bursche«, sagte der Baron anerkennend. Dann verließ er, mit einem Blick, der irgendwie gehetzt wirkte, leise den Raum.

»Wollt Ihr Euch setzen, meine Dame?« fragte Mandorallen Nerina und deutete auf eine steinerne Bank, die in der Nähe eines Fensters stand.

»Gern«, sagte sie. »Unsere Reise war ermüdend.«

»Es ist ein langer Weg von Vo Ebor«, stimmte Mandorallen ihr zu und setzte sich auf eine andere Bank. »Habt Ihr und der Baron die Straßen in einem guten Zustand vorgefunden?«

»Vielleicht nicht so trocken, um das Reisen erfreulich zu machen«, sagte sie.

Sie sprachen eine Zeitlang über die Straßen und das Wetter, zwar nicht weit voneinander sitzend, aber doch nicht so nah, daß jemand, der zufällig durch die offene Tür hereinschaute, ihre Unterhaltung für etwas anderes als unschuldig hätte halten können. Ihre Augen sprachen jedoch vertrauter miteinander. Garion starrte peinlich berührt aus einem Fenster, an dem er so Aufstellung genommen hatte, daß man ihn von der Tür auf jeden Fall sehen konnte.

Als die Unterhaltung fortschritt, gab es immer länger werdende Pausen. Garion wand sich innerlich bei jedem schmerzerfüllten Schweigen, voller Angst, daß Mandorallen oder die Dame Nerina in der höchsten Not ihrer hoffnungslosen Liebe die unausgesprochene Grenze überschreiten und das eine Wort, den einen Satz aussprechen könnte, der Selbstbeherrschung und Ehre zerfallen ließ und ihr Leben zerstörte. Und doch wünschte ein Teil seines Ichs, daß das Wort, der Satz ausgesprochen wurde, so daß ihre Liebe aufflammen konnte, wie kurz auch immer.

Dort, in diesem ruhigen, sonnendurchfluteten Raum überschritt Garion eine Grenze. Das Vorurteil gegen Mandorallen, das Lelldorins hitzköpfiges Partisanentum in ihm aufgebaut hatte, zerfiel und verschwand. Ein Gefühl stieg in ihm hoch, kein Mitleid, denn Mitleid hätten sie nicht akzeptiert, sondern eher Mitgefühl. Mehr noch, ganz allmählich begann er zu begreifen, daß die Ehre und der tiefe Stolz, wenn sie auch noch so selbstlos waren, die Grundlage der Tragödie bildeten, die seit ungezählten Jahrhunderten in Arendien ablief.

Vielleicht eine halbe Stunde lang saßen Mandorallen und die Dame Nerina da und wechselten kaum noch ein Wort. Ihre Augen verloren sich im Gesicht des anderen, und Garion, den Tränen nahe, hielt seine aufgezwungene Wache. Dann kam Durnik, um ihnen zu sagen, daß Meister Wolf und Tante Pol sich zum Aufbruch bereitmachten.

Teil Zwei

Tolnedra

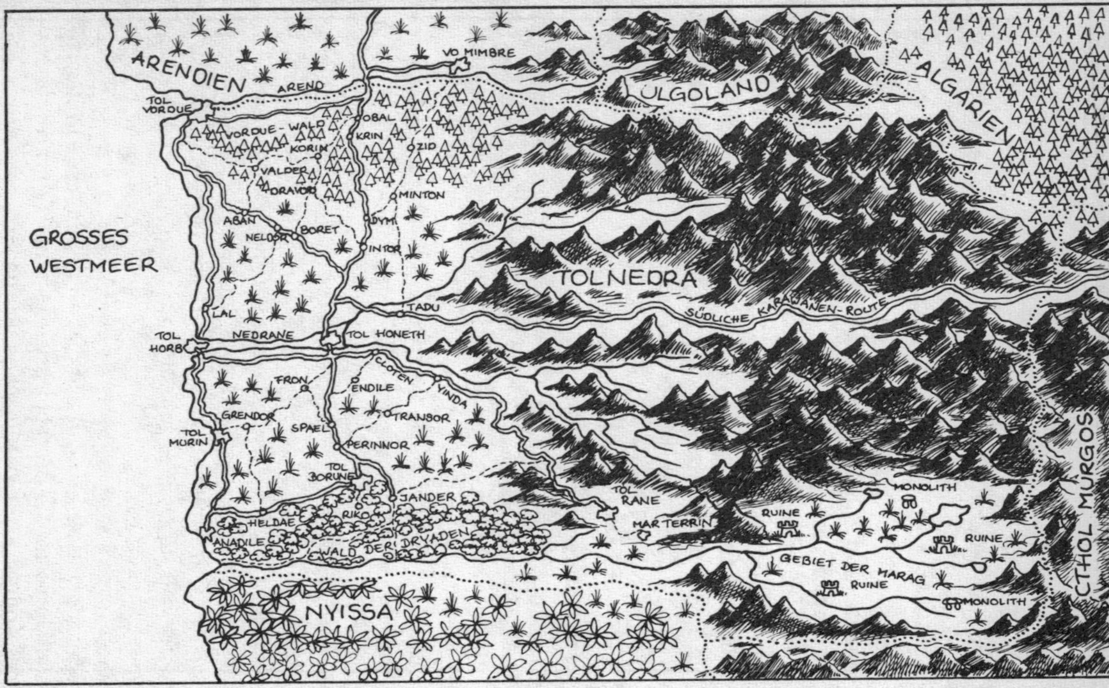

ARENDIEN
AREND
VO MIMBRE
ULGOLAND
ALGARIEN
TOL VORDUE
VORDUE-WALD
OBAL
KRIN
KORIN
ZIP
VALDER
DRAVOR
MINTON
ABAN
NELDOR
BORET
DYM
INTOR
GROSSES WESTMEER
TOLNEDRA
TADU
SÜDLICHE KARAWANEN-ROUTE
LAL
NEDRANE
TOL HONETH
TOL HORB
CLOTEN
FRON
ENDILE
YINDA
GRENDOR
TRANSOR
SPAEL
TOL MURIN
PERINNOR
TOL BORUNE
JANDER
TOL RANE
MONOLITH
RIKO
HELDAE
RUINE
MAR TERRIN
ANADILE
WALD DER DRYADEN
RUINE
GEBIET DER MARAG
RUINE
MONOLITH
CTHOL MURGOS
NYISSA

Eine blecherne Hornfanfare grüßte sie von den Brustwehren Vo Mimbres, als sie, begleitet von gepanzerten Rittern in Zweierreihen und König Korodullin selbst, aus der Stadt ritten. Garion warf einen Blick zurück und glaubte, die Dame Nerina auf der Mauer über dem Torbogen stehen zu sehen, aber ganz sicher war er nicht. Die Dame winkte nicht, und Mandorallen schaute nicht zurück. Garion hielt jedoch fast den Atem an, bis Vo Mimbre außer Sichtweite war.

Es war heller Nachmittag, als sie die Furt erreichten, die durch den Arend nach Tolnedra führte. Die Sonne glitzerte hell auf dem Fluß. Der Himmel war sehr blau, und die farbigen Wimpel auf den Lanzen der sie eskortierenden Ritter flatterten im Wind. Garion verspürte ein verzweifeltes Verlangen, ein fast unerträgliches Drängen danach, den Fluß zu überqueren und Arendien und die schrecklichen Dinge, die dort geschehen waren, hinter sich zu lassen.

»Heil und Lebewohl, heiliger Belgarath«, sagte Korodullin am Ufer. »Ich werde, wie Ihr mir geraten habt, mit meinen Vorbereitungen beginnen. Arendien wird bereit sein. Ich verpflichte mich bei meinem Leben dazu.«

»Und ich werde dir von Zeit zu Zeit Nachricht über unsere Fortschritte zukommen lassen«, sagte Meister Wolf.

»Ich werde auch die Aktivitäten der Murgos in meinem Reich überprüfen lassen«, sagte Korodullin. »Wenn das, was Ihr mir erzählt habt, sich als wahr erweisen sollte, was ich nicht bezweifle, werde ich sie aus Arendien ausweisen. Ich werde jeden einzelnen suchen und aus meinem Land werfen lassen. Ich werde dafür sorgen, daß ihr Leben eine Last und Qual für sie wird, weil sie Zwietracht und Streit unter meinen Untertanen gesät haben.«

Wolf grinste ihn an. »Das ist eine Idee, die mir gefällt. Die Murgos sind ein arrogantes Volk, und ein bißchen Mühsal hier und dort wird sie Bescheidenheit lehren.« Er ergriff die Hand des Königs. »Auf Wiedersehen, Korodullin. Ich hoffe, daß die

Welt glücklicher ist, wenn wir uns das nächste Mal sehen.«
»Ich werde beten, daß es so ist«, sagte der junge König.
Dann führte Meister Wolf sie in das plätschernde Wasser der seichten Furt. Auf der anderen Seite des Flusses erwartete sie das Kaiserreich Tolnedra, und vom diesseitigen Ufer grüßten die mimbrischen Ritter mit einer großen Hornfanfare.
Als sie auf der anderen Seite des Flusses wieder aus dem Wasser kamen, sah Garion sich um und versuchte, einen Unterschied in Landschaft oder Vegetation zu erkennen, der Arendien von Tolnedra abhob, aber es schien keinen zu geben. Das Land kümmerte sich nicht um menschliche Grenzen und setzte sich unverändert fort.
Etwa eine halbe Meile hinter dem Fluß kamen sie in den Wald von Vordue, ein ausgedehntes Gebiet gutgepflegten Waldlandes, das sich vom Meer bis zum Fuß der Berge im Osten erstreckte. Sobald sie unter den Bäumen waren, hielten sie an.
»Ich glaube, wir können die Tarnung als Kaufleute beibehalten«, sagte Meister Wolf, der sich mit offensichtlichem Behagen wieder in seine rostbraune, geflickte Tunika und die nicht zusammenpassenden Schuhe kleidete. »Die Grolims wird es natürlich nicht täuschen, aber es wird die Tolnedraner zufriedenstellen, die wir unterwegs vielleicht treffen. Mit den Grolims können wir auf andere Weise fertig werden.«
»Gibt es Spuren von dem Auge?« brummte Barak und verstaute seinen Bärenfellmantel und den Helm im Gepäck.
»Ein oder zwei Hinweise«, antwortete Meister Wolf und sah sich um. »Ich würde sagen, daß Zedar hier vor ein paar Wochen durchgereist ist.«
»Wir scheinen ihm nicht viel näher zu kommen«, meinte Silk und zog seine Lederweste über.
»Aber wir behalten wenigstens den Abstand bei. Sollen wir aufbrechen?«
Sie stiegen wieder auf die Pferde und ritten weiter über die tolnedranische Hauptstraße, die geradeaus durch den in der Nachmittagssonne daliegenden Wald führte. Nach etwa drei Meilen erweiterte sich die Straße zu einem großen Platz, an

dem ein einzelnes, weißgetünchtes, niedriges Steingebäude mit rotem Dach stand. Mehrere Soldaten lungerten träge herum, aber ihre Rüstungen und Waffen schienen weniger gut gepflegt als die der Legionäre, die Garion bisher gesehen hatte.
»Zollstation«, erklärte Silk. »Die Tolnedraner haben sie gern so weit von der Grenze, damit sie den legitimen Schmuggel nicht behindern.«
»Das sind aber sehr schlampige Legionäre«, sagte Durnik mißbilligend.
»Es sind keine Legionäre«, sagte Silk. »Es sind Soldaten der Zollbehörde – lokale Truppen. Das macht einen großen Unterschied.«
»Das sehe ich«, meinte Durnik.
Ein Soldat in rostigem Brustharnisch, der einen kurzen Speer trug, trat auf die Straße und hob die Hand. »Zollinspektion«, sagte er gelangweilt. »Seine Exzellenz wird in ein, zwei Minuten bei euch sein. Ihr könnt die Pferde dort drüben hinbringen.« Er deutete auf eine Art Pferch neben dem Gebäude.
»Wird es Ärger geben?« fragte Mandorallen. Der Ritter hatte seine Rüstung abgelegt und trug nun wieder sein Kettenhemd und den Umhang, in dem er für gewöhnlich reiste.
»Nein«, antwortete Silk. »Der Zollinspektor wird uns ein paar Fragen stellen, dann werden wir ihn bestechen, und schon sind wir wieder unterwegs.«
»Bestechen?« fragte Durnik.
Silk zuckte die Achseln. »Natürlich. So laufen die Dinge in Tolnedra nun einmal. Am besten überlaßt ihr mir das Reden. Ich habe das schon ein paarmal mitgemacht.«
Der Zollinspektor, ein untersetzter, kahlköpfiger Mann in einem gegürteten, rostbraunen Gewand, kam aus dem Gebäude und bürstete sich die Krümel von den Kleidern. »Guten Tag«, sagte er geschäftsmäßig.
»Guten Tag, Exzellenz«, erwiderte Silk mit einer knappen Verbeugung.
»Und was haben wir hier?« fragte der Inspektor und betrachtete abschätzend ihr Gepäck.

»Ich bin Radek von Boktor«, antwortete Silk, »ein drasnischer Händler. Ich bringe sendarische Wolle nach Tol Honeth.« Er öffnete eines der oberen Bündel und zog ein Stück grauen Wolltuchs heraus.
»Deine Aussichten sind gut, werter Kaufmann«, sagte der Zollinspektor und befingerte das Tuch. »Es gibt dieses Jahr einen kalten Winter, und Wolle bringt einen guten Preis ein.« Man hörte ein kurzes Klimpern, als einige Münzen den Besitzer wechselten. Daraufhin lächelte der Zollinspektor und entspannte sich. »Ich glaube nicht, daß wir alle Gepäckstücke öffnen müssen«, sagte er. »Du bist ein ehrenwerter Mann, mein guter Radek, und ich möchte dich nicht aufhalten.«
Silk verbeugte sich wieder. »Gibt es noch etwas, das ich über die Straße wissen müßte, die vor uns liegt, Exzellenz?« fragte er und verschnürte das Bündel wieder. »Ich habe gelernt, mich auf den Rat der Zollbeamten zu verlassen.«
»Die Straße ist gut«, erwiderte der Inspektor mit einem Achselzucken. »Die Legionen sorgen dafür.«
»Natürlich. Irgendwelche unüblichen Zustände unterwegs?«
»Es könnte klug sein, wenn ihr euch auf eurem Weg nach Süden etwas zurückhaltet«, riet der untersetzte Mann. »Gerade im Moment gibt es in Tolnedra politische Unruhen. Aber da du nur in Geschäften unterwegs bist, wirst du wahrscheinlich nicht belästigt.«
»Unruhen?« fragte Silk in leicht besorgtem Ton. »Davon habe ich noch nichts gehört.«
»Es geht um die Thronfolge. Im Augenblick sind die Dinge etwas aufgewühlt.«
»Ist Ran Borune denn krank?« fragte Silk überrascht.
»Nein«, antwortete der untersetzte Mann, »nur alt. Das ist eine Krankheit, von der sich niemand erholt. Da er keinen Sohn hat, der ihm auf den Thron folgen kann, hängt das Schicksal der Borune-Dynastie von seinem leisesten Atemzug ab. Die großen Familien bringen sich schon in Stellung. Das ist natürlich alles schrecklich teuer, und wir Tolnedraner regen uns nun einmal auf, wenn Geld im Spiel ist.«

Silk lachte kurz auf. »Tun wir das nicht alle? Vielleicht könnte es zu meinem Vorteil sein, ein paar Kontakte zu den richtigen Stellen zu knüpfen. Was glaubst du, welche Familie ist im Moment in der besten Position?«
»Ich glaube, wir haben die anderen hinter uns gelassen«, sagte der Inspektor recht selbstgefällig.
»Wir?«
»Die Vorduvier. Ich bin mütterlicherseits entfernt verwandt mit der Familie. Der Großherzog Kador von Tol Vordue ist die einzig logische Wahl für den Thron.«
»Ich glaube nicht, daß ich ihn kenne«, sagte Silk.
»Ein ausgezeichneter Mann«, meinte der Inspektor überschwenglich. »Ein Mann mit Kraft, Energie und Voraussicht. Wenn die Auswahl auf reinem Verdienst beruhte, würde man den Großherzog Kador mit allgemeiner Zustimmung auf den Thron setzen. Aber unglücklicherweise liegt die Wahl in den Händen des Beraterstabes.«
»Ach!«
»Wirklich«, stimmte der Inspektor bitter zu. »Du glaubst nicht, was für Bestechungssummen manche dieser Männer für ihre Stimme fordern, werter Radek.«
»Wahrscheinlich ist das eine Gelegenheit, wie sie nur einmal im Leben kommt«, vermutete Silk.
»Ich mißgönne niemandem das Recht auf eine angemessene, vernünftige Bestechungssumme«, beklagte sich der Inspektor, »aber einige der Männer des Rates sind verrückt vor Gier. Gleich welche Position ich in der neuen Regierung erhalte, es wird mich Jahre kosten, um das wieder aufzuholen, was ich bislang schon gezahlt habe. In ganz Tolnedra ist es dasselbe. Anständige Männer werden durch die Steuern und all diese Notverschreibungen an die Wand gedrängt. Du wagst nicht, eine einzige Liste vorübergehen zu lassen, die deinen Namen nicht enthält, und jeden Tag kommt eine neue Liste heraus. Die Kosten bringen jedermann zur Verzweiflung. In den Straßen von Tol Honeth bringen sie sich gegenseitig um.«
»Ist es so schlimm?« fragte Silk.

»Schlimmer, als du dir vorstellen kannst«, antwortete der Zollbeamte. »Die Horbiter haben nicht das nötige Geld, um eine politische Kampagne zu führen, also haben sie angefangen, die Mitglieder des Rates zu vergiften. Wir haben Millionen ausgegeben, um eine Stimme zu kaufen, und am nächsten Tag wird unser Mann schwarz im Gesicht und fällt tot um. Dann müssen wir noch mehr Millionen aufbringen, um seinen Nachfolger zu kaufen. Sie ruinieren mich völlig. Ich habe nicht die Nerven für die Politik.«

»Schrecklich«, sagte Silk mitfühlend.

»Wenn Ran Borune nur endlich *sterben* wollte«, jammerte der Tolnedraner verzweifelt. »Momentan haben wir die Kontrolle, aber die Honether sind reicher als wir. Wenn sie sich hinter einen Kandidaten stellen, können sie uns den Thron vor der Nase wegkaufen. Und die ganze Zeit sitzt Ran Borune in seinem Palast und verhätschelt das kleine Monster, das er Tochter nennt, und hat so viele Wachen um sich herum, daß wir nicht einmal den tapfersten Attentäter dazu überreden können, einen Anschlag auf ihn zu unternehmen. Manchmal glaube ich, er hat die Absicht, ewig zu leben.«

»Geduld, Exzellenz«, riet Silk. »Je mehr wir leiden, desto größer ist am Ende die Belohnung.«

Der Tolnedraner seufzte. »Dann werde ich eines Tages sehr reich sein. Aber ich habe dich lange genug aufgehalten, werter Radek. Ich wünsche dir gutes Vorankommen und kaltes Wetter in Tol Honeth, damit dir deine Wolle einen guten Preis einbringt.«

Silk verbeugte sich förmlich, bestieg sein Pferd wieder und führte die Gruppe im Trab von der Zollstation fort. »Es tut gut, wieder in Tolnedra zu sein«, sagte der wieselgesichtige kleine Mann munter, als sie außer Hörweite waren. »Ich liebe den Geruch von Betrug, Korruption und Intrigen.«

»Du bist ein schlimmer Mann, Silk«, sagte Barak. »Dieses Land ist ein stinkender Morast.«

»Selbstverständlich ist es das.« Silk lachte. »Aber es ist nicht langweilig, Barak. Tolnedra ist niemals langweilig.«

Als der Abend herandämmerte, näherten sie sich einem gepflegten tolnedranischen Dorf und verbrachten die Nacht in einem soliden, gutgeführten Gasthof, wo das Essen gut und die Betten sauber waren. Am nächsten Morgen standen sie früh auf. Nach dem Frühstück ritten sie aus dem Hof auf die gepflasterte Straße. Der Morgen war in seltsam silbriges Licht getaucht.

»Ein schöner Ort«, sagte Durnik anerkennend und betrachtete die weißen Steinhäuser mit den rotgedeckten Dächern. »Alles scheint sauber und gepflegt zu sein.«

»Es spiegelt die tolnedranische Geisteshaltung wider«, erklärte Meister Wolf. »Sie legen sehr viel Wert auf Einzelheiten.«

»Das ist keine unschickliche Eigenart«, meinte Durnik.

Wolf wollte gerade antworten, als zwei braungekleidete Männer aus einer schattigen Seitenstraße herausgelaufen kamen.

»Seht nur!« schrie der zweite. »Er ist verrückt geworden!«

Der Mann, der vorneweg rannte, schlug sich auf den Kopf. Sein Gesicht war in einem Ausdruck unaussprechlichen Entsetzens verzerrt. Garions Pferd scheute heftig, als der Verrückte direkt auf es zurannte. Garion hob die rechte Hand, um den Irren mit den vorquellenden Augen abzudrängen. In dem Moment, als seine Hand die Stirn des Mannes berührte, fühlte er eine Woge in Hand und Arm, ein Kribbeln, als wäre sein Arm plötzlich ungeheuer stark. Sein Kopf war erfüllt von einem lauten Dröhnen. Die Augen des Irren wurden leer, und er brach auf dem Kopfsteinpflaster zusammen, als ob Garions Berührung ein heftiger Schlag gewesen wäre.

Dann drängte Barak sein Pferd zwischen Garion und den zu Boden gefallenen Mann. »Was soll das alles?« fragte er den zweiten Mann, der schweratmend herbeieilte.

»Wir sind aus Mar Terrin«, antwortete er. »Bruder Obor konnte die Geister nicht mehr ertragen, daher bekam ich die Erlaubnis, ihn nach Hause zu bringen, bis seine geistige Gesundheit wiederhergestellt ist.« Er kniete neben dem gestürzten Mann nieder. »Du hättest ihn nicht so hart zu schlagen brauchen«, sagte er anklagend.

»Habe ich auch nicht«, protestierte Garion. »Ich habe ihn kaum berührt. Ich glaube, er ist in Ohnmacht gefallen.«
»Du mußt ihn geschlagen haben«, widersprach der Mönch. »Sieh dir das Mal auf seinem Gesicht an.«
Ein häßlicher Striemen lief über die Stirn des Bewußtlosen.
»Garion«, sagte Tante Pol, »kannst du befolgen, was ich dir sage, ohne Fragen zu stellen?«
Garion nickte. »Ich glaube schon.«
»Steig vom Pferd. Geh zu dem Mann und leg das Mal in deiner Handfläche auf seine Stirn. Dann entschuldige dich dafür, daß du ihn niedergeschlagen hast.«
»Glaubst du, das ist ungefährlich, Polgara?« fragte Barak.
»Es ist schon in Ordnung. Tu, was ich dir gesagt habe, Garion.«
Garion näherte sich zögernd dem getroffenen Mann, streckte die Hand aus und legte seine Handfläche auf den häßlichen Striemen. »Es tut mir leid«, sagte er, »und ich hoffe, daß es dir bald wieder besser geht.« Wieder spürte er die Woge in seinem Arm, aber diesmal ganz anders als zuvor.
Die Augen des Verrückten öffneten sich, er blinzelte. »Wo bin ich?« fragte er. »Was ist geschehen?« Seine Stimme klang völlig normal, und der Striemen auf seiner Stirn war verschwunden.
»Jetzt ist alles in Ordnung«, sagte Garion, ohne genau zu wissen warum. »Du warst krank, aber jetzt geht es dir besser.«
»Komm jetzt, Garion«, sagte Tante Pol. »Sein Freund kann jetzt für ihn sorgen.«
Garion ging zurück zu seinem Pferd, seine Gedanken überschlugen sich.
»Ein Wunder!« rief der zweite Mönch aus.
»Kaum«, sagte Tante Pol. »Der Schlag hat den Verstand deines Freundes wiederhergestellt, das ist alles. Das passiert manchmal.« Aber sie tauschte mit Meister Wolf einen Blick aus, der ganz offen sagte, daß etwas anderes geschehen war – etwas Unerwartetes.
Sie ritten weiter und ließen die beiden Mönche mitten auf der Straße stehen.

»Was ist denn eigentlich geschehen?« fragte Durnik verblüfft. Meister Wolf zuckte die Achseln. »Polgara mußte Garion benutzen«, sagte er. »Es war keine Zeit, es anders zu machen.« Durnik wirkte nicht überzeugt.

»Wir tun es nicht oft«, erklärte Wolf. »Es ist etwas beschwerlich, durch jemand anders zu handeln, aber manchmal haben wir keine Wahl.«

»Aber Garion hat ihn geheilt«, wandte Durnik ein.

»Es muß von derselben Hand kommen wie der Schlag, Durnik«, sagte Tante Pol. »Bitte stell nicht so viele Fragen.« Garions nüchternes Bewußtsein weigerte sich jedoch, eine ihrer Erklärungen zu akzeptieren. Es sagte ihm, daß nichts von außen gekommen war. Mit besorgtem Gesicht betrachtete er das silbrige Mal in seiner Handfläche. Aus irgendeinem Grund schien es anders zu sein.

»Denk nicht darüber nach, mein Lieber«, sagte Tante Pol leise, als sie das Dorf verließen und auf der Hauptstraße südwärts ritten. »Du mußt dir keine Sorgen darüber machen. Ich werde dir das alles später erklären.« Dann, beim Jubilieren der Vögel, die die aufgehende Sonne begrüßten, streckte sie die Hand aus und verschloß seine Hand fest mit ihren Fingern.

13

Sie brauchten drei Tage, um den Wald von Vordue zu durchqueren. Garion, der sich an die Gefahren im arendischen Wald erinnerte, war zuerst etwas ängstlich und beobachtete nervös die Schatten unter den Bäumen, aber nach einem Tag ohne besondere Ereignisse begann er sich zu entspannen. Meister Wolf schien immer gereizter zu werden, je weiter sie nach Süden kamen. »Sie planen irgend etwas«, murmelte er. »Ich wünschte, sie würden damit anfangen. Ich hasse es, beim Reiten dauernd über die Schulter zurückblicken zu müssen.« Garion hatte unterwegs kaum Gelegenheit, mit Tante Pol über das zu sprechen, was mit dem verrückten Mönch aus Mar

Terrin geschehen war. Es schien fast, als ob sie ihn absichtlich mied. Als er es schließlich schaffte, kurz neben ihr zu reiten und sie danach zu fragen, blieben ihre Antworten vage und trugen wenig dazu bei, seine Unruhe über die ganze Angelegenheit zu mildern.

Es war am hellen Vormittag des dritten Tages, als sie aus dem Wald herauskamen und in offenes Land hinausritten. Im Gegensatz zur Arendischen Ebene, wo weite Gebiete brachzuliegen schienen, war der Boden hier sehr kultiviert, und niedrige Steinmauern säumten jedes Feld. Obwohl es noch nicht warm war, schien die Sonne hell, und die gepflügte Erde der Felder wirkte fruchtbar und schwarz, als wartete sie darauf, daß gesät würde. Die Straße war breit und gerade, ab und zu begegneten sie Reisenden auf ihrem Weg. Die Grüße zwischen ihrer Gruppe und diesen Reisenden waren zurückhaltend, aber höflich, und Garion fühlte sich langsam wohler. Dieses Land schien für die Gefahren, denen sie in Arendien begegnet waren, viel zu zivilisiert.

Am Nachmittag ritten sie in eine ansehnliche Stadt. Buntgekleidete Kaufleute riefen sie aus den Ständen und Buden entlang der Straße an und hielten ihre Waren feil. »Sie klingen fast verzweifelt«, meinte Durnik.

»Tolnedraner hassen es, einen Kunden entkommen zu sehen«, sagte Silk. »Sie sind gierig.«

Auf einem kleinen Platz vor ihnen brach plötzlich Unruhe aus. Ein halbes Dutzend schlampiger, unrasierter Soldaten hatte einen arrogant wirkenden Mann in grünem Umhang angesprochen. »Tretet beiseite, sage ich«, protestierte der arrogante Mann scharf.

»Wir wollen nur ein, zwei Worte mit dir reden, Lembor«, sagte einer der Soldaten mit einem boshaften Seitenblick. Er war schlank und hatte eine lange Narbe im Gesicht.

»Was für ein Idiot«, meinte ein Passant mit einem gleichgültigen Lachen. »Lembor hält sich für so wichtig, daß er glaubt, keine Vorsichtsmaßnahmen mehr treffen zu müssen.«

»Ist er verhaftet, Freund?« erkundigte sich Durnik höflich.

»Nur zeitweilig«, antwortete der Passant trocken.
»Was werden sie mit ihm machen?« fragte Durnik.
»Das übliche.«
»Und was ist das übliche?«
»Sieh es dir an. Der Narr hätte es besser wissen müssen, als ganz ohne Leibwachen auszugehen.«
Die Soldaten hatten den Mann in dem grünen Umhang umzingelt, zwei von ihnen hielten seine Arme fest.
»Laßt mich los«, schrie Lembor. »Was glaubt ihr, wer ihr seid?«
»Ganz ruhig, Lembor«, befahl der narbengesichtige Soldat. »Dann ist es viel einfacher.« Sie fingen an, ihn in eine schmale Gasse zu zerren.
»Hilfe!« rief Lembor und versuchte verzweifelt freizukommen. Einer der Soldaten schlug dem Gefangenen mit der Faust auf den Mund, dann zogen sie ihn in die Gasse. Ein einzelner, kurzer Schrei ertönte und der Lärm eines kurzen Handgemenges. Auch andere Geräusche waren zu hören, ein paar Grunzer und das Knirschen von Stahl auf Knochen, dann ein langes, seufzendes Stöhnen. Ein kleines Rinnsal hellen Blutes floß aus der Gasse in den Rinnstein. Etwa eine Minute später kamen die Soldaten wieder auf den Platz heraus. Grinsend wischten sie ihre Schwerter ab.
»Wir müssen etwas tun«, sagte Garion, dem übel war vor Greuel und Entsetzen.
»Nein«, widersprach Silk barsch. »Wir müssen uns nur um unsere eigenen Angelegenheiten kümmern. Wir sind nicht hier, um uns in Lokalpolitik verwickeln zu lassen.«
»Politik?« wandte Garion ein. »Das war offener Mord. Sollten wir nicht wenigstens nachsehen, ob er noch am Leben ist?«
»Nicht sehr wahrscheinlich«, sagte Barak. »Sechs Männer mit Schwertern können so etwas gewöhnlich sehr gründlich erledigen.«
Ein Dutzend anderer Soldaten, genauso schäbig aussehend wie die erste Gruppe, lief mit gezogenen Schwertern auf den Platz.
»Zu spät, Rabbas.« Der narbengesichtige Soldat lachte dem Anführer der Neuankömmlinge rauh zu. »Lembor braucht

dich nicht mehr. Er hat gerade einen schlimmen Tod hinter sich. Sieht so aus, als wärst du arbeitslos.«
Der Rabbas Genannte blieb mit finsterer Miene stehen. Dann breitete sich ein Ausdruck brutaler Verschlagenheit auf seinem Gesicht aus. »Vielleicht hast du recht, Kragger.« Seine Stimme war ebenfalls rauh. »Aber dann können wir möglicherweise ein paar Leerstellen in Elgons Garnison schaffen. Er würde sich sicher freuen, neue Leute anstellen zu können.« Er bewegte sich wieder vorwärts, sein Kurzschwert in einem niedrigen, drohenden Bogen schwingend.
Dann hörte man das klappernde Geräusch von Schritten, und zwanzig Legionäre in Doppelreihe kamen auf den Platz. Ihre Füße berührten das Pflaster in völligem Gleichschritt. Sie trugen kurze Lanzen und blieben zwischen den beiden Soldatentrupps stehen. Die Lanzen angelegt, wandte jede Reihe das Gesicht einem Trupp zu. Die Brustharnische der Legionäre waren blankpoliert und ihre Ausrüstung tadellos in Ordnung.
»Also gut, Rabbas, Kragger, das reicht jetzt«, sagte der Hauptmann der Legionäre scharf. »Ich will, daß ihr beide sofort von der Straße verschwindet.«
»Dieses Schwein hat Lembor umgebracht, Hauptmann«, protestierte Rabbas.
»Wie schrecklich«, sagte der Hauptmann ohne Mitgefühl. »Jetzt räumt die Straße. Hier gibt es keine Keilerei, solange ich Dienst habe.«
»Wirst du denn nichts unternehmen?« fragte Rabbas.
»Das tue ich ja gerade«, sagte der Legionär. »Ich räume die Straße. Und jetzt verschwindet.«
Mürrisch drehte sich Rabbas um und führte seine Soldaten fort.
»Das gilt auch für dich, Kragger«, befahl der Hauptmann.
»Selbstverständlich, Hauptmann«, sagte Kragger mit einem öligen Grinsen. »Wir wollten sowieso gerade gehen.«
Eine Menschenmenge hatte sich versammelt, und einige Buhrufe waren zu hören, als die Legionäre die schlampigen Soldaten vom Platz vertrieben.

Der Hauptmann sah sich mit drohender Miene um, die Buhrufe erstarben.

Durnik sog scharf die Luft ein. »Da drüben, auf der anderen Seite des Platzes«, sagte er mit heiserem Flüstern zu Wolf. »Ist das nicht Brill?«

»Schon wieder?« Wolfs Stimme verriet seine Gereiztheit. »Wie macht er das bloß, uns immer voraus zu sein?«

»Wir wollen herausfinden, was er vorhat«, schlug Silk mit funkelnden Augen vor.

»Er würde jeden von uns erkennen, wenn wir ihm zu folgen versuchten«, warnte Barak.

»Überlaß das ruhig mir«, sagte Silk und glitt aus dem Sattel.

»Hat er uns gesehen?« fragte Garion.

»Ich glaube nicht«, antwortete Durnik. »Er unterhielt sich mit dem Mann da drüben. Er sieht nicht her.«

»Am Südrand der Stadt ist ein Gasthof«, sagte Silk rasch, zog seine Weste aus und band sie an seinen Sattel. »Ich treffe euch dort in etwa einer Stunde.« Dann drehte sich der kleine Mann um und verschwand in der Menge.

»Steigt ab«, befahl Meister Wolf knapp. »Wir führen die Pferde.«

Sie stiegen ab und führten die Pferde langsam um den Platz, wobei sie sich dicht an den Gebäuden hielten und die Tiere so gut wie möglich zwischen sich und Brill brachten.

Garion warf einen kurzen Blick in die schmale Gasse, in die Kragger und seine Männer den sich wehrenden Lembor gezogen hatten. Ein grüner Haufen lag in einer schmutzigen Ecke, und auf den Mauern und dem schmierigen Pflaster der Gasse waren überall Blutspuren.

Nachdem sie den Platz verlassen hatten, stellten sie fest, daß die ganze Stadt vor Aufregung und zum Teil Bestürzung brodelte. »Lembor, sagst du?« rief ein Händler in blauem Mantel mit aschgrauem Gesicht einem anderen zu, der ebenso erschüttert war. »Unmöglich.«

»Mein Bruder hat gerade mit einem Mann gesprochen, der dabei war«, sagte der zweite Händler. »Vierzig von Elgons

Soldaten haben ihn auf der Straße angegriffen und vor allen Leuten niedergemacht.«
»Was wird dann mit uns geschehen?« fragte der erste Mann mit bebender Stimme.
»Ich weiß nicht, was du vorhast, aber ich werde mich verstekken. Jetzt, wo Lembor tot ist, werden Elgons Soldaten wahrscheinlich versuchen, uns alle umzubringen.«
»Das würden sie nicht wagen.«
»Wer sollte sie denn aufhalten? Ich gehe nach Hause.«
»Warum haben wir bloß auf Lembor gehört?« jammerte der erste Händler. »Wir hätten uns aus der ganzen Sache heraushalten können.«
»Jetzt ist es zu spät«, sagte der Zweite. »Ich gehe nach Hause und verbarrikadiere die Türen.« Er drehte sich um und eilte fort.
Der erste Mann starrte ihm nach, drehte sich dann ebenfalls um und floh.
»Sie spielen mit hohem Einsatz, nicht wahr?« meinte Barak.
»Warum lassen die Legionen das zu?« fragte Mandorallen.
»Die Legionen bleiben in diesen Dingen neutral«, erklärte Wolf. »Das gehört zu ihrem Eid.«
Das Gasthaus, das Silk ihnen genannt hatte, war ein gepflegtes, quadratisches Gebäude, das von einer niedrigen Mauer umgeben war. Sie banden ihre Pferde im Hof an und gingen hinein.
»Wir können genausogut essen, Vater«, sagte Tante Pol und setzte sich an einen Tisch aus blankgescheuerter Eiche in dem sonnigen Speiseraum.
»Ich dachte gerade...« Wolf warf einen Blick auf die Tür, die in die Schankstube führte.
»Ich weiß«, sagte sie, »aber ich glaube, wir sollten zuerst essen.«
Wolf seufzte. »Also schön, Pol.«
Der Kellner brachte ihnen eine Platte mit heißen Koteletts und dicke Scheiben braunen Brotes, die großzügig mit Butter bestrichen waren. Garions Magen war noch etwas empfindlich nach dem, was er auf dem Platz mit angesehen hatte, aber der

Duft der Koteletts ließ ihn das bald vergessen. Sie waren fast mit ihrer Mahlzeit fertig, als ein schäbig gekleideter, kleiner Mann in Leinenhemd, Lederschürze und einem zerlumpten Hut hereinkam und sich unzeremoniell an das eine Ende ihres Tisches fallen ließ. »Wein!« bellte er den Kellner an, »und was zu essen.« Er sah sich in dem goldenen Licht, das durch die gelben Glasscheiben des Speiseraums hereinfiel, blinzelnd um.
»Es sind noch andere Tische frei, Freund«, sagte Mandorallen kühl.
»Mir gefällt der hier«, sagte der Fremde. Er sah sie der Reihe nach an und lachte dann plötzlich. Garion sah mit Erstaunen, wie sich das Gesicht des Mannes entspannte, wie die Muskeln unter der Haut in ihre normale Stellung zu gleiten schienen. Es war Silk.
»Wie hast du das gemacht?« fragte Barak verblüfft.
Silk grinste ihn an und massierte seine Wangen mit den Fingerspitzen. »Konzentration, Barak. Konzentration und sehr viel Übung. Aber mir tut davon der Kiefer etwas weh.«
»Nützliche Fähigkeit – unter den richtigen Umständen«, sagte Hettar leise.
»Besonders für einen Spion«, sagte Barak.
Silk verbeugte sich spöttisch.
»Wo hast du die Kleider her?« fragte Durnik.
»Gestohlen.« Silk zuckte die Achseln und zog die Schürze aus.
»Was macht Brill hier?« fragte Wolf.
»Unruhe stiften, wie immer«, antwortete Silk. »Er erzählt den Leuten, daß ein Murgo namens Asharak eine Belohnung für jede Information über uns bietet. Er beschreibt dich sehr gut, alter Freund – zwar nicht sehr schmeichelhaft, aber gut.«
»Ich denke, daß wir uns über kurz oder lang um diesen Asharak kümmern müssen«, sagte Tante Pol. »Er fängt an, mich zu ärgern.«
»Und noch etwas.« Silk nahm sich eines der Koteletts. »Brill erzählt jedem, Garion sei Asharaks Sohn, wir hätten ihn geraubt und Asharak habe eine riesige Belohnung für seine Wiederbringung ausgesetzt.«

»Garion?« fragte Tante Pol scharf.
Silk nickte. »Die Summe, von der er spricht, wird ganz Tolnedra dazu bringen, die Augen offenzuhalten.« Er griff nach einer Scheibe Brot.
Garion verspürte einen Anflug von Angst. »Warum gerade ich?« fragte er.
»Weil es uns aufhalten würde«, erwiderte Wolf. »Asharak – wer immer er auch sein mag – weiß, daß Polgara bleiben würde, um nach dir zu suchen. Wir anderen höchstwahrscheinlich auch. Das würde Zedar Zeit geben, zu entkommen.«
»Wer *ist* eigentlich dieser Asharak?« fragte Hettar mit schmalen Augen.
»Ein Grolim, nehme ich an«, sagte Wolf. »Seine Unternehmungen sind etwas zu weitläufig für einen einfachen Murgo.«
»Wie kann man den Unterschied feststellen?« fragte Durnik.
»Du kannst es nicht«, antwortete Wolf. »Sie sehen sich sehr ähnlich. Es sind zwei verschiedene Stämme, aber sie sind wesentlich enger miteinander verwandt als mit allen anderen Angaraks. Jeder kann den Unterschied zwischen einem Nadrak und einem Thull oder einem Thull und einem Malloreaner sehen, aber Murgos und Grolims sind sich so ähnlich, daß man sie nicht auseinanderhalten kann.«
»Ich hatte nie Schwierigkeiten damit«, sagte Tante Pol. »Ihr Geist ist sehr unterschiedlich.«
»Das macht es dann ja viel einfacher«, meinte Barak trocken. »Wir spalten dem nächsten Murgo, der uns über den Weg läuft, den Schädel, und dann kannst du uns die Unterschiede erklären.«
»Du bist in letzter Zeit zu viel mit Silk zusammen«, sagte Tante Pol bissig. »Du redest schon wie er.«
Barak sah zu Silk herüber und zwinkerte ihm zu.
»Laßt uns hier aufbrechen und sehen, ob wir in aller Stille die Stadt verlassen können«, sagte Wolf. »Gibt es hier einen Hinterausgang?« fragte er Silk.
»Natürlich«, anwortete Silk noch kauend.
»Bist du damit vertraut?«

»Bitte!« Silk sah leicht beleidigt drein. »Selbstverständlich bin ich damit vertraut.«

»Vergiß es«, sagte Wolf.

Die Gasse, durch die Silk sie führte, war schmal, verlassen und roch schlecht, aber sie führte zum Südtor der Stadt, und schon bald waren sie wieder auf der Landstraße.

»Etwas Eile könnte jetzt nicht schaden«, sagte Wolf, drückte seinem Pferd die Fersen in die Flanken und ließ es in Galopp fallen. Sie ritten bis nach Einbruch der Dunkelheit. Der Mond, der aufgedunsen und kränklich wirkte, ging langsam am Horizont auf und erfüllte die Nacht mit einem blassen Licht, das jede Spur von Farbe aufzusaugen schien. Schließlich hielt Wolf an. »Es hat keinen Sinn, die ganze Nacht zu reiten«, sagte er. »Wir wollen etwas abseits der Straße gehen und ein paar Stunden schlafen. Morgen reiten wir früh weiter. Ich möchte diesmal gern vor Brill bleiben, wenn möglich.«

»Da drüben?« schlug Durnik vor und zeigte auf eine kleine Baumgruppe, die sich schwarz im Mondlicht unweit der Straße abzeichnete.

»Das wird ausreichen«, entschied Wolf. »Ich glaube nicht, daß wir ein Feuer brauchen werden.« Sie führten die Pferde unter die Bäume und holten ihre Decken aus dem Gepäck. Das Mondlicht wurde von den Bäumen gefiltert und sprenkelte den mit trockenen Blättern bedeckten Boden. Garion ertastete einen einigermaßen ebenen Fleck, rollte sich in seine Decke und schlief ein, nachdem er sich eine bequeme Stellung gesucht hatte.

Er erwachte plötzlich. Seine Augen wurden von einem halben Dutzend Fackeln geblendet. Ein schwerer Fuß stand auf seiner Brust, und die Spitze eines Schwertes bohrte sich unangenehm fest gegen seine Kehle.

»Keine Bewegung!« befahl eine rauhe Stimme. »Wir töten jeden, der sich bewegt.«

Garion erstarrte in Panik, und schon ritzte die Schwertspitze seine Haut. Er drehte den Kopf und sah, daß alle seine Freunde auf gleiche Weise zu Boden gehalten wurden wie er. Durnik, der Wache gehabt hatte, wurde von zwei wüst aussehenden Soldaten festgehalten, und man hatte ihm einen Stoffetzen in den Mund geschoben.

»Was soll das heißen?« fragte Silk die Soldaten.

»Das werdet ihr schon herausfinden«, sagte der Anführer unfreundlich.

»Holt ihre Waffen.« Er machte eine Geste, bei der Garion sah, daß ihm ein Finger an der rechten Hand fehlte.

»Das ist ein Irrtum«, sagte Silk. »Ich bin Radek von Boktor, ein Kaufmann. Meine Freunde und ich haben nichts Böses getan.«

»Auf die Füßte mit dir«, befahlt der vierfingrige Mann, die Einwände des kleinen Mannes ignorierend. »Wenn einer zu fliehen versucht, werden alle anderen getötet.«

Silk erhob sich und stülpte seine Kappe auf. »Das wirst du noch bedauern, Hauptmann«, sagte er. »Ich habe einflußreiche Freunde hier in Tolnedra.«

Der Soldat zuckte die Achseln. »Das interessiert mich nicht«, sagte er. »Ich bekomme meine Befehle von Graf Dravor. Er hat mir aufgetragen, euch zu ihm zu bringen.«

»Also gut«, sagte Silk. »Dann werden wir diesen Grafen Dravor besuchen. Wir werden alles aufklären, und es besteht kein Grund, mit euren Schwertern herumzufuchteln. Wir kommen ruhig mit. Niemand wird etwas tun, das dich aufregen könnte.«

Das Gesicht des Vierfingrigen verfinsterte sich im Licht der Fackeln. »Mir gefällt dein Ton nicht, Freund.«

»Du wirst auch nicht dafür bezahlt, meinen Ton zu mögen, Freund«, erwiderte Silk. »Du wirst dafür bezahlt, uns zu Graf Dravor zu begleiten. Wir sollten vielleicht gehen. Je eher wir dort sind, desto eher kann ich ihm von deinem Verhalten berichten.«

»Holt ihre Pferde«, brummte der Soldat.

Garion war zu Tante Pol geschlichen. »Kannst du nichts tun?« fragte er leise.

»Keine Unterhaltung!« bellte der Soldat, der ihn gefangenhielt.

Hilflos stand Garion da und starrte auf das Schwert, das auf seine Brust gerichtet war.

14

Das Haus von Graf Dravor war ein großes, weißes Gebäude, das auf einer Rasenfläche stand, die auf jeder Seite von gestutzten Hecken und ordentlich angelegten Beeten umgeben war. Der Mond, der inzwischen hoch am Himmel stand, beleuchtete jede Einzelheit, als sie langsam den gewundenen, mit weißem Kies bestreuten Weg entlangritten, der zum Haus führte.

Die Soldaten befahlen ihnen, im Hof zwischen Haus und dem Garten auf der Westseite abzusteigen, dann wurden sie ins Haus gezerrt und einen langen Gang entlang, der vor einer schweren, polierten Tür endete.

Graf Dravor war ein dünner, unentschlossen wirkender Mann mit schweren Tränensäcken unter den Augen, der sich in einem Stuhl in der Mitte eines reich ausgestatteten Raumes räkelte. Er sah mit einem frohen, fast verträumten Lächeln auf, als sie eintraten. Sein Umhang war von blaßrosa Farbe und an Hals und Ärmeln mit Silber eingefaßt, um seinen Rang anzudeuten. Er war arg zerknittert und nicht allzu sauber. »Und wer sind diese Gäste?« fragte er nuschelnd, mit kaum hörbarer Stimme.

»Die Gefangenen, Graf«, erklärte der vierfingrige Soldat. »Diejenigen, die ich auf Ihren Befehl festnehmen sollte.«

»Habe ich befohlen, daß jemand festgenommen werden sollte?« fragte der Graf noch immer nuschelnd. »Wie bemerkenswert von mir, so etwas zu tun. Ich hoffe, ich habe euch keine Ungelegenheiten bereitet, meine Freunde.«

»Wir waren nur ein wenig überrascht, das ist alles«, sagte Silk vorsichtig.

»Ich frage mich, warum ich das getan habe.« Der Graf überlegte. »Ich muß doch einen Grund gehabt haben, ich tue nie etwas ohne Grund. Was habt ihr angestellt?«

»Wir haben gar nichts angestellt, Graf«, versicherte ihm Silk.
»Warum habe ich euch dann verhaften lassen? Es muß ein Mißverständnis sein.«
»Das dachten wir auch, Graf«, sagte Silk.
»Nun, ich bin froh, daß sich das aufgeklärt hat«, sagte der Graf glücklich. »Darf ich euch vielleicht ein Abendessen anbieten?«
»Wir haben bereits gegessen, Graf.«
»Oh.« Das Gesicht des Grafen zeigte seine Enttäuschung. »Ich habe nur selten Gäste.«
»Vielleicht kann sich Haushofmeister Y'diss daran erinnern, warum diese Leute verhaftet werden sollten, Graf«, schlug der vierfingrige Soldat vor.
»Natürlich«, sagte der Graf. »Warum habe ich nicht daran gedacht? Y'diss kann sich immer an alles erinnern. Bitte schikke sofort nach ihm.«
»Jawohl, Graf.« Der Soldat verbeugte sich und nickte einem seiner Männer knapp zu.
Während sie warteten, begann Graf Dravor verträumt mit den Falten seines Gewandes zu spielen und summte tonlos vor sich hin.
Nach kurzer Zeit öffnete sich die Tür am Ende des Raumes, und ein Mann in schillerndem, reich besticktem Gewand trat ein. Sein Gesicht war sehr fett, sein Kopf kahlgeschoren. »Nach mir wurde geschickt, Graf?« Seine Stimme klang fast wie ein Zischen.
»Ach, Y'diss«, sagte der Graf Dravor glücklich, »wie nett von dir, dich zu uns zu gesellen.«
»Es ist mir ein Vergnügen, zu Diensten zu sein, Graf«, sagte der Haushofmeister mit einer geschmeidigen Verbeugung.
»Ich überlege gerade, warum ich diese Freunde hier gebeten habe, vorbeizukommen«, sagte der Graf. »Ich scheine es vergessen zu haben. Kannst du dich vielleicht daran erinnern?«
»Nur eine kleine Sache, Graf«, antwortete Y'diss. »Das kann ich leicht erledigen. Sie brauchen Ruhe. Sie dürfen sich nicht überanstrengen, wie Sie wissen.«
Der Graf fuhr sich mit einer Hand übers Gesicht. »Jetzt, wo du

es sagst, fühle ich mich wirklich etwas ermüdet, Y'diss. Vielleicht könntest du unsere Gäste unterhalten, während ich mich ein Weilchen ausruhe.«

»Aber natürlich, Graf«, sagte Y'diss mit einer neuerlichen Verbeugung.

Der Graf setzte sich in seinem Stuhl zurecht und war fast augenblicklich eingeschlafen.

»Der Graf hat eine heikle Gesundheit«, sagte Y'diss mit öligem Lächeln. »Er verläßt seinen Sessel in letzter Zeit nur noch selten. Wir sollten etwas abseits gehen, um ihn nicht zu stören.«

»Ich bin lediglich ein drasnischer Kaufmann, Eminenz«, sagte Silk, »und das sind meine Diener – bis auf meine Schwester hier. Wir sind etwas erstaunt über all dies.«

Y'diss lachte. »Warum beharrst du auf dieser absurden Komödie, Prinz Kheldar? Ich weiß, wer du bist. Ich kenne euch alle, und ich kenne eure Mission.«

»Warum interessierst du dich für uns, Nyisser?« fragte Meister Wolf barsch.

»Ich diene meiner Herrin, der Ewigen Salmissra«, antwortete Y'diss.

»Ist die Schlangenfrau für die Grolims tätig?« fragte Tante Pol, »oder beugt sie sich dem Willen Zedars?«

»Meine Königin beugt sich niemandem, Polgara«, erwiderte Y'diss zornig.

»Ach wirklich?« Sie hob eine Augenbraue. »Dann ist es allerdings seltsam, einen ihrer Diener zu treffen, der nach einer Grolimpfeife tanzt.«

»Ich habe nichts mit den Grolims zu schaffen«, sagte Y'diss. »Sie durchkämmen ganz Tolnedra nach euch, aber ich habe euch gefunden.«

»Finden heißt nicht behalten, Y'diss«, sagte Meister Wolf gelassen. »Vielleicht sagst du uns einfach, was das alles soll.«

»Ich werde dir nur sagen, was ich will, Belgarath.«

»Ich finde, das reicht, Vater«, sagte Tante Pol. »Wir haben wirklich keine Zeit für nyissische Rätselspiele, nicht wahr?«

»Tu's nicht, Polgara«, warnte Y'diss. »Ich kenne deine Macht. Meine Soldaten werden deine Freunde töten, sobald du auch nur die Hand hebst.«
Garion fühlte, wie er von hinten ergriffen wurde und man ihm eine Schwertklinge gegen die Kehle preßte.
Tante Pols Augen loderten plötzlich auf. »Du bewegst dich auf gefährlichem Boden!«
»Ich glaube, es ist nicht nötig, daß wir hier lauter Drohungen austauschen«, sagte Meister Wolf. »Du hast also, wenn ich recht verstehe, nicht vor, uns den Grolims auszuliefern?«
»Ich interessiere mich nicht für Grolims«, sagte Y'diss. »Meine Königin hat mir befohlen, euch zu ihr nach Sthiss Tor zu bringen.«
»Wieso interessiert Salmissra sich für diese Angelegenheit?« fragte Wolf. »Es geht sie nichts an.«
»Das wird sie euch selbst erklären, wenn ihr nach Sthiss Tor kommt. Inzwischen gibt es ein paar Dinge, die ich von euch wissen will.«
»Ich denke, Ihr werdet wenig Erfolg damit haben«, sagte Mandorallen steif. »Wir haben keineswegs die Angewohnheit, Privatangelegenheiten mit unangenehmen Fremden zu besprechen.«
»Und ich glaube, daß du dich irrst, mein lieber Baron«, antwortete Y'diss mit kaltem Lächeln. »Die Kerker dieses Hauses sind tief, und was dort geschieht, kann sehr unangenehm sein. Ich habe Diener, die sehr bewandert darin sind, außerordentlich überzeugende Foltern anzuwenden.«
»Ich fürchte Eure Folter nicht, Nyisser«, sagte Mandorallen verächtlich.
»Nein. Das glaube ich auch nicht. Angst setzt Phantasie voraus, und ihr Arendier seid nicht intelligent genug, um Phantasie zu besitzen. Aber die Foltern werden deinen Willen schwächen – und meinen Dienern Unterhaltung bescheren. Gute Folterknechte sind schwer zu finden, und sie werden mürrisch, wenn sie nichts zu tun haben. Ich denke, du verstehst mich. Später, nachdem ihr alle Gelegenheit hattet, sie ein-, zweimal

zu besuchen, werde ich etwas anderes ausprobieren. Nyissa strotzt vor Wurzeln, Blätter und seltsamen kleinen Beeren, mit merkwürdigen Fähigkeiten. Seltsamerweise ziehen die meisten Leute Streckbett oder Rad meinen kleinen Tränken vor.« Y'diss lachte, ein brutales Lachen ohne jede Freude darin. »Wir werden all das später besprechen, wenn ich den Grafen für die Nacht vorbereitet habe. Jetzt werden euch die Wachen erst einmal nach unten bringen zu den Plätzen, die ich für euch bereitet habe.«

Graf Dravor setzte sich auf und sah sich verschlafen um. »Reisen unsere Freunde schon so bald wieder ab?« fragte er.

»Ja, Graf«, antwortete Y'diss.

»Nun denn«, sagte der Graf mit einem unbestimmten Lächeln, »lebt wohl, liebe Leute. Ich hoffe, ihr kommt irgendwann einmal wieder, so daß wir unsere angenehme Unterhaltung fortsetzen können.«

Die Zelle, in die Garion gebracht wurde, war feucht und kalt. Es roch nach fauligem Wasser und verdorbenen Lebensmitteln. Aber am schlimmsten war die Dunkelheit. Er kauerte sich neben die eiserne Tür, und die Finsternis legte sich fühlbar um ihn. Aus einer Ecke der Zelle kamen leise kratzende und plätschernde Geräusche. Er dachte an Ratten und drückte sich so nah wie möglich an die Tür. Irgendwo tröpfelte Wasser, seine Kehle begann vor Durst zu brennen.

Es war dunkel, aber es war keineswegs still. Ketten klirrten in einer der Nachbarzellen, und jemand stöhnte. Weiter weg ertönte ein irres Gelächter, ein sinnloses Gegacker, das immer und immer wieder ohne Pause wiederholt wurde und endlos in der Dunkelheit widerhallte. Jemand schrie auf, ein durchdringender, erschütternder Schrei, dann noch einmal. Garion drückte sich gegen die feuchten Steine der Wand, und seine Phantasie erfand sofort Torturen, die die Todesqualen in diesen Schreien hervorrufen konnten.

Die Zeit existierte an einem solchen Ort nicht, und so hatte er keine Ahnung, wie lange er in seiner Zelle allein und verängstigt kauerte, ehe er das schwache metallische Kratzen und

Klicken zu hören begann, das von der Tür selbst zu kommen schien. Er rappelte sich auf, stolperte über den unebenen Boden zur anderen Seite seiner Zelle. »Geh weg!« schrie er.
»Sei leise!« flüsterte Silk von der anderen Seite der Tür her.
»Silk, bist du das?« Garion schluchzte fast vor Erleichterung.
»Wen hast du denn erwartet?«
»Wie bist du freigekommen?«
»Rede nicht soviel«, sagte Silk mit zusammengebissenen Zähnen. »Verdammter Rost!« fluchte er. Dann grunzte er, und ein knirschendes Klicken kam von der Tür. »Na also!« Die Zellentür ging knarrend auf, und das schwache Licht von Fackeln fiel herein. »Komm mit«, wisperte Silk. »Wir müssen uns beeilen.«
Garion rannte fast aus der Zelle. Tante Pol wartete weiter unten in einem düsteren Steingang. Wortlos ging Garion zu ihr. Sie betrachtete ihn einen Moment ernst, dann legte sie ihre Arme um ihn. Sie sagten nichts.
Silk arbeitete an einer anderen Tür. Sein Gesicht glänzte vor Schweiß. Das Schloß klickte, die Tür öffnete sich knarrend. Hettar trat heraus. »Warum hast du so lange gebraucht?« fragte er Silk.
»Rost!« fauchte Silk leise. »Ich würde am liebsten alle Wärter dafür auspeitschen lassen, weil sie die Schlösser in einen solchen Zustand haben geraten lassen.«
»Sollten wir uns nicht etwas beeilen?« fragte Barak von dem Platz aus, an dem er Wache hielt.
»Willst du das hier lieber machen?« fragte Silk.
»Mach eben so schnell du kannst«, sagte Tante Pol. »Wir haben im Moment keine Zeit für Zankereien.« Sorgfältig faltete sie ihren blauen Umhang und legte ihn über den Arm.
Silk schnaubte mürrisch und ging zur nächsten Tür.
»Ist all das Gerede unbedingt notwendig?« fragte Wolf, der als letzter freigelassen wurde, als er aus der Zelle kam. »Ihr schnattert wie eine Gänseherde.«
»Prinz Kheldar fühlte sich genötigt, einige Bemerkungen über den Zustand der Schlösser zu machen«, sagte Mandorallen unbedacht.

Silk warf ihm einen finsteren Blick zu und führte sie zum Ende des Ganges, wo Fackeln zu der rauchgeschwärzten Decke emporflackerten.
»Gebt Obacht«, wisperte Mandorallen drängend. »Dort steht ein Wächter.« Ein bärtiger Mann in schmutziger Lederweste saß am Boden, hatte den Kopf gegen die Wand gelehnt und schnarchte.
»Können wir an ihm vorbei, ohne ihn aufzuwecken?« flüsterte Durnik.
»Er wird noch einige Stunden nicht aufwachen«, sagte Barak grimmig. Die große purpurrote Schwellung im Gesicht des Wachpostens erklärte seine Worte.
»Mögen dort wohl noch andere sein?« fragte Mandorallen und rieb sich die Hände.
»Es waren ein paar«, sagte Barak. »Aber sie schlafen auch.«
»Dann laßt uns hier verschwinden«, schlug Wolf vor.
»Wir nehmen Y'diss doch mit, oder?« fragte Tante Pol.
»Wozu?«
»Ich möchte mich mit ihm unterhalten«, sagte sie, »und zwar ausführlich.«
»Das wäre Zeitverschwendung«, meinte Wolf. »Salmissra hat sich in diese Angelegenheit eingemischt. Das ist alles, was wir wissen müssen. Ihre Motive interessieren mich wirklich nicht besonders. Laßt uns so leise wie möglich hier hinausgehen.«
Sie schlichen an dem schnarchenden Wächter vorbei, bogen um eine Ecke und gingen vorsichtig einen anderen Gang entlang.
»Ist er tot?« fragte eine Stimme, erschreckend laut, hinter einer verschlossenen Tür, durch die rotes, diesiges Licht fiel.
»Nein«, antwortete eine zweite Stimme, »nur bewußtlos. Du hast zu stark am Hebel gezogen. Du mußt den Druck gleichmäßig halten. Sonst fallen sie in Ohnmacht und du mußt wieder von vorn anfangen.«
»Das ist viel schwerer als ich dachte«, beklagte sich die erste Stimme.
»Du machst es schon gut«, sagte die zweite Stimme. »Die Streckbank ist immer etwas knifflig. Denk nur daran, daß der

Druck gleichmäßig sein muß und du nicht an dem Hebel reißen darfst. Sie sterben normalerweise, wenn du ihnen die Arme aus den Gelenken reißt.«
Tante Pols Gesicht nahm einen harten Ausdruck an, ihre Augen flackerten kurz auf. Sie machte eine kleine Geste und flüsterte etwas. Ein kurzes, leises Geräusch murmelte in Garions Kopf.
»Weißt du«, sagte die erste Stimme ziemlich schwach, »plötzlich fühle ich mich nicht so besonders.«
»Jetzt, wo du es sagst, fällt es mir auch auf,« stimmte die zweite zu. »Ist dir das Fleisch heute abend gut vorgekommen?«
»Es *schien* gut zu sein.« Eine längere Pause. »Ich fühle mich wirklich überhaupt nicht gut.«
Sie schlichen auf Zehenspitzen an der verschlossenen Tür vorbei, und Garion vermied es sorgsam, durch das Gitter hineinzusehen. Am Ende des Korridors befand sich eine schwere Eichentür, die mit Eisen beschlagen war. Silk betastete den Türgriff. »Sie ist von außen verschlossen«, sagte er.
»Da kommt jemand«, warnte Hettar.
Das Trampeln schwerer Füße auf den Steinstufen hinter der Tür war zu hören, Stimmengemurmel und ein rauhes Lachen. Wolf wandte sich rasch der Tür einer nahegelegenen Zelle zu. Er berührte das rostige, eiserne Schloß, und ein sanftes Klicken ertönte. »Hier herein«, flüsterte er. Sie zwängten sich alle in die Zelle, und Wolf schloß die Tür hinter ihnen.
»Wenn wir etwas mehr Zeit haben, würde ich mich gern mit dir darüber unterhalten«, sagte Silk.
»Du hattest soviel Spaß mit den Schlössern, den ich dir nicht verderben wollte.« Wolf lächelte . »Jetzt hört zu. Wir müssen uns um diese Männer kümmern, ehe sie herausfinden, daß unsere Zellen leer sind und sie das ganze Haus aufwecken.«
»Das können wir«, sagte Barak zuversichtlich.
Sie warteten.
»Sie öffnen die Tür«, wisperte Durnik.
»Wie viele sind es?« fragte Mandorallen.
»Ich weiß nicht.«

»Acht«, sagte Tante Pol entschieden.
»Also gut«, sagte Barak. »Wir lassen sie vorbeigehen und springen sie dann von hinten an. Ein oder zwei Schreie werden hier unten wohl nicht auffallen, aber wir müssen sie rasch erwischen.«
Sie warteten angespannt in der Dunkelheit der Zelle.
»Y'diss sagt, es spielt keine Rolle, wenn ein paar von ihnen bei der Befragung sterben«, sagte einer der Männer draußen. »Die einzigen, die wir am Leben lassen müssen, sind der alte Mann, die Frau und der Junge.«
»Dann laß uns den Großen mit dem roten Bart zuerst töten«, schlug ein anderer vor. »Er sieht aus, als könnte er Ärger machen, und er ist wahrscheinlich sowieso zu dumm, um etwas Nützliches zu wissen.«
»Der ist für mich«, flüsterte Barak.
Die Männer im Korridor passierten ihre Zelle.
»Los jetzt«, sagte Barak.
Es war ein kurzer, häßlicher Kampf. Völlig überraschend fielen sie über die verblüfften Gefängniswärter her. Drei lagen am Boden, ehe die übrigen überhaupt begriffen, was vor sich ging. Einer stieß einen überraschten Schrei aus, sprang an dem Getümmel vorbei und lief zurück zur Treppe. Ohne zu überlegen, warf Garion sich vor den Flüchtenden. Dann rollte er sich herum, verhakte sich in den Beinen des Mannes und brachte ihn so zum Stolpern. Der Wächter fiel, versuchte wieder aufzustehen und sank dann schlaff zu Boden, als Silk ihn kräftig hinters Ohr trat.
»Bist du in Ordnung?« fragte Silk.
Garion kroch unter dem bewußtlosen Wächter hervor und kam auf die Beine, aber der Kampf war schon fast vorbei. Durnik schlug den Kopf eines untersetzten Mannes gegen die Wand, Barak hieb einem anderen die Faust ins Gesicht. Mandorallen würgte einen dritten, und Hettar schlich sich mit ausgestreckten Händen an einen vierten heran. Der Mann schrie mit weit aufgerissenen Augen einmal auf, als Hettars Hände sich um ihn schlossen. Der große Algarier wirbelte herum und schmet-

terte den Mann mit schrecklicher Kraft gegen die Steinwand. Man hörte das Knirschen brechender Knochen, dann wurde der Mann schlaff.
»Netter kleiner Kampf«, sagte Barak und rieb sich die Finger.
»Unterhaltsam«, stimmte Hettar zu und ließ den schlaffen Körper zu Boden gleiten.
»Seid ihr soweit?« fragte Silk heiser von der Tür an der Treppe.
»Fast«, sagte Barak. »Brauchst du Hilfe, Durnik?«
Durnik hob das Kinn des dicken Mannes und prüfte sorgfältig dessen leere Augen. Dann schlug er den Kopf des Gefängniswächters vorsichtshalber noch einmal gegen die Wand und ließ ihn danach fallen.
»Sollen wir gehen?« schlug Hettar vor.
»Warum nicht«, meinte Barak und betrachtete den verwüsteten Korridor.
»Die Tür oben an der Treppe ist nicht verschlossen«, sagte Silk, als sie zu ihm stießen, »und der Gang dahinter ist leer. Im Haus scheinen alle zu schlafen, aber wir sollten trotzdem leise sein.«
Sie folgten ihm schweigend die Treppe hinauf. An der Tür blieb er kurz stehen. »Wartet hier einen Moment«, flüsterte er. Dann verschwand er völlig lautlos. Nach einer, wie es schien, langen Zeit kam er mit den Waffen zurück, die ihnen die Soldaten abgenommen hatten. »Ich dachte, wir könnten sie vielleicht brauchen.«
Garion fühlte sich wesentlich wohler, nachdem er sein Schwert wieder umgegürtet hatte.
»Gehen wir«, sagte Silk und führte sie zum Ende des Flurs und dann um eine Biegung.
»Ich glaube, ich möchte von dem Grünen, Y'diss«, tönte Graf Dravors Stimme hinter einer nur angelehnten Tür.
»Gewiß, Graf«, sagte Y'diss mit seiner zischenden Stimme.
»Das Grüne schmeckt scheußlich«, sagte Graf Dravor schläfrig, »aber davon bekomme ich so schöne Träume. Das Rote schmeckt besser, aber die Träume sind nicht so gut.«
»Bald sind Sie bereit für das Blaue, Graf«, versprach Y'diss. Man hörte ein leises Klicken und das Geräusch von Flüssigkeit,

die in ein Glas gegossen wurde. »Dann das Gelbe und schließlich das Schwarze. Das Schwarze ist das beste von allen.«
Silk führte sie auf Zehenspitzen an der halboffenen Tür vorbei. Das Schloß der Haustür gab unter seinen geschickten Fingern rasch nach. Sie schlüpften hinaus in die kühle, mondhelle Nacht. Die Sterne funkelten am Himmel, und die Luft war frisch. »Ich hole die Pferde«, sagte Hettar.
»Geh mit ihm, Mandorallen«, sagte Wolf. »Wir warten dort drüben.« Er deutete auf den schattigen Garten. Die beiden Männer verschwanden um eine Ecke, die anderen folgten Meister Wolf in den dunklen Schatten der Hecke, die Graf Dravors Garten umgab.
Sie warteten. Die Nacht war kalt, und Garion zitterte. Dann klapperten Hufe auf Stein. Hettar und Mandorallen kamen mit den Pferden zurück.
»Wir beeilen uns besser«, sagte Wolf. »Sobald Dravor einschläft, wird Y'diss in seine Verliese hinuntergehen und feststellen, daß wir verschwunden sind. Führt die Pferde. Wir sollten vom Haus weg sein, ehe wir Lärm riskieren.«
Sie führten die Pferde am Zügel durch den mondbeschienenen Garten, bis sie das offene Land dahinter erreichten. Dann stiegen sie vorsichtig auf.
»Wir sollten uns beeilen«, riet Tante Pol und warf einen Blick zurück auf das Haus.
»Ich habe dafür gesorgt, daß uns etwas Zeit bleibt, ehe ich hinausging«, sagte Silk mit einem kurzen Auflachen.
»Wie hast du das gemacht?« fragte Barak.
»Als ich unsere Waffen holte, habe ich die Küche angezündet.« Silk grinste. »Das wird ihre Aufmerksamkeit ein Weilchen beanspruchen.«
Eine Rauchfahne stieg von der Rückseite des Hauses auf.
»Sehr klug«, sagte Tante Pol mit etwas widerwilliger Anerkennung.
»Besten Dank, die Dame.« Silk machte eine spöttische kleine Verbeugung.
Meister Wolf kicherte und ritt in leichtem Trab voran. Wäh-

rend sie davonritten, wurde die Rauchfahne hinter dem Haus dicker und stieg schwarz und ölig zu den ungerührten Sternen auf.

15

In den nächsten paar Tagen ritten sie scharf zu und hielten in unregelmäßigen Abständen nur lange genug, um die Pferde ausruhen zu lassen und sich ein paar Stunden Schlaf zu gönnen. Garion fand heraus, daß er im Sattel dösen konnte, sobald sie die Pferde im Schritt gehen ließen. Mehr noch, er stellte fest, fast in jeder Stellung schlafen zu können, wenn er nur müde genug war. An einem Nachmittag, als sie sich von dem Gewaltritt erholten, den Wolf veranlaßt hatte, hörte er, wie Silk sich mit dem alten Mann und Tante Pol unterhielt. Seine Neugier behielt schließlich die Oberhand über seine Erschöpfung. Er raffte sich auf, um zuzuhören.

»Ich würde gern wissen, inwieweit Salmissra in diese Sache verwickelt ist«, sagte Silk.

»Sie ist eine Opportunistin«, meinte Wolf. »Sobald es irgendwo Aufruhr gibt, versucht sie, ihn zu ihrem Vorteil auszunutzen.«

»Das bedeutet, daß wir uns sowohl mit den Nyissern als auch mit den Murgos herumplagen müssen.«

Garion öffnete die Augen. »Warum nennt man sie die Ewige Salmissra?« fragte er Tante Pol. »Ist sie sehr alt?«

»Nein«, antwortete Tante Pol. »Die Königinnen von Nyissa werden alle Salmissra genannt, das ist alles.«

»Kennst du die jetzige?«

»Das ist nicht nötig«, erklärte sie ihm. »Sie sind alle genau gleich. Sie sehen alle gleich aus und handeln gleich. Wenn du eine kennst, kennst du sie alle.«

»Sie wird von Y'diss schrecklich enttäuscht sein«, meinte Silk grinsend.

»Ich denke mir, daß Y'diss inzwischen einen stillen, schmerzlosen Ausweg gefunden hat«, sagte Wolf. »Salmissra neigt dazu, im Zorn zu übertreiben.«

»Ist sie denn so grausam?« fragte Garion.

»Nicht gerade grausam«, erklärte Wolf. »Nyisser bewundern Schlangen. Wenn du eine Schlange reizt, wird sie dich beißen. Sie ist eine einfache Kreatur, aber sehr logisch. Sobald sie dich gebissen hat, trägt sie dir nichts mehr nach.«

»Müssen wir über Schlangen sprechen?« fragte Silk gequält.

»Ich glaube, die Pferde sind jetzt ausgeruht«, sagte Hettar hinter ihnen. »Wir können weiter.«

Sie brachten die Pferde wieder in Galopp und preschten südwärts zum breiten Tal des Nedrane und nach Tol Honeth. Die Sonne schien warm, und die Bäume am Straßenrand knospten schon in diesen ersten Frühlingstagen.

Die schimmernde kaiserliche Stadt lag auf einer Insel mitten im Fluß, und alle Straßen führten dorthin. Sie war in der Ferne deutlich erkennbar, als sie über den letzten Hügelrücken kamen und in das fruchtbare Tal hinabsahen. Mit jeder Meile, die sie näher kamen, schien sie größer zu werden. Sie war ganz aus weißem Marmor erbaut und blendete das Auge in der Morgensonne. Die Mauern waren hoch und dick, und innerhalb der Stadt ragten Türme auf.

Eine Brücke schwang sich anmutig über den dahinplätschernden Nedrane zu dem bronzenen Nordtor, wo eine glitzernde Abteilung von Legionären ständig Wache hielt.

Silk zog seinen konservativen Umhang an, setzte die Kappe auf, reckte sich und gab seinem Gesicht den ernsthaften, geschäftsmäßigen Ausdruck, der eine innerliche Verwandlung andeutete, die ihn fast selbst glauben ließ, daß er der drasnische Kaufmann war, in dessen Identität er schlüpfte.

»Euer Vorhaben in Tol Honeth?« fragte einer der Legionäre.

»Ich bin Radek von Boktor«, sagte Silk in der zerstreuten Art eines Mannes, der sich innerlich mit Geschäften befaßte. »Ich habe sendarische Wolle bester Qualität.«

»Dann willst du wahrscheinlich mit dem Inspektor des Zentralmarktes sprechen«, schlug der Legionär vor.

»Vielen Dank.« Silk nickte und ritt durch das Tor voran in die breiten und bevölkerten Straßen der Stadt.

»Ich glaube, ich reite besser zum Palast und unterhalte mich mit Ran Borune«, sagte Wolf. »Die Boruner sind zwar nicht die umgänglichsten Kaiser, aber die intelligentesten. Ich dürfte nicht allzuviel Mühe haben, ihn davon zu überzeugen, daß die Lage ernst ist.«

»Wie willst du denn zu ihm vordringen?« fragte Tante Pol. »Es kann Wochen dauern, bis du eine Audienz bekommst. Du weißt doch, wie sie sind.«

Meister Wolf verzog das Gesicht. »Ich könnte vielleicht einen zeremoniellen Besuch daraus machen«, sagte er, während sie ihre Pferde durch die Menge lenkten.

»Und damit der ganzen Stadt mitteilen, daß du hier bist?«

»Habe ich eine andere Wahl? Ich muß die Tolnedraner festnageln. Wir können es uns nicht leisten, daß sie neutral bleiben.«

»Dürfte ich einen Vorschlag machen?« fragte Barak.

»Im Moment höre ich auf alles.«

»Warum suchen wir nicht Grinneg auf?« sagte Barak. »Er ist der cherekianische Botschafter hier in Tol Honeth. Er könnte uns ohne sonderliches Aufsehen in den Palast und zum Kaiser bringen.«

»Keine schlechte Idee, Belgarath«, meinte Silk zustimmend. »Grinneg hat genug Verbindungen, um uns rasch hineinzubringen. Ran Borune respektiert ihn.«

»Dann bleibt nur noch das Problem, wie wir an den Botschafter herankommen«, sagte Durnik, als sie anhalten mußten, um einen schweren Karren in eine Seitenstraße abbiegen zu lassen.

»Er ist mein Vetter«, sagte Barak. »Er, Anheg und ich haben als Kinder zusammen gespielt.« Der große Mann sah sich um. »Er soll ein Haus in der Nähe der Garnison der Dritten Kaiserlichen Legion haben. Wir sollten jemand nach dem Weg fragen.«

»Das ist nicht nötig«, sagte Silk. »Ich weiß, wo das ist.«

»Das hätte ich mir eigentlich denken können.« Barak grinste.
»Wir können über den Nordmarkt reiten«, sagte Silk. »Die Garnison ist nicht weit von den Kais auf der flußaufwärts gelegenen Seite der Insel.«
»Zeig uns den Weg«, bat Wolf. »Ich möchte hier nicht so viel Zeit vergeuden.«
Die Straßen von Tol Honeth quollen über vor Menschen aus aller Herren Länder. Drasnier und Rivaner stießen sich die Ellbogen mit Nyissern und Thulls. Hier und dort waren vereinzelte Nadraks in der Menge und, für Garions Geschmack, zu viele Murgos. Tante Pol hielt sich dicht neben Hettar, sprach leise auf ihn ein und legte hin und wieder leicht die Hand auf seinen Schwertarm. Die Augen des hageren Algariers glühten, und seine Nasenflügel blähten sich drohend, wenn er ein vernarbtes Murgogesicht erblickte.
Die Häuser entlang der breiten Straßen waren imposant, mit weißen Marmorfassaden und schweren Türen, die oft von privaten Soldaten bewacht wurden, die die Passanten streitlustig ansahen.
»Die Kaiserliche Stadt scheint ein Hort des Mißtrauens zu sein«, stellte Mandorallen fest. »Hat denn hier ein jeder Angst vor seinem Nachbarn?«
»Schwere Zeiten«, erklärte Silk. »Und die Handelskönige von Tol Honeth haben einen großen Teil des Vermögens dieser Welt in ihren Schatzkammern. Hier siehst du Männer, die fast ganz Arendien kaufen könnten, wenn sie wollten.«
»Arendien ist nicht zu verkaufen«, sagte Mandorallen steif.
»In Tol Honeth, lieber Baron, ist alles zu verkaufen«, sagte Silk. »Ehre, Tugend, Freundschaft, Liebe. Es ist eine verruchte Stadt voller verruchter Menschen. Geld ist das einzige, was hier zählt.«
»Dann paßt du ja gut hierher«, meinte Barak.
Silk lachte. »Mir gefällt Tol Honeth«, gab er zu. »Die Menschen hier haben keine Illusionen. Sie sind erfrischend korrupt.«
»Du bist ein schlimmer Mann, Silk«, sagte Barak offen.

»Das sagtest du schon einmal«, erwiderte der rattengesichtige kleine Drasnier mit einem spöttischen Grinsen.

Das Banner von Cherek, ein weißes Kriegsschiff auf blauem Grund, flatterte von einem Mast über dem Tor der Botschaft. Barak stieg etwas steif vom Pferd und ging zu dem eisernen Gitter, das in das Tor eingelassen war. »Sagt Grinneg, daß sein Vetter Barak hier ist, um ihn zu besuchen«, befahl er den bärtigen Wachen auf der anderen Seite.

»Woher sollen wir wissen, daß du sein Vetter bist?« gab einer der Wächter unfreundlich zurück.

Barak griff wie beiläufig durch das Gitter und erwischte das Kettenhemd des Mannes. Er zog den Mann fest gegen die Gitterstäbe. »Möchtest du die Frage wiederholen«, fragte er, »solange du noch bei guter Gesundheit bist?«

»Entschuldigung, Graf Barak«, bat der Mann rasch. »Jetzt, wo ich dich von nahem sehe, erkenne ich Euch wieder.«

»Das hatte ich mir gedacht«, sagte Barak.

»Ich schließe das Tor für Euch auf«, schlug der Wächter vor.

»Gute Idee«, meinte Barak und ließ den Mann los. Der Wächter öffnete flink das Tor, und die Gruppe ritt in den Hof.

Grinneg, der Botschafter König Anhegs am kaiserlichen Hof von Tol Honeth, war massig und fast so groß wie Barak. Sein Bart war sehr kurz geschnitten, und er trug einen blauen Umhang nach tolnedranischem Schnitt. Er kam, immer zwei Stufen auf einmal nehmend, die Treppe herunter und umarmte Barak freundschaftlich. »Alter Pirat!« brüllte er. »Was machst du in Tol Honeth?«

»Anheg hat beschlossen, Leute in den Palast einzuschleusen«, scherzte Barak. »Sobald wir alles Gold und die jungen Frauen zusammenhaben, lassen wir dich die Stadt anzünden.«

Grinnegs Augen glitzerten in momentaner Gier. »Würde sie das nicht ärgern?« fragte er mit boshaftem Grinsen.

»Was ist mit deinem Bart passiert?« fragte Barak.

Grinneg hüstelte verlegen. »Das ist nicht so wichtig«, sagte er schnell.

»Wir hatten nie Geheimnisse voreinander«, sagte Barak.

Grinneg erzählte seinem Vetter leise etwas und sah dabei sehr beschämt aus. Anschließend prustete Barak vor Lachen. »Warum hast du dir das von ihr gefallen lassen?« fragte er.
»Ich war betrunken«, gestand Grinneg. »Laßt uns hineingehen. Ich habe ein gutes Faß Bier im Keller.«
Die anderen folgten den beiden großen Männern ins Haus durch einen breiten Flur in ein Zimmer, das auf cherekianische Art eingerichtet war – mit schweren Stühlen und Bänken, die mit Fellen bespannt waren, einem binsenbestreuten Fußboden und einem riesigen Kamin, in dem ein mächtiger Holzklotz schwelte. Mehrere Pechfackeln qualmten in Eisenringen an den unverputzten Wänden. »Ich fühle mich so mehr zu Hause«, sagte Grinneg.
Ein Diener brachte Krüge mit dunklem Bier und verließ dann leise den Raum. Garion griff schnell nach seinem Krug und nahm einen großen Schluck von dem bitteren Getränk, ehe Tante Pol etwas Harmloseres für ihn vorschlagen konnte. Sie beobachtete ihn wortlos, ihre Augen verrieten nichts.
Grinneg ließ sich in einen großen, handgeschnitzten Stuhl fallen, über den ein Bärenfell gebreitet war. »Warum bist du wirklich in Tol Honeth, Barak?« fragte er.
»Grinneg«, sagte Barak ernst, »das ist Belgarath. Du hast sicher von ihm gehört.«
Die Augen des Botschafters wurden groß, er neigte den Kopf. »Mein Haus steht dir zur Verfügung«, sagte er respektvoll.
»Kannst du mich zu Ran Borune bringen?« fragte Meister Wolf, der auf einer groben Holzbank neben dem Kamin saß.
»Ohne jede Schwierigkeit.«
»Gut«, sagte Wolf. »Ich muß mit ihm reden, und ich will keinen Aufruhr verursachen.«
Barak stellte die anderen vor. Bei der Prozedur nickte sein Vetter jedem höflich zu.
»Ihr seid in einer unruhigen Zeit nach Tol Honeth gekommen«, sagte er, nachdem die Höflichkeiten beendet waren. »Der Adel von Tol Honeth sammelt sich in der Stadt wie Raben um eine tote Kuh.«

»Wir haben auf unserem Weg nach Süden ein oder zwei Andeutungen in dieser Richtung aufgeschnappt«, sagte Silk. »Ist es so schlimm, wie es sich anhört?«
»Vermutlich schlimmer«, sagte Grinneg und kratzte sich am Ohr. »Ein dynastischer Wechsel findet nur ein paarmal in einem Zeitalter statt. Die Boruner sind jetzt seit über sechshundert Jahren an der Macht, und die anderen Häuser erwarten den Wechsel mit großer Begeisterung.«
»Wer wird denn aller Wahrscheinlichkeit nach der Nachfolger von Ran Borune?« fragte Meister Wolf.
»Im Moment vermutlich der Großherzog Kador von Tol Vordue«, antwortete Grinneg. »Er hat anscheinend mehr Geld als alle anderen. Die Honether sind natürlich reicher, aber sie haben allein sieben Kandidaten, und ihr Vermögen ist sehr weit verstreut. Die anderen Familien sind eigentlich nicht im Rennen. Die Boruner haben niemanden, der geeignet wäre, und die Raniter nimmt niemand ernst.«
Garion stellte seinen Krug behutsam neben seinem Hocker auf den Boden. Das bittere Bier schmeckte ihm nicht besonders, und er fühlte sich etwas betrogen. Der halbe Krug, den er getrunken hatte, machte jedoch seine Ohren warm. Auch schien seine Nasenspitze etwas taub zu sein.
»Ein Vorduvier, den wir unterwegs getroffen haben, hat behauptet, die Horbiter würden Gift verwenden«, sagte Silk.
»Das tun sie alle.« Grinneg verzog angewidert das Gesicht. »Die Horbiter machen es nur etwas offener, das ist alles. Aber wenn Ran Borune morgen stirbt, wird Kador der nächste Kaiser.«
Meister Wolf runzelte die Stirn. »Ich habe nie sehr viel Erfolg im Umgang mit Vorduviern gehabt. Sie haben eigentlich keine kaiserliche Größe.«
»Der alte Kaiser ist noch bei recht guter Gesundheit«, sagte Grinneg. »Wenn er noch ein, zwei Jahre durchhält, werden sich die Honether wahrscheinlich auf einen Kandidaten einigen – wer auch immer von denen überlebt –, dann können sie ihr ganzes Vermögen ins Spiel bringen. Aber so etwas braucht

seine Zeit. Die Kandidaten selbst halten sich weitgehend von der Stadt fern, und sie sind alle außerordentlich vorsichtig, so daß Attentäter ihre liebe Mühe haben, an sie heranzukommen.« Er lachte und nahm einen langen Schluck von seinem Bier. »Es sind schon komische Leute.«

»Könnten wir jetzt zum Palast gehen?« bat Meister Wolf.

»Wir wollen uns zuerst umziehen«, sagte Tante Pol bestimmt.

»Schon wieder, Polgara?« Wolf warf ihr einen leidenden Blick zu.

»Tu's einfach, Vater«, sagte sie. »Ich lasse nicht zu, daß du uns in Verlegenheit bringst, nur weil du in Lumpen zum Palast gehst.«

»Ich werde das Gewand nicht wieder anziehen.« Die Stimme des alten Mannes verriet Hartnäckigkeit.

»Nein«, widersprach sie. »Das wäre auch nicht passend. Der Botschafter kann dir sicherlich einen Umhang leihen. Dann würdest du nicht ganz so auffallen.«

»Wie du willst, Pol.« Wolf seufzte und gab sich geschlagen.

Nachdem sie sich umgezogen hatten, stellte Grinneg seine Ehrengarde zusammen, eine finster aussehende Gruppe cherekianischer Krieger, die sie durch die breiten Straßen Tol Honeths zum Palast eskortierten. Garion, völlig benommen von dem Reichtum der Stadt und ein bißchen schwindelig von dem halben Krug Bier, ritt schweigend neben Silk und bemühte sich, die riesigen Gebäude oder die reich gekleideten Tolnedraner, die mit ernsten Mienen in der Nachmittagssonne umherschlenderten, nicht allzu offenkundig anzustarren.

16

Der Kaiserpalast stand auf einem Hügel mitten in der Stadt. Er bestand nicht nur aus einem einzigen Gebäude, sondern war ein Komplex aus vielen großen und kleinen Marmorbauten, der von Gärten und Rasenflächen umgeben war, auf denen Zypressen willkommenen Schatten spendeten. Um das Grund-

stück erhob sich eine hohe Mauer, die in regelmäßigen Abständen von Statuen geschmückt wurde. Die Legionäre am Palasttor erkannten den cherekianischen Botschafter und schickten sogleich nach einem der Kämmerer des Kaisers, einem grauhaarigen Beamten in braunem Umhang.
»Ich muß Ran Borune sprechen, Graf Morin«, sagte Grinneg zu ihm, während sie in dem marmorgepflasterten Hof hinter dem Tor absaßen. »Es ist sehr dringend.«
»Selbstverständlich, Graf Grinneg«, willigte der grauhaarige Mann ein. »Seine Kaiserliche Hoheit freut sich stets auf eine Unterhaltung mit dem persönlichen Gesandten König Anhegs. Bedauerlicherweise ruht Seine Majestät jedoch gerade. Ich kann euch wahrscheinlich irgendwann im Laufe des Nachmittags zu ihm bringen – spätestens morgen früh.«
»Wir können nicht warten, Morin«, sagte Grinneg. »Wir müssen den Kaiser sofort sprechen. Am besten geht Ihr und weckt ihn.«
Graf Morin sah ihn überrascht an. »Es kann doch wohl nicht *so* dringend sein«, meinte er tadelnd.
»Ich fürchte doch«, antwortete Grinneg.
Morin nagte nachdenklich an seiner Unterlippe, während er sie betrachtete.
»Ihr kennt mich gut genug, um zu wissen, daß ich nicht leichtfertig darum bitten würde, Morin«, sagte Grinneg.
Morin seufzte. »Ich habe großes Vertrauen in Euch, Grinneg. Also gut. Kommt mit. Bittet Eure Soldaten zu warten.«
Grinneg gab seiner Garde einen Wink, dann folgten sie Graf Morin über einen weiten Hof zu einem Säulengang, der sich entlang eines Gebäudes zog.
»Wie geht es ihm?« fragte Grinneg, während sie durch den schattigen Säulengang wanderten.
»Seine Gesundheit ist immer noch gut«, antwortete Morin, »aber seine Laune wird in letzter Zeit immer schlechter. Die Boruner sind scharenweise von ihren Posten zurückgetreten und nach Tol Borune zurückgekehrt.«
»Unter den gegebenen Umständen scheint das nur klug zu

sein«, meinte Grinneg. »Ich vermute, daß eine gewisse Zahl von Todesfällen mit der Thronfolge einhergehen wird.«

»Wahrscheinlich«, stimmte Morin zu, »aber Seine Hoheit findet es recht beunruhigend, von Mitgliedern seiner eigenen Familie verlassen zu werden.« Er blieb vor einem marmornen Torbogen stehen, wo zwei Legionäre in goldgeschmückten Brustharnischen strammstanden. »Bitte laßt eure Waffen hier. Seine Hoheit ist in solchen Dingen etwas empfindlich – das versteht ihr doch sicher.«

»Selbstverständlich«, sagte Grinneg und zog ein mächtiges Schwert unter seinem Mantel hervor und lehnte es gegen die Mauer.

Die anderen folgten seinem Beispiel, und Graf Morin blinzelte überrascht, als Silk drei Dolche aus verschiedenen Stellen seiner Kleidung zog. – *Hervorragende Ausstattung* – gestikulierten die Hände des Kämmerers in den Bewegungen der geheimen Sprache.

– *Unruhige Zeiten* – erklärten Silks Finger abweisend.

Graf Morin lächelte schwach und führte sie durch das Tor in den dahinterliegenden Garten. Der Rasen war gepflegt. Es gab leise plätschernde Springbrunnen, und die Rosenbüsche waren gut gestutzt. Sehr alt wirkende Obstbäume waren voller Knospen, die in der warmen Sonne kurz vor dem Erblühen standen. Spatzen zankten sich über Nistplätze auf den knorrigen Ästen. Grinneg und die anderen folgten Morin über einen gewundenen Marmorweg in die Mitte des Gartens.

Ran Borune XXIII, Kaiser von Tolnedra, war ein kleiner, fast kahler, älterer Mann, der einen goldfarbenen Umhang trug. Er saß in einem schweren Sessel unter einer blühenden Weinlaube und verfütterte Körner an einen bunten Kanarienvogel, der auf seiner Sessellehne hockte. Der Kaiser hatte eine kurze, hakenförmige Nase und helle, fragende Augen. »Ich wünschte doch allein gelassen zu werden, Morin«, sagte er gereizt und blickte von seinem Kanarienvogel hoch.

»Bitte tausendmal um Entschuldigung, Eure Hoheit«, sagte Morin mit einer tiefen Verbeugung. »Graf Grinneg, Botschaf-

ter von Cherek, wünscht Euch eine Angelegenheit von äußerster Wichtigkeit vorzutragen. Er hat mich davon überzeugt, daß sie keinen Aufschub duldet.«
Der Kaiser sah Grinneg scharf an. Sein Blick wurde verschlagen, fast boshaft. »Ich sehe, daß Euer Bart langsam wieder nachwächst, Grinneg.«
Grinneg wurde rot.
»Ich hätte wissen müssen, daß Eure Hoheit von meinem kleinen Mißgeschick gehört haben.«
»Ich weiß alles, was in Tol Honeth vorgeht, Graf Grinneg«, fuhr der Kaiser ihn an. »Selbst wenn alle meine Vettern und Neffen sich davonmachen wie Ratten von einem sinkenden Schiff, habe ich doch noch ein *paar* treue Männer um mich herum. Was um alles in der Welt ist in Euch gefahren, Euch mit dieser nadrakischen Frau einzulassen? Ich dachte, ihr Alorner haßt die Angaraks.«
Grinneg hüstelte verlegen und blickte rasch zu Tante Pol hinüber. »Es war eine Art Scherz, Eure Hoheit«, sagte er. »Ich dachte, es würde den nadrakischen Botschafter ärgern – und seine Gattin ist schließlich eine gutaussehende Frau. Ich wußte nicht, daß sie eine Schere unter ihrem Bett hatte.«
»Sie bewahrt Euren Bart in einer goldenen Schachtel auf, wißt Ihr.« Der Kaiser grinste. »Und sie zeigt ihn all ihren Freunden.«
»Sie ist eine böse Frau«, sagte Grinneg düster.
»Wer sind diese Leute?« fragte der Kaiser und deutete mit dem Finger auf die anderen, die hinter Botschafter Grinneg standen.
»Mein Vetter Barak und einige Freunde«, sagte Grinneg. »Sie sind es, die mit Eurer Hoheit sprechen wollen.«
»Der Graf von Trellheim?« fragte der Kaiser. »Was macht Ihr hier in Tol Honeth, Graf?«
»Wir sind auf der Durchreise, Eure Hoheit«, antwortete Barak mit einer Verbeugung.
Ran Borune musterte die anderen der Reihe nach, als ob er sie zum erstenmal sähe. »Und das muß Prinz Kheldar von Drasnien sein«, sagte er, »der Tol Honeth nach seinem letzten

Besuch etwas überstürzt verlassen hat. Er hat einen Akrobaten in einem Wanderzirkus gespielt, glaube ich, und ist der Polizei gerade noch entwischt.«
Silk verbeugte sich ebenfalls höflich.
»Und Hettar von Algarien«, fuhr der Kaiser fort, »der Mann, der im Alleingang die Bevölkerung von Cthol Murgos zu dezimieren versucht.«
Hettar neigte den Kopf.
»Morin«, fragte der Kaiser scharf, »warum hast du mir lauter Alorner gebracht? Ich mag keine Alorner.«
»Es ist wegen dieser dringenden Angelegenheit, Eure Hoheit«, entschuldigte sich Morin.
»Und ein Arendier?« sagte der Kaiser und sah Mandorallen an. »Ein Mimbrer, würde ich sagen.« Seine Augen wurden schmal. »Nach den Beschreibungen, die ich gehört habe, kann das nur der Baron von Vo Mandor sein.«
Mandorallens Verbeugung fiel sehr elegant aus. »Euer Auge ist scharf, Hoheit. Ihr habt uns alle ohne Zögern erkannt.«
»Nicht alle«, widersprach der Kaiser. »Ich erkenne weder den sendarischen noch den rivanischen Burschen.«
Garions Herz machte einen Satz. Barak hatte ihm einmal gesagt, daß er einem Rivaner ähnelte, aber der Gedanke war in dem Strom von Ereignissen untergegangen, die dieser beiläufigen Bemerkung gefolgt waren. Jetzt hatte der Kaiser von Tolnedra, dessen Auge eine untrügliche Fähigkeit zu besitzen schien, die wahre Natur der Dinge zu sehen, ihn ebenfalls einen Rivaner genannt. Er warf Tante Pol einen raschen Blick zu, aber sie schien völlig davon eingenommen, die Knospen an einem Rosenstrauch zu betrachten.
»Der Sendarier ist Durnik«, sagte Meister Wolf, »ein Schmied. In Sendarien gilt dieser nützliche Beruf etwa soviel wie der Adelsstand. Der Junge ist mein Enkel, Garion.«
Der Kaiser betrachtete den alten Mann. »Mir scheint, als sollte ich wissen, wer Ihr seid. An Euch ist etwas...« Er hielt nachdenklich inne.
Der Kanarienvogel, der auf der Sessellehne des Kaisers gehockt

hatte, fing plötzlich an zu singen. Er schwang sich in die Luft und flatterte zu Tante Pol. Sie hielt ihm ihren Finger hin. Der bunte Vogel landete darauf, legte das Köpfchen zurück und sang begeistert, als wollte sein kleines Herz vor Verehrung zerspringen. Sie hörte seinem Lied ernst zu. Sie trug ein dunkelblaues Kleid, das am Mieder mit Spitzen verziert war, und ein kurzes Zobelcape.

»Was macht Ihr mit meinem Kanarienvogel?« fragte der Kaiser.

»Ich höre ihm zu«, antwortete sie.

»Wie habt Ihr ihn zum Singen gebracht? Ich versuche das seit Monaten.«

»Eure Hoheit haben ihn nicht ernst genug genommen.«

»Wer ist diese Frau?« fragte der Kaiser.

»Meine Tochter Polgara«, sagte Meister Wolf. »Sie hat ein ganz besonderes Verständnis für Vögel.«

Der Kaiser lachte plötzlich ein rauhes, skeptisches Lachen. »Ach, komm. Ihr erwartet doch nicht tatsächlich von mir, daß ich das glaube, oder?«

Wolf sah ihn ernsthaft an. »Seid Ihr wirklich sicher, daß Ihr mich nicht kennt, Ran Borune?« fragte er leise. Der blaßgrüne Umhang, den Grinneg ihm geliehen hatte, ließ ihn fast wie einen Tolnedraner wirken – fast, aber nicht ganz.

»Eine schlaue List«, sagte der Kaiser. »Ihr seht entsprechend aus, und sie ebenfalls, aber ich bin kein Kind mehr. Ich glaube schon lange nicht mehr an Märchen.«

»Schade. Dann ist Euer Leben seitdem wohl ziemlich leer gewesen.« Wolf sah sich in dem gepflegten Garten mit den Dienern und Springbrunnen und Leibwächtern des Kaisers um, die unauffällig hier und dort zwischen den Blumenbeeten postiert waren. »Selbst mit all dem hier, Ran Borune, ist ein Leben ohne jedes Wunder flach und schal.« Seine Stimme klang etwas traurig. »Vielleicht habt Ihr zuviel aufgegeben.«

»Morin«, befahl Ran Borune energisch, »schicke nach Zerel. Wir werden das sofort klären.«

»Sogleich, Eure Majestät«, sagte Morin und gab einem der Diener einen Wink.
»Kann ich meinen Kanarienvogel wiederhaben?« fragte der Kaiser Tante Pol ziemlich kläglich.
»Natürlich.« Sie ging über den Rasen auf den Kaiser zu und bewegte sich dabei behutsam, um den trillernden kleinen Vogel nicht zu erschrecken.
»Manchmal frage ich mich, wovon sie wohl singen«, sagte Ran Borune.
»Im Moment erzählt er mir von dem Tag, an dem er fliegen lernte«, sagte Tante Pol. »Das ist ein sehr wichtiger Tag für einen Vogel.« Sie streckte die Hand aus, und der Kanarienvogel hüpfte, immer noch singend und die strahlenden Augen auf Ran Borunes Gesicht gerichtet, auf den Finger des Kaisers.
»Eine amüsante Spielerei.« Der kleine alte Mann lächelte und starrte auf das Sonnenlicht, das auf dem Wasser eines Springbrunnens glitzerte. »Aber ich fürchte, ich habe keine Zeit für so etwas. Im Augenblick hält die ganze Nation in Erwartung meines Todes den Atem an. Alles scheint zu denken, das beste, was ich für Tolnedra tun könnte, sei unverzüglich zu sterben. Manche machen sich sogar die Mühe, mir dabei helfen zu wollen. Allein in der vergangenen Woche haben wir vier Attentäter im Palast geschnappt. Die Boruner, meine eigene Familie, verlassen mich, so daß ich kaum noch genug Leute habe, um den Palast zu verwalten, geschweige denn das Reich. Ah, hier kommt Zerel.«
Ein magerer Mann mit buschigen Augenbrauen, der in einen roten, mit allerlei geheimnisvollen Symbolen bedeckten Umhang gekleidet war, eilte über den Rasen und verbeugte sich tief vor dem Kaiser. »Hoheit haben nach mir geschickt?«
»Man hat mir gesagt, daß diese Frau die Zauberin Polgara sei«, sagte der Kaiser, »und dieser alte Mann hier Belgarath. Sei ein braver Bursche, Zerel, und überprüfe das.«
»Belgarath und Polgara?« spottete der Mann. »Eure Hoheit meinen das sicherlich nicht ernst. Das sind Namen aus der Mythologie. Diese Leute gibt es nicht.«

»Seht«, sagte der Kaiser zu Tante Pol. »Ihr existiert gar nicht. Das sagt der beste Gutachter. Zerel ist selbst ein Zauberer, wißt ihr.«

»Ach, wirklich?«

»Einer der besten«, versicherte er ihr. »Natürlich sind die meisten seiner Tricks bloße Fingerfertigkeit, denn schließlich ist alle Zauberei nur Schein, aber er amüsiert mich – und er nimmt sich selbst sehr ernst. Fang an, Zerel, aber sorge dafür, daß es nicht wieder so einen scheußlichen Gestank gibt wie meistens.«

»Das wird nicht nötig sein, Hoheit«, sagte Zerel knapp. »Wenn sie tatsächlich Zauberer wären, hätte ich sie sofort erkannt. Wir haben besondere Wege der Verständigung, wißt Ihr.«

Tante Pol betrachtete den Zauberer mit hochgezogenen Brauen. »Ich finde, du solltest etwas genauer hinsehen, Zerel«, schlug sie vor. »Manchmal entgeht uns etwas.« Sie machte eine kaum wahrnehmbare Geste, und Garion glaubte, ein schwaches Geräusch zu hören.

Der Zauberer starrte gebannt in die Luft vor sich. Seine Augen traten hervor, sein Gesicht wurde totenblaß. Als ob seine Beine unter ihm weggezogen würden, fiel er aufs Gesicht. »Verzeiht mir, edle Polgara«, krächzte er einschmeichelnd.

»Ich nehme an, das soll mich beeindrucken«, sagte der Kaiser. »Aber ich habe schon andere Männer gesehen, deren Verstand überwältigt worden ist, und Zerels Verstand ist nicht der stärkste.«

»Du solltest ihr wirklich glauben, weißt du.« Der Kanarienvogel sprach mit leiser, flötender Stimme. »Ich wußte sofort, wer sie war – aber wir nehmen natürlich sowieso mehr wahr als ihr, die ihr auf dem Boden herumkriecht – warum tut ihr das eigentlich? Wenn ihr es nur versuchen würdet, könntet ihr bestimmt auch fliegen. Und ich wünschte, du würdest nicht mehr soviel Knoblauch essen, du stinkst schrecklich danach.«

»Still jetzt«, sagte Tante Pol liebevoll zu dem Vogel. »Das kannst du ihm später erzählen.«

Der Kaiser zitterte heftig und starrte den Vogel an, als wäre er eine Schlange.

»Warum tun wir nicht einfach alle so, als glaubten wir, daß Polgara und ich sind, was wir zu sein behaupten?« schlug Meister Wolf vor. »Wir können sonst noch den ganzen Tag damit verbringen, Euch überzeugen zu wollen, und soviel Zeit haben wir nicht. Es gibt ein paar Dinge, die ich dir mitteilen muß, und sie sind sehr wichtig – egal, wer ich bin.«

»Ich glaube, das kann ich akzeptieren«, sagte Ran Borune, der immer noch zitterte und den Kanarienvogel anstarrte.

Meister Wolf verschränkte die Hände hinter dem Rücken und betrachtete eine Schar Spatzen, die sich auf einem Ast in der Nähe zankten. »Früh im letzten Herbst«, begann er, »schlich sich Zedar der Abtrünnige in den Thronsaal von Riva und stahl das Auge Aldurs.«

»Er hat *was*?« fragte Ran Borune und setzte sich mit einem Ruck auf. »Wie?«

»Wir wissen es nicht«, antwortete Wolf. »Wenn ich ihn einhole, frage ich ihn vielleicht. Jedenfalls seht Ihr sicherlich die Bedeutung dieses Ereignisses ein.«

»Selbstverständlich«, antwortete der Kaiser.

»Die Alorner und Sendarier bereiten sich in aller Stille auf den Krieg vor«, erzählte Wolf.

»Krieg?« fragte Ran Borune erschreckt. »Mit wem?«

»Mit den Angaraks natürlich.«

»Was hat Zedar mit den Angaraks zu tun? Er könnte doch auch auf eigene Faust handeln, oder?«

»So dumm seid Ihr doch sicher nicht«, warf Tante Pol ein.

»Ihr vergeßt Euch, meine Dame«, sagte Ran Borune steif. »Wo ist Zedar jetzt?«

»Er kam vor ungefähr zwei Wochen durch Tol Honeth«, antwortete Wolf. »Wenn es ihm gelingt, über die Grenze in eines der Angarakreiche zu entkommen, ehe ich ihn aufhalten kann, werden die Alorner marschieren.«

»Und Arendien mit ihnen«, sagte Mandorallen fest. »König Korodullin ist ebenfalls gewarnt worden.«

»Dann werdet ihr die Welt zertrümmern«, protestierte der Kaiser.

»Vielleicht«, gab Wolf zu, »aber wir können Zedar nicht mit dem Auge zu Torak gelangen lassen.«
»Ich schicke sofort Gesandte aus«, sagte Ran Borune. »Dem muß ein Ende gesetzt werden, bevor es außer Kontrolle gerät.«
»Dafür ist es zu spät«, sagte Barak grimmig. »Anheg und die anderen sind im Moment nicht in der Stimmung für tolnedranische Diplomatie.«
»Ihre Leute haben im Norden einen schlechten Ruf, Hoheit«, sagte Silk. »Sie scheinen immer ein paar Handelsabkommen im Ärmel zu haben. Jedesmal, wenn Tolnedra in einer Auseinandersetzung vermittelt, kostet es ein Vermögen. Ich glaube nicht, daß wir uns Eure guten Beamten noch leisten können.«
Eine Wolke schob sich vor die Sonne. In ihrem Schatten wurde es plötzlich kühl.
»Das ist alles völlig aus den Fugen geraten«, beschwerte sich der Kaiser. »Die Alorner und Angaraks streiten sich seit Jahrtausenden um diesen wertlosen Stein. Ihr habt immer auf eine Gelegenheit gewartet, übereinander herzufallen, und jetzt habt ihr eine Entschuldigung gefunden. Na, dann viel Vergnügen. Tolnedra wird sich da heraushalten, solange ich Kaiser bin.«
»Ihr werdet Euch nicht abseits stellen können, Ran Borune«, sagte Tante Pol.
»Warum nicht? Das Auge interessiert mich in keiner Weise. Geht und vernichtet euch gegenseitig, wenn ihr wollt. Tolnedra wird es immer noch geben, wenn alles vorbei ist.«
»Das bezweifle ich«, sagte Wolf. »In Eurem Reich wimmelt es von Murgos. Sie könnten euch in einer Woche überrennen.«
»Es sind ehrliche Kaufleute – in ehrlichen Geschäftsangelegenheiten hier.«
»Murgos machen keine ehrlichen Geschäfte«, sagte Tante Pol. »Jeder Murgo in Tolnedra ist hier, weil er von dem Hohenpriester der Grolims hergeschickt wurde.«
»Das ist übertrieben«, widersprach Ran Borune stur. »Alle Welt weiß, daß Ihr und Euer Vater einen starken Haß gegen alle Angaraks hegt, aber die Zeiten haben sich geändert.«
»Cthol Murgos wird noch immer von Rak Cthol aus regiert«,

sagte Wolf, »und Ctuchik ist dort der Herr. Ctuchik hat sich nicht verändert, selbst wenn die Welt sich verändert haben sollte. Die Kaufleute aus Rak Goska mögen Euch zivilisiert erscheinen, aber sie alle springen, wenn Ctuchik pfeift, und Ctuchik ist der Jünger Toraks.«

»Torak ist tot.«

»Wirklich?« fragte Pol. »Habt Ihr sein Grab gesehen? Habt Ihr das Grab geöffnet und Euch seine Knochen angesehen?«

»Es ist sehr teuer, mein Reich zu führen«, sagte der Kaiser. »Ich brauche die Einnahmen, die die Murgos mir bringen. Ich habe Agenten in Rak Goska und entlang der Südlichen Karawanen-Route, also wüßte ich, wenn die Murgos irgend etwas gegen mich planten. Ich hege den leisen Verdacht, dies alles könnte das Ergebnis eines internen Streits in der Bruderschaft der Zauberer sein. Ihr habt eure eigenen Beweggründe, und ich lasse nicht zu, daß ihr mein Reich als Steinchen in euren Machtkämpfen benutzt.«

»Und wenn die Angaraks gewinnen?« fragte Tante Pol. »Wie wollt Ihr mit Torak zurechtkommen?«

»Ich habe keine Angst vor Torak.«

»Habt Ihr ihn je getroffen?« erkundigte sich Wolf.

»Natürlich nicht. Hört zu, Belgarath, Ihr und Eure Tochter, ihr seid Tolnedra nie freundschaftlich gesonnen gewesen. Ihr habt uns nach Vo Mimbre wie einen besiegten Feind behandelt. Eure Information ist interessant, und ich werde sie angemessen überdenken, aber tolnedranische Politik wird nicht von alornischen Vorurteilen bestimmt. Unsere Wirtschaft hängt weitgehend vom Handel entlang der Südlichen Karawanen-Route ab. Ich werde mein Reich nicht zerstören, nur weil ihr zufällig Murgos nicht leiden könnt.«

»Dann seid Ihr ein Narr«, sagte Wolf barsch.

»Ihr wäret erstaunt, wie viele Leute das glauben«, erwiderte der Kaiser. »Vielleicht habt Ihr mehr Glück mit meinem Nachfolger. Wenn es ein Vorduvier oder ein Honether ist, könnt Ihr ihn vielleicht sogar bestechen, aber Boruner nehmen keine Bestechungen an.«

»Oder Ratschläge«, sagte Tante Pol.
»Nur wenn es uns paßt, edle Polgara«, sagte Ran Borune.
»Ich glaube, wir haben hier alles getan, was wir können«, meinte Wolf entschieden.
Eine bronzene Tür im hinteren Teil des Gartens wurde aufgerissen, und eine kleines Mädchen mit flammendem Haar stürmte herein. Ihre Augen funkelten vor Wut. Zuerst hielt Garion sie für ein Kind, aber als sie näher kam, stellte er fest, daß sie schon etwas älter war. Obwohl sie sehr klein war, offenbarte die kurze, ärmellose grüne Tunika, die sie trug, daß ihr Körper schon heranreifte. Er verspürte einen eigenartigen Schock, als er sie sah – es war fast wie ein Wiedererkennen, wenn auch nicht ganz. Ihr Haar war eine Fülle von langen, feinen Locken, die ihr über Nacken und Schultern fielen. Es besaß eine Farbe, die Garion noch nie gesehen hatte – ein tiefes, glänzendes Rot, das von innen her zu glühen schien. Ihre Haut hatte einen Goldton, der, als sie durch den Schatten der Bäume eilte, fast einen grünlichen Schimmer annahm. Sie befand sich in einem Zustand unverhohlener Wut. »Warum werde ich hier gefangengehalten?« fragte sie den Kaiser.
»Wovon redest du?« fragte Ran Borune zurück.
»Die Legionäre lassen mich nicht vom Palastgelände!«
»Ach das«, sagte der Kaiser.
»Genau. *Das.*«
»Sie handeln auf meinen Befehl, Ce'Nedra«, erklärte der Kaiser.
»Das haben sie auch behauptet. Sag ihnen, das hört auf.«
»Nein.«
»*Nein?*« Ihr Ton war ungläubig. »*Nein?*« Ihre Stimme kletterte mehrere Oktaven nach oben. »Was soll das heißen, nein?«
»Es ist zu gefährlich für dich, im Moment in die Stadt zu gehen«, sagte der Kaiser beschwichtigend.
»Unsinn«, fuhr sie ihn an. »Ich habe nicht die Absicht, in diesem muffigen Palast herumzusitzen, nur weil du Angst vor deinem eigenen Schatten hast. Ich brauche einige Dinge vom Markt.«

»Dann schick jemanden.«
»Ich will aber niemanden schicken!« schrie sie ihn an. »Ich will selbst gehen.«
»Das kannst du aber nicht«, sagte er entschieden. »Verbring deine Zeit lieber mit deinen Studien.«
»Ich will aber nicht lernen«, rief sie. »Jeebers ist ein fader Idiot und langweilt mich. Ich will nicht herumsitzen und über Geschichte oder Politik oder so etwas reden. Ich will einfach einmal einen Nachmittag für mich haben.«
»Tut mir leid.«
»Bitte, Vater«, bettelte sie, und ihre Stimme wurde schmeichelnd. Sie nahm eine der Falten seines goldenen Gewandes und wickelte sie um ihren winzigen Finger. »Bitte.« Sie warf dem Kaiser unter ihren langen Wimpern her einen Blick zu, der Steine erweicht hätte.
»Absolut nein«, sagte er und vermied es dabei, sie anzusehen. »Mein Befehl bleibt bestehen. Du wirst das Palastgrundstück *nicht* verlassen.«
»Ich *hasse* dich!« rief sie. Dann lief sie unter Tränen aus dem Garten.
»Meine Tochter«, erklärte der Kaiser fast entschuldigend. »Ihr könnt euch nicht vorstellen, was es heißt, so ein Kind zu haben.«
»O doch, das kann ich mir vorstellen«, sagte Meister Wolf und warf Tante Pol einen Blick zu.
Sie erwiderte den Blick herausfordernd. »Sag's schon, Vater«, sagte sie, »du bist ja doch nicht glücklich, ehe du es nicht gesagt hast.«
Wolf zuckte die Achseln. »Schon gut.«
Ran Borune sah die beiden nachdenklich an. »Mir scheint, daß wir hier vielleicht ein wenig vermitteln könnten«, sagte er mit schmalen Augen.
»Was schwebt Euch vor?« fragte Wolf.
»Ihr genießt bei den Alornern eine gewisse Autorität«, meinte der Kaiser.
»Etwas«, gab Wolf vorsichtig zu.

»Wenn Ihr sie bitten würdet, wären sie sicherlich bereit, eine der absurden Klauseln des Vertrags von Vo Mimbre noch einmal zu überdenken.«

»Und welche?«

»Es besteht eigentlich keine Notwendigkeit für Ce'Nedra, nach Riva zu reisen, oder? Ich bin der letzte Kaiser der Borune-Dynastie, und wenn ich sterbe, wird sie auch keine kaiserliche Prinzessin mehr sein. Unter den Umständen finde ich, daß die Forderung nicht auf sie zutrifft. Sie ist sowieso Unsinn. Die Linie des rivanischen Königs ist vor dreizehnhundert Jahren ausgelöscht worden, also gibt es auch keinen Bräutigam, der in der Halle des rivanischen Königs auf sie warten könnte. Wie ihr gesehen habt, ist Tolnedra im Moment ein sehr gefährliches Land. Ce'Nedras sechzehnter Geburtstag ist in etwa einem Jahr, und das Datum ist allgemein bekannt. Wenn ich sie nach Riva schicken muß, wird die Hälfte aller Attentäter des Reiches vor den Palasttoren herumlungern und darauf warten, daß sie erscheint. Ich möchte nicht gern ein solches Risiko eingehen. Wenn Ihr einen Weg findet, das den Alornern klarzumachen, würde ich vielleicht ein paar Konzessionen bezüglich der Murgos machen – ihre Anzahl begrenzen, sie auf bestimmte Gebiete beschränken und so weiter.«

»Nein, Ran Borune«, sagte Tante Pol entschieden. »Ce'Nedra *wird* nach Riva gehen. Ihr habt es mißverstanden, wenn Ihr glaubt, daß der Vertrag nur eine Formalität ist. Falls Eure Tochter dazu bestimmt ist, die Braut des rivanischen Königs zu werden, kann keine Macht der Welt verhindern, daß sie am vereinbarten Tag im Thronsaal von Riva erscheint. Die Bemerkungen meines Vaters über die Murgos sind nur Vorschläge zu Eurem eigenen Besten. Wozu Ihr Euch in dieser Sache entscheidet, ist Eure eigene Angelegenheit.«

»Ich glaube, damit haben wir alle Möglichkeiten dieser Unterhaltung erschöpft«, sagte der Kaiser kühl.

Zwei wichtig aussehende Beamte kamen in den Garten und sprachen kurz mit Graf Morin.

»Eure Hoheit«, sagte der grauhaarige Kämmerer ehrerbietig,

»der Handelsminister möchte Euch davon unterrichten, daß er eine ausgezeichnete Vereinbarung mit der Handelsdelegation aus Rak Goska erreicht hat. Die Herren aus Cthol Murgos waren sehr zuvorkommend.«
»Ich freue mich, das zu hören«, sagte Ran Borune und warf Meister Wolf einen nachdenklichen Blick zu.
»Die Abordnung aus Rak Goska möchte Euch gern ihre Aufwartung machen, bevor sie abreist«, setzte Morin hinzu.
»Aber natürlich«, sagte der Kaiser. »Ich wäre erfreut, sie hier zu empfangen.«
Morin wandte sich um und nickte den beiden Beamten am Tor zu. Die Beamten sprachen mit jemandem, der draußen stand, und das Tor schwang auf.
Fünf Murgos kamen in den Garten. Ihre weiten, schwarzen Umhänge hatten Kapuzen, die jedoch zurückgeschlagen waren. Die Umhänge waren vorn nicht geschlossen, und die Kettenhemden, die sie darunter trugen, schimmerten im Sonnenlicht. Der erste Murgo war etwas größer als die anderen. Sein Verhalten machte deutlich, daß er der Anführer der Delegation war. Ein Strom von Bildern und vagen Erinnerungen durchfloß Garion, als er in das vernarbte Gesicht seines Feindes blickte, den er sein Leben lang gekannt hatte. Der seltsame Sog der schweigenden, verborgenen Verbindung zwischen ihnen berührte ihn. Es war Asharak.
Etwas berührte Garions Geist, nur tastend – nicht die machtvolle Kraft, die der Murgo in dem düsteren Gang in Anhegs Palast in Val Alorn angewendet hatte. Das Amulett unter seiner Tunika wurde sehr kalt und schien doch gleichzeitig zu glühen.
»Eure Kaiserliche Hoheit«, sagte Asharak und trat mit einem kalten Lächeln vor, »wir fühlen uns geehrt, in Eurer erhabenen Gegenwart sein zu dürfen.« Er verbeugte sich, so daß sein Kettenhemd klirrte.
Barak hielt Hettars rechten Arm fest, und Mandorallen ging auf die andere Seite und nahm den zweiten.
»Ich bin überglücklich Euch wiederzusehen, werter Asharak«,

sagte der Kaiser. »Man hat mir gesagt, daß eine Einigung erzielt wurde.«
»Die beiden Seiten zugute kommt, Eure Hoheit.«
»Das sind die besten Einigungen«, sagte der Kaiser anerkennend.
»Taur Urgas, der König der Murgos, schickt seine Grüße«, sagte Asharak. »Seine Majestät hat das ausgesprochene Bedürfnis, die Beziehung zwischen Cthol Murgos und Tolnedra zu festigen. Er hofft, Eure Kaiserliche Hoheit eines Tages Bruder nennen zu dürfen.«
»Wir schätzen die friedlichen Absichten und die legendäre Weisheit von Taur Urgas.« Der Kaiser lächelte etwas selbstgefällig.
Asharak sah sich um, die schwarzen Augen blieben ausdruckslos. »Nun, Ambar«, sagte er zu Silk, »dein Glück scheint sich gewendet zu haben, seit wir uns das letzte Mal in Mingans Kontor in Darine getroffen haben.«
Silk breitete die Hände in einer unschuldigen Geste aus. »Die Götter waren freundlich – jedenfalls die meisten.«
Asharak lächelte knapp.
»Ihr kennt euch?« fragte der Kaiser leicht erstaunt.
»Wir sind uns schon begegnet, Hoheit«, erwiderte Silk.
»In einem anderen Reich«, setzte Asharak hinzu. Dann sah er direkt Meister Wolf an. »Belgarath«, sagte er höflich mit einem kurzen Nicken.
»Chamdar«, erwiderte der alte Mann.
»Du siehst gut aus.«
»Danke.«
»Es scheint, daß ich hier der einzige Fremde bin«, sagte der Kaiser.
»Chamdar und ich kennen uns schon sehr lange«, erklärte Meister Wolf. Er sah den Murgo mit einem boshaften Zwinkern an.
»Ich sehe, daß du dich von deiner kürzlichen Indisponiertheit erholt hast.«
Über Asharaks Gesicht huschte ein ärgerlicher Ausdruck, und

er sah rasch auf seinen Schatten im Gras, wie um sich zu versichern, daß er noch da war.
Garion erinnerte sich daran, was Meister Wolf auf dem Hügel nach dem Angriff der Algroths gesagt hatte – etwas über einen Schatten, der auf »Umwegen« zurückkehrte. Aus irgendeinem Grund überraschte die Information, daß Asharak der Murgo und Chamdar der Grolim ein und dieselbe Person waren, ihn nicht besonders. Wie eine komplizierte Melodie, die nicht ganz tonrein gewesen war, erschien ihm das plötzliche Verschmelzen dieser beiden irgendwie richtig. Das Wissen klickte in seinem Geist wie der Schlüssel in einem Schloß.
»Eines Tages mußt du mir zeigen, wie du das gemacht hast«, sagte Asharak. »Ich fand die Erfahrung interessant. Aber mein Pferd hatte hysterische Anfälle.«
»Entschuldige mich bei deinem Pferd.«
»Wie kommt es, daß ich das Gefühl habe, nur die Hälfte dieser Unterhaltung zu verstehen?« fragte Ran Borune.
»Verzeiht uns, Hoheit«, bat Asharak. »Belgarath und ich erneuern nur eine alte Feindschaft. Wir haben nur selten Gelegenheit gehabt, höflich miteinander zu reden.« Er drehte sich um und verbeugte sich vor Tante Pol. »Edle Polgara. Du bist schön wie immer.« Er starrte sie absichtlich anzüglich an.
»Du hast dich auch nicht sehr verändert, Chamdar.« Ihr Ton war sanft, fast mild, aber Garion, der sie so gut kannte, spürte sofort die tödliche Beleidigung, die sie dem Grolim gerade zugefügt hatte.
»Bezaubernd«, sagte Asharak mit schwachem Lächeln.
»Das ist ja besser als Theater«, rief der Kaiser erfreut. »Ihr trieft ja geradezu vor Bosheit. Ich wünschte, ich hätte den ersten Akt sehen können.«
»Der erste Akt war *sehr* lang, Hoheit«, sagte Asharak, »und ziemlich oft langweilig. Wie Ihr vielleicht festgestellt habt, läßt Belgarath sich manchmal von seiner eigenen Klugheit hinreißen.«
»Ich bin sicher, daß ich das noch in den Griff bekomme«, sagte Meister Wolf mit einem leichten Lächeln zu ihm. »Ich verspre-

che dir, daß der letzte Akt ausgesprochen kurz sein wird, Chamdar.«
»Drohungen, Alter?« fragte Asharak. »Ich dachte, wir hätten uns darauf geeinigt, höflich zu sein.«
»Ich kann mich nicht erinnern, daß wir uns je auf etwas geeinigt hätten«, erwiderte Wolf. Er wandte sich an den Kaiser. »Ich denke, wir werden jetzt gehen, Ran Borune«, sagte er. »Mit Eurer Erlaubnis natürlich.«
»Selbstverständlich«, antwortete der Kaiser. »Ich freue mich, Euch kennengelernt zu haben, obwohl ich natürlich nicht an Euch glaube. Aber meine Skepsis ist theologisch, nicht persönlich.«
»Das freut mich«, sagte Wolf, und ganz unvermittelt grinste er den Kaiser schelmisch an.
Ran Borune lachte.
»Ich freue mich auf unsere nächste Begegnung, Belgarath«, sagte Asharak.
»Das würde ich an deiner Stelle nicht tun«, empfahl ihm Wolf, dann drehte er sich um und ging voran aus dem Garten des Kaisers hinaus.

17

Es war später Nachmittag, als sie wieder aus dem Palasttor hinaustraten. Die weiten Rasenflächen leuchteten in der warmen Frühlingssonne grün, und die Zypressen bewegten sich in einer leichten Brise.
»Ich glaube nicht, daß wir noch lange in Tol Honeth bleiben sollten«, meinte Wolf.
»Dann reisen wir also sogleich ab?« fragte Mandorallen.
»Ich muß erst noch etwas erledigen«, antwortete Wolf und blinzelte in die Sonne. »Barak und sein Vetter werden mich begleiten. Ihr anderen geht zurück zu Grinnegs Haus und wartet dort auf uns.«
»Wir werden über den Zentralmarkt gehen«, sagte Tante Pol. »Ich brauche ein paar Dinge.«

»Das ist kein Einkaufsbummel, Pol.«
»Die Grolims wissen bereits, daß wir hier sind, Vater«, sagte sie, »es hat also keinen Sinn, herumzuschleichen wie Diebe, oder?«
Er seufzte. »Also schön, Pol.«
»Ich wußte, daß du es auch so sehen würdest«, sagte sie.
Meister Wolf schüttelte hilflos den Kopf und ritt mit Barak und Grinneg davon. Die anderen ritten vom Palasthügel hinab in die schimmernde Stadt. Die Straßen am Fuße des Hügels waren breit, und zu beiden Seiten standen prächtige Häuser – jedes fast selbst ein Palast.
»Die Reichen und die Edlen«, sagte Silk. »In Tol Honeth ist man um so bedeutender, je näher man am Palast wohnt.«
»So ist es oft, Prinz Kheldar«, stellte Mandorallen fest. »Reichtum und Stand bedürfen manchmal der Bestätigung durch die Nähe zum Sitz der Macht. Durch die Nähe zum Thron und Gepränge sind kleine Männer in der Lage, über ihre eigene Unzulänglichkeit hinwegzusehen.«
»Das hätte ich nicht besser ausdrücken können«, sagte Silk.
Der zentrale Marktplatz von Tol Honeth war eine ausgedehnte Fläche mit leuchtendbunten Buden und Ständen, auf dem ein Großteil der Waren aus aller Welt angeboten wurde. Tante Pol saß ab, übergab ihr Pferd einer der cherekianischen Leibwachen, ging geschäftig von Stand zu Stand und kaufte scheinbar alles, was sie sah. Silk erbleichte oft bei ihren Käufen, denn er mußte sie bezahlen. »Kannst du nicht mit ihr reden?« flehte der kleine Mann Garion an. »Sie ruiniert mich.«
»Wieso glaubst du, daß sie auf mich hören würde?« fragte Garion.
»Du könntest es wenigstens *versuchen*«, bat Silk verzweifelt.
Drei vornehm gekleidete Männer standen mitten auf dem Markt und stritten sich hitzig.
»Du bist verrückt, Haldor«, erregte sich ein dünner Mann mit einer Stupsnase. »Die Honether würden das Reich für ihren eigenen Profit auseinandernehmen.« Sein Gesicht war gerötet, und seine Augen traten gefährlich hervor.

»Wäre Kador von den Vorduviern denn besser?« fragte der untersetzte Mann namens Haldor. »Du bist der Verrückte, Radan. Wenn wir Kador auf den Thron setzen, wird er uns alle zermalmen. Man kann auch *zu* kaiserlich sein.«
»Wie kannst du es wagen?« Radan schrie fast, und sein verschwitztes Gesicht wurde noch dunkler. »Der Großherzog Kador ist die einzig mögliche Wahl. Ich würde auch für ihn stimmen, wenn er mich nicht bezahlt hätte.« Er fuchtelte beim Sprechen wild mit den Armen, und seine Zunge schien über die Worte zu stolpern.
»Kador ist ein Schwein«, sagte Haldor verächtlich und beobachtete aufmerksam Radan, als wollte er die Wirkung seiner Worte ermessen. »Ein arrogantes, brutales Schwein, das nicht mehr Anspruch auf den Thron hat als ein Straßenköter. Sein Urgroßvater hat sich in die Familie Vordue eingekauft, und ich öffne mir eher die Adern, als mich vor dem Abkömmling eines Taschendiebs aus den Docks von Tol Vordue zu verbeugen.«
Radan traten bei Haldors berechnenden Beleidigungen fast die Augen aus dem Kopf. Er öffnete ein paarmal den Mund, als ob er etwas sagen wollte, aber seine Zunge schien vor Wut wie gelähmt. Sein Gesicht lief dunkelrot an, und er griff vor sich in die Luft. Dann versteifte sich sein Körper und bog sich nach hinten.
Haldor beobachtete ihn mit fast klinischem Interesse.
Mit einem erstickten Schrei fiel Radan rückwärts auf das Pflaster, während seine Arme und Beine wild ruderten. Seine Augen verdrehten sich, und ihm trat Schaum vor den Mund, als die Krämpfe heftiger wurden. Er begann, mit dem Kopf auf das Pflaster zu schlagen, und seine zuckenden Finger umklammerten seine Kehle.
»Erstaunliche Wirkung«, sagte der dritte Mann zu Haldor. »Wo hast du es her?«
»Ein Freund von mir hat kürzlich eine Reise nach Sthiss Tor gemacht«, sagte Haldor und betrachtete gespannt Radans Zuckungen. »Das schöne daran ist, daß es völlig harmlos ist,

solange man sich nicht aufregt. Radan wollte den Wein erst trinken, nachdem ich gekostet hatte, um zu beweisen, daß der Wein in Ordnung war.«

»Dann hast du dasselbe Gift in dir?« fragte der andere Mann erstaunt.

»Ich habe nichts zu befürchten«, sagte Haldor. »Meine Gefühle gehen nie mit mir durch.«

Radans Krämpfe waren schwächer geworden. Seine Fersen trommelten auf den Boden, dann wurde er steif, gab einen langen, gurgelnden Seufzer von sich und starb.

»Du hast wohl nicht noch etwas von der Droge übrig?« fragte Haldors Freund nachdenklich. »Ich würde auch gern einiges dafür bezahlen.«

Haldor lachte. »Warum gehen wir nicht zu mir und unterhalten uns darüber? Vielleicht bei einem Becher Wein?«

Der andere Mann warf ihm einen verblüfften Blick zu, dann lachte er auch, wenngleich etwas nervös. Die beiden wandten sich ab, gingen davon und ließen den toten Mann auf den Steinen liegen.

Garion starrte ihnen entsetzt nach und betrachtete dann den Leichnam mit dem schwarzen Gesicht, der so grotesk verzerrt mitten auf dem Marktplatz lag. Die Tolnedraner in der Nähe der Leiche schienen ihre Existenz einfach zu ignorieren. »Warum tut denn niemand etwas?« fragte er.

»Sie haben Angst«, erklärte Silk. »Wenn sie irgendwelches Interesse zeigen, könnte man sie fälschlich für Partisanen halten. Politik wird hier in Tol Honeth sehr ernst genommen.«

»Sollte nicht jemand die Behörden verständigen?« meinte Durnik mit blassem Gesicht und zitternder Stimme.

»Dafür wird sicherlich schon gesorgt«, sagte Silk. »Wir wollen nicht hier stehenbleiben und starren. Wir sollten nicht in derartige Dinge verwickelt werden.«

Tante Pol kehrte zu ihnen zurück. Die beiden cherekianischen Krieger aus Grinnegs Haus, die sie begleitet hatten, waren mit Päckchen beladen und sahen damit recht unbehaglich aus.

»Was macht ihr hier?« fragte sie Silk.

»Wir haben gerade ein Stück tolnedranischer Politik hautnah miterlebt«, erwiderte Silk und deutete auf den toten Mann.
»Gift?« fragte sie, als sie Radans verrenkte Glieder bemerkte.
Silk nickte. »Ein äußerst eigenartiges. Es scheint erst zu wirken, wenn man sich aufregt.«
»Athsat«, sagte sie mit betrübtem Nicken.
»Du hast schon davon gehört?« Silk schien überrascht.
Sie nickte. »Es ist ziemlich selten und sehr teuer. Ich hätte nicht gedacht, daß die Nyisser bereit sind, etwas davon zu verkaufen.«
»Ich denke, wir sollten hier verschwinden«, schlug Hettar vor. »Dort kommt ein Trupp Legionäre. Vielleicht wollen sie Zeugen befragen.«
»Gute Idee«, sagte Silk und führte sie auf die andere Seite des Marktes.
In der Nähe der Häuserzeile, die den Markt auf dieser Seite begrenzte, trugen acht stämmige Männer eine tiefverschleierte Sänfte. Als die Sänfte näherkam, wurde eine schlanke, juwelengeschmückte Hand lässig durch den Schleier gesteckt und berührte einen der Männer an der Schulter. Sofort blieben die acht stehen und setzten die Sänfte ab.
»Silk«, rief eine Frauenstimme aus der Sänfte, »was machst du denn wieder in Tol Honeth?«
»Bethra?« fragte Silk. »Bist du das?«
Der Schleier wurde zurückgezogen und enthüllte eine üppige Frau, die auf roten Seidenkissen in der Sänfte lag. Ihr Haar war sorgfältig in Locken gelegt, und Perlenschnüre waren hineingeflochten. Ihr rosa Seidengewand lag eng am Körper an, und goldene Ringe und Armreifen steckten an ihren Armen und Fingern. Ihr Gesicht war atemberaubend schön, aber die langbewimperten Augen blickten boshaft. Sie verbreitete den Eindruck von Überreife und einer überwältigenden sinnlichen Verderbtheit. Aus irgendeinem Grund errötete Garion heftig.
»Ich dachte, du wärst noch immer auf der Flucht«, sagte sie kokett zu Silk. »Die Männer, die ich hinter dir hergeschickt habe, waren sehr tüchtig.«

Silk verbeugte sich spöttisch. »Sie *waren* wirklich nicht schlecht, Bethra«, versicherte er ihr mit einem verschlagenen Grinsen. »Zwar nicht gut genug, aber auch nicht schlecht. Ich hoffe, du brauchtest sie nicht mehr.«

»Ich habe mich immer gefragt, warum sie nicht zurückgekommen sind.« Sie lachte. »Ich hätte es natürlich besser wissen müssen. Du hast es hoffentlich nicht persönlich genommen.«

»Selbstverständlich nicht, Bethra. Schließlich gehört es zum Beruf.«

»Ich wußte, du würdest es verstehen«, sagte sie. »Ich mußte dich loswerden. Du hast meinen ganzen Plan zerstört.«

Silk grinste boshaft. »Ich weiß«, sagte er hämisch. »Und das nach allem, was du durchgemacht hattest, um ihn auszutüfteln – nicht zu vergessen den thullischen Botschafter.«

Sie verzog angewidert das Gesicht.

»Was ist überhaupt mit ihm geschehen?« fragte Silk.

»Er hat ein Bad im Nedrane genommen.«

»Ich wußte nicht, daß Thulls besonders gut schwimmen können.«

»Können sie auch nicht – schon gar nicht mit schweren Steinen an den Füßen. Nachdem du alles kaputtgemacht hattest, brauchte ich ihn eigentlich nicht mehr, und es gab ein paar Dinge, an die er sich meiner Meinung nach nicht zum rechten Zeitpunkt erinnern sollte.«

»Du warst schon immer klug, Bethra.«

»Was machst du jetzt?« fragte sie neugierig.

Silk zuckte die Achseln. »Ein bißchen hiervon, ein bißchen davon.«

»Die Thronfolge?«

»O nein.« Er lachte. »Ich weiß, daß ich mich nicht in so etwas hineinziehen lassen sollte. Auf wessen Seite stehst du?«

»Möchtest du es gerne wissen?«

Silk sah sich um, seine Augen wurden schmal. »Ich könnte ein paar Informationen gebrauchen, Bethra – natürlich nur, wenn du darüber sprechen willst.«

»Worüber, Silk?«

»Die Stadt scheint vor Murgos nur so zu wimmeln«, sagte Silk. »Falls du im Augenblick nichts mit ihnen zu tun hast, wüßte ich gern alles, was du mir von ihnen erzählen kannst.«

Sie lächelte ihn listig an. »Und was würdest du dafür bezahlen?« fragte sie.

»Könnten wir es nicht einfach berufliche Höflichkeit nennen?«

Sie lächelte verschlagen, dann lachte sie. »Warum nicht? Ich mag dich, Silk, und ich glaube, du gefällst mir noch mehr, wenn du in meiner Schuld stehst.«

»Ich werde dein Sklave sein«, versprach er.

»Lügner.« Sie überlegte einen Moment. »Die Murgos haben nie wirklich viel Interesse am Handel gezeigt«, sagte sie. »Aber seit ein paar Jahren kommen sie in Zweier- und Dreiergruppen her. Und im letzten Sommer kamen ganze Karawanen aus Rak Goska hier an.«

»Glaubst du, sie wollen die Thronfolge beeinflussen?« fragte Silk.

»Ich denke schon«, antwortete sie. »Plötzlich sind große Mengen roten Goldes in Tol Honeth in Umlauf. Meine Schatztruhen sind voll davon.«

Silk grinste. »Alles kostet eben.«

»Das tut es wirklich.«

»Haben sie sich einen Kandidaten herausgesucht?«

»Ich habe noch nicht herausfinden können, wen. Sie scheinen in zwei Fraktionen gespalten zu sein, und zwischen ihnen herrscht ziemliche Abneigung.«

»Das kann natürlich auch ein Trick sein.«

»Das glaube ich nicht. Ich glaube eher, der Zwiespalt hat mit dem Streit zwischen Zedar und Ctuchik zu tun. Jede Seite möchte die Kontrolle über den nächsten Kaiser gewinnen. Sie geben Geld aus wie Heu.«

»Kennst du einen, der Asharak heißt?«

»Ach *der*«, erwiderte sie. »Die anderen Murgos haben alle Angst vor ihm. Im Augenblick *scheint* er für Ctuchik zu arbeiten, aber ich glaube, er spielt sein eigenes Spiel. Ihm gehört praktisch der Großherzog Kador, und Kador steht dem Thron im Augenblick am nächsten. Das versetzt Asharak in eine sehr machtvolle Position. Das ist alles, was ich tatsächlich weiß.«

»Vielen Dank, Bethra«, sagte Silk respektvoll.

»Hast du vor, lange in Tol Honeth zu bleiben?« fragte sie.

»Leider nein.«

»Schade. Ich hatte gehofft, du kämst mich einmal besuchen. Wir könnten über alte Zeiten plaudern. Ich habe nicht mehr viele Freunde – oder liebe Feinde, wie dich.«

Silk lachte trocken. »Wie kommt das bloß«, sagte er. »Ich kann mir nicht denken, daß ich wesentlich besser schwimme, als der thullische Botschafter. Du bist eine gefährliche Frau, Bethra.«

»In mehr als einer Hinsicht«, gab sie zu und dehnte sich lässig. »Aber dein Leben ist bei mir wirklich nicht in Gefahr, Silk – nicht mehr.«

»Es war nicht mein Leben, um das ich mir Sorgen gemacht habe«, grinste Silk.

»Das ist natürlich etwas anderes«, stimmte sie ihm zu. »Vergiß nicht, daß du mir einen Gefallen schuldest.«

»Ich kann es kaum erwarten, meine Schuld zu begleichen«, sagte er frech.

»Du bist unmöglich.« Sie lachte, dann gab sie ihren Trägern einen Wink, die daraufhin die Sänfte auf die Schultern hoben. »Auf Wiedersehen, Silk«, sagte sie.

»Auf Wiedersehen, Bethra«, antwortete er mit einer tiefen Verbeugung.

»Ausgesprochen widerwärtig«, sagte Durnik mit zornerstickter Stimme, als die Träger mit der Sänfte davonmarschierten. »Warum darf eine solche Frau überhaupt in der Stadt bleiben?«

»Bethra?« fragte Silk überrascht. »Sie ist die klügste und faszinierendste Frau in ganz Tol Honeth. Männer kommen aus aller Welt angereist – für ein, zwei Stunden mit ihr.«

»Für Geld natürlich«, sagte Durnik.

»Versteh sie nicht falsch, Durnik«, sagte Silk zu ihm. »Ihre

Unterhaltung ist wahrscheinlich mehr wert als ...«. Er hüstelte leicht mit einem Seitenblick auf Tante Pol.
»Ach wirklich?« fragte Durnik mit einer Stimme, die vor Sarkasmus troff.
Silk lachte. »Durnik«, sagte er, »ich liebe dich wie einen Bruder, aber du bist furchtbar prüde, weißt du das?«
»Laß ihn in Ruhe, Silk«, sagte Tante Pol entschieden. »Ich mag ihn gerade so, wie er ist.«
»Ich versuche nur, ihn zu verbessern, edle Polgara«, erklärte Silk unschuldig.
»Barak hat recht mit dem, was er behauptet, Prinz Kheldar«, sagte sie. »Du bist ein schlimmer Mann.«
»Alles nur reinste Pflichterfüllung. Ich opfere meine zarteren Gefühle meinem Vaterland zuliebe.«
»Selbstverständlich.«
»Du glaubst doch sicher nicht, daß mir so etwas *Spaß* macht?«
»Warum wechseln wir nicht das Thema?« schlug sie vor.
Kurz nachdem die anderen dort eingetroffen waren, kehrten auch Grinneg, Barak und Meister Wolf in Grinnegs Haus zurück.
»Nun?« fragte Tante Pol Meister Wolf, als der alte Mann den Raum betrat, in dem sie warteten.
»Er ist nach Süden gegangen«, antwortete Wolf.
»Nach Süden? Er ist nicht ostwärts nach Cthol Murgos gegangen?«
»Nein«, sagte Wolf. »Wahrscheinlich versucht er, eine Begegnung mit Ctuchiks Leuten zu vermeiden. Er wird sich eine ruhige Stelle suchen, um über die Grenze zu schleichen. Entweder das, oder er ist auf dem Weg nach Nyissa. Wir müssen ihm folgen, um das feststellen zu können.«
»Ich habe auf dem Markt eine alte Freundin getroffen«, sagte Silk aus dem Sessel hervor, in dem er lag. »Sie hat mir erzählt, daß Asharak in die Thronfolgepolitik verwickelt ist. Es hat den Anschein, als wäre es ihm gelungen, den Großherzog von Vordue zu kaufen. Wenn die Vorduvier auf den Thron kommen, hat Asharak Tolnedra in der Hand.«

Meister Wolf kratzte sich nachdenklich den Bart. »Wir müssen früher oder später etwas gegen ihn unternehmen. Er wird allmählich lästig.«

»Wir könnten ein, zwei Tage hierbleiben«, schlug Tante Pol vor, »und das Problem ein für allemal erledigen.«

»Nein«, entschied Meister Wolf. »Wahrscheinlich ist es am besten, nichts dergleichen hier in der Stadt zu tun. Die Sache wird vermutlich einigen Lärm machen, und Tolnedraner regen sich über Dinge auf, die sie nicht verstehen. Er wird uns sicherlich später noch Gelegenheit dazu geben – an einem weniger bevölkerten Ort.«

»Dann reisen wir ab?« fragte Silk.

»Wir warten bis zum frühen Morgen«, antwortete Wolf. »Man wird uns vermutlich folgen, aber wenn die Straßen leer sind, wird es etwas schwieriger sein.«

»Dann spreche ich jetzt mit meinem Koch«, sagte Grinneg. »Das wenigste, was ich tun kann, ist euch eine anständige Mahlzeit vorzusetzen, damit ihr die Reisestrapazen besser aushalten könnt. Und dann ist da natürlich immer noch das Faß Bier, um das man sich kümmern muß.«

Meister Wolf grinste breit und fing Tante Pols mißbilligenden Blick auf. »Es würde sonst nur schal, Pol«, erklärte er. »Wenn es einmal angestochen ist, muß es ziemlich rasch getrunken werden. Es wäre doch eine Schande, das Bier verderben zu lassen, nicht wahr?«

18

Am nächsten Tag, kurz vor Morgengrauen, verließen sie Grinnegs Haus wieder in Reisekleidung. Leise schlüpften sie aus einer Hinterpforte und gingen durch die schmalen Gassen und Seitenstraßen, die Silk anscheinend immer finden konnte. Als sie das Bronzetor am Südrand der Stadt erreichten, wurde der Himmel im Osten langsam hell.

»Wie lange dauert es noch, bis das Tor geöffnet wird?« fragte Meister Wolf einen der Legionäre.

»Nicht mehr lange«, antwortete der Legionär. »Wenn wir das andere Ufer deutlich sehen können.«
Wolf grunzte. Er war am Vorabend recht angeheitert gewesen und litt heute morgen offensichtlich unter Kopfschmerzen. Er glitt aus dem Sattel, ging zu einem der Packpferde und trank aus einem ledernen Wasserschlauch.
»Das wird dir auch nicht helfen, wie du wohl weißt«, sagte Tante Pol etwas schadenfroh.
Er antwortete nicht darauf.
»Ich glaube, heute wird ein schöner Tag«, sagte sie fröhlich und betrachtete erst den Himmel und dann die Männer um sich herum, die mit allen Anzeichen eines Katers in ihren Sätteln hingen.
»Du bist eine grausame Frau, Polgara«, sagte Barak traurig.
»Hast du mit Grinneg über dieses Schiff gesprochen?« fragte Meister Wolf.
»Ich glaube schon«, antwortete Barak. »Ich meine, mich daran erinnern zu können, etwas derartiges gesagt zu haben.«
»Es ist sehr wichtig«, sagte Wolf.
»Was heißt das?« fragte Tante Pol.
»Ich dachte, es wäre keine schlechte Idee, wenn ein Schiff an der Mündung des Waldflusses auf uns wartete«, sagte Wolf. »Wenn wir nach Sthiss Tor müssen, wäre es wahrscheinlich besser, dorthin zu segeln, als durch die Sümpfe von Nordnyissa zu reiten.«
»Das ist wirklich eine gute Idee«, sagte sie anerkennend. »Ich bin erstaunt, daß du darauf gekommen bist, wenn ich an deinen Zustand gestern abend denke.«
»Könnten wir vielleicht von etwas anderem sprechen?« fragte er etwas kläglich.
Es wurde unmerklich heller, und vom Wachturm auf der Mauer erklang der Befehl, das Tor zu öffnen. Die Legionäre schoben den eisernen Balken zurück und schwangen das riesige Tor auf. Mit Mandorallen an der Seite, ritt Silk durch das mächtige Tor auf die Brücke, die sich über den Nedrane spannte, voran.

Gegen Mittag waren sie etwa fünfundzwanzig Meilen südlich von Tol Honeth. Meister Wolf hatte seine gute Laune wiedergefunden, wenn er auch immer noch ein bißchen empfindlich gegenüber der hellen Frühlingssonne zu sein schien und hin und wieder zusammenzuckte, wenn ein Vogel zu nah an seinem Ohr sang.

»Hinter uns sind Reiter«, sagte Hettar.

»Wie viele?« fragte Barak.

»Zwei.«

»Vielleicht nur gewöhnliche Reisende«, meinte Tante Pol.

Die zwei Gestalten zu Pferd tauchten um eine Biegung hinter ihnen auf und hielten an. Sie sprachen kurz miteinander und kamen dann näher, wobei sie sich vorsichtig bewegten. Sie waren ein seltsames Paar. Der Mann trug einen grünen tolnedranischen Umhang, eine Kleidung, die fürs Reiten nicht sonderlich passend war. Er hatte eine hohe Stirn und sein Haar war sorgfältig gekämmt, um seine beginnende Kahlheit zu verbergen. Er war sehr hager, seine Ohren standen wie Segel vom Kopf ab. Bei der anderen Person schien es sich um ein Kind in Reisemantel mit Kapuze zu handeln, das ein Tuch vor dem Gesicht trug, um den Staub abzuhalten.

»Guten Tag«, grüßte der dünne Mann höflich, als das Paar sie einholte.

»Hallo«, erwiderte Silk.

»Es ist warm für diese Jahreszeit, nicht wahr?« sagte der Tolnedraner.

»Das haben wir auch schon festgestellt«, antwortete Silk.

»Ob Ihr vielleicht etwas Wasser für uns übrig hättet?« sagte der dünne Mann.

»Natürlich«, antwortete Silk. Er sah Garion an und deutete auf die Packpferde. Garion stieg vom Pferd und nahm einen der Wasserschläuche aus dem Gepäck. Der Fremde entfernte den hölzernen Stöpsel und wischte den Hals des Schlauches sorgfältig ab. Dann bot er den Schlauch seinem Begleiter an. Er nahm das Tuch vom Gesicht und betrachtete den Schlauch verblüfft.

»So, Eure ...äh ...meine Dame«, erklärte der Mann, nahm den Schlauch, hob ihn mit beiden Händen und trank.

»Ich verstehe«, sagte das Mädchen.

Garion betrachtete sie genauer. Irgendwie kam ihm die Stimme bekannt vor, irgend etwas war an ihrem Gesicht. Sie war kein Kind mehr, obwohl sie sehr klein war, und ihr winziges Gesicht trug den Ausdruck verwöhnter Launenhaftigkeit. Garion war sich fast sicher, daß er sie schon irgendwo gesehen hatte.

Der Tolnedraner reichte ihr wieder den Schlauch, und sie verzog bei dem harzigen Geschmack leicht das Gesicht. Ihr Haar war von einem bläulichen Schwarz. Schwache dunkle Spuren auf dem Kragen ihres Reisekleides zeigten, daß die Farbe nicht natürlich war.

»Danke, Jeebers«, sagte sie, nachdem sie getrunken hatte. »Und Dank Euch, mein Herr«, sagte sie zu Silk.

Garions Augen verengten sich, als ein schrecklicher Verdacht in ihm aufkeimte.

»Reist Ihr weit?« fragte der hagere Mann Silk.

»Ein gutes Stück«, antwortete Silk. »Ich bin Radek von Boktor, ein drasnischer Kaufmann, und ich reise mit sendarischer Wolle nach Süden. Der Wetterumschwung hat mir in Tol das Geschäft verdorben, deshalb will ich es in Tol Rane versuchen. Es liegt in den Bergen, und wahrscheinlich ist es dort noch immer kalt.«

»Aber dann nehmt Ihr die falsche Straße«, sagte der Fremde. »Die Straße nach Tol Rane liegt im Osten.«

»Auf der Straße habe ich schon Ärger gehabt«, sagte Silk schlagfertig. »Räuber, Ihr wißt schon. Ich dachte, es wäre sicherer, über Tol Borune zu reisen.«

»Welch ein Zufall«, sagte der andere. »Meine Schülerin und ich wollen auch nach Tol Borune.«

»Ja«, gab Silk zu, »welch ein Zufall.«

»Vielleicht könnten wir zusammen reiten.«

Silk sah ihn zweifelnd an.

»Es spricht kein Grund dagegen«, entschied Tante Pol, ehe er ablehnen konnte.

»Ihr seid sehr freundlich, schöne Dame«, sagte der Fremde. »Ich bin Meister Jeebers, Mitglied der Kaiserlichen Gesellschaft, Lehrer von Beruf. Vielleicht habt Ihr von mir gehört.«

»Das kann ich eigentlich nicht behaupten«, sagte Silk, »aber das ist auch nicht allzu verwunderlich, da wir in Tolnedra fremd sind.«

Jeebers sah etwas enttäuscht aus. »Das ist wohl richtig«, sagte er. »Das ist meine Schülerin, die Dame Sharell. Ihr Vater ist der Großkaufmann Baron Reldon. Ich begleite sie nach Tol Borune, wo sie Verwandte besuchen will.«

Garion wußte, daß dies alles nicht stimmte. Der Name des Lehrers hatte seinen Verdacht bestätigt.

Sie ritten einige Meilen. Jeebers plauderte angeregt mit Silk. Er sprach endlos von seinen Studien und leitete seine Bemerkungen fortwährend mit Verweisen auf wichtige Leute ein, die sich anscheinend alle auf sein Urteil verließen. Obwohl er ermüdend war, schien er doch harmlos zu sein. Seine Schülerin ritt neben Tante Pol und sprach nur sehr wenig.

»Ich glaube, es ist an der Zeit, anzuhalten und etwas zu essen«, verkündete Tante Pol. »Würdet Ihr Euch uns anschließen, Meister Jeebers? Wir haben reichlich.«

»Ich bin von Eurer Großzügigkeit überwältigt«, antwortete der Lehrer. »Wir nehmen gerne an.«

In der Nähe einer Brücke, die über einen Bach führte, hielten sie an und brachten die Pferde in den Schatten einiger Weiden, die nicht weit vom Ufer standen. Durnik machte ein Feuer, und Tante Pol begann, ihre Kessel und Töpfe auszupacken.

Meister Jeebers Schülerin blieb im Sattel sitzen, bis ihr Lehrer rasch zu ihr hinüberging und ihr herunterhalf. Sie betrachtete den feuchten Boden ohne rechte Begeisterung. Dann warf sie Garion einen gebieterischen Blick zu. »Du – Bursche«, rief sie. »Hol mir einen Becher frisches Wasser.«

»Der Bach ist gleich da vorn«, sagte er und zeigte darauf.

Sie starrte ihn verwundert an. »Aber der Boden ist ganz matschig«, wandte sie ein.

»Sieht ganz so aus«, stimmte er zu und drehte ihr dann absichtlich den Rücken zu und ging, um seiner Tante zu helfen.

»Tante Pol«, sagte er, nachdem er ein paar Minuten mit sich gerungen hatte.

»Ja, mein Lieber?«

»Ich glaube, die Dame Sharell ist nicht, was sie zu sein behauptet.«

»Ach?«

»Ich bin nicht ganz sicher, aber ich glaube, sie ist die Prinzessin Ce'Nedra, die in den Garten kam, als wir im Palast waren.«

»Ja, mein Lieber, ich weiß.«

»Du weißt es?«

»Natürlich. Würdest du mir bitte das Salz geben?«

»Ist es nicht gefährlich, sie bei uns zu haben?«

»Eigentlich nicht. Ich glaube, wir können das schon verkraften.«

»Wird sie nicht sehr lästig sein?«

»Von einer kaiserlichen Prinzessin wird erwartet, daß sie sehr lästig ist.«

Nachdem sie einen schmackhaften Eintopf gegessen hatten, den Garion recht gut fand, der ihrem kleinen Gast jedoch nicht zu schmecken schien, schnitt Jeebers ein Thema an, das ihn offensichtlich schon seit ihrer ersten Begegnung beschäftigte.

»Trotz der Bemühungen der Legionen sind die Straßen niemals völlig sicher«, sagte der rothaarige Mann. »Es ist unklug, allein zu reisen, und die Dame Sharell ist meiner Obhut anvertraut. Da ich für ihre Sicherheit verantwortlich bin, frage ich mich, ob wir wohl mit Euch reisen könnten. Wir würden keine Last sein, und ich würde mich selbstverständlich glücklich schätzen, für das, was wir verzehren, zu bezahlen.«

Silk warf Tante Pol einen raschen Blick zu.

»Selbstverständlich«, sagte sie.

Silk sah sie überrascht an.

»Es gibt keinen Grund, weshalb wir nicht zusammen reisen sollten«, fuhr sie fort. »Schließlich haben wir dasselbe Ziel.«

Silk zuckte die Achseln. »Wie du meinst.«

Garion wußte, daß dies ein schwerer Fehler war. Es grenzte schon fast an eine Katastrophe. Jeebers würde keinen guten

Reisegefährten abgeben, und seine Schülerin zeigte alle Anzeichen dafür, daß sie rasch unerträglich werden würde. Sie war offensichtlich an ausreichend persönliche Bedienung gewöhnt und stellte ihre Forderungen vermutlich ohne zu überlegen. Trotzdem waren es Forderungen, und Garion wußte sofort, von wem aller Wahrscheinlichkeit nach erwartet wurde, sie zu erfüllen. Er stand auf und ging um die Weidengruppe herum. Die Felder hinter den Bäumen waren in der Frühlingssonne blaßgrün, und kleine weiße Wolken zogen langsam über den Himmel. Garion lehnte sich gegen einen Baum und starrte auf die Felder hinaus, ohne sie wirklich zu sehen. Er wollte *kein* Diener werden – wer immer ihr kleiner Gast auch sein mochte. Er wünschte, es gäbe einen Weg, das von vornherein klarzustellen, ehe ihm die Dinge aus der Hand glitten.

»Hast du den Verstand verloren, Pol?« hörte er Meister Wolf irgendwo hinter sich zwischen den Bäumen. »Ran Borune hat wahrscheinlich jetzt schon jede einzelne Legion ausgeschickt, um nach ihr zu suchen.«

»Das ist meine Angelegenheit, Alter Wolf«, sagte Tante Pol. »Misch dich da nicht ein. Ich kann die Dinge so regeln, daß wir nicht von den Legionen belästigt werden.«

»Wir haben keine Zeit, sie zu verhätscheln«, sagte der alte Mann. »Es tut mir leid, Pol, aber das Kind wird sich zu einem kleinen Monster entwickeln. Du hast gesehen, wie sie sich ihrem Vater gegenüber verhalten hat.«

»Es ist kein großes Problem, jemandem schlechte Angewohnheiten auszutreiben«, sagte sie ungerührt.

»Wäre es nicht einfacher, es so zu arrangieren, daß sie zurück nach Tol Honeth gebracht wird?«

»Sie ist schon einmal weggelaufen«, antwortete Tante Pol. »Wenn wir sie zurückschicken, wird sie wieder davonlaufen. Mir ist wesentlich wohler, wenn ihre kleine kaiserliche Hoheit dort ist, wo ich meine Hand auf sie legen kann, wenn ich sie brauche. Wenn die rechte Zeit kommt, möchte ich nicht die Welt auf der Suche nach ihr auseinandernehmen müssen.«

Wolf seufzte. »Mach, was du willst, Pol.«

»Natürlich.«
»Aber halt mir das Balg vom Leib«, sagte er. »Sie macht mich nervös. Weiß einer der anderen, wer sie ist?«
»Garion.«
»Garion? Das überrascht mich.«
»Mich eigentlich nicht«, erwiderte Tante Pol. »Er ist klüger, als er aussieht.«
Eine neue Empfindung begann sich in Garions schon etwas verwirrtem Kopf auszubreiten. Tante Pols offensichtliches Interesse an Ce'Nedra versetzte ihm einen schmerzlichen Schlag. Mit Scham erkannte er, daß er eifersüchtig auf die Aufmerksamkeit war, die sie dem Mädchen schenkte.
In den darauffolgenden Tagen stellten sich Garions Befürchtungen rasch als wohlbegründet heraus. Eine unbedachte Bemerkung über Faldors Farm hatte der Prinzessin schon bald seinen früheren Status als Küchenjunge offenbart, und sie benutzte ihr Wissen herzlos, um ihm jeden Tag hundert alberne kleine Besorgungen aufzutragen. Um es noch schlimmer zu machen, erinnerte Tante Pol ihn jedesmal an seine guten Manieren, wenn er sich zu weigern versuchte. Unausweichlich machte ihn die ganze Angelegenheit sehr verdrossen.
Die Prinzessin entwickelte eine Geschichte über die Gründe ihrer Abreise aus Tol Honeth, während sie weiter nach Süden ritten. Die Geschichte änderte sich täglich und wurde mit jeder Minute unglaubwürdiger. Zuerst schien sie damit zufrieden, lediglich auf einem Ausflug zu Verwandten zu sein, dann ließ sie dunkle Andeutungen über die Flucht vor einer Heirat mit einem häßlichen, alten Kaufmann fallen. Als nächstes machte sie noch finstere Bemerkungen darüber, daß es einen Plan gäbe, sie zu entführen, um Lösegeld zu erpressen. Schließlich, in einer alles krönenden Anstrengung, vertraute sie ihnen an, daß die angebliche Entführung politisch motiviert war – als Teil eines ausgedehnten Planes, in Tolnedra Macht zu gewinnen.
»Sie ist eine schreckliche Lügnerin, nicht wahr?« fragte Garion Tante Pol eines Abends, als sie allein waren.
»Ja, mein Lieber«, gab Tante Pol zu. »Lügen ist eine Kunst.

Eine gute Lüge sollte nicht so ausgeschmückt werden. Sie muß noch sehr viel üben, wenn sie daraus einen Beruf machen will.«
Schließlich, etwa zehn Tage, nachdem sie Tol Honeth verlassen hatten, kam Tol Borune in der Nachmittagssonne in Sicht. »Es sieht so aus, als ob wir uns jetzt trennen müßten«, sagte Silk mit einer gewissen Erleichterung zu Jeebers.
»Geht Ihr denn nicht in die Stadt?« fragte Jeebers.
»Ich glaube nicht«, antwortete Silk. »Eigentlich haben wir dort nichts zu erledigen. Die üblichen Erklärungen und Durchsuchungen wären nur Zeitverschwendung – von der Höhe der Bestechungsgelder ganz zu schweigen. Wir werden um Tol Borune herumreiten und auf der anderen Seite auf die Straße nach Tol Rane treffen.«
»Dann können wir noch ein Stück weiter mit Euch reiten«, sagte Ce'Nedra rasch. »Meine Verwandten leben auf einem Gut südlich der Stadt.«
Jeebers starrte sie erstaunt an.
Tante Pol lenkte ihr Pferd herbei und betrachtete das kleine Mädchen mit hochgezogener Braue. »Dieser Ort hier ist genausogut wie jeder andere, um uns ein bißchen miteinander zu unterhalten«, sagte sie.
Silk sah sie rasch an und nickte dann.
»Ich glaube, kleine Dame«, sagte Tante Pol, als sie alle abgestiegen waren, »daß jetzt die Zeit gekommen ist, uns die Wahrheit zu sagen.«
»Aber das habe ich«, protestierte Ce'Nedra.
»Ach, komm, Kind«, sagte Tante Pol. »Deine Geschichten waren ja sehr unterhaltsam, aber du hast doch nicht ernsthaft gedacht, daß jemand sie glauben würde, oder? Einige von uns wissen bereits, wer du bist, aber ich finde, wir sollten es offen sagen.«
»Ihr wißt?« stammelte Ce'Nedra.
»Natürlich, Kleines«, sagte Tante Pol. »Willst du es ihnen sagen, oder soll ich es tun?«
Ce'Nedra ließ die Schultern sinken. »Sag ihnen, wer ich bin, Meister Jeebers«, befahl sie leise.

»Haltet Ihr das wirklich für klug, meine Dame?« fragte Jeebers nervös.
»Sie wissen es sowieso schon«, antwortete sie. »Wenn sie uns etwas antun wollten, hätten sie es längst tun können. Wir können ihnen vertrauen.«
Jeebers holte tief Luft, dann begann er ziemlich förmlich: »Ich habe die Ehre, Euch ihre Kaiserliche Hoheit, Prinzessin Ce'Nedra, Tochter Seiner Kaiserlichen Majestät, Ran Borunes XXIII. vorzustellen, das Juwel des Hauses von Borune.«
Silk pfiff, und seine Augen weiteten sich einen Augenblick. Die übrigen zeigten ähnliche Anzeichen der Überraschung.
»Die politische Situation in Tol Honeth ist viel zu unbeständig, zu gefährlich geworden, als daß Ihre Hoheit sicher in der Hauptstadt hätte bleiben können«, fuhr Jeebers fort. »Der Kaiser hat mich beauftragt, seine Tochter heimlich hierher nach Tol Borune zu geleiten, wo die Mitglieder der Borunefamilie sie vor den Anschlägen und Machenschaften der Vorduvier, Honether und Horbiter schützen können. Ich bin stolz darauf, daß ich diese Aufgabe ausgezeichnet ausgeführt habe – mit Eurer Hilfe natürlich. Ich werde Eure Unterstützung in meinem Bericht erwähnen – als Fußnote vielleicht oder sogar als Anmerkung.«
Barak zupfte an seinem Bart, seine Augen blickten nachdenklich. »Eine kaiserliche Prinzessin reist durch halb Tolnedra mit nur einem Lehrer zu ihrem Schutz?« fragte er. »Zu einer Zeit, wo man sich auf den Straßen gegenseitig erstickt und vergiftet?«
»Scheint ein bißchen riskant, nicht wahr?« stimmte Hettar ihm zu.
»Hat Euer Kaiser Euch persönlich mit dieser Aufgabe betraut?« fragte Mandorallen Jeebers.
»Das war nicht notwendig«, entgegnete Jeebers steif. »Seine Hoheit hat große Achtung vor meiner Urteilskraft und Diskretion. Er wußte, daß ich in der Lage wäre, eine sichere Verkleidung und eine gefahrlose Reiseart zu wählen. Die Prinzessin versicherte mich seines absoluten Vertrauens. Alles mußte natürlich mit äußerster Geheimhaltung geschehen. Deshalb ist

sie mitten in der Nacht in meine Räume gekommen und hat mir seine Instruktionen mitgeteilt; deshalb haben wir auch den Palast verlassen, ohne jemandem zu sagen, was wir ...« Seine Stimme versagte, und er starrte Ce'Nedra mit Entsetzen an.

»Du kannst ihm genausogut die Wahrheit sagen, Kleine«, riet Tante Pol der kleinen Prinzessin. »Ich glaube, er hat es schon erraten.«

Ce'Nedra hob arrogant das Kinn. »Die Befehle kamen von mir, Jeebers«, erklärte sie. »Mein Vater hatte nichts damit zu tun.«

Jeebers wurde totenblaß und brach fast zusammen.

»Welche Idiotie hat dich dazu gebracht, aus dem Palast deines Vaters davonzulaufen?« wollte Barak wissen. »Vermutlich sucht ganz Tolnedra nach dir, und wir stecken mittendrin.«

»Gemach«, sagte Wolf zu dem riesigen Cherek. »Sie mag eine Prinzessin sein, aber sie ist trotzdem noch ein kleines Mädchen. Mach ihr keine Angst.«

»Trotzdem trifft die Frage genau den Punkt«, meinte Hettar. »Wenn wir mit einer kaiserlichen Prinzessin in unserer Gesellschaft geschnappt werden, können wir uns alle das Innere eines tolnedranischen Verlieses ansehen.« Er wandte sich an Ce'Nedra. »Hast du eine Antwort, oder hast du nur ein Spiel betrieben?«

Sie reckte sich hochmütig. »Ich bin es nicht gewohnt, Dienern meine Handlungsweise zu erklären.«

»Wir müssen über kurz oder lang wohl ein paar falsche Vorstellungen geraderücken, wie ich sehe«, sagte Wolf.

»Beantworte einfach die Frage, Liebes«, sagte Tante Pol zu dem Mädchen. »Egal, wer sie gestellt hat.«

»Mein Vater hatte mich im Palast eingesperrt«, sagte Ce'Nedra beiläufig, als ob das alles erklärte. »Das war untragbar, also bin ich gegangen. Es gibt noch einen anderen Grund, aber der ist politisch. Das würdet ihr nicht verstehen.«

»Du wärst vermutlich erstaunt, was wir alles verstehen, Ce'Nedra«, sagte Meister Wolf.

»Ich bin es gewohnt, als meine Dame angesprochen zu werden«, sagte sie spitz, »oder als Eure Hoheit.«

»Und ich bin es gewohnt, daß man mir die Wahrheit sagt.«
»Ich dachte, Ihr wärt hier der Anführer?« sagte Ce'Nedra zu Silk.
»Der Schein kann trügen«, antwortete Silk sanft. »Ich würde die Frage beantworten.«
»Es handelt sich um einen alten Vertrag«, sagte sie. »Ich habe ihn nicht unterschrieben, also sehe ich nicht ein, weshalb ich durch ihn gebunden sein sollte. Ich soll an meinem sechzehnten Geburtstag im Thronsaal von Riva erscheinen.«
»Das wissen wir«, sagte Barak ungeduldig. »Wo liegt das Problem?«
»Ich werde nicht gehen, das ist alles«, verkündete Ce'Nedra. »Ich gehe nicht nach Riva, und niemand wird mich dazu bringen. Die Königin im Wald der Dryaden ist meine Verwandte und wird mir Zuflucht gewähren.«
Jeebers hatte sich halbwegs wieder in der Gewalt. »Was hast du getan?« fragte er wutentbrannt. »Ich habe das alles in dem klaren Bewußtsein unternommen, daß ich dafür belohnt – ja sogar befördert würde. Du hast meinen Kopf auf den Block gelegt, du kleine Närrin!«
»Jeebers!« rief sie, bei seinen Worten schockiert.
»Wir sollten etwas abseits der Straße gehen«, schlug Silk vor. »Offensichtlich haben wir noch über einiges zu reden, hier auf der Hauptstraße werden wir bloß gestört.«
»Vermutlich eine gute Idee«, stimmte Wolf zu. »Wir wollen uns einen ruhigen Platz suchen und unser Nachtlager aufschlagen. Wir werden dann entscheiden, was wir tun können und dann morgen früh ausgeruht aufbrechen.«
Sie stiegen wieder auf die Pferde und ritten durch die hügeligen Felder auf eine Gruppe von Bäumen zu, die den Verlauf einer gewundenen Landstraße markierten, die etwa eine Meile vor ihnen lag.
»Wie wäre es hier?« schlug Durnik vor und deutete auf eine ausladende Eiche, die neben der Straße stand und an deren Ästen sich in der späten Nachmittagssonne die ersten Blätter zeigten.

»Das müßte genügen«, sagte Wolf.

In dem Schatten unter den ausladenden Ästen der Eiche war es angenehm. Die Landstraße wurde von niedrigen Steinmauern gesäumt, die kühl und bemoost waren. Ein Zauntritt führte gerade dort über eine der Mauern, und ein Pfad schlängelte sich durch die Felder zu einem nahegelegenen Teich, der in der Sonne glitzerte.

»Wir können das Feuer hinter der Mauer entfachen«, meinte Durnik. »So dürfte es von der Hauptstraße her nicht zu sehen sein.«

»Ich hole Holz«, meldete Garion sich freiwillig und betrachtete die toten Zweige, die im Gras unter dem Baum lagen.

Inzwischen hatten sie eine gewisse Routine darin entwickelt, ihr Nachtlager aufzuschlagen. Die Zelte wurden aufgestellt, die Pferde getränkt und angepflockt, ein Feuer entfacht, alles innerhalb einer Stunde. Dann erhitzte Durnik, der an der Oberfläche des Teiches einige verräterische Kreise entdeckt hatte, einen Eisenstab im Feuer und hämmerte ihn sorgfältig zu einem Haken.

»Wofür ist das?« fragte Garion.

»Ich dachte, wir könnten etwas Fleisch zum Abendbrot vertragen«, sagte der Schmied und wischte den Haken an seiner Ledertunika ab. Dann legte er ihn beiseite und hob mit einer Zange einen zweiten Stab über das Feuer. »Möchtest du auch dein Glück versuchen?«

Garion grinste ihn an.

Barak, der in der Nähe saß und sich den Bart auskämmte, blickte sehnsüchtig hoch. »Du hast wohl keine Zeit, noch einen Haken zu machen, oder?«

Durnik kicherte. »Es dauert nur ein paar Minuten.«

»Wir brauchen Köder«, sagte Barak und erhob sich flink. »Wo ist dein Spaten?«

Kurz darauf gingen die drei über die Felder zu dem Teich, schnitten einige Schößlinge als Ruten und ließen sich nieder, um zu fischen.

Die Fische waren anscheinend ausgehungert und attackierten

die bewurmten Haken in Scharen. Innerhalb einer Stunde lagen fast zwei Dutzend ansehnliche Forellen in einer glitzernden Reihe am grasbewachsenen Ufer des Teiches.
Als sie zurückkehrten, untersuchte Tante Pol ihren Fang gründlich, während der Himmel sich im Sonnenuntergang rosig färbte. »Sehr schön«, sagte sie, »aber ihr habt vergessen, sie auszunehmen.«
»Oh«, machte Barak. Er sah sie leicht gequält an. »Wir dachten... wir, nun, was ich meine, also da *wir* sie gefangen haben...« Er ließ den Satz unbeendet.
»Sprich weiter«, sagte sie gelassen.
Barak seufzte. »Ich schätze, wir nehmen sie besser aus«, sagte er bedauernd zu Garion und Durnik.
»Wahrscheinlich hast du recht«, pflichtete ihm Durnik bei.
Gegen Abend hatte sich der Himmel purpurn gefärbt, und die Sterne waren herausgekommen, als sie sich zum Essen niedersetzten. Tante Pol hatte die Forellen goldbraun und knusprig gebraten. Selbst die schmollende kleine Prinzessin fand keinen Grund, sich über ihr Essen zu beklagen.
Nachdem sie ihre Mahlzeit beendet hatten, stellten sie ihre Teller beiseite und widmeten sich wieder dem Problem Ce'Nedras und ihrer Flucht aus Tol Honeth. Jeebers war in eine solch tiefe Niedergeschlagenheit versunken, daß er nur wenig zu dem Gespräch beitragen konnte. Ce'Nedra verkündete unerbittlich, sie würde sofort wieder weglaufen, wenn man sie den Borunern in der Stadt übergäbe. Am Ende waren sie zu keinem Entschluß gekommen.
»Egal, was wir tun, wir werden Ärger bekommen«, faßte Silk das Ganze bedauernd zusammen. »Selbst wenn wir sie ihrer Familie aushändigen, wird es einige unangenehme Fragen geben. Außerdem können wir uns sicherlich darauf verlassen, daß sie eine farbenprächtige Geschichte erfindet, die uns in schlechtestem Licht darstellt.«
»Wir können morgen weiter darüber sprechen«, sagte Tante Pol. Ihr entschiedener Ton deutete an, daß sie bereits einen Entschluß gefaßt hatte, aber sie sagte weiter nichts.

Kurz vor Mitternacht floh Jeebers. Sie erwachten von dem Hufgeklapper seines Pferdes, als der Lehrer in panischer Angst im Galopp auf die Mauern Tol Borunes zustob.
Silk stand im flackernden Licht des ersterbenden Feuers, sein Gesicht war zornig. »Warum hast du ihn nicht aufgehalten?« fragte er Hettar, der Wache gestanden hatte.
»Ich sollte nicht«, sagte der ledergekleidete Algarier mit einem Blick auf Tante Pol.
»Damit ist das einzige echte Problem, das wir hatten, gelöst«, erklärte Tante Pol. »Der Schulmeister wäre nur überflüssiger Ballast gewesen.«
»Du wußtest, daß er davonlaufen würde?« fragte Silk.
»Natürlich. Ich habe ihm geholfen, zu diesem Entschluß zu gelangen. Er wird geradewegs zu den Borunern gehen und seine eigene Haut zu retten versuchen, indem er ihnen erzählt, die Prinzessin sei ganz allein aus dem Palast entwischt und daß wir sie nun hätten.«
»Dann müßt ihr ihn aufhalten«, sagte Ce'Nedra mit bebender Stimme. »Lauft ihm nach! Bringt ihn zurück!«
»Nach all den Mühen, die ich hatte, ihn dazu zu überreden, daß er geht?« fragte Tante Pol. »Sei nicht albern.«
»Wie kannst du es *wagen*, so mit mir zu reden?« fragte Ce'Nedra. »Du scheinst zu vergessen, wer ich bin.«
»Junge Dame«, sagte Silk höflich, »ich glaube, du wärst erstaunt, wie wenig es Polgara kümmert, wer du bist.«
»Polgara?« stammelte Ce'Nedra. »*Die* Polgara? Ich dachte, du hättest gesagt, sie wäre deine Schwester.«
»Ich habe gelogen«, gestand Silk. »Das ist einer meiner Fehler.«
»Du bist kein einfacher Kaufmann«, beschuldigte das Mädchen ihn.
»Das ist Prinz Kheldar von Drasnien«, sagte Tante Pol. »Die anderen haben ähnlichen Rang. Du siehst jetzt sicherlich ein, wie wenig uns dein Titel bedeutet. Wir haben unsere eigenen Titel, und deswegen wissen wir auch, wie leer sie sind.«
»Wenn du Polgara bist, dann muß er ...« Die Prinzessin drehte

sich um und starrte Meister Wolf an, der sich auf die unterste Stufe des Zauntritts gesetzt hatte, um sich die Schuhe anzuziehen.
»Ja«, sagte Tante Pol. »Er sieht gar nicht danach aus, nicht wahr?«
»Was macht ihr in Tolnedra?« fragte Ce'Nedra bestürzt. »Wollt ihr irgendwelche Magie benutzen, um den Ausgang der Thronfolge zu bestimmen?«
»Warum sollten wir?« fragte Meister Wolf und erhob sich. »Tolnedraner scheinen immer zu glauben, ihre Politik erschüttere die ganze Welt, aber den Rest der Welt interessiert es gar nicht so, wer den Thron von Tol Honeth besteigt. Wir sind hier in einer viel wichtigeren Angelegenheit.« Er blickte in die Dunkelheit in Richtung Tol Borune. »Jeebers wird einige Zeit brauchen, um die Leute in der Stadt davon zu überzeugen, daß er kein Irrer ist«, sagte er, »aber es ist wahrscheinlich trotzdem gut, wenn wir die Gegend verlassen. Ich halte es für besser, wenn wir uns von den Hauptstraßen fernhalten.«
»Kein Problem«, versicherte Silk.
»Was ist mit mir?« fragte Ce'Nedra.
»Du wolltest doch in den Wald der Dryaden«, erwiderte Tante Pol. »Wir reiten sowieso in die Richtung, also bleibst du bei uns. Wir werden sehen, was Königin Xantha sagt, wenn wir dich dorthin bringen.«
»Muß ich mich dann als Gefangene betrachten?« fragte die Prinzessin steif.
»Wenn du dich dann wohler fühlst, kannst du das gern tun, Liebes«, sagte Tante Pol. Sie betrachtete das Mädchen in dem flackernden Feuerschein kritisch. »Ich muß allerdings etwas mit deinen Haaren machen. Was hast du zum Färben benutzt? Es sieht scheußlich aus.«

19

In den nächsten Tagen ritten sie zügig nach Süden, wobei sie weitgehend nachts reisten, um den berittenen Legionspatrouillen zu entgehen, die das Land auf der Suche nach Ce'Nedra durchkämmten.

»Vielleicht hätten wir Jeebers doch nicht laufen lassen sollen«, sagte Barak verdrießlich, nachdem sie nur mit Mühe einem Trupp Soldaten ausgewichen waren. »Durch ihn wurde jede Garnison von hier bis zur Grenze in Alarmbereitschaft versetzt. Vielleicht wäre es besser gewesen, ihn an einem verlassenen Ort auszusetzen oder so etwas.«

»›Oder so etwas‹ klingt ziemlich endgültig, alter Freund«, sagte Silk boshaft grinsend.

Barak zuckte die Achseln. »Es wäre eine Lösung für ein Problem.«

Silk lachte. »Du solltest dich wirklich bemühen, nicht alle Denkarbeit deinem Messer zu überlassen. Das ist der Zug, den wir an unseren cherekianischen Vettern am wenigsten mögen.«

»Und wir mögen diesen unwiderstehlichen Drang, kluge Bemerkungen zu machen, der unsere drasnischen Brüder hin und wieder überfällt, genauso wenig«, erwiderte Barak kühl.

»Gut pariert«, sagte Silk mit spöttischer Bewunderung.

Sie ritten wachsam weiter, stets bereit, sich zu verstecken oder davonzumachen. Während dieser Tage verließen sie sich weitgehend auf Hettars seltsame Fähigkeit. Da die Patrouillen, die nach ihnen suchten, unweigerlich beritten waren, durchstreifte der große, habichtgesichtige Algarier ihre Umgebung mit seinem Geist und hielt nach Pferden Ausschau. Die Warnungen, die er ihnen so geben konnte, gaben ihnen im allgemeinen rechtzeitig Kenntnis vom Nahen einer Patrouille.

»Wie ist das?« fragte ihn Garion an einem bewölkten Nachmittag, als sie über einen selten benutzten und von Unkraut überwucherten Pfad ritten, auf den Silk sie geführt hatte. »Ich meine, die Gedanken eines Pferdes hören zu können?«

»Ich glaube, ich kann das nicht genau beschreiben«, antwortete Hettar. »Ich konnte es schon immer, deshalb kann ich mir überhaupt nicht vorstellen, wie es ist, wenn man es nicht kann. Es ist eine Art Berührung des Pferdeverstandes, eine Art von Einbezogensein. Ein Pferd scheint ›wir‹ anstelle von ›ich‹ zu denken. Ich nehme an, das liegt daran, daß sie von Natur aus Herdentiere sind. Nachdem sie dich kennen, betrachten sie dich als zur Herde zugehörig. Manchmal vergessen sie sogar, daß du kein Pferd bist.«

Plötzlich verstummte er. »Belgarath«, rief er scharf. »Da kommt wieder eine Patrouille – direkt hinter dem Hügel dort drüben. Zwanzig oder dreißig Leute.«

Meister Wolf sah sich rasch um. »Haben wir noch Zeit, diese Bäume dort zu erreichen?« Er deutete auf ein dichtes Ahorngehölz ungefähr eine halbe Meile voraus.

»Wenn wir uns beeilen.«

»Dann los!« befahl Wolf. Sie trieben ihre Pferde zu einem scharfen Galopp an und erreichten die Baumgruppe gerade noch in dem Moment, als die ersten Tropfen des Frühlingsregens, der schon den ganzen Vormittag gedroht hatte, auf die großen Blätter niederprasselten. Sie stiegen ab und zogen sich außer Sichtweite in das Gebüsch zurück, die Pferde am Zügel führend.

Die tolnedranische Patrouille kam über die Hügelkuppe und fegte in das flache Tal. Der Hauptmann der Legionäre zügelte sein Pferd unweit der Ahorngruppe und schickte seine Männer mit einer Reihe von scharfen Befehlen los. Sie schwärmten in kleinen Gruppen aus, untersuchten den unkrautbewachsenen Pfad in beiden Richtungen und beobachteten die Umgebung vom nächsten Hügel aus. Der Offizier und ein Zivilist in grauer Reisekleidung blieben dicht neben dem Pfad zurück.

Der Hauptmann blinzelte angewidert in den Regen hinaus. »Das wird ein nasser Tag«, sagte er, stieg ab und zog seinen roten Umhang fester um sich.

Sein Begleiter schwang sich ebenfalls aus dem Sattel. Er drehte sich so, daß die hinter dem Ahorn verborgene Gruppe sein

Gesicht sehen konnte. Garion spürte, wie Hettar sich plötzlich anspannte. Der Mann in dem Mantel war ein Murgo.

»Hierher, Hauptmann«, sagte der Murgo und führte sein Pferd in den Regenschutz, den die Äste der jungen Bäume am Rand des Gehölzes boten.

Der Tolnedraner nickte und folgte dem Mann in dem Reisemantel.

»Hattest du Gelegenheit, über mein Angebot nachzudenken?« fragte der Murgo.

»Ich dachte, es wäre nur eine Spekulation«, antwortete der Hauptmann. »Wir wissen nicht einmal, ob die Fremden sich in diesem Planquadrat aufhalten.«

»Nach meinen Informationen reisen sie nach Süden, Hauptmann. Ich glaube, man kann ziemlich sicher sein, daß sie irgendwo in diesem Planquadrat stecken.«

»Trotzdem gibt es keine Garantie, daß wir sie finden«, sagte der Hauptmann. »Und selbst wenn, wäre dein Plan nur sehr schwer in die Tat umzusetzen.«

»Hauptmann«, erklärte der Murgo geduldig, »es geht schließlich um die Sicherheit der Prinzessin. Wenn sie nach Tol Honeth zurückgebracht wird, werden die Vorduvier sie töten. Du hast doch die Dokumente gelesen, die ich dir mitgebracht habe.«

»Bei den Borunern wird sie in Sicherheit sein«, meinte der Hauptmann. »Die Vorduvier werden nicht bis Südtolnedra hinter ihr herjagen.«

»Die Boruner werden sie lediglich zu ihrem Vater zurückschikken. Du bist selbst Boruner. Würdest *du* einen Kaiser von deinem eigenen Geschlecht herausfordern wollen?«

Das Gesicht des Hauptmanns war besorgt.

»Ihre einzige Hoffnung liegt bei den Horbitern«, drängte der Murgo.

»Welche Garantien habe ich, daß sie bei ihnen in Sicherheit sein wird?«

»Die beste aller Garantien – Politik. Die Horbiter tun alles in ihrer Macht Stehende, um den Großherzog Kador auf seinem

Weg zum Thron aufzuhalten. Da er die Prinzessin tot wünscht, wollen die Horbiter sie natürlich am Leben erhalten. Es ist der einzige Weg, ihre Sicherheit zu gewährleisten – und du wirst dabei noch ein vermögender Mann.« Er klimperte verführerisch mit einer schweren Börse.

Der Hauptmann sah immer noch zweifelnd aus.

»Stell dir vor, wir würden die Summe verdoppeln«, sagte der Murgo geradezu schnurrend.

Der Hauptmann schluckte hart. »Es *ist* doch für ihre Sicherheit, nicht wahr?«

»Aber natürlich.«

»Es ist nicht so, daß ich das Haus Borune verriete.«

»Du bist ein Patriot, Hauptmann«, versicherte der Murgo dem Offizier mit kaltem Lächeln.

Tante Pol hielt Ce'Nedras Arm fest, während sie zusammen unter den Bäumen kauerten. Das Gesicht des kleinen Mädchens war wutverzerrt, ihre Augen funkelten.

Später, nachdem die Legionäre und ihr Freund aus Cthol Murgos davongeritten waren, explodierte die Prinzessin. »Wie können sie es wagen?« tobte sie. »Und auch noch für Geld!«

»Das ist die tolnedranische Politik um dich«, sagte Silk, als sie die Pferde aus der Baumgruppe heraus in den regnerischen Vormittag führten.

»Aber er ist Boruner«, protestierte sie, »ein Mitglied meiner eigenen Familie.«

»Die Loyalität eines Tolnedraners gilt zuerst seinem Geldbeutel«, sagte Silk. »Ich bin erstaunt, Hoheit, daß du das nicht schon früher festgestellt hast.«

Ein paar Tage später sahen sie von einer Hügelkuppe den Wald der Dryaden, der sich wie ein verschwommenes, grünes Band am Horizont erstreckte. Die Regenwolken waren vorübergezogen, und die Sonne strahlte hell.

»Wenn wir erst den Wald erreicht haben«, sagte die Prinzessin, »werden wir in Sicherheit sein. Die Legionen werden uns nicht dorthin folgen.«

»Was sollte sie daran hindern?« fragte Garion.

»Der Vertrag mit den Dryaden«, antwortete sie. »Weißt du denn überhaupt nichts?«

Garion nahm ihr das sehr übel.

»Es ist niemand da«, berichtete Hettar Meister Wolf. »Wir können jetzt gehen oder warten, bis es dunkel ist.«

»Dann sollten wir jetzt schnell reiten«, sagte Wolf. »Ich bin es leid, mich vor Patrouillen zu verstecken.« Sie galoppierten den Hügel hinab auf den vor ihnen liegenden Wald zu.

Hier schien es nicht die übliche Randzone mit Gebüsch zu geben, die gewöhnlich den Übergang von offenem Land zum Wald markierte. Als Wolf sie unter die Bäume am Waldrand führte, war die Veränderung so abrupt, als wären sie plötzlich in einem Gebäude. Der Wald selbst war unglaublich alt. Die großen Eichen waren so mächtig, daß der Himmel so gut wie nie zu sehen war. Der Waldboden war moosig und kühl, und es gab nur wenig Unterholz. Garion kam es so vor, als wären sie alle winzig unter den riesigen Bäumen, und etwas eigenartig Verschwiegenes lag über dem Wald. Die Luft war sehr still; man hörte nur das Summen von Insekten und, hoch oben, Vogelgezwitscher.

»Seltsam«, sagte Durnik und sah sich um. »Ich sehe überhaupt keine Spuren von Holzfällern.«

»Holzfäller?« Ce'Nedra schnappte nach Luft. »Hier? Sie würden es nicht wagen, in diesen Wald zu kommen.«

»Der Wald ist unantastbar, Durnik«, erklärte Meister Wolf. »Die Borune-Familie hat einen Vertrag mit den Dryaden geschlossen. Seit mehr als dreitausend Jahren hat niemand mehr Hand an diese Bäume gelegt.«

»Ein seltsamer Ort«, meinte Mandorallen und blickte unbehaglich um sich. »Mich dünkt, ich spüre hier eine Gegenwart, die uns nicht allzu freundlich gesonnen ist.«

»Der Wald lebt«, sagte Ce'Nedra. »Er mag keine Fremden – aber keine Sorge, Mandorallen, solange du bei mir bist, bist du in Sicherheit.«

»Glaubst du wirklich, daß die Patrouillen uns nicht hierher folgen werden?« fragte Durnik Meister Wolf. »Jeebers wußte schließlich, daß wir hierher kommen würden, und er hat es sicherlich den Borunern erzählt.«

»Die Boruner würden ihren Vertrag mit den Dryaden nicht brechen«, beruhigte ihn Wolf. »Um keinen Preis.«

»Ich habe noch nie von einem Vertrag gehört, den ein Tolnedraner nicht umgehen würde, wenn es zu seinem Vorteil gereichte«, meinte Silk skeptisch.

»Dieser hier ist etwas anderes«, erzählte Wolf. »Die Dryaden haben eine ihrer Prinzessinnen einem jungen Edelmann aus dem Hause Borune zur Frau gegeben. Sie wurde die Mutter des ersten Kaisers der Borune-Dynastie. Das Glück der Boruner ist mit diesem Vertrag verknüpft. Sie werden ihn nicht aufs Spiel setzen – egal aus welchem Grund.«

»Was genau ist eine Dryade?« fragte Garion. Er wollte reden, um die bedrückende, lauschende Stille, die von einer Gegenwart, einem Bewußtsein im Wald kam, zu brechen.

»Eine kleine Gruppe«, antwortete Wolf. »Recht sanft. Ich habe sie immer gern gemocht. Sie sind natürlich nicht menschlich, aber das ist nicht so wichtig.«

»Ich bin eine Dryade«, sagte Ce'Nedra stolz.

Garion starrte sie an.

»Genaugenommen hat sie recht«, sagte Wolf. »Das Dryadenblut scheint bei den weiblichen Mitgliedern des Borune-Geschlechts immer zu dominieren. Das ist auch einer der Gründe, weshalb die Familie den Vertrag in Ehren hält – all die Frauen und Mütter, die ihre Sachen nehmen und gehen würden, falls er je gebrochen würde.«

»Sie sieht aber menschlich aus«, wandte Garion ein, der die Prinzessin noch immer anstarrte.

»Die Dryaden sind mit den Menschen so nahe verwandt, daß die Unterschiede kaum auffallen«, erklärte Wolf. »Das ist wahrscheinlich auch der Grund dafür, daß sie nicht wie die anderen Ungeheuer verrückt geworden sind, als Torak die Welt spaltete.«

»*Ungeheuer*!« protestierte Ce'Nedra laut.

»Verzeihung, Prinzessin«, entschuldigte sich Wolf. »Das ist ein

Ausdruck der Ulgos für die Nicht-Menschen, die den Gorim von Prolgu unterstützten, als er mit dem Gott Ul zusammentraf.«

»Sehe ich in deinen Augen aus wie ein Ungeheuer?« fragte sie und warf zornig den Kopf nach hinten.

»Vielleicht eine schlechte Wortwahl«, murmelte Wolf. »Entschuldigung.«

»Ungeheuer, also wirklich!« schnaubte Ce'Nedra.

Wolf zuckte die Achseln. »Nicht weit vor uns ist ein Fluß, wenn ich mich recht erinnere. Dort werden wir warten, bis Königin Xantha Nachricht von unserer Ankunft erhalten hat. Es ist nicht gut, ohne die Erlaubnis ihrer Königin in das Gebiet der Dryaden einzudringen. Sie können ziemlich unangenehm werden, wenn man sie reizt.«

»Ich dachte, sie wären friedlich«, sagte Durnik.

»In Grenzen«, antwortete Wolf. »Aber es ist nicht gut, jemanden zu reizen, der mit den Bäumen sprechen kann, wenn man mitten im Wald ist. Unerfreuliche Dinge pflegen dann zu geschehen.« Er runzelte die Stirn. »Dabei fällt mir ein, du solltest deine Axt besser außer Sichtweite verstauen. Dryaden haben eine starke Abneigung gegen Äxte – und Feuer. Sie sind höchst unvernünftig, wenn es um Feuer geht. Wir werden unser Feuer sehr klein halten müssen, nur zum Kochen.«

Sie ritten unter eine kolossale Eiche, die an einem glitzernden Fluß stand, saßen ab und stellten ihre braunen Zelte auf. Nachdem sie gegessen hatten, wanderte Garion gelangweilt herum. Meister Wolf machte ein Nickerchen, Silk hatte die anderen zu einem Würfelspiel überredet. Tante Pol hatte die Prinzessin auf einen Baumstumpf gesetzt und entfernte die dunkle Farbe aus ihrem Haar.

»Wenn du nichts zu tun hast, Garion«, sagte sie, »warum gehst du nicht baden?«

»Baden?« fragte er. »Wo?«

»Ich bin sicher, irgendwo am Fluß entlang findest du einen Teich«, sagte sie und rieb sorgfältig Ce'Nedras Haar ein.

»Du willst, daß ich in dem Wasser bade? Hast du keine Angst, daß ich mich erkälte?«

»Du bist ein gesunder Junge, mein Lieber«, sagte sie, »aber ein sehr schmutziger. Nun geh und wasch dich.«
Garion warf ihr einen finsteren Blick zu und ging zu ihrem Gepäck, um saubere Kleider, Seife und ein Handtuch herauszuholen. Dann stapfte er flußaufwärts, bei jedem Schritt vor sich hinschimpfend.
Sobald er allein zwischen den Bäumen war, wurde das seltsame Gefühl, beobachtet zu werden, noch stärker. Er konnte es nicht genau definieren. Es war nichts Greifbares, doch er hatte das Gefühl, daß die Eichen selbst ihn wahrnahmen und sich über seine Bewegungen in einer Art vegetativer Kommunikation untereinander verständigten, die er nicht einmal ansatzweise begreifen konnte. Doch es schien keine Drohung darin zu liegen, lediglich eine Art Wachsamkeit.
In einiger Entfernung von den Zelten fand er einen recht großen Teich, in den der Fluß von höhergelegenen Felsen als Wasserfall hineinströmte. Das Wasser in dem Teich war sehr klar, und er konnte die hellen Kiesel auf dem Grund erkennen, ebenso einige große Forellen, die ihn gelangweilt betrachteten. Er tauchte eine Hand ins Wasser und schauderte. Er dachte daran, nur so zu tun – rasch ein paar Spritzer Wasser auf den Körper und ein bißchen Seife auf die größeren Schmutzflecken – aber bei genauerer Überlegung gab er den Gedanken wieder auf. Tante Pol würde sich mit nichts anderem als einem Vollbad zufriedengeben. Er seufzte bitterlich und begann sich auszuziehen.
Der erste Schock war atemberaubend, aber nach ein paar Minuten stellte er fest, daß er es aushalten konnte. Nach kurzer Zeit fand er es sogar erfrischend. Der Wasserfall bot eine gute Möglichkeit, die Seife abzuspülen, und bald merkte er, daß es ihm wirklich Spaß machte.
»Du machst einen schrecklichen Lärm«, sagte Ce'Nedra, die am Ufer stand und ihn ruhig beobachtete.
Garion tauchte sofort auf den Grund des Teiches.
Wenn man jedoch kein Fisch war, konnte man nur schwerlich unbegrenzt unter Wasser bleiben. Nach etwa einer Minute

strampelte er an die Oberfläche und steckte, prustend nach Luft schnappend, den Kopf aus dem Wasser.

»Was um alles in der Welt machst du da?« fragte Ce'Nedra. Sie trug eine kurze ärmellose, weiße Tunika, die in der Taille von einem Gürtel zusammengehalten wurde, und offene Sandalen, deren Riemen um ihre schlanken Fesseln und Waden geschlungen und unterhalb der Knie festgebunden waren. In einer Hand trug sie ein Handtuch.

»Geh weg«, stotterte Garion.

»Sei nicht albern«, sagte sie, setzte sich auf einen großen Stein und begann, ihre Sandalen aufzuschnüren. Ihr kupferfarbenes Haar war noch feucht und fiel ihr schwer über die Schultern.

»Was machst du?«

»Ich will ein Bad nehmen«, antwortete sie. »Brauchst du noch lange?«

»Geh woanders hin«, rief Garion, der zwar zu zittern anfing, aber entschlossen im Wasser hocken blieb, so daß nur sein Kopf herausschaute.

»Hier sieht es doch sehr schön aus«, meinte sie. »Wie ist das Wasser?«

»Kalt«, schnatterte er, »aber ich komme erst heraus, wenn du weg bist.«

»Sei nicht so ein Esel.«

Er schüttelte stur den Kopf, tiefrot im Gesicht.

Sie seufzte verärgert. »Also gut. Ich werde nicht hinsehen, aber ich finde, daß du sehr dumm bist. In den Bädern von Tol Honeth denkt sich niemand etwas dabei.«

»Hier ist aber nicht Tol Honeth«, sagte er spitz.

»Ich drehe mich um, wenn dir das lieber ist«, gab sie nach, stand auf und drehte dem Teich den Rücken zu.

Ohne ihr ganz zu trauen, kroch Garion aus dem Teich und sprang, noch naß, in Unterhose und Hose. »In Ordnung«, rief er, »du kannst den Teich jetzt haben.« Er trocknete sich Gesicht und Haare mit dem Handtuch ab. »Ich gehe zurück zu den Zelten.«

»Die Dame Polgara hat gesagt, daß du bei mir bleiben sollst«, widersprach sie und löste ruhig ihren Gürtel.
»Tante Pol hat *was* gesagt?« fragte er schockiert.
»Du sollst bei mir bleiben und mich beschützen.« Sie nahm den Saum ihrer Tunika in die Hände und wollte sie ausziehen.
Garion drehte sich blitzschnell um und starrte eisern die Bäume an. Seine Ohren wurden rot, und seine Hände zitterten unwillkürlich.
Sie lachte, ein kleines, silbriges Lachen, und er konnte es platschen hören, als sie in den Teich stieg. Sie quietschte, weil das Wasser so kalt war, dann platschte es weiter.
»Bring mir die Seife«, befahl sie.
Ohne zu überlegen, bückte er sich, um die Seife aufzuheben und erhaschte einen kurzen Blick auf sie, wie sie bis zur Hüfte im Wasser stand, ehe er die Augen fest zukniff. Er ging rückwärts zum Teich, die Augen geschlossen und die Hand mit der Seife ungelenk nach hinten ausgestreckt.
Sie lachte wieder und nahm ihm die Seife aus der Hand.
Nach einer Ewigkeit, wie ihm schien, beendete die Prinzessin ihr Bad, kletterte aus dem Teich, trocknete sich ab und zog sich wieder an. Garion hielt die ganze Zeit über die Augen fest geschlossen.
»Ihr Sendarier habt komische Ideen«, sagte sie, als sie zusammen auf der sonnenbeschienenen Lichtung neben dem Teich saßen. Sie kämmte ihr rotes Haar, hielt den Kopf zur Seite geneigt und fuhr mit dem Kamm durch die dicken, feuchten Strähnen. »Die Bäder in Tol Honeth sind für alle offen, und athletische Wettkämpfe werden immer unbekleidet durchgeführt. Im letzten Sommer bin ich selbst gegen ein Dutzend andere Mädchen im Kaiserstadion gelaufen. Die Zuschauer haben sich sehr anerkennend geäußert.«
»Das kann ich mir vorstellen«, sagte Garion trocken.
»Was ist das?« fragte sie und deutete auf das Amulett, das auf seiner nackten Brust ruhte.
»Mein Großvater hat es mir zum letzten Erastide geschenkt«, antwortete Garion.

»Laß mal sehen.« Sie streckte die Hand aus.
Er beugte sich vor.
»Nimm es ab, so daß ich es mir ansehen kann«, befahl sie.
»Ich darf es nicht abnehmen«, erklärte er. »Meister Wolf und Tante Pol sagten, daß ich es niemals abnehmen darf, egal aus welchem Grund. Ich glaube, es liegt ein Zauber darauf.«
»Wie seltsam«, meinte sie und beugte sich vor, um das Amulett in Augenschein zu nehmen. »Sie sind doch keine echten Zauberer, oder?«
»Meister Wolf ist siebentausend Jahre alt. Er hat den Gott Aldur gekannt. Ich habe gesehen, wie er einen kleinen Zweig in ein paar Minuten zu einem Baum wachsen ließ und wie er Felsen in Brand gesetzt hat. Tante Pol hat einer blinden Frau mit einem einzigen Wort das Augenlicht wiedergegeben, und sie kann sich in eine Eule verwandeln.«
»Ich glaube nicht an so etwas«, sagte Ce'Nedra. »Ich bin sicher, dafür gibt es eine andere Erklärung.«
Garion zuckte die Achseln und zog sein Leinenhemd und die braune Tunika über. Er schüttelte den Kopf und fuhr sich mit den Fingern durch das noch feuchte Haar.
»Du machst es ganz durcheinander«, stellte sie kritisch fest. »Hier.« Sie stand auf und trat hinter ihn. »Laß mich das machen.« Sie nahm den Kamm und begann, ihn sorgfältig zu kämmen. »Du hast schönes Haar für einen Mann.«
»Es ist eben Haar«, sagte er gleichgültig.
Sie kämmte ihn ein, zwei Augenblicke lang schweigend, dann nahm sie sein Kinn in die Hand und betrachtete ihn prüfend. Sie berührte sein Haar ein paarmal an den Seiten, bis es zu ihrer Zufriedenheit lag. »So ist es besser«, entschied sie.
»Danke schön.« Er war etwas verwirrt über ihre Veränderung.
Sie setzte sich wieder ins Gras, umschlang die Knie mit den Armen und blickte auf den glitzernden Teich. »Garion«, sagte sie schließlich.
»Ja?«
»Wie ist es, als einfacher Mensch aufzuwachsen?«
Er zuckte die Achseln. »Ich bin nie etwas anderes gewesen als

ein einfacher Mensch«, erklärte er, »also weiß ich nicht, womit ich es vergleichen soll.«
»Du weißt schon, was ich meine. Erzähl mir, wo du aufgewachsen bist und was du alles getan hast.«
Also erzählte er ihr von Faldors Farm, von der Küche und Durniks Schmiede, von Doroon, Rundorig und Zubrette.
»Du bist in Zubrette verliebt, nicht wahr?« Sie fragte es fast anklagend.
»Ich habe es geglaubt, aber es ist so viel geschehen, seit wir die Farm verlassen haben, daß ich mich manchmal nicht einmal daran erinnern kann, wie sie aussieht. Ich glaube, ich könnte sowieso ganz gut ohne Verliebtsein auskommen. Nach allem, was ich davon gesehen habe, scheint es meistens mit Schmerzen verbunden.«
»Du bist unmöglich«, sagte sie. Dann lächelte sie ihn an, wobei ihr kleines Gesicht von der leuchtenden Fülle ihres sonnenbeglänzten Haars umrahmt wurde.
»Vermutlich«, gab er zu. »Also schön, jetzt erzählst du mir, wie es ist, als ganz besonderer Mensch aufzuwachsen.«
»So besonders bin ich auch nicht.«
»Du bist eine kaiserliche Prinzessin«, erinnerte er sie. »Das nenne ich ziemlich besonders.«
»Ach das«, sagte sie und kicherte. »Weißt du, manchmal, seit ich euch getroffen habe, vergesse ich fast, daß ich eine kaiserliche Prinzessin bin.«
»Fast«, sagte er lächelnd, »aber nicht ganz.«
»Nein«, gestand sie, »nicht ganz.« Sie blickte wieder über den Teich. »Meistens ist es sehr langweilig, Prinzessin zu sein. Nur Zeremonien und Formalitäten. Du mußt die meiste Zeit herumstehen und Reden anhören oder Staatsbesuche empfangen. Immer sind Wachen um dich herum, aber manchmal schleiche ich mich davon, um allein zu sein. Das macht sie wütend.« Sie kicherte wieder, dann wurde ihr Blick nachdenklich. »Laß mich dir wahrsagen.« Sie nahm seine Hand.
»Kannst du denn wahrsagen?« fragte Garion.
»Es ist nur ein Spiel«, gab sie zu. »Meine Zofen und ich spielen

es manchmal. Wir versprechen uns hochgeborene Ehemänner und viele Kinder.« Sie drehte seine Hand um und betrachtete sie. Das silbrige Mal auf seiner Handfläche war sehr deutlich, jetzt, wo die Haut sauber war. »Was ist denn das?«

»Ich weiß es nicht.«

»Es ist doch keine Krankheit, oder?«

»Nein«, antwortete er, »es war schon immer da. Ich glaube, es hat etwas mit meiner Familie zu tun. Tante Pol hat es aus irgendeinem Grund nicht gern, wenn man es sehen kann, also bemüht sie sich, es zu verbergen.«

»Wie kann man so etwas verbergen?«

»Sie findet immer Aufgaben für mich, bei denen meine Hände schmutzig werden.«

»Wie merkwürdig«, sagte sie. »Ich habe auch ein Muttermal – direkt über dem Herzen. Möchtest du es sehen?« Sie griff an den Ausschnitt ihrer Tunika.

»Ich glaube dir auch so«, wehrte Garion ab und errötete heftig. Er hörte ihr silbrig klingendes kleines Lachen. »Du bist ein merkwürdiger Junge, Garion. Du bist ganz anders als alle Jungen, die ich kenne.«

»Das sind wahrscheinlich auch Tolnedraner«, meinte Garion. »Ich bin Sendarier – oder zumindest bin ich als solcher erzogen worden. Deswegen gibt es da Unterschiede.«

»Das hört sich an, als wärst du nicht sicher, was du bist.«

»Silk sagt, ich wäre kein Sendarier«, erzählte Garion. »Er sagt, er weiß nicht genau, was ich bin, und das ist eigenartig. Silk kann bei jedem sofort erkennen, was er ist. Dein Vater hat mich für einen Rivaner gehalten.«

»Da die Dame Polgara deine Tante und Belgarath dein Großvater ist, bist du wahrscheinlich ein Zauberer«, vermutete Ce'Nedra.

Garion lachte. »Ich? Das ist doch albern. Außerdem sind Zauberer keine Rasse – wie Chereks oder Tolnedraner oder Rivaner. Es ist mehr ein Beruf, glaube ich – wie Kaufmann oder Rechtsgelehrter –, nur daß es keine neuen mehr gibt. Die Zauberer sind alle Tausende von Jahren alt. Meister Wolf sagt, daß sich die Menschen vielleicht verändert haben, so daß sie keine Zauberer mehr werden können.«

Ce'Nedra lehnte sich zurück, stützte sich auf die Ellbogen und sah zu ihm auf. »Garion?«

»Ja?«

»Würdest du mich gerne küssen?«

Garions Herz begann zu pochen.

Dann ertönte Durniks Stimme aus der Nähe, und für einen kurzen Augenblick haßte Garion seinen alten Freund.

20

»Herrin Pol sagt, es ist Zeit, daß ihr zum Zeltplatz zurückkommt«, sagte Durnik, als er zu der Lichtung kam. Eine Spur von Belustigung lag auf seinem offenen, verläßlichen Gesicht, und er sah die beiden wissend an.

Garion errötete und ärgerte sich deswegen. Ce'Nedra zeigte jedoch überhaupt keine Verlegenheit.

»Sind die Dryaden schon gekommen?« fragte sie, stand auf und strich sich das Gras von ihrer Tunika.

»Noch nicht«, antwortete Durnik. »Wolf sagt, es wäre gut, wenn sie uns bald fänden. Im Süden scheint sich ein Sturm zusammenzubrauen, und Herrin Pol fand, daß ihr beiden zurückkommen solltet.«

Garion sah zum Himmel empor und bemerkte die große dunkle Wolkenbank, die von Süden heraufzog und den hellen, blauen Himmel verdunkelte, während sie grollend nordwärts trieb. Er runzelte die Stirn. »Ich habe noch nie solche Wolken gesehen, du etwa, Durnik?«

Durnik blickte hoch. »Seltsam«, pflichtete er ihm bei.

Garion rollte die nassen Handtücher zusammen, dann machten sie sich auf den Weg flußabwärts. Die Wolken verdeckten die Sonne, und im Wald wurde es plötzlich sehr dunkel. Das Gefühl einer Wachsamkeit um sie herum war immer noch vorhanden, dieses behutsame Bewußtsein, das sie alle spürten, seit sie den Wald betreten hatten. Aber jetzt war da noch etwas anderes. Die großen Bäume raschelten unbehaglich, und Millionen winziger Botschaften schienen durch die rauschenden Blätter weitergegeben zu werden.

»Sie haben Angst«, wisperte Ce'Nedra. »Irgend etwas ängstigt sie.«

»Wie bitte?« fragte Durnik.

»Die Bäume – sie haben vor etwas Angst. Kannst du das nicht spüren?«

Er starrte sie verblüfft an.

Hoch über ihnen verstummten plötzlich die Vögel. Ein kalter Wind begann zu wehen, der den fauligen Geruch von stehendem Wasser und vermodernden Pflanzen mit sich trug.

»Was ist das für ein Geruch?« fragte Garion und sah sich nervös um.

»Nyissa liegt südlich von hier«, antwortete Ce'Nedra. »Es besteht weitgehend aus Sümpfen.«

»Ist es denn so nah?« erkundigte sich Garion.

»Eigentlich nicht«, erwiderte sie stirnrunzelnd. »Es müssen hundertachtzig Meilen oder mehr sein.«

»Kann ein Geruch so weit getragen werden?«

»Unwahrscheinlich«, meinte Durnik. »Zumindest nicht in Sendarien.«

»Wie weit ist es bis zu den Zelten?« fragte Ce'Nedra.

»Ungefähr eine halbe Meile«, antwortete Durnik.

»Vielleicht sollten wir laufen«, schlug sie vor.

Durnik schüttelte den Kopf. »Der Boden ist uneben, und bei solch schlechtem Licht zu laufen kann gefährlich sein. Aber wir können etwas schneller gehen.«

Sie eilten durch die zunehmende Dunkelheit. Der Wind wurde stärker, die Bäume schwankten und bebten unter seiner Kraft. Die seltsame Furcht, die den Wald befallen zu haben schien, wuchs.

»Dort drüben bewegt sich etwas«, flüsterte Garion drängend und zeigte auf die dunklen Bäume am anderen Flußufer.

»Ich sehe nichts«, sagte Ce'Nedra.

»Dort, direkt unter dem Baum mit den großen, weißen Ästen. Ist das eine Dryade?«
Ein undeutlicher Schatten schlich in dem Zwielicht von Baum zu Baum. Irgend etwas an der Gestalt war beängstigend falsch. Ce'Nedra betrachtete sie voller Abscheu. »Es ist keine Dryade«, sagte sie. »Es ist etwas Fremdes.«
Durnik hob einen Ast auf und umfaßte ihn mit beiden Händen wie eine Keule. Garion blickte sich rasch um und entdeckte einen anderen Ast. Auch er bewaffnete sich.
Eine weitere Gestalt tauchte zwischen zwei Bäumen auf, diesmal etwas näher.
»Wir müssen es riskieren«, sagte Durnik grimmig. »Seid vorsichtig, aber lauft. Lauft zu den anderen. Jetzt.«
Garion nahm Ce'Nedra bei der Hand, und sie liefen am Flußufer entlang, wobei sie oft stolperten. Durnik blieb weiter und weiter zurück. Warnend schwang er seinen Knüppel.
Die Gestalten waren jetzt überall um sie herum, und Garion verspürte erste Anzeichen von Panik.
Dann schrie Ce'Nedra auf. Eine der Gestalten hatte sich hinter einem niedrigen Busch unmittelbar vor ihnen erhoben. Sie war groß und mißgestaltet, und sie hatte kein Gesicht. Zwei leere Augenhöhlen starrten sie an, als sie vorwärtstaumelte und mit nur halbgeformten Händen nach ihnen griff. Die ganze Gestalt war von einem dunklen, schlammigen Grau und mit faulendem, stinkendem Moos bedeckt, das an ihrem schleimigen Körper klebte.
Ohne zu überlegen, zerrte Garion Ce'Nedra hinter sich und sprang zum Angriff vor. Der erste Schlag mit seiner Keule traf die Kreatur wuchtig in die Seite, aber der Knüppel versank ohne sichtbare Wirkung in dem Körper. Eine der ausgestreckten Hände berührte sein Gesicht. Angeekelt vor der schleimigen Berührung zuckte er zurück. Verzweifelt holte er wieder aus und traf das Ding auf den Unterarm. Mit Entsetzen sah er, wie der Arm am Ellbogen abbrach. Das Wesen hielt inne und hob den sich noch bewegenden Arm auf.
Wieder schrie Ce'Nedra, und Garion wirbelte herum. Ein wei-

terer Schlammensch war hinter ihr aufgetaucht und hielt sie mit beiden Armen an der Hüfte fest. Er wollte sich gerade umdrehen und die sich wehrende Prinzessin hochheben, als Garion seinen Knüppel mit aller Kraft schwang. Der Schlag war nicht auf Kopf oder Rücken gezielt, sondern auf die Fußknöchel.

Der Schlammensch fiel nach hinten, als seine beiden Füße abbrachen. Der Griff um Ce'Nedras Hüfte lockerte sich jedoch auch beim Fallen nicht.

Garion sprang vor, warf seinen Knüppel fort und zog seinen Dolch. Die Substanz des Wesens war erstaunlich hart. Ranken und tote Äste waren von dem Lehm umhüllt, der ihm seine Form gab. Fieberhaft schnitt Garion einen der Arme ab und versuchte dann, die schreiende Prinzessin zu befreien. Der andere Arm hielt sie noch immer umklammert. Fast schluchzend vor Hast begann Garion, den verbliebenen Arm abzuhacken.

»Paß auf!« kreischte Ce'Nedra. »Hinter dir!«

Garion sah schnell über seine Schulter. Der erste Schlammmensch packte nach ihm. Er fühlte einen starken Griff um seinen Knöchel. Der Arm, den er gerade abgetrennt hatte, hatte seinen Weg über den Waldboden gefunden und langte nach ihm.

»Garion!« brüllte Baraks Stimme aus der Nähe.

Es knackte im Gebüsch, und der große, rotbärtige Cherek erschien mit dem Schwert in der Hand. Hettar und Mandorallen waren dicht hinter ihm. Mit einem mächtigen Hieb schlug Barak dem ersten Schlammenschen den Kopf ab. Er segelte durch die Luft und landete mit einem ekelerregenden Geräusch in einigen Metern Entfernung. Die kopflose Kreatur drehte sich um und tappte, in dem Bemühen, die Hände auf ihren Angreifer legen zu können, blindlings umher. Barak erblaßte sichtlich und hackte dann beide ausgestreckte Arme ab. Immer noch stolperte das Wesen vorwärts.

»Die Beine«, sagte Garion schnell. Er bückte sich und schlug auf die Lehmhand, die sich um seinen Fuß krallte.

Barak schlug dem Schlammenschen die Beine ab. Das Wesen fiel zu Boden. Die abgetrennten Teile krochen darauf zu.
Andere Schlammenschen waren aufgetaucht, und Hettar und Mandorallen schlugen mit ihren Schwertern um sich und erfüllten die Luft mit Teilen und Gliedmaßen lebendigen Schlamms.
Barak bückte sich und riß den Arm ab, der Ce'Nedra noch immer festhielt. Dann riß er das Mädchen auf die Füße und schob sie zu Garion. »Bring sie zurück zu den Zelten!« befahl er. »Wo ist Durnik?«
»Er ist zurückgeblieben, um sie aufzuhalten.«
»Wir gehen und helfen ihm«, sagte Barak. »Lauft!«
Ce'Nedra war hysterisch, Garion mußte sie zu den Zelten zerren.
»Was ist los?« fragte Tante Pol.
»Ungeheuer draußen im Wald«, antwortete Garion und schob Ce'Nedra zu ihr hinüber. »Sie sind aus Schlamm, und man kann sie nicht töten. Sie haben Durnik.« Er schoß in eines der Zelte und tauchte eine Sekunde später mit seinem Schwert in der Hand und glühendem Kopf wieder auf.
»Garion!« rief Tante Pol, die sich von der schreienden Prinzessin freizumachen versuchte. »Was hast du vor?«
»Ich muß Durnik helfen«, rief er.
»Du bleibst, wo du bist.«
»Nein!« schrie er. »Durnik ist mein Freund.« Er rannte zum Kampfplatz zurück und schwang wütend sein Schwert.
»Garion! Komm zurück!«
Er überhörte sie und lief durch den dunklen Wald.
Der Kampf tobte etwa hundert Meter von den Zelten entfernt. Barak, Hettar und Mandorallen hackten die Schlammenschen systematisch in Stücke, und Silk schoß in dem Getümmel hin und her und stieß mit seinem kurzen Dolch Löcher in die dicken, moosbehangenen Ungeheuer. Garion stürzte sich in den Kampf, seine Ohren dröhnten, und eine Art verzweifelter Erregung durchtobte ihn.
Dann waren Meister Wolf und Tante Pol bei ihnen, und die

leichenblasse, zitternde Ce'Nedra stolperte hinter den beiden her. Wolfs Augen blitzten. Er schien sie alle zu überragen, als er seinen Willen konzentrierte. Er streckte eine Hand vor, die Innenseite nach oben. »Feuer!« befahl er, und ein zischender Blitz schoß aus seiner Hand in die wirbelnden Wolken hinauf. Die Erde erbebte unter der Wucht des Donnerschlags. Garion schwankte, so heftig dröhnte es in seinem Kopf.

Tante Pol hob die Hand. »Wasser!« sagte sie mit klingender Stimme.

Die Wolkenschleusen öffneten sich, und der Regen prasselte so stark hernieder, daß sich die ganze Luft in Wasser verwandelt zu haben schien.

Die Schlammenschen, die noch immer stumpfsinnig vorwärtsstapften, begannen sich in dem donnernden Regen aufzulösen und zu zerfließen. Mit angeekelter Faszination beobachtete Garion, wie sie in nasse Schleimklumpen und vermodernde Pflanzenteile zerfielen, sich aufbäumten und wogten, als der niederprasselnde Regen sie zerstörte.

Barak stieß sein tropfnasses Schwert vor und stach probehalber in den formlosen Haufen Schlamm, der ehemals der Kopf eines ihrer Angreifer gewesen war. Der Klumpen fiel auseinander, eine zusammengerollte Schlange wand sich daraus hervor. Sie erhob sich, als wollte sie zubeißen, aber Barak schlug sie in zwei Teile.

Weitere Schlangen tauchten auf, als der Schlamm, der sie umhüllt hatte, sich in dem tosenden Unwetter auflöste. »Die dort«, sagte Tante Pol und zeigte auf eine schwerfällige, grüne Schlange, die aus dem Schlamm freizukommen versuchte. »Hol sie mir, Garion.«

»Ich?« keuchte Garion entsetzt.

»Ich werde es tun«, sagte Silk. Er hob einen gegabelten Ast auf und drückte damit den Kopf der Schlange nach unten. Dann faßte er vorsichtig die feuchte Haut im Genick der Schlange und hob das sich windende Reptil hoch.

»Bring sie hierher«, befahl Tante Pol und wischte sich den Regen aus dem Gesicht.

Silk trug die Schlange zu ihr hinüber und hielt sie weit von sich. Die gespaltene Zunge zuckte nervös, die starren Augen fixierten sie.
»Was soll das bedeuten?« fragte sie die Schlange.
Die Schlange zischte sie an. Dann antwortete sie in einer Stimme, die eher ein lispelndes Wispern war: »Das, Polgara, ist Sache meiner Herrin.«
Silk erbleichte, als die Schlange sprach, und er verstärkte seinen Griff.
»Das sehe ich«, sagte Tante Pol.
»Gebt diese Suche auf«, zischte die Schlange. »Meine Herrin wird euch nicht erlauben, weiter zu gehen.«
Tante Pol lachte zornig. »Erlauben?« fragte sie. »Deine Herrin hat nicht die Macht, mir irgend etwas zu erlauben.«
»Meine Herrin ist die Königin von Nyissa«, sagte die Schlange in ihrem wispernden Zischen. »Dort ist ihre Macht absolut. Die Wege der Schlange sind nicht die Wege der Menschen, und meine Herrin ist die Königin der Schlangen. Ihr betretet Nyissa auf eigene Gefahr. Wir sind geduldig und furchtlos. Wir werden euch erwarten, wenn ihr am wenigsten daran denkt. Unser Biß bedeutet nur eine kleine Wunde, kaum bemerkt, und bringt doch den Tod.«
»Wieso interessiert sich Salmissra für diese Angelegenheit?« fragte Tante Pol.
Die Schlange züngelte sie an. »Sie hat es nicht für nötig gehalten, mir das zu offenbaren, und es liegt nicht in meiner Natur, neugierig zu sein. Ich habe meine Botschaft ausgerichtet und meine Belohnung bereits erhalten. Jetzt mach mit mir, was du willst.«
»Sehr schön«, sagte Tante Pol. Sie betrachtete die Schlange kalt, mit regenüberströmtem Gesicht.
»Soll ich sie töten?« fragte Silk mit starrem Blick und mit weißen Fingerknöcheln von dem angestrengten Griff, in dem er das aufgerollte Reptil hielt.
»Nein«, sagte sie leise. »Es hat keinen Wert, einen so ausgezeichneten Boten zu töten.« Sie fixierte die Schlange mit har-

tem Blick. »Kehre mit den anderen zu Salmissra zurück«, sagte sie. »Sag ihr, wenn sie sich noch einmal einmischt, werde ich sie verfolgen, und das tiefste Sumpfloch in Nyissa wird sie nicht vor meinem Zorn schützen.«

»Und meine Belohnung?« fragte die Schlange.

»Du hast dein Leben als Belohnung«, antwortete sie.

»Das ist wahr«, zischte die Schlange. »Ich werde deine Botschaft überbringen, Polgara.«

»Leg sie hin«, sagte Tante Pol zu Silk.

Der kleine Mann bückte sich und berührte mit der Hand den Boden. Die Schlange ringelte sich von seinem Arm, Silk ließ sie los und sprang nach hinten. Die Schlange sah ihn einmal an, dann glitt sie davon.

»Ich finde, das ist jetzt genug Regen, Pol«, sagte Wolf und wischte sich das Gesicht ab.

Tante Pol bewegte ihre Hand fast nachlässig, und der Regen hörte auf, als sei ein Becken plötzlich leer geworden.

»Wir müssen Durnik finden«, erinnerte sie Barak.

»Er war hinter uns.« Garion zeigte auf den jetzt Hochwasser führenden Fluß. Kalte Angst schnürte ihm die Kehle zusammen, als er sich vorstellte, was sie vielleicht finden mochten, aber er riß sich zusammen und ging voran durch den Wald.

»Der Schmied ist ein guter Gefährte«, sagte Mandorallen. »Nur ungern würde ich ihn verlieren.« Ein seltsamer, demütiger Ton schwang in der Stimme des Ritters mit, und sein Gesicht erschien in dem schwachen Licht unnatürlich blaß. Die Hand, die sein großes Breitschwert hielt, war jedoch ruhig wie ein Fels. Nur seine Augen verrieten einen Zweifel, den Garion dort noch nie wahrgenommen hatte.

Wasser tropfte überall, als sie durch den regennassen Wald gingen. »Es war ungefähr hier«, sagte Garion und blickte sich um. »Ich sehe keine Spur von ihm.«

»Ich bin hier oben.« Durniks Stimme erklang über ihnen. Er war auf eine mächtige Eiche geklettert und spähte jetzt nach unten. »Sind sie weg?« Vorsichtig kletterte er an dem glitschigen Stamm herab. »Der Regen kam gerade rechtzeitig«, sagte

er und sprang das letzte Stück. »Ich hatte allmählich Mühe, sie von dem Baum fernzuhalten.«
Rasch, ohne eine Wort zu sagen, umarmte Tante Pol den guten Mann, und dann, als ob diese plötzliche Geste sie verlegen machte, begann sie, mit ihm zu schimpfen.
Durnik ließ ihre Worte geduldig über sich ergehen. Auf seinem Gesicht lag ein seltsamer Ausdruck.

21

In dieser Nacht schlief Garion unruhig. Er wachte mehrmals auf und schauderte bei der Erinnerung an die Berührungen der Schlammenschen. Aber mit der Zeit ging auch diese Nacht, wie alles andere, zu Ende, und der Morgen dämmerte hell und klar. Er döste eine Weile in seine Decke eingerollt, bis Ce'Nedra kam, um ihn zu wecken.
»Garion«, sagte sie leise und berührte ihn an der Schulter, »bist du wach?«
Er öffnete die Augen und sah sie an. »Guten Morgen.«
»Die Dame Polgara sagt, daß du aufstehen sollst.«
Garion gähnte, streckte sich und setzte sich auf. Er warf einen Blick aus dem Zelt und stellte fest, daß die Sonne schien.
»Sie bringt mir das Kochen bei«, erzählte Ce'Nedra ziemlich stolz.
»Das ist schön«, antwortete Garion und strich sich die Haare aus dem Gesicht.
Sie betrachtete ihn einen Augenblick lang. Ihr kleines Gesichtchen war ernst und ihre grünen Augen aufmerksam. »Garion.«
»Ja?«
»Du warst gestern sehr tapfer.«
Er zuckte leicht die Achseln. »Dafür werde ich heute wahrscheinlich ausgeschimpft.«
»Wieso?«
»Tante Pol und mein Großvater mögen es nicht, wenn ich

tapfer zu sein versuche«, erklärte er. »Sie halten mich immer noch für ein Kind und wollen nicht, daß mir etwas zustößt.«

»Garion!« rief Tante Pol, die über dem kleinen Feuer kochte. »Ich brauche mehr Holz.«

Garion seufzte und rollte sich aus den Decken. Er zog seine Halbstiefel an, gürtete sein Schwert und ging hinaus in den Wald.

Unter den riesigen Eichen war es immer noch naß von der Sintflut, die Tante Pol am Vortag herbeigerufen hatte, und es war schwer, trockenes Holz zu finden. Er wanderte umher und zog Zweige unter umgestürzten Bäumen und überhängenden Felsen hervor. Die schweigenden Bäume beobachteten ihn, aber sie schienen heute morgen weniger unfreundlich.

»Was machst du da?« fragte eine helle Stimme über ihm.

Er sah rasch hoch, seine Hand fuhr zum Schwert.

Ein Mädchen stand auf einem breiten Ast unmittelbar über seinem Kopf. Sie trug eine gegürtete Tunika und Sandalen. Ihr Haar war gelbbraun, ihre grauen Augen neugierig, und ihre helle Haut besaß den schwach grünlichen Schimmer, der sie als Dryade auswies. In ihrer linken Hand hielt sie einen Bogen, ihre rechte hielt einen Pfeil auf der Sehne. Der Pfeil war direkt auf Garion gerichtet.

Er nahm die Hand langsam vom Schwert. »Ich sammle Holz«, erklärte er.

»Wofür?«

»Meine Tante braucht es für unser Feuer«, antwortete er.

»*Feuer*?« Das Gesicht des Mädchens wurde hart, und sie legte den Bogen an.

»Nur ein ganz kleines«, setzte er schnell hinzu, »zum Kochen.«

»Feuer ist hier verboten«, sagte das Mädchen streng.

»Das mußt du Tante Pol erklären«, sagte Garion. »Ich tue nur, was man mir aufgetragen hat.«

Das Mädchen stieß einen Pfiff aus, und ein anderes Mädchen kam hinter einem nahen Baum hervor. Sie trug ebenfalls einen Bogen. Ihr Haar war fast so rot wie das Ce'Nedras, und auch ihre Haut hatte die Farbe von Laub.

»Es sagt, daß es Holz sammelt«, berichtete das erste Mädchen. »Für ein Feuer. Glaubst du, ich sollte es töten?«

»Xantha sagt, wir sollen herausfinden, wer sie sind«, meinte die Rothaarige nachdenklich. »Wenn sich herausstellt, daß sie hier nichts zu suchen haben, kannst du es töten.«

»Also schön«, stimmte das gelbhaarige Mädchen offenbar enttäuscht zu. »Aber vergiß nicht, daß ich es gefunden habe. Wenn die Zeit kommt, werde ich es töten.«

Garion spürte, wie sich seine Nackenhaare aufrichteten.

Die Rothaarige pfiff, und ein halbes Dutzend weiterer, bewaffneter Dryaden kam aus den Bäumen herbei. Sie waren alle ziemlich klein, und ihre Haare hatten verschiedene Tönungen von Rot und Gold, ähnlich den Farben des Herbstlaubes. Sie sammelten sich um Garion und kicherten und schnatterten, während sie ihn betrachteten.

»Es gehört mir«, sagte die gelbhaarige Dryade und kletterte vom Baum herab. »Ich habe es gefunden und Xera sagt, daß ich es töten kann.«

»Es sieht gesund aus«, stellte eine der anderen fest, »und recht zahm. Vielleicht sollten wir es behalten. Ist es ein Männchen?«

Eine andere kicherte. »Wir können ja nachsehen.«

»Ich bin männlich«, sagte Garion rasch und errötete wider Willen.

»Es wäre eine Schande, es zu vergeuden«, meinte eine. »Vielleicht können wir es eine Zeitlang behalten und dann töten.«

»Es gehört mir«, beharrte die gelbhaarige Dryade stur, »und wenn ich es töten will, dann töte ich es.« Sie nahm Garion besitzergreifend beim Arm.

»Wir wollen uns die anderen ansehen«, schlug die Xera Genannte vor. »Sie machen Feuer, und das sollten wir unterbinden.«

»Feuer?« japsten einige der anderen, und alle starrten Garion vorwurfsvoll an.

»Nur ein kleines«, sagte Garion schnell.

»Bring es mit«, sagte Xera und ging durch den Wald voran zu den Zelten. Hoch oben murmelten die Bäume miteinander.

Tante Pol wartete gelassen, als sie die Lichtung erreichten. Sie betrachtete die um Garion gescharten Dryaden, ohne eine Miene zu verziehen. »Willkommen, meine Damen«, sagte sie.
Die Dryaden begannen miteinander zu flüstern.
»Ce'Nedra!« rief die Xera Genannte plötzlich aus.
»Base Xera«, antwortete Ce'Nedra, und die beiden liefen aufeinander zu und umarmten sich. Die anderen Dryaden kamen ein wenig weiter auf die Lichtung und warfen nervöse Blicke auf das Feuer.
Ce'Nedra sprach rasch mit Xera und erklärte ihrer Base, wer sie waren, dann bedeutete Xera den anderen, näherzukommen. »Es scheint, daß dies Freunde sind«, sagte sie. »Wir bringen sie zu meiner Mutter, Königin Xantha.«
»Heißt das, ich darf das hier nicht töten?« fragte die gelbhaarige Dryade und zog ein Gesicht, wobei sie mit ihren kleinen Fingern auf Garion zeigte.
»Ich fürchte nein«, antwortete Xera.
Die gelbhaarige Dryade lief schmollend davon.
Garion stieß einen erleichterten Seufzer aus.
Dann trat Meister Wolf aus einem der Zelte und betrachtete die Dryadenversammlung mit einem breiten Lächeln.
»Es ist Belgarath!« quietschte eine der Dryaden und rannte glückstrahlend auf ihn zu. Sie schlang ihre Arme um seinen Hals, zog seinen Kopf zu sich herunter und küßte ihn herzlich. »Hast du uns Süßigkeiten mitgebracht?« fragte sie.
Der alte Mann setzte ein feierliches Gesicht auf und begann, in seinen vielen Taschen herumzukramen. Zuckerwerk erschien und verschwand genauso schnell wieder, als die Dryaden, die sich um ihn geschart hatten, es so flink erhaschten, wie er es aus den Taschen holte.
»Hast du neue Geschichten für uns?« fragte eine der Dryaden.
»Viele Geschichten«, sagte Wolf und rieb sich verschmitzt die Nase. »Aber sollten wir nicht warten, damit eure Schwestern sie auch hören können?«

»Wir wollen eine ganz für uns allein«, sagte die Dryade.

»Und was würdet ihr mir für diese ganz besondere Geschichte geben?«

»Küsse«, bot die Dryade sogleich an. »Fünf Küsse von jeder von uns.«

»Es ist aber eine sehr gute Geschichte«, handelte Wolf. »Sie ist mehr wert als fünf. Sagen wir zehn.«

»Acht«, feilschte die Dryade.

»Also schön«, gab Wolf nach. »Acht klingt gut.«

»Wie ich sehe, warst du schon früher hier«, bemerkte Tante Pol trocken.

»Ich besuche sie von Zeit zu Zeit«, gab er zu.

»Die Süßigkeiten sind nicht gut für sie, das weißt du genau«, setzte sie hinzu.

»Ein paar werden ihnen nicht schaden, Pol, und sie mögen sie sehr. Eine Dryade würde für Süßigkeiten fast alles tun.«

»Du bist gräßlich«, sagte sie.

Alle Dryaden hatten sich inzwischen um Wolf versammelt. Sie sahen fast aus wie ein Garten voller Frühlingsblumen – alle, bis auf die gelbhaarige, die Garion gefangen hatte. Sie stand etwas abseits, zog ein finsteres Gesicht und spielte mit ihrer Pfeilspitze. Schließlich kam sie zu Garion herüber. »Du denkst nicht zufällig daran, wegzulaufen, oder?« fragte sie hoffnungsvoll.

»Nein«, sagte Garion mit Nachdruck.

Sie seufzte vor Enttäuschung. »Du würdest es dir nicht noch einmal überlegen – als besonderen Gefallen für mich?«

»Tut mir leid.«

Sie seufzte wieder, diesmal bitterlich. »Ich darf auch nie meinen Spaß haben«, jammerte sie und ging dann zu den anderen.

Silk tauchte aus einem der Zelte auf, wobei er sich langsam und vorsichtig bewegte, und nachdem die Dryaden sich an ihn gewöhnt hatten, erschien auch Durnik.

»Es sind nur Kinder, nicht wahr?« fragte Garion Tante Pol.

»Sie scheinen es zu sein«, erwiderte sie, »aber sie sind viel älter als sie aussehen. Eine Dryade lebt so lange wie ihr Baum, und Eichen leben sehr lange.«

»Wo sind die Dryadenjungen?« fragte er. »Ich sehe nur Mädchen.«
»Es gibt keine Jungen, mein Lieber«, erklärte sie und wandte sich wieder ihren Töpfen zu.
»Aber wie...? Ich meine...« Er stammelte und spürte, wie seine Ohren rot wurden.
»Sie fangen sich menschliche Männer dafür«, sagte sie. »Reisende zum Beispiel.«
»Oh.« Verlegen ließ er das Thema fallen.
Nachdem sie gefrühstückt und sorgfältig ihr Feuer mit Wasser aus dem Fluß gelöscht hatten, sattelten sie ihre Pferde und machten sich auf den Weg durch den Wald. Meister Wolf ging voran, immer noch von den Dryaden umringt, die wie glückliche Kinder lachten und schwatzten. Das Murmeln der Bäume über ihnen war nicht länger unfreundlich. Sie bewegten sich durch eine Art Willkommensrauschen von Millionen von Blättern.
Es war später Nachmittag, als sie eine große Lichtung mitten im Wald erreichten. Auf der Lichtung stand eine einzelne Eiche, die so groß war, daß Garion sich kaum vorstellen konnte, wie etwas so Riesiges leben konnte. Hier und dort in dem bemoosten Stamm waren fast höhlenartige Öffnungen, und seine unteren Äste waren annähernd so breit wie Straßen und erstreckten sich so weit, daß sie fast die ganze Lichtung beschatteten. Den Baum umgab eine Aura hohen Alters und geduldiger Weisheit. Garion spürte eine tastende, schwache Berührung seines Geistes, fast wie das sanfte Streicheln eines Blattes über sein Gesicht. Die Berührung war anders als alles, was Garion je gefühlt hatte, aber sie schien ihn auch willkommen zu heißen.
Der Baum wimmelte förmlich von Dryaden, die hier und dort auf den Ästen saßen wie Blüten. Ihr Gelächter und mädchenhaftes Schwatzen erfüllte die Luft wie Vogelgezwitscher.
»Ich sage meiner Mutter, daß ihr da seid«, sagte Xera und ging auf den Baum zu.
Garion und die anderen stiegen von den Pferden und blieben

unsicher in deren Nähe stehen. Von oben spähten Dryaden neugierig zu ihnen hinab. Ständig flüsterten sie miteinander oder kicherten.
Aus irgendeinem Grund machten die offenen, fröhlichen Blikke der Dryaden Garion sehr verlegen. Er stellte sich dichter neben Tante Pol und stellte fest, daß die anderen sich ebenfalls um sie scharten, so als suchten sie unbewußt Schutz bei ihr.
»Wo ist die Prinzessin?« fragte sie.
»Sie ist dort drüben, Herrin Pol«, antwortete Durnik, »bei den Dryaden dort.«
»Behalte sie im Auge«, sagte Tante Pol. »Und wo ist mein herumstrolchender Vater?«
»Dicht bei dem Baum«, erwiderte Garion. »Die Dryaden scheinen ihn sehr gern zu haben.«
Aus einer Höhlung im Baum, ein Stück oberhalb der ersten breiten Äste, erschien noch eine Dryade. Anstelle der kurzen Tunika, wie sie die anderen trugen, war sie in ein fließendes, langes grünes Gewand gekleidet, und ihr goldenes Haar wurde von einem Reif zusammengehalten, der wie ein Mistelzweig aussah. Anmutig stieg sie auf den Boden hinab.
Tante Pol ging auf sie zu, während die anderen in respektvollem Abstand folgten.
»Liebe Polgara«, sagte die Dryade herzlich, »es ist so lange her.«
»Wir haben alle unsere Verpflichtungen, Xantha«, erklärte Tante Pol.
Die beiden umarmten sich liebevoll.
»Hast du diese da als Geschenk für uns mitgebracht?« fragte Königin Xantha und betrachtete bewundernd die Männer, die hinter Tante Pol standen.
Tante Pol lachte. »Leider nein, Xantha. Ich würde sie dir gern schenken, aber ich glaube, ich brauche sie später noch.«
»Na ja«, sagte die Königin mit einem gespielten Seufzer. »Willkommen ihr alle«, begrüßte sie sie. »Ihr eßt natürlich mit uns.«
»Von Herzen gern«, sagte Tante Pol. Dann nahm sie die Köni-

gin beim Arm. »Könnten wir uns zuerst einen Augenblick unterhalten, Xantha?« Die beiden entfernten sich von den anderen und sprachen leise miteinander, während die Dryaden Bündel und Säcke aus den Hohlräumen im Baum heruntertrugen und auf dem Gras unter den ausladenden Ästen ein Festessen aufzutischen begannen.

Das Mahl, das sie bereiteten, sah seltsam aus. Die übliche Kost der Dryaden schien ausschließlich aus Früchten, Nüssen und Pilzen zu bestehen, und alles wurde ohne Kochen zubereitet.

Barak setzte sich und starrte verdrießlich auf das Dargebotene. »Kein Fleisch«, brummte er.

»Das bringt sowieso nur das Blut in Wallung«, sagte Silk.

Barak nippte argwöhnisch an seiner Tasse. »Wasser«, sagte er voller Abscheu.

»Es ist für dich sicherlich neu, zur Abwechslung einmal nüchtern schlafen zu gehen«, meinte Tante Pol, als sie wieder zu ihnen kam.

»Es ist bestimmt ungesund«, meinte Barak.

Ce'Nedra setzte sich neben Königin Xantha. Sie wollte offensichtlich mit ihr reden, aber da sich keine Gelegenheit zu einer vertraulichen Unterredung ergab, sprach sie schließlich offen vor allen. »Ich möchte um einen Gefallen bitten, Hoheit.«

»Bitte nur, mein Kind«, sagte die Königin lächelnd.

»Es ist keine Kleinigkeit«, erklärte Ce'Nedra. »Ich brauche eine Zuflucht für ein paar Jahre. Mein Vater wird im Alter immer unvernünftiger. Ich muß ihm fernbleiben, bis er wieder zu Verstand kommt.«

»In welcher Hinsicht wird Ran Borune unvernünftiger?« fragte Xantha.

»Er läßt mich nicht aus dem Palast, und er besteht darauf, daß ich an meinem sechzehnten Geburtstag nach Riva gehe«, sagte Ce'Nedra erbost. »Hast du so etwas je gehört?«

»Und warum möchte er, daß du nach Riva gehst?«

»Irgendein dummer Vertrag. Niemand kann sich auch nur an den Grund dafür erinnern.«

»Wenn es ein Vertrag ist, muß er eingehalten werden, Liebes«, sagte die Königin sanft.
»Ich werde nicht nach Riva gehen«, verkündete Ce'Nedra. »Ich bleibe bis nach meinem sechzehnten Geburtstag hier, und damit ist dann die Sache beendet.«
»Nein, Liebes«, sagte die Königin entschieden, »das wirst du nicht.«
»*Was?*« fragte Ce'Nedra wie betäubt.
»Wir haben auch einen Vertrag«, erklärte Xantha. »Unsere Vereinbarung mit dem Haus Borune ist ganz eindeutig. Unser Wald bleibt nur so lange unantastbar, wie die weiblichen Nachkommen der Prinzessin Xoria bei den Borunern bleiben. Es ist deine Pflicht, bei deinem Vater zu bleiben und ihm zu gehorchen.«
»Aber ich bin eine Dryade«, jammerte Ce'Nedra. »Ich gehöre hierher.«
»Du bist aber auch ein Mensch«, sagte die Königin, »und du gehörst zu deinem Vater.«
»Ich will aber nicht nach Riva gehen«, protestierte Ce'Nedra. »Es ist entwürdigend.«
Xantha sah sie streng an. »Sei kein albernes Kind«, sagte sie. »Deine Pflichten sind klar. Du hast Pflichten als Dryade, als eine Borunerin und als kaiserliche Prinzessin. Deine dummen kleinen Launen sind ganz unwichtig. Wenn du die Verpflichtung hast, nach Riva zu gehen, dann mußt du gehen.«
Ce'Nedra war erschüttert, denn die Worte der Königin klangen endgültig. Danach verfiel sie in brütendes Schweigen.
Dann wandte sich die Königin an Meister Wolf. »Es gehen viele Gerüchte um«, sagte sie, »und manche sind sogar bis hierher zu uns vorgedrungen. Ich glaube, draußen in der Welt der Menschen geschieht zur Zeit Folgenschweres, vielleicht berührt es sogar unser Leben im Wald. Ich finde, ich sollte erfahren, worum es sich handelt.«
Wolf nickte ernst. »Ich finde auch, daß du Bescheid wissen solltest«, stimmte er ihr zu. »Das Auge Aldurs ist vom Thron

in der Halle des Rivanischen Königs gestohlen worden, von Zedar dem Abtrünnigen.«
Xantha hielt den Atem an. »Wie?« fragte sie.
Wolf breitete die Hände aus. »Wir wissen es nicht. Zedar versucht, die Länder der Angaraks mit dem Auge zu erreichen. Wenn er einmal dort ist, wird er versuchen, dessen Macht zu benutzen, um Torak aufzuwecken.«
»Das darf nie geschehen«, sagte die Königin. »Was wird dagegen unternommen?«
»Die Alorner und die Sendarier bereiten sich auf den Krieg vor«, erwiderte Wolf. »Die Arendier haben Hilfe versprochen, und Ran Borune ist unterrichtet, hat allerdings keine Versprechen abgegeben. Die Boruner können manchmal recht schwierig sein.« Er warf einen Blick auf die schmollende Ce'Nedra.
»Dann bedeutet es also Krieg?« fragte die Königin traurig.
»Ich fürchte ja, Xantha«, sagte er. »Ich verfolge Zedar mit den anderen hier, und ich hoffe, wir können ihn einholen und das Auge zurückgewinnen, ehe er damit zu Torak kommt. Wenn wir Erfolg haben, werden die Angaraks den Westen sowieso aus Verzweiflung angreifen. Uralte Prophezeiungen stehen kurz vor ihrer Erfüllung. Überall gibt es Anzeichen dafür, und selbst die Grolims mit ihrer schwachen Wahrnehmungskraft können sie lesen.«
Die Königin seufzte. »Ich habe selbst einige der Zeichen gesehen, Belgarath«, sagte sie. »Ich hatte gehofft, ich hätte mich geirrt. Wie sieht dieser Zedar aus?«
»Er ähnelt mir«, erklärte Wolf. »Wir haben lange dem gleichen Herrn gedient, so etwas prägt.«
»Jemand ist letzte Woche durch die Ausläufer unseres Waldes gekommen und über die Grenze nach Nyissa gegangen«, sagte Xantha. »Wenn wir Bescheid gewußt hätten, wären wir vielleicht imstande gewesen, ihn aufzuhalten.«
»Dann sind wir dichter dran, als ich dachte. War er allein?«
»Nein«, erzählte Xantha. »Er hatte zwei Diener Toraks bei sich und einen kleinen Jungen.«
Wolf sah sie überrascht an. »Einen Jungen?«

»Ja, etwa sechs Jahre alt.«
Der alte Mann runzelte die Stirn, dann weiteten sich seine Augen. »Also *so* hat er es gemacht«, rief er aus. »Daran hätte ich nie gedacht.«
»Wir können dir zeigen, wo er über den Fluß nach Nyissa gegangen ist«, bot die Königin an. »Ich muß dich allerdings warnen, daß es für eine so große Gruppe gefährlich wird, dorthin zu gehen. Salmissra hat überall dort in den Sümpfen Augen.«
»Ich habe bereits einen Plan«, beruhigte sie Wolf. Er wandte sich an Barak. »Bist du sicher, daß uns das Schiff an der Mündung des Waldflusses erwartet?« fragte er.
»Es wird dort sein«, sagte Barak polternd. »Sein Kapitän ist ein zuverlässiger Mann.«
»Gut«, sagte Wolf. »Silk und ich werden dann Zedars Spur aufnehmen, und ihr anderen folgt dem Fluß bis zum Meer. Fahrt mit dem Schiff an der Küste entlang und dann den Schlangenfluß nach Sthiss Tor hinauf. Dort werden wir euch treffen.«
»Ist es wohlgetan, unsere Gemeinschaft in einem Land, so gefährlich wie Nyissa, zu trennen?« fragte Mandorallen.
»Es ist notwendig«, sagte Wolf. »Das Schlangenvolk ist in den Dschungeln zu Hause, und sie mögen keine Fremden. Silk und ich können uns schneller und heimlicher bewegen, wenn wir allein sind.«
»Wo sollen wir dich treffen?« fragte Barak.
»In der Nähe der Kais in Sthiss Tor ist eine drasnische Handelsenklave«, sagte Silk. »Einige der Kaufleute dort sind meine Freunde. Fragt einfach nach Radek von Boktor. Wenn wir uns nicht dort treffen können, lassen wir eine Nachricht über unseren Verbleib bei den Händlern.«
»Was ist mit mir?« fragte Ce'Nedra.
»Ich denke, du wirst bei uns bleiben müssen«, antwortete Tante Pol.
»Aber für mich gibt es keinen Grund, nach Nyissa zu gehen«, meinte Ce'Nedra.
»Du gehst, weil ich es dir sage«, erwiderte Tante Pol. »Ich bin nicht dein Vater, Ce'Nedra. Deine Schmollerei erweicht mein

Herz nicht, und dein Wimperngeklimper beeindruckt mich wirklich nicht.«
»Dann laufe ich weg«, drohte Ce'Nedra.
»Das wäre sehr dumm«, sagte Tante Pol kalt. »Ich müßte dich dann zurückholen, und das fändest du gar nicht spaßig. Die Zustände in der Welt sind im Augenblick viel zu ernst, als daß man den Launen eines verwöhnten kleinen Mädchens viel Beachtung schenken könnte. Du bleibst bei mir, und du *wirst* an deinem sechzehnten Geburtstag in der Halle des Rivanischen Königs stehen, selbst wenn ich dich in Ketten dorthin schleppen muß. Wir haben alle viel zuviel zu tun, um dich noch weiter zu verwöhnen.«
Ce'Nedra starrte sie an, dann brach sie plötzlich in Tränen aus.

22

Am nächsten Morgen, kurz vor Sonnenaufgang, als noch der Frühnebel zwischen den großen Eichen hing, trafen Silk und Meister Wolf Vorbereitungen für ihre Abreise nach Nyissa. Garion saß auf einem Baumstumpf und beobachtete schwermütig, wie der alte Mann einige Lebensmittel einpackte.
»Warum so trübsinnig?« fragte ihn Wolf.
»Ich wünschte, wir müßten uns nicht trennen.«
»Es ist doch nur für ein paar Wochen.«
»Ich weiß, aber trotzdem ...« Garion zuckte die Achseln.
»Paß auf deine Tante auf, während ich fort bin«, sagte Wolf und verschnürte sein Bündel.
»Mach ich.«
»Und behalte dein Amulett an. Nyissa ist ein gefährliches Land.«
»Ich werde daran denken«, versprach Garion. »Und du paßt auf dich auf, nicht wahr, Großvater?«
Der alte Mann sah ihn ernst an, sein weißer Bart schimmerte in dem diesigen Morgenlicht. »Ich passe immer auf mich auf, Garion.«

»Es wird spät, Belgarath«, rief Silk und führte zwei Pferde herbei.

Wolf nickte. »Wir treffen euch in zwei Wochen in Sthiss Tor«, sagte er zu Garion.

Garion umarmte den alten Mann rasch und wandte sich dann ab, um nicht sehen zu müssen, wie die beiden fortgingen. Er ging über die Lichtung zu Mandorallen, der nachdenklich in den Nebel hinaussah.

»Eine Trennung ist eine traurige Angelegenheit«, sagte der Ritter schwermütig. Er seufzte.

»Aber es ist mehr als das, nicht wahr, Mandorallen?« fragte Garion.

»Er ist ein aufmerksamer Bursche.«

»Was beunruhigt dich? In den letzten beiden Tagen hast du dich seltsam benommen.«

»Ich habe ein eigenartiges Gefühl in mir entdeckt, Garion, und es will mir gar nicht gefallen.«

»Ach? Was ist es?«

»Angst«, sagte Mandorallen knapp.

»Angst? Wovor?«

»Die Schlammenschen. Ich weiß nicht warum, aber allein ihre Existenz verursacht mir weiche Knie.«

»Sie haben uns allen Angst eingejagt, Mandorallen.«

»Ich hatte vorher aber noch nie Angst« , sagte Mandorallen leise.

»Nie?«

»Nicht einmal als Kind. Die Schlammenschen haben mir eine Gänsehaut verursacht. Ich wäre am liebsten davongelaufen.«

»Aber du bist nicht weggelaufen«, sagte Garion nachdrücklich. »Du bist geblieben und hast gekämpft.«

»Dieses Mal schon«, gab Mandorallen zu. »Aber was ist beim nächsten Mal? Jetzt, wo die Angst Zugang zu meinem Herzen gefunden hat, wer kann sagen, wann sie wiederkehrt? In einer verzweifelten Stunde, wenn der Ausgang unserer Suche am seidenen Faden hängt, mag dann nicht niedere Furcht ihre kalte Hand um mein Herz legen und mich entmutigen? Ich bin zutiefst beschämt über meine Schwäche und meinen Fehler.«

»Beschämt? Weil du menschlich bist? Du bist zu hart mit dir, Mandorallen.«

»Es ist sehr freundlich, mich dergestalt zu entschuldigen, Knabe, aber mein Versagen ist zu kränkend, um so einfach Verzeihung zu erlangen. Ich strebte nach Vollkommenheit und war, wie ich glaube, dem Ziel nicht sehr fern, aber nun ist diese Vollkommenheit, ein Wunder dieser Welt, dahin. Bitter ist es, solches hinzunehmen.« Er drehte sich um, und zu Garions Erstaunen standen Tränen in seinen Augen. »Wollt Ihr mir helfen, meine Rüstung anzulegen?« fragte er.

»Natürlich.«

»Ich habe das dringende Bedürfnis, mich in Stahl zu hüllen. Vielleicht stärkt es mein feiges Herz.«

»Du bist kein Feigling«, widersprach Garion.

Mandorallen seufzte traurig. »Nur die Zeit vermag das zu enthüllen.«

Als es Zeit zum Aufbruch war, sprach Königin Xantha kurz zu ihnen. »Ich wünsche euch alles Gute«, sagte sie. »Ich würde euch bei eurer Suche helfen, wenn ich könnte, aber eine Dryade ist durch Bande an ihren Baum gefesselt, die nicht gelöst werden können. Mein Baum hier ist sehr alt, und ich muß für ihn sorgen.« Sie blickte liebevoll an der riesigen Eiche empor, die über die Morgennebel hinausragte. »Wir sind einander verbunden, aber es ist ein Band der Liebe.«

Wieder spürte Garion die schwache Berührung in seinem Geist, die er schon am Tag zuvor erlebt hatte, als er zum erstenmal den gewaltigen Baum gesehen hatte. Es lag eine Art Lebewohl in dieser Berührung und etwas, das wie eine Warnung anmutete.

Königin Xantha wechselte einen erstaunten Blick mit Tante Pol und betrachtete Garion dann genauer. »Einige meiner jüngeren Töchter werden euch zu dem Fluß geleiten, der die südliche Grenze unseres Waldes bildet«, fuhr sie fort. »Von dort an ist euer Weg zum Meer nicht zu verfehlen.« Ihre Stimme zeigte keine Veränderung, aber ihre Augen waren nachdenklich geworden.

»Danke, Xantha«, sagte Tante Pol herzlich und umarmte die Dryadenkönigin. »Wenn du den Borunern Nachricht schicken könntest, daß Ce'Nedra bei mir in Sicherheit ist, würde es das Herz ihres Vaters sicherlich erleichtern.«

»Das werde ich, Polgara«, versprach Xantha.

Sie stiegen auf die Pferde und folgten dem halben Dutzend Dryaden, die wie Schmetterlinge vor ihnen herflatterten und sie südwärts durch den Wald führten. Aus irgendeinem Grund war Garion sehr niedergeschlagen, und er schenkte seiner Umgebung nur wenig Aufmerksamkeit, als er neben Durnik über den gewundenen Waldpfad ritt.

Am späteren Vormittag wurde es dunkler unter den Bäumen, und sie ritten schweigend durch den jetzt düsteren Wald. Die Warnung, die Garion auf Königin Xanthas Lichtung zu empfangen geglaubt hatte, schien im Knacken der Äste und im Rascheln des Laubes widerzuhallen.

»Das Wetter schlägt um«, meinte Durnik und sah nach oben. »Ich wünschte, ich könnte den Himmel sehen.«

Garion nickte und bemühte sich, das Gefühl einer nahenden Gefahr abzuschütteln.

Mandorallen in seiner Rüstung und Barak im Kettenhemd ritten am Kopf der Gruppe, Hettar in seiner stahlbesetzten Pferdelederjacke bildete die Nachhut. Das dunkle Gefühl einer Vorahnung schien sie alle erfaßt zu haben, und sie ritten wachsam, die Hände nahe den Waffen und nach Gefahr Ausschau haltend.

Dann waren ganz plötzlich überall um sie herum tolnedranische Legionäre, die aus den Büschen oder hinter Bäumen hervortraten. Sie griffen nicht an, sondern standen einfach in ihren blankpolierten Brustharnischen und mit stoßbereiten Kurzspeeren da.

Barak fluchte, und Mandorallen riß heftig am Zügel seines Schlachtrosses. »Geht beiseite!« befahl er den Soldaten und legte seine Lanze an.

»Ruhig«, warnte Barak.

Die Dryaden verschwanden nach einem überraschten Blick auf die Soldaten in dem dunklen Wald.

»Was meint Ihr, Graf Barak?« fragte Mandorallen munter. »Es können nicht mehr als hundert sein. Sollen wir sie angreifen?«

»Eines Tages müssen wir beide uns einmal ausführlich über gewisse Dinge unterhalten«, erwiderte Barak. Er warf einen Blick über die Schulter zurück und sah, wie Hettar langsam näherkam, dann seufzte er. »Na gut, dann können wir auch gleich anfangen.« Er zog die Riemen an seinem Schild straff und zog sein Schwert aus der Scheide. »Was meinst du, Mandorallen? Sollen wir ihnen einen Vorsprung geben, falls sie weglaufen wollen?«

»Ein barmherziger Vorschlag, Graf Barak«, stimmte Mandorallen zu.

Dann tauchte in einiger Entfernung eine Gruppe Reiter zwischen den Bäumen auf. Ihr Anführer war ein großer Mann, der einen mit Silber verbrämten blauen Umhang trug. Sein Brustharnisch und der Helm waren mit Gold verziert. Er ritt einen tänzelnden, kastanienbraunen Hengst, dessen Hufe das feuchte Laub der Erde aufwirbelten. »Hervorragend«, sagte er beim Näherkommen. »Absolut hervorragend.«

Tante Pol musterte den Neuankömmling kalt. »Haben die Legionäre nichts Besseres zu tun, als Reisenden aufzulauern?« fragte sie.

»Dies ist meine Legion, werte Dame«, sagte der Mann in dem blauen Umhang arrogant, »und sie tut, was ich ihr befehle. Ich sehe, daß ihr Prinzessin Ce'Nedra bei euch habt.«

»Wo ich hingehe und mit wem, ist meine Sache, Euer Gnaden«, sagte Ce'Nedra hochmütig. »Es geht den Großherzog Kador aus dem Hause Vordue nichts an.«

»Euer Vater ist höchst besorgt, Prinzessin«, sagte Kador. »Ganz Tolnedra sucht nach Euch. Wer sind diese Leute?«

Garion versuchte, sie mit einem finsteren Kopfschütteln zu warnen, aber es war zu spät.

»Die beiden Ritter, die unsere Gruppe führen, sind Baron

Mandorallen von Vo Mandor und Graf Barak von Trellheim«, verkündete sie. »Der algarische Krieger, der unsere Nachhut bildet, ist Hettar, Sohn des Cho-Hag, Erster der Clan-Chefs von Algarien. Die Dame –«

»Ich kann für mich selbst sprechen, Liebes«, unterbrach Tante Pol. »Ich bin neugierig zu erfahren, was der Großherzog Kador so weit im Süden treibt.«

»Ich habe Interessen hier, meine Dame«, sagte Kador.

»Augenscheinlich«, meinte Tante Pol.

»Alle Legionen des Reiches suchen nach der Prinzessin, aber ich bin es, der sie gefunden hat.«

»Ich bin erstaunt, einen Vorduvier zu finden, der so bereitwillig bei der Suche nach einer borunischen Prinzessin hilft«, sagte Tante Pol. »Vor allem, wenn man bedenkt, daß zwischen beiden Familien schon jahrhundertelange Feindschaft herrscht.«

»Sollen wir dieses müßige Gezänk nicht lassen?« schlug Kador eisig vor. »Meine Beweggründe sind meine eigene Angelegenheit.«

»Und zweifellos unselig«, setzte sie hinzu.

»Ich finde, Ihr vergeßt Euch, meine Dame«, sagte Kador. »Ich bin schließlich, wer ich bin – und wichtiger noch, wer ich sein werde.«

»Und was werdet Ihr sein, Euer Gnaden?« fragte sie.

»Ich werde Ran Vordue, Kaiser von Tolnedra, sein«, erklärte Kador.

»Oh? Und was macht bitte der zukünftige Kaiser von Tolnedra im Wald der Dryaden?«

»Ich tue, was nötig ist, um meine Interessen zu schützen«, sagte Kador steif. »Im Augenblick ist es von Bedeutung, daß Prinzessin Ce'Nedra in meiner Obhut ist.«

»Mein Vater hat sicherlich etwas dazu zu sagen, Großherzog Kador«, sagte Ce'Nedra, »und zu Euren Ambitionen.«

»Was Ran Borune sagt, interessiert mich nicht, Eure Hoheit«, erwiderte Kador. »Tolnedra braucht mich, und kein Borunertrick kann mir die Kaiserkrone vorenthalten. Es ist offensichtlich, daß der alte Mann plant, Euch mit einem Honether oder Horbiter zu verheiraten, damit sie einen scheinbaren Anspruch auf den Thron erheben können. Das könnte die ganze Sache komplizierter machen, aber ich habe die Absicht, die Dinge einfach zu halten.«

»Indem Ihr mich selbst heiratet?« fragte Ce'Nedra wütend. »So lange würdet Ihr nicht leben.«

»Nein«, widersprach Kador. »Ich möchte keine Dryade zur Frau. Im Gegensatz zu den Borunern hält das Haus Vordue sein Geschlecht rein und unverseucht.«

»Dann wollt Ihr mich also gefangennehmen?« fragte Ce'Nedra.

»Leider wäre das unmöglich«, antwortete der Herzog. »Der Kaiser hat überall Augen. Es ist wirklich eine Schande, daß Ihr gerade zu diesem Zeitpunkt fortgelaufen seid, Hoheit. Ich hatte schon beträchtliche Kosten aufgewandt, um einen meiner Agenten in den Kaiserpalast einzuschleusen und etwas von einem seltenen nyissischen Gift zu besorgen. Ich hatte mir sogar schon die Mühe gemacht, einen Beileidsbrief an Ihren Vater aufzusetzen.«

»Wie aufmerksam von Euch«, sagte Ce'Nedra erblassend.

»Unglücklicherweise muß ich jetzt etwas direkter vorgehen«, fuhr Kador fort. »Ein scharfes Messer und etwas Schlamm sollten Ihre unselige Einmischung in die tolnedranische Politik beenden. Es tut mir sehr leid, Prinzessin. Es ist nicht persönlich gemeint, versteht Ihr, aber ich muß meine Interessen schützen.«

»Euer Plan, Herzog Kador, hat nur einen Fehler«, sagte Mandorallen und lehnte seine Lanze behutsam gegen einen Baum.

»Ich sehe keinen, Baron«, antwortete Kador verschlagen.

»Euer Fehler lag darin, Euch unbesonnen in Reichweite meines Schwertes zu begeben«, erklärte Mandorallen. »Euer Kopf ist verwirkt, und ein Mann ohne Kopf hat wenig Bedarf für eine Krone.«

Garion wußte, daß Mandorallens Draufgängertum zum Teil von seinem verzweifelten Bedürfnis herrührte, zu beweisen, daß er keine Angst hatte.

Kador betrachtete den Ritter furchtsam. »Das würdet Ihr nicht wagen«, sagte er etwas unsicher. »Ihr seid stark in der Minderzahl.«

»Ihr seid unklug, so zu denken«, sagte Mandorallen. »Ich bin der kühnste Ritter der Welt und in voller Rüstung. Eure Soldaten werden wie Grashalme für mich sein. Ihr seid verdammt, Kador.« Bei diesen Worten zog er sein Schwert.

»Das mußte ja so kommen«, sagte Barak mit einer Grimasse zu Hettar und zog ebenfalls sein Schwert.

»Ich finde, das sollten wir nicht tun«, verkündete eine neue Stimme rauh. Ein vertrauter, schwarzgekleideter Mann ritt auf einem dunklen Pferd hinter einem Baum hervor. Er murmelte rasch ein paar Worte und machte eine abgezirkelte Geste mit seiner rechten Hand. Garion fühlte ein dumpfes Rauschen und ein seltsames Dröhnen in seinem Kopf. Mandorallens Schwert entglitt seiner Hand.

»Vielen Dank, Asharak«, sagte Kador erleichtert. »Damit hatte ich nicht gerechnet.«

Mandorallen zog seinen Stahlhandschuh aus und hielt sich die Hand, als hätte er einen heftigen Schlag erhalten. Hettars Augen wurden schmal und dann seltsam leer. Das schwarze Pferd des Murgos sah ihn einmal an und wandte dann fast verächtlich den Blick ab.

»Nun, Sha-Dar«, sagte Asharak hämisch, mit einem häßlichen Grinsen auf dem vernarbten Gesicht, »möchtest du das noch einmal versuchen?«

Hettar sah angeekelt aus. »Es ist kein Pferd«, sagte er. »Es sieht zwar aus wie ein Pferd, aber es ist keines.«

»Stimmt«, gab Asharak zu. »Es ist wirklich etwas ganz anderes. Du kannst dich in seinen Geist hineinversetzen, wenn du willst, aber ich glaube nicht, daß dir gefallen wird, was du dort findest.« Er schwang sich aus dem Sattel und ging auf sie zu, seine Augen brannten. Er blieb vor Tante Pol stehen und machte eine spöttische Verbeugung. »So treffen wir uns wieder, Polgara.«

»Du warst sehr beschäftigt, Chamdar.«

Kador, der gleichfalls abstieg, schien verblüfft. »Du kennst diese Frau, Asharak?«
»Er heißt Chamdar, Herzog Kador«, sagte Tante Pol, »und er ist ein Grolimpriester. Du hast geglaubt, er kaufte nur deine Ehre, aber bald wirst du feststellen, daß er weit mehr als das gekauft hat.« Sie richtete sich im Sattel auf, und die weiße Locke an ihrer Schläfe leuchtete plötzlich hell. »Du warst ein interessanter Gegner, Chamdar. Ich werde dich fast vermissen.«
»Laß es, Polgara«, sagte der Grolim rasch. »Ich habe meine Hand um das Herz des Jungen geschlossen. Sobald du anfängst, deinen Willen zu konzentrieren, wird er sterben. Ich weiß, wer er ist und wie teuer er dir ist.«
Ihre Augen wurden schmal. »Leicht gesagt, Chamdar.«
»Willst du es ausprobieren?« höhnte er.
»Steigt ab«, befahl Kador barsch, und die Legionäre traten drohend einen Schritt vor.
»Tut, was er sagt«, befahl Tante Pol leise.
»Es war eine lange Jagd, Polgara«, sagte Chamdar. »Wo ist Belgarath?«
»Nicht weit«, antwortete sie. »Wenn du jetzt losläufst, kannst du vielleicht entkommen, ehe er zurück ist.«
»Nein, Polgara.« Er lachte. »Ich wüßte es, wenn er in der Nähe wäre.« Er drehte sich um und betrachtete Garion aufmerksam. »Du bist gewachsen, Junge. Es ist schon einige Zeit her, daß wir Gelegenheit hatten, uns zu unterhalten, nicht wahr?«
Garion starrte auf das vernarbte Gesicht seines Feindes. Er war wachsam, aber merkwürdigerweise hatte er keine Angst. Der Kampf zwischen ihnen, auf den er sein Leben lang gewartet hatte, stand kurz bevor, und etwas tief in seinem Innern sagte ihm, daß er bereit war.
Chamdar blickte ihm prüfend in die Augen. »Er weiß es nicht, oder?« fragte er Tante Pol. Dann lachte er. »Wie sehr du doch eine Frau bist, Polgara. Du hast das Geheimnis vor ihm bewahrt, einfach um des Geheimnisses willen. Ich hätte ihn dir schon vor Jahren wegnehmen sollen.«

»Laß ihn in Ruhe, Chamdar«, befahl sie.
Er ignorierte sie. »Wie lautet sein richtiger Name, Polgara? Hast du ihm das schon gesagt?«
»Das geht dich nichts an«, entgegnete sie scharf.
»O doch, Polgara. Ich habe fast so sorgsam über ihn gewacht wie du.« Wieder lachte er. »Du warst seine Mutter, ich war sein Vater. Wir haben einen prächtigen Sohn aufgezogen – aber trotzdem möchte ich seinen wahren Namen wissen.«
Sie riß sich zusammen. »Ich glaube, das reicht jetzt, Chamdar. Wie lauten deine Bedingungen?«
»Es gibt keine Bedingungen, Polgara«, antwortete der Grolim. »Du, der Junge und ich werden zu dem Ort gehen, wo Torak den Moment seines Erwachens erwartet. Meine Hand wird die ganze Zeit um das Herz des Jungen liegen, so daß du angemessen fügsam sein wirst. Zedar und Ctuchik werden sich gegenseitig im Kampf um das Auge zerstören – wenn nicht Belgarath sie zuerst findet und sie selbst vernichtet –, aber das Auge interessiert mich eigentlich nicht. Von Anfang an bin ich hinter dir und dem Jungen hergewesen.«
»Dann hast du also gar nicht versucht, uns aufzuhalten?«
Chamdar lachte. »Euch aufhalten? Ich habe versucht, euch zu helfen. Ctuchik und Zedar haben beide Handlanger hier im Westen. Ich habe sie an jeder Biegung aufgehalten und getäuscht, so daß ihr durchkamt. Ich wußte, daß Belgarath es früher oder später für notwendig erachten würde, das Auge allein zu verfolgen, und wenn das eintrat, hatte ich dich und den Jungen.«
»Zu welchem Zweck?«
»Verstehst du noch immer nicht? Die beiden ersten Dinge, die Gott Torak sieht, wenn er erwacht, werden seine Braut und sein Todfeind sein, der in Ketten vor ihm kniet. Für ein solch königliches Geschenk werde ich über alle Maßen belohnt werden.«
»Dann laß die anderen gehen«, sagte sie.
»Die anderen interessieren mich nicht«, meinte Chamdar. »Ich überlasse sie dem edlen Kador. Ich kann mir zwar nicht vorstel-

len, daß er es für angebracht hält, sie am Leben zu lassen, aber das ist seine Sache. Ich habe, was ich wollte.«

»Du Schwein!« tobte Tante Pol hilflos. »Du elendes Schwein!«

Mit einem milden Lächeln schlug Chamdar ihr ins Gesicht. »Du mußt wirklich lernen, deine Zunge im Zaum zu halten, Polgara.«

Garions Kopf schien zu bersten. Undeutlich sah er, wie Durnik und die anderen von den Legionären zurückgehalten wurden, aber keiner der Soldaten schien ihn für eine Bedrohung zu halten. Er ging ohne nachzudenken auf seinen Feind zu und tastete dabei nach seinem Schwert.

»*So nicht*!« Es war die nüchterne Stimme in seinem Geist, die schon immer dagewesen war, aber jetzt war die Stimme nicht länger passiv, uninteressiert.

»*Ich bringe ihn um*!« sagte Garion lautlos in den Windungen seines Hirns.

»*So nicht*!« warnte die Stimme wieder. »*Sie würden es nicht zulassen – nicht mit deinem Messer.*«

»*Wie dann?*«

»*Denk daran, was Belgarath gesagt hat – der Wille und das Wort.*«

»*Ich weiß nicht wie. Das kann ich nicht.*«

»*Du bist, wer du bist. Ich zeige dir wie. Paß auf*!«

Ungerufen, so deutlich, als würde er es geschehen sehen, stieg das Bild des Gottes Torak, der sich in dem Feuer von Aldurs Auge wand, vor seinen Augen auf. Er sah, wie Toraks Gesicht zerschmolz und wie seine Finger brannten. Dann wurde das Gesicht undeutlich. Es verwandelte sich, bis es zu dem Gesicht des dunklen Beobachters wurde, dessen Geist mit dem seinen verbunden war, soweit er sich zurückerinnern konnte. Er fühlte, wie eine schreckliche Kraft sich in ihm aufbaute, während das Bild Chamdars, in sengende Flammen gehüllt, vor ihm stand.

»*Jetzt!*« befahl die Stimme. »*Tu es!*«

Es erforderte nur einen Schlag. Seine Wut würde durch nichts weniger befriedigt werden. Er schoß so schnell auf den Grolim zu, daß keiner der Legionäre ihn aufhalten konnte. Er holte mit seinem rechten Arm aus, und in dem Moment, in dem seine Handfläche Chamdars vernarbte linke Wange berührte, fühlte er, wie alle Kraft, die sich in ihm aufgebaut hatte, aus dem silbrigen Mal in seiner Hand strömte. »*Brenne!*« befahl er mit dem Willen, daß es geschehe.

Überrumpelt sprang Chamdar zurück. Ein plötzlicher Zorn malte sich auf seinem Gesicht ab, dann weiteten sich seine Augen in erschreckter Erkenntnis. Einen Moment lang starrte er Garion in blankem Entsetzen an, dann verzog sich sein Gesicht vor Schmerz. »Nein!« schrie er heiser auf, aber schon begann seine Wange dort zu qualmen und zu versengen, wo das Mal in Garions Hand sie berührt hatte. Rauchfahnen stiegen von seinem schwarzen Umhang empor, als ob plötzlich ein Feuer unter ihm entfacht worden wäre. Dann schrie er wieder und hielt sich das Gesicht. Seine Finger fingen Feuer. Erneut schrie er auf, und plötzlich fiel er zuckend zu Boden.

»*Halt aus!*« Diesmal war es Tante Pol, deren Stimme scharf in Garions Geist ertönte.

Chamdars ganzes Gesicht stand nun in Flammen, und seine Schreie hallten in dem dunklen Wald wider. Die Legionäre wichen vor dem brennenden Mann zurück. Garion wurde plötzlich übel. Er wollte sich abwenden.

»*Nicht nachlassen!*« sagte Tante Pols Stimme zu ihm. »*Halte deinen Willen auf ihn gerichtet!*«

Garion stand über dem lodernden Grolim. Das feuchte Laub auf dem Boden rauchte und schwelte, wo Chamdar sich wälzte und mit dem Feuer kämpfte, das ihn verzehrte. Flammen schossen aus seiner Brust, seine Schreie wurden schwächer. Mit ungeheurer Anstrengung kämpfte er sich auf die Füße und streckte seine brennenden Hände Garion flehend entgegen. Sein Gesicht war nicht mehr, schmieriger, schwarzer Rauch stieg aus seinem Körper empor und schwebte langsam zu Boden. »Meister«, krächzte er, »Gnade!«

Garions Herz krampfte sich vor Mitleid zusammen. All die

Jahre der geheimen Verbundenheit zwischen ihnen zerrten an ihm.
»*Nein!*« befahl Tante Pols Stimme streng. »*Er wird dich töten, wenn du ihn freiläßt!*«
»*Ich kann nicht*«, sagte Garion. »*Ich muß damit aufhören.*«
Wie schon einmal, begann er, seinen Willen zu konzentrieren und spürte, wie er sich in ihm aufbaute wie eine große Woge aus Mitleid und Erbarmen. Er kniete sich halb über Chamdar und konzentrierte seine Gedanken auf Heilung.
»*Garion!*« tönte Tante Pols Stimme. »*Chamdar hat deine Eltern getötet!*«
Der Gedanke, der sich in seinem Kopf formen wollte, gefror.
»*Chamdar hat Geran und Ildera getötet. Er hat sie bei lebendigem Leib verbrannt – so wie er jetzt brennt. Räche sie, Garion! Halte das Feuer auf ihn gerichtet!*«
Alle Wut und aller Zorn, den er in sich getragen hatte, seit Wolf ihm vom Tod seiner Eltern erzählt hatte, flammte in ihm auf. Das Feuer, das vor einem Augenblick fast erloschen war, reichte plötzlich nicht mehr aus. Die Hand, die er in Erbarmen schon halb ausgestreckt hatte, verharrte. In schrecklichem Zorn hob er sie und streckte die Handfläche vor. Es kribbelte eigenartig in ihr, dann brachen aus seiner eigenen Hand plötzlich Feuer hervor. Er fühlte keinen Schmerz, nicht einmal Hitze, als ein helles blaues Feuer aus dem Mal in seiner Hand schoß und durch seine Finger züngelte. Das Blau wurde heller – so hell, daß er es nicht ansehen konnte.
Selbst in seinem äußersten Todeskampf wich Chamdar vor der flammenden Hand zurück. Mit einem heiseren, verzweifelten Schrei versuchte er, sein rauchgeschwärztes Gesicht zu verbergen, taumelte ein paar Schritte zurück, brach dann wie ein brennendes Haus in sich zusammen und sank zu Boden.
»*Es ist vollbracht!*« kam Tante Pols Stimme wieder. »*Sie sind gerächt!*« Und dann klang ihre Stimme in den Höhlungen seines Geistes mit einem emporsteigenden Jubel. »*Belgarion*«, sang sie. »*Mein Belgarion!*«
Mit aschgrauem Gesicht zog sich Kador, am ganzen Körper

zitternd, entsetzt von dem noch immer brennenden Haufen zurück, der einmal Chamdar der Grolim gewesen war. »Zauberei!« keuchte er.
»Stimmt«, sagte Tante Pol kühl. »Ich glaube nicht, daß du schon reif für dieses Spiel bist, Kador.«
Die verängstigten Legionäre wichen ebenfalls zurück, ihre Augen traten ihnen über das, was sie gerade gesehen hatten, fast aus dem Kopf.
»Ich glaube, daß der Kaiser die ganze Sache sehr ernst nehmen wird«, sagte Tante Pol zu ihnen gewandt. »Wenn er hört, daß ihr seine Tochter töten wolltet, wird er es wahrscheinlich persönlich nehmen.«
»Wir wollten das nicht«, sagte einer der Soldaten rasch. »Kador wollte es. Wir haben nur unsere Befehle ausgeführt.«
»*Vielleicht* akzeptiert er das als Entschuldigung«, meinte sie zweifelnd. »Aber wenn ich an eurer Stelle wäre, würde ich ihm ein Geschenk machen, um meine Loyalität unter Beweis zu stellen – etwas den Umständen Angemessenes.« Sie blickte bedeutungsvoll zu Kador hinüber.
Einige der Legionäre verstanden, was sie meinte, zogen ihre Schwerter und bezogen Position um den Großherzog.
»Was habt ihr vor?« fragte Kador.
»Ich glaube, du hast heute mehr als nur den Thron verloren, Kador«, sagte Tante Pol.
»Das könnt ihr nicht tun«, sagte Kador zu den Legionären.
Einer der Soldaten setzte Kador seine Schwertspitze an den Hals. »Wir sind dem Kaiser gegenüber loyal, mein Herr«, sagte er grimmig. »Wir stellen dich wegen Hochverrat unter Arrest, und wenn du uns Ärger machst, werden wir einfach deinen Kopf nach Tol Honeth schicken – wenn du verstehst, was ich meine.«
Einer der Offiziere kniete respektvoll vor Ce'Nedra nieder. »Eure kaiserliche Hoheit«, sagte er, »wie können wir Euch dienen?«
Die Prinzessin war noch immer blaß und zitterte, aber sie riß sich zusammen. »Überbringt diesen Verräter meinem Vater«,

sagte sie mit klingender Stimme. »Erzählt ihm, was hier geschehen ist. Sagt ihm, ihr hättet den Großherzog Kador auf meinen Befehl hin verhaftet.«

»Sofort, Eure Hoheit«, sagte der Offizier und sprang auf die Füße. »Legt den Gefangenen in Ketten!« befahl er scharf, dann wandte er sich wieder an Ce'Nedra. »Dürfen wir Euch eine Eskorte zu Eurem Bestimmungsort anbieten, Eure Hoheit?«

»Das wird nicht nötig sein, Hauptmann«, erwiderte sie. »Schafft mir nur diesen Verräter aus den Augen.«

»Wie Eure Hoheit wünschen«, sagte der Hauptmann mit einer tiefen Verbeugung. Er machte eine knappe Geste, und die Soldaten führten Kador ab.

Garion starrte auf das Mal in seiner Hand. Sie trug kein Anzeichen des Feuers, das dort gelodert hatte.

Durnik, jetzt von dem Griff der Soldaten befreit, sah Garion mit weitaufgerissenen Augen an. »Ich dachte, ich würde dich kennen«, flüsterte er. »Wer bist du, Garion, und wie hast du das gemacht?«

»Lieber Durnik«, sagte Tante Pol herzlich und berührte seinen Arm. »Noch immer nur bereit zu glauben, was du sehen kannst. Garion ist derselbe Junge, der er immer war.«

»Du meinst, du warst es?« Durnik sah zu Chamdars Leiche hinüber und wandte dann rasch die Augen wieder ab.

»Natürlich«, sagte sie. »Du kennst doch Garion. Der normalste Junge der Welt.«

Aber Garion wußte es besser. Der Wille war der seine gewesen, und das Wort war von ihm gekommen.

»*Sei still!*« warnte ihn ihre Stimme in seinem Kopf. »*Niemand darf es wissen.*«

»*Warum hast du mich Belgarion genannt?*« fragte er schweigend.

»*Weil es dein Name ist*«, antwortete ihre Stimme. »*Jetzt versuche, dich natürlich zu benehmen und mich nicht mit Fragen zu belästigen. Wir sprechen später darüber.*« Und dann war ihre Stimme fort.

Die anderen standen unbehaglich herum, bis die Legionäre mit

Kador gegangen waren. Dann, als die Soldaten außer Sichtweite waren und es keine Notwendigkeit für kaiserliche Selbstbeherrschung mehr gab, fing Ce'Nedra an zu weinen. Tante Pol nahm das kleine Mädchen in die Arme und tröstete es.

»Ich finde, wir sollten das hier besser begraben«, sagte Barak und stieß mit dem Fuß gegen das, was von Chamdar übriggeblieben war. »Die Dryaden könnten verärgert sein, wenn wir fortgingen und das hier zurückließen, solange es noch qualmt.«

»Ich hole meinen Spaten«, sagte Durnik.

Garion drehte sich um und lief an Mandorallen und Hettar vorbei. Seine Hände zitterten heftig. Er war so erschöpft, daß seine Beine ihn kaum noch trugen.

Sie hatte ihn Belgarion genannt, und der Name hatte in seinem Kopf geklungen, als ob er schon immer gewußt hätte, daß es seiner war – als sei er in all seinen kurzen Jahren unvollständig gewesen bis zu dem Moment, in dem der Name selbst ihn vervollständigt hatte. Aber Belgarion war ein Wesen, das mit Willen und Wort und der Berührung seiner Hand Fleisch in lebendiges Feuer verwandeln konnte.

»*Du hast es getan!*« beschuldigte er das sachliche Bewußtsein in einem Winkel seines Geistes.

»*Nein*«, widersprach die Stimme. »*Ich habe dir nur gezeigt, wie. Der Wille und das Wort und die Berührung kamen allein von dir.*«

Garion wußte, daß es die Wahrheit war. Mit Entsetzen erinnerte er sich an das letzte Flehen seines Feindes und die flammende, glühende Hand, mit der er diese gequälte Bitte um Gnade von sich gewiesen hatte. Die Rache, die er sich in den letzten Monaten so verzweifelt gewünscht hatte, war nun schrecklich vollbracht, aber ihr Geschmack war bitter, sehr bitter.

Dann gaben seine Knie unter ihm nach, und er sank auf die Erde und weinte wie ein Kind mit gebrochenem Herzen.

Teil Drei

Nyissa

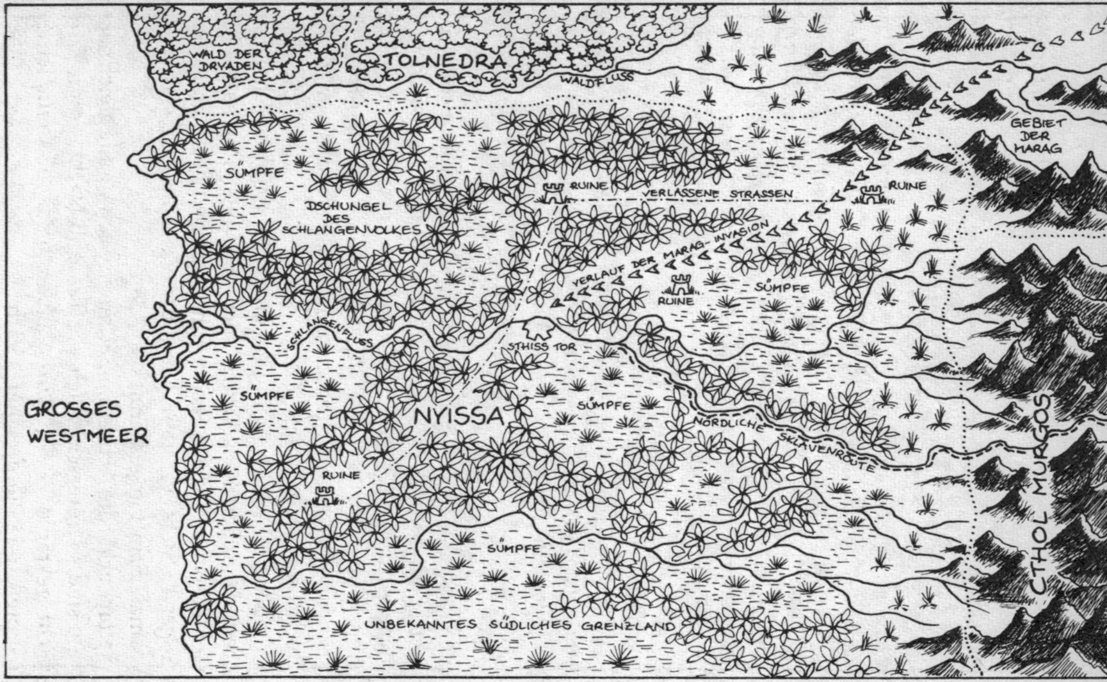
TOLNEDRA
WALD DER DRYADEN
WALDFLUSS
GEBIET DER MARAG
RUINE
VERLASSENE STRASSEN
RUINE
SÜMPFE
DSCHUNGEL DES SCHLANGENVOLKES
VERLAUF DER MARAG-INVASION
RUINE
SÜMPFE
SCHLANGENFLUSS
STHISS TOR
SÜMPFE
NYISSA
SÜMPFE
NÖRDLICHE SKLAVENROUTE
CTHOL MURGOS
GROSSES WESTMEER
RUINE
SÜMPFE
UNBEKANNTES SÜDLICHES GRENZLAND

23

Die Welt war noch dieselbe. Die Bäume hatten sich genausowenig verändert wie der Himmel. Es war noch immer Frühling, denn auch die Jahreszeiten hatten ihren gleichbleibenden Ablauf nicht geändert. Aber für Garion würde nichts mehr so sein, wie es einmal gewesen war.

Sie ritten durch den Wald der Dryaden hinunter zu den Ufern des Waldflusses, der die südliche Grenze Tolnedras bildete. Von Zeit zu Zeit erhaschte er verwunderte Seitenblicke seiner Freunde. Die Blicke waren sinnend, nachdenklich, und Durnik – der gute, solide Durnik – benahm sich fast, als hätte er Angst. Nur Tante Pol wirkte unverändert, unberührt. »*Mach dir keine Sorgen darüber, Belgarion*«, murmelte ihre Stimme in seinem Geist.

»*Nenn mich nicht so*«, antwortete er gereizt.

»*Es ist dein Name*«, sagte die lautlose Stimme. »*Du kannst dich genausogut an ihn gewöhnen.*«

»*Laß mich in Ruhe.*«

Dann war das Gefühl ihrer Gegenwart in seinem Geist verschwunden.

Sie brauchten mehrere Tage, um das Meer zu erreichen. Das Wetter blieb in der Zwischenzeit trüb, wenn es auch nicht regnete. Ein steifer Wind blies vom Meer her, als sie auf den breiten Strand an der Mündung des Flusses hinausritten. Die Brandung rollte über den Sand, die Wellen waren von weißen Gischtkämmen gekrönt.

Draußen vor der Brandung ankerte ein schlankes, schwarzes, cherekianisches Kriegsschiff, über dem viele kreischende Möwen kreisten. Barak zügelte sein Pferd und beschattete seine Augen. »Sieht vertraut aus«, brummte er und starrte das schmale Schiff angespannt an.

Hettar zuckte die Achseln. »Für mich sehen sie alle gleich aus.«

»Sie sind so unterschiedlich wie Tag und Nacht«, sagte Barak leicht gekränkt. »Wie würde es dir gefallen, wenn ich behauptete, alle Pferde sähen gleich aus?«

»Ich würde glauben, du wärst blind.«
Barak grinste ihn an. »Für mich ist es genau dasselbe.«
»Wie lassen wir sie wissen, daß wir hier sind?« fragte Durnik.
»Sie wissen es schon«, antwortete Barak, »es sei denn, sie sind betrunken. Seeleute beobachten eine feindliche Küste immer sehr genau.«
»Feindlich?« fragte Durnik.
»Jede Küste ist feindlich, wenn ein Kriegsschiff aus Cherek in Sicht ist«, erklärte Barak. »Eine Art Aberglauben, denke ich.«
Das Schiff drehte, und der Anker wurde gelichtet. Die Ruder wurden ausgelegt wie lange Spinnenbeine, und das Schiff schien auf ihnen durch die schaumgekrönten Wellen in Richtung auf die Flußmündung zu spazieren. Barak führte sie ans Flußufer hinunter, dann ritten sie an dem breiten Strom entlang, bis Barak eine Stelle entdeckte, die tief genug war, um eine Vertäuung des Schiffes möglichst dicht am Ufer zu erlauben.
Die in Pelze gekleideten Seeleute, die Barak ein Tau zuwarfen, wirkten vertraut, und der erste, der ans Ufer sprang, war Greldik, Baraks alter Freund.
»Du bist ganz schön weit im Süden«, sagte Barak, als hätten sie sich erst vor kurzem getrennt.
Greldik zuckte die Achseln. »Ich habe gehört, daß du ein Schiff brauchst. Ich hatte nichts zu tun, also habe ich mir gedacht, fahr mal runter und sieh, was er vorhat.«
»Hast du mit meinem Vetter gesprochen?«
»Grinneg? Nein. Wir haben für ein paar drasnische Kaufleute eine Fahrt von Kotu zum Hafen von Tol Horb gemacht. Ich bin dort über Elteg gestolpert – du erinnerst dich doch an ihn –, schwarzer Bart, nur ein Auge?«
Barak nickte.
»Er erzählte mir, daß Grinneg ihn dafür bezahlte, dich hier zu treffen. Mir fiel ein, daß Elteg und du nicht besonders miteinander auskommen, also habe ich ihm angeboten, an seiner Stelle herzukommen.«
»Und er war einverstanden?«

»Nein«, antwortete Greldik und zupfte an seinem Bart. »Tatsächlich sagte er mir, ich sollte mich um meine eigenen Angelegenheiten kümmern.«

»Das überrascht mich nicht«, meinte Barak. »Elteg war schon immer habgierig, und Grinneg hat ihm vermutlich viel Geld geboten.«

»Höchstwahrscheinlich«, grinste Greldik. »Elteg hat allerdings nicht gesagt, wieviel.«

»Wie hast du ihn dazu überredet, seine Meinung zu ändern?«

»Er hatte Ärger mit seinem Schiff«, sagte Greldik mit ausdruckslosem Gesicht.

»Was für Ärger?«

»Anscheinend ist in einer Nacht, als er und seine Mannschaft alle betrunken waren, irgendein Schurke an Bord geschlichen und hat den Mast abgesägt.«

»Wie weit ist es mit dieser Welt schon gekommen?« fragte Barak kopfschüttelnd.

»Genau das habe ich auch gedacht«, pflichtete ihm Greldik bei.

»Wie hat er es aufgenommen?«

»Nicht sehr gut, fürchte ich«, sagte Greldik traurig. »Als wir aus dem Hafen ruderten, hörte er sich an, als ob er aus dem Stegreif lauter neue Flüche erfand. Man konnte ihn noch in einiger Entfernung hören.«

»Er sollte sich zu beherrschen lernen. Das ist ein Benehmen, das den Chereks in den Häfen der Welt einen schlechten Ruf einbringt.«

Greldik nickte ernsthaft und wandte sich dann an Tante Pol. »Meine Dame«, sagte er mit einer Verbeugung, »mein Schiff steht zu eurer Verfügung.«

»Kapitän«, fragte sie, seine Verbeugung anerkennend, »wie lange brauchst du, um uns nach Sthiss Tor zu bringen?«

»Hängt vom Wetter ab«, antwortete er und spähte zum Himmel hinauf. »Wahrscheinlich höchstens zehn Tage. Wir haben auf unserem Weg hierher Futter für die Pferde aufgenommen, aber wir werden hin und wieder haltmachen müssen, um Wasser aufzunehmen.«

»Dann sollten wir besser gleich ablegen«, meinte sie.
»Hoffentlich schaffen die Pferde es«, sagte Greldik und sah zum Schiff hinüber, aber Hettar brachte sie ohne allzu große Schwierigkeiten an Bord. Dann stießen sie vom Ufer ab, umfuhren die Sandbank in der Flußmündung und erreichten dann das offene Meer. Die Mannschaft hißte die Segel, dann glitten sie vor dem Wind die graugrüne Küste Nyissas entlang.
Garion ging nach vorn zu seinem gewohnten Platz im Bug des Schiffes, setzte sich dorthin und starrte trübsinnig auf das unruhige Meer hinaus. Das Bild des brennenden Mannes im Wald erfüllte seine Gedanken.
Er hörte hinter sich einen festen Schritt und ein schwacher, vertrauter Duft wehte zu ihm herüber. »Möchtest du darüber reden?« fragte Tante Pol.
»Was gibt es da zu reden?«
»Viel.«
»Du wußtest, daß ich so etwas tun kann, nicht wahr?«
»Ich habe es vermutet«, antwortete sie und setzte sich neben ihn. »Es gab verschiedene Hinweise. Aber man kann nie sicher sein, bis es zum ersten Mal getan wird. Ich habe viele Leute gekannt, die die Fähigkeit hatten und sie nie benutzten.«
»Ich wünschte, ich hätte es auch nicht«, sagte Garion.
»Ich finde, du hattest eigentlich keine andere Wahl. Chamdar war dein Feind.«
»Aber mußte es denn auf diese Weise sein?« fragte er. »Mußte es unbedingt Feuer sein?«
»Das war deine Entscheidung«, antwortete sie. »Wenn dir Feuer so viel ausmacht, mußt du es das nächste Mal anders anfangen.«
»Es wird kein nächstes Mal geben«, sagte er entschieden. »Niemals.«
»Belgarion!« fuhr ihn ihre Stimme in seinem Geist an. *»Hör sofort mit diesen Albernheiten auf. Hör auf, dich selbst zu bemitleiden!«*
»Laß das«, sagte er laut. »Halte dich aus meinem Kopf heraus und nenne mich nicht Belgarion.«

»Du *bist* Belgarion«, beharrte sie. »Ob es dir gefällt oder nicht, du wirst diese Macht wieder gebrauchen. Wenn sie einmal freigelassen ist, kannst du sie nie wieder eindämmen. Du wirst wütend, ängstlich oder aufgeregt sein, aber du wirst sie ohne nachzudenken einsetzen. Du kannst genausowenig entscheiden, sie nicht zu gebrauchen, wie du dich nicht dagegen entscheiden kannst, deine Hände zu gebrauchen. Wichtig ist jetzt, dir beizubringen, wie du sie kontrollieren kannst. Es geht nicht an, daß du durch die Welt stolperst und einfach aufs Geratewohl Bäume entwurzelst oder Berge einebnest. Du mußt lernen, sie und dich selbst zu kontrollieren. Ich habe dich nicht großgezogen, damit du ein Ungeheuer wirst.«

»Zu spät«, sagte er. »Ich bin bereits ein Ungeheuer. Hast du nicht gesehen, was ich dort getan habe?«

»Dein Selbstmitleid ist sehr ermüdend, Belgarion«, sagte ihre Stimme zu ihm. *»So kommen wir wohl nicht weiter.«* Sie stand auf. »Bemüh dich, ein bißchen erwachsen zu werden, mein Lieber«, sagte sie laut. »Es ist sehr schwer, jemandem etwas beizubringen, der zu sehr mit sich selbst beschäftigt ist, um zuzuhören.«

»Ich werde es nie wieder tun«, entgegnete er trotzig.

»O doch, du wirst, Belgarion. Du wirst lernen und üben und die Disziplin entwickeln, die dafür erforderlich ist. Wenn du es nicht freiwillig tun willst, müssen wir es auf eine andere Weise tun. Denk darüber nach, mein Lieber, und entscheide dich – aber denk nicht zu lange nach. Es ist zu wichtig, um lange aufgeschoben zu werden.« Sie hob die Hand und strich ihm sanft über die Wange, dann drehte sie sich um und ging.

»Sie hat recht, weißt du«, sagte die Stimme in seinen Gedanken zu ihm.

»Du hältst dich da raus«, sagte Garion.

In den nächsten Tagen mied er Tante Pol so gut es ging, aber er konnte ihren Augen nicht ausweichen. Wo immer er sich auf dem schmalen Schiff befand, wußte er, daß sie ihn beobachtete, gelassen und nachdenklich.

Dann, beim Frühstück an ihrem dritten Tag auf See, betrachtete sie sein Gesicht genauer, als ob sie etwas zum erstenmal sähe. »Garion«, sagte sie, »du siehst allmählich etwas stoppelig aus. Warum rasierst du dich nicht?«

Garion errötete heftig und fuhr sich mit den Fingern übers Kinn. Es waren eindeutig Haare – flaumig, weich, keineswegs borstig, aber nichtsdestoweniger Barthaare.

»Wahrlich nähert Ihr Euch dem Mannesalter, Jung-Garion«, versicherte Mandorallen ihm anerkennend.

»Die Entscheidung muß doch nicht sofort fallen, Polgara«, meinte Barak und strich sich über seinen leuchtendroten Bart. »Laß ihn eine Weile wachsen. Wenn er nichts wird, kann er ihn immer noch abrasieren.«

»Ich glaube, deine Unparteilichkeit ist in diesem Fall fragwürdig, Barak«, bemerkte Hettar. »Tragen nicht die meisten Chereks Bärte?«

»Kein Rasiermesser hat je mein Gesicht berührt«, gab Barak zu. »Aber ich finde auch, daß man so etwas nicht überstürzen sollte. Es ist sehr schwer, Barthaare wieder einzusetzen, wenn man sich später entscheiden sollte, sie doch lieber zu behalten.«

»Ich finde sie lustig«, sagte Ce'Nedra. Ehe Garion sie aufhalten konnte, hatte sie mit ihren winzigen Fingern an dem weichen Flaum gezogen. Er zuckte zusammen und wurde wieder rot.

»Sie müssen ab«, befahl Tante Pol entschieden.

Wortlos ging Durnik unter Deck. Als er zurückkam, trug er ein Becken, ein Stück braune Seife, ein Handtuch und eine Spiegelscherbe. »Es ist wirklich nicht schwer, Garion«, sagte er und stellte die Sachen vor den jungen Mann auf den Tisch. Dann nahm er ein ordentlich eingewickeltes Rasiermesser aus einem Beutel an seinem Gürtel. »Du mußt nur achtgeben, daß du dich nicht schneidest, das ist alles. Das ganze Geheimnis besteht darin, nichts zu überstürzen.«

»Paß gut auf, wenn du in die Nähe deiner Nase kommst«, riet Hettar. »Ein Mann ohne Nase sieht sehr komisch aus.«

Dic Rasur ging unter vielen Ratschlägen vonstatten, und im großen und ganzen war das Ergebnis gar nicht so schlecht. Die Blutungen hörten nach ein paar Minuten weitgehend auf, und

abgesehen davon, daß sich sein Gesicht anfühlte wie frisch geschält, war Garion ganz zufrieden.
»Viel besser so«, sagte Tante Pol.
»Jetzt wird er sich im Gesicht erkälten«, prophezeite Barak.
»Willst du jetzt damit aufhören?« fragte sie.
Die Küste von Nyissa glitt zu ihrer Linken vorbei, eine glatte Mauer aus Schlingpflanzen, die von Ranken und langen Algenfäden durchsetzt war. Gelegentliche Böen trugen den fauligen Geruch der Sümpfe bis zum Schiff hinaus. Garion und Ce'Nedra standen zusammen im Bug des Schiffes und betrachteten den Dschungel.
»Was ist das?« fragte Garion und zeigte auf ein paar große Dinge mit Beinen, die an dem schlammigen Ufer eines ins Meer mündenden Flusses entlangkrochen.
»Krokodile«, antwortete Ce'Nedra.
»Was ist ein Krokodil?«
»Eine große Echse.«
»Sind sie gefährlich?«
»Sehr gefährlich. Sie fressen Menschen. Hast du nie von ihnen gelesen?«
»Ich kann nicht lesen«, gestand Garion, ohne zu überlegen.
»Was?«
»Ich kann nicht lesen«, wiederholte Garion. »Niemand hat es mir beigebracht.«
»Das ist lächerlich!«
»Es ist nicht meine Schuld«, verteidigte er sich.
Sie sah ihn nachdenklich an. Seit ihrer Begegnung mit Chamdar schien sie fast ein bißchen Angst vor ihm zu haben, und ihre Unsicherheit war vermutlich noch dadurch verstärkt worden, daß sie ihn – im großen und ganzen – nicht besonders gut behandelt hatte. Ihre erste Annahme, daß er nur ein Dienstbote war, hatte ihre ganze Beziehung auf den falschen Fuß gestellt, aber sie war viel zu stolz, um ihren ursprünglichen Fehler einzugestehen. Garion konnte fast hören, wie sich die Rädchen in ihrem Kopf drehten. »Möchtest du, daß ich es dir beibringe?« bot sie an. Das war das einer Entschuldigung

am nächsten Kommende, was er je von ihr hören würde.
»Dauert es sehr lang?«
»Das hängt davon ab, wie klug du bist.«
»Wann meinst du, könnten wir anfangen?«
Sie runzelte die Stirn. »Ich habe ein paar Bücher, aber wir brauchen etwas zum Schreiben.«
»Ich glaube nicht, daß ich schreiben lernen muß«, sagte er, »lesen sollte für mich erst einmal reichen.«
Sie lachte. »Das ist doch dasselbe, du Schaf.«
»Das wußte ich nicht«, sagte Garion errötend. »Ich dachte...« Er wußte nicht recht weiter. »Ich glaube, ich habe noch nie so recht darüber nachgedacht«, schloß er lahm. »Was braucht man zum Schreiben?«
»Pergament ist am besten«, antwortete sie, »und ein Kohlestift, damit wir es wieder wegwischen und das Pergament neu beschreiben können.«
»Ich spreche mit Durnik«, entschied er. »Ihm wird schon etwas einfallen.«
Durnik schlug Segeltuch und ein rußgeschwärztes Stäbchen vor. Innerhalb einer Stunde saßen Garion und Ce'Nedra an einem geschützten Fleckchen im Bug des Schiffes, die Köpfe über einem Stück Segeltuch zusammengesteckt, das auf eine Planke genagelt war. Einmal sah Garion hoch und entdeckte Tante Pol in der Nähe. Sie beobachtete die beiden mit einem nicht zu deutenden Ausdruck. Dann senkte er die Augen wieder auf die seltsam unwiderstehlichen Symbole auf dem Tuch.
Der Unterricht wurde auch in den nächsten Tagen fortgesetzt. Da seine Finger von Natur aus geschickt waren, lernte er rasch, wie man Buchstaben malte.
»Nein, nein«, sagte Ce'Nedra eines Nachmittags, »du hast es falsch geschrieben – die falschen Buchstaben benutzt. Du heißt Garion – nicht Belgarion.«
Er fühlte eine plötzliche Kälte und sah auf das Segeltuch hinunter. Der Name stand klar und deutlich da – »Belgarion«.
Er blickte rasch hoch. Tante Pol stand an ihrem gewohnten Platz, ihre Augen ruhten wie immer auf ihm.

»*Halte dich aus meinem Kopf raus!*« fuhr er sie in Gedanken an.
»*Lerne fleißig, mein Lieber*«, drängte ihre Stimme ihn schweigend. »*Jedes Lernen ist nützlich, und du mußt noch sehr viel lernen. Je eher du dich daran gewöhnst, desto besser.*« Dann lächelte sie, drehte sich um und ging.
Am nächsten Tag erreichte Greldiks Schiff die Mündung des Schlangenflusses in Zentralnyissa, und seine Männer holten die Segel ein und legten die Ruder aus für die lange Fahrt flußaufwärts nach Sthiss Tor.

24

Es gab keine Luft. Es war, als ob die Welt sich plötzlich in einen riesigen, stinkenden Pfuhl mit stehendem Wasser verwandelt hätte. Der Schlangenfluß hatte hundert Mündungsarme, von denen jeder träge durch den gallertartigen Schlamm des Deltas kroch, als ob er sich nur unwillig den stürmischen Wogen des Meeres anvertrauen wollte. Das Schilf, das in diesem ausgedehnten Sumpf wuchs, erreichte eine Höhe von nahezu sechs Metern und war so dick wie ein Tau. Das Geräusch des Windes, der hoch oben durch die Spitzen des Schilfs strich, war quälend, aber unten bei ihnen war jegliche Erinnerung an den Wind verloren. Es gab keine Luft. Das Delta dampfte und stank unter einer Sonne, die weniger schien als kochte. Jeder Atemzug schien zur Hälfte aus Wasser zu bestehen. Insekten stiegen in Wolken aus dem Schilf auf und ließen sich in stumpfsinniger Gefräßigkeit auf jedem Zentimeter bloßer Haut nieder.
Sie waren anderthalb Tage im Schilf, ehe sie die ersten Bäume sahen. Es waren niedrige Exemplare, kaum höher als Büsche. Während sie sich langsam ins Innere Nyissas vorarbeiteten, begann das Hauptflußbett Gestalt anzunehmen. Die Seeleute schwitzten und fluchten an ihren Rudern, und das Schiff bewegte sich langsam gegen den Strom, fast als ob es gegen eine Flut aus zähem Öl ankämpfte.

Die Bäume wurden größer und dann riesig. Große, knotige Wurzeln krümmten sich aus dem Uferschlamm empor wie grotesk mißgestaltete Bäume, Stämme groß wie Häuser ragten in den dampfenden Himmel. Armdicke Ranken wallten von den Zweigen herab. Sie bewegten sich anscheinend mit einem eigenen pflanzlichen Willen und krümmten sich in der Luft. Zottige Fetzen grauen Mooses hingen in hundert Meter langen Streifen von den Bäumen, und der Fluß wand sich gehässig in großen Biegungen, die ihre Reise zehnmal so lang machten wie nötig.
»Unangenehmer Ort«, brummte Hettar, der mißmutig aus dem Bug über die verkrautete Oberfläche des Flusses blickte. Er hatte seine Pferdelederjacke und sein Leinenhemd ausgezogen; sein bloßer Oberkörper glänzte vor Schweiß. Wie die meisten von ihnen, war er mit lästigen Beulen von Insektenstichen übersät.
»Genau mein Gedanke«, stimmte Mandorallen zu.
Einer der Seeleute schrie, sprang auf und trat gegen seinen Rudergriff. Etwas Langes, Schleimiges, Knochenloses war unbemerkt sein Ruder hinaufgekrochen und hatte mit blinder Gier sein Fleisch gesucht.
»Egel«, sagte Durnik mit einem Schauder, als das gräßliche Ding mit einem nassen Platschen zurück in den stinkenden Fluß fiel. »Ich habe noch nie einen so großen gesehen. Er muß mindestens dreißig Zentimeter lang gewesen sein.«
»Wahrscheinlich kein guter Platz zum Schwimmen«, meinte Hettar.
»Das hatte ich auch nicht vor«, sagte Durnik.
»Gut.«
Tante Pol kam in einem leichten Leinenkleid aus der Kajüte unter dem hohen Deck, wo Greldik und Barak sich am Steuer abwechselten. Sie hatte Ce'Nedra gepflegt, die in dem unbarmherzigen Klima des Flusses fast verschmachtete.
»*Kannst du nichts tun?*« fragte Garion sie schweigend.
»*Wogegen?*«
»*Alles.*« Hilflos sah er sich um.
»*Was soll ich denn tun?*«
»*Wenigstens die Insekten vertreiben.*«

»*Warum tust du es nicht selbst, Belgarion?*«
Er biß die Zähne zusammen. »*Nein!*« Es war fast wie ein lautloser Schrei.
»*Es ist wirklich nicht schwer.*«
»*Nein!*«
Sie zuckte die Achseln, drehte sich um und ließ ihn mit seiner brodelnden Enttäuschung allein.
Sie brauchten drei weitere Tage, um Sthiss Tor zu erreichen. Die Stadt lag an einer weiten Biegung des Flusses und war aus schwarzem Stein erbaut. Die Häuser und Gebäude waren niedrig und überwiegend fensterlos. Inmitten der Stadt erhob sich ein großes Gebäude mit merkwürdig geformten Türmen, Kuppeln und Terrassen, das seltsam fremd anmutete. Kais und Molen ragten in den trüben Fluß hinaus, und Greldik lenkte sein Schiff zu einem, der wesentlich größer war als die anderen.
»Wir müssen am Zoll halten«, erklärte er.
»Unvermeidlich«, sagte Durnik.
Das Gespräch am Zoll war kurz. Kapitän Greldik verkündete, daß er die Waren Radeks von Boktor zur drasnischen Handelsenklave bringen sollte. Dann reichte er dem kahlgeschorenen Zollbeamten eine klimpernde Börse, worauf das Schiff ohne Durchsuchung weiterfahren durfte.
»Dafür schuldest du mir was, Barak«, sagte Greldik. »Die Reise hierher habe ich aus Freundschaft gemacht, aber Geld ist etwas anderes.«
»Schreib es irgendwo auf«, erwiderte Barak. »Ich werde mich darum kümmern, wenn ich wieder nach Val Alorn komme.«
»*Falls* du wieder nach Val Alorn kommst«, meinte Greldik verdrossen.
»Dann gedenkst du meiner bestimmt in deinen Gebeten«, sagte Barak. »Ich weiß, daß du sowieso immer für mich betest, aber jetzt hast du noch mehr Ansporn.«
»Ist denn jeder Beamte auf der Welt bestechlich?« fragte Durnik gereizt. »Erledigt denn niemand seine Arbeit so, wie er soll, ohne Geld dafür anzunehmen?«
»Die Welt würde untergehen, wenn einer von ihnen das täte«,

antwortete Hettar. »Du und ich, wir sind einfach zu ehrlich für solche Dinge, Durnik. Wir überlassen so etwas anderen.«

»Es ist einfach widerwärtig, das ist alles.«

»Das mag schon stimmen«, gab Hettar ihm recht, »aber ich bin trotzdem froh, daß der Zollbeamte nicht unter Deck nachgesehen hat. Wir hätten vielleicht Schwierigkeiten gehabt, die Pferde zu erklären.«

Die Matrosen hatten das Schiff wieder auf den Fluß hinausgerudert und hielten auf eine Reihe fester Landungsstege zu. Sie ruderten neben die äußere Mole, zogen die Ruder ein und machten die Taue an den teergeschwärzten Stangen eines Liegeplatzes fest.

»Ihr könnt hier nicht anlegen«, rief ein schwitzender Wächter ihnen vom Kai zu. »Das ist nur für drasnische Schiffe.«

»Ich lege an, wo es mir paßt«, erwiderte Greldik knapp.

»Ich rufe die Soldaten heraus«, drohte der Wächter. Er griff eins ihrer Taue und zog ein langes Messer hervor.

»Wenn du dieses Tau kappst, mein Freund, komme ich hinunter und reiße dir die Ohren ab«, warnte Greldik.

»Geh schon und sag's ihm«, meinte Barak. »Es ist zu heiß für eine Prügelei.«

»Ich habe drasnische Waren geladen«, erklärte Greldik dem Wächter auf dem Steg, »die einem Mann namens Radek gehören, aus Boktor, glaube ich.«

»Oh«, sagte der Wächter und steckte sein Messer wieder weg, »warum hast du das nicht gleich gesagt?«

»Weil mir dein Verhalten nicht gefiel«, antwortete Greldik offen. »Wo finde ich den Vorsteher?«

»Droblek? Sein Haus ist diese Straße hinauf hinter den Läden. Es ist das mit dem drasnischen Wappen auf der Tür.«

»Ich muß ihn sprechen«, sagte Greldik. »Brauche ich einen Paß, um die Kais zu verlassen? Ich habe einige seltsame Dinge über Sthiss Tor gehört.«

»Innerhalb der Enklave kannst du dich frei bewegen«, informierte ihn der Wächter. »Du brauchst nur einen Paß, wenn du in die Stadt willst.«

Greldik schnaubte und ging unter Deck. Einen Moment später kam er mit einem Stapel gefalteter Pergamente zurück. »Willst du mit diesem Beamten sprechen?« fragte er Tante Pol. »Oder möchtest du, daß ich mich darum kümmere?«
»Wir kommen besser mit«, entschied sie. »Das Mädchen schläft. Sag deinen Leuten, daß sie sie nicht stören.«
Greldik nickte und sprach kurz mit seinem ersten Maat. Die Matrosen legten eine Planke hinüber zum Kai, und Greldik ging voran. Dunkle Wolken zogen am Himmel auf und verdunkelten die Sonne.
Die Straße, die zu den Liegeplätzen führte, wurde auf beiden Seiten von Geschäften drasnischer Kaufleute gesäumt. Nyisser schlenderten träge von Laden zu Laden, um hier und dort stehenzubleiben und mit den schwitzenden Ladenbesitzern zu feilschen. Die nyissischen Männer trugen alle lose Gewänder aus einem leichten, irisierenden Stoff und waren völlig kahlgeschoren. Während er hinter Tante Pol herging, stellte Garion mit Abscheu fest, daß die Nyisser sich die Augen sorgfältig schminkten, und daß Wangen und Lippen künstlich gerötet waren. Sie sprachen rauh und zischend, darüber hinaus schienen alle zu lispeln.
Die schweren Wolken hatten inzwischen den ganzen Himmel verdunkelt, und die Straße wirkte plötzlich finster. Ein Dutzend elender, fast nackter Männer reparierten ein Stück Kopfsteinpflaster. Ihr ungepflegtes Haar und die struppigen Bärte zeigten, daß es sich nicht um Nyisser handelte, außerdem waren sie gefesselt und hatten Ketten um die Fußgelenke. Ein brutal aussehender Nyisser stand mit einer Peitsche über ihnen. Die frischen Striemen und Risse auf ihren Körpern legten beredtes Zeugnis von der Freizügigkeit ab, mit der er sie benutzte. Einer der unglücklichen Sklaven ließ versehentlich einen Armvoll grob behauener Steine auf seinen Fuß fallen und stieß ein fast tierisches Schmerzensgeheul aus. Entsetzt sah Garion, daß dem Sklaven die Zunge herausgeschnitten worden war.
»Sie erniedrigen Männer zu Tieren«, zürnte Mandorallen,

dessen Augen in schrecklicher Wut funkelten. »Warum hat man dieses Dreckloch nicht gesäubert?«
»Hatte man einmal«, erwiderte Barak grimmig. »Unmittelbar nachdem die Nyisser den rivanischen König ermordet hatten, kamen die Alorner her und töteten jeden Nyisser, den sie finden konnten.«
»Ihre Zahl scheint nichtsdestoweniger unvermindert«, meinte Mandorallen und sah sich um.
Barak zuckte die Achseln. »Es ist dreizehnhundert Jahre her. Selbst ein einziges Pärchen hätte in dieser Zeitspanne die Bevölkerung wieder aufstocken können.«
Durnik, der neben Garion ging, schnappte plötzlich hörbar nach Luft und wandte, heftig errötend, die Augen ab.
Eine nyissische Dame war aus einer von acht Sklaven getragenen Sänfte gestiegen. Der Stoff ihres blaßgrünen Gewandes war so dünn, daß er nahezu durchsichtig war und nur sehr wenig der Phantasie überließ. »Schau sie nicht an, Garion«, flüsterte Durnik heiser. »Das ist eine böse Frau.«
»Das hatte ich vergessen«, sagte Tante Pol mit einem nachdenklichen Stirnrunzeln. »Vielleicht hätten wir Durnik und Garion lieber auf dem Schiff lassen sollen.«
»Warum ist sie so gekleidet?« fragte Garion und betrachtete die fast nackte Frau.
»Unbekleidet, meinst du wohl.« Durnik sprach mit vor Empörung erstickter Stimme.
»Es ist so üblich«, erklärte Tante Pol. »Es hat mit dem Klima zu tun. Es gibt natürlich noch andere Gründe, aber auf die müssen wir jetzt nicht eingehen. Alle nyissischen Frauen kleiden sich so.«
Barak und Greldik beobachteten die Frau ebenfalls, jedoch mit anerkennendem Grinsen.
»Laßt das«, sagte Tante Pol bestimmt.
In der Nähe lehnte ein kahlgeschorener Nyisser gegen eine Mauer, starrte auf seine Hand und kicherte blöde. »Ich kann durch meine Finger sehen«, verkündete er in zischendem Lispeln. »Direkt durch sie hindurch.«

»Betrunken?« fragte Hettar.
»Das nicht«, antwortete Tante Pol. »Nyisser haben seltsame Vergnügungen – Blätter, Beeren, bestimmte Wurzeln. Ihre Wahrnehmung verändert sich dadurch. Es ist etwas Schwerwiegenderes als die normale Trunkenheit, die man bei Alornern findet.«
Ein anderer Nyisser watschelte vorbei, mit seltsam ruckartigen Bewegungen und ausdruckslosem Gesicht.
»Ist dieser Zustand weit verbreitet?« erkundigte sich Mandorallen.
»Ich habe noch nie einen Nyisser gesehen, der nicht zumindest halbwegs unter Drogen stand«, antwortete Tante Pol. »Das macht es so schwierig, sich mit ihnen zu unterhalten. Ist das dort nicht das Haus, das wir suchen?« Sie deutete auf ein solides Gebäude auf der anderen Straßenseite.
Als sie zu dem großen Haus hinübergingen, donnerte es im Süden. Ein drasnischer Diener in Leinentunika öffnete auf ihr Klopfen, führte sie in ein schwach beleuchtetes Vorzimmer und bat sie zu warten.
»Eine schlimme Stadt«, sagte Hettar leise, »ich verstehe nicht, wieso ein vernünftiger Alorner freiwillig herkommt.«
»Geld«, antwortete Kapitän Greldik knapp. »Der nyissische Handel ist sehr einträglich.«
»Es gibt wichtigere Dinge als Geld«, murmelte Hettar.
Ein ungeheuer dicker Mann betrat den halbdunklen Raum. »Mehr Licht«, fuhr er seinen Diener an. »Du mußt sie doch nicht im Finstern sitzen lassen.«
»Du hast gesagt, die Lampen machten es noch heißer«, protestierte der Diener mürrisch. »Ich wünschte, du könntest dich entscheiden.«
»Kümmere dich nicht um das, was ich dir vorhin gesagt habe, sondern tu, was ich dir jetzt sage.«
»Das Klima macht dich widersprüchlich, Droblek«, bemerkte der Diener bissig. Er entzündete einige Lampen und verließ dann vor sich hinbrummend das Zimmer.
»Drasnier sind die schlechtesten Diener der Welt«, grollte

Droblek. »Kommen wir zum Geschäft.« Er ließ seine Massen in einen großen Sessel fallen. Schweiß rann ihm unaufhörlich über das Gesicht in den feuchten Kragen seines braunen Seidenmantels.

»Ich heiße Greldik«, sagte der bärtige Seemann. »Ich bin gerade hier mit einer Schiffsladung angekommen, die dem Kaufmann Radek von Boktor gehört.« Er überreichte ihm die gefalteten Pergamente.

Drobleks Augen wurden schmal. »Ich wußte nicht, daß Radek sich für den Südhandel interessiert. Ich dachte, er handelte weitgehend in Sendarien und Arendien.«

Greldik zuckte gleichgültig die Achseln. »Ich habe ihn nicht gefragt. Er bezahlt mich dafür, daß ich auf meinem Schiff seine Waren transportiere, nicht dafür, daß ich Fragen nach seinen Geschäften stelle.«

Droblek betrachtete sie, das verschwitzte Gesicht blieb ausdruckslos. Dann bewegten sich seine Finger leicht. – *Ist hier alles so, wie es zu sein scheint?* – In der geheimen drasnischen Sprache wurden seine dicken Finger plötzlich sehr flink.

– *Können wir offen sprechen?* – fragten Tante Pols Finger zurück. Ihre Gesten waren würdevoll, irgendwie altertümlich. In ihren Bewegungen lag eine Förmlichkeit, die Garion noch nie bei anderen gesehen hatte, wenn sie diese Zeichen machten.

– *So offen wie überall in diesem Rattenloch* – antwortete Droblek. – *Ihr habt einen seltsamen Akzent, meine Dame. Irgend etwas ist daran, an das ich mich eigentlich erinnern müßte* –

– *Ich habe die Sprache vor sehr langer Zeit gelernt* – erwiderte sie. – *Du weißt natürlich, wer Radek von Boktor wirklich ist* –

»Natürlich«, sagte Droblek laut. »Jeder weiß das. Manchmal nennt er sich Ambar von Kotu, wenn er etwas vorhat, das strenggenommen nicht ganz legal ist.«

»Können wir nicht mit dieser Spiegelfechterei aufhören, Droblek?« fragte Tante Pol leise. »Du hast doch sicherlich inzwischen Anweisungen von König Rhodar erhalten. Dieses Herumgerede ist doch nur ermüdend.«

Drobleks Gesicht verdüsterte sich. »Tut mir leid«, sagte er steif. »Ich brauche mehr Beweise.«
»Sei kein Idiot, Droblek«, brummte Barak. »Gebrauch deine Augen. Du bist ein Alorner, du weißt, wer die Dame ist.«
Droblek sah rasch zu Tante Pol hinüber. Seine Augen wurden groß. »Das ist nicht möglich«, keuchte er.
»Möchtest du, daß sie es dir beweist?« fragte Hettar. Das Haus erzitterte von einem plötzlichen Donnerschlag.
»Nein, nein«, wehrte Droblek hastig ab, wobei er immer noch Tante Pol anstarrte. »Ich hätte nie geglaubt..., ich meine, ich habe nie...« Er brach stammelnd ab.
»Hast du etwas von Prinz Kheldar oder meinem Vater gehört?« fragte Tante Pol barsch.
»Dein Vater? Du meinst...? Ist *er* auch darin verwickelt?«
»Also wirklich, Droblek«, sagte sie bissig, »*glaubst* du den Nachrichten eigentlich nicht, die König Rhodar schickt?«
Droblek schüttelte den Kopf, als wollte er seine Gedanken klären. »Es tut mir leid, edle Polgara«, sagte er. »Ihr habt mich nur überrascht, das ist alles. Man braucht einen Augenblick, um sich daran zu gewöhnen. Wir hatten nicht geglaubt, daß ihr so weit nach Süden kommen würdet.«
»Offenbar hast du weder Nachricht von Prinz Kheldar noch von dem alten Mann bekommen.«
»Nein, meine Dame«, sagte Droblek. »Nichts. Sollten sie denn hier sein?«
»So sagten sie. Sie wollten uns entweder hier treffen oder eine Nachricht schicken.«
»Es ist sehr schwer, in Nyissa eine Botschaft überbringen zu lassen«, erklärte Droblek. »Die Leute hier sind nicht sehr zuverlässig. Der Prinz und dein Vater könnten im Landesinnern und ihr Bote sehr gut verlorengegangen sein. Ich habe einmal eine Botschaft an einen Ort, kaum dreißig Meilen von hier, geschickt, und es hat sechs Monate gedauert, bis sie ankam. Der Nyisser, der sie überbringen sollte, hatte am Weg ein bestimmtes Beerengesträuch gefunden. Wir haben ihn dort mittendrin gefunden. Er lächelte nur vor sich hin.« Droblek

verzog das Gesicht. »Er hatte schon Moos angesetzt«, fügte er hinzu.

»Tot?« fragte Durnik.

Droblek zuckte die Achseln. »Nein, nur sehr glücklich. Er mochte die Beeren sehr. Ich habe ihn sofort entlassen, aber das schien ihm nichts auszumachen. Soweit ich weiß, sitzt er noch immer da.«

»Wie ausgedehnt ist dein Informationsnetz hier in Sthiss Tor?« fragte Tante Pol.

Droblek breitete bescheiden seine fetten Hände aus. »Ich picke hier und dort ein paar Informationen auf. Ich habe ein paar Leute im Palast und einen niedrigen Beamten in der tolnedranischen Botschaft. Die Tolnedraner sind sehr gründlich.« Er grinste listig. »Es ist billiger, sie die ganze Arbeit leisten zu lassen und die Informationen erst zu kaufen, wenn sie sie gesammelt haben.«

»Aber doch nur dann, wenn du glauben kannst, was sie dir erzählen«, meinte Hettar.

»Ich nehme das, was sie sagen, nie unbewiesen hin«, sagte Droblek. »Der tolnedranische Botschafter weiß, daß ich seinen Mann gekauft habe. Hin und wieder versucht er, mich in die Irre zu führen.«

»Weiß denn der Botschafter, daß du das weißt?« fragte Hettar.

»Natürlich.« Der dicke Mann lachte. »Aber er glaubt, ich wüßte nicht, daß er weiß, was ich weiß.« Wieder lachte er. »Es ist alles furchtbar kompliziert, nicht wahr?«

»Das sind die meisten drasnischen Spielchen«, meinte Barak.

»Hat der Name Zedar irgendeine Bedeutung für dich?« fragte Tante Pol.

»Ich habe ihn natürlich schon gehört«, antwortete er.

»Hat er Kontakt zu Salmissra aufgenommen?«

Droblek runzelte die Stirn. »Das kann ich nicht mit Sicherheit sagen. Ich habe nichts darüber vernommen, aber das heißt nicht, daß dem nicht so ist. Nyissa ist ein finsteres Land, und Salmissras Palast ist der dunkelste Ort im ganzen Land. Du würdest manches nicht glauben, was dort vor sich geht.«

»Ich würde es glauben«, sagte Tante Pol, »und wahrscheinlich sogar Dinge, die du dir noch nicht einmal vorstellen kannst.« Sie wandte sich wieder an die anderen. »Ich glaube, wir sind an einem toten Punkt angelangt. Wir können nichts weiter unternehmen, bis wir von Silk und dem Alten Wolf hören.«

»Darf ich euch mein Haus anbieten?« fragte Droblek.

»Ich halte es für besser, wenn wir auf Greldiks Schiff bleiben«, antwortete sie. »Wie du sagst, Nyissa ist ein trüber Ort, und ich bin sicher, daß der tolnedranische Botschafter einige von *deinen* Leuten gekauft hat.«

»Natürlich«, gab Droblek zu. »Aber ich weiß, wen.«

»Wir riskieren es lieber nicht«, meinte sie. »Wir haben Gründe, gerade im Moment Tolnedraner zu meiden. Wir bleiben an Bord des Schiffes und halten uns im Hintergrund. Laß uns sofort wissen, wenn Prinz Kheldar sich mit dir in Verbindung setzt.«

»Selbstverständlich«, sagte Droblek. »Trotzdem müßt ihr warten, bis der Regen nachläßt. Hört nur.« Ein heftiger Regenguß trommelte aufs Dach.

»Dauert es lange?« fragte Durnik.

Droblek zuckte die Achseln. »Normalerweise etwa eine Stunde. In dieser Jahreszeit regnet es jeden Nachmittag.«

»Wahrscheinlich kühlt sich die Luft dann etwas ab«, meinte der Schmied.

»Nicht wesentlich«, erwiderte der Drasnier. »Meistens macht er die Sache nur noch schlimmer.« Er wischte sich den Schweiß von seinem fetten Gesicht.

»Wie kannst du nur hier leben?« fragte Durnik.

Droblek lächelte nachsichtig. »Dicke Männer laufen nicht viel herum. Ich mache viel Geld, und das Spiel, das ich mit dem tolnedranischen Botschafter treibe, beschäftigt meinen Verstand. Es ist gar nicht so übel, wenn man sich einmal daran gewöhnt hat. Es hilft jedenfalls, wenn ich mir das immer wieder sage.«

Dann saßen sie schweigend zusammen und lauschten dem trommelnden Regen.

25

In den nächsten Tagen blieben sie alle auf Greldiks Schiff und warteten auf Nachricht von Silk und Meister Wolf. Ce'Nedra erholte sich von ihrem Unwohlsein und erschien in einer blaßgrünen Dryadentunika an Deck, die Garion kaum weniger offenherzig fand als die Gewänder der nyissischen Frauen. Als er ihr etwas steif vorschlug, doch mehr anzuziehen, lachte sie ihn nur aus. Mit einer Zielstrebigkeit, die ihn mit den Zähnen knirschen ließ, kehrte sie zu ihrer Aufgabe zurück, ihm Lesen und Schreiben beizubringen. In einer Ecke, wo sie nicht im Weg waren, saßen sie über ein langweiliges Buch über tolnedranische Diplomatie gebeugt. Garion schien es, als würde die ganze Sache ewig dauern, obwohl er eigentlich sehr schnell begriff und überraschend schnell lernte. Ce'Nedra war zu gedankenlos, um ihn zu loben, und wartete statt dessen fast atemlos auf seinen nächsten Fehler. Mit Vergnügen ergriff sie jede Gelegenheit, sich über ihn lustig zu machen. Ihre Nähe und ihr leichtes, würziges Parfüm lenkten ihn ab, wie sie so dicht nebeneinandersaßen. Er schwitzte wegen der gelegentlichen Berührungen ihrer Hand, ihres Armes oder ihrer Hüfte ebenso wie wegen des Klimas. Weil sie beide jung waren, war sie intolerant und er stur. Die stickige, feuchte Hitze machte sie beide reizbar, so daß der Unterricht meist im Streit endete.

Eines Morgens, als sie aufstanden, dümpelte ein schwarzes, getakeltes nyissisches Schiff an einem Landungssteg in ihrer Nähe. Der unbeständige Morgenwind trug einen fauligen, widerwärtigen Gestank von dort herüber.

»Was ist das für ein Geruch?« fragte Garion einen der Matrosen.

»Seelenverkäufer«, antwortete der Seemann grimmig und deutete auf das nyissische Schiff. »Auf See kann man sie zwanzig Meilen weit riechen.«

Garion betrachtete das häßliche schwarze Schiff und schauderte.

Barak und Mandorallen kamen über das Deck und gesellten

sich zu Garion an die Reling. »Sieht wie ein Leichter aus«, meinte Barak über das nyissische Schiff. Seine Stimme krächzte vor Verachtung. Er war bis zur Hüfte nackt, der Schweiß rann ihm über den behaarten Körper.

»Es ist ein Sklavenschiff«, erklärte Garion.

»Stinkt wie eine Jauchegrube«, beschwerte sich Barak. »Ein ordentliches Feuer würde ihm prächtig bekommen.«

»Ein übler Handel, Graf Barak«, sagte Mandorallen. »Seit ungezählten Jahrhunderten bereichert sich Nyissa an menschlichem Elend.«

»Ist das ein drasnischer Kai?« fragte Barak und kniff die Augen zusammen.

»Nein«, antwortete Garion. »Die Matrosen sagen, alles, was auf dieser Seite liegt, ist nyissisch.«

»Eine Schande«, grollte Barak.

Eine Gruppe schwarzgekleideter Männer in Kettenhemden kam auf den Steg hinaus, an dem das Sklavenschiff lag und blieb davor stehen.

»Oh, oh«, machte Barak. »Wo ist Hettar?«

»Noch unten«, erwiderte Garion. »Was ist?«

»Behalt ihn im Auge. Das sind Murgos.«

Die kahlgeschorenen nyissischen Seeleute öffneten eine Luke auf ihrem Schiff und bellten ein paar barsche Befehle hinein. Langsam kam eine Reihe von niedergedrückten Männern herauf. Jeder von ihnen trug einen eisernen Halsring. Sie waren aneinandergekettet.

Mandorallen wurde starr und begann zu fluchen.

»Was ist los?« fragte Barak.

»Arendier!« rief der Ritter aus. »Ich hatte wohl davon gehört, vermochte es jedoch nicht zu glauben.«

»Wovon gehört?«

»Ein häßliches Gerücht wird seit einigen Jahren in Arendien verbreitet«, antwortete Mandorallen, weiß vor Wut. »Es wird behauptet, einige unserer Edlen hätten sich gelegentlich bereichert, indem sie ihre Leibeigenen an die Nyisser verkauften.«

»Sieht aus, als wäre es mehr als nur ein Gerücht«, meinte Barak.
»Eben«, grollte Mandorallen. »Seht Ihr den Federbusch auf der Tunika des einen? Es ist das Wappen von Vo Toral. Ich kenne den Baron von Vo Toral als notorischen Verschwender, doch hatte ich nie Veranlassung, ihn für unehrenhaft zu halten. Bei meiner Rückkehr nach Arendien werde ich ihn öffentlich anklagen.«
»Wofür soll das gut sein?« fragte Barak.
»Das zwingt ihn, mich herauszufordern«, antwortete Mandorallen grimmig. »Er wird seine Übeltaten mit seinem Leben bezahlen.«
Barak zuckte die Achseln. »Leibeigener oder Sklave – wo ist da der Unterschied?«
»Diese Männer haben Rechte, Graf«, erklärte Mandorallen. »Ihr Herr ist verpflichtet, sie zu beschützen und für sie zu sorgen. Der Eid der Ritterschaft verlangt das von jedem von uns. Dieser schändliche Handel hat die Ehre eines jeden aufrechten arendischen Ritters beschmutzt. Ich werde nicht eher ruhen, bis dieser abscheuliche Baron mit seinem elenden Leben dafür gebüßt hat.«
»Interessanter Vorschlag«, meinte Barak. »Vielleicht komme ich mit.«
Hettar kam herauf, und Barak stellte sich sofort neben ihn und begann leise auf ihn einzusprechen, wobei er einen Arm Hettars fest im Griff hielt.
»Laß sie ein bißchen herumspringen«, befahl einer der Murgos barsch. »Ich will sehen, wie viele lahm sind.«
Ein breitschultriger Nyisser entrollte eine lange Peitsche und ließ sie geschickt um die Beine der Angeketteten sausen. Die Sklaven begannen fieberhaft auf dem Steg zu tanzen.
»Hundesöhne!« fluchte Mandorallen, und seine Knöchel wurden weiß, so fest umklammerte er die Reling.
»Ruhig«, warnte Garion. »Tante Pol sagt, wir sollen uns schön außer Sichtweite halten.«
»Das kann nicht geduldet werden!« rief Mandorallen.

Die Kette, welche die Sklaven miteinander verband, war alt und rostfleckig. Als ein Sklave stolperte und fiel, zersprang ein Glied. Der Mann fand sich plötzlich frei. Mit einer Flinkheit, die seiner Verzweiflung entsprang, rollte er sich auf die Füße, machte zwei rasche Schritte und sprang vom Steg in das trübe Wasser des Flusses.

»Hierher, Mann!« rief Mandorallen dem schwimmenden Sklaven zu.

Der untersetzte Nyisser mit der Peitsche lachte rauh und zeigte auf den flüchtenden Sklaven. »Paßt auf!« sagte er zu den Murgos.

»Halt ihn auf, du Idiot«, fuhr ihn einer der Murgos an. »Ich habe gutes Gold für ihn bezahlt.«

»Zu spät.« Der Nyisser blickte mit häßlichem Grinsen auf das Wasser. »Seht hin.«

Der schwimmende Mann schrie plötzlich auf und versank. Als er wieder an die Oberfläche kam, waren seine Arme und sein Gesicht mit den schleimigen, armlangen Egeln bedeckt, die den Fluß verseuchten. Schreiend riß der Mann an den sich windenden Egeln und zerrte dabei Fetzen aus seinem eigenen Fleisch in dem Bemühen, sich von ihnen zu befreien.

Die Murgos begannen zu lachen.

Garions Kopf explodierte. Er sammelte sich mit schrecklicher Konzentration, deutete mit einer Hand auf ihren eigenen Steg und sagte: »*Sei dort!*« Er fühlte eine enorme Woge, als strömte eine riesige Flut aus ihm heraus und sank fast bewußtlos gegen Mandorallen. Der Lärm in seinem Kopf war betäubend.

Der Sklave, zappelnd und immer noch mit den glitschigen Egeln behaftet, lag plötzlich auf dem Kai. Eine Welle der Erschöpfung überflutete Garion, und wenn Mandorallen ihn nicht aufgefangen hätte, wäre er gestürzt.

»Wo ist er hin?« fragte Barak, der immer noch auf das aufgewühlte Wasser starrte, wo der Sklave noch einen Augenblick vorher gewesen war. »Ist er untergegangen?«

Wortlos, mit zitternder Hand, zeigte Mandorallen auf den Sklaven, der – sich noch immer schwach wehrend – etwa

zwanzig Meter vor ihrem eigenen Schiff auf dem drasnischen Kai lag.
Barak sah den Sklaven an, dann wieder den Fluß. Der große Mann blinzelte vor Erstaunen.
Ein kleines Boot mit vier Nyissern an den Rudern stieß von dem anderen Steg ab und bewegte sich auf Greldiks Schiff zu. Ein großer Murgo mit zornigem Gesicht stand darin.
»Ihr habt mein Eigentum«, rief er zu ihnen herüber. »Gebt mir sofort den Sklaven zurück.«
»Warum kommst du nicht und holst ihn dir, Murgo?« rief Barak zurück. Er ließ Hettars Arm los. Der Algarier ging auf die Seite des Schiffs und blieb nur stehen, um einen langen Bootshaken aufzuheben.
»Werde ich unbehelligt bleiben?« fragte der Murgo leicht zweifelnd.
»Warum kommst du nicht längsseits, damit wir es besprechen können?« schlug Barak vergnügt vor.
»Ihr verwehrt mir das Recht auf mein Eigentum«, beschwerte sich der Murgo.
»Aber ganz und gar nicht«, widersprach Barak. »Natürlich könnte hier eine gewisse gesetzliche Feinheit hineinspielen. Dieser Steg ist drasnisches Territorium, und in Drasnien ist Sklaverei verboten. Da dies der Fall ist, ist der Mann kein Sklave mehr.«
»Ich hole meine Männer«, sagte der Murgo. »Wir holen uns den Sklaven mit Gewalt, wenn es sein muß.«
»Ich fürchte, das müssen wir als Invasion auf alornisches Territorium betrachten«, warnte Barak bedauernd. »In Abwesenheit unserer drasnischen Vettern sind wir geradezu gezwungen, Schritte zu unternehmen, um ihren Steg zu verteidigen. Was meinst du, Mandorallen?«
»Eure Überlegungen sind höchst zutreffend, Graf«, erwiderte Mandorallen. »Nach allgemeinem Brauch sind ehrenwerte Männer moralisch verpflichtet, das Territorium von Freunden in deren Abwesenheit für sie zu verteidigen.«
»Also«, sagte Barak zu dem Murgo. »Du siehst, wie es ist.

Mein Freund hier ist Arendier, also ist er völlig neutral in dieser Sache. Ich glaube, wir müssen seine Auslegung akzeptieren.«
Greldiks Matrosen waren in der Zwischenzeit in die Takelage geklettert und hingen wie große, bösartige Affen in den Seilen. Sie hielten die Waffen griffbereit und grinsten dem Murgo entgegen.
»Es gibt noch einen anderen Weg«, sagte der Murgo unheilvoll.
Garion konnte spüren, wie sich eine Kraft aufbaute. Ein schwaches Geräusch schien in seinem Geist widerzuhallen. Er reckte sich und legte die Hände auf die hölzerne Reling vor sich. Er fühlte sich schrecklich schwach, aber er riß sich zusammen und versuchte, seine Kräfte zu sammeln.
»Das reicht jetzt«, sagte Tante Pol barsch, die mit Ce'Nedra auf Deck kam.
»Wir haben nur eine kleine Diskussion über Gesetze«, sagte Barak unschuldig.
»Ich weiß, was ihr getan habt«, fuhr sie ihn an. Ihre Augen blitzten zornig. Sie sah leidenschaftslos über das Wasser zu dem Murgo hinüber. »Du gehst jetzt wohl besser«, sagte sie zu ihm.
»Ich muß erst noch etwas zurückholen«, rief der Mann im Boot.
»Ich an deiner Stelle würde das vergessen.«
»Wir werden sehen«, sagte er. Er reckte sich und murmelte vor sich hin, wobei seine Hände eine Reihe rascher, verschlungener Gesten machten. Garion fühlte, wie etwas wie ein Windhauch an ihm vorbeistrich, obwohl die Luft völlig unbewegt war.
»Achte darauf, daß du es richtig machst«, sagte Tante Pol gelassen. »Wenn du auch nur das kleinste bißchen vergißt, explodiert es vor deinem Gesicht.«
Der Mann in dem Boot erstarrte, und ein leicht beunruhigtes Stirnrunzeln zeigte sich auf seinem Antlitz. Der leise Wind, den Garion gespürt hatte, hörte auf. Der Mann begann noch

einmal, seine Finger zuckten durch die Luft, und sein Gesicht war angespannt vor Konzentration.

»Man macht es so, Grolim«, sagte Tante Pol. Sie bewegte leicht die Hand, und Garion fühlte plötzlich einen Ruck, als ob der Wind, der ihn berührt hatte, sich gedreht hätte und nun in die andere Richtung blies. Der Grolim hob die Hände, taumelte, stolperte und fiel ins Boot. Als ob dieses plötzlich einen starken Stoß bekommen hätte, schoß es einige Meter rückwärts.

Der Grolim richtete sich halb auf. Seine Augen waren weit aufgerissen, das Gesicht totenblaß.

»Geh zu deinem Herrn zurück, Hund«, sagte Tante Pol höhnisch. »Sag ihm, daß er dich dafür prügeln soll, weil du deine Lektionen nicht gut genug gelernt hast.«

Der Grolim sprach hastig mit den Nyissern an den Rudern, die unverzüglich das Boot wendeten und zurück zu dem Sklavenschiff ruderten.

»Hier braute sich gerade ein hübscher, kleiner Kampf zusammen, Polgara«, beschwerte sich Barak. »Warum mußtest du das verderben?«

»Werde endlich erwachsen«, sagte sie unverblümt. Dann wandte sie sich mit funkelnden Augen an Garion, die weiße Locke an ihrer Schläfe leuchtete wie ein Lichtstrahl. »Du Narr! Du weigerst dich, irgend etwas zu lernen, dann tobst du herum wie ein wütender Stier. Hast du die leiseste Ahnung, was für einen Aufruhr eine Translokation verursacht? Du hast jedem Grolim in Sthiss Tor verkündet, daß wir hier sind.«

»Er wäre doch gestorben«, protestierte Garion und zeigte hilflos auf den Sklaven, der auf dem Steg lag. »Ich mußte doch etwas tun.«

»Er war tot, sobald er im Wasser war«, sagte sie energisch. »Sieh ihn dir doch an.«

Der Sklave lag steif und durch Todesqualen verkrümmt auf dem Kai. Der Kopf war zurückgebogen, sein Mund stand offen. Er war offensichtlich tot. »Was ist mit ihm geschehen?« fragte Garion, von plötzlicher Übelkeit befallen.

»Die Egel sind giftig. Ihr Biß lähmt das Opfer, so daß sie

ungestört saugen können. Der Biß bringt das Herz zum Stillstand. Du hast uns um eines Toten willen an die Grolims verraten.«

»Er war noch nicht tot, als ich es tat«, schrie Garion sie an. »Er rief um Hilfe.« Er war so wütend wie noch nie in seinem Leben.

»Man konnte ihm nicht mehr helfen.« Ihre Stimme war kalt, fast brutal.

»Was bist du für ein Ungeheuer?« fragte er mit zusammengebissenen Zähnen. »Hast du denn überhaupt keine Gefühle? Du hättest ihn einfach sterben lassen, nicht wahr?«

»Ich glaube nicht, daß dies die rechte Zeit oder der rechte Ort ist, um darüber zu diskutieren.«

»O nein! Jetzt ist die Zeit, gerade jetzt, Tante Pol. Du bist nicht einmal mehr menschlich, weißt du das? Du hast das Menschsein schon so lange hinter dir gelassen, daß du dich nicht einmal daran erinnern kannst, wann du es verloren hast. Du bist viertausend Jahre alt. Unser ganzes Leben geht vorbei, während du einmal blinzelst. Wir sind nur zu deiner Unterhaltung da – eine Stunde der Ablenkung. Du lenkst uns wie Puppen zu deinem eigenen Vergnügen. Ich bin es satt, gelenkt zu werden. Wir sind fertig miteinander!«

Er war weiter gegangen, als er es beabsichtigt hatte, aber der Zorn war mit ihm durchgegangen. Die Worte schienen aus ihm herauszusprudeln, ehe er sie aufhalten konnte.

Sie sah ihn an, so blaß, als hätte er sie heftig geschlagen. Dann richtete sie sich auf. »Du dummer Junge«, sagte sie in einem Ton, der um so schlimmer klang, weil sie so ruhig war. »Fertig? Du und ich? Wie kannst du auch nur ansatzweise verstehen, was ich tun mußte, um dich in diese Welt zu bringen? Seit über tausend Jahren bist du meine einzige Sorge. Ich habe Schmerzen und Verluste ertragen, die deine Fähigkeit, überhaupt zu verstehen, was diese Worte bedeuten, übersteigen – alles für dich. Ich habe jahrhundertelang in Armut und Schmutz gelebt – alles für dich. Ich habe eine Schwester aufgegeben, die ich mehr liebte als das Leben selbst – alles für dich. Ich bin durchs Feuer gegangen und durch Verzweiflung, die zehnmal schlimmer war als Feuer – alles für dich. Und du glaubst, das alles wäre unterhaltend für mich gewesen – eine müßige Vergnügung? Glaubst du, diese Fürsorge, die ich dir über tausend Jahre gewidmet habe, kommt so einfach? Du und ich, wir werden *nie* miteinander fertig sein, Belgarion. *Niemals!* Wir werden zusammen weitergehen, bis ans Ende aller Tage, wenn nötig. Dafür schuldest du mir zuviel!«

Danach folgte eine schreckliche Stille. Die anderen, schockiert über die Heftigkeit von Tante Pols Worten, starrten zuerst sie und dann Garion an.

Ohne ein weiteres Wort drehte sie sich um und ging wieder unter Deck.

Garion sah sich hilflos um. Er war plötzlich beschämt und fühlte sich sehr allein.

»Ich *mußte* es doch tun, nicht wahr?« fragte er niemand bestimmten und war sich nicht mehr ganz sicher, was er eigentlich damit meinte.

Alle sahen ihn an, aber niemand beantwortete seine Frage.

26

Am späten Nachmittag war es wieder bewölkt, der Donner grollte in der Ferne, während der Regen wieder einmal auf die dampfende Stadt hinunterprasselte. Das nachmittägliche Gewitter schien jeden Tag zur selben Zeit zu kommen, und sie hatten sich schon fast daran gewöhnt. Sie gingen dann unter Deck und saßen schwitzend dort, während der Regen über ihnen auf das Deck trommelte.

Garion saß steif da, den Rücken gegen einen roh behauenen Eichenbalken gelehnt, und beobachtete Tante Pol mit unbewegtem Gesicht und unversöhnlichem Blick.

Sie beachtete ihn nicht und unterhielt sich leise mit Ce'Nedra.

Kapitän Greldik kam durch die schmale Kajüttür herein, Gesicht und Bart tropfnaß. »Der Drasnier – Droblek – ist hier«, sagte er. »Er sagt, er hätte Nachrichten für euch.«

»Schick ihn herein«, bat Barak.
Droblek quetschte seinen massigen Körper durch die schmale Tür. Er war vom Regen völlig durchweicht und tropfte den Boden voll. Er wischte sich übers Gesicht. »Ziemlich feucht draußen«, meinte er.
»Haben wir gemerkt«, sagte Hettar.
»Ich habe eine Nachricht erhalten«, sagte Droblek zu Tante Pol. »Sie kommt von Prinz Kheldar.«
»Endlich«, sagte sie.
»Er und Belgarath kommen flußabwärts«, berichtete Droblek. »Soweit ich es beurteilen kann, müßten sie in ein paar Tagen hier sein – spätestens in einer Woche. Der Bote drückte sich nicht sehr klar aus.«
Tante Pol sah ihn fragend an.
»Fieber«, erklärte Droblek. »Der Mann ist Drasnier, und deshalb zuverlässig – einer meiner Agenten in einem Handelsposten im Landesinneren –, aber er hat eine der Krankheiten erwischt, die diesen stinkenden Sumpf verpesten. Er phantasiert jetzt. Wir hoffen, daß wir das Fieber in ein, zwei Tagen senken können, um etwas Vernünftiges aus ihm herauszubekommen. Ich bin sofort hergekommen, als ich das Wesentliche seiner Nachricht begriffen hatte. Ich nahm an, ihr wollt es sofort wissen.«
»Wir danken dir für deine Anteilnahme«, sagte Tante Pol.
»Ich hätte ja einen Diener geschickt«, erklärte Droblek, »aber Botschaften gehen in Sthiss Tor manchmal verloren, und Diener verwechseln manchmal etwas.« Er grinste plötzlich. »Das ist natürlich nicht der wahre Grund.«
Tante Pol lächelte. »Natürlich nicht.«
»Ein dicker Mann neigt dazu, an einem Ort zu bleiben und andere für sich herumlaufen zu lassen. Aus dem Tonfall von König Rhodars Botschaft schließe ich, daß diese Sache vielleicht im Moment das Wichtigste auf der Welt ist. Ich wollte daran teilhaben.« Er verzog listig das Gesicht. »Wir alle sind wohl von Zeit zu Zeit etwas kindisch.«
»Wie ernst ist der Zustand des Boten?« fragte Tante Pol.

Droblek zuckte die Achseln. »Wer weiß? Die Hälfte dieser pestilenzartigen Fieberkrankheiten in Nyissa hat nicht einmal einen Namen, und wir können das eine nicht vom anderen unterscheiden. Manchmal sterben die Leute sehr schnell daran, manchmal dauert es wochenlang. Wir können es ihnen nur so bequem wie möglich machen und abwarten, was passiert.«

»Ich komme sofort«, sagte Tante Pol und erhob sich. »Durnik, holst du mir bitte die grüne Tasche aus unserem Gepäck? Ich brauche die Kräuter daraus.«

»Es ist nicht unbedingt eine gute Idee, sich diesen Fieberkrankheiten auszusetzen, meine Dame«, warnte Droblek.

»Für mich besteht keine Gefahr«, sagte sie. »Ich möchte deinen Boten genau befragen. Die einzige Möglichkeit, von ihm die Antwort zu erhalten, besteht darin, ihn erst von seinem Fieber zu befreien.«

»Durnik und ich kommen mit«, bot Barak an.

Sie starrte ihn an.

»Vorsicht schadet nicht«, sagte der große Mann und gürtete sein Schwert um.

»Wenn du willst.« Sie warf sich ihren Umhang über und zog die Kapuze hoch. »Es kann vielleicht die ganze Nacht dauern«, sagte sie zu Greldik. »Es sind Grolims in der Gegend, also achte darauf, daß deine Matrosen auf der Hut sind. Ein paar von den Nüchterneren sollen die Wache übernehmen.«

»Nüchterner, meine Dame?« fragte Greldik unschuldig.

»Ich habe den Gesang aus den Mannschaftsunterkünften gehört, Kapitän«, erwiderte sie spröde. »Chereks singen nicht, es sei denn, sie sind betrunken. Schlag' heute abend kein Bierfaß an. Können wir gehen, Droblek?«

»Sofort, meine Dame«, stimmte der dicke Mann mit einem verschmitzten Blick auf Greldik zu.

Nachdem sie gegangen waren, fühlte sich Garion etwas erleichtert. Die Anstrengung, seinen Groll in Tante Pols Gegenwart aufrechtzuerhalten, zehrte an ihm. Er fand sich in einer schwierigen Position. Das Entsetzen und der Selbsthaß, der an ihm nagte, seit er das schreckliche Feuer auf Chamdar im Wald der Dryaden losgelassen hatte, war immer stärker geworden, bis er es kaum noch ertragen konnte. Er erwachte jede Nacht mit Schrecken, denn seine Träume waren immer gleich. Wieder und wieder sah er Chamdar mit verbranntem Gesicht, der flehte: »Gnade, Meister.« Wieder und wieder sah er die furchtbare blaue Flamme, die als Antwort auf diese Qual aus seiner Hand geschossen war. Der Haß, den er seit Val Alorn in sich getragen hatte, war mit dieser Flamme gestorben. Seine Rache war so absolut gewesen, daß es keine Möglichkeit gab, ihr auszuweichen oder die Verantwortung von sich zu schieben. Sein Ausbruch an jenem Morgen war fast mehr an ihn selbst als gegen Tante Pol gerichtet gewesen. Er hatte sie ein Ungeheuer genannt, aber es war das Ungeheuer in ihm selbst, das er haßte. Die schreckliche Aufzählung all dessen, was sie durch unzählige Jahre hinweg für ihn gelitten hatte, und die Leidenschaft, mit der sie gesprochen hatte – Beweis für den Schmerz, den er ihr zugefügt hatte –, gingen ihm durch den Kopf. Er schämte sich, schämte sich so, daß er es nicht ertragen konnte, seinen Freunden ins Gesicht zu sehen. Er saß allein mit leerem Blick da, und Tante Pols Worte dröhnten durch seinen Kopf.

Der Regen ließ nach, als das Unwetter weiterzog. Kleine Strudel aus Regentropfen tanzten auf dem schlammigen Wasser des Flusses in dem stetig wechselnden Wind. Der Himmel begann aufzuklaren, die Sonne erschien hinter den schweren Wolken und tauchte sie in ein zorniges Rot. Garion ging an Deck, um allein mit seinem verwirrten Gewissen zu ringen.

Nach einer Weile hörte er hinter sich leichte Schritte. »Du bist wohl auch noch stolz auf dich?« fragte Ce'Nedra bissig.

»Laß mich in Ruhe.«

»Das werde ich nicht. Ich will dir genau sagen, was wir alle an dem Morgen bei deiner kleinen Ansprache empfunden haben.«

»Ich will es nicht hören.«

»Wie schade. Ich werde es dir trotzdem sagen.«

»Ich werde nicht zuhören.«

»O doch, du wirst.« Sie nahm ihn am Arm und drehte ihn zu sich herum. Ihre Augen funkelten und auf ihrem kleinen

Gesicht malte sich schrecklicher Zorn ab. »Was du getan hast, ist absolut unentschuldbar«, sagte sie. »Deine Tante hat dich aufgezogen, seit du ein Säugling warst. Sie ist für dich eine Mutter gewesen.«

»Meine Mutter ist tot.«

»Die Dame Polgara ist die einzige Mutter, die du je gekannt hast, und wie hast du es ihr gedankt? Du hast sie ein Ungeheuer genannt. Du hast sie beschuldigt, dich nicht zu lieben.«

»Ich höre dir nicht zu«, schrie Garion. Obwohl er wußte, daß es kindisch, geradezu infantil war, legte er die Hände über die Ohren. Prinzessin Ce'Nedra schien immer seine schlimmsten Seiten ans Licht zu bringen.

»Nimm deine Hände runter!« befahl sie mit klingender Stimme. »Du wirst mich hören, und wenn ich schreien muß.«

Garion, der fürchtete, daß sie das tatsächlich auch so meinte, nahm die Hände herunter.

»Sie hat dich getragen, als du ein Säugling warst«, fuhr Ce'Nedra fort, als wüßte sie genau, wo der wundeste Punkt in Garions Gewissen lag. »Sie hat über deine ersten Schritte gewacht; sie hat dich gefüttert, auf dich aufgepaßt; sie hat dich in den Arm genommen, wenn du Angst oder dir wehgetan hattest. Klingt das nach einem Ungeheuer? Sie wacht immer über dich, wußtest du das? Selbst wenn du nur stolperst, streckt sie die Hand aus, um dich aufzufangen. Ich habe gesehen, wie sie dich zudeckte, als du schliefst. Klingt das nach jemandem, der nicht liebt?«

»Du redest von etwas, das du nicht verstehst«, sagte Garion. »Bitte, laß mich in Ruhe.«

»Bitte?« wiederholte sie spöttisch. »Welch seltsamer Zeitpunkt, dich wieder an deine Manieren zu erinnern. An jenem Morgen habe ich dich nicht bitte sagen hören. Ich habe kein einziges Bitte gehört. Auch kein Danke. Weißt du, was du bist, Garion? Du bist ein verwöhntes Kind, das ist es.«

Das saß! Diese verhätschelte, launische kleine Prinzessin sagen zu hören, *er* wäre ein verwöhntes Kind, war mehr, als Garion ertragen konnte. Wütend begann er, sie anzuschreien. Das meiste, was er sagte, war völlig unzusammenhängend, aber durch die Schreierei war ihm wohler.

Sie fingen mit Beschuldigungen an, aber ihr Streit sank schon bald zu bloßen Beschimpfungen herab. Ce'Nedra keifte wie ein Fischweib aus Camaar, und Garions Stimme krächzte und sprang zwischen einem männlichen Bariton und einem knabenhaften Tenor hin und her. Sie fuchtelten mit den Händen herum und brüllten sich an. Ce'Nedra stampfte mit dem Fuß auf, und Garion fuchtelte mit den Armen. Alles in allem war es ein prächtiger kleiner Kampf. Ce'Nedra Beleidigungen an den Kopf zu werfen war ein unschuldiger Zeitvertreib nach den tödlichen Dingen, die er an jenem Morgen zu Tante Pol gesagt hatte. Es erlaubte ihm, seine Verwirrung und seinen Zorn harmlos auszuleben.

Schließlich nahm Ce'Nedra aber Zuflucht zu Tränen und lief davon. Sich mehr töricht als beschämt fühlend, ließ sie ihn zurück. Er schimpfte noch etwas vor sich hin, brummte ein paar auserlesene Beleidigungen, die er nicht mehr hatte anbringen können, dann seufzte er und lehnte sich nachdenklich an die Reling und sah zu, wie die Nacht über die dunkle Stadt hereinbrach.

Obwohl er es keinesfalls zugegeben hätte, nicht einmal vor sich selbst, war er der Prinzessin dankbar. Ihr Abgleiten ins Lächerliche hatte seinen Kopf befreit. Er sah jetzt ganz klar, daß er Tante Pol eine Entschuldigung schuldete. Er hatte sie aus seinem eigenen tiefsitzenden Schuldgefühl heraus angegriffen und versucht, ihr irgendwie die Verantwortung zuzuschieben. Aber ganz offensichtlich gab es keinen Weg, sich seiner eigenen Verantwortlichkeit zu entziehen. Nachdem er dies erkannt hatte, fühlte er sich etwas besser.

Es wurde dunkler. Die tropische Nacht war schwer, und der Geruch nach faulenden Pflanzen und stehendem Wasser wurde von den weglosen Sümpfen herangetragen. Ein ekliges kleines Insekt kroch unter seine Tunika und biß ihn zwischen die Schultern, wo er es nicht erreichen konnte.

Es gab überhaupt keine Warnung – kein Geräusch, keine Bewegung des Schiffes oder eine Andeutung von Gefahr. Seine Arme wurden von hinten gepackt, und ein nasses Tuch wurde ihm fest auf den Mund gepreßt. Er versuchte loszukommen, aber die Hände, die ihn hielten, waren sehr stark. Er bemühte sich, den Kopf so weit zu drehen, daß er das Gesicht freibekam, um nach Hilfe zu schreien. Das Tuch roch seltsam – ekelhaft, widerlich süß, irgendwie dicklich. Er fühlte sich benommen, seine Bewegungen wurden schwächer. Er unternahm noch eine letzte Anstrengung, ehe die Übelkeit ihn übermannte und er bewußtlos wurde.

27

Sie befanden sich in einem langen Gang. Garion konnte deutlich den gefliesten Boden erkennen. Drei Männer trugen ihn mit dem Gesicht nach unten, und sein Kopf baumelte unbequem hin und her. Sein Mund war trocken, aber er schmeckte noch immer den dicken, süßlichen Geruch, der dem Tuch entströmt war, das man ihm aufs Gesicht gepreßt hatte. Er hob den Kopf und versuchte sich umzusehen.

»Er ist wach«, sagte einer der Männer, die ihn trugen.

»Endlich«, brummte ein anderer. »Du hast ihm das Tuch zu lange vorgehalten, Issus.«

»Ich weiß schon, was ich tue«, sagte der erste wieder. »Setzt ihn ab.«

»Kannst du stehen?« fragte Issus Garion. Sein geschorener Kopf war stoppelig, und eine lange Narbe lief von seiner Stirn durch eine verrunzelte leere Augenhöhle bis zum Kinn. Sein gegürtetes Gewand war verschmutzt und fleckig.

»Steh auf«, befahl Issus mit zischender Stimme. Er gab Garion einen Schubs mit dem Fuß. Garion versuchte aufzustehen. Seine Knie zitterten, so daß er sich mit einer Hand an der Wand abstützen mußte. Die Steine waren feucht und mit einer Art Schimmel bedeckt.

»Bringt ihn mit«, befahl Issus den anderen. Sie packten Garion bei den Armen und zogen und zerrten ihn durch den feuchten Gang hinter dem Einäugigen her. Als sie aus dem Gang hinauskamen, befanden sie sich auf einem überwölbten Areal, das weniger ein Raum als ein großer, überdachter Platz zu sein schien. Riesige, mit Schnitzereien verzierte Säulen trugen die hohe Decke, kleine Öllampen hingen an langen Ketten oder standen auf kleinen steinernen Konsolen an den Säulen. Es herrschte ein Kommen und Gehen, da Gruppen von Männern in bunten Kleidern in einer Art mattem Stumpfsinn ziellos von hier nach dort schlenderten.

»Du«, fuhr Issus einen pummeligen jungen Mann mit verträumten Augen an. »Sag Sadi, dem Obereunuchen, daß wir den Jungen haben.«

»Sag es ihm selbst«, erwiderte der junge Mann mit piepsiger Stimme. »Ich nehme von deinesgleichen keine Befehle entgegen, Issus.«

Issus schlug dem dicklichen jungen Mann unvermittelt ins Gesicht.

»Du hast mich geschlagen!« jammerte der Dicke und legte seine Hand auf den Mund. »Meine Lippe blutet – siehst du?« Er streckte seine Hand aus, um das Blut zu zeigen.

»Wenn du nicht tust, was ich dir sage, schneide ich dir deinen fetten Hals durch«, sagte Issus mit ruhiger, ungerührter Stimme.

»Ich werde Sadi erzählen, was du getan hast.«

»Geh schon. Und dann sag ihm auch gleich, daß wir den Jungen haben, den die Königin wollte.«

Der mollige Jüngling eilte davon.

»Eunuchen!« sagte einer der Männer, die Garion hielten, verächtlich.

»Sie haben auch ihr Gutes«, sagte der andere mit rauhem Lachen.

»Bringt den Jungen!« befahl Issus. »Sadi wartet nicht gern.«

Sie zogen Garion über den erleuchteten Platz.

Eine Gruppe elend aussehender Männer mit ungepflegten Haaren und Bärten saß aneinandergekettet auf dem Boden.

»Wasser«, krächzte einer von ihnen. »Bitte.« Er streckte flehend die Hand aus.
Issus blieb stehen und starrte den Sklaven verwundert an. »Wieso hat der hier noch seine Zunge?« fragte er den Wächter, der neben den Sklaven stand.
Der Wächter zuckte die Achseln. »Wir hatten noch keine Zeit, uns darum zu kümmern.«
»Nehmt euch die Zeit«, sagte Issus. »Wenn einer der Priester hört, daß gesprochen wird, werden sie dich verhören. Das würde dir nicht gefallen.«
»Ich habe keine Angst vor den Priestern«, sagte der Wächter, sah dabei aber nervös über die Schulter.
»Du solltest aber lieber Angst haben«, riet ihm Issus. »Und tränke diese Tiere. Tot nützen sie niemandem.« Er ging den Männern, die Garion hielten, durch den Schatten zwischen zwei Säulen voran und blieb dann erneut stehen. »Geh mir aus dem Weg«, sagte er zu etwas, das im Schatten lag. Widerwillig begann das Ding sich zu bewegen. Mit Ekel erkannte Garion, daß es sich um eine große Schlange handelte.
»Geh dort hinüber zu den anderen«, befahl Issus der Schlange. Er deutete auf einen schwach beleuchteten Winkel, wo eine große Masse zu wogen schien, die sich in einem trägen Brodeln bewegte. Schwach konnte Garion das trockene Rascheln von Schuppen hören, die sich aneinander rieben. Die Schlange, die ihren Weg versperrt hatte, züngelte Issus nervös an und glitt dann in die dunkle Ecke.
»Eines Tages wirst du gebissen, Issus«, warnte einer der Männer. »Sie mögen es nicht, herumkommandiert zu werden.«
Issus zuckte gleichgültig die Achseln und ging weiter.
»Sadi will mit dir reden«, sagte der dickliche junge Eunuch widerwillig zu Issus, als sie sich einer schweren, polierten Tür näherten. »Ich habe ihm gesagt, daß du mich geschlagen hast. Maas ist bei ihm.«
»Gut«, antwortete Issus. Er stieß die Tür auf. »Sadi«, rief er scharf, »sag deinem Freund, daß ich hereinkomme. Ich möchte nicht, daß es ein Versehen gibt.«

»Er kennt dich, Issus«, sagte eine Stimme im Innern des Raumes. »Er tut nie etwas aus Versehen.«
Issus ging hinein und schloß die Tür hinter sich.
»Du kannst jetzt gehen«, sagte einer der Männer, die Garion stützten, zu dem jungen Eunuchen.
Der Dicke rümpfte die Nase. »Ich gehe, wenn Sadi es sagt.«
»Und kommst angelaufen, wenn Sadi pfeift.«
»Das geht nur Sadi und mich etwas an, oder?«
»Bringt ihn herein«, befahl Issus, die Tür wieder öffnend. Die beiden Männer schoben Garion in den Raum. »Wir warten hier draußen«, sagte einer von ihnen etwas nervös.
Issus lachte gehässig, schob die Tür mit dem Fuß zu und zog Garion vor einen Tisch, auf dem eine einzelne Öllampe mit einer winzigen Flamme flackerte, die die Dunkelheit kaum vertrieb. Ein dünner Mann mit leblos wirkenden Augen saß an dem Tisch. Er strich sich mit langen Fingern über den haarlosen Kopf.
»Kannst du sprechen, Junge?« fragte er Garion. Er hatte eine merkwürdige Altstimme, und sein Gewand war dunkelrot, nicht bunt.
»Könnte ich etwas Wasser haben?« bat Garion.
»In einer Minute.«
»Ich möchte jetzt mein Geld, Sadi«, sagte Issus.
»Sobald wir sicher sind, daß es der richtige Junge ist«, antwortete Sadi.
»Frag es, wie es heißt«, kam ein zischendes Wispern aus der Dunkelheit hinter Garion.
»Ja doch, Maas.« Sadi war leicht verärgert über diesen Vorschlag. »Ich habe so etwas schon öfter gemacht.«
»Du brauchst zu lange«, sagte es wispernd.
»Sag deinen Namen, Junge«, befahl Sadi.
»Doroon«, log Garion rasch. »Ich bin wirklich sehr durstig.«
»Hältst du mich für einen Idioten, Issus?« fragte Sadi. »Glaubst du, mir wäre jeder Junge recht?«
»Das ist der Junge, den ich holen sollte«, sagte Issus. »Ich kann nichts dafür, wenn meine Informationen falsch waren.«

»Du sagst, du heißt Doroon?« fragte Sadi.
»Ja«, antwortete Garion. »Ich bin Schiffsjunge auf Kapitän Greldiks Schiff. Wo sind wir?«
»Ich stelle die Fragen, Bursche«, sagte Sadi.
»Er lügt«, tönte das zischende Wispern hinter Garion.
»Ich weiß, Maas«, erwiderte Sadi gelassen. »Das tun sie zuerst immer.«
»Wir haben keine Zeit für all das«, zischte es. »Gib ihm Oret. Ich brauche die Wahrheit sofort.«
»Wie du meinst, Maas«, stimmte Sadi zu. Er stand auf und verschwand im Schatten hinter dem Tisch. Garion hörte ein Klicken und wie Flüssigkeit in ein Gefäß gegossen wurde. »Denk daran, daß es deine Idee war, Maas. Wenn *sie* darüber wütend wird, möchte ich nicht derjenige sein, dem sie die Schuld gibt.«
»Sie wird es verstehen, Sadi.«
»Hier, mein Junge«, sagte Sadi, trat wieder zurück ins Licht und hielt Garion einen braunen Steinzeugbecher hin.
»Äh, nein danke«, sagte Garion. »Ich glaube, eigentlich habe ich gar keinen Durst.«
»Du kannst es ruhig trinken, Junge«, sagte Sadi. »Wenn du es nicht tust, wird Issus dich festhalten, und ich werde es dir einflößen. Es schadet dir nicht.«
»Trink«, befahl die zischende Stimme.
»Du tust besser, was sie sagen«, riet Issus.
Hilflos nahm Garion den Becher. Das Wasser schmeckte seltsam bitter und schien seine Zunge zu verbrennen.
»So ist es viel besser«, sagte Sadi und nahm seinen Platz hinter dem Tisch wieder ein. »Nun, du behauptest, dein Name sei Doroon?«
»Ja.«
»Wo kommst du her, Doroon?«
»Aus Sendarien.«
»Wo genau aus Sendarien?«
»Aus der Nähe von Darine an der Nordküste.«
»Was tust du auf einem cherekianischen Schiff?«

»Kapitän Greldik ist ein Freund meines Vaters«, sagte Garion. Aus irgendeinem Grund hatte er das Bedürfnis, es näher zu erklären. »Mein Vater wollte, daß ich etwas über Schiffe lerne. Er sagt, es sei besser, Seemann zu sein als Bauer. Kapitän Greldik hat eingewilligt, mir beizubringen, was ich wissen muß, um Seemann zu werden. Er sagt, ich würde ein guter Seemann werden, denn ich werde nie seekrank, und ich habe keine Angst, die Taue hinaufzuklettern, die die Segel halten, und ich bin schon fast stark genug, um ein Ruder zu bewegen, und ... «

»Wie hast du gesagt, heißt du, Junge?«

»Garion ... ich meine ... äh... Doroon, und ... «

»Wie alt bist du, Garion?«

»Fünfzehn nächstes Erastide. Tante Pol sagt, daß jemand, der an Erastide geboren ist, ein Glückskind ist, aber ich habe nie bemerkt, daß ich mehr Glück hätte als ... «

»Und wer ist Tante Pol?«

»Sie ist meine Tante. Wir haben auf Faldors Farm gelebt, aber Meister Wolf kam und wir ... «

»Nennen die Leute sie noch anders als Tante Pol?«

»König Fulrach nannte sie Polgara – das war, als Hauptmann Brendig uns alle nach Sendar zum Palast brachte. Dann sind wir nach Val Alorn zu König Anhegs Palast gereist, und ... «

»Wer ist Meister Wolf?«

»Mein Großvater. Sie nennen ihn Belgarath. Ich wollte es nicht glauben, aber ich schätze, es ist doch wahr, weil er einmal... «

»Und warum habt ihr Faldors Farm verlassen?«

»Ich wußte zuerst nicht warum, aber dann habe ich es herausgefunden. Und zwar weil Zedar das Auge Aldurs von dem Schwertknauf des rivanischen Königs gestohlen hat und wir es zurückbekommen müssen, ehe Zedar es zu Torak bringen und ihn aufwecken kann und ... «

»Das ist der Junge, den wir suchen«, wisperte die zischende Stimme.

Garion drehte sich langsam um. Der Raum schien jetzt heller

zu sein, als ob die winzige Flamme mehr Licht ausstrahlte. In einer Ecke lag eine sehr große aufgerollte Schlange mit seltsam abgeflachtem Hals und glühenden Augen.

»Wir können ihn jetzt zu Salmissra bringen«, zischte die Schlange. Sie glitt über den Boden auf Garion zu. Er fühlte ihre kalte trockene Nase an seinem Bein und blieb unbeweglich stehen, obwohl ein verborgener Teil seines Ichs aufschrie, als der schuppige Körper sich langsam sein Bein hinaufwand und sich aufwärts ringelte, bis der Kopf der Schlange neben seinem Gesicht erschien und ihre zuckende Zunge ihn berührte. »Sei ein lieber Junge«, zischte die Schlange in sein Ohr, »ein *sehr*, sehr lieber.« Das Reptil war schwer, und sein Körper dick und kalt.

»Hier lang, Junge«, sagte Sadi zu Garion und erhob sich.

»Ich will mein Geld«, forderte Issus.

»Ach«, sagte Sadi fast verächtlich, »das. Es ist in der Börse dort auf dem Tisch.« Dann drehte er sich um und führte Garion aus dem Zimmer.

»*Garion.*« Die sachliche Stimme, die immer schon in seinem Geist gewesen war, sprach leise zu ihm. »*Ich möchte, daß du gut zuhörst. Sag nichts und laß dir nichts anmerken. Hör mir einfach zu.*«

»*W-wer bist du?*« fragte Garion schweigend und bemühte sich, den Nebel in seinem Kopf zu durchdringen.

»*Du kennst mich*«, sagte die sachliche Stimme. »*Jetzt hör mir zu. Sie haben dir etwas gegeben, das dich tun läßt, was sie wollen. Kämpfe nicht dagegen an. Entspanne dich und wehre dich nicht dagegen.*«

»*Aber ich habe Dinge gesagt, die ich nicht hätte sagen sollen. Ich ...*«

»*Das spielt jetzt keine Rolle. Tu einfach, was ich dir sage. Wenn etwas passiert und es gefährlich wird, wehre dich nicht. Ich kümmere mich darum – aber das kann ich nicht, wenn du dich wehrst. Du mußt dich entspannen, damit ich tun kann, was ich tun muß. Wenn du plötzlich merkst, daß du Dinge tust oder sagst, die du nicht verstehst, habe keine Angst und wehre dich nicht. Das sind nicht sie, das bin dann ich.*«

Getröstet durch diese stille Versicherung, ging Garion gehorsam neben Sadi dem Eunuchen her, während der Körper der Schlange Maas schwer um seine Schultern und seine Brust lagen und der abgeplattete Reptilkopf fast kosend an seiner Wange lag.

Sie betraten einen großen Raum, dessen Wände schwer verhangen waren, und in dem kristallene Öllampen glitzernd an silbernen Ketten hingen. Eine riesige Steinstatue, deren oberes Drittel sich in der schattigen Höhe verlor, ragte gewaltig an einem Ende des Raumes auf. Unmittelbar vor der Statue befand sich eine niedrige, steinerne Plattform, die mit Teppichen und Kissen ausgelegt war. Auf der Plattform stand ein schwerer Diwan, der nicht ganz Sessel und nicht ganz Sofa war.

Auf dem Diwan lag eine Frau. Ihr Haar war rabenschwarz und fiel in losen Locken über ihre Schultern hinab. Um ihren Kopf lag eine kunstvoll gearbeitete goldene Krone, die vor Juwelen glitzerte. Ihr Gewand war weiß und hauchfein gesponnen. Es verhüllte keineswegs ihren Körper, sondern schien nur getragen zu werden, damit Juwelen und Schmuck daran befestigt werden konnten. Unter diesem Schleier war ihre Haut von einem fast kalkigen Weiß, und ihr Gesicht war außerordentlich schön. Ihre Augen waren hell, nahezu farblos. Ein großer, goldgerahmter Spiegel stand auf einem Sockel an einer Seite des Diwans. Die Frau lag ungeniert da und bewunderte sich in dem Glas.

Zwei Dutzend kahlgeschorener Eunuchen in roten Gewändern knieten gedrängt auf einer Seite der Empore, hockten auf ihren Fersen und betrachteten die Frau und die Statue hinter ihr mit anbetender Bewunderung.

Zwischen den Kissen neben dem Diwan rekelte sich ein verzärtelt wirkender junger Mann, dessen Kopf nicht rasiert war. Sein Haar war sorgfältig in Locken gelegt, seine Wangen waren künstlich gerötet, und um seine Augen war er phantastisch geschminkt. Er trug nur ein winziges Lendentuch, und sein Gesichtsausdruck war gelangweilt und verdrießlich. Die

Frau fuhr geistesabwesend mit den Fingern durch seine Lokken, während sie sich im Spiegel betrachtete.
»Die Königin hat Besuch«, verkündete einer der knienden Eunuchen in singendem Tonfall.
»Ah«, sangen die anderen im Chor, »Besucher.«
»Heil, Ewige Salmissra«, sagte Sadi der Eunuch und warf sich vor der Empore und der helläugigen Frau zu Boden.
»Was gibt es, Sadi?« fragte sie. Ihre Stimme vibrierte und hatte ein seltsam dunkles Timbre.
»Der Knabe, meine Königin«, sagte Sadi, das Gesicht noch immer zu Boden gepreßt.
»Auf die Knie mit dir vor der Schlangenkönigin«, zischte die Schlange in Garions Ohr. Ihre Windungen zogen sich um Garions Körper zusammen, und er fiel durch den plötzlichen heftigen Druck auf die Erde.
»Komm her, Maas«, sagte Salmissra zu der Schlange.
»Die Königin ruft ihre geliebte Schlange zu sich«, intonierte der Eunuch.
»Ah.«
Das Reptil ringelte sich von Garions Körper und schlängelte sich zu dem Diwan hinüber, richtete sich über der liegenden Frau auf, ließ sich auf ihrem Körper nieder und schmiegte den dicken Leib in ganzer Länge an sie. Der stumpfe Kopf hob sich zu ihrem Gesicht, und sie küßte ihn zärtlich. Die lange, gespaltene Zunge glitt über ihr Gesicht, und Maas begann, ihr zischend ins Ohr zu flüstern. Sie lag in der Umarmung der Schlange, lauschte ihrer zischenden Stimme und betrachtete Garion unter schweren Lidern hervor.
Dann schob die Königin das Reptil zur Seite, erhob sich und stand über Garion. »Willkommen im Land des Schlangenvolkes, Belgarion«, sagte sie mit ihrer vibrierenden Stimme.
Der Name, den er bislang nur von Tante Pol gehört hatte, durchzuckte Garion wie ein Schock, und er versuchte, den Nebel in seinem Kopf zu vertreiben.
»*Noch nicht*«, warnte ihn die sachliche Stimme in seinem Geist.

Salmissra trat von der Empore herab, ihr Körper bewegte sich mit geschmeidiger Anmut unter ihrem durchsichtigen Gewand. Sie nahm Garion beim Arm und zog ihn sanft auf die Füße, dann berührte sie zögernd sein Gesicht. Ihre Hand war sehr kalt. »Ein hübscher junger Mann«, hauchte sie, mehr zu sich selbst. »So jung. So warm.« Ihr Blick wirkte hungrig.

Eine seltsame Verwirrung überfiel Garion. Der bittere Trank, den Sadi ihm gegeben hatte, lag über seinem Bewußtsein wie eine Decke. Darunter fühlte er sich gleichzeitig verängstigt und merkwürdig angezogen von der Königin. Ihre weiße Haut und die leblosen Augen waren abstoßend, dennoch war eine Art lustvoller Einladung um sie, ein überreifes Versprechen unaussprechlicher Vergnügungen. Unwillkürlich trat er einen Schritt zurück.

»Hab keine Angst, mein Belgarion«, schnurrte sie. »Ich werde dir nicht wehtun – es sei denn, du möchtest es. Deine Pflichten hier werden sehr vergnüglich sein, und ich kann dir Dinge beibringen, von denen Polgara nicht einmal träumt.«

»Komm weg von ihm, Salmissra«, befahl der junge Mann auf der Empore schmollend. »Du weißt, ich kann es nicht leiden, wenn du anderen deine Aufmerksamkeit schenkst.«

Ärger blitzte in den Augen der Königin auf. Sie drehte sich um und betrachtete den jungen Mann kühl. »Was du leiden kannst oder nicht, kümmert mich eigentlich nicht mehr, Essia«, sagte sie.

»*Was?*« rief Essia ungläubig. »Tu sofort, was ich dir sage!«

»Nein, Essia.«

»Ich werde dich bestrafen«, drohte er.

»Nein«, erwiderte sie, »das wirst du nicht. So etwas amüsiert mich nicht mehr, und deine Schmollerei und deine Wutanfälle sind inzwischen langweilig. Geh jetzt.«

»*Gehen?*« Essias Augen quollen ungläubig hervor.

»Du bist entlassen, Essia.«

»Entlassen? Aber du kannst ohne mich nicht leben. Du hast das selbst gesagt.«

»Wir sagen alle manchmal Dinge, die wir nicht so meinen.«

Die Arroganz entwich aus dem Gesicht des jungen Mannes wie Luft aus einem Ballon. Er schluckte hart und begann zu zittern.
»Wann darf ich zurückkommen?« winselte er.
»Überhaupt nicht, Essia.«
»Nie?« hauchte er.
»Nie«, bestätigte sie. »Jetzt geh und hör auf, mir eine Szene zu machen.«
»Was soll denn aus mir werden?« rief Essia. Er begann zu schluchzen, wodurch ihm die Schminke in grotesken Streifen über das Gesicht lief.
»Werde nicht lästig, Essia«, sagte Salmissra. »Pack deine Sachen und geh – und zwar *sofort*! Ich habe einen neuen Gemahl.« Sie ging zurück auf die Empore.
»Die Königin hat einen neuen Gemahl erwählt«, intonierte der Eunuch.
»Ah«, sangen die anderen. »Heil dem Gemahl der Ewigen Salmissra, dem glücklichsten aller Männer.«
Der schluchzende junge Mann raffte ein rosafarbenes Gewand und ein reich geschnitztes Schmuckkästchen an sich. »*Du* hast das getan«, beschuldigte er Garion. »Es ist alles deine Schuld.« Plötzlich zog er aus den Falten des Gewandes, das er über dem Arm trug, einen kleinen Dolch. »Ich werde es dir zeigen«, schrie er und hob den Dolch, um zuzustechen.
Diesmal war keine Überlegung beim Konzentrieren des Willens nötig. Die Woge der Kraft kam ohne Warnung und schob Essia zurück. Er zerschnitt wirkungslos die Luft mit seinem kleinen Messer. Dann war die Woge vorbei.
Essia warf sich wieder nach vorn, die Augen irre, den Dolch erhoben. Wieder kam die Woge, diesmal stärker. Der junge Mann wurde davongewirbelt. Er fiel, und sein Dolch schoß klirrend über den Boden.
Salmissra deutete mit blitzenden Augen auf den hingestreckten Essia und schnippte zweimal mit den Fingern. Fast so schnell wie ein Pfeil schoß eine kleine grüne Schlange unter dem Diwan hervor, das Maul zu einem wütenden Zischen

aufgerissen. Sie schlug einmal zu, in Essias Oberschenkel, dann glitt sie rasch beiseite und beobachtete ihn mit reglosen Augen.

Essia rang nach Luft und wurde blaß vor Entsetzen. Er versuchte aufzustehen, aber Arme und Beine knickten auf dem polierten Boden unter ihm weg. Er stieß einen erstickten Schrei aus, dann begannen die Krämpfe. Seine Fersen hämmerten auf den Boden, die Arme wirbelten wie Dreschflegel. Seine Augen wurden leer und glasig, und grüner Schaum schoß ihm aus dem Mund. Sein Körper bog sich zurück, jeder Muskel unter seiner Haut zog sich zusammen, und sein Kopf schlug auf die Fliesen. Er tat einen letzten, verkrampften Satz, der seinen ganzen Körper vom Boden hob. Als er wieder herunterkam, war er tot.

Salmissra beobachtete, wie er starb. Ihre blassen Augen waren ausdruckslos, gleichgültig, ohne eine Spur von Zorn oder Bedauern.

»Der Gerechtigkeit ist Genüge getan«, verkündete der Eunuch.

»Schnell ist die Gerechtigkeit der Königin des Schlangenvolkes«, antworteten die anderen.

28

Es gab noch andere Dinge, die sie ihm zu trinken gaben – manche bitter, manche ekelhaft süß. Sein Geist schien mit jedem Becher, den er an die Lippen setzte, tiefer zu sinken. Seine Augen begannen, ihm seltsame Streiche zu spielen. Ihm schien, als wäre die ganze Welt ertrunken und alles spiele sich unter Wasser ab. Die Wände waberten, und die Gestalten der knienden Eunuchen schienen zu schwanken und sich zu winden wie Seetang in dem endlosen Auf und Ab von Ebbe und Flut. Die Lampen funkelten wie Edelsteine, stießen leuchtende Farben aus, die in langsamen Schauern wieder niedersanken. Garion lag ganz benommen auf der Empore neben dem Diwan, seine Augen erfüllt von Licht und sein Kopf reingewaschen von allen Gedanken. Er hatte kein Gefühl für Zeit, keine Wünsche, keinen Willen. Er erinnerte sich kurz und verschwommen an seine Freunde, aber die Erkenntnis, daß er sie nie wiedersehen würde, brachte ihm nur ein kurzes, vorübergehendes Bedauern, eine zeitweilige Melancholie, die recht angenehm war. Er vergoß sogar eine funkelnde Träne über diesen Verlust, aber die Träne landete auf seinem Handgelenk und glitzerte dort in einer solch unirdischen Schönheit, daß er sich ganz in ihrer Betrachtung verlor.

»Wie hat er es getan?« sagte die Stimme der Königin irgendwo hinter ihm. Ihre Stimme war so wundervoll musikalisch, daß ihr Klang Garion tief in seiner Seele berührte.

»Es hat Macht«, antwortete Maas, dessen Schlangenstimme Garions Nerven strapazierte und sie in Schwingung versetzte wie die Saiten einer Laute. »Seine Macht ist ungeübt, ungerichtet, aber sehr groß. Hüte dich vor ihm, geliebte Salmissra. Es könnte dich versehentlich zerstören.«

»Ich werde ihn kontrollieren«, erwiderte Salmissra.

»Vielleicht«, meinte die Schlange.

»Zauberei verlangt Willen«, erklärte Salmissra. »Ich nehme ihm seinen Willen. Dein Blut ist kalt, Maas, und du hast nie das Feuer gespürt, das die Adern mit dem Geschmack von Oret, Athal oder Kaldiss erfüllt. Deine Leidenschaften sind gleichfalls kalt, und du kannst nicht wissen, wie sehr man den Körper dazu benutzen kann, den Willen zu versklaven. Ich versetze seinen Geist in Schlaf und überschütte ihn dann mit Liebe.«

»Liebe, Salmissra?« fragte die Schlange belustigt.

»Das Wort ist so gut wie jedes andere«, antwortete sie. »Nenne es Appetit, wenn du willst.«

»Das kann ich verstehen«, stimmte Maas zu. »Aber unterschätze dieses Wesen nicht – oder überschätze nicht deine eigene Macht. Es hat keinen normalen Geist. Es ist etwas Seltsames daran, das ich nicht ganz durchschaue.«

»Wir werden sehen«, sagte sie. »Sadi«, rief sie dann dem Eunuchen zu.

»Ja, meine Königin?«

»Nimm den Knaben. Laß ihn baden und parfümieren. Er riecht

nach Schiffen, Teer und Salzwasser. Ich mag solche alornischen Gerüche nicht.«

»Sofort, Ewige Salmissra.«

Garion wurde an einen Ort gebracht, wo es heißes Wasser gab. Man nahm ihm die Kleider ab, und er wurde untergetaucht und eingeseift und wieder untergetaucht und eingeseift. Duftende Öle wurden in seine Haut gerieben, dann band man ihm ein kurzes Lendentuch um die Hüften.

Danach wurde er fest beim Kinn genommen, und man legte ihm Rouge auf die Wangen. Erst dabei bemerkte er, daß die Person, die ihn schminkte, eine Frau war. Langsam, fast gleichgültig, ließ er seine Augen durch den Baderaum schweifen. Er stellte fest, daß außer Sadi nur Frauen anwesend waren. Er hatte das Gefühl, dies sollte ihn irgendwie beunruhigen – es hatte etwas damit zu tun, nackt in Gegenwart von Frauen zu sein –, aber er konnte sich nicht mehr genau erinnern, warum. Als die Frau sein Gesicht fertig geschminkt hatte, nahm Sadi der Eunuch ihn beim Arm und führte ihn durch die schwach erleuchteten, endlosen Gänge zurück in den Raum, wo Salmissra ausgestreckt auf ihrem Diwan unter der Statue lag und sich im Spiegel bewunderte.

»Viel besser«, sagte sie und betrachtete Garion von oben bis unten mit einer gewissen Bewunderung. »Er ist viel muskulöser, als ich dachte. Bring ihn her.«

Sadi brachte Garion neben den Diwan der Königin und drückte ihn sanft in die Kissen, in denen Essia sich geräkelt hatte.

Salmissra streckte langsam eine Hand aus und fuhr mit ihren kalten Fingerspitzen über sein Gesicht und seine Brust. Ihre hellen Augen schienen zu brennen, und ihre Lippen öffneten sich leicht. Garions Augen hefteten sich auf ihren blassen Arm. Keine Spur von Haar war auf der weißen Haut zu sehen.

»Glatt«, sagte er unbestimmt und versuchte, sich auf diese Merkwürdigkeit zu konzentrieren.

»Natürlich, mein Belgarion«, murmelte sie. »Schlangen sind haarlos, und ich bin die Königin der Schlangen.«

Langsam, verwirrt, hob er die Augen zu der glänzenden

schwarzen Haarfülle, die über ihre weißen Schultern hinabfloß.
»Nur das«, sagte sie und berührte die Locken mit einer sinnlichen Eitelkeit.
»Wie?« fragte er.
»Es ist ein Geheimnis.« Sie lachte. »Vielleicht sage ich es dir eines Tages. Würde dir das gefallen?«
»Ich glaube schon.«
»Sag mir, mein Belgarion, findest du mich schön?«
»Ich glaube ja.«
»Was würdest du sagen, wie alt ich bin?« Sie breitete die Arme aus, so daß er ihren Körper durch den hauchfeinen Stoff ihres Gewandes sehen konnte.
»Ich weiß nicht«, meinte Garion. »Älter als ich, aber nicht sehr alt.«
Zorn flackerte kurz in ihren Augen auf. »Rate«, befahl sie barsch.
»Vielleicht dreißig«, entschied er verwirrt.
»*Dreißig?*« Ihre Stimme klang erschüttert. Rasch drehte sie sich zum Spiegel und prüfte ihr Gesicht gründlich. »Du bist blind, du Narr!« fuhr sie ihn an, sich noch immer im Spiegel betrachtend. »Das ist nicht das Gesicht einer Frau von dreißig. Dreiundzwanzig, höchstens fünfundzwanzig.«
»Wie du meinst«, stimmte er zu.
»Dreiundzwanzig«, sagte sie entschlossen. »Keinen Tag älter als dreiundzwanzig.«
»Natürlich«, sagte er sanft.
»Würdest du glauben, daß ich fast sechzig bin?« fragte sie, mit plötzlich stählernem Blick.
»Nein«, meinte Garion. »Das könnte ich nicht glauben, nicht sechzig.«
»Wie bezaubernd du bist, Belgarion«, hauchte sie mit schmelzendem Blick. Ihre Finger wandten sich wieder seinem Gesicht zu, berührend, streichelnd, liebkosend. Langsam erschienen unter der blassen Haut ihrer nackten Schultern und ihres Halses merkwürdige Farbflecken, schwache Sprenkel aus Grün und Purpur, die sich pulsierend zu verändern schienen, zuerst deut-

lich sichtbar, dann schwächer werdend. Ihre Lippen öffneten sich wieder, ihr Atem ging schneller. Die Sprenkel breiteten sich über ihren ganzen Körper unter dem durchsichtigen Gewand aus, die Farben zuckten unter ihrer Haut.

Maas kroch näher, seine leblosen Augen wurden plötzlich in seltsamer Anbetung hellwach. Das lebhafte Muster seiner eigenen schuppigen Haut paßte so genau zu den Farben, die auf dem Körper der Schlangenkönigin erschienen, daß man kaum sagen konnte, wo die Grenze zwischen Schlange und Frau war, während er sich liebkosend um ihre Schulter ringelte.

Wäre Garion nicht halb betäubt gewesen, er wäre vor der Königin zurückgewichen. Ihre farblosen Augen und die gesprenkelte Haut waren reptilienhaft, ihr offen lustvoller Ausdruck sprach von einem schrecklichen Hunger. Und doch war sie seltsam attraktiv. Hilflos fühlte er sich von ihrer Sinnlichkeit angezogen.

»Komm näher, mein Belgarion«, befahl sie sanft. »Ich werde dir nicht wehtun.« In ihren Augen stand die Freude, ihn zu besitzen.

Nicht weit von der Empore räusperte sich Sadi der Eunuch. »Göttliche Königin«, verkündete er, »der Gesandte von Taur Urgas erbittet eine Unterredung.«

»Von Ctuchik meinst du wohl«, sagte Salmissra leicht verärgert. Dann schien ihr ein Gedanke zu kommen, und sie lächelte boshaft. Die Sprenkel auf ihrer Haut verblaßten. »Führe den Grolim herein«, wies sie Sadi an.

Sadi verbeugte sich und zog sich zurück, um einen Moment später mit einem narbengesichtigen Mann in Murgokleidung wiederzukommen.

»Heißt den Gesandten von Taur Urgas willkommen«, sang der Eunuch.

»Willkommen«, antwortete der Chor.

»*Vorsicht jetzt*«, warnte ihn die sachliche Stimme in Garions Verstand. »*Das ist der vom Hafen.*«

Garion betrachtete den Murgo genauer und stellte fest, daß es stimmte.

»Heil, Ewige Salmissra«, sagte der Grolim mechanisch und verbeugte sich zuerst vor der Königin, dann vor der Statue hinter ihr. »Taur Urgas, König von Cthol Murgos, entbietet dem Geist von Issa und seiner Dienerin seinen Gruß.«

»Und keine Grüße von Ctuchik, dem Hohenpriester der Grolims?« fragte sie mit leuchtenden Augen.

»Selbstverständlich«, sagte der Grolim, »aber sie werden üblicherweise nur privat ausgerichtet.«

»Hat dich Taur Urgas oder Ctuchik hergeschickt?« fragte sie und wandte sich wieder ihrem Bild im Spiegel zu.

»Können wir vertraulich sprechen, Eure Hoheit?« fragte der Grolim.

»Das hier *ist* vertraulich«, antwortete sie.

»Aber«, er blickte zu den knienden Eunuchen hinüber.

»Meine Leibdiener«, erklärte sie. »Eine nyissische Königin ist niemals allein. Das solltest du inzwischen wissen.«

»Und der da?« Der Grolim deutete auf Garion.

»Er ist auch ein Diener – wenn auch etwas anderer Art.«

Der Grolim zuckte die Achseln. »Wie Ihr wollt. Ich grüße Euch im Namen Ctuchiks, des Hohenpriesters der Grolims und Schülers Toraks.«

»Die Dienerin Issas grüßt Ctuchik von Rak Cthol«, antwortete sie förmlich. »Was will der Hohepriester der Grolims von mir?«

»Den Knaben, Eure Hoheit«, sagte der Grolim unverblümt.

»Welchen Knaben?«

»Den Knaben, den Ihr Polgara geraubt habt, und der nun zu Euren Füßen sitzt.«

Sie lachte zornig. »Richte Ctuchik mein Bedauern aus«, sagte sie, »aber das ist unmöglich.«

»Es ist unklug, die Wünsche Ctuchiks auszuschlagen«, warnte der Grolim.

»Es ist noch dümmer, Salmissra in ihrem eigenen Palast Forderungen zu stellen«, sagte sie. »Was bietet Ctuchik für den Jungen?«

»Seine ewige Freundschaft.«

»Was braucht die Schlangenkönigin Freunde?«
»Dann eben Gold«, bot der Grolim verärgert an.
»Ich kenne das Geheimnis des roten Goldes der Angaraks«, erwiderte sie. »Ich möchte nicht sein Sklave werden. Behalt dein Gold, Grolim.«
»Darf ich mir erlauben zu sagen, daß das ein sehr gefährliches Spiel ist, Eure Hoheit?« sagte der Grolim kühl. »Ihr habt Euch bereits Polgara zur Feindin gemacht. Könnt Ihr Euch auch noch die Feindschaft Ctuchiks leisten?«
»Ich habe weder Angst vor Polgara noch vor Ctuchik.«
»Die Tapferkeit der Königin ist bemerkenswert«, sagte er trocken.
»Unsere Unterhaltung beginnt mich zu langweilen. Meine Bedingungen sind einfach. Sag Ctuchik, daß ich Toraks Feind habe und ihn behalten werde – es sei denn ...« Sie hielt inne.
»Es sei denn was, Eure Hoheit?«
»Wenn Ctuchik für mich mit Torak spricht, könnte eine Einigung erzielt werden.«
»Was für eine Einigung?«
»Ich werde Torak den Knaben als Hochzeitsgeschenk übergeben.«
Der Grolim blinzelte.
»Wenn Torak mich zu seiner Braut macht und mir Unsterblichkeit verleiht, werde ich ihm Belgarion ausliefern.«
»Alle Welt weiß, daß der Drachengott der Angaraks im Schlummer gefangen ist«, wandte der Grolim ein.
»Aber er wird nicht ewig schlafen«, sagte Salmissra energisch. »Die Priester der Angaraks und die Zauberer von Alorn vergessen anscheinend immer, daß die Ewige Salmissra die Zeichen am Himmel genausogut lesen kann wie sie selbst. Der Tag von Toraks Erwachen ist nah. Sag Ctuchik, an dem Tag, an dem ich mit Torak vermählt werde, ist Belgarion in seinen Händen. Bis zu diesem Tag gehört der Junge mir.«
»Ich werde Ctuchik Eure Botschaft überbringen«, sagte der Grolim mit einer steifen, eisigen Verbeugung.
»Dann geh«, befahl sie mit einer leichten Handbewegung.

»*Also das ist es*«, sagte die Stimme in Garions Gedanken, als der Grolim gegangen war. »*Ich hätte es wohl wissen müssen.*«
Maas, die Schlange, hob plötzlich den Kopf, der Hals blähte sich auf, die Augen brannten. »Paß auf!« zischte er.
»Auf den Grolim?« Salmissra lachte. »Ich habe von ihm nichts zu befürchten.«
»Nicht der Grolim«, sagte Maas. »*Das* dort.« Maas ließ die Zunge in Garions Richtung vorschnellen. »Sein Verstand ist wach.«
»Das ist unmöglich«, widersprach sie.
»Trotzdem ist sein Verstand wach. Es hat etwas mit dem Metallding um seinen Hals zu tun, glaube ich.«
»Dann nimm ihm den Schmuck ab«, befahl sie der Schlange.
Maas ließ sich in ganzer Länge zu Boden gleiten und kroch um den Diwan auf Garion zu.
»*Verhalte dich ganz still*«, befahl die innere Stimme Garion. »*Versuche nicht, dich zu wehren.*«
Starr beobachtete Garion, wie der flache Kopf näherkam.
Maas hob den Kopf, den Hals gebläht. Die nervöse Zunge schoß vor. Langsam senkte sich der Schlangenkopf, bis die Nase das silberne Amulett berührte, das um Garions Hals hing.
Als der Kopf des Reptils in Kontakt mit dem Amulett kam, gab es einen leuchtend blauen Funken. Garion spürte die vertraute Woge, die jedoch jetzt streng kontrolliert auf einen einzigen Punkt gerichtet war. Maas wich zurück, der Funke aus dem Amulett wurde größer, schoß durch die Luft und stellte so eine Verbindung zwischen der Nase des Reptils und der silbernen Scheibe her. Die Augen der Schlange begannen zu schrumpfen, und Dampf strömte aus den Nasenlöchern und dem aufgerissenen Maul.
Dann war der Funke erloschen. Der Körper der toten Schlange wand und krümmte sich in Krämpfen auf den polierten Fliesen.
»*Maas!*« kreischte Salmissra.

Die Eunuchen stoben aus dem Weg vor dem wild peitschenden Schlangenkörper.
»Meine Königin!« rief ein kahlgeschorener Beamter zitternd von der Tür her, »das Ende der Welt!«
»Was?« Salmissra riß sich von den Zuckungen der Schlange los.
»Die Sonne ist verschwunden! Der Mittag ist so finster wie die Mitternacht! Die Stadt ist außer sich vor Angst!«

29

In dem Tumult, der dieser Ankündigung folgte, saß Garion ruhig auf den Kissen neben Salmissras Thron. Die leise Stimme in seinen Gedanken sprach jedoch rasch auf ihn ein. »*Bleib ganz ruhig*«, befahl sie ihm. »*Sage nichts und tue nichts.*«
»Holt sofort meinen Astronomen!« befahl Salmissra. »Ich möchte wissen, warum man mich nicht vor dieser Sonnenfinsternis gewarnt hat.«
»Es ist keine Sonnenfinsternis, meine Königin«, jammerte der kahlköpfige Beamte, der sich auf den Steinfußboden geworfen hatte, nicht weit von dem immer noch zuckenden Maas. »Die Dunkelheit kam wie ein großer Vorhang. Es war wie eine voranschreitende Wand – kein Wind, kein Regen, kein Donner. Es hat die Sonne völlig lautlos verschluckt.« Er schluchzte abgehackt. »Wir werden nie wieder die Sonne sehen.«
»Hör auf, du Narr!« fuhr ihn Salmissra an. »Steh auf. Sadi, bring diesen sabbernden Idioten fort und geh dann und betrachte den Himmel. Anschließend komm wieder her. Ich muß wissen, was hier vor sich geht.«
Sadi schüttelte sich wie ein nasser Hund und riß sich von dem Anblick des toten, starren Grinsens auf Maas' Gesicht los. Er zog den jammernden Beamten auf die Füße und führte ihn aus dem Raum.
Dann wandte Salmissra sich Garion zu. »Wie hast du das gemacht?« fragte sie und deutete auf den zuckenden Leib von Maas.

»Ich weiß nicht«, antwortete er. Sein Verstand war noch immer umnebelt. Nur der stille Winkel, in dem die Stimme lebte, war auf der Hut.

»Nimm das Amulett ab«, befahl sie.

Gehorsam hob Garion die Hände an das Medaillon. Plötzlich wurden seine Hände jedoch starr. Sie wollten sich nicht mehr bewegen. »Ich kann nicht«, sagte er.

»Nimm es ihm ab«, befahl sie einem der Eunuchen. Der Mann warf einen Blick auf die tote Schlange und starrte dann Garion an. Er schüttelte den Kopf und wich ängstlich zurück.

»Tu, was ich dir sage!« fuhr ihn die Schlangenkönigin an.

Irgendwo im Palast ertönte ein hohles, widerhallendes Krachen. Das Geräusch von Nägeln, die aus schwerem Holz herausbrachen, das lawinenartige Getöse einer einstürzenden Wand. Dann, weit weg in einem der dämmrigen Korridore, der Schrei eines Mannes in Todesangst.

Das nüchterne Bewußtsein in seinem Geist tastete versuchsweise nach außen. »*Endlich*«, sagte es mit offensichtlicher Erleichterung.

»Was geht da draußen vor?« tobte Salmissra.

»*Komm mit*«, sagte die Stimme in Garions Verstand. »*Ich brauche deine Hilfe.*«

Garion legte die Hände unter sich und versuchte, sich hochzuziehen.

»*Nein. So.*« Ein seltsames Bild von Spaltung stieg in Garions Gedanken auf. Ohne nachzudenken, wollte er diese Spaltung und spürte, wie er aufstand und sich doch nicht bewegte. Plötzlich fühlte er seinen Körper – seine Arme, seine Beine – nicht mehr, und doch schien er sich zu bewegen. Er sah sich selbst, seinen eigenen Körper, der stumpfsinnig auf den Kissen zu Salmissras Füßen lag.

»*Beeil dich*«, sagte die Stimme zu ihm. Sie war nicht länger in seinem Geist, sondern anscheinend irgendwo neben ihm. Ein undeutlicher Schatten war dort, formlos, aber irgendwie vertraut.

Der Nebel, der Garions Verstand eingehüllt hatte, war ver-

schwunden. Plötzlich fühlte er sich sehr wach. »Wer bist du?« fragte er den Schatten neben sich.
»Keine Zeit für Erklärungen. Rasch, wir müssen sie herbringen, ehe Salmissra Zeit findet, etwas zu unternehmen.«
»Wen bringen?«
»Polgara und Barak.«
»Tante Pol? Wo ist sie?«
»Komm«, sagte die Stimme drängend. Zusammen schwebten Garion und das seltsame Bewußtsein an seiner Seite auf die geschlossene Tür zu und durchstießen sie, als wäre sie nicht mehr als substanzloser Nebel. Dann schwebten sie in dem dahinterliegenden Gang.
Sie flogen, sausten durch den Flur, ohne einen Luftzug zu verspüren oder überhaupt eine Bewegung. Einen Moment später kamen sie in die riesige, offene Halle, in die Issus Garion zuerst gebracht hatte, nachdem sie den Palast betreten hatten. Dort hielten sie an und blieben in der Luft stehen.
Tante Pol lief durch die Halle. Sie war offenkundig wütend, denn ihre schönen Augen spien Feuer. Neben ihr tappte der große, zottige Bär, den Garion schon einmal gesehen hatte. Baraks Gesicht schien undeutlich in diesem tierischen Gesicht zu stecken, aber es lag nichts Menschliches darin. Die Augen der Bestie waren blutunterlaufen vor rasendem Irrsinn, das Maul war furchterregend aufgerissen.
Verzweifelte Wächter versuchten, den Bär mit langen Spießen zurückzustoßen, aber die Bestie fegte die Spieße fort und fiel über die Wächter her. Ihre wütende Umklammerung zermalmte sie, und die zuschlagenden Klauen schlitzten ihre Körper auf. Der Weg hinter Tante Pol und dem Bär war mit entstellten Leichen und zuckendem Fleisch bedeckt.
Die Schlangen, die in den Winkeln gelegen hatten, krochen über den Boden, aber sobald sie das flammende Licht, das Tante Pol umgab, berührten, starben sie so, wie Maas gestorben war. Systematisch riß Tante Pol mit Worten und Gesten Türen ein. Eine dicke Wand versperrte ihr den Weg, aber sie ließ sie zu Staub zerfallen, als wäre sie aus Spinnweben.

Barak tobte durch die dämmrige Halle, brüllte wie irrsinnig und zerstörte alles in seinem Weg. Ein kreischender Eunuch versuchte verzweifelt, eine der Säulen zu erklettern. Die große Bestie reckte sich und hieb dem Mann die Klauen in den Rücken und zog ihn herab. Die Schreie endeten abrupt in einem Schwall aus Hirn und Blut, als sich die riesigen Pranken mit einem ekelhaften Knirschen um den Kopf des Eunuchen schlossen.

»Polgara«, rief das Bewußtsein neben Garion lautlos. »Hier entlang!«

Tante Pol drehte sich rasch um.

»Folge uns«, sagte das Bewußtsein. »Schnell!«

Dann flogen Garion und der andere Teil von ihm zurück durch den Gang zu Salmissra und dem nur halbbewußten Körper, den sie vor kurzem leer zurückgelassen hatten. Hinter ihnen kamen Polgara und der tobende Barak.

Garion und sein seltsamer Gefährte passierten wiederum die schwere, geschlossene Tür.

Salmissra, deren nackter Körper unter ihrem durchsichtigen Gewand jetzt eher vor Wut als vor Lust gesprenkelt war, stand vor der Gestalt mit den leeren Augen. »Antworte mir!« rief sie. »Antworte mir!«

»Wenn wir zurück sind«, sagte das formlose Bewußtsein, »laß mich handeln. Wir müssen etwas Zeit gewinnen.«

Unvermittelt waren sie wieder zurück. Garion fühlte seinen Körper kurz erschauern, dann sah er wieder durch seine eigenen Augen. Der Nebel, der ihn vorher betäubt hatte, kehrte machtvoll zurück. »Was?« sagten seine Lippen, obwohl er das Wort nicht bewußt geformt hatte.

»Ich habe gefragt, ob das dein Werk ist?« sagte Salmissra.

»Ob was mein Werk ist?« Die Stimme, die aus seinem Mund kam, klang wie seine eigene, aber es war doch ein feiner Unterschied darin.

»Alles«, sagte sie. »Die Dunkelheit. Der Angriff auf meinen Palast.«

»Ich glaube nicht. Wie könnte es? Ich bin doch nur ein Junge.«

»Lüge mich nicht an, Belgarion«, warnte sie. »Ich weiß, wer du bist. Ich weiß, was du bist. Es muß dein Werk sein. Belgarath selbst könnte nicht die Sonne auslöschen. Ich warne dich, Belgarion, was du heute getrunken hast, ist tödlich. Selbst jetzt tötet das Gift in deinen Adern dich langsam.«

»Warum hast du das getan?«

»Um dich zu behalten. Du mußt mehr davon haben, oder du wirst sterben. Du mußt trinken, was nur ich dir geben kann, und du mußt jeden Tag deines Lebens davon trinken. Du gehörst mir, Belgarion, *mir*!«

Verzweifelte Schreie erklangen hinter der Tür.

Die Schlangenkönigin sah erstaunt auf, dann drehte sie sich zu der riesigen Statue hinter ihr um, verbeugte sich seltsam zeremoniell und begann, mit ihren Händen eine Reihe verschlungener Gesten in die Luft zu weben. Sie sprach eine schwierige Formel in einer Sprache, die Garion noch nie gehört hatte, einer Sprache, die voller gutturaler Zischlaute und seltsamer Kadenzen war.

Die schwere Tür wurde nach innen eingedrückt, zerbarst in Splitter, und Tante Pol stand in dem zerschmetterten Türrahmen. Die weiße Locke leuchtete, ihre Augen funkelten furchterregend. Der große Bär an ihrer Seite brüllte, von seinen Zähnen troff Blut, und Fleischfetzen hingen noch an seinen Pranken.

»Ich habe dich gewarnt, Salmissra«, sprach Tante Pol mit tödlicher Stimme.

»Bleib, wo du bist, Polgara«, befahl die Königin. Sie drehte sich nicht um, und ihre Finger setzten ihre schlängelnden Bewegungen fort. »Der Knabe stirbt«, sagte sie. »Niemand kann ihn retten, wenn du mich angreifst.«

Tante Pol blieb stehen. »Was hast du getan?« fragte sie.

»Schau ihn dir an«, erwiderte Salmissra. »Er hat Athal und Kaldiss getrunken. Auch jetzt brennt ihr Feuer in seinen Adern. Sehr bald schon wird er mehr brauchen.« Ihre Hände bewegten sich noch immer durch die Luft. Ihr Gesicht war angespannt vor Konzentration. Ihre Lippen formten wieder jene gutturalen Zischlaute.

»*Ist es wahr?*« echote Tante Pols Stimme in Garions Gedanken. »*Es scheint so*«, antwortete die sachliche Stimme. »*Sie haben ihn Verschiedenes trinken lassen, und er kommt mir leicht verändert vor.*«

Tante Pols Augen weiteten sich. »*Wer bist du?*«

»*Ich war schon immer hier, Polgara. Wußtest du das nicht?*«

»*Weiß es Garion?*«

»*Er weiß, daß ich hier bin. Er weiß aber nicht, was es bedeutet.*«

»*Wir können später darüber sprechen*«, entschied sie. »*Paß jetzt gut auf. Das mußt du tun.*« Eine verworrene Bilderfolge strömte durch Garions Gedanken. »*Verstehst du?*«

»*Selbstverständlich. Ich zeige ihm, wie.*«

»*Kannst du es nicht tun?*«

»*Nein, Polgara*«, sagte die sachliche Stimme. »*Die Macht ist seine, nicht die meine. Er und ich, wir verstehen einander.*«

Garion fühlte sich merkwürdig allein, als die beiden Stimmen in seinen Gedanken miteinander sprachen.

»*Garion.*« Die Stimme sprach ruhig. »*Ich möchte, daß du über dein Blut nachdenkst.*«

»*Mein Blut?*«

»*Wir werden es für einen Augenblick verändern.*«

»*Warum?*«

»*Um das Gift wegzubrennen, das sie dir gegeben haben. Jetzt konzentriere dich auf dein Blut.*«

Garion tat wie ihm geheißen.

»*Du willst, daß es so ist.*« Ein gelbes Bild erschien in Garions Gedanken. »*Verstehst du?*«

»*Ja.*«

»*Dann tu es. Jetzt.*«

Garion legte die Fingerspitzen an die Brust und wollte, daß sein Blut sich veränderte. Plötzlich hatte er das Gefühl zu brennen. Sein Herz klopfte, und am ganzen Körper brach ihm der Schweiß aus.

»*Noch einen Moment*«, sagte die Stimme.

Garion lag im Sterben. Das veränderte Blut strömte durch

Langsam strebt die Handlung ihrem Höhepunkt entgegen. Die Königin der Schlangen hat unseren Helden in ihre Gewalt gebracht und mit ihren magischen Beschwörungsformeln eine Götterstatue zum Leben erweckt. Garions Schicksal liegt nun ganz in Polgaras Händen, die den Gott in Schach halten muß. Die Zaubermacht der Dame entfaltet sich...
Auch Sie können Ihre Zaubermacht entfalten, wenn Sie z. B. in die Rolle eines Magiers in dem fantastischen Fantasiespiel »Das Schwarze Auge« schlüpfen.

Bitte umblättern ☞

seine Adern, und er begann heftig zu zittern. Sein Herz hämmerte wie wild. Seine Augen wurden trüb, er fiel langsam vornüber.

»*Jetzt!*« befahl die Stimme scharf. »*Verwandle es zurück.*«

Dann war es vorüber. Garions Herz setzte aus und fand dann seinen gewohnten Rhythmus wieder. Er war erschöpft, aber der Nebel in seinen Gedanken war verschwunden.

»*Es ist geschafft, Polgara*«, sagte der andere Garion. »*Du kannst jetzt tun, was nötig ist.*«

Tante Pol hatte besorgt zugesehen, aber jetzt wurde ihr Gesicht schrecklich und unerbittlich. Sie ging über die polierten Fliesen auf die Empore zu. »Salmissra«, sagte sie, »dreh dich um und sieh mich an.«

Die Königin hatte die Hände inzwischen über den Kopf erhoben, und die zischenden Worte sprudelten von ihren Lippen und stiegen schließlich zu einem heiseren Schrei an.

Dann, hoch oben in dem Schatten unter der Decke, öffneten sich die Augen der riesigen Statue und begannen, in einem tief smaragdgrünen Feuer zu glühen. Ein Edelstein in Salmissras Krone glühte ebenfalls auf.

Die Statue bewegte sich. Das Geräusch, das sie dabei machte, war ein donnerndes Knirschen, ohrenbetäubend laut. Der massive Felsen, aus dem die riesige Figur gehauen worden war, ächzte und knirschte, während die Statue einen Schritt und dann noch einen nach vorn machte.

»Warum-hast-du-mich-gerufen?« Eine gewaltige Stimme fragte dies durch starre, steinerne Lippen. Die Stimme hallte hohl aus der mächtigen Brust herauf.

»Verteidigt Eure Dienerin, Großer Issa«, rief Salmissra und warf Tante Pol einen triumphierenden Blick zu. »Diese böse Zauberin ist in Euer Gebiet eingedrungen, um mich zu erschlagen. Ihre böse Macht ist so groß, daß niemand ihr zu widerstehen vermag. Ich bin Eure versprochene Braut, und ich begebe mich unter Euren Schutz.«

»Wer ist es, der meinen Tempel entweiht?« fragte die Statue mit einem tiefen Dröhnen. »Wer wagt es, Hand zu erheben

gegen meine Erwählte und Geliebte?« Die smaragdenen Augen funkelten in schrecklichem Zorn.
Tante Pol stand allein mitten im Raum, und die große Statue ragte unheilvoll über ihr auf. Ihr Gesicht zeigte keine Furcht. »Du gehst zu weit, Salmissra«, sagte sie. »Das ist verboten.«
Die Schlangenkönigin lachte spöttisch. »Verboten? Was bedeuten eure Verbote schon für mich? Fliehe jetzt, oder stelle dich dem Zorn des Göttlichen Issa. Messe dich, wenn du willst, mit einem Gott.«
»Wenn es sein muß«, sagte Tante Pol. Dann richtete sie sich auf und sprach ein einzelnes Wort. Das Dröhnen in Garions Gedanken bei diesem Wort war überwältigend. Dann begann sie plötzlich zu wachsen. Zentimeter um Zentimeter wuchs sie in die Höhe, wie ein Baum, dehnte sich aus, nahm vor Garions verwunderten Augen gigantische Ausmaße an. Innerhalb kurzer Zeit stand sie dem großen steinernen Gott Auge in Auge gegenüber.
»Polgara?« Die Stimme des Gottes klang verblüfft. »Warum hast du das getan?«
»Ich komme in Erfüllung der Prophezeiung, o Gott Issa«, sagte sie. »Eure Dienerin hat Euch und Eure Brüder verraten.«
»Das kann nicht sein«, sagte Issa. »Sie ist meine Erwählte. Ihr Gesicht ist das Gesicht derer, die ich liebe.«
»Das Gesicht ist dasselbe«, sagte Tante Pol, »aber dies ist nicht Issas geliebte Salmissra. Hundert Salmissras haben Euch in diesem Tempel gedient, seit Eure Geliebte starb.«
»Starb?« fragte der Gott ungläubig.
»Sie lügt!« kreischte Salmissra. »Ich bin deine Geliebte, o mein Gott. Wendet Euch nicht um ihrer Lügen willen von mir ab. Tötet sie!«
»Die Prophezeiung nähert sich ihrem Tag«, sagte Tante Pol. »Der Knabe zu Salmissras Füßen ist ihre Frucht. Er muß mir zurückgegeben werden, oder die Prophezeiung geht fehl.«
»Ist der Tag der Prophezeiung so schnell gekommen?« fragte der Gott.

»Nicht schnell, Gott Issa«, sagte Tante Pol. »Es ist spät. Euer Schlummer hat Äonen umfaßt.«

»Lügen! Alles Lügen!« rief Salmissra verzweifelt und umklammerte die Knöchel des riesigen Steingottes.

»Ich muß die Wahrheit prüfen«, sagte der Gott langsam. »Ich habe lang und tief geschlafen, jetzt fällt die Welt unversehens über mich herein.«

»Zerstöre sie, mein Gott!« forderte Salmissra. »Ihre Lügen sind verabscheuungswürdig und eine Entweihung Eurer heiligen Gegenwart.«

»Ich werde die Wahrheit herausfinden, Salmissra«, sagte Issa. Garion fühlte eine kurze, gewaltige Berührung seines Geistes. Etwas hatte ihn gestreift – etwas so mächtiges, daß seine Vorstellung vor dieser Größe erschauerte. Dann hörte die Berührung auf.

»Ahhh...« Der Seufzer kam von dem Boden. Die tote Schlange Maas rührte sich. »Ahhh... laßt mich schlafen«, zischelte sie.

»Gleich«, sagte Issa. »Wie war dein Name?«

»Ich wurde Maas genannt«, sagte die Schlange. »Ich war Ratgeber und Gesellschafter der Ewigen Salmissra. Schickt mich zurück, Herr. Ich kann es nicht ertragen, wieder zu leben.«

»Ist dies meine geliebte Salmissra?« fragte der Gott.

»Ihre Nachfolgerin.« Maas seufzte. »Eure geliebte Priesterin ist vor Tausenden von Jahren gestorben. Jede neue Salmissra wird erwählt wegen ihrer Ähnlichkeit mit Eurer Geliebten.«

»Ah«, sagte Issa, und seine gewaltige Stimme klang gequält. »Und was war die Absicht dieser Frau, als sie Belgarion aus Polgaras Obhut raubte?«

»Sie suchte Verbindung mit Torak«, sagte Maas. »Sie wollte Belgarion dem Verfluchten übergeben, als Gegenleistung für die Unsterblichkeit, die seine Umarmung ihr verleihen würde.«

»Seine Umarmung? Meine Priesterin würde sich der elenden Umarmung meines geisteskranken Bruders hingeben?«

»Bereitwillig, Herr«, antwortete Maas. »Es liegt in ihrer Natur, die Umarmung eines jeden Mannes oder Tieres zu suchen, die ihren Weg kreuzen.«

Abscheu zeigte sich auf Issas steinernem Gesicht. »War das schon immer so?«

»Immer, Herr«, sagte Maas. »Der Trank, der ihre Jugend und ihre Ähnlichkeit mit Eurer Geliebten bewahrt, entzündet ein Feuer der Lust in ihren Adern. Dieses Feuer bleibt ungelöscht, bis sie stirbt. Laßt mich gehen, Herr. Diese Qualen!«

»Schlafe, Maas«, gewährte Issa traurig. »Nimm meinen Dank mit in deinen stillen Tod.«

»Ahhh...« Maas seufzte und sank wieder zu Boden.

»Ich werde auch wieder in Schlummer fallen«, sagte Issa. »Ich darf nicht bleiben, sonst erweckt meine Gegenwart Torak zu dem Krieg, der die Welt vernichten wird.« Die große Statue trat zurück an den Fleck, wo sie seit Jahrtausenden gestanden hatte. Das ohrenbetäubende Knirschen und Stöhnen des Steins erfüllte wieder den Raum. »Geh mit dieser Frau nach deinem Belieben um, Polgara«, sagte der steinerne Gott. »Nur schone ihr Leben, um der Ähnlichkeit mit meiner Geliebten willen.«

»Das werde ich, o Gott Issa«, sagte Tante Pol und verbeugte sich vor der Statue.

»Und grüße meinen Bruder Aldur«, sagte die hohe Stimme, schon beim Sprechen schwächer werdend.

»Schlaft, Herr«, sagte Tante Pol. »Möge Euer Schlaf Euren Kummer hinwegspülen.«

»Nein!« jammerte Salmissra, aber das grüne Feuer in den Augen der Statue war bereits erloschen, und der Stein in ihrer Krone flackerte und wurde dann dunkel.

»Es ist Zeit, Salmissra«, verkündete Tante Pol, groß und schrecklich.

»Töte mich nicht, Polgara«, bettelte die Königin und fiel auf die Knie. »Bitte töte mich nicht.«

»Ich werde dich nicht töten, Salmissra. Ich habe dem Gott Issa versprochen, dein Leben zu schonen.«

»Ich habe solch ein Versprechen nicht gegeben«, sagte Barak von der Türschwelle her. Garion betrachtete seinen großen

Freund genau, der neben Tante Pol im Augenblick zwergenhaft wirkte. Der Bär war verschwunden, und an seiner Stelle stand der große Cherek mit dem Schwert in der Hand.
»Nein, Barak. Ich werde das Problem Salmissra ein für allemal lösen.« Tante Pol wandte sich wieder an die kniende Königin. »Du wirst leben, Salmissra. Du wirst sehr lange leben – vielleicht ewig.«
Eine unmögliche Hoffnung glomm in Salmissras Augen auf. Langsam kam sie auf die Füße und sah zu der riesigen Gestalt empor, die über ihr aufragte. »Ewig, Polgara?« fragte sie.
»Aber ich muß dich verändern«, sagte Tante Pol. »Das Gift, das du getrunken hast, um jung und schön zu bleiben, tötet dich langsam. Selbst jetzt schon zeigen sich Spuren auf deinem Gesicht.«
Die Hände der Königin flogen an ihre Wangen. Sie drehte sich rasch um und sah in ihren Spiegel.
»Du verblühst, Salmissra«, sagte Tante Pol. »Bald wirst du alt und häßlich sein. Die Lust, die dich verzehrt, wird verlöschen, und dann wirst du sterben. Dein Blut ist zu warm – das ist das ganze Problem.«
»Aber wie...«, stammelte Salmissra.
»Eine kleine Veränderung«, versicherte Tante Pol. »Nur eine kleine, dann wirst du ewig leben.« Garion spürte die Macht des Willens, der sich sammelte. »Ich werde dich unsterblich machen, Salmissra.« Sie hob ihre Hand und sprach ein einziges Wort. Die entsetzliche Kraft dieses Wortes ließ Garion wie Espenlaub zittern.
Zuerst schien nichts zu geschehen. Salmissra stand wie gebannt, ihre blasse Nacktheit schimmerte durch ihr Gewand. Dann wurden die seltsamen Sprenkel deutlicher, und ihre Hüften wurden schmaler. Ihr Gesicht begann sich zu verändern, wurde spitzer. Ihre Lippen verschwanden, als ihr Mund breiter wurde und seine Winkel sich zu einem starren, reptilienhaften Grinsen verzogen.
Garion sah mit Entsetzen zu, unfähig, seine Augen von der Königin zu wenden. Ihr Gewand glitt zu Boden, als ihre Schul-

tern verschwanden und ihre Arme sich mit ihrem Körper verbanden. Ihr Körper wurde länger, und ihre Beine, inzwischen völlig zusammengewachsen, begannen sich in Windungen zusammenzulegen. Ihr glänzendes Haar verschwand, und die letzten menschlichen Züge ihres Gesichts verblaßten. Ihre goldene Krone blieb jedoch fest auf dem Kopf sitzen. Ihre Zunge schoß nervös hervor, als sie ganz in ihre Windungen zusammensank. Ihr Halsschild blähte sich auf, während sie Tante Pol, die bei dieser Verwandlung irgendwie ihre normale Größe wiedererlangt hatte, mit starren, leblosen Augen ansah.

»Besteig deinen Thron, Salmissra«, sagte Tante Pol.

Der Kopf der Königin blieb unbeweglich, aber sie schlängelte sich davon und erklomm den weichen Diwan, und es gab ein trockenes, staubiges Rascheln, als sich Schuppe an Schuppe rieb.

Tante Pol wandte sich an Sadi den Eunuchen. »Seht die Dienerin Issas, die Königin des Schlangenvolkes, deren Herrschaft dauern soll bis ans Ende aller Tage, denn jetzt *ist* sie unsterblich und wird für alle Zeiten in Nyissa regieren.«

Sadis Gesicht war geisterhaft blaß, seine Augen quollen weit hervor. Er schluckte mühsam und nickte dann.

»Ich lasse euch dann mit eurer Königin allein«, sagte sie. »Ich würde lieber in Frieden gehen, aber wie auch immer, der Knabe und ich gehen jetzt.«

»Ich schicke Nachricht voraus«, stimmte Sadi rasch zu. »Niemand wird es wagen, sich euch in den Weg zu stellen.«

»Eine kluge Entscheidung«, meinte Barak trocken.

»Heil der Schlangenkönigin von Nyissa«, sang einer der rotgewandeten Eunuchen mit zitternder Stimme und kniete vor der Empore nieder.

»Preist sie«, antworteten die anderen nach dem Ritual und knieten ebenfalls nieder.

»Ihre Herrlichkeit ist uns offenbart worden.«

»Betet sie an.«

Garion warf einen Blick zurück, als er Tante Pol zu der zerschmetterten Tür folgte. Salmissra lag auf ihrem Thron, ihre gefleckten Windungen lässig aufgetürmt, den spitzen Kopf dem Spiegel zugewandt. Die goldene Krone saß auf ihrem Kopf, und ihre trüben Schlangenaugen betrachteten ihr Spiegelbild in dem Glas. Das Reptilgesicht zeigte keinerlei Ausdruck. Auf diese Weise war es unmöglich zu wissen, was sie dachte.

30

Die Gänge und die gewölbte Halle des Palastes waren leer, als Tante Pol sie aus dem Thronsaal führte, in dem die Eunuchen knieten und das Lob der Schlangenkönigin sangen. Mit dem Schwert in der Hand stapfte Barak grimmig durch das schreckliche Gemetzel, das den Weg kennzeichnete, den sie gekommen waren. Das Gesicht des großen Mannes war blaß. Immer wieder wandte er die Augen von den am wüstesten zugerichteten Körpern ab, die auf ihrem Weg lagen.

Als sie hinauskamen, waren die Straßen von Sthiss Tor finsterer als die Nacht und voller hysterischer Menschen, die vor Angst jammerten. Barak, mit einer Fackel, die er aus dem Palast mitgenommen hatte, in der einen und dem Schwert in der anderen Hand, führte sie auf die Straße. Selbst in ihrer Panik wichen die Nyisser ihm aus.

»Was bedeutet das, Polgara?« brummte er über die Schulter und wedelte mit seiner Fackel, als ob er die Finsternis damit vertreiben wollte. »Ist das Zauberei?«

»Nein«, antwortete sie. »Das ist keine Zauberei.«

Kleine graue Flöckchen waren im Licht der Fackel zu sehen.

»Schnee?« fragte Barak ungläubig.

»Nein. Asche.«

»Was brennt denn?«

»Ein Berg«, erwiderte sie. »Laß uns so schnell wie möglich zurück zum Schiff gehen. Von diesem Pöbel hier droht mehr Gefahr als von allem anderen.« Sie warf Garion ihren leichten Umhang um die Schulter und deutete in eine Straße, wo ein

paar vereinzelte Fackeln hin und wieder aufleuchteten. »Laßt uns da entlang gehen.«
Die Asche fiel jetzt dichter. Es war fast wie schmutzig-graues Mehl, das durch die feuchte Luft rieselte, und ihm haftete ein widerwärtiger, schwefliger Geruch an.
Als sie die Landungsstege erreichten, lichtete sich die absolute Finsternis allmählich. Die Asche fiel weiterhin nieder, setzte sich in alle Ritzen im Pflaster und hing in Schwaden an den Häusern. Obwohl es heller wurde, ließ die fallende Asche – wie Nebel – alles verschwinden, was weiter als fünf Meter entfernt war.
Auf den Stegen herrschte das totale Chaos. Gruppen von Nyissern, kreischend und jammernd, versuchten auf die Schiffe zu klettern, um der alles erstickenden Asche zu entfliehen, die mit tödlicher Stille durch die stickige Luft niedersank. Verrückt vor Angst, sprangen viele sogar in das todbringende Wasser des Flusses.
»Wir kommen durch diese Menschenmassen nicht hindurch, Polgara«, sagte Barak. »Wartet einen Moment.« Er steckte sein Schwert in die Scheide, sprang und erreichte die Kante eines niedrigen Daches. Er zog sich hoch und stand, sich nur undeutlich abzeichnend, über ihnen. »Ho, Greldik!« brüllte er mit seiner gewaltigen Stimme, die sogar noch den Lärm der Menschenmenge übertönen konnte.
»Barak!« kam Greldiks Stimme zurück. »Wo seid ihr?«
»Vorn am Kai«, rief Barak. »Wir kommen nicht durch die Menge.«
»Bleibt dort«, schrie Greldik. »Wir kommen und holen euch.«
Nach ein paar Minuten hörten sie das Trampeln schwerer Füße auf dem Steg und gelegentliches Hornblasen. Einige Schmerzensschreie mischten sich in den angsterfüllten Lärm der Menge. Dann tauchten Greldik, Mandorallen und ein halbes Dutzend kräftiger Seeleute, mit Knüppeln bewaffnet, aus dem Ascheregen auf, die mit brutaler Wirksamkeit den Weg freimachten.
»Hast du dich verlaufen?« brüllte Greldik zu Barak hinauf.

Barak sprang vom Dach. »Wir mußten kurz im Palast vorbeischauen«, erwiderte er knapp.
»Wir haben uns Sorgen um Euch gemacht, edle Dame«, sagte Mandorallen zu Tante Pol und schob einen Nyisser zur Seite. »Der gute Durnik ist schon vor Stunden zurückgekehrt.«
»Wir wurden aufgehalten«, sagte sie. »Kapitän, kannst du uns an Bord deines Schiffes bringen?«
Greldik grinste sie boshaft an.
»Dann wollen wir gehen«, drängte sie. »Sobald wir an Bord sind, sollten wir besser etwas weiter draußen im Fluß ankern. Nach einer Weile wird die Asche sich setzen, aber die Leute werden weiterhin hysterisch sein. Ist irgendeine Nachricht von Silk oder meinem Vater gekommen?«
»Nichts, meine Dame«, antwortete Greldik.
»Was *macht* er denn bloß?« fragte sie gereizt, ohne sich an jemand besonderen zu wenden.
Mandorallen zog sein Breitschwert und marschierte direkt auf die Menge zu, ohne seinen Schritt zu verlangsamen oder seine Richtung zu ändern. Die Nyisser stoben vor ihm auseinander. Die Menge, die sich am Rand des Stegs neben Greldiks Schiff drängte, war eher noch dichter, und Durnik, Hettar und die übrigen Matrosen standen mit langen Bootshaken an der Reling und stießen die angstgepeitschten Leute beiseite.
»Legt eine Planke herüber«, rief Greldik, als sie das Ende des Stegs erreicht hatten.
»Werter Kapitän«, blubberte ein kahler Nyisser und klammerte sich an Greldiks Fellweste. »Ich gebe dir hundert Goldstücke, wenn du mich auf dein Schiff läßt.«
Angewidert stieß Greldik ihn von sich.
»Tausend Goldstücke«, versprach der Nyisser, hielt sich an Greldiks Arm fest und wedelte mit einer Börse.
»Schafft mir den Affen vom Hals«, befahl Greldik.
Einer der Matrosen schlug den Nyisser im Vorbeigehen bewußtlos, bückte sich dann und entwand ihm die Börse. Er öffnete sie und schüttelte den Inhalt in seine Hand. »Drei Silberstücke«, sagte er verächtlich. »Der Rest ist Kupfer.« Er

drehte sich um und trat dem Bewußtlosen in den Magen. Nacheinander kletterten sie zum Schiff hinüber, während Barak und Mandorallen die Menge unter Androhung massiver Gewalt zurückhielten.

»Kappt die Taue«, rief Greldik, als sie alle an Bord waren.

Die Matrosen zerschnitten die dicken Taue, was die Nyisser, die am Rand des Steges standen, mit lautem Entsetzensgeheul beantworteten. Die träge Strömung trug das Schiff langsam davon, und Wehklagen und verzweifeltes Stöhnen folgten ihnen, während sie dahintrieben.

»Garion«, sagte Tante Pol, »warum gehst du nicht nach unten und ziehst dir etwas Anständiges an? Und wasch dir die abscheuliche Farbe aus dem Gesicht. Dann komm wieder. Ich möchte mit dir reden.«

Garion hatte vergessen, wie lächerlich er angezogen war, errötete und lief rasch nach unten.

Es war merklich heller geworden, als er in seiner gewohnten Tunika und Hose wieder nach oben kam, aber die graue Asche schwebte noch immer durch die bewegungslose Luft, hüllte die Welt in Dunst und bedeckte alles mit einer dicken Schicht feinen Staubs. Sie waren ein gutes Stück auf den Fluß hinausgetrieben, und Greldiks Männer hatten den Anker ausgeworfen. Das Schiff wiegte sich sanft in der trägen Strömung.

»Hier, Garion«, rief Tante Pol. Sie stand im Bug und sah hinaus in den Dunstschleier. Garion ging etwas zögernd zu ihr. Die Erinnerung an die Vorkommnisse im Palast waren noch sehr lebendig in ihm.

»Setz dich, mein Lieber«, sagte sie. »Es gibt etwas, worüber ich mit dir sprechen muß.«

»Jawohl, meine Dame«, sagte er und setzte sich auf eine Bank.

»Garion.« Sie drehte sich um und sah ihn an. »Ist irgend etwas passiert, während du in Salmissras Palast warst?«

»Was meinst du?«

»Du weißt genau, was ich meine«, sagte sie ziemlich schroff. »Du wirst uns doch nicht dadurch in Verlegenheit bringen wollen, daß ich gewisse Fragen stellen muß, oder?«

»Oh.« Garion wurde rot. »Das! Nein, so etwas ist nicht passiert.« Er erinnerte sich mit leichtem Bedauern an die üppige Überreife der Königin.

»Gut. Das war das eine, was ich befürchtet hatte. Du kannst es dir im Moment nicht leisten, in so etwas hineingezogen zu werden. Es hat seltsame Auswirkungen auf jemand in deinen besonderen Umständen.«

»Ich weiß nicht, ob ich das verstehe.«

»Du hast gewisse Fähigkeiten«, erklärte sie. »Und wenn du mit diesem anderen herumexperimentierst, ehe sie voll ausgereift sind, kann das Ergebnis manchmal unberechenbar sein. Es ist besser, zu diesem Zeitpunkt nichts durcheinanderzubringen.«

»Vielleicht wäre es dann besser, es wäre wirklich etwas passiert«, platzte Garion heraus. »Vielleicht wäre es dann erledigt, so daß ich niemanden mehr verletzen könnte.«

»Das bezweifle ich«, sagte sie. »Deine Macht ist zu groß, als daß sie so leicht neutralisiert werden könnte. Erinnerst du dich, worüber wir an jenem Tag gesprochen haben, als wir Tolnedra verließen?«

»Ich brauche keine Unterweisung«, protestierte er mürrisch.

»Doch, das brauchst du«, widersprach sie, »und zwar sofort. Deine Macht ist gewaltig – eine größere Macht, als ich je gesehen habe, und manches davon so komplex, daß ich es nicht einmal ansatzweise begreife. Du *mußt* mit deiner Unterweisung beginnen, ehe etwas Entsetzliches geschieht. Du bist völlig außer Kontrolle, Garion. Wenn es dir wirklich ernst damit ist, daß du niemanden verletzen willst, dann solltest du mehr als bereit sein zu lernen, wie du Unfälle vermeiden kannst.«

»Ich *will* aber kein Zauberer sein«, wandte er ein. »Ich will es nur loswerden. Kannst du mir nicht dabei helfen?«

Sie schüttelte den Kopf. »Nein. Und selbst, wenn ich es könnte, würde ich es nicht tun. Du kannst es nicht zurückweisen, mein Garion. Es ist Teil von dir.«

»Dann werde ich also ein Ungeheuer sein?« fragte Garion bitter. »Ich werde herumlaufen und Menschen lebendig verbrennen oder sie in Kröten oder Schlangen verwandeln? Und nach einer Weile gewöhne ich mich vielleicht daran, und es stört mich nicht einmal mehr. Ich werde ewig leben – wie du und Großvater –, aber ich werde nicht mehr menschlich sein. Tante Pol, ich glaube, ich wäre lieber tot.«

»*Kannst du ihm nicht Vernunft beibringen?*« Ihre Stimme in seinem Kopf sprach unmittelbar zu jenem anderen Bewußtsein.

»*Im Moment nicht, Polgara*«, antwortete die sachliche Stimme. »*Er ist zu sehr damit beschäftigt, in Selbstmitleid zu schwelgen.*«

»*Er muß lernen, die Macht, die er besitzt, zu kontrollieren*«, sagte sie.

»*Ich werde ihn vor Schaden bewahren*«, versprach die Stimme. »*Ich glaube nicht, daß wir viel mehr tun können, bis Belgarath zurückkommt. Er macht eine moralische Krise durch, und wir können ihn nicht überzeugen, ehe er sich nicht selbst dazu entschlossen hat.*«

»*Ich mag es nicht, ihn so leiden zu sehen.*«

»*Du bist zu weichherzig, Polgara. Er ist ein robuster Junge, und es schadet ihm nicht, ein bißchen zu leiden.*«

»Würdet ihr zwei bitte aufhören, so zu tun, als wäre ich gar nicht vorhanden?« fragte Garion ärgerlich.

»Herrin Pol«, sagte Durnik, während er über das Deck auf sie zulief. »Ich glaube, du solltest besser kommen. Barak will sich umbringen.«

»Er will *was*?«

»Es hat etwas mit einem Fluch zu tun«, erklärte Durnik. »Er sagt, er will sich in sein Schwert stürzen.«

»Der Narr! Wo ist er?«

»Er ist hinten im Heck«, sagte Durnik. »Er hat sein Schwert gezogen und läßt niemanden an sich heran.«

»Kommt mit.« Sie lief nach achtern, Garion und Durnik hinter ihr her.

»Wir alle waren schon einmal Berserker im Kampf, Graf«, sagte Mandorallen gerade in dem Versuch, den großen Cherek zur Vernunft zu bringen. »Es ist nichts, worauf man stolz sein kann, aber auch kein Grund für solch abgrundtiefe Verzweiflung.«

Barak antwortete nicht. Er stand nur ganz hinten im Schiff. Seine Augen waren blank vor Entsetzen, und sein riesiges Schwert schwang er in einem niedrigen, drohenden Bogen und hielt damit jedermann auf Abstand.

Tante Pol schritt durch die Seeleute direkt auf ihn zu.

»Versuche nicht, mich aufzuhalten, Polgara«, warnte er.

Sie streckte gelassen die Hand aus und berührte seine Schwertspitze mit einem Finger. »Sie ist ein bißchen stumpf«, sagte sie nachdenklich. »Vielleicht sollte Durnik sie schärfen? Dann würde sie glatter zwischen deine Rippen fahren, wenn du dich hineinstürzt.«

Barak sah sie verblüfft an.

»Hast du alle nötigen Abmachungen getroffen?«

»Was für Abmachungen?«

»Was mit deiner Leiche geschehen soll«, antwortete sie. »Also wirklich, Barak, ich dachte, du hättest bessere Manieren. Ein anständiger Mann belastet seine Freunde nicht mit dieser Aufgabe.« Sie überlegte einen Moment. »Verbrennung ist wohl Brauch, aber das Holz hier in Nyissa ist sehr feucht. Wahrscheinlich würdest du eine Woche oder noch länger schwelen. Ich glaube, wir müssen es dabei bewenden lassen, dich einfach in den Fluß zu werfen. Die Egel und Krebse werden dich wohl in etwa einem Tag bis auf die Knochen abgenagt haben.«

Barak sah sie gekränkt an.

»Möchtest du, daß wir dein Schwert nehmen und es deinem Sohn schicken?« fragte sie.

»Ich habe keinen Sohn«, antwortete er finster. Er war offensichtlich auf ihre brutale, praktische Art nicht vorbereitet gewesen.

»Ach, habe ich dir das nicht erzählt? Wie vergeßlich ich doch bin.«

»Wovon redest du?«

»Spielt keine Rolle«, sagte sie. »Es ist jetzt nicht wichtig. Wolltest du dich einfach nur in dein Schwert stürzen, oder würdest du lieber mit dem Griff gegen den Mast laufen? Jede Art ist gleich wirksam.« Sie wandte sich an die Matrosen. »Würdet ihr bitte eine Gasse bilden, damit der Graf von Trellheim ohne Schwierigkeiten gegen den Mast laufen kann?«
Die Matrosen starrten sie an.
»Was hast du mit dem Sohn gemeint?« fragte Barak und senkte sein Schwert.
»Es würde dich jetzt nur ablenken, Barak«, antwortete sie. »Sonst gelingt dir wahrscheinlich dein Selbstmord nicht so richtig, wenn ich dir jetzt davon erzähle. Wir möchten schließlich nicht, daß du hier noch wochenlang stöhnend herumliegst. Das ist so deprimierend, weißt du.«
»Ich will wissen, wovon du redest!«
»Also schön«, sagte sie mit einem tiefen Seufzer. »Deine Frau Merel ist schwanger – Ergebnis gewisser Höflichkeiten, die ihr ausgetauscht habt, als wir in Val Alorn waren, nehme ich an. Sie sieht im Moment aus wie der aufgehende Mond, und dein kräftiger Sprößling macht ihr mit seinen Fußtritten das Leben schwer.«
»Ein Sohn?« fragte Barak mit weit aufgerissenen Augen.
»Also wirklich, Barak«, protestierte sie. »Du mußt lernen, besser zuzuhören. Aus dir wird nie etwas, wenn du mit verschlossenen Ohren durch die Welt stapfst.«
»Ein Sohn?« wiederholte er, und das Schwert entglitt seinen Händen.
»Jetzt hast du es fallen lassen«, tadelte sie ihn. »Heb es sofort auf und laß uns dann weitermachen. Es ist sehr rücksichtslos, sich den ganzen Tag lang umbringen zu wollen.«
»Ich werde mich nicht umbringen«, erklärte er empört.
»Nein?«
»Natürlich nicht«, sprudelte er heraus, dann sah er, wie ein leichtes Lächeln um ihre Mundwinkel zuckte. Beschämt ließ er den Kopf hängen.
»Du großer Idiot«, sagte sie. Dann faßte sie mit beiden Händen

seinen Bart, zog seinen Kopf zu sich herunter und küßte sein ascheverstaubtes Gesicht herzhaft.
Greldik hüstelte, und Mandorallen trat vor und umarmte Barak herzlich. »Ich freue mich mit Euch, mein Freund«, sagte er. »Mein Herz jubelt für Euch.«
»Holt ein Faß herauf«, befahl Greldik seinen Matrosen und schlug seinem Freund auf die Schulter. »Wir werden Trellheims Erben mit dem hellen braunen Bier aus dem ewigen Cherek begrüßen.«
»Es wird jetzt wohl ziemlich wüst werden«, sagte Tante Pol leise zu Garion. »Komm mit.« Sie ging voran zum Bug.
»Wird sie sich jemals wieder zurückverwandeln?« fragte Garion, als sie wieder allein waren.
»Wer?«
»Die Königin«, erklärte Garion. »Wird sie sich je wieder zurückverwandeln?«
»Mit der Zeit wird sie es nicht einmal mehr wollen«, antwortete Tante Pol. »Die Gestalt, die wir annehmen, beginnt nach einer Weile unser Denken zu beherrschen. Während die Jahre vergehen, wird sie mehr und mehr zur Schlange und immer weniger eine Frau.«
Garion schauderte. »Es wäre besser gewesen, sie zu töten.«
»Ich habe Issa versprochen, das nicht zu tun.«
»War das wirklich der Gott?«
»Sein Geist«, erwiderte sie und blickte hinaus in den diesigen Ascheregen. »Salmissra hat die Statue mit Issas Geist erfüllt. Zumindest eine Zeitlang war die Statue wirklich der Gott. Es ist alles sehr kompliziert.« Sie wirkte etwas geistesabwesend. »Wo *ist* er bloß?« Sie schien plötzlich gereizt.
»Wer?«
»Vater. Er hätte schon vor Tagen hier sein sollen.«
Zusammen sahen sie auf den schlammigen Fluß hinaus.
Schließlich löste sie sich von der Reling und klopfte angewidert ihren Umhang aus. Die Asche stieg in winzigen Wölkchen unter ihren Fingern empor. »Ich gehe nach unten«, sagte sie und verzog das Gesicht. »Hier ist es mir zu schmutzig.«

»Ich dachte, du wolltest mit mir reden«, sagte er.
»Ich glaube nicht, daß du bereit bist zuzuhören. Es kann warten.« Sie ging davon, blieb jedoch noch einmal stehen. »Ach, Garion.«
»Ja?«
»Ich würde an deiner Stelle nichts von dem Bier trinken, das die Matrosen jetzt in sich hineinschütten. Nach dem, was du im Palast trinken mußtest, würde dir wahrscheinlich schlecht.«
»Oh«, sagte er leicht bedauernd. »Ist gut.«
»Es liegt natürlich bei dir«, sagte sie, »aber ich fand, daß du es wissen solltest.« Dann wandte sie sich wieder um, ging zur Luke und verschwand die Treppe hinab.
Garions Gefühle waren aufgewühlt. Der ganze Tag war außerordentlich ereignisreich gewesen, sein Kopf war voller verworrener Bilder.
»*Sei still*«, sagte die Stimme in seinen Gedanken.
»Was?«
»*Ich versuche, etwas zu hören. Lausche.*«
»Auf was soll ich lauschen?«
»*Dort. Kannst du es nicht hören?*«
Schwach, wie aus weiter Ferne, hörte Garion ein gedämpftes Dröhnen.
»Was ist das?«
Die Stimme antwortete nicht, aber das Amulett um seinen Hals begann im gleichen Rhythmus wie das entfernte Dröhnen zu pulsieren.
Hinter sich hörte er das Trippeln kleiner Füße.
»Garion!« Er drehte sich gerade rechtzeitig um, daß Ce'Nedra ihn umarmen konnte. »Ich habe solche Angst um dich gehabt! Wo warst du?«
»Ein paar Männer kamen an Bord und packten mich«, sagte er und versuchte, sich aus ihren Armen zu befreien. »Sie haben mich in den Palast gebracht.«
»Wie schrecklich!« rief sie. »Hast du die Königin gesehen?«
Garion nickte und erschauderte, als er an die gekrönte Schlange dachte, die auf dem Diwan lag und sich im Spiegel betrachtete.

»Was ist los?« fragte das Mädchen.
»Es ist viel geschehen«, antwortete er. »Manches war nicht sehr schön.« Irgendwo tief in seinem Bewußtsein setzte sich das Dröhnen fort.
»Meinst du, sie haben dich gefoltert?« fragte Ce'Nedra mit großen Augen.
»Nein, so etwas nicht...«
»Was ist denn dann geschehen?« wollte sie wissen. »Erzähle.« Er wußte, daß sie ihn nicht in Ruhe lassen würde, bis er es tat, und so beschrieb er ihr, so gut er konnte, was geschehen war. Das hämmernde Dröhnen schien lauter zu werden, während er erzählte, und seine rechte Handfläche begann zu kribbeln. Geistesabwesend rieb er daran.
»Wie furchtbar gräßlich«, sagte Ce'Nedra, als er geendet hatte. »Hattest du denn keine Angst?«
»Eigentlich nicht«, sagte er, noch immer seine Hand kratzend. »Die größte Zeit war ich von den Sachen, die ich trinken mußte, so benebelt, daß ich überhaupt nichts gefühlt habe.«
»Hast du Maas wirklich getötet?« fragte sie. »Einfach so?« Sie schnippte mit den Fingern.
»Ganz so war es eigentlich nicht«, versuchte er zu erklären. »Es war schon etwas mehr.«
»Ich *wußte*, daß du ein Zauberer bist«, sagte sie. »Ich habe dir das schon damals am Teich gesagt, weißt du noch?«
»Ich will aber keiner sein«, protestierte er. »Ich habe nicht darum gebeten.«
»Ich habe auch nicht darum gebeten, eine Prinzessin zu sein.«
»Das ist nicht dasselbe. König oder Prinzessin zu sein hängt damit zusammen, was man *ist*. Zauberer zu sein hängt zusammen mit dem, was man *tut*.«
»Ich sehe da keinen großen Unterschied«, widersprach sie hartnäckig.
»Ich kann Dinge geschehen lassen«, sagte er. »Meistens schreckliche Dinge.«
»So?« meinte sie nervenaufreibend. »Ich kann auch schreckliche Dinge geschehen lassen – oder zumindest konnte ich es in

Tol Honeth. Ein Wort von mir, und ein Diener hätte zum Auspeitschen gebracht werden können – oder zum Henker. Ich habe das natürlich nicht getan, aber ich hätte es tun können. Macht ist Macht, Garion. Das Ergebnis ist das gleiche. Du mußt niemandem wehtun, wenn du nicht willst.«

»Manchmal geschieht es einfach. Es ist nicht so, daß ich es wollte.« Das Dröhnen wurde bohrend, fast wie ein dumpfer Kopfschmerz.

»Dann mußt du lernen, es zu kontrollieren.«

»Jetzt klingst du wie Tante Pol.«

»Sie will dir helfen«, sagte die Prinzessin. »Sie versucht, dich dahin zu bringen, etwas zu tun, was du schließlich doch tun mußt. Wie viele Leute willst du noch verbrennen, ehe du endlich akzeptierst, was sie sagt?«

»Das hättest du nicht sagen sollen.« Garion war tief getroffen von ihren Worten.

»Doch«, sagte sie. »Ich glaube schon. Du hast Glück, daß *ich* nicht deine Tante bin. Ich würde mir deine Torheiten nicht so gefallen lassen wie die Dame Polgara.«

»Du verstehst das nicht«, brummte Garion mürrisch.

»Ich verstehe das viel besser, als du glaubst, Garion. Weißt du, wo dein Problem liegt? Du willst nicht erwachsen werden. Du möchtest für immer ein Junge bleiben. Aber das kannst du nicht; niemand kann das. Gleich, wieviel Macht du hast – ob du Kaiser oder Zauberer bist –, du kannst nicht verhindern, daß die Jahre vergehen. Ich habe das schon vor langer Zeit erkannt, aber ich bin wahrscheinlich auch viel klüger als du.« Dann erhob sie sich, ohne ein Wort der Erklärung, auf die Zehenspitzen und küßte ihn voll auf die Lippen.

Garion errötete und senkte verlegen den Kopf.

»Sag mir«, sagte Ce'Nedra, mit dem Ärmel seiner Tunika spielend, »ist die Königin Salmissra wirklich so schön, wie behauptet wird?«

»Sie war die schönste Frau, die ich in meinem Leben je gesehen habe«, antwortete Garion, ohne zu überlegen.

Die Prinzessin sog scharf die Luft ein. »Ich *hasse* dich«, sagte sie mit zusammengebissenen Zähnen. Dann drehte sie sich um und rannte schluchzend davon, um Tante Pol zu suchen.

Garion starrte ihr verwundert nach. Dann sah er wieder schwermütig auf den Fluß und die fallende Asche hinaus. Das Kitzeln in seiner Handfläche wurde unerträglich, und er kratzte heftig daran und grub seine Fingernägel hinein.

»So machst du es nur wund«, sagte die Stimme in seinen Gedanken.

»Es kitzelt. Ich halte das nicht aus.«

»Hör auf, dich wie ein Kleinkind zu benehmen.«

»Woher kommt es?«

»Soll das heißen, du weißt das wirklich nicht? Dann hast du noch weiter zu gehen, als ich dachte. Leg deine rechte Hand auf das Amulett.«

»Warum?«

»Tu es einfach, Garion.«

Garion griff unter seine Tunika und legte seine brennende Hand auf das Medaillon. Wie ein Schlüssel in das dafür bestimmte Schloß paßt, so schien auch der Kontakt zwischen seiner Hand und dem pulsierenden Amulett richtig zu sein. Das Kitzeln wurde zu der inzwischen vertrauten Woge, und das Dröhnen hallte hohl in seinen Ohren wider.

»Nicht zuviel«, warnte die Stimme ihn. *»Du sollst schließlich nicht den ganzen Fluß austrocknen.«*

»Was geschieht? Was ist das alles?«

»Belgarath versucht, uns zu finden.«

»Großvater? Wo?«

»Hab Geduld.«

Das Hämmern schien lauter zu werden, bis Garions ganzer Körper mit jedem dröhnenden Schlag bebte. Er starrte über die Reling hinaus und starrte in den Dunst. Die fallende Asche, so leicht, daß sie auf dem schlammigen Wasser des Flusses schwamm, ließ alles, was in mehr als zwanzig Schritt Entfernung lag, undeutlich werden. Es war unmöglich, die Stadt zu erkennen, und das Schreien und Wehklagen aus den unsichtbaren Straßen wirkte eigenartig gedämpft. Nur das langsame

Plätschern der Wellen gegen das Ufer war deutlich zu hören. Dann, weit draußen auf dem Fluß, bewegte sich etwas. Es war nicht sehr groß und kaum mehr als ein dunkler Schatten, der geisterhaft leise den Fluß herunterkam.

Das Dröhnen wurde noch lauter.

Der Schatten kam näher. Garion konnte die Umrisse eines kleinen Bootes ausmachen. Ein Ruder tauchte mit leisem Plätschern ins Wasser. Der Mann an den Riemen sah über die Schulter. Es war Silk. Sein Gesicht war mit grauer Asche bedeckt, und kleine Schweißbäche liefen ihm über die Wangen. Meister Wolf saß im Heck des kleinen Bootes, eingehüllt in seinen Umhang, die Kapuze hochgezogen.

»*Willkommen, Belgarath*«, sagte die sachliche Stimme.

»*Wer ist da?*« fragte Wolfs Stimme in Garions Gedanken verblüfft. »*Bist du das, Belgarion?*«

»*Nicht ganz*«, erwiderte die Stimme. »*Oder noch nicht, aber wir kommen uns näher.*«

»*Ich habe mich schon gefragt, wer den ganzen Lärm macht.*«

»*Er übertreibt manchmal. Er wird es noch lernen.*«

Ein Schrei ertönte von einem der Matrosen, die sich im Heck um Barak scharten. Alle beobachteten, wie das kleine Boot auf sie zutrieb.

Tante Pol kam herauf an die Reling. »Ihr kommt spät«, rief sie.

»Es ist etwas geschehen«, antwortete der alte Mann über das Wasser hinweg. Er zog die Kapuze ab und schüttelte die staubfeine Asche aus seinem Mantel. Dann sah Garion, daß der linke Arm des alten Mannes in einer schmutzigen Schlinge hing.

»Was hast du mit deinem Arm gemacht?« fragte Tante Pol.

»Ich möchte lieber nicht darüber reden.« Ein häßlicher Kratzer lief von Wolfs Wange bis in seinen kurzen, weißen Bart. Seine Augen glitzerten ärgerlich.

Das Grinsen auf Silks aschgrauem Gesicht wurde boshaft, als er seine Ruder ein letztes Mal eintauchte und das kleine Boot geschickt neben Greldiks Schiff steuerte.

»Ich kann dich wohl nicht überreden, den Mund zu halten«, sagte Wolf gereizt zu dem kleinen Mann.

»Würde ich je etwas sagen, mächtiger Zauberer?« fragte Silk spöttisch, die Wieselaugen groß vor gespielter Unschuld.

»Hilf mir einfach an Bord«, sagte Wolf spitz. Er benahm sich ganz wie ein Mann, den man tödlich beleidigt hatte.

»Wie du willst, Alter Belgarath«, sagte Silk, der offenbar Mühe hatte, nicht zu lachen. Er stützte Wolf, während der alte Mann ungeschickt über die Reling kletterte.

»Laßt uns hier verschwinden«, sagte Meister Wolf kurz angebunden zu Kapitän Greldik, der eben dazugekommen war.

»Welche Richtung, Uralter?« fragte Greldik vorsichtig, der den alten Mann nicht noch weiter reizen wollte.

Wolf starrte ihn an.

»Flußauf- oder abwärts?« erklärte Greldik behutsam.

»Flußaufwärts natürlich«, fuhr Wolf ihn an.

»Woher sollte ich das wissen?« beklagte sich Greldik bei Tante Pol. Dann bellte er seinen Matrosen Befehle zu.

Tante Pols Miene war eine seltsame Mischung aus Erleichterung und Neugier. »Deine Geschichte ist bestimmt absolut faszinierend, Vater«, sagte sie, als die Matrosen die schweren Anker einholten. »Ich kann es nicht erwarten, sie zu hören.«

»Ich kann jetzt gut ohne deinen Sarkasmus auskommen, Pol«, sagte Wolf. »Ich hatte einen sehr schlechten Tag. Mach ihn bitte nicht noch schlimmer.«

Das war schließlich zuviel für Silk. Der kleine Mann, der gerade über die Reling kletterte, brach plötzlich hilflos lachend zusammen. Er fiel auf das Deck und brüllte vor Lachen.

Meister Wolf starrte seinen lachenden Gefährten tiefbeleidigt an, während Greldiks Leute an ihre Ruder liefen und das Schiff in der trägen Strömung wendeten.

»Was ist mit deinem Arm geschehen, Vater?« Tante Pols Blick war durchdringend, und ihr Ton sagte deutlich, daß sie sich nicht länger hinhalten ließ.

»Ich habe ihn mir gebrochen«, sagte Wolf knapp.

»Wie hast du das angestellt?«

»Es war einfach ein dummer Unfall, Pol. Solche Dinge passieren eben manchmal.«

»Laß mich ihn ansehen.«
»Gleich.« Er warf Silk, der noch immer lachte, einen finsteren Blick zu. »Würdest du wohl damit aufhören? Geh und sag den Seeleuten, wo wir hinfahren.«
»Und wo fahren wir hin, Vater?« fragte Tante Pol. »Hast du Zedars Spur gefunden?«
»Er ist nach Cthol Murgos gegangen. Ctuchik wartete auf ihn.«
»Und das Auge?«
»Ctuchik hat es jetzt.«
»Werden wir ihn einholen können, bevor er damit nach Rak Cthol kommt?«
»Ich bezweifle es. Wir müssen jedenfalls zuerst ins Tal.«
»Ins Tal? Vater, du redest Unsinn.«
»Unser Meister hat uns gerufen, Pol. Er will, daß wir ins Tal gehen, also gehen wir.«
»Was ist mit dem Auge?«
»Ctuchik hat es, und ich weiß, wo ich Ctuchik finden kann. Er geht nirgendwohin. Jetzt gehen wir erst ins Tal.«
»Also schön, Vater«, willigte sie besänftigend ein. »Reg dich nicht auf.« Sie betrachtete ihn genau. »Hast du dich geprügelt, Vater?« fragte sie drohend.
»Nein, ich habe mich nicht geprügelt.« Es klang verächtlich.
»Was ist dann geschehen?«
»Ein Baum ist auf mich gefallen.«
»Was?«
»Du hast doch gehört.«
Silk brach bei dem widerwilligen Geständnis des alten Mannes erneut in Lachanfälle aus. Vom Heck des Schiffes, wo Greldik und Barak am Ruder standen, klang der langsame Schlag der Trommel, und die Matrosen tauchten dazu ihre Ruder ins Wasser. Das Schiff glitt durch das zähe Wasser, bewegte sich flußaufwärts gegen die Strömung und ließ Silks Gelächter in der aschegesättigten Luft zurück.

Hier endet Buch Zwei vom *Auge Aldurs*.
Buch Drei, *Gambit der Magier*, erzählt von der Suche nach dem Auge durch noch seltsamere Länder und von noch dunklerer Magie, während Garion die unglaubliche Macht in seinem Geist kennenlernt.

Knaur
Marion
Zimmer Bradley
Mildred Downey Broxon
Joanna Russ
Mythische Welten